Tragam os corpos

Hilary Mantel

Tragam os corpos

tradução
Heloísa Mourão

todavia

Mais uma vez a Mary Robertson:
com minhas comendas as mais sinceras, e celeridade

Lista de personagens 9
Árvores genealógicas 12

Parte 1
1. Falcões: Wiltshire, setembro de 1535 19
2. Corvos: Londres e Kimbolton, outono de 1535 41
3. Anjos: Stepney e Greenwich, Natal de 1535 — Ano-Novo de 1536 97

Parte 2
1. O Livro Negro: Londres, janeiro-abril de 1536 143
2. Senhor dos fantasmas: Londres, abril-maio de 1536 210
3. Espólios: Londres, verão de 1536 334

Nota da autora 339
Agradecimentos 341

Lista de personagens

A CASA CROMWELL

Thomas Cromwell, filho de um ferreiro: agora secretário do rei, arquivista-mor, chanceler da Universidade de Cambridge e vice-regente do rei para assuntos relacionados à Igreja na Inglaterra

Gregory Cromwell, filho

Richard Cromwell, sobrinho

Rafe Sadler, seu principal funcionário, criado por Cromwell como filho

Helen, a bela esposa de Rafe

Thomas Avery, o contador da família

Thurston, chefe de cozinha

Christophe, criado

Dick Purser, tratador dos cães de guarda

Anthony, bufão

OS MORTOS

Thomas Wolsey, cardeal, legado papal, lorde chanceler: deposto do cargo, preso e morto em 1530

John Fisher, bispo de Rochester: executado em 1535

Thomas More, lorde chanceler sucessor de Wolsey: executado em 1535

Elizabeth, Anne e Grace Cromwell, esposa e filhas de Thomas Cromwell, mortas em 1527-8; também Katherine Williams e Elizabeth Wellyfed, suas irmãs

A FAMÍLIA DO REI

Henrique VIII

Ana Bolena, sua segunda esposa

Elizabeth, filha infanta de Ana, herdeira do trono

Henry Fitzroy, duque de Richmond, filho ilegítimo do rei

A OUTRA FAMÍLIA DO REI

Catarina de Aragão, primeira esposa de Henrique, divorciada e sob prisão domiciliar em Kimbolton

Maria, filha de Henrique com Catarina e herdeira alternativa do trono: também sob prisão domiciliar

Maria de Salinas, ex-dama de companhia de Catarina de Aragão

Sir Edmund Bedingfield, guardião de Catarina

Grace, sua esposa

AS FAMÍLIAS HOWARD E BOLENA

Thomas Howard, duque de Norfolk, tio da rainha: antigo e feroz membro da nobreza e inimigo de Cromwell

Henry Howard, conde de Surrey, seu jovem filho

Thomas Bolena, conde de Wiltshire, pai da rainha: o "monsenhor"

George Bolena, lorde Rochford, irmão da rainha

Jane, Lady Rochford, esposa de George

Mary Shelton, prima da rainha

E fora de cena: Maria Bolena, irmã da rainha, ex-amante do rei, agora casada e vivendo no interior

A FAMÍLIA SEYMOUR, DE WOLF HALL

O velho Sir John, notório por ter vivido um caso amoroso com sua nora

Lady Margery, sua esposa

Edward Seymour, filho mais velho

Thomas Seymour, um dos filhos mais novos

Jane Seymour, filha, dama de companhia de ambas as rainhas de Henrique

Bess Seymour, irmã de Jane, casada com Sir Anthony Oughtred, governador de Jersey; mais tarde viúva

OS CORTESÃOS

Charles Brandon, duque de Suffolk: viúvo da irmã de Henrique VIII, Maria; nobre de intelecto limitado

Thomas Wyatt, cavalheiro de intelecto ilimitado: amigo de Cromwell; amplamente suspeito de ser um dos amantes de Ana Bolena

Harry Percy, conde de Northumberland: jovem nobre, doente e endividado, outrora noivo de Ana Bolena

Francis Bryan, "o Vigário do Inferno", parente tanto dos Bolena quanto dos Seymour

Nicholas Carew, cavalariço real: inimigo dos Bolena

William Fitzwilliam, tesoureiro real, também inimigo dos Bolena

Henry Norris, conhecido como "o Gentil Norris", chefe da câmara privada do rei

Francis Weston, um jovem cavalheiro imprudente e extravagante

William Brereton, cavalheiro mais velho, turrão e encrenqueiro
Mark Smeaton, um músico suspeitosamente bem-vestido
Elizabeth, Lady Worcester, dama de companhia de Ana Bolena
Hans Holbein, pintor

OS CLÉRIGOS
Thomas Cranmer, arcebispo da Cantuária, amigo de Cromwell
Stephen Gardiner, bispo de Winchester, inimigo de Cromwell
Richard Sampson, assessor jurídico do rei em assuntos matrimoniais

OS FUNCIONÁRIOS DE ESTADO
Thomas Wriothesley, conhecido como Me-Chame-Risley, guarda-selos
Richard Riche, procurador-geral
Thomas Audley, lorde chanceler

OS EMBAIXADORES
Eustache Chapuys, embaixador do imperador Carlos V
Jean de Dinteville, enviado francês

OS REFORMISTAS
Humphrey Monmouth, comerciante abastado, amigo de Cromwell e
    simpatizante do Evangelho: patrono de William Tyndale, o tradutor da
    Bíblia, agora preso nos Países Baixos
Robert Packington, comerciante de simpatias semelhantes
Stephen Vaughan, comerciante na Antuérpia, amigo e agente de Cromwell

AS "ANTIGAS FAMÍLIAS" COM PRETENSÕES AO TRONO
Margaret Pole, sobrinha do rei Eduardo IV, partidária de Catarina de Aragão
    e da princesa Maria
Henry, lorde Montague, seu filho
Henry Courtenay, marquês de Exeter
Gertrude, sua ambiciosa esposa

NA TORRE DE LONDRES
Sir William Kingston, o condestável
Lady Kingston, sua esposa
Edmund Walsingham, seu substituto
Lady Shelton, tia de Ana Bolena
Um carrasco francês

Os Tudor (simplificada)

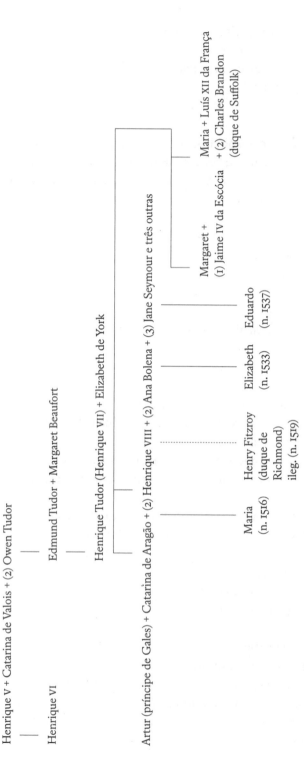

Henrique V + Catarina de Valois + (2) Owen Tudor

Henrique VI

Edmund Tudor + Margaret Beaufort

Henrique Tudor (Henrique VII) + Elizabeth de York

Artur (príncipe de Gales) + Catarina de Aragão + (2) Henrique VIII + (2) Ana Bolena + (3) Jane Seymour e três outras

Maria (n. 1516)

Henry Fitzroy (duque de Richmond) ileg. (n. 1519)

Elizabeth (n. 1533)

Eduardo (n. 1537)

Margaret + (1) Jaime IV da Escócia

Maria + Luís XII da França + (2) Charles Brandon (duque de Suffolk)

Henrique Tudor (Henrique VII) herdou o direito ao trono de sua mãe, Margaret Beaufort, tataraneta de Eduardo III. O casamento de Henrique Tudor com Elizabeth de York uniu as Casas Tudor e York.

Os rivais de Henrique VIII da Casa de York (simplificada)

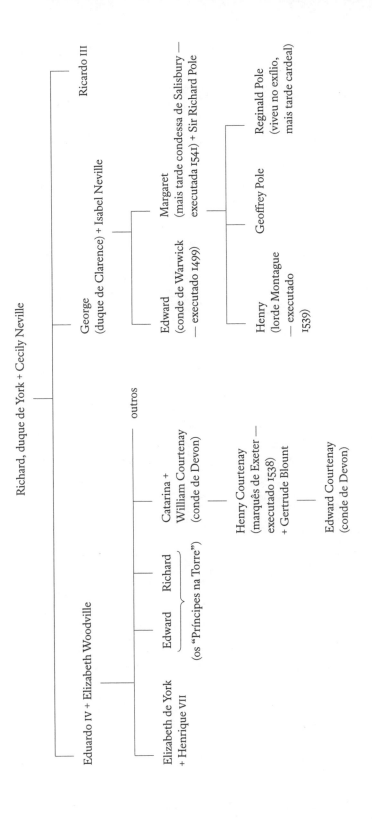

Não sou um homem como os outros? Não sou? Não sou?

Henrique VIII a Eustache Chapuys, embaixador imperial

Parte 1

I.
Falcões

Wiltshire, setembro de 1535

Suas filhas estão despencando do céu. Ele as observa montado no cavalo, a imensidão dos campos da Inglaterra às suas costas; elas arremetem para baixo, as asas douradas pelo sol, ambas com o olhar sedento de sangue. Grace Cromwell paira no ar rarefeito. Agarra sua presa em silêncio e, também em silêncio, plana até pousar de novo no punho dele. Mas os sons que ela faz ao voltar, o crocitar e o roçar de plumas, o suspirar e o rufar das asas, os pequenos estalos emitidos com a garganta, são todos sons de reconhecimento, íntimos, filiais, quase queixosos. Seu peito está manchado de sangue e há carne presa às suas garras.

Mais tarde, Henrique dirá, "Suas meninas voaram bem hoje". O falcão Anne Cromwell saltita na luva de Rafe Sadler, que cavalga ao lado do rei, ambos entretidos numa conversa amena. Estão cansados; o sol declina, e eles voltam a Wolf Hall com as rédeas folgadas sobre o pescoço das montarias. Amanhã, sua esposa e as duas irmãs voarão. Aquelas mulheres mortas, seus ossos há muito enterrados no barro de Londres, estão agora transmigradas. Desprovidas de peso, elas deslizam pelas correntes de vento lá no alto. Não se apiedam de ninguém. Não dão satisfações a ninguém. Sua vida é simples. Quando baixam o olhar, nada veem além de sua presa e das plumas emprestadas dos caçadores: veem um universo em fuga, acuado, um universo que é seu jantar.

Todo o verão foi assim, uma profusão de desmembramentos, penas e peles voando no ar; o atiçar e recolher dos cães, a atenção aos cavalos cansados, os cavalheiros tratando das contusões, torções e bolhas. E, ao menos por alguns dias, o sol brilhou sobre Henrique. Pouco antes do meio-dia as nuvens chegaram velozes do oeste e a chuva caiu em grandes gotas perfumadas; mas o sol ressurgiu abrasador, e agora o céu está tão claro que é possível ver o paraíso e espiar o que os santos estão fazendo.

Enquanto eles desmontam, entregando seus corcéis aos cavalariços e auxiliando o rei, a mente dele já se volta para a papelada: os despachos enviados de Whitehall, trazidos a galope pelas rotas postais, estabelecidas onde quer que a corte se instale. No jantar com os Seymour, ele assentirá para quaisquer histórias que seus anfitriões desejem contar: para qualquer coisa que o rei resolva inventar, todo descabelado, contente e afável como parece estar hoje. E, quando o rei for para a cama, sua noite de trabalho começará.

Embora o dia esteja no fim, Henrique não parece disposto a voltar para dentro. Imóvel, ele olha à sua volta, aspirando o suor dos cavalos, uma ampla marca de sol em tom vermelho-tijolo na testa. Perdeu o chapéu no início do dia, de forma que, por costume, todos no grupo de caça foram obrigados a tirar os seus. Muitos lhe foram oferecidos em substituição, mas o rei recusou todos eles. Quando as sombras do crepúsculo se esgueirarem sobre os bosques e os campos, os criados sairão em busca do tremular da pluma negra contra a grama que escurece, ou do brilho de seu brasão de caçador, o santo Huberto de ouro com olhos de safira.

Já se sente o outono. Sabemos que não haverá muitos dias mais como esses; então vamos nos delongar um pouco, com os cavalariços de Wolf Hall à nossa volta, Wiltshire e os condados do Oeste se estendendo num borrão azul; vamos ficar mais um pouco, a mão do rei no ombro dele, enquanto Henrique relembra, com fervor estampado no rosto, o passeio pelas paisagens do dia, os bosques verdes e os riachos a correr, os amieiros à beira d'água, a neblina matinal que se ergueu por volta das nove horas; o breve aguaceiro, a pequena ventania que amainou e sossegou; a quietude, o calor da tarde.

"Senhor, como pode não estar queimado?", Rafe Sadler pergunta. Ruivo como o rei, ele agora está de um cor-de-rosa sarapintado, manchado, e até seus olhos parecem inflamados. Ele, Thomas Cromwell, dá de ombros; pousa um braço nas costas de Rafe e os dois caminham sem pressa para dentro de casa. Ele atravessou toda a Itália — tanto o campo de batalha quanto a arena obscura da casa contábil — sem perder a palidez londrina. Sua juventude de rufião, os dias no rio, os dias nos campos: deixaram-no branco como Deus o fez. "Cromwell tem a pele de um lírio", o rei proclama. "É só nisso que ele se parece com esta ou com qualquer outra flor." E, com essa provocação, os homens se dirigem a passo lento para o jantar.

O rei partiu de Whitehall pouco depois que Thomas More morreu, numa semana desgraçadamente chuvosa de julho; e os cascos dos cavalos deixavam marcas profundas na lama enquanto a comitiva avançava num penoso zigue--zague em direção a Windsor. Desde então, o séquito atravessou uma miríade de condados do Oeste; os assessores de Cromwell, depois de concluir os assuntos do rei na frente londrina, se reuniram à comitiva real em meados de agosto. O rei e seus acompanhantes dormem placidamente em casas novas de tijolos vermelhos, ou em casas antigas cujas fortificações desmoronaram ou foram derrubadas, em castelos de fantasia semelhantes a brinquedos, castelos impossíveis de se fortificar, com paredes que uma bala de canhão perfuraria facilmente como papel. A Inglaterra desfruta de paz há cinquenta anos. Esse é o compromisso dos Tudor; paz é o que eles oferecem. Cada família se esforça para apresentar seu melhor ao rei, e nas últimas semanas vimos alguns rebocos aplicados pela força do pânico, algumas pedras cinzeladas às pressas: são os anfitriões correndo para pôr a rosa de Tudor junto a seus próprios brasões. Procuram, para então obliterar, todo e qualquer vestígio de Catarina, a rainha que já não é, destruindo a marteladas as romãs de Aragão, seus gomos rompidos, suas sementes arrebentadas e voando pelos ares. Em seu lugar — se não há tempo para entalhar novos relevos —, o falcão de Ana Bolena é grosseiramente pintado sobre os escudos de armas.

Hans se juntou a eles durante a viagem e fez um desenho de Ana, a rainha, mas não a agradou; como agradá-la hoje em dia? Ele desenhou Rafe Sadler, com a barba curta e bem cuidada e a boca constrita, seu elegante chapéu como um disco cheio de plumas equilibrado precariamente no cabelo tosado. "Fez meu nariz muito achatado, mestre Holbein", diz Rafe, e Hans responde: "E como teria eu, mestre Sadler, o poder de consertar seu nariz?".

"Ele quebrou o nariz quando era criança", ele diz, "cavalgando. Eu mesmo o tirei de sob o cavalo, o pobrezinho do menino, chorando e chamando pela mãe." Ele aperta o ombro do rapaz. "Vamos, Rafe, anime-se. Acho que você ficou muito bonito. Lembre-se do que Hans fez comigo."

Thomas Cromwell está agora com cerca de cinquenta anos. Tem o corpo de um trabalhador, atarracado, prático, tendendo para a gordura. Seu cabelo outrora preto está ficando grisalho, e, por causa de sua impermeável pele branca, que parece concebida para resistir tanto à chuva quanto ao sol, as pessoas zombam dele, dizendo que seu pai era irlandês, embora na verdade fosse um cervejeiro e ferreiro de Putney, além de tosquiador, um homem que se metia a fazer todo tipo de coisa, briguento e arruaceiro, bêbado e brutamontes, um homem muitas vezes levado à justiça por bater em alguém, por enganar alguém. Como o filho de um homem desse tipo alcançou sua atual proeminência é uma pergunta que toda a Europa se faz. Alguns dizem que ele se elevou com a ajuda dos Bolena, a família da rainha. Alguns dizem que foi obra exclusiva do falecido cardeal Wolsey, seu patrono; Cromwell era seu homem de confiança, ganhava dinheiro para ele e conhecia seus segredos. Outros dizem que ele frequenta a companhia de feiticeiros. Passou a juventude fora do reino, como soldado mercenário, comerciante de lã, banqueiro. Ninguém sabe por onde andou e quem conheceu, e ele tampouco tem pressa em contar. Ele jamais se poupa no serviço ao rei, conhece seu valor e seus méritos e faz questão de receber sua recompensa: cargos, privilégios e títulos, mansões e herdades. Sempre encontra um jeito de conseguir o que deseja, sempre tem um método; pode encantar ou subornar um homem, convencê-lo ou ameaçá-lo, pode explicar a esse homem quais são seus verdadeiros interesses, ou lhe desvendar aspectos de si mesmo que ele nem sabia que existiam. Todos os dias o secretário-mor lida com fidalgos que, se pudessem, o destruiriam num único e vingativo volteio de mão, como se ele fosse uma mosca. Sabendo disso, ele se distingue por sua cortesia, sua calma e sua incansável atenção aos interesses da Inglaterra. Não tem o hábito de se explicar. Não tem o hábito de discutir seus sucessos. Mas, sempre que a boa sorte o buscou, ele estava lá, plantado à porta, pronto para escancará-la à mais tímida batida que dela ouvisse.

Em sua casa na cidade, em Austin Friars, seu retrato medita circunspecto na parede; ele aparece envolto em lãs e peles, a mão cerrada em torno de um documento como se fosse estrangulá-lo. Hans empurrou uma mesa em sua direção, para aprisioná-lo, e disse, Thomas, você não pode rir; e assim eles prosseguiram, Hans cantarolando baixinho enquanto pintava e ele com o olhar feroz pregado na meia distância. Quando viu o retrato pronto, ele disse, "Jesus, eu pareço um assassino", e seu filho Gregory comentou, não sabia disso? Há cópias sendo preparadas para seus amigos e para os admiradores que ele tem entre os evangélicos da Germânia. Ele não abrirá mão do original — não agora que me acostumei, diz —, e assim, ao entrar no salão de casa, encontra diversas versões de si mesmo em variados estágios de transformação: um contorno preliminar, parcialmente pintado. Por onde começar com Cromwell? Alguns partem de seus olhinhos afiados, alguns começam por seu chapéu. Alguns evitam a questão e começam por seu selo e sua tesoura, outros destacam o anel de turquesa dado pelo cardeal. Por onde quer que comecem, o impacto final é o mesmo: se vocês dois tiverem alguma questão não resolvida, você não vai querer encontrá-lo numa noite sem luar. Seu pai, Walter, costumava dizer: "Meu filho Thomas, olhe-o de cara feia que ele arranca seu olho. Passe a perna nele, e dê adeus à sua perna. Mas, se você não se meter no seu caminho, é um grande cavalheiro. E sabe pagar uma bebida aos amigos".

Hans desenhou o rei, benevolente em sedas de verão, sentado depois do jantar com seus anfitriões, os caixilhos abertos para o canto dos pássaros vespertinos, as primeiras velas chegando com as frutas cristalizadas. Em cada parada de sua viagem, Henrique se acomoda na principal mansão do lugar com a rainha Ana; seu séquito se hospeda com a fidalguia local. É comum que, ao menos uma vez durante a visita, os anfitriões do rei acolham esses acompanhantes periféricos como forma de agradecimento, o que põe certa pressão sobre os arranjos domésticos. Ele já contou as carroças de provisões que chegavam; viu cozinhas lançadas em tumulto, e desceu pessoalmente a elas naquela hora verde-gris antes do amanhecer, quando os fornos de barro são limpos para o primeiro lote de pães, quando as carcaças são postas em espetos, as caldeiras são instaladas nas grelhas, as aves são depenadas e desossadas. Seu tio foi cozinheiro de um arcebispo, e quando criança ele perambulava pelas cozinhas do palácio de Lambeth; conhece o ofício até do avesso, e nada que diz respeito ao conforto do rei pode ser deixado ao acaso.

São dias perfeitos. A luz clara e límpida molda cada frutinha nos arbustos. Cada folha de uma árvore, com o sol ao fundo, pende como uma pera dourada. Quando cavalgávamos rumo a oeste no alto verão, mergulhamos em bucólicas caçadas, alcançando os cumes das colinas e emergindo naquela região de terras altas onde, mesmo a dois condados de distância, sentimos a presença cambiante do mar. Nessa parte da Inglaterra, nossos antepassados, os gigantes, deixaram suas construções de barro, seus túmulos e monólitos. Temos ainda, cada homem e cada mulher da Inglaterra, algumas gotas de sangue gigante em nossas veias. Naqueles tempos ancestrais, num país intocado por gado ou arado, eles caçavam javalis e alces. A floresta se prolongava à nossa frente por dias e dias. Às vezes, armas antigas são desenterradas: machados que, empunhados com as duas mãos, poderiam partir cavalo e cavaleiro ao meio num só golpe. Imagine os grandes braços e pernas desses mortos, agitando-se sob o solo. Sua natureza era a guerra, e a guerra sempre anseia por regressar. Cavalgando por esses campos, não pensamos apenas no passado, mas também no que está encerrado na terra, no que é gestado; nos dias que virão, nas guerras por travar, nas feridas e mortes que, como sementes, o solo da Inglaterra conserva em seu calor. Quem visse Henrique rindo, quem visse Henrique orando, quem o visse conduzindo seus homens pela trilha da floresta poderia pensar que ele ocupa o trono com a mesma segurança com que monta o cavalo. As aparências enganam. À noite, insone, ele fica deitado fitando as vigas esculpidas do teto; ele conta seus próprios dias. Henrique diz, "Cromwell, Cromwell, o que farei?". Cromwell, salve-me do imperador. Cromwell, salve-me do papa. Em seguida, ele convoca seu arcebispo da Cantuária, Thomas Cranmer, e exige saber, "Minha alma está condenada?".

Em Londres, o embaixador do imperador, Eustache Chapuys, espera dia após dia pela notícia de que o povo da Inglaterra se rebelou contra seu rei cruel e herético. É uma notícia que ele deseja ardentemente ouvir, e gastaria horas de trabalho e bolsas de dinheiro para torná-la realidade. Seu amo, o imperador Carlos, é o senhor dos Países Baixos, bem como da Espanha e das terras espanholas além-mar; Carlos é rico e se enfurece, de tempos em tempos, porque Henrique Tudor ousou destronar sua tia, Catarina, para se casar com uma mulher a quem as pessoas nas ruas chamam de meretriz de olhos esbugalhados.

Em despachos urgentes, Chapuys exorta seu senhor a invadir a Inglaterra, a se unir aos rebeldes do reino, aos pretendentes ao trono e aos descontentes, e a dominar essa ilha infiel cujo rei decretou o próprio divórcio e se declarou Deus por um ato do Parlamento. O papa não aceita de bom grado o fato de que é uma piada na Inglaterra, de que é chamado meramente de "bispo de Roma", ou de que seus rendimentos sejam cortados e canalizados para os cofres do monarca. A bula de excomunhão, elaborada mas ainda não promulgada, paira sobre Henrique, fazendo dele um pária entre os reis cristãos da Europa: que são convidados, ou melhor, encorajados a atravessar o mar Estreito ou a fronteira dos escoceses e servir-se de tudo que pertence a ele. Talvez o imperador venha. Talvez o rei da França venha. Talvez venham juntos. Bem que gostaríamos de dizer que estamos prontos para eles, mas a realidade é outra. No caso de uma incursão armada, talvez tenhamos que desenterrar os ossos dos gigantes para acertar os invasores na cabeça, uma vez que o equipamento é escasso, a pólvora é escassa, o aço é escasso. Isso não é culpa de Thomas Cromwell; como Chapuys diz, com uma careta, o reino de Henrique estaria em melhores condições se o tivessem deixado ao encargo de Cromwell há cinco anos.

Para defender a Inglaterra, e ele a defenderá — sim, porque ele próprio iria para o campo de batalha, espada em punho —, é preciso saber o que a Inglaterra é. No calor de agosto, ele se deteve, com a cabeça descoberta, diante dos túmulos esculpidos de ancestrais, homens encouraçados dos pés à cabeça em armaduras de placas e cotas, as mãos cobertas por manoplas, unidas e rigidamente apoiadas no peito, os pés revestidos de malha de metal, repousando sobre leões, grifos e galgos de pedra: homens de pedra, homens de aço, suas delicadas esposas sepultadas a seu lado como caracóis dentro das cascas. Acreditamos que o tempo não pode tocar os mortos, mas toca seus monumentos, privando-os de narizes e dedos devido aos acidentes e ao atrito dos anos. Um minúsculo pé desmembrado (como o de um querubim ajoelhado) emerge de uma dobra de tecido; a ponta decepada de um polegar repousa sobre uma almofada esculpida. "Precisamos restaurar nossos antepassados no próximo ano", dizem os lordes dos condados ocidentais: mas seus brasões e suportes, suas conquistas e seus feitos estão sempre em tinta fresca, e ao falarem eles embelezam os atos de seus antepassados, quem foram e o que empunharam: as armas que meu ancestral brandiu em Agincourt, a taça que meu ancestral recebeu diretamente da mão de John de Gaunt. Se nas recentes guerras entre York e Lancaster seus pais e avós ficaram do lado errado, eles guardam silêncio a respeito. Na geração seguinte, esses deslizes devem ser perdoados, e as reputações, reparadas; caso contrário, a Inglaterra não pode seguir em frente — continuará retrocedendo em espiral rumo às profundezas de seu passado sujo.

Ele não tem nenhum antepassado, claro: não do tipo de que alguém se gabaria. Outrora houve uma família nobre de sobrenome Cromwell, e, quando ele foi admitido no serviço do rei, os arautos o encorajaram a adotar aquele antigo brasão para salvar as aparências; mas eu não sou um deles, respondeu ele com polidez, não quero seus feitos. Fugiu à violência do pai quando não tinha mais que quinze anos; cruzou o canal, serviu no exército do rei francês. Esteve lutando desde que aprendeu a andar; e, se você vai lutar de qualquer forma, por que não ser pago para fazer isso? Há ofícios mais lucrativos que o de soldado, e ele os descobriu. Assim, decidiu não voltar correndo para casa.

E agora, quando seus nobres anfitriões querem conselhos sobre a instalação de uma fonte ou de uma escultura das Três Graças dançando, o rei lhes diz, o Cromwell aqui é o homem certo para isso; Cromwell viu como as coisas são feitas na Itália, e o que serve para os italianos servirá para Wiltshire. Às vezes o rei parte de um lugar apenas com sua comitiva montada, e a rainha fica para trás com suas damas e seus músicos, enquanto Henrique e seu pequeno círculo de favoritos caçam até a exaustão, por todo o país. E é assim que eles chegam a Wolf Hall, onde o velho Sir John Seymour está esperando para recebê-los, cercado por sua próspera família.

"Não sei, Cromwell", diz o velho Sir John. Toma-lhe o braço, afável. "Todos esses falcões com nomes de mulheres mortas… eles não o deixam abatido?"

"Jamais fico abatido, Sir John. O mundo é muito bom para mim."

"Você deveria se casar de novo, formar outra família. Talvez encontre uma noiva enquanto está aqui conosco. Na floresta Savernake há muitas jovens viçosas."

Ainda tenho Gregory, diz ele, olhando para trás em direção ao filho; de um modo ou de outro, ele está sempre preocupado com Gregory. "Ah", diz Seymour, "rapazes são ótimos, mas um homem precisa de filhas também, as filhas são um consolo. Veja Jane. É uma boa menina."

Ele olha para Jane Seymour, como o pai dela insiste. Ele a conhece bem, da corte, uma vez que ela foi dama de companhia de Catarina, a antiga rainha, e de Ana, a rainha atual; é uma jovem simples, com uma palidez argêntea, um hábito de se manter em silêncio e um jeito próprio de olhar para os homens como se eles representassem uma surpresa desagradável. Ela está usando pérolas e brocado branco, bordado com pequenos ramos de cravos. Ele identifica em sua aparência gastos consideráveis; não seria possível apresentá-la desse jeito por menos de trinta libras, e isso sem contar as pérolas. Não surpreende que ela se mova com tanta cautela, como uma criança a quem alertaram para não derramar nada em si mesma.

O rei diz: "Jane, agora que a encontramos em casa entre sua gente, sente-se menos tímida?". Ele toma a mãozinha de rato da moça em sua imensa mão. "Na corte nunca conseguimos ouvir uma só palavra dela."

Jane tem os olhos erguidos para o rei, e cora do pescoço à raiz dos cabelos. "Alguém já viu tamanho rubor?", pergunta Henrique. "Nunca, a não ser numa pequena donzela de doze anos."

"Já não posso dizer que tenho doze anos", responde Jane.

No jantar, o rei senta-se ao lado de Lady Margery, sua anfitriã. Ela foi uma beldade em seu tempo, e, dada a atenção extraordinária que o rei lhe dedica, seria de pensar que ainda é; teve dez filhos, dos quais seis estão vivos, e três nesta sala. Edward Seymour, o herdeiro, tem a cabeça comprida, uma expressão séria, um perfil definido e resoluto: um belo homem. Rapaz de vasta leitura, embora não erudito, se dedica sagazmente a qualquer cargo que lhe é dado; esteve na guerra, e agora, enquanto espera para voltar a lutar, se sai bem no campo de caça e na liça. O cardeal, quando vivo, o considerava superior aos Seymours mais típicos; e ele mesmo, Thomas Cromwell, o sondou e o considerou fiel ao rei em todos os aspectos. Tom Seymour, irmão mais novo de Edward, é barulhento, impetuoso e mais interessante aos olhos das mulheres; quando ele entra na sala, as virgens dão risadinhas e as jovens esposas baixam a cabeça e o examinam de soslaio.

O velho Sir John é um homem de notório apego familiar. Há dois ou três anos, os mexericos da corte só giravam em torno de como ele havia se deitado com a esposa do próprio filho, e não uma só vez, no calor da paixão, mas repetidamente, desde o noivado. A rainha e suas confidentes espalharam a história pela corte. "Fizemos uma estimativa de cento e vinte vezes", zombou Ana. "Bem, Thomas Cromwell foi quem fez o cálculo, e ele é bom com números. Estamos supondo que os dois se abstinham aos domingos, em nome do decoro, e reduziam a frequência durante a Quaresma." A esposa traidora deu à luz dois meninos, e, quando sua conduta se tornou conhecida, Edward disse que não os aceitaria como seus herdeiros, pois não podia saber se eram seus filhos ou meios-irmãos. A adúltera foi trancada num convento e logo fez ao marido o favor de morrer; agora ele tem uma nova esposa, que cultiva uma postura proibitiva e mantém um punhal no bolso, caso o sogro chegue perto demais.

Mas o caso está perdoado, está perdoado. A carne é fraca. Essa visita real sela o perdão ao velho. John Seymour tem mil e trezentos acres, incluindo seu bosque de cervos, e a maior parte do território é pasto para ovelhas e vale dois xelins por acre ao ano, rendendo-lhe vinte e cinco por cento do valor que a mesma área renderia se fosse arada. As ovelhas dele são pequenos animais de cara preta cruzados com carneiros monteses de Gales; têm carne cartilaginosa, mas lã bastante boa. Na chegada da comitiva, o rei (ele está com ares bucólicos) pergunta: "Cromwell, quanto deve pesar esse animal?". Ao que ele responde, sem erguer a ovelha: "Trinta libras, senhor". Francis Weston, um jovem cortesão, diz, com um sorriso irônico: "Mestre Cromwell foi tosquiador. Ele não erraria".

O rei diz: "Seríamos um país pobre sem nosso comércio de lã. Não é um descrédito que mestre Cromwell conheça o ofício".

Mas Francis Weston encobre um sorriso debochado com a mão.

Amanhã, Jane Seymour caçará com o rei. "Pensei que seriam apenas cavalheiros", ele ouve Weston sussurrando. "A rainha ficaria irritada se soubesse." Ele murmura, então cuide para que ela não saiba, seja um bom garoto.

"Em Wolf Hall, todos somos grandes caçadores", gaba-se Sir John. "Minhas filhas também; dizem que Jane é tímida, mas ponham-na sobre a sela e eu lhes garanto, senhores, que ela é a própria deusa Diana. Nunca enfiei minhas meninas em salas de aula, sabem? Sir James aqui lhes ensinou tudo que elas precisavam saber."

O padre à cabeceira da mesa concorda, com um largo sorriso: um velho tolo de cabeça branca, um dos olhos embaciado. Ele, Cromwell, dirige-se ao padre: "Então o senhor lhes ensinou a dança, Sir James? Louvado seja. Eu vi a irmã de Jane, Elizabeth, na corte, fazendo par com o rei".

"Ah, elas tiveram um mestre para isso." O velho Seymour ri. "Mestre de dança, mestre de música, é o suficiente para elas. Não precisam de línguas estrangeiras. Não vão a lugar algum."

"Penso diferente, senhor", diz ele. "Dei às minhas filhas educação igual à do meu filho."

Às vezes ele gosta de falar sobre elas, Anne e Grace: falecidas há sete anos. Tom Seymour ri. "Então mandava as meninas para a justa com Gregory e o jovem mestre Sadler?"

Ele sorri. "Menos isso."

Edward Seymour comenta: "Não é incomum que as filhas de uma família da cidade aprendam letras e algo mais. Talvez se mostrem úteis na contabilidade. Já ouvi comentários a respeito. Isso as ajudaria a conseguir bons maridos: uma família de comerciantes ficaria feliz em encontrar moças com tal formação".

"Pensem nas filhas de mestre Cromwell", diz Weston. "Não ouso. Duvido que uma casa contábil pudesse segurá-las. Teriam sido rápidas com um machado de guerra, imagino. Só de olhá-las os homens ficariam com as pernas bambas. E não me refiro ao arrebatamento do amor."

Gregory se agita. É tão distraído que dificilmente alguém pensaria que estivesse acompanhando a conversa, mas sua voz trepida de mágoa: "Está insultando a memória das minhas irmãs, senhor, e nem chegou a conhecê-las. Minha irmã Grace...".

Ele vê Jane Seymour estendendo a mãozinha e tocando o punho de Gregory: para salvá-lo, ela se arrisca a chamar a atenção do grupo. "Nos últimos tempos", diz ela, "tenho adquirido alguma habilidade com a língua francesa."

"Tem mesmo, Jane?" Tom Seymour está sorrindo.

Jane baixa a cabeça. "Mary Shelton está me ensinando."

"Mary Shelton é uma jovem bondosa", diz o rei; e, com o canto do olho, ele vê Weston cutucando seu vizinho de mesa com o cotovelo; dizem que Shelton tem sido bondosa com o rei na cama.

"Estão vendo?", diz Jane a seus irmãos. "Nós damas não gastamos todo o nosso tempo em calúnias e escândalos inúteis. Embora Deus saiba que temos mexericos o bastante para entreter toda uma cidade de mulheres."

"Têm mesmo?", ele indaga.

"Conversamos sobre quem está apaixonado pela rainha. Quem escreve versos para ela." Jane baixa os olhos. "Quero dizer, quem está apaixonado por cada uma de nós. Este ou aquele cavalheiro. Conhecemos todos os nossos pretendentes e os avaliamos da cabeça aos pés; eles corariam se soubessem o que falamos. Contamos quantos acres têm suas terras e quantas libras ganham num ano, e assim decidimos se vamos permitir que eles nos escrevam um soneto. Se não achamos que eles nos manterão em grande estilo, zombamos das suas rimas. É cruel, posso lhes dizer."

Ele comenta, um pouco desconfortável, não há mal algum em escrever versos para damas, mesmo casadas, na corte isso é costume. Weston diz, obrigado por essas palavras amáveis, mestre Cromwell, pensamos que talvez tentasse nos obrigar a parar.

Tom Seymour se inclina à frente, rindo. "E quem são seus pretendentes, Jane?"

"Se quer descobrir isso, tem que pôr um vestido, pegar as agulhas e se juntar a nós."

"Como Aquiles entre as mulheres", diz o rei. "Você terá que raspar sua bela barba, Seymour, para descobrir os segredinhos lascivos delas." Ele ri, mas não está feliz. "A menos que encontremos alguém mais donzelesco para a tarefa. Gregory, você é um rapaz bonito, mas temo que suas mãos grandes o entregariam."

"O neto do ferreiro", diz Weston.

"Aquele garoto, Mark", prossegue o rei. "O músico, vocês o conhecem? Ali temos um semblante delicado de moça."

"Oh", exclama Jane. "Mark já faz parte do nosso círculo, de qualquer forma. Está sempre rondando por aqui. Mal o consideramos um homem. Se quiserem saber nossos segredos, perguntem a ele."

A conversa se desvia para outra direção; ele pensa, nunca soube que Jane tinha algo a dizer por si mesma; e pensa, Weston está me provocando, sabe que na presença de Henrique não vou dar o troco; e ele imagina qual a forma que esse troco poderia assumir, quando for entregue. Rafe Sadler o examina de rabo de olho.

"Então", o rei se dirige a ele, "como amanhã será melhor que hoje?" Aos convivas do jantar, o rei explica: "Mestre Cromwell não consegue dormir a menos que esteja melhorando algo".

"Reformarei a conduta do chapéu de vossa majestade. E aquelas nuvens, antes do meio-dia..."

"Precisávamos da chuva. A água nos refrescou."

"Que Deus não envie a vossa majestade uma enxurrada pior", comenta Edward Seymour.

Henrique esfrega a faixa de pele queimada pelo sol. "O cardeal... ele achava que podia mudar o clima. Olhem que manhã bonita, ele dizia; mas o tempo vai melhorar ainda mais, lá pelas dez. E melhorava mesmo."

Henrique às vezes faz isso; lança o nome de Wolsey na conversa, como se não tivesse sido ele, mas outro monarca, quem perseguiu o cardeal até a morte.

"Alguns homens têm olho bom para o tempo", diz Tom Seymour. "Não é nada além disso, senhor. Não é exclusividade dos cardeais."

Henrique assente, sorrindo. "É verdade, Tom. Eu nunca deveria ter me impressionado com ele, não?"

"Ele era orgulhoso demais, para um súdito", diz o velho Sir John.

O rei desliza os olhos pela mesa até ele, Thomas Cromwell. Ele amava o cardeal. Todos aqui sabem disso. Sua expressão é tão cuidadosamente vazia quanto uma parede recém-pintada.

Depois do jantar, o velho Sir John conta a história de Edgar, o Pacífico. Ele governou essas bandas há muitas centenas de anos, antes de os reis ostentarem números: quando todas as donzelas eram lindas e todos os cavaleiros eram galantes, e a vida era simples, violenta e geralmente breve. Edgar, pretendendo desposar certa moça, enviou um de seus condes para avaliá-la. O conde, que era ao mesmo tempo falso e astuto, enviou de volta a mensagem de que a beleza dela tinha sido muito exagerada por poetas e pintores; na vida real, disse ele, era manca e vesga. Seu objetivo era tomar a delicada dama para si, e assim ele a seduziu e se casou com ela. Ao descobrir a traição do conde, Edgar o tocaiou num bosque não muito longe dali e o acertou com uma lança, atravessando-o e matando-o de um só golpe.

"Que patife mais falso, esse conde!", diz o rei. "Teve o que mereceu."

"Mais correto chamá-lo de canalha que de conde", Tom Seymour comenta. Seu irmão suspira, como se para se distanciar do comentário.

"E o que a dama disse?", ele pergunta; ele, Cromwell. "Quando encontrou o conde espetado?"

"A moça se casou com Edgar", responde Sir John. "Casaram-se no bosque e viveram felizes para sempre."

"Imagino que ela não tenha tido escolha", diz Lady Margery, com um suspiro. "As mulheres têm que se adaptar."

"E a gente do campo diz", Sir John acrescenta, "que o desleal conde ainda assombra a floresta, gemendo e tentando tirar a lança da barriga."

"Imaginem só", diz Jane Seymour. "Numa noite de luar, você olha pela janela e lá está ele, puxando a lança e resmungando. Felizmente não acredito em fantasmas."

"O que a torna ainda mais tola, irmã", Tom Seymour replica. "Vão fazer questão de assustá-la, minha querida."

"Mesmo assim", diz Henrique. Ele imita um arremesso: embora de forma contida, pois está à mesa de jantar. "Um só golpe certeiro. Devia ter um bom braço para a lança, o rei Edgar."

Ele diz — ele, Cromwell: "Eu gostaria de saber se essa história chegou a ser escrita e, nesse caso, por quem, e se o escritor estava sob juramento".

O rei diz: "Cromwell arrastaria o conde perante júri e juiz".

"Perdão, majestade", Sir John ri, "mas não creio que eles tivessem esse tipo de recurso naquela época."

"Cromwell teria encontrado algum." O jovem Weston se inclina à frente para enfatizar o que diz. "Desencavaria um júri, faria com que brotasse num canteiro de cogumelos. E então seria o fim do conde: eles o julgariam, depois o desfilariam e lhe cortariam a cabeça. Dizem que, no julgamento de Thomas More, o secretário-mor aqui seguiu o júri para o local das deliberações, e, quando se sentaram, ele fechou a porta às suas costas e botou as cartas na mesa. 'Permitam-me esclarecer suas dúvidas', disse ele aos jurados. 'O papel dos senhores é declarar Sir Thomas culpado, e não irão jantar até que tenham cumprido isso.' Depois saiu e fechou a porta novamente, plantando-se do lado de fora com um machado na mão, caso eles escapassem em busca de um cozido; e, sendo londrinos, preocupam-se com o estômago acima de todas as coisas, e, assim que sentiram a barriga roncando, gritaram: 'Culpado! Mais culpado impossível!'"

Os olhares se concentram nele, Cromwell. Rafe Sadler, a seu lado, está teso de desagrado. "É uma bela história", diz Rafe a Weston, "mas eu é que lhe pergunto dessa vez, onde está escrita? Creio que você descobrirá que meu amo é sempre correto quando lida com uma corte de justiça."

"Você não estava lá", diz Francis Weston. "Eu soube da boca de um dos próprios jurados. Eles gritaram: 'Fora com ele, levem o traidor e nos tragam uma perna de carneiro'. E Thomas More foi conduzido à morte."

"Você fala como se lamentasse", diz Rafe.

"Eu não." Weston ergue as mãos. "A rainha Ana diz: que a morte de More seja um aviso a todos os traidores da sua laia. Por mais alta que seja sua posição, por mais velada que seja sua perfídia, Thomas Cromwell os encontrará."

Há um murmúrio de assentimento; por um instante ele acha que a mesa se voltará para ele e o aplaudirá. Então Lady Margery toca um dedo nos lábios e meneia a cabeça na direção do rei, que, sentado à cabeceira da mesa, começou a se inclinar para a direita; suas pálpebras fechadas vibram de leve e sua respiração é tranquila e profunda.

Os convivas trocam sorrisos. "Embriagado de ar fresco", murmura Tom Seymour.

É uma grata alternativa à embriaguez por bebida; ultimamente o rei tem pedido o jarro de vinho com mais frequência do que o fazia em sua juventude esbelta e desportiva. Ele, Cromwell, observa como Henrique se inclina na cadeira. Primeiro para a frente, como se fosse descansar a testa na mesa. Depois desperta com um solavanco e se lança para trás, empertigando-se. Um filete de saliva escorre por sua barba.

Essa seria uma tarefa para Harry Norris, o chefe dos cavalheiros da câmara privada; com seu passo silencioso e sua mão suave e desprovida de julgamento, Harry murmuraria ao ouvido do rei, trazendo-o de volta ao mundo da vigília. Mas Norris foi para o outro lado do país, levando a carta de amor do rei a Ana. Então, o que fazer? Henrique não parece uma criança cansada, como teria sido há cinco anos. Parece um homem de meia-idade qualquer, mergulhado em torpor depois de uma refeição muito pesada; parece gordo e inchado, e uma veia salta aqui e ali, e até à luz de velas é possível ver que seu cabelo ralo está ficando grisalho. Ele, Cromwell, acena para o jovem Weston. "Francis, seu toque cavalheiresco se faz necessário."

Weston finge não ouvir. Seus olhos estão pousados no rei, e seu rosto exibe uma incauta expressão de desgosto. Tom Seymour sussurra: "Acho que deveríamos fazer barulho. Para acordá-lo naturalmente".

"Que tipo de barulho?", indaga seu irmão Edward, tão baixo que quase só mexe a boca.

Tom simula um riso silencioso com a mão na barriga.

As sobrancelhas de Edward se erguem. "Ria, se tem coragem. Ele pensará que você está rindo da sua baba."

O rei começa a roncar. Vai caindo para a esquerda, inclinando-se perigosamente sobre o braço da cadeira.

Weston diz: "Faça isso, Cromwell. Nenhum homem tem mais prestígio com ele".

Ele balança a cabeça em negativa, sorrindo.

"Deus salve sua majestade", diz Sir John, piamente. "Ele já não é tão jovem."

Jane se ergue. Um roçar rígido dos ramos de cravo. Inclina-se sobre a cadeira do rei e lhe toca as costas da mão: rapidamente, como se testasse a consistência de um queijo. Henrique tem um sobressalto, e seus olhos se arregalam. "Eu não estava dormindo", diz ele. "Verdade. Só estava descansando os olhos."

Quando o rei parte para a cama, Edward Seymour diz: "Secretário-mor, hora da minha vingança".

Recostado, taça na mão: "O que eu lhe fiz?".

"Uma partida de xadrez. Calais. Sei que se lembra."

Fim do outono, ano 1532: a noite em que o rei foi para a cama com a atual rainha pela primeira vez. Antes de se deitar com Henrique, Ana o obrigou a jurar sobre a Bíblia que ele a desposaria assim que pisassem novamente em solo inglês; mas as tempestades os aprisionaram no porto, e o rei fez bom uso do tempo, tentando gerar nela um filho.

"Você me deu um xeque-mate, mestre Cromwell", diz Edward. "Mas só porque me distraiu."

"De que maneira eu o distraí?"

"Você me perguntou sobre minha irmã Jane. Sua idade, e assim por diante."

"E pensou que eu estivesse interessado nela."

"E está?" Edward sorri, para abrandar a pergunta crua. "Ela ainda não recebeu proposta, sabe."

"Arrume as peças", diz ele. "Gostaria de seguir com o tabuleiro como estava quando perdeu sua linha de raciocínio?"

Edward o encara, cuidadosamente inexpressivo. Fala-se na excelente memória de Cromwell. Ele sorri para si mesmo. Poderia mesmo arrumar o tabuleiro, fazendo apenas algumas poucas suposições; ele conhece o tipo de jogo de um homem como Seymour. "É melhor começarmos uma nova partida", ele sugere. "Vida que segue. Gosta das regras italianas? Não aprecio partidas que se arrastam por uma semana."

As primeiras jogadas revelam alguma ousadia por parte de Edward. Mas então, com um peão branco suspenso entre as pontas dos dedos, Seymour se recosta no espaldar da cadeira, franzindo a testa, e resolve falar sobre Santo Agostinho; e de Santo Agostinho ele avança para Martinho Lutero. "É um ensinamento que traz terror ao coração", diz ele. "De que Deus nos criaria apenas para nos condenar. Que suas pobres criaturas, exceto algumas poucas, nascem apenas para sofrer neste mundo e, em seguida, no fogo eterno. Às vezes temo que seja verdade. Mas tenho esperança de que não seja."

"O gordo Martinho mudou seu posicionamento. Foi o que ouvi dizer. E para uma teoria mais reconfortante."

"Ah é, de que mais de nós são salvos? Ou que nossas boas ações não são inteiramente inúteis aos olhos de Deus?"

"Não devo falar por ele. Leia Philip Melanchthon. Eu lhe enviarei seu novo livro. Espero que ele nos visite na Inglaterra. Estamos negociando com seus homens."

Edward pressiona a cabecinha redonda do peão contra os lábios. Parece prestes a mordiscar a peça. "O rei permitiria isso?"

"Ele não permitiria que o Irmão Martinho em pessoa entrasse. Não gosta nem que mencionem seu nome. Mas Philip é um homem mais fácil, e seria bom para nós, seria muito bom, se formássemos uma aliança útil com os príncipes germânicos que favorecem o Evangelho. Isso daria um susto no imperador, termos amigos e aliados nos próprios domínios dele."

"E é apenas isso que significa para você?" O cavalo de Edward está saltitando pelas casas. "Diplomacia?"

"Eu estimo a diplomacia. É barata."

"Mas dizem que também ama o Evangelho."

"Não é nenhum segredo." Ele franze a testa. "Realmente pretende fazer isso, Edward? Vejo meu caminho até sua rainha. Não gostaria de lhe tirar vantagem novamente, ou que diga que estraguei seu jogo com uma conversa fiada sobre a condição da sua alma."

Um sorriso enviesado. "E como anda sua rainha ultimamente?"

"Ana? Está de cara virada para mim. Sinto minha cabeça vacilar sobre os ombros quando ela me encara. Ela ouviu dizer que uma ou duas vezes falei favoravelmente sobre Catarina, a antiga rainha."

"E é verdade?"

"Só por admirar seu espírito. Que, qualquer um deve admitir, é firme na adversidade. E além de tudo a rainha pensa que sou favorável demais à princesa Maria; ou, melhor dizendo, Lady Maria, como devemos chamá-la agora. O rei ainda ama sua filha mais velha, ele diz que não pode evitar; e isso enfurece Ana, porque ela quer que a princesa Elizabeth seja a única filha reconhecida por ele. Ana pensa que somos demasiado brandos com Maria e que deveríamos pressioná-la a admitir que sua mãe nunca foi legalmente casada com o rei, e que, portanto, ela é uma bastarda."

Edward gira o peão branco nos dedos, encarando a peça dubiamente, e o deposita em sua casa. "Mas não é nesse pé que estão as coisas? Pensei que você já tivesse extraído essa admissão de Maria."

"Nós resolvemos a questão ao não levantá-la. Ela sabe que foi excluída da sucessão, e acho que não devo pressioná-la além de certo ponto. Como o imperador é sobrinho de Catarina e primo de Lady Maria, tento não provocá-lo. Carlos nos tem na palma da mão, vê? Mas Ana não entende a necessidade de aplacar as pessoas. Ela acha que falar de forma branda com Henrique é o suficiente."

"Ao passo que você precisa falar brandamente com a Europa." Edward ri. Seu riso tem um som enferrujado. Seus olhos dizem, está sendo muito franco, mestre Cromwell: por quê?

"Além disso", seus dedos pairam acima do cavalo negro, "eu me elevei demais para o gosto da rainha, pois o rei me nomeou seu representante em assuntos da Igreja. Ela odeia que Henrique dê ouvidos a qualquer pessoa que não ela, seu irmão George e o monsenhor seu pai, e até mesmo o pai sofre com sua língua afiada, sendo chamado de molenga e de inútil."

"Como ele aceita isso?" Edward baixa os olhos para o tabuleiro. "Oh."

"Agora olhe com atenção", insiste ele. "Quer prosseguir?"

"Eu desisto. Acho." Um suspiro. "Sim. Desisto."

Ele, Cromwell, varre as peças para o lado, abafando um bocejo. "E eu nem mencionei sua irmã Jane, não é mesmo? Então qual é sua desculpa agora?"

Quando ele sobe as escadas, vê Rafe e Gregory pulando de um lado para o outro perto da janela principal. Estão saltando e brigando, os olhos fixos em algo invisível a seus pés. A princípio, pensa que estão jogando futebol sem bola. Mas depois eles saltam como bailarinos e arrastam a coisa invisível com os calcanhares, e ele percebe que é algo longo e magro, um homem caído. Eles se dobram para repuxar e golpear o homem, para lhe aplicar uma torção. "Mais devagar", diz Gregory, "não quebre o pescoço dele ainda, quero vê-lo sofrer."

Rafe ergue os olhos e finge limpar a testa. Gregory descansa as mãos nos joelhos, recuperando o fôlego, e depois cutuca a vítima com o pé. "Este é Francis Weston. O senhor acha que ele está ajudando a pôr o rei para dormir, mas na verdade nós o temos aqui, em forma espectral. Nós o surpreendemos virando um corredor e o capturamos com uma rede mágica."

"Estamos dando uma lição nele." Rafe se inclina para baixo. "Ei, senhor, está arrependido agora?" Ele cospe nas palmas das mãos. "O que fazemos com ele, Gregory?"

"Vamos atirá-lo pela janela."

"Cuidado", diz ele. "Weston é protegido do rei."

"Então será um protegido de cabeça amassada", Rafe responde. Eles se agitam e empurram um ao outro, cada um tentando ser o primeiro a atirar o imaginário Francis. Rafe abre uma janela e ambos se agacham para fazer a alavancagem, içando o fantasma sobre o parapeito. Gregory cuida dos detalhes, soltando a casaca da vítima nos pontos onde o pano se enrosca, e a atira de cabeça nas pedras do calçamento. Eles olham para fora. "Ele se espatifou", observa Rafe, e os dois batem a poeira das mãos, sorrindo para ele. "Desejo-lhe uma boa-noite, senhor", diz Rafe.

Mais tarde, Gregory senta-se na beira da cama de camisão, o cabelo desgrenhado, os sapatos jogados de lado, um pé descalço afagando preguiçosamente o tapete. "Então eu vou me casar? O senhor vai me casar com Jane Seymour?"

"No início do verão você pensava que eu o casaria com uma viúva velha dona de um bosque de cervos." As pessoas provocam Gregory: Rafe Sadler, Thomas Wriothesley, os outros jovens de sua casa; seu primo, Richard Cromwell.

"Sim, mas por que ficou conversando com o irmão dela nessa última hora? Primeiro foi o xadrez, depois conversa, conversa, conversa. Dizem que o senhor mesmo gostava de Jane."

"Quando?"

"Ano passado. O senhor gostava dela no ano passado."

"Se gostava, esqueci."

"A esposa de George Bolena me contou. Lady Rochford. Ela disse, talvez você ganhe uma jovem madrasta de Wolf Hall, o que acharia disso? Então, se o senhor gosta de Jane", Gregory fecha o cenho, "é melhor que ela não se case comigo."

"Você acha que eu roubaria sua noiva? Como o velho Sir John?"

Assim que deita a cabeça no travesseiro, ele diz: "Basta, Gregory". Ele fecha os olhos. Gregory é um bom rapaz, embora todo o latim que aprendeu, todas as sonoras frases dos grandes autores, tudo tenha entrado por um ouvido e saído por outro. Ainda assim, pensemos no filho de Thomas More: descendente de um erudito admirado em toda a Europa, e o pobre do jovem John mal consegue balbuciar seu Pater Noster até o fim. Gregory é bom arqueiro, bom cavaleiro, uma estrela que brilha na liça, e não se encontra uma falha em suas maneiras. Ele fala com reverência a seus superiores, sem arrastar os pés, sem se apoiar mais numa perna que na outra, e é tolerante e educado com os que estão abaixo dele. Sabe fazer reverência aos diplomatas estrangeiros à maneira de seus respectivos países, senta-se à mesa sem se remexer nem atirar comida aos cães, e pode desossar e limpar perfeitamente qualquer ave quando solicitado a servir os mais velhos. Não anda por aí com a casaca pendurada no ombro, nem se olha em vidraças para admirar a si mesmo, nem fica olhando distraído à sua volta na igreja, nem interrompe os velhos ou termina as histórias para eles. Se alguém espirra, ele diz: "Deus lhe dê saúde!".

Deus dê saúde ao senhor ou à madame.

Gregory levanta a cabeça. "Thomas More", diz ele. "O júri. Aquilo é o que realmente aconteceu?"

Ele reconheceu a história contada pelo jovem Weston: num sentido geral, embora não concordasse com os detalhes. Ele fecha os olhos. "Eu não tinha um machado."

Ele está cansado: ele fala com Deus; ele diz: Deus me guie. Às vezes, quando está prestes a adormecer, a grande presença escarlate do cardeal cruza rapidamente seu olho interior. Ele gostaria que o morto fizesse profecias. Mas seu antigo patrono só fala de assuntos domésticos, questões de escritório. Onde enfiei aquela carta do duque de Norfolk?, ele pergunta ao cardeal; e no dia seguinte, cedo, ela vem à sua mão.

Ele também fala em seu íntimo: não com Wolsey, mas com a esposa de George Bolena. "Não tenho desejo algum de me casar. Não tenho tempo. Fui feliz com minha esposa, mas Liz está morta e aquela parte da minha vida morreu com ela. Em nome de Deus, quem lhe deu licença, Lady Rochford, para especular sobre minhas intenções? Madame, não tenho tempo para cortejar. Tenho cinquenta anos. Na minha idade, um homem sairia perdendo num contrato de longo prazo. Se eu quiser uma mulher, melhor alugar uma por hora."

Contudo, ele tenta não dizer "na minha idade": não em momentos de vigília. Em dias bons, ele acha que lhe restam mais vinte anos pela frente. Muitas vezes pensa que viverá mais que Henrique, por mais estritamente proibido que seja ter esse tipo de pensamento; existe uma lei contra especulações a respeito da duração da vida do rei, embora Henrique há muito venha se empenhando em estudar maneiras inventivas de morrer. Houve vários acidentes de caça. Quando ele ainda era menor de idade, o conselho o proibiu de competir nas justas, mas ele participava de qualquer maneira, o rosto escondido pelo elmo e a armadura sem brasão, uma vez após outra provando ser o homem mais forte em campo. Na batalha contra os franceses, ele se fez honrar, e sua natureza, como ele sempre menciona, é bélica; sem dúvida ele gostaria de ser conhecido como Henrique, o Valente, mas Thomas Cromwell diz que o rei não pode arcar com uma guerra. E o custo financeiro não é a única consideração: o que será da Inglaterra se Henrique morrer? Ele passou vinte anos casado com Catarina, neste outono serão três com Ana, e nada tem para mostrar além de uma filha com cada rainha e todo um cemitério de bebês mortos, alguns malformados e batizados em sangue, outros nascidos vivos mas mortos em questão de horas, dias, semanas no máximo. Todo o tumulto, o escândalo, para fazer o segundo casamento, e o problema continua. Henrique ainda não tem um filho para sucedê-lo. Ele é pai de um bastardo, Harry, duque de Richmond, um belo menino de dezesseis anos: mas de que lhe serve um bastardo? De que lhe serve a filha de Ana, a infanta Elizabeth? Algum mecanismo especial talvez tenha de ser criado para que Harry Fitzroy possa reinar, caso algum infortúnio ocorra a seu pai. Ele, Thomas Cromwell, mantém ótimas relações com o jovem duque; mas essa dinastia, ainda nova quando se fala em realeza, não está bastante segura para sobreviver a tal curso. Os Plantageneta foram reis outrora e acham que serão reis novamente; pensam que os Tudor são um interlúdio. As antigas famílias da Inglaterra estão ansiosas e prontas para fazer valer seu sangue, em especial desde que Henrique rompeu com Roma; elas dobram o joelho em reverência, mas estão conspirando. Ele quase pode ouvi-las, escondidas entre as árvores.

Talvez você encontre uma noiva na floresta, disse o velho Seymour. Quando ele fecha os olhos, ela desliza por trás de suas pálpebras, velada por teias de aranha e banhada em orvalho. Seus pés estão descalços, enredados por raízes, seu cabelo de plumas voa entre os ramos; seu dedo, chamando, é uma folha enroscada. Ela aponta para ele, quando o sono o domina. Sua voz interior zomba dele agora: você pensou que tiraria uma folga em Wolf Hall. Pensou que não haveria nada a fazer aqui exceto o trabalho habitual, guerra e paz, fome, conchavos e tramoias; uma colheita fracassada, um populacho teimoso; a praga devastando Londres, e o rei perdendo as calças no carteado. Você estava preparado para isso.

No limite de sua visão interior, por trás dos olhos fechados, ele pressente algo que está para surgir. Chegará com a aurora; algo que se move e respira, sua forma camuflada num bosque ou numa clareira.

Antes de cair no sono, ele pensa no chapéu do rei sobre os galhos de uma árvore da madrugada, empoleirado como uma ave vinda do paraíso.

No dia seguinte, para não cansar as damas, eles encurtam a caçada do dia e voltam cedo a Wolf Hall.

Para ele, é uma chance de se livrar da roupa de montaria e tratar dos despachos. Ele tem esperança de que o rei se sente por uma hora e ouça o que ele tem a dizer. Mas Henrique indaga: "Lady Jane, gostaria de passear no jardim comigo?".

Ela se põe de pé no mesmo instante; mas franzindo a testa, como se tentasse compreender o sentido daquilo. Seus lábios se movem, e ela quase chega a repetir as palavras dele: passear... Jane?... No jardim?

Ah, sim, claro, honrada. Sua mão, uma pétala, paira sobre a manga do rei; depois ela a baixa, e a pele roça o bordado.

Há três jardins em Wolf Hall, e são chamados o grande jardim cercado, o jardim da velha senhora e o jardim da moça. Quando ele pergunta quem eram elas, ninguém recorda; a velha senhora e a moça estão há muito enterradas, não existe diferença entre as duas agora. Ele se lembra de seu sonho: a noiva feita de raízes, a noiva feita de musgo.

Ele lê. Ele escreve. Algo chama a sua atenção. Ele se ergue e olha pela janela para os passeios abaixo. As vidraças são pequenas e há uma oscilação no vidro, então ele precisa torcer o pescoço para poder ver direito. Ele pensa, eu poderia enviar meus vidraceiros, ajudar os Seymour a ter uma noção mais clara do mundo. Ele tem uma equipe de holandeses que trabalha em suas várias propriedades. Antes, trabalhava para o cardeal.

Lá embaixo, Henrique e Jane caminham. Henrique é uma figura enorme e Jane é como uma pequena boneca articulada, sua cabeça não alcança nem os ombros do rei. Um homem largo, um homem alto, Henrique domina qualquer sala onde entre; e isso aconteceria mesmo que Deus não lhe tivesse concedido a dádiva da realeza.

Agora Jane está atrás de um arbusto. Henrique assente para ela; está falando com ela; está lhe explicando algo com ar sério, e ele, Cromwell, observa, coçando o queixo: a cabeça do rei está ficando maior? Será que isso é possível, na meia-idade?

Hans deve ter notado, pensa ele, perguntarei quando voltarmos para Londres. É quase certo que eu esteja enganado; deve ser apenas o vidro.

Nuvens se aproximam. Uma gota pesada acerta a vidraça; ele pisca; a gota se espalha, se amplia, escorre contra os pinázios. Jane ressurge em sua linha de visão. Henrique leva a mão dela firmemente presa em seu braço, aprisionada por sua outra mão. Ele pode ver a boca do rei ainda se mexendo.

Ele volta a sentar-se. Ele lê que os construtores que trabalham nas fortificações em Calais largaram as ferramentas e estão exigindo seis pence por dia. Que seu novo casaco de veludo verde chegará a Wiltshire pelo próximo mensageiro. Que um cardeal Médici foi envenenado pelo próprio irmão. Ele boceja. Lê que os fazendeiros da ilha de Thanet estão deliberadamente aumentando o preço dos grãos. Se dependesse dele, enforcaria os fazendeiros, mas o líder talvez seja algum lorde insignificante que está promovendo a fome de olho nos lucros polpudos, então é preciso ir com cuidado. Dois anos atrás, em Southwark, sete londrinos morreram pisoteados ao brigarem por um donativo de pão. É uma vergonha para a Inglaterra que os súditos do rei passem fome. Ele pega a pena e faz uma anotação.

Logo — não é uma casa grande, dá para ouvir tudo — ele ouve uma porta lá embaixo, e a voz do rei, e um leve murmúrio de solicitude em torno dele... pés molhados, majestade? Ele ouve o passo pesado de Henrique se aproximando, mas Jane parece ter desaparecido no ar sem um só ruído. Certamente a mãe e as irmãs a arrastaram para outro lado, a fim de saber tudo que o rei disse a ela.

Quando Henrique chega até ele, aproximando-se por trás, ele empurra a cadeira para se erguer. Henrique faz um gesto com a mão: pode ficar sentado. "Majestade, os moscovitas tomaram trezentas milhas de território polonês. Dizem que cinquenta mil homens foram mortos."

"Oh", Henrique exclama.

"Espero que poupem as bibliotecas. Os acadêmicos. Há excelentes eruditos na Polônia."

"Hum? Também espero."

Ele volta a seus despachos. Praga no campo e na cidade... o rei tem sempre muito medo de infecção... Cartas de governantes estrangeiros, querendo saber se é verdade que Henrique planeja decapitar todos os seus bispos. Certamente que não, ele escreve, temos bispos excelentes agora, todos conformados à vontade do rei, todos reconhecendo-o como chefe da Igreja na Inglaterra; além disso, que pergunta grosseira! Como se atrevem a insinuar que o rei da Inglaterra deveria prestar contas a alguma potência estrangeira? Como se atrevem a contestar seu soberano juízo? O bispo Fisher está morto, é verdade, assim como Thomas More, mas, antes que eles o levassem a esse extremo, o tratamento que Henrique dispensou aos dois foi quase brando demais; se eles não tivessem insistido tanto na traição, estariam vivos agora, vivos como você e eu.

Ele tem escrito muitas dessas cartas desde julho. Não soa totalmente convincente, nem para si mesmo; ele se vê repetindo os mesmos pontos, em vez de conduzir o debate a um novo território. Precisa de novas frases... Henrique marcha de lá para cá às suas costas. "Majestade, o embaixador imperial Chapuys indaga se pode viajar ao Norte para visitar sua filha, Lady Maria."

"Não", Henrique diz.

Ele escreve a Chapuys, *Espere, apenas espere até que eu esteja de volta a Londres, quando tudo será arranjado...*

Nenhuma palavra do rei: somente a respiração, a marcha, o rangido de um armário onde ele se detém e se apoia.

"Majestade, eu soube que o lorde governador de Londres quase não sai de casa, de tão abalado pela enxaqueca."

"Hum?", Henrique diz.

"Eles o estão sangrando. Isso é o que sua majestade aconselharia?"

Uma pausa. Henrique se concentra nele, com algum esforço. "Perdão, mas sangrando para quê?"

Isso é estranho. Por mais que odeie notícias da peste, Henrique sempre gosta de saber dos pequenos males dos outros. Confesse ter dado um espirro, ou estar sofrendo de uma cólica, e ele fará uma poção de ervas com as próprias mãos e ficará por perto enquanto você engole.

Ele baixa a pena. Vira-se para encarar o rosto de seu monarca. É claro que a mente de Henrique ainda não deixou o jardim. O rei exibe uma expressão que ele já viu antes, ainda que em animais, não em homens. Ele parece perplexo, como um bezerro esmurrado na cabeça pelo açougueiro.

Esta será a última noite deles em Wolf Hall. Ele desce muito cedo, os braços cheios de papéis. Alguém já acordou antes dele. Imóvel no grande salão, uma pálida presença à luz leitosa, Jane Seymour está vestida em sua rígida elegância. Ela não vira a cabeça para cumprimentá-lo, mas o vê pelo canto do olho.

Se ele já teve algum sentimento por ela, não consegue encontrar nenhum vestígio agora. Os meses fogem de nós como um turbilhão de folhas de outono, rolando e se sacudindo rumo ao inverno; o verão se foi, a filha de Thomas More recuperou a cabeça do pai da ponte de Londres e hoje a mantém Deus sabe onde, num prato ou numa tigela, e a ela dirige suas preces. Ele não é o mesmo que era no ano passado, e não reconhece os sentimentos daquele homem; está recomeçando do zero, sempre com novos pensamentos, novos sentimentos. Jane, ele começa a dizer, você finalmente poderá despir seu melhor vestido, ficará feliz em nos ver na estrada...?

Jane está com os olhos voltados para a frente, cravados na distância, como uma sentinela. As nuvens foram sopradas para longe durante a noite. Talvez tenhamos mais um belo dia. O sol recém-nascido toca os campos, rosados a essa hora. Os vapores da noite se dispersam. As formas das árvores se tornam definidas aos poucos. A casa está acordando. Cavalos deixados soltos durante a noite pisoteiam a terra e relincham. Uma porta bate nos fundos. Passos rangem acima deles. Jane mal parece respirar. Nenhum arfar perceptível naquele peito reto. Ele sente que deveria recuar, retirar-se, sumir de volta na noite e deixá-la ali no momento que ela ocupa: contemplando a Inglaterra.

2.

Corvos

Londres e Kimbolton, outono de 1535

Stephen Gardiner! Chegando quando ele está saindo, marchando em direção à câmara do rei, uma pasta debaixo de um dos braços, balançando o outro no ar. Gardiner, bispo de Winchester: retumbando como uma tempestade, logo hoje que finalmente temos um belo dia.

Quando Stephen entra numa sala, o mobiliário recua para longe dele. As cadeiras se arrastam para trás. Os banquinhos se amontoam e parecem cadelas urinando. As figuras bíblicas nas tapeçarias do rei erguem as mãos para tapar os ouvidos.

Na corte, você já esperava que ele fosse aparecer. Era possível prever. Mas aqui? Enquanto ainda estamos caçando pelos campos e (teoricamente) descansando? "É um prazer, meu lorde bispo", ele diz. "Faz bem ao meu coração vê-lo com tão boa aparência. Em breve a corte partirá para Winchester, e eu não pensei que desfrutaria da sua companhia antes disso."

"Surpreendi sua tropa, Cromwell."

"Estamos em guerra?"

O rosto do bispo diz, você sabe que estamos. "Foi você quem me baniu."

"Eu? Nunca pense isso, Stephen. Senti sua falta todos os dias. Além do mais, banido não. Temporariamente retirado para o campo."

Gardiner lambe os lábios. "Você verá como passei meu tempo no interior."

Quando Gardiner perdeu o cargo de secretário-mor — e perdeu para ele, Cromwell —, fora-lhe sugerido que uma temporada em sua própria diocese, em Winchester, talvez fosse aconselhável, pois ele havia se interposto demais entre o rei e sua segunda esposa. Como ele dissera, "Meu lorde de Winchester, uma declaração ponderada acerca da supremacia do rei talvez seja bem-vinda, apenas para que não haja nenhuma dúvida quanto à sua lealdade. Uma declaração firme de que ele é o chefe da Igreja inglesa e, por direito, sempre foi. Uma afirmação bastante eloquente de que o papa é um príncipe estrangeiro sem jurisdição aqui. Um sermão escrito, talvez, ou uma carta aberta. Para esclarecer quaisquer ambiguidades nas suas opiniões. Para servir de exemplo a outros religiosos, e para dissuadir o embaixador Chapuys da ideia de que você foi comprado pelo imperador. Você deveria fazer uma declaração para toda a cristandade. Na verdade, por que não volta para sua diocese e escreve um livro?".

Agora ali está Gardiner, afagando um manuscrito como se fosse a bochecha de um bebê gorducho. "O rei ficará contente em ler isso. Eu o intitulei *Da verdadeira obediência.*"

"É melhor que você me deixe dar uma olhada antes que seja impresso."

"O próprio rei lhe descreverá o conteúdo. É uma obra que mostra por que juramentos ao papado não têm efeito algum, mas de que modo nosso juramento ao rei, como chefe da Igreja, é bom. Enfatiza que a autoridade de um rei é divina, a ele concedida diretamente por Deus."

"E não por um papa."

"De maneira alguma; vem de cima para baixo, do próprio Deus, sem intermediários, e tampouco flui de baixo para cima, a partir dos seus súditos, como você certa vez disse a ele."

"Eu disse? Fluir de baixo para cima? Parece haver uma dificuldade aí."

"Você trouxe para o rei um livro que defendia tal ideia, o livro de Marsílio de Pádua, seus quarenta e dois artigos. O rei disse que você os martelou nele até lhe latejar a cabeça."

"Eu deveria ter resumido a questão", diz ele, sorrindo. "Na prática, Stephen, para cima, para baixo... pouco importa. 'A palavra do rei é suprema, e quem poderá lhe dizer: O que fazes?'"

"Henrique não é um tirano", diz Gardiner, com rigidez. "Eu refuto qualquer ideia de que seu regime não esteja legalmente fundamentado. Se eu fosse rei, desejaria que minha autoridade fosse totalmente legítima, universalmente respeitada e, se questionada, bravamente defendida. Você não?"

"Se eu fosse rei..."

Ele estava prestes a dizer, se eu fosse rei, defenestraria sua pessoa. Gardiner prossegue: "Por que está olhando pela janela?".

Ele sorri, distraído. "O que será que Thomas More diria do seu livro?"

"Ah, ele o detestaria profundamente, mas não dou a mínima para a opinião dele", diz o bispo, exaltado, "uma vez que seu cérebro foi comido por corvos e seu crânio virou uma relíquia que a filha dele adora de joelhos. Por que deixou que ela pegasse a cabeça da ponte de Londres?"

"Você me conhece, Stephen. O fluido da benevolência corre nas minhas veias e por vezes transborda. Mas escute, se está tão orgulhoso do seu livro, talvez deva passar mais tempo no campo, escrevendo."

Gardiner fecha a cara. "Você é quem deveria escrever um livro. Seria algo interessante de se ver, com esse seu latim vira-lata e seu grego pífio."

"Eu escreveria em inglês", responde ele. "Uma língua boa para todos os assuntos. Entre, Stephen, não faça o rei esperar. Você o encontrará de bom humor. Harry Norris está com ele hoje. E Francis Weston."

"Ah, aquele janota linguarudo", diz Stephen. Ele faz um movimento de quem dá uma bofetada. "Obrigado pela informação."

Será que o Weston fantasma sente o tapa? Uma lufada de risos sopra dos aposentos de Henrique.

O tempo bom não durou muito mais que a estada em Wolf Hall. Mal saíram da floresta Savernake, foram engolidos por uma névoa úmida. Faz mais ou menos uma década que chove na Inglaterra, e a colheita será pobre outra vez. Estima-se que o preço do trigo aumente para vinte xelins o quarto de libra. Então o que fará o trabalhador neste inverno, o homem que ganha cinco ou seis pence por dia? Os especuladores já avançaram, não apenas na ilha de Thanet, mas também pelos condados. Ele colocou seus homens no encalço deles.

Que um inglês lucrasse fazendo outro passar fome era algo que deixava o cardeal surpreso. Mas ele costumava então lhe dizer: "Já vi um mercenário inglês cortar a garganta do seu compatriota, puxar o lençol debaixo do seu corpo enquanto ele ainda estrebuchava, revirar sua sacola e afanar uma medalha de santo junto com seu dinheiro".

"Ah, mas ele era um matador de aluguel", dizia o cardeal. "Esses homens não têm alma a perder. Contudo, a maioria dos ingleses teme a Deus."

"Os italianos não concordam com isso. Eles dizem que a estrada que liga a Inglaterra ao inferno está gasta de tanto ser pisada, e que daqui até lá o caminho é sempre morro abaixo."

Todos os dias ele pondera sobre o mistério de seus compatriotas. Ele já viu assassinos, sim; mas viu também um soldado faminto abrir mão de um pão para dá-lo a uma mulher, uma mulher que não significava nada para ele, e se afastar dando de ombros. É melhor não testar as pessoas, não forçá-las ao desespero. Faça com que prosperem; a abundância as tornará generosas. Barriga cheia gera boas maneiras. O aperto da fome cria monstros.

Alguns dias depois de seu encontro com Stephen Gardiner, quando a corte itinerante chegou a Winchester, novos bispos foram consagrados na catedral. "Meus bispos", Ana os chamou: evangelistas, reformistas, homens que a veem como uma oportunidade. Quem teria imaginado Hugh Latimer como bispo? Seria mais provável imaginá-lo queimado, carbonizado em Smithfield com o Evangelho na boca. E, no entanto, quem iria pensar que Thomas Cromwell seria alguma coisa? Quando Wolsey caiu, a conclusão lógica seria que, como funcionário de Wolsey, ele estaria arruinado. Quando sua esposa e suas filhas morreram, era de se esperar que a perda o matasse. Mas Henrique buscou seu serviço; Henrique tomou seu juramento de lealdade; Henrique pediu que ele colocasse seu tempo à disposição dele e disse, venha, mestre Cromwell, tome meu braço: cruzando pátios e salões de trono, seu caminho na vida agora se tornou suave e claro. Quando jovem, ele estava sempre abrindo caminho a cotoveladas por entre as multidões, tentando chegar à frente para ver o espetáculo. Mas agora as multidões se abrem quando ele atravessa Westminster ou os arredores de qualquer palácio do rei. Desde que ele foi empossado conselheiro, mesas e baús de viagem e cães soltos são varridos de seu caminho. As mulheres silenciam seus sussurros, puxam as mangas dos vestidos para baixo e ajustam os anéis nos dedos, desde que ele foi nomeado arquivista-mor. Agora que ele é secretário-mor do rei, os detritos da cozinha, a bagunça dos escrivães e os banquinhos dos subalternos são chutados para os cantos e tirados de suas vistas. E, exceto por Stephen Gardiner, ninguém corrige seu grego; não agora que ele é chanceler da Universidade de Cambridge.

De forma geral, o verão de Henrique tem sido um sucesso: atravessando Berkshire, Wiltshire e Somerset ele se exibiu às pessoas nas estradas, e (quando a chuva não estava desabando) elas se enfileiraram à beira das vias e celebraram sua passagem. Por que não o fariam? É impossível ver Henrique sem ficar impressionado. Sempre que o vemos, somos novamente arrebatados por ele, como se fosse a primeira vez: um homem enorme com pescoço de touro, o cabelo rareando, o rosto inchando; olhos azuis e uma boca pequena, quase tímida. Ele mede um metro e noventa, e cada palmo dele exala poder. Sua postura, sua pessoa, são magníficas; suas fúrias são assustadoras, seus juramentos e maldições, suas férvidas lágrimas. Mas há momentos em que seu grande corpo se estende e relaxa, sua expressão se desanuvia; ele então se instala a seu lado num banco e lhe fala como um irmão. Como um irmão falaria, se você tivesse um. Ou um pai até, um pai do tipo ideal: como vai indo? Não está trabalhando demais? Já jantou? O que sonhou na noite passada?

O perigo disso é que um rei que se senta a mesas comuns, numa cadeira comum, pode ser tomado como um homem comum. Mas Henrique não é comum. Que importa se seu cabelo está recuando e a barriga aumentando? O imperador Carlos, quando olha seu reflexo, daria toda uma província para ver o rosto Tudor em lugar de seu próprio semblante torto, com o nariz adunco quase tocando o queixo. O rei Francisco, um varapau, penhoraria seu delfim para ter ombros como os do rei da Inglaterra. Quaisquer qualidades que eles tenham, Henrique as reflete de volta com o dobro do tamanho. Se eles são cultos, ele é duas vezes mais culto. Se são misericordiosos, ele é o exemplo de misericórdia. Se são galantes, ele é o epítome da cavalaria andante, dos maiores livros de cavaleiros que podemos imaginar.

Mas de nada adianta: em tavernas de vilarejos de um lado a outro da Inglaterra, as pessoas culpam o rei e Ana Bolena pelo clima: a concubina, a grande prostituta. Se o rei tomasse de volta sua legítima esposa, Catarina, a chuva cessaria. E, de fato, quem poderia duvidar de que tudo seria diferente e melhor se ao menos a Inglaterra fosse governada por idiotas de aldeia e seus amigos bêbados?

Eles regressam a Londres a passo lento, de modo que a cidade já esteja livre da suspeita de peste quando o rei chegar. Em capelas frias, sob o olhar esbugalhado das virgens, o rei reza sozinho. Ele não gosta que o rei ore só. Ele quer saber o que o rei pede em suas orações; seu velho mestre, o cardeal Wolsey, saberia.

À medida que o verão se aproxima de seu fim oficial, suas relações com a rainha são cautelosas, incertas e assombradas pela desconfiança. Ana Bolena tem agora trinta e quatro anos, uma mulher elegante, com um refinamento que torna a mera beleza redundante. Outrora sinuosa, ela se tornou angular. Conserva ainda seu resplendor escuro, agora um tanto gasto, desbotando em alguns lugares. Faz bom uso de seus proeminentes olhos escuros, e da seguinte forma: ela fita o rosto de um homem, depois seu olhar se distrai, como se despreocupado, indiferente. Há uma pausa: talvez apenas o tempo que se leva para respirar. Depois lentamente, como se compelida, ela torna a olhar para ele. Seus olhos descansam em seu rosto. Ela examina esse homem. Ela o examina como se ele fosse o único homem no mundo. Ela o olha como se o visse pela primeira vez, e como se considerasse todos os tipos de uso para ele, todos os tipos de possibilidades que nem ele mesmo pensou para si. Para a vítima, o momento parece durar uma eternidade, e arrepios lhe sobem pela espinha enquanto isso. Ainda que na verdade o truque seja rápido, barato, eficiente e repetível, o pobre homem pensa que ele agora se destacou entre todos os homens. Ele sorri. Ele se empertiga. Fica um pouco mais alto. Fica um pouco mais tolo.

Ele viu Ana aplicando seu truque em nobres e plebeus, no próprio rei. Dá para ver quando a boca do homem se entreabre e ele se torna sua criatura. Quase sempre funciona; mas nunca funcionou com ele. Ele não é indiferente às mulheres, Deus sabe, é indiferente apenas a Ana Bolena. Isso a ofende; ele deveria ter fingido. Ele a tornou rainha, ela o tornou ministro; mas eles estão inquietos agora, ambos vigilantes, observando um ao outro, à espera de algum deslize que delate um sentimento verdadeiro, para assim ganhar vantagem sobre o outro: como se só a dissimulação pudesse protegê-los. Mas Ana não é boa em esconder sentimentos; ela é o tesouro mercurial do rei, num constante deslizar entre a raiva e o riso. Houve momentos nesse verão em que ela sorriu secretamente para ele pelas costas do rei, ou fez caretas para avisá-lo de que Henrique estava de mau humor. Em outros momentos ela o ignorou, deu-lhe as costas, seus olhos negros varrendo o salão e repousando em outro lugar.

Para entender isso — se é que há como entender —, é preciso voltar à primavera anterior, quando Thomas More ainda estava vivo. Ana o chamara para falar de diplomacia: seu objetivo era um contrato de casamento, um príncipe francês para sua filha, a infanta Elizabeth. Mas os franceses se mostraram arredios na negociação. A verdade é que, mesmo hoje, eles não admitem totalmente que Ana é rainha, não estão convencidos de que sua filha é legítima. Ana sabe o que está por trás dessa relutância, e, de alguma forma, isso é culpa dele: dele, de Thomas Cromwell. Ela o acusou abertamente de sabotá-la. Ele não gosta dos franceses e não queria a aliança, afirmou ela. Pois ele não se esquivou de uma oportunidade de atravessar o mar para uma conversa cara a cara? Os franceses estavam todos prontos para negociar, diz ela. "E você era esperado, secretário-mor. Mas disse que estava doente, e o senhor meu irmão teve que ir."

"E fracassou." Ele suspirou. "Lamentavelmente."

"Eu o conheço", disse Ana. "Nunca fica doente, a menos que queira estar, não é? Além disso, percebo como funcionam as coisas com você. Acha, quando está na cidade e não na corte, que não está sob nossos olhos. Mas sei que é muito amigo do homem do imperador. Estou ciente de que Chapuys é seu vizinho. Contudo, isso é razão para que seus criados vivam entrando e saindo da casa um do outro?"

Naquele dia, Ana estava usando cor-de-rosa e cinza-pombo. Aquelas cores deveriam ter um encanto viçoso e donzelesco; mas tudo que ele conseguia pensar era em entranhas, carnes e tripas, intestinos cor-de-rosa acinzentados puxados para fora de um corpo vivo; ele tinha um segundo lote de frades recalcitrantes que seriam despachados para Tyburn, para serem cortados e estripados pelo carrasco. Eram traidores e mereciam a morte, mas essa é uma morte que excede a maioria em crueldade. As pérolas ao redor do longo pescoço de Ana lhe remetem a bolinhas de gordura, e, enquanto reclamava, ela erguia a mão e as puxava; ele manteve os olhos na ponta dos dedos dela, suas unhas cortando o ar como pequenas facas.

Ainda assim, como ele diz a Chapuys, enquanto eu contar com as boas graças de Henrique, duvido que a rainha possa me fazer algum mal. Ela tem seus rancores, tem suas raivinhas; é volúvel, e Henrique sabe disso. Foi o que fascinou o rei, encontrar alguém tão diferente daquelas loiras bondosas e delicadas que passam suavemente pela vida dos homens e não deixam uma marca sequer. Mas agora, quando Ana surge, às vezes Henrique parece constrangido. É possível ver seu olhar se tornando distante quando ela começa um de seus chiliques, e se ele não fosse tão cavalheiro, puxaria o chapéu para tapar os ouvidos.

Não, diz ele ao embaixador, não é Ana que me incomoda; são os homens que ela tem à sua volta. Sua família: seu pai, o conde de Wiltshire, que gosta de ser conhecido como "monsenhor", e seu irmão George, lorde Rochford, a quem Henrique nomeou para o corpo de cavalheiros de sua câmara privada. George é um dos funcionários com menos tempo de casa, porque Henrique gosta de preservar os homens com quem está acostumado, que foram seus amigos quando ele era jovem; de tempos em tempos o cardeal os varria para fora, mas eles escorriam de volta como água suja. Outrora foram jovens de espírito, jovens de ímpeto. Um quarto de século se passou e eles agora estão grisalhos ou carecas, flácidos ou barrigudos, incapazes para o serviço ou desprovidos de alguns dedos, mas ainda arrogantes feito sátrapas e com o refinamento mental de um batente de porta. E agora há uma nova ninhada de filhotes, Weston e George Rochford e sua laia, a quem Henrique aceitou porque pensa que eles o mantêm jovem. Esses homens — os antigos e os novos — acompanham o rei desde o instante em que se levanta até a hora de se deitar, e em todas as horas privadas que preenchem seu dia entre esses dois momentos. Estão com ele em sua latrina, e quando ele limpa os dentes e cospe numa bacia de prata; esfregam-no com toalhas e amarram as tiras de seu gibão e de seus calções; conhecem seu corpo, cada verruga ou sarda, cada fio de barba, e mapeiam as ilhas de seu suor quando ele chega da quadra de tênis e arranca a camisa. Eles sabem mais do que deveriam, tanto quanto sua lavadeira e seu médico, e falam do que sabem; eles sabem quando o rei visita a rainha para tentar fazer um filho nela, ou quando, numa sexta-feira (o dia em que nenhum cristão copula), ele sonha com uma mulher fantasma e mancha seus lençóis. Vendem esse conhecimento a um preço alto: querem favores, querem que seus deslizes sejam ignorados, pensam que são especiais e querem que os outros saibam disso. Desde que entrou para o serviço de Henrique, ele, Cromwell, tem aplacado esses homens, lisonjeando-os, bajulando-os, procurando sempre um modo fácil de convivência, um acordo; mas às vezes, quando impedem seu acesso ao rei por uma hora, eles não conseguem tirar o sorriso do rosto. Provavelmente, pensa ele, já fiz o máximo possível para me adaptar a eles. Agora terão que se adaptar a mim, ou serão afastados.

As manhãs são frias agora, e nuvens bojudas rolam no encalço da comitiva real enquanto eles vagueiam por Hampshire, as estradas passando de poeira a lama em questão de dias. Henrique está relutante em voltar tão rápido ao trabalho; quem dera fosse sempre agosto, diz ele. Estão a caminho de Farnham, um pequeno grupo de caça, quando uma notícia chega a galope pela estrada: surgiram casos de peste naquela cidade. Henrique, que no campo de batalha é corajoso, empalidece quase diante dos olhos de todos e dá um puxão em seu cavalo: para onde ir agora? Qualquer lugar serve, qualquer lugar menos Farnham.

Ele se inclina à frente na sela, tirando o chapéu para falar com o rei: "Podemos adiantar o que havíamos programado e ir logo a Basing House, deixe-me apenas enviar um homem rápido para avisar William Paulet. Em seguida, para não sobrecarregá-lo, podíamos passar um dia em Elvetham. Edward Seymour está em casa, e posso providenciar suprimentos se ele estiver desabastecido".

Ele volta à posição anterior, deixando que Henrique cavalgue à frente. Ele diz a Rafe: "Envie uma mensagem a Wolf Hall. Mande buscar a srta. Jane."

"O quê, trazê-la aqui?"

"Ela sabe cavalgar. Diga ao velho Seymour para despachá-la num bom cavalo. Quero que ela esteja em Elvetham no máximo até a noite de quarta, qualquer dia além deste será tarde demais."

Rafe puxa as rédeas para virar o cavalo. "Mas. Senhor. Os Seymour perguntarão por que Jane e por que a pressa. E por que estamos indo para Elvetham, quando há outras casas nas proximidades, os Weston em Sutton Place..."

Que os Weston se afoguem ou se enforquem, pensa ele. Os Weston não fazem parte desse plano. Ele sorri. "Diga que devem fazê-lo porque me estimam."

Ele vê que Rafe está pensando, então meu amo pedirá a mão de Jane Seymour afinal. Para si ou para Gregory?

Ele, Cromwell, viu em Wolf Hall aquilo que Rafe não conseguiu ver: a silenciosa Jane, a pálida e muda Jane, é com isto que Henrique sonha agora, Jane na cama dele. Não se pode condenar as fantasias de um homem, e Henrique não é nenhum devasso, nunca teve muitas amantes. Não fará mal algum se ele, Cromwell, facilitar o caminho do rei até ela. O rei não maltrata suas companheiras de cama. Não é aquele tipo de homem que passa a odiar a mulher depois que a possui. Ele lhe escreverá versos e, com algum incentivo, lhe dará uma renda, elevará sua família; muitas famílias concluíram, depois que Ana Bolena surgiu no mundo, que se banhar no sol das atenções de Henrique é o máximo que uma mulher inglesa pode querer. Se eles manejarem bem esse jogo, Edward Seymour subirá de posição na corte e será um aliado num ambiente em que aliados são escassos. Nesse estágio, Edward precisa de conselhos. Porque ele, Cromwell, tem um tino melhor para negócios que os Seymour. Ele não deixará que Jane se venda barato.

Mas o que a rainha Ana fará se Henrique tomar como amante uma jovem de quem ela zombou desde o primeiro dia em que Jane lhe serviu: a quem ela chama de cara de coalhada? Como Ana competirá com a mansidão, com o silêncio? Acessos de fúria dificilmente a ajudarão. Ela terá de se perguntar o que

Jane pode dar ao rei que no momento ele não tem. Terá de pensar a respeito. E é sempre um prazer ver Ana pensando.

Quando as duas comitivas se encontraram depois de Wolf Hall — a comitiva do rei e a da rainha —, Ana foi encantadora com ele, pousando a mão em seu braço e tagarelando em francês sobre basicamente nada. Como se ela jamais tivesse mencionado, algumas semanas antes, que gostaria de lhe cortar fora a cabeça; como se estivesse apenas conversando amenidades. É aconselhável ficar atrás dela no campo de caça. Ela é ávida e rápida, mas não tem uma mira muito precisa. Neste verão, enterrou uma seta de balestra numa vaca extraviada. E Henrique teve de ressarcir o dono.

Mas nada disso importa. Rainhas vêm e vão. Foi o que a história recente nos ensinou. Vamos pensar em como sustentar a Inglaterra, as grandes necessidades de seu rei, o custo da caridade e o custo da justiça, o custo de manter seus inimigos fora de suas praias.

Desde o ano anterior, ele tem certeza de qual é a resposta: os clérigos, aquela classe parasita de homens, pagarão a conta. Partam rumo às abadias e aos conventos de todo o reino, ele havia dito aos visitadores que trabalham para ele, seus fiscais: façam-lhes as perguntas que eu darei a vocês, oitenta e seis questões ao todo. Ouçam mais do que falem, e, depois de ouvir, peçam para ver as contas. Falem com os padres e freiras sobre sua vida e sua Regra. Não me interessa onde acreditam que esteja sua salvação, se apenas no sangue precioso de Cristo ou em parte graças às suas próprias ações e méritos: bem, sim, eu estou interessado, mas a questão principal é saber que bens eles possuem. Conhecer suas rendas e propriedades e, no caso de o rei querer reaver o que lhe pertence como chefe da Igreja, por qual mecanismo seria melhor fazê-lo.

Não esperem uma recepção calorosa, diz ele. Eles correrão para liquidar seus bens antes de vocês chegarem. Tomem nota de que relíquias ou objetos de veneração local eles dispõem, e de como os exploram, de quanto obtêm de rendimentos por ano, pois todo esse dinheiro é ganho à custa de peregrinos supersticiosos que fariam melhor ficando em casa e ganhando a vida honestamente. Pressionem-nos até descobrirem suas lealdades, o que pensam de Catarina, o que pensam de Lady Maria, e como veem o papa; pois, já que as sedes de suas respectivas ordens monásticas se localizam além de nossas fronteiras, será que sua mais alta lealdade — para usar uma expressão que eles próprios talvez escolhessem — não estaria com alguma potência estrangeira? Ponham diante deles tal questão e mostrem que estão em desvantagem; que não é suficiente afirmar fidelidade ao rei, eles devem estar preparados para demonstrá-la e podem fazê-lo facilitando o trabalho de vocês.

Seus homens não são tolos de tentar enganá-lo, mas, só para garantir, ele os envia em pares, para que um vigie o outro. Os tesoureiros das abadias oferecerão subornos, para poderem declarar menos bens do que de fato possuem.

Thomas More, em sua cela na torre, disse a ele: "Onde atacará da próxima vez, Cromwell? Vai acabar derrubando toda a Inglaterra".

Ele respondeu, eu rogo a Deus, concedei-me vida apenas enquanto eu usar meu poder para construir e não destruir. Diz-se, entre os ignorantes, que o rei está destruindo a Igreja. Na verdade, ele a está renovando. Este será um país melhor, acredite, uma vez que estiver purgado de mentirosos e hipócritas. "Mas o senhor, a menos que retifique suas maneiras para com Henrique, não ficará vivo para ver isso acontecer."

E não ficou. Ele não se arrepende do que aconteceu; só lamenta que More tenha recusado o bom senso. Foi-lhe oferecido um juramento reconhecendo a supremacia de Henrique sobre a Igreja; esse juramento é um teste de lealdade. Poucas coisas na vida são simples, mas isso é simples. Aquele que não faz o juramento condena a si mesmo, por implicação: traidor, rebelde. More se recusou a jurar; então o que podia fazer senão morrer? O que podia fazer senão ir chapinhando até o cadafalso, num dia de julho em que as tempestades não paravam, exceto por uma breve hora ao anoitecer que foi tarde demais para Thomas More; ele morreu com as calças molhadas, enlameado até os joelhos, batendo os pés no lodo como um pato. Não é que ele tenha saudades do homem — não exatamente. É só que às vezes ele esquece que More está morto. É como se eles estivessem mergulhados numa conversa e de repente o diálogo se interrompesse: ele diz algo e não recebe nenhuma resposta. Como se estivessem caminhando lado a lado na estrada e More caísse num buraco, um poço com a profundidade de um homem, transbordando com água da chuva.

Tais acidentes, na verdade, de fato acontecem. Homens morreram assim, a trilha afundando sob seus pés. A Inglaterra precisa de estradas melhores e pontes que não desabem. Ele está preparando um projeto de lei para o Parlamento que dará emprego a homens sem trabalho, que lhes dará um soldo e os empregará, eles vão consertar as estradas, fazer portos, construir muralhas contra o imperador ou qualquer outro oportunista. Poderíamos pagar esses homens, calculou ele, se aplicássemos um imposto de renda sobre os ricos; poderíamos lhes fornecer abrigo, médicos se precisassem, sua subsistência; todos aproveitaríamos os frutos do seu trabalho, e estando empregados, eles dificilmente se tornariam cafetões, gatunos ou bandoleiros de estrada, coisas que os homens acabam fazendo quando não veem outro jeito de conseguir comida. Que importa se os pais deles foram cafetões, gatunos ou bandoleiros?

Isso não significa nada. Olhem para ele. Ele é Walter Cromwell? Em uma geração, tudo pode mudar.

Quanto aos monges, ele acredita, tal qual Martinho Lutero, que a vida monástica não é necessária, não é útil, não é exigida por Cristo. Não há nada imperecível em relação aos mosteiros. Eles não são parte da ordem natural de Deus. Erguem-se e decaem, como qualquer outra instituição, e às vezes seus edifícios desmoronam ou são arruinados pela administração negligente. Ao longo dos anos, vários deles desapareceram ou se realocaram ou foram engolidos por algum outro mosteiro. O número de monges está diminuindo naturalmente, porque hoje em dia o bom cristão vive no mundo. Vejamos a abadia de Battle. Teve duzentos monges no auge de sua fortuna — e agora quantos? Quarenta no máximo. Quarenta gordos sentados numa pilha de dinheiro. O mesmo acontece de uma ponta a outra do reino. Recursos que poderiam ser liberados, que poderiam ser aproveitados para melhor uso. Por que o dinheiro deveria ficar em cofres, quando poderia ser posto em circulação entre os súditos do rei?

Seus comissários saem pelo país e lhe mandam de volta escândalos; enviam manuscritos monásticos, histórias de fantasmas e maldições, destinados a manter a gente simples apavorada. Os monges têm relíquias que fazem chover e parar de chover, que inibem o crescimento de ervas daninhas e curam doenças do gado. Eles cobram por seu uso, não as entregam de graça ao próximo: ossos velhos e lascas de madeira, pregos torcidos da crucificação de Cristo. Ele conta ao rei e à rainha o que seus homens encontraram em Maiden Bradley, Wiltshire: "Os monges têm um pedaço do casaco de Deus e alguns nacos de carne da Última Ceia. Têm ramos que florescem no dia de Natal".

"Esta última é possível", diz Henrique, com reverência. "Lembre-se do espinheiro de Glastonbury."

"O prior tem seis filhos, que mantém na sua casa como criados. Em sua defesa, ele diz que nunca se meteu com mulheres casadas, apenas com virgens. E depois, quando se cansava delas ou as engravidava, arranjava-lhes um marido. Ele alega ter uma licença, com o selo papal, permitindo-lhe manter uma concubina."

Ana solta uma risadinha. "E ele mostrou a tal licença?"

Henrique está chocado. "Fora com ele. Esses homens são uma desgraça para sua vocação."

Mas esses cretinos tonsurados são geralmente piores que os outros homens; Henrique não sabe disso? Há alguns bons monges, mas, depois de uns anos de exposição ao ideal monástico, eles tendem a fugir. Escapam dos claustros e se tornam atores no mundo. Em tempos passados, nossos ancestrais, armados de foices e facões, chegaram a atacar os monges e seus servos, com a mesma fúria que lançariam contra um exército invasor. Derrubaram suas muralhas e ameaçaram queimá-los, e o que queriam eram os contratos de arrendamento dos monges, os documentos de sua servidão, e quando botaram as mãos nesses papéis, eles os rasgaram e os queimaram na fogueira, e disseram, o que queremos é um pouco de liberdade: um pouco de liberdade e ser tratados como ingleses, depois de séculos sendo tratados como animais.

Chegam relatos mais sombrios. Ele, Cromwell, instrui seus fiscais, digam aos monges o seguinte, e digam em voz alta: para cada monge, uma cama; para cada cama, um monge. Isso é assim tão difícil para eles? Os mais resignados lhe respondem, esse tipo de pecado vai acontecer, é inevitável; se você trancar homens sem acesso a mulheres, eles se aproveitarão dos noviços mais jovens e mais fracos, eles são homens, e essa é apenas a natureza de um homem. Mas eles não deveriam se elevar acima da natureza? De que servem todas as orações e os jejuns se são insuficientes quando o diabo chega para tentá-los?

O rei admite que há desperdício, má gestão; talvez seja necessário, diz ele, reformar e reorganizar alguns monastérios menores, pois foi o que o próprio cardeal fez quando era vivo. Mas decerto podemos confiar que os grandes mosteiros se reformarão sozinhos, não?

Possivelmente, ele responde. Ele sabe que o rei é devoto e que teme a mudança. Ele quer a Igreja reformada, ele a quer imaculada; ele também quer dinheiro. Mas como nativo do signo de Câncer, Henrique avança como um caranguejo rumo a seu objetivo: num rastejamento lateral, em zigue-zague. Ele, Cromwell, observa Henrique passar os olhos pelos números que lhe foram apresentados. Não é uma fortuna, não para um rei: mal paga sua coroa. Aos poucos, Henrique talvez queira pensar nos mosteiros maiores, nos priores mais gordos, banhados em autoindulgência. Por enquanto, que isso seja um começo. Ele comenta, muitas vezes me sentei à mesa de uma abadia e vi o abade mordiscando passas e tâmaras enquanto os monges tinham que comer arenque todo dia. Ele pensa, por mim, eu os libertaria a todos para que levassem uma vida diferente. Eles afirmam que estão vivendo a *vita apostolica*; mas ninguém via os apóstolos pegando nas bolas uns dos outros. Aqueles que querem sair, deixem que saiam. Os monges que são ordenados padres podem receber prebendas, fazer trabalho útil nas paróquias. Os abaixo de vinte e quatro anos, homens e mulheres, podem ser enviados de volta ao mundo. São jovens demais para se atar a votos para o resto da vida.

Ele está pensando à frente: se o rei tivesse as terras dos monges, não só poucas delas, mas todas, seria três vezes o homem que é agora. Não precisaria mais chegar de caneca na mão ao Parlamento, implorando por um subsídio.

Seu filho, Gregory, lhe diz: "Senhor, dizem que, se o abade de Glastonbury dormisse com a abadessa de Shaftesbury, o filho seria o mais rico proprietário de terras da Inglaterra".

"Muito provável", responde ele, "mas você já viu a abadessa de Shaftesbury?"

Gregory parece preocupado. "Deveria?"

As conversas com seu filho são assim: ricocheteiam nos ângulos e vão parar em qualquer lugar. Ele se lembra dos grunhidos em que consistia sua comunicação com Walter quando era menino. "Você pode vê-la, se quiser. Devo visitar Shaftesbury em breve, tenho algo a fazer lá."

O convento de Shaftesbury é onde Wolsey instalou a filha. Ele diz: "Pode fazer uma nota para mim, Gregory, um apontamento? Ir visitar Doroteia".

Gregory anseia por perguntar, quem é Doroteia? Ele vê as perguntas se acumulando no rosto do rapaz; até que, por fim: "Ela é bonita?".

"Não sei. O pai a mantinha em segredo." Ele ri.

Mas ele bane qualquer traço de sorriso de seu rosto ao relembrar Henrique: quando os monges se transformam em traidores, são os mais recalcitrantes dessa raça maldita. Se você acaso os ameaça, dizendo "Eu o farei sofrer", eles respondem que foi para o sofrimento que nasceram. Alguns optam por morrer de fome em prisões, outros por ir rezando até Tyburn, até o carrasco. Ele lhes disse, como disse a Thomas More, a questão aqui não é o seu Deus, ou o meu Deus, ou Deus nenhum. A questão é quem você escolhe: Henrique Tudor ou Alessandro Farnese? O rei da Inglaterra em Whitehall ou algum estrangeiro absurdamente corrupto no Vaticano? Eles viraram o rosto; morreram mudos, seus corações falsos arrancados do peito.

Quando ele finalmente cruza os portões de sua casa em Austin Friars, os criados de libré se aglomeram ao seu redor em casacas longas de um cinza-perolado. Gregory cavalga à sua direita, e à esquerda vai Humphrey, o tratador de seus spaniels de caça, com quem ele se entreteve numa conversa superficial durante a última milha da viagem; logo atrás vêm seus falcoeiros, Hugh, James e Roger, homens vigilantes e atentos a qualquer imprevisto ou ameaça. Uma multidão se formou do lado de fora de seu portão, na esperança de obter alguma generosidade. Humphrey e os outros têm dinheiro para desembolsar. Depois do jantar desta noite, haverá a habitual doação para os pobres. Thurston, seu chefe de cozinha, diz que eles estão alimentando duzentos londrinos, duas vezes por dia.

Ele vê um homem em meio à massa, um homenzinho curvado, fazendo um esforço enorme para ficar de pé. O homem está chorando. Ele o perde de vista; mas torna a vê-lo, a cabeça subindo e descendo, como se suas lágrimas fossem a enchente da maré, arrastando-o para o portão. Ele diz: "Humphrey, descubra o que aflige aquele sujeito".

Mas depois ele esquece. Os membros de sua casa estão felizes por vê-lo, toda a sua gente com o rosto iluminado, e há um enxame de cãezinhos entre seus pés; ele os ergue nos braços, corpinhos se torcendo e caudas rodopiando, e pergunta como vão indo. Os funcionários se juntam em torno de Gregory, admirando-o do chapéu às botas; todos os criados o amam por suas maneiras agradáveis. "O homem no comando!", diz seu sobrinho Richard, e lhe dá um abraço de esmagar os ossos. Richard é um rapaz firme dotado do olho Cromwell — direto e brutal — e da voz Cromwell — que pode tanto acariciar quanto contrariar. Ele não teme nada que ande sobre a terra, e nada que ande embaixo dela; se um demônio aparecesse em Austin Friars, Richard chutaria sua bunda peluda escada abaixo.

Suas sorridentes sobrinhas, jovens esposas agora, estão com os laços dos corpetes afrouxados, para acomodar as barrigas crescidas. Ele beija as duas, estreita seus corpos suaves contra o seu, seus hálitos doces e aquecidos pelos confeitos de gengibre usados pelas mulheres em sua condição. Ele sente falta, por um momento... do que ele sente falta? Da docilidade da pele suave, submissa; das conversas inconsequentes, distraídas, de manhã cedo. Ele precisa tomar cuidado em qualquer trato com mulheres, ser discreto. Não deve dar a seus inimigos a chance de difamá-lo. Até o rei é discreto; não quer que a Europa o chame de Harry Devasso. Talvez ele prefira contemplar o inatingível, por enquanto: a srta. Seymour.

Em Elvetham, Jane era como uma flor, cabeça baixa, humilde como um canteiro de heléboros verde-claros. Na casa do irmão dela, o rei a elogiou na frente da família: "Uma donzela meiga, modesta, pudica, como poucas há nos nossos dias".

Thomas Seymour, ávido como sempre por se intrometer na conversa e se sobrepor ao irmão mais velho: "Em religiosidade e modéstia, ouso dizer que Jane tem poucas iguais".

Ele viu o irmão Edward escondendo um sorriso. Sob seu olhar interessado, a família de Jane começou — com certa incredulidade — a perceber para que lado o vento está soprando. Thomas Seymour havia dito: "Eu não teria coragem, mesmo que fosse o rei não ousaria convidar uma dama como minha irmã Jane para minha cama. Não saberia como começar. E você, saberia? Não tem como saber. Seria como beijar uma pedra. Rolá-la de um lado a outro do colchão, enquanto o membro fica dormente de frio".

"Um irmão não consegue imaginar a irmã nos braços de um homem", respondeu Edward Seymour. "Ao menos não um irmão que se diga cristão. Embora comentem na corte que George Bolena…" Ele não termina a frase, franze a testa. "E, claro, o rei sabe como propor a si mesmo. Como se oferecer. Ele sabe como fazê-lo, como um cavalheiro galante. Enquanto você, irmão, não sabe."

É difícil desconcertar Tom Seymour. Ele apenas sorri.

Mas Henrique não disse muita coisa antes de partirem de Elvetham; pronunciou suas calorosas despedidas, mas nenhuma palavra sobre a moça. Jane lhe perguntou, num sussurro: "Mestre Cromwell, por que estou aqui?".

"Pergunte aos seus irmãos."

"Meus irmãos dizem: pergunte a Cromwell."

"Então é um mistério total para você?"

"Sim. A não ser que eu esteja para me casar, finalmente. Vão me casar com o senhor?"

"Devo renunciar a essa perspectiva. Sou velho demais para você, Jane. Eu poderia ser seu pai."

"Mesmo?", diz Jane, refletindo. "Bem, coisas mais estranhas já aconteceram em Wolf Hall. Eu nem sabia que o senhor conhecia minha mãe."

Um sorriso fugaz e ela desaparece, deixando-o só. Nós poderíamos nos casar só por isso, pensa ele; manteria minha mente ágil, imaginando de que maneiras ela não me compreende. Ela faz isso de propósito?

Mas eu não posso tê-la até que Henrique termine o que quer com ela. E um dia jurei que não tomaria suas mulheres usadas, não?

Talvez, pensou ele, eu devesse rascunhar um *aide-mémoire* para os garotos Seymour, para que eles saibam exatamente quais presentes Jane deve ou não aceitar. A regra é simples: joias sim, dinheiro não. E, até que o acordo esteja selado, não permitam que ela tire nenhuma peça de roupa na presença de Henrique. Nem mesmo — ele aconselhará — as luvas.

Pessoas maldosas descrevem sua casa como a torre de Babel. Dizem que ele tem criados originários de todas as nações sob o sol, à exceção da Escócia; assim, os escoceses vivem oferecendo serviços a ele, esperançosos. Cavalheiros e até nobres daqui e do exterior insistem em que ele acolha seus filhos no serviço da casa, e ele aceita todos os que acha que pode treinar. Num dia típico em Austin Friars, haverá sempre um grupo de eruditos germânicos demonstrando as muitas variedades de sua língua, interpretando com seriedade cartas de evangelistas de suas próprias terras. No jantar, jovens de Cambridge trocarão tiradas em grego; são os estudiosos que ele ajudou, agora de volta para ajudá-lo. Às vezes uma companhia de comerciantes italianos virá para jantar, e ele irá papear com os visitantes nas línguas que aprendeu quando trabalhava para os banqueiros em Florença e Veneza. Os criados de seu vizinho Chapuys descansam por ali e bebem à custa da adega de Cromwell, mexericando em espanhol, em flamengo. Ele próprio fala em francês com Chapuys, pois é a língua materna do embaixador, e emprega um francês de tipo mais demótico com seu garoto Christophe, um rufiãozinho corpulento que o acompanhou desde Calais e que jamais se afasta muito dele; ele não o deixa ir muito longe, porque ao redor de Christophe as brigas irrompem.

Há todo um verão de mexericos para pôr em dia, e contas a verificar, recibos e despesas de suas casas e terras. Mas primeiro ele vai à cozinha para ver seu cozinheiro-chefe. É aquela calmaria do início da tarde, refeição já preparada, espetos limpos, cobres areados e empilhados, um cheiro de canela e cravo, e Thurston parado, solitário, junto a uma tábua coberta de farinha, fitando uma bola de massa de bolo como se fosse a cabeça de João Batista. Quando uma sombra bloqueia sua luz, o cozinheiro rosna: "Nada de dedos sujos de tinta!". Depois: "Ah. É o senhor. Já não era sem tempo. Fizemos grandes pastéis de carne de gamo para sua chegada, mas tivemos que dá-los aos seus amigos antes que estragassem. Podíamos ter enviado alguns, mas o senhor não para".

Ele estende as mãos para a inspeção.

"Peço perdão", diz Thurston. "Mas veja, o jovem Thomas Avery desce para cá logo que fecha os livros de contas, bisbilhotando as despensas e querendo pesar as coisas. Então mestre Rafe diz, escute, Thurston, temos uns dinamarqueses chegando, o que você sabe fazer para dinamarqueses? Depois mestre Richard entra aos trambolhões, Lutero enviou seus mensageiros, de qual tipo de bolo os germânicos gostam?"

Ele dá um beliscão na massa. "Isso é para os germânicos?"

"Não importa o que é. Se der certo, o senhor vai comer."

"Eles escolheram marmelo? Não falta muito para que venha a primeira geada. Já sinto nos ossos."

"Ouça só o que diz", responde Thurston. "Está parecendo sua própria avó falando."

"Você não a conheceu. Ou conheceu?"

Thurston ri. "Era a bêbada da paróquia?"

Provavelmente. Que tipo de mulher poderia ter amamentado seu pai, Walter Cromwell, sem cair na bebedeira? Thurston diz, como se acabasse de lhe ocorrer: "Bem, todos temos duas avós. Quem era a família da sua mãe, senhor?".

"Eles eram do Norte."

Thurston sorri. "Gente das cavernas. O senhor conhece o jovem Francis Weston? Aquele que está no serviço do rei? O pessoal dele está dizendo por aí que o senhor é judeu." Ele solta um grunhido; já ouviu isso antes. "Da próxima vez que estiver na corte", aconselha Thurston, "tire o pau para fora e ponha na mesa, vejamos o que ele dirá sobre isso."

"Já faço isso", ele responde. "Se a conversa exige."

"Veja bem…", Thurston hesita. "É verdade, o senhor é um judeu, porque empresta dinheiro a juros."

Galopantes, no caso de Weston. "Enfim", ele diz. E dá outra beliscada na massa; está um pouco dura, não? "O que há de novo nas ruas?"

"Andam dizendo que a velha rainha está doente." Thurston espera. Mas seu senhor pegou um punhado de groselhas e está comendo. "Está doente do coração, se não me engano. Dizem que Catarina lançou uma maldição em Ana Bolena, para que ela não tenha um menino. Ou, se tiver um menino, que não seja de Henrique. Dizem que Henrique tem outras mulheres e que por isso Ana o persegue nos seus aposentos com uma tesoura, gritando que vai capá-lo. A rainha Catarina costumava fechar os olhos, como fazem as esposas, mas Ana não tem essa temperança, e jura que ele sofrerá as consequências. Seria uma vingança e tanto, não?" Thurston gargalha. "Trair Henrique para lhe dar o troco e pôr o bastardo no trono."

Eles têm mentes férteis e fervilhantes, os londrinos: mentes como pilhas de estrume. "E eles têm alguma aposta quanto a quem será o pai desse bastardo?"

"Thomas Wyatt?", arrisca Thurston. "Porque, pelo que se sabe, ela o favorecia antes de ser rainha. Ou então seu antigo amante Harry Percy…"

"Percy está lá nas terras dele, não?"

Thurston revira os olhos em sinal de desdém. "A distância não a impede. Se Ana quiser que ele volte de Northumberland, basta ela assoviar que ele vem correndo como um cachorrinho. Não que ela pare em Harry Percy. Dizem que ela tem todos os cavalheiros da câmara privada do rei, um atrás do outro. Ela não gosta de perder tempo, portanto ficam todos em fila esfregando seus membros esperando que ela grite, 'Próximo'."

"E lá vão eles, um atrás do outro." Ele ri. Come a última groselha que lhe resta na palma da mão.

"Bem-vindo ao lar", diz Thurston. "Londres, onde acreditamos em qualquer coisa."

"Depois que ela foi coroada, lembro-me de que chamou todos do seu serviço, damas e cavalheiros, e lhes deu um sermão sobre como deveriam se comportar, nada de jogos com exceção de cara ou coroa, nada de linguajar lascivo e nada de corpos à mostra. De lá para cá, a coisa desandou um pouco, concordo."

"Senhor", diz Thurston, "sua manga está suja de farinha."

"Bem, eu preciso subir para a reunião do conselho. Não deixe que o jantar atrase."

"Algum dia já atrasou?" Thurston o espana com afeto. "Algum dia?"

***

É seu conselho domiciliar, não o do rei; seus conselheiros familiares, os jovens Rafe Sadler e Richard Cromwell, rápidos e ágeis com números, rápidos em inverter um argumento, rápidos em apreender uma ideia. E também Gregory. Seu filho.

Nesta estação, os homens jovens têm carregado seus pertences em bolsas de couro macio e claro, seguindo o exemplo dos agentes do banco Fugger, que viajam por toda a Europa e lançam modas. As bolsas são em forma de coração, de modo que, para ele, sempre parece que os rapazes estão saindo para namorar, mas eles juram que não. O sobrinho Richard Cromwell senta-se e lança um olhar sarcástico para as bolsas. Richard é como o tio, e traz sempre seus pertences junto do corpo. "Aí vem Me-Chame", ele diz. "Preste atenção na pena do chapéu dele."

Thomas Wriothesley entra, desvencilhando-se de seus sussurrantes criados; é um jovem alto e belo, com uma cabeça de cabelos cor de cobre polido. Há uma geração, sua família se chamava Writh, mas acharam que uma extensão elegante do nome lhes daria um ar de importância; eram arautos por ofício, e portanto estavam numa posição apropriada à reinvenção, à conversão de ancestrais ordinários em algo mais cavalheiresco. A mudança não vem sem zombaria; Thomas é conhecido em Austin Friars como Me-Chame-Risley. Deixou crescer uma discreta barba recentemente, gerou um filho e acumula dignidade a cada ano. Ele joga a bolsa na mesa e ocupa seu assento. "Como vai nosso Gregory?", pergunta.

A expressão de Gregory se abre em contentamento; ele admira Me-Chame e não chega a captar o toque de condescendência. "Oh, estou bem. Passei todo o verão caçando e agora vou voltar à casa de William Fitzwilliam para ingressar no seu serviço, porque ele é um cavalheiro próximo do rei e meu pai acha que posso aprender com ele. Fitz é bom para mim."

"Fitz." Wriothesley bufa, achando graça. "Vocês, Cromwells!"

"Bem", comenta Gregory, "ele chama meu pai de Crumb."

"Sugiro que você não pegue esse hábito, Wriothesley", diz ele, amigavelmente. "Ou ao menos só me chame assim pelas costas. Embora eu acabe de vir da cozinha e Crumb* não é nada perto dos nomes que dão à rainha."

Richard Cromwell diz: "São as mulheres que ficam mexendo o caldeirão de veneno. Elas não gostam de ladras de homens. Acham que Ana deveria ser punida".

---

* Migalha. [N. T.]

"Quando saímos em viagem, ela era pele e osso", diz Gregory, de forma inesperada. "Pele e osso, pontas e espinhos. Agora parece mais arredondada."

"De fato parece." Ele está surpreso que o menino tenha percebido isso. Os homens casados, experientes, observam Ana em busca de sinais de engorda tão avidamente quanto observam as próprias esposas. Ao redor da mesa, há olhares de soslaio. "Bem, veremos. Eles não ficaram juntos o verão inteiro, mas acho que foi o bastante."

"É melhor que seja mesmo", diz Wriothesley. "O rei vai acabar perdendo a paciência. Há quantos anos ele espera que uma mulher cumpra seu dever? Ana lhe prometeu um filho se ele se casasse com ela, e a essa altura a gente fica se perguntando, será que ele faria de novo tudo o que fez por ela, se fosse preciso?"

Richard Riche é o último a chegar, com um pedido murmurado de desculpas. Também para esse Richard nada de bolsas em forma de coração, embora, no passado, ele fosse exatamente o tipo de jovem galante que teria cinco delas em cores diferentes. Que mudanças uma década não traz! Riche costumava ser o pior tipo de estudante de direito, aquele que carrega uma pasta com pedidos de atenuação para contrapor a seus pecados; o tipo que procura tavernas de quinta, onde advogados são chamados de parasitas, e por honra é obrigado a começar uma briga; que volta na madrugada a seu dormitório em Temple fedendo a vinho barato e com o casaco em frangalhos; o tipo que uiva com um bando de cães pelo gramado de Lincoln's Inn. Mas Riche agora é sóbrio e obediente, um protegido do lorde chanceler Thomas Audley, e anda sempre lá e cá entre o dignitário e Thomas Cromwell. Os garotos o chamam de Sir Bolsinha; Bolsinha está ficando gordo, dizem eles. As preocupações do cargo recaíram sobre ele, os deveres de pai de uma família crescente; outrora um rapaz resplandecente, ele agora parece coberto por uma leve pátina de pó. Quem teria imaginado que ele seria procurador-geral? Mas o fato é que Riche tem um bom cérebro de advogado, e quando se precisa de um bom advogado, ele está sempre à mão.

"O livro do bispo Gardiner não serve ao seu propósito", começa Riche. "Senhor."

"Não é totalmente mau. Quanto aos poderes do rei, nós concordamos."

"Sim, mas...", responde Riche.

"Fui compelido a citar este versículo para Gardiner: 'A palavra do rei é suprema, e quem poderá lhe dizer: O que fazes?'."

Riche ergue as sobrancelhas. "O Parlamento pode."

Wriothesley diz: "E mestre Riche sempre sabe o que o Parlamento pode fazer".

Foi nas questões sobre os poderes do Parlamento, ao que parece, que Riche desarmou Thomas More; desarmou e derrubou e talvez o tenha empurrado, traiçoeiramente, para a traição. Ninguém sabe o que foi dito naquela sala, naquela cela; Riche saiu, o rosto afogueado, meio esperando, meio suspeitando ter obtido o suficiente, e foi direto da Torre de Londres até ele, Thomas Cromwell. Que disse calmamente, sim, isso nos serve; nós o pegamos, obrigado. Obrigado, Bolsinha, bom trabalho.

Agora Richard Cromwell se inclina para ele: "Diga-nos, meu pequeno amigo Bolsinha: na sua boa opinião, o Parlamento pode pôr um herdeiro na barriga da rainha?".

Riche enrubesce um pouco; ele tem quase quarenta anos agora, mas, por causa de seu tom de pele, ainda pode corar. "Eu nunca disse que o Parlamento pode fazer o que Deus não pode. Eu disse que poderia fazer mais do que Thomas More permitia."

"Mártir More", diz ele. "Correm rumores em Roma de que ele e Fisher serão santificados." Wriothesley ri. "Concordo que é ridículo", ele diz, e lança um olhar duro ao sobrinho: já basta agora, não diga mais nada sobre a rainha, seja sobre sua barriga ou qualquer outra parte.

Pois ele confidenciou a Richard Cromwell ao menos uma parte dos acontecimentos de Elvetham, da casa de Edward Seymour. Quando a comitiva real foi subitamente desviada, Edward se apresentou e os recebeu com grande cortesia. Mas o rei não conseguiu dormir naquela noite, e ordenou que o garoto Weston fosse tirá-lo da cama. Uma vela bruxuleante, num quarto de disposição não familiar. "Cristo, que horas são?" Seis, respondeu Weston maliciosamente, e você está atrasado.

Na verdade, não eram nem quatro horas, o céu ainda escuro. Com a persiana aberta para deixar entrar a brisa, Henrique, sentado, falou com ele aos sussurros, tendo os planetas como únicas testemunhas: ele fez questão de que Weston estivesse longe, recusou-se a falar até que a porta se fechasse. Tanto melhor. "Cromwell", disse o rei, "e se eu... e se eu começasse a temer, e se eu começasse a suspeitar de que há alguma falha no meu casamento com Ana, algum impedimento, algo que desagrada a Deus Todo-Poderoso?"

Ele sentira os anos passando num instante: agora ele era o cardeal, ouvindo a mesma conversa. Com a única diferença de que da outra vez o nome da rainha era Catarina.

"Mas que impedimento?", ele respondera, um pouco cansado. "O que poderia ser, meu amo?"

"Não sei", sussurrara o rei. "Não sei agora, mas talvez venha a saber. Ela não tinha um pré-contrato com Harry Percy?"

"Não, senhor. Ele jurou que não, sobre a Bíblia. Sua majestade o ouviu jurando."

"Ah, mas você foi falar com ele, não foi, Cromwell, você por acaso não o arrastou a alguma taverna abjeta, não o levantou do banco, não lhe deu umas pancadas na cabeça?"

"Não, senhor. Eu jamais maltrataria dessa maneira qualquer nobre do reino, muito menos o conde de Northumberland."

"Ah, bem. Fico aliviado em saber disso. Talvez eu tenha confundido os detalhes. Mas naquele dia o conde disse o que ele achava que eu queria ouvir. Ele disse que não houve união alguma com Ana, nenhuma promessa de casamento, muito menos consumação. E se ele mentiu?"

"Sob juramento, senhor?"

"Mas você é muito assustador, Crumb. Você é capaz de fazer um homem esquecer suas boas maneiras perante Deus. E se ele mentiu? E se ela fez um contrato com Percy que equivalha a um casamento legal? Se foi assim, ela não pode estar casada comigo."

Ele se mantivera em silêncio, mas viu a mente de Henrique funcionando velozmente; e sua própria mente corria como um cervo assustado. "E eu tenho grandes suspeitas", sussurrou o rei. "Tenho grandes suspeitas sobre ela e Thomas Wyatt."

"Não, senhor", respondeu ele com veemência, mesmo antes de ter tempo para pensar. Wyatt é amigo de Cromwell; o pai, Sir Henry Wyatt, incumbiu-o de facilitar o caminho do garoto; Wyatt não é mais um garoto, mas isso não importa.

"Você diz não", Henrique se inclinou para perto dele, "mas não é verdade que Wyatt saiu do reino e partiu para a Itália porque Ana não cedeu às suas investidas e ele não tinha paz de espírito na presença dela?"

"Bem, aí está. O senhor mesmo disse, majestade: ela não cedeu a ele. Se tivesse cedido, sem dúvida ele teria ficado."

"Mas não posso ter certeza", insistiu Henrique. "Suponhamos que ela o tenha repelido naquele momento, mas que em um outro dia tenha cedido? As mulheres são fracas e facilmente conquistadas por elogios. Sobretudo quando os homens lhes escrevem versos, e há quem diga que Wyatt escreve versos melhores que os meus, embora eu seja o rei."

Ele pestaneja: quatro da manhã, insone; aquilo até poderia ser considerado uma vaidade inofensiva, bom Deus, se ao menos não fossem quatro da manhã. "Majestade, tranquilize sua mente. Se Wyatt fez alguma incursão na castidade imaculada daquela dama, tenho certeza de que ele não resistiria a alardear o fato. Em verso ou prosa."

Henrique apenas resmunga. Mas ergue os olhos: a sombra bem-vestida de Wyatt, imersa em seda, passa deslizando pela janela, bloqueia a luz fria das estrelas. Passe ao largo, fantasma: a mente dele afasta a imagem; quem pode entender Wyatt, quem pode absolvê-lo? O rei diz: "Bem. Talvez. Mesmo que ela tenha cedido a Wyatt, isso não seria empecilho para meu casamento, não se pode considerar um contrato entre os dois, uma vez que ele mesmo foi casado quando menino e portanto não estava livre para prometer algo a Ana. Mas eu lhe digo, seria um impedimento para minha confiança nela. Eu não aceitaria de bom grado que uma mulher mentisse para mim dizendo que chegou virgem à minha cama, quando na verdade não o fez".

Wolsey, onde está você? Você já ouviu tudo isso antes. Aconselhe-me agora.

Ele se levanta. Está tentando encaminhar a entrevista para o fim. "Devo ordenar que lhe tragam alguma coisa, senhor? Algo que o ajude a dormir de novo, por uma ou duas horas?"

"Preciso de algo para adoçar meus sonhos. Gostaria de saber o quê. Já consultei o bispo Gardiner sobre esse assunto."

Ele tentou impedir que o choque transparecesse em seu rosto. Recorreu a Gardiner: pelas minhas costas?

"E Gardiner disse...", o rosto de Henrique era a imagem da desolação, "disse que havia dúvida suficiente no caso, mas que, se o casamento não fosse correto e eu fosse forçado a abandonar Ana, eu deveria voltar para Catarina. E eu não posso fazer isso, Cromwell. Mesmo que toda a cristandade se volte contra mim, estou decidido, não posso jamais voltar a tocar naquela velha mofada."

"Bem...", ele havia dito. Estava olhando o chão, para os pés descalços de Henrique, pés grandes e brancos. "Acho que podemos fazer melhor que isso, senhor. Não posso fingir que entendo o raciocínio de Gardiner, mas, por outro lado, o bispo conhece o direito canônico melhor que eu. Não acredito, contudo, que o senhor possa ser constrangido ou obrigado em qualquer assunto, pois o senhor é o amo da sua própria casa, do seu próprio país e da sua própria Igreja. Talvez Gardiner quisesse apenas preparar sua majestade para os obstáculos que os outros possam apresentar."

Ou talvez, pensou ele, Gardiner só quisesse fazê-lo suar e lhe causar pesadelos. Gardiner é assim. Mas Henrique se empertigou. "Eu posso fazer o que bem me convém", disse o monarca. "Deus não permitiria que meu prazer fosse contrário aos seus desígnios, nem que meus desígnios fossem impedidos por sua vontade." Uma sombra de astúcia cruzou seu rosto. "E o próprio Gardiner disse isso."

Henrique bocejou. Era um sinal. "Crumb, você não parece muito respeitável, curvando-se em trajes de dormir. Vai estar pronto para montar às sete, ou devemos deixá-lo para trás e encontrá-lo novamente na hora da ceia?"

Se o senhor estiver pronto, eu estarei pronto, pensa ele enquanto se arrasta de volta para a cama. Depois que o sol nascer, o senhor esquecerá que tivemos essa conversa? A corte estará agitada, os cavalos sacudindo a cabeça e farejando o vento. No meio da manhã já estaremos reunidos com a comitiva da rainha; Ana estará tagarelando sobre seu cavalo de caça; ela nunca saberá, a menos que seu amiguinho Weston lhe conte que, na noite anterior, em Elvetham, o rei ficou sentado admirando sua futura amante: enquanto Jane Seymour ignorava seus olhos suplicantes, placidamente concentrada em comer um frango. Gregory comentara, os olhos arregalados: "A srta. Seymour come muito, não?".

E agora o verão acabou. Wolf Hall, Elvetham, desaparecidos no crepúsculo. Seus lábios são um túmulo quanto às dúvidas e medos do rei; é outono, ele está em Austin Friars; de cabeça baixa, ouve as notícias da corte, observa os dedos de Riche torcendo a etiqueta de seda de um documento. "Os agregados de ambas as famílias ficam se provocando nas ruas", diz seu sobrinho Richard. "Dedos no nariz, imprecações, mãos nos punhais."

"Desculpe, quem?", indaga ele.

"A gente de Nicholas Carew. Estranhando-se com os criados de lorde Rochford."

"Contanto que mantenham isso fora da corte", ele retruca com acidez. A pena por desembainhar uma arma branca dentro dos recintos da corte real é a amputação da mão ofensora. Qual é o motivo da briga, ele começa a questionar, mudando depois a pergunta: "Qual é a desculpa deles?".

Pois imagine Carew, um dos velhos amigos de Henrique, um de seus cavalheiros de câmara, e devotado à antiga rainha. Veja-o, um homem à moda antiga com seu rosto comprido e grave, seu ar cultivado como se saído diretamente de um livro de cavalaria. Nenhuma surpresa se, com seu rígido senso de propriedade das coisas, Sir Nicholas tenha descoberto que é impossível tolerar as pretensões emergentes de George Bolena. Sir Nicholas é um papista da cabeça às pontas metálicas dos sapatos, e se ofende até a medula com o apoio de George ao ensino reformista. Assim, uma questão de princípio se interpõe entre eles; mas que evento trivial despertou a briga? Teriam George e seu séquito de rufiões feito uma algazarra em frente ao gabinete de Sir Nicholas enquanto ele tratava de algum assunto solene, como se admirar no espelho? Ele reprime um sorriso. "Rafe, vá dar uma palavra com ambos os cavalheiros. Diga-lhes para baixar as armas." Ele acrescenta: "Você fez bem em mencionar isso". Ele sempre se interessa em saber das discórdias entre os cortesãos e como elas surgem.

Logo depois que sua irmã se tornou rainha, George Bolena o chamou e lhe deu algumas instruções sobre como deveria administrar sua própria carreira.

O jovem ostentava um colar de ouro cravejado de pedras preciosas, cujo peso ele, Cromwell, calculou mentalmente; em sua imaginação ele removeu a casaca de George, descoseu-a, enfiou o tecido em seu invólucro e pôs o preço; uma vez que se passa pelo comércio de tecidos, o olho para a textura e o caimento jamais se perde, e se você é o encarregado de aumentar as receitas, logo aprende a calcular o valor de um homem.

O jovem Bolena o fez ficar de pé, enquanto ocupava a única cadeira da sala. "Lembre-se, Cromwell", começou ele, "de que, embora esteja no conselho do rei, você não é um cavalheiro de berço. Deveria se limitar a falar em relação ao que lhe é solicitado, e, quanto ao resto, ficar de fora. Não se intrometa nos assuntos dos que estão acima de você. Sua majestade muitas vezes se compraz na sua companhia, mas lembre-se de quem o alçou a um posto onde o rei pudesse vê-lo."

É interessante a versão de George Bolena para sua vida. Ele sempre supôs que tivesse sido Wolsey quem o treinou, quem o promoveu, que Wolsey o tivesse tornado o homem que ele é: mas George diz não, foram os Bolena. Evidentemente, ele não tem mostrado gratidão o bastante. Assim, ele a manifesta agora, dizendo sim senhor e não senhor, e vejo que o senhor é um homem de singular bom senso para sua idade. Ora, seu pai o monsenhor, conde de Wiltshire, e seu tio Thomas Howard, duque de Norfolk, eles não poderiam ter me instruído melhor. "Tirarei proveito desse conselho, eu lhe garanto, senhor, e de agora em diante me conduzirei com mais humildade."

George foi aplacado. "Pois faça isso."

Ele sorri agora, recordando o episódio; e volta à agenda rascunhada. Os olhos de seu filho Gregory correm em torno da mesa, tentando pescar o que não é dito: ora observam o primo Richard Cromwell, ora Me-Chame-Risley, ora seu pai, e os outros senhores que chegaram. Richard Riche se concentra em seus papéis, Me-Chame remexe sua pena. Ambos são homens atormentados, pensa ele, Wriothesley e Riche, e parecidos em alguns aspectos, movendo-se furtivamente pelas periferias de sua própria alma, tateando as paredes: oh, o que é esse som oco? Mas ele tem de apresentar homens de talento ao rei; e eles são ágeis, são tenazes, são infatigáveis em seus esforços tanto pela Coroa quanto por si mesmos.

"Uma última coisa", diz ele, "antes de encerrarmos. O lorde bispo de Winchester agradou tanto ao rei que, por insistência minha, o rei o mandou de novo à França como embaixador. Acredita-se que sua embaixada não será curta."

Lentos sorrisos se abrem pela mesa. Ele observa Me-Chame, outrora protegido de Stephen Gardiner. Mas ele parece tão alegre quanto o resto. Richard Riche fica rosado, levanta-se da mesa e torce a mão.

"Ponha-o na estrada", diz Rafe, "e que ele fique bem longe. Gardiner é um duas caras."

"Duas?", ele replica. "A língua dele é como uma lança de três pontas. Primeiro está com o papa, depois com Henrique, depois, escrevam o que eu digo, ficará ao lado do papa novamente."

"Podemos confiar no seu trabalho no exterior?", indaga Riche.

"Podemos confiar apenas na sua capacidade em saber de onde tirar vantagens. Que por ora é na figura do rei. E podemos ficar de olho nele, pôr alguns homens nossos entre seus criados. Mestre Wriothesley pode providenciar isso, não?"

Só Gregory parece duvidoso. "Meu lorde Winchester, um embaixador? Fitzwilliam diz que o primeiro dever de um embaixador é não oferecer nenhuma afronta."

Ele concorda. "E afronta é a única coisa que Stephen oferece, não?"

"Um embaixador não deveria ser um sujeito alegre e afável? É o que diz Fitzwilliam. Deve ser agradável em qualquer companhia, flexível e fácil de se lidar, deve cativar seus anfitriões. Assim ele tem chance de visitar suas casas, reunir-se com seus conselhos, aproximar-se das suas esposas e seus herdeiros e corromper seus criados em benefício próprio."

Rafe ergue as sobrancelhas. "É isso que Fitz lhe ensina?" Os rapazes riem.

"É verdade", ele diz. "Isso é o que um embaixador deve fazer. Então espero que Chapuys não esteja corrompendo você, Gregory. Se eu tivesse uma esposa, ele estaria passando sonetos para ela por baixo da mesa, tenho certeza, e dando ossos para meus cães. Ah bem... Chapuys é uma companhia agradável, sabe. Não é como Stephen Gardiner. Mas a verdade, Gregory, é que precisamos de um embaixador robusto para os franceses, um homem cheio de brios e veneno. E Stephen já esteve entre eles antes, e fez jus ao posto. Os franceses são hipócritas, fingem amizade e exigem dinheiro em troca. Veja bem", prossegue ele, decidido a educar o filho, "agora mesmo os franceses estão com um plano para tomar o ducado de Milão das mãos do imperador, e querem que nós os financiemos. E temos que concordar, ou fazer parecer que concordamos, por medo de que eles deem meia-volta, façam uma aliança com o imperador e nos esmaguem. Então, quando chegar o dia em que eles digam, 'Entreguem-nos o ouro que prometeram', precisamos daquele tipo de embaixador, como Stephen, que dirá sem qualquer pudor, 'Ah, o ouro? Debitem da dívida que vocês já têm com o rei Henrique'. O rei Francisco cuspirá fogo, mas de certa forma teremos mantido nossa palavra. Você entende? Reservamos para a corte francesa nossos guerreiros mais ferozes. Lembre-se de que lorde Norfolk foi embaixador lá por algum tempo."

Gregory baixa a cabeça. "Qualquer estrangeiro temeria Norfolk."

"Qualquer inglês também. E com razão. Ocorre que o duque é como um daqueles canhões gigantes que os turcos têm. Poderoso na hora de detonar, mas precisa de três horas de resfriamento para poder disparar de novo. Ao passo que o bispo Gardiner, podemos dispará-lo a cada dez minutos, do amanhecer ao crepúsculo."

"Mas, senhor", irrompe Gregory, "se prometermos dinheiro e não entregarmos, o que eles farão?"

"Até lá seremos novamente grandes amigos do imperador, espero." Ele suspira. "É um jogo antigo, e parece que precisamos continuar a jogá-lo, até que eu invente algo melhor, ou o rei invente. Você ouviu falar da recente vitória do imperador em Túnis?"

"O mundo inteiro está falando nisso", responde Gregory. "Todo cavaleiro cristão gostaria de ter estado lá."

Ele dá de ombros. "O tempo dirá quão gloriosa foi. Barba-Ruiva logo encontrará outra base para sua pirataria. Mas com uma vitória como essa nas costas, e com os turcos quietos no momento, o imperador pode se voltar para nós e invadir nossa costa."

"Mas como podemos impedi-lo?" Gregory parece desesperado. "Não deveríamos trazer a rainha Catarina de volta?"

Me-Chame ri. "Gregory está começando a perceber as dificuldades do nosso ofício, senhor."

"Estava gostando mais de quando falávamos da atual rainha", diz Gregory em voz baixa. "E eu tenho o crédito pela observação de que ela está mais gorda."

Me-Chame diz amavelmente: "Eu não deveria rir. Você tem o mérito, Gregory. Todos os nossos trabalhos, nossos sofismas, todo o nosso aprendizado, tanto o adquirido quanto o fingido; os estratagemas de Estado, os decretos dos advogados, as maldições dos clérigos e as graves resoluções dos juízes, sagradas e profanas: todos sem exceção podem ser derrotados pelo corpo de uma mulher, não podem? Deus deveria ter feito a barriga delas transparente, poupando-nos da esperança e do medo. Mas o que cresce lá dentro talvez tenha mesmo que crescer no escuro".

"Dizem que Catarina está doente", comenta Richard Riche. "Se ela morrer este ano, eu me pergunto, que mundo haverá então?"

Mas escutem: já ficamos sentados aqui por tempo demais! Vamos nos levantar e sair para os jardins de Austin Friars, o orgulho do secretário-mor; ele quer as plantas que viu florescendo nos outros países, ele quer os melhores frutos, e para tanto ele importuna os embaixadores a fim de que lhe enviem brotos e mudas na mala diplomática. Seus jovens e ávidos funcionários aguardam ao lado, prontos para decifrar uma mensagem codificada, e tudo o que cai da mala é um emaranhado de raízes, ainda pulsando com vida depois da travessia do estreito de Dover.

Ele deseja que as coisas tenras vivam, que os jovens prosperem. Assim, ele construiu uma quadra de tênis, um presente para Richard e Gregory e todos os jovens de sua casa. Ele próprio até que joga bem... desde que seu adversário seja cego ou perneta, como costuma dizer. Grande parte do jogo é tática; seu pé se arrasta, pesado, de modo que ele precisa se valer da astúcia em lugar da velocidade. Mas ele tem orgulho das instalações e arca com a despesa de bom grado. Recentemente consultou os mantenedores da quadra de tênis do rei em Hampton Court e mandou ajustar as medidas às preferências de Henrique; o rei já esteve em Austin Friars para jantar, por isso não é impossível que um dia apareça para uma tarde de esporte.

Na Itália, quando ele servia na casa de Frescobaldi, os rapazes saíam em noites quentes para jogar na rua. Era uma espécie de tênis, um *jeu de paume*, sem raquetes, só com a mão; eles se acotovelavam, empurravam-se e gritavam, quicavam a bola pelos muros e faziam-na correr pelo toldo de um alfaiate, até que o próprio dono saía e lhes passava um sermão: "Se vocês não respeitarem meu toldo, vou cortar fora seus testículos e pendurá-los na entrada da minha loja com uma fita". Eles respondiam perdão, mestre, perdão, e desciam a rua e iam jogar mais discretamente numa praça meio escondida. Mas meia hora depois estavam de volta, e ele ainda escuta em seus sonhos o alarido da costura grossa da bola acertando o metal e deslizando de novo para o ar; sente o impacto do couro batendo na palma da mão. Naquela época, embora estivesse lesionado, tentava se livrar do entrevamento se exercitando; essa lesão ele ganhara no ano anterior, quando estava em Garigliano com o exército francês. Os *garzoni* diziam, escute, Tommaso, como é que o acertaram na parte de trás da perna, estava fugindo? Ele respondia, Mãe de Deus, claro: com o que eu recebia só dava para fugir, se me quiserem virado para a batalha, têm que pagar mais.

Depois do massacre, os franceses haviam debandado, e naquela época ele era francês; o rei da França pagava seus soldos. Ele havia rastejado e mancado, ele e seus companheiros arrastando os corpos fustigados o mais rápido que podiam para fugir dos espanhóis vitoriosos, tentando chegar a territórios que não estivessem ensopados de sangue; eram ferozes arqueiros galeses e desertores suíços, e alguns meninos ingleses, como ele, todos mais ou menos confusos e sem um tostão no bolso, tentando recompor as faculdades mentais depois da debandada, traçando um curso, mudando de nação e de nome segundo a necessidade, surgindo nas cidades ao norte, buscando a próxima batalha ou algum ofício menos arriscado.

No portão dos fundos de uma grande casa, um intendente o interrogara: "Francês?".

"Inglês."

O homem revirou os olhos. "Então o que você sabe fazer?"

"Sei lutar."

"Pelo visto, não bem o bastante."

"Sei cozinhar."

"Não temos necessidade de culinária bárbara."

"Sei fazer contas."

"Isso aqui é uma casa bancária. Estamos bem supridos."

"Diga-me o que precisa que seja feito. Eu posso fazer." (Já se gabando como um italiano.)

"Queremos um faz-tudo. Qual é seu nome?"

"Hércules", respondeu ele.

Contra a própria vontade, o homem riu. "Entre, Ercole."

Ercole avança mancando, cruza o pórtico. O homem se ocupa de seus próprios afazeres. Ele senta-se num degrau, quase chorando de dor. Olha ao redor. Tudo que tem é esse chão. Esse chão é seu mundo. Ele tem fome, tem sede, está a mais de setecentas milhas de casa. Mas esse chão pode ser melhorado. "Jesus, Maria e José!", grita ele. "Água! Balde! *Allez, allez!*"

Eles atendem. Atendem rápido. Um balde chega. Ele melhora o chão. Melhora a casa. Não sem resistência. Eles o iniciam na cozinha, onde, como estrangeiro, ele é mal recebido, e onde, com todas as facas, espetos e água fervente, há muitas possibilidades de violência. Mas ele é um lutador melhor do que aparenta: com pouca altura, sem treinamento ou arte, mas quase impossível de derrubar. E o que o ajuda é a fama de seus conterrâneos, temidos por toda a Europa como arruaceiros, saqueadores, estupradores e ladrões. Como ele não pode ofender seus companheiros de trabalho na língua deles, usa o dialeto de Putney. Ensina-lhes terríveis pragas em inglês — "Pelo sangue dos buracos de prego do Cristo" —, que eles podem usar para aliviar os sentimentos pelas costas de seus amos. Quando a moça chega pela manhã, com as ervas úmidas de orvalho em sua cesta, eles dão um passo para trás, a examinam e perguntam: "Então, docinho, como você está hoje?". Quando alguém interrompe uma tarefa complicada, eles dizem: "Por que não cai fora daqui, seu merda, ou vou ferver sua cabeça nessa panela".

Em pouco tempo ele entendeu que o destino o levara até a porta de uma das mais antigas famílias da cidade, que não só lidava com dinheiro e com seda, lã e vinho, mas que também tinha grandes poetas em sua linhagem. Francisco Frescobaldi, o senhor da casa, foi à cozinha falar com ele. Frescobaldi não partilhava do preconceito geral contra ingleses, pensava neles como um povo de sorte; embora, segundo ele, alguns de seus antepassados tivessem chegado à beira da ruína graças a dívidas não pagas de reis da Inglaterra mortos havia muito. O próprio Frescobaldi não falava inglês muito bem, e disse, seus compatriotas sempre nos são úteis, há muitas cartas a escrever; você sabe escrever, não sabe? Quando ele, Tommaso ou Ercole, aprendeu o suficiente do toscano para se expressar e fazer piadas, Frescobaldi prometeu, um dia eu o chamarei à casa contábil. Farei um teste com você.

Esse dia chegou. Ele foi testado e aprovado. De Florença, foi a Veneza, a Roma: e quando ele sonha com essas cidades, como às vezes acontece, certa petulância residual o segue ao longo do dia, um traço do jovem italiano que ele foi. Ele se recorda de quem foi na juventude, sem qualquer indulgência, mas também sem culpa. Sempre fez o que era necessário para sobreviver, e se seu julgamento a respeito do que era necessário foi por vezes questionável... é isso que significa ser jovem. Hoje em dia ele acolhe estudantes pobres em sua família. Sempre há um trabalho para eles, algum nicho onde podem rabiscar tratados sobre conceitos de um bom governo ou traduções dos salmos. Mas ele também recebe jovens brutos e tempestuosos, como ele próprio foi também bruto e tempestuoso, pois sabe que, se for paciente com eles, os garotos lhe serão leais. Mesmo agora, ele ainda ama Frescobaldi como a um pai. O hábito embota as intimidades do casamento, os filhos se tornam truculentos e rebeldes, mas um bom mestre dá mais do que recebe e sua benevolência nos guia por toda a vida. Wolsey, por exemplo. Com seu ouvido interior, ele ouve o cardeal falar. E o cardeal diz, eu o vi, Crumb, em Elvetham: coçando as bolas enquanto amanhecia e ponderando sobre a violência dos caprichos do rei. Se ele quer uma nova esposa, arranje-lhe uma. Eu não arranjei, e estou morto.

O bolo de Thurston deve ter dado errado, porque não aparece à noite no jantar, mas há uma gelatina muito boa em forma de castelo. "Thurston tem licença para fazer fortificações", brinca Richard Cromwell, e imediatamente se lança numa disputa com um italiano do outro lado da mesa: qual é o melhor formato para um forte, circular ou em forma de estrela?

O castelo é todo listrado de vermelho e branco, sendo o vermelho um carmim profundo e o branco, perfeitamente alvo, de forma que as paredes parecem flutuar. Há arqueiros comestíveis espiando das muralhas, atirando flechas de doce. O prato arranca sorrisos até do procurador-geral. "Gostaria que minhas garotinhas pudessem vê-lo."

"Enviarei os moldes para sua casa. Embora talvez não de um forte. Um jardim?" O que agrada meninas pequenas? Ele esqueceu.

Depois do jantar, se não há mensageiros batendo na porta, ele geralmente reserva uma hora para ficar sozinho com seus livros. Ele os guarda em todas as suas propriedades: em Austin Friars, na Rolls House de Chancery Lane, em Stepney, em Hackney. Hoje em dia há livros sobre todo tipo de assunto. Livros que aconselham sobre como ser um bom ou um mau príncipe. Livros de poesia e obras que ensinam contabilidade, livros de frases para uso no exterior, dicionários, livros que lhe explicam como se limpar de seus pecados e livros que tratam de como preservar peixes. Seu amigo Andrew Boorde, o médico, está escrevendo um livro sobre barbas; ele é contra barbas. Ele pensa no que Gardiner disse: você é quem deveria escrever um livro, seria algo interessante de se ver.

Se ele escrevesse, seria *O livro chamado Henrique*: como interpretá-lo, como servi-lo, a melhor forma de preservá-lo. Mentalmente, ele escreve a introdução. "Quem listará as qualidades, tanto públicas quanto particulares, daquele que é o mais abençoado dos homens? Entre os padres, ele é devoto: entre os soldados, valente: entre os acadêmicos, erudito: entre os cortesãos, o mais gentil e refinado: e todas essas qualidades, o rei Henrique as possui em grau tão notável que semelhante a ele jamais se viu desde os primórdios do mundo".

Erasmo diz que devemos elogiar um governante mesmo por qualidades que ele não tem. Pois a lisonja lhe dará o que pensar. E as qualidades que atualmente lhe faltam, ele talvez se esforce por obtê-las.

Ele ergue os olhos quando a porta se abre. É seu menino galês, entrando de costas: "Pronto para suas velas, mestre?".

"Sim, mais que pronto." A luz treme, depois se firma contra a madeira escura como discos desbastados de uma pérola. "Vê aquele banco?", diz ele. "Sente-se."

O menino se deixa cair no banco. Está correndo de lá para cá desde cedo, executando tarefas da casa. Por que as pernas pequenas sempre têm de poupar as pernas grandes? *Vá lá em cima e me traga...* Quando você era jovem, esse pedido o deixava orgulhoso. Você se sentia importante, essencial até. Ele costumava correr por toda Putney, em incumbências para Walter. Tanto mais tolo. Agora ele se compraz em dizer a um garoto, descanse um pouco. "Eu falava um pouco de galês quando era jovem. Hoje não consigo mais."

Ele pensa, essa é a ladainha do homem de cinquenta anos: galês, tênis, eu costumava fazer, não consigo agora. Há compensações: a cabeça tem mais informações armazenadas, o coração é mais blindado contra lascas e fraturas. Agora mesmo ele está fazendo um levantamento das propriedades galesas da rainha. Por essa e outras razões de maior peso, ele mantém um olho atento sobre o principado. "Conte-me sobre sua vida", diz ele ao menino. "Conte-me como veio parar aqui." Com os cacos de inglês que o menino fala, ele vai juntando as peças de sua história: incêndio criminoso, roubo de gado, a história habitual das fronteiras, terminando em privação, em orfandade.

"Você sabe recitar o Pater Noster?", pergunta ele.

"Pater Noster", repete o menino. "Ou o pai-nosso."

"Em galês?"

"Não, senhor. Não há orações em galês."

"Deus do céu. Vou mandar alguém dar um jeito nisso."

"Por favor, senhor. Assim vou poder rezar pelo meu pai e minha mãe."

"Conhece John ap Rice? Ele estava no jantar conosco esta noite."

"Casado com sua sobrinha Johane, senhor?"

O menino sai em disparada. Perninhas se pondo a trabalhar de novo. É seu objetivo que todos os galeses falem inglês, mas isso ainda não é possível, e enquanto isso eles precisam de Deus a seu lado. Bandoleiros cobrem todo o principado e se livram da prisão com subornos e ameaças; piratas saqueiam o litoral. Os cavalheiros que possuem terras por lá, como Norris e Brereton, da câmara privada do rei, parecem resistir ao interesse real. Põem os próprios interesses à frente da paz do rei. Odeiam que suas atividades sejam fiscalizadas. Não se interessam por justiça: ao passo que ele deseja criar uma justiça igualitária, de Essex a Anglesey, da Cornualha à fronteira escocesa.

Rice entra trazendo uma pequena caixa de veludo, que deposita na mesa: "Presente. Adivinhe o que é".

Ele sacode a caixinha. Algo parecido com grãos. Seus dedos exploram fragmentos escamosos, cinzentos. Rice tem investigado abadias para ele. "Seriam dentes de santa Apolônia?"

"Mais uma tentativa."

"São os dentes do pente de Maria Madalena?"

Rice desiste. "Aparas de unhas de santo Edmundo."

"Ah. Jogue fora junto com o resto. Esse homem devia ter quinhentos dedos."

No ano de 1257, um elefante morreu no zoológico da Torre e foi sepultado numa cova perto da capela. Mas no ano seguinte foi desenterrado e seus restos foram enviados à abadia de Westminster. Ora, o que eles queriam com os restos de um elefante na abadia de Westminster senão usá-los para esculpir uma tonelada de relíquias e transformar seus ossos animais em ossos de santos?

Segundo os guardiões de relíquias sagradas, parte do poder desses artefatos está em sua capacidade de se multiplicar. Osso, madeira e pedra têm, como animais, a competência de se reproduzir, mas mantendo sua natureza intacta; os rebentos não são em nada inferiores aos originais. Assim, a coroa de espinhos floresce. A cruz de Cristo gera brotos; viceja, como uma árvore viva. O manto sem costuras de Cristo tece cópias de si mesmo. Unhas dão à luz mais unhas.

John ap Rice diz: "A razão não pode vencer essa gente. Você tenta lhes abrir os olhos. Mas se depara com estátuas da Virgem que choram lágrimas de sangue".

"E depois sou eu que faço truques!" Ele fecha a cara. "John, você precisa sentar e escrever. Seus compatriotas precisam de orações."

"Eles precisam de uma Bíblia, senhor, na própria língua."

"Deixe-me primeiro obter a certeza de uma bênção do rei para que os ingleses a tenham." É sua cruzada diária e secreta: que Henrique financie uma grande Bíblia, que ponha uma cópia dela em cada igreja. Ele agora está bem próximo de alcançar tal meta e acredita que pode ganhar Henrique para a causa. Seu ideal seria um país único, uma moeda única, um só padrão de peso e medida e, acima de tudo, uma língua que todos dominem. Você não precisa ir até o País de Gales para ser mal interpretado. Há partes deste reino, a menos de cinquenta milhas de Londres, em que, se você pede que lhe cozinhem um arenque, eles lhe devolvem um olhar vazio de incompreensão. Só quando você aponta para a panela e imita um peixe é que eles dizem, ah, agora entendi.

Mas sua maior ambição para a Inglaterra é esta: o príncipe e sua nação devem estar de acordo. Ele não quer que o reino seja administrado como a casa de Walter em Putney, com brigas o tempo todo e ao som de objetos arremessados e gritaria dia e noite. Ele quer que seja uma casa onde todos saibam o que têm de fazer, e onde se sintam seguros em fazê-lo. Ele comenta com Rice: "Stephen Gardiner disse que eu deveria escrever um livro. O que acha? Talvez eu escreva, se um dia me aposentar. Até lá, por que deveria revelar meus segredos de graça?".

Ele se lembra de ter lido o livro de Maquiavel depois da morte da esposa, quando passou dias trancado no escuro: aquele livro que agora começa a causar tanto rebuliço no mundo, embora seja mais falado que realmente lido. Ele se confinara em casa, ele, Rafe, a família e os criados mais próximos, para não levar a febre para a cidade; fechando o livro, ele dissera, não se pode tirar lições de principados italianos e aplicá-las ao País de Gales e à fronteira do Norte. Não funcionamos da mesma maneira. O livro lhe pareceu quase banal, nada além de abstrações — virtude, terror — e pequenas instâncias específicas de conduta simplista ou cálculo falho. Talvez ele pudesse melhorar as ideias do livro, mas não tem tempo; quando o trabalho é tão urgente, tudo o que pode fazer é atirar frases para os escrivães, todos a postos com suas penas para ouvir seu ditado: *"Eu sinceramente me disponho ao senhor... Seu amigo assegurado, seu amigo amoroso, seu amigo Thomas Cromwell"*. Não há gratificações para o cargo de secretário. O escopo do trabalho é indefinido, e isso lhe convém; enquanto o lorde chanceler tem seu papel circunscrito, o secretário-mor pode inquirir em qualquer gabinete de Estado e qualquer canto do governo. Ele recebe cartas de todos os condados, pedindo-lhe que arbitre em disputas de terras ou empreste seu nome à causa de algum estranho. Pessoas que ele nem conhece enviam mexericos sobre seus vizinhos, monges mandam relatos de palavras desleais ditas por seus superiores, padres peneiram para ele as declarações de seus bispos. Os assuntos de todo o reino são sussurrados em seu ouvido, e tão plurais são suas funções sob a Coroa que os grandes negócios da Inglaterra, documentos em pergaminho aguardando carimbo e selo, vêm e vão em sua mesa, chegam a ele e saem dele. Seus peticionários lhe mandam vinho Madeira e moscatel, capões, caça e ouro; presentes e pensões e concessões, amuletos e feitiços. Querem favores e creem que devem pagar por eles. Isso vem acontecendo desde que ele caiu nas graças do rei. Ele está rico.

E, naturalmente, segue-se a inveja. Seus inimigos vasculham o que podem sobre sua vida pregressa. "Pois então, eu estive em Putney", disse Gardiner. "Ou, para ser exato, mandei um homem. Eles comentaram por lá: quem diria que Põe-fio-nisso chegaria aonde chegou? Todos pensávamos que a essa altura ele já estaria enforcado."

Seu pai afiava facas; as pessoas o paravam na rua: Tom, pode levar essa aqui e perguntar ao seu pai se dá para fazer alguma coisa por ela? E ele a pegava, qualquer que fosse o instrumento cego: deixe comigo, ele põe fio nisso.

"É uma habilidade", disse ele a Gardiner. "Saber afiar uma lâmina."

"Você matou homens. Eu sei."

"Não nesta jurisdição."

"No exterior não conta?"

"Nenhum tribunal da Europa condenaria um homem que agiu em legítima defesa."

"Mas você se pergunta por que as pessoas querem matá-lo?"

Ele riu. "Ora, Stephen; há muitas coisas misteriosas nesta vida, mas essa não é uma delas. Eu sempre fui o primeiro a levantar pela manhã. Sempre fui o último a ir me deitar. Eu estava sempre onde estava o dinheiro. Sempre conquistava as garotas. Mostre-me um monte, e eu já estarei lá em cima, no topo."

"Ou em cima de uma prostituta", murmurou Stephen.

"Você já foi jovem um dia. Já levou suas descobertas ao rei?"

"Ele precisa saber que tipo de homem emprega." Mas Gardiner não prosseguiu; ele, Cromwell, aproximou-se sorrindo. "Faça pior, Stephen. Ponha seus homens na estrada. Distribua dinheiro. Investigue pela Europa. Você não descobrirá nenhum talento meu que a Inglaterra não possa usar." Sacando de dentro do casaco uma faca imaginária, ele a enterrou de forma fácil e suave nas costelas de Gardiner. "Stephen, já não lhe implorei tantas e tantas vezes que se reconciliasse comigo? E você não recusou sempre?"

Verdade seja dita sobre Gardiner: ele não recuou. Apenas com uma espécie de arrepio da pele e um puxão na batina, esquivou-se da faca de ar.

"O rapaz que você esfaqueou em Putney morreu", devolveu Gardiner. "Fez bem em fugir, Cromwell. A família do garoto tinha uma forca pronta para você. Seu pai pagou para dissuadi-los da ideia."

Ele ficou pasmo. "O quê? Walter? Walter fez isso?"

"Não pagou muito. Eles tinham outros filhos."

"Mesmo assim." Ele se deteve, perplexo. Walter. Walter pagara para fazê-los desistir da ideia. Walter, que nunca lhe dera nada mais que um chute.

Gardiner riu. "Vê? Sei de coisas da sua vida que nem você sabe."

É tarde agora; ele terminará o que há em sua mesa, depois irá ler em seu gabinete. Diante dele há um inventário da abadia de Worcester. Seus homens são detalhistas; está tudo ali, desde um fogareiro para aquecer as mãos até um pilão para esmagar alho. E uma casula de cetim furta-cor, um talar de tecido de ouro, o Cordeiro de Deus tecido em seda preta; um pente de marfim, uma lamparina de bronze, três garrafas de couro e uma foice; livros de salmos, livros de cânticos, seis redes de caça com sinos, dois carrinhos de mão, pás e enxadas diversas, algumas relíquias de santa Úrsula e suas onze mil virgens, juntamente com mitra de santo Osvaldo e um largo estoque de compridas mesas de cavalete.

Estes são os sons de Austin Friars, no outono de 1535: as crianças cantoras ensaiando um motete, parando e recomeçando. As vozes dessas crianças, meninos pequenos chamando uns aos outros pelas escadas aos gritinhos, e, mais próximo, o rascar das patas dos cães nas tábuas do piso. O tilintar de moedas de ouro caindo num baú. O murmúrio, abafado por tapeçarias, de conversas em várias línguas. O sussurro da tinta no papel. Além dos muros, os ruídos da cidade: a multidão se acotovelando à sua porta, gritos distantes lá do rio. Seu monólogo interior, incessante, em voz baixa: é nos salões públicos que ele se lembra do cardeal, seus passos ecoando em altivas abóbadas. É nos espaços privados que ele se lembra da esposa, Elizabeth. Ela é agora um borrão em sua mente, um murmúrio de saias ao deixar um cômodo. Naquela última manhã da vida dela, quando ele estava saindo de casa, achou que ela o seguia — teve um vislumbre de sua touca branca. Ele se virou para dizer, "Volte para a cama": mas não havia ninguém. Quando ele voltou naquela noite, ela já tinha a mandíbula atada e havia velas a seus pés e cabeça.

Apenas um ano depois, suas filhas morreram da mesma enfermidade. Em sua casa em Stepney ele tem guardados, numa caixa fechada à chave, seus colares de pérola e coral, e os cadernos de Anne com seus exercícios de latim. E, no depósito onde são armazenadas as fantasias de Natal, ele ainda mantém as asas de penas de pavão que Grace usou numa peça de teatro da paróquia. Depois da peça, ela subiu as escadas, ainda com as asas; o gelo cintilava na janela. Vou fazer minhas preces, disse ela: afastando-se dele, envolta em suas plumas, desaparecendo no crepúsculo.

E agora a noite cai em Austin Friars. O estalido de trancas, o clique de chaves nas fechaduras, o estertor de fortes correntes passadas pelas portinholas e da grande barra atravessada no portão principal. O menino Dick Purser solta os cães de guarda. Eles saltam e correm ao luar, rolam sob as árvores frutíferas, a cabeça escondida nas patas e as orelhas torcidas. Quando a casa está quieta — quando todas as suas casas estão quietas —, pessoas mortas passeiam pelas escadas.

A rainha Ana manda chamá-lo a sua câmara; isso se dá depois do jantar. Apenas um passo para ele, pois em todos os grandes palácios agora há aposentos reservados para ele junto aos do rei. Apenas uma escadaria: e lá, com a luz de um candeeiro refletida na borda de ouro, vê-se o rijo gibão novo de Mark Smeaton. E o próprio Mark, à espreita dentro da roupa.

O que traz Mark aqui? Não tem consigo os instrumentos musicais para usar como desculpa, e está arrumado com o mesmo esplendor de qualquer um dos jovens lordes que servem a Ana. Existe justiça no mundo?, pergunta-se ele. Mark não faz nada e está mais viçoso a cada vez que o vejo, e eu faço de tudo e só fico mais grisalho e barrigudo.

Já que a antipatia é a norma entre os dois, sua intenção é passar direto e lhe dirigir apenas um cumprimento de cabeça, mas Mark se levanta na mesma hora e sorri: "Lorde Cromwell, como vai?".

"Ah, não", responde ele. "Ainda mestre, apenas."

"É um equívoco natural. O senhor parece um lorde da cabeça aos pés. E o rei certamente fará algo pelo senhor em breve."

"Talvez não. Ele precisa de mim na Câmara dos Comuns."

"Mesmo assim", murmura o rapaz. "Pareceria ingrato da parte dele, quando outras pessoas são recompensadas por serviços muito menores. Diga-me, é verdade o que andam comentando, que o senhor tem estudantes de música na sua casa?"

Mais ou menos uma dúzia de alegres meninos, salvos do claustro. Eles estudam seus livros e praticam seus instrumentos, e à mesa aprendem bons modos; no jantar, entretêm os convidados. Praticam arco e flecha e brincam de atirar bolas para os cães, e os menores arrastam seus cavalinhos de brinquedo pelas pedras do calçamento e o seguem de lá para cá, senhor, senhor, senhor, olhe para mim, quer ver como sei ficar de ponta-cabeça? "Eles animam a casa", ele diz.

"Se um dia o senhor quiser alguém para dar um lustro no desempenho musical deles, lembre-se de mim."

"Lembrarei, Mark." Ele pensa, eu não confiaria em você perto dos meus meninos.

"O senhor vai encontrar a rainha descontente", prossegue o jovem. "Como sabe, seu irmão Rochford foi há pouco tempo para a França numa missão diplomática especial, e hoje ele enviou uma carta; parece ser de conhecimento geral por lá que Catarina tem escrito ao papa, pedindo-lhe que ponha em prática aquela pérfida sentença de excomunhão que ele proferiu contra nosso amo. O que resultaria em incalculáveis danos e perigos para nosso reino." Ele assente, sim, sim, sim; não precisa que Mark lhe diga o que é excomunhão; não dá para ir direito ao ponto? "A rainha está com raiva", prossegue o rapaz, "pois, se for verdade, Catarina é uma traidora consumada, e a rainha questiona, por que não tomamos medidas contra ela?"

"Suponhamos que eu lhe diga a razão, Mark: você levaria a explicação a ela? Vejo que poderia me economizar uma ou duas horas."

"Se o senhor confiar em mim para...", começa o rapaz; depois vê seu sorriso frio. E cora.

"Eu confiaria em você com um motete, Mark. Entretanto..." Ele observa o rapaz, pensativo. "Contudo, tenho mesmo a impressão de que você desfruta das boas graças da rainha."

"Secretário-mor, creio que desfruto." Mesmo depreciado, Mark logo recupera a pose. "Muitas vezes somos nós, os homens menores, que estamos mais aptos para obter a confiança real."

"Muito bem. Barão Smeaton, hein, em breve? Serei o primeiro a felicitá-lo. Mesmo que eu ainda esteja labutando na bancada dos Comuns."

Com um gesto de mão, Ana enxota as damas a seu redor, que o cumprimentam com mesuras de cabeça e saem do quarto sussurrando. Sua cunhada, a esposa de George, permanece. Ana diz: "Obrigada, Lady Rochford, não precisarei de você novamente esta noite".

Só a boba da corte de Ana fica com ela: uma anã, espiando por trás da poltrona da rainha. Os cabelos da soberana estão soltos sob uma touca de tecido prateada em forma de lua crescente. Ele faz uma nota mental a respeito da touca; as mulheres à sua volta sempre lhe perguntam o que Ana está vestindo. É assim que ela recebe seu marido, exibindo as madeixas escuras apenas para ele, e incidentalmente para Cromwell, que é filho de um comerciante e não tem importância, não mais que o jovem Mark.

Como de hábito, ela começa a falar como se estivesse no meio de uma frase: "Então eu quero que você vá. Ao Norte, para vê-la. Muito secreto. Leve apenas os homens de que precisa. Aqui, pode ler a carta do meu irmão Rochford." Ela exibe a carta na ponta dos dedos, com um floreio, depois muda de ideia e a recolhe de volta. "Ou... não", diz, e decide sentar-se sobre a carta em vez de entregá-la. Talvez, em meio às notícias, haja críticas a Thomas Cromwell, será? "Suspeito muito de Catarina, suspeito muito. Parece que lá na França eles sabem de coisas que nós aqui apenas tentamos adivinhar. Seus homens não andam vigilantes, talvez? Meu lorde irmão acredita que a rainha esteja incitando o imperador a invadir o país, tanto ela quanto o embaixador Chapuys, que, por sinal, deveria ser banido deste reino."

"Bem, sabe como é", ele começa. "Não podemos sair por aí expulsando embaixadores. Pois, se o fizéssemos, não saberíamos de absolutamente nada."

A verdade é que ele não tem medo das intrigas de Catarina: o clima entre a França e o Império é no momento irremediavelmente hostil, e, se irromper a guerra aberta, o imperador não terá tropas para invadir a Inglaterra. Essas coisas podem mudar numa semana, e ele já notou que a interpretação dos Bolena para qualquer situação é sempre um pouco atrasada, além de influenciada pelo fato de que eles fingem ter amigos especiais na corte Valois. Ana ainda está em busca de um casamento real para sua filhinha ruiva. Ele costumava admirá-la por ser uma pessoa que aprendia com seus erros, que sabia recuar, recalcular seus movimentos; mas ela possui um traço de teimosia que se equipara ao de Catarina, a antiga rainha, e, pelo visto, nesse aspecto ela jamais aprenderá. George Bolena foi para a França de novo negociar esse casamento, mas não obteve nenhum sucesso. Para que *serve* George Bolena? Ele faz a pergunta apenas para si. E diz: "Alteza, o rei não pode comprometer sua honra com maus-tratos à antiga rainha. Se algo viesse a público, seria um constrangimento pessoal para ele".

Ana parece cética; ela não compreende a ideia de constrangimento. As luzes estão baixas; sua cabeça prateada balança, cintilante e diminuta; a anã brinca e ri, murmurando para si mesma fora das vistas; sentada em suas almofadas de veludo, Ana balança a sapatilha de veludo, como uma criança prestes a mergulhar o dedo num riacho. "Fosse eu Catarina, também faria intrigas. Não perdoaria. Faria o que ela faz." Ana lhe dirige um sorriso perigoso. "Sabe, eu conheço a mente dela. Mesmo ela sendo espanhola, consigo me pôr no seu lugar.

Você não me veria humilde se Henrique me depusesse. Eu também desejaria a guerra." Ela toma uma mecha de cabelo entre os dedos e o polegar e a percorre em toda a sua extensão, pensativa. "Enfim. O rei acredita que ela está doente. Tanto ela quanto a filha estão sempre choramingando, com o estômago em desordem ou os dentes caindo, com febre ou reumatismo, passam a noite toda vomitando e o dia inteiro gemendo, e todas as suas dores se devem a Ana Bolena. Então escute. Você, Cremuel, vá vê-la sem aviso prévio. Depois me diga se ela está fingindo, ou se não está."

Ela conserva, como uma afetação, um ligeiro arrastar em sua fala, uma entonação francesa aqui e ali, a incapacidade de dizer o nome dele corretamente. Há uma agitação na porta: o rei está entrando. Ele faz uma reverência. Ana não se ergue nem faz qualquer mesura; ela proclama, sem preâmbulos: "Eu já disse a ele para ir, Henrique".

"Eu gostaria que você fosse, Cromwell. E que nos desse sua própria versão dos fatos. Não há ninguém como você para enxergar a natureza das coisas. Quando o imperador quer um açoite para me bater, ele diz que a tia está morrendo, de negligência e de frio, e de vergonha. Bem, ela tem criados. Ela tem lenha."

"E quanto à vergonha", diz Ana, "ela deveria morrer por dentro, quando pensa nas mentiras que contou."

"Majestade", diz ele, "partirei com a aurora e amanhã enviarei Rafe Sadler ao senhor, se me permite, com a agenda do dia."

O rei geme. "Não tenho escapatória das suas enormes listas?"

"Não, senhor, pois, se eu lhe desse uma trégua, sempre me mandaria para a estrada, sob algum pretexto. Até que eu volte, vossa majestade poderia ao menos... ponderar sobre a situação?"

Ana se mexe inquieta em sua cadeira, a carta de seu irmão George debaixo dela. "Não farei nada sem você", responde Henrique. "Tome cuidado, as estradas são traiçoeiras. Eu o incluirei nas minhas preces. Boa noite."

Ao sair do quarto, ele dá uma olhada na antecâmara, mas Mark desapareceu, e há apenas um emaranhado de matronas e donzelas: Mary Shelton, Jane Seymour e Elizabeth, esposa do conde de Worcester. Quem está faltando?

"Onde está Lady Rochford?", ele pergunta, sorrindo. "É sua silhueta que vejo por trás da tapeçaria?" Ele aponta para o quarto de Ana. "Ela está indo para a cama, creio. Então vocês, meninas, instalem-na e depois terão o resto da noite para aprontar."

Elas riem. Lady Worcester faz movimentos sorrateiros com o dedo. "Nove horas em ponto, e lá vem Harry Norris, sem nada por baixo da camisa. Corra, Mary Shelton. Corra, mas bem devagar..."

"De quem está fugindo, Lady Worcester?"

"Thomas Cromwell, eu não poderia lhe dizer. Uma mulher casada como eu?" Provocante, sorridente, ela desliza os dedos pelo braço dele. "Todas nós sabemos onde Harry Norris gostaria de se deitar hoje à noite. Shelton serve apenas para aquecer sua cama por enquanto. Ele tem ambições reais. E diz a qualquer um. Está doente de amor pela rainha."

"Vou jogar cartas", diz Jane Seymour. "Comigo mesma, para que não haja perdas indevidas. Senhor, alguma notícia de Lady Catarina?"

"Não tenho nada a contar. Lamento."

O olhar de Lady Worcester o segue. É uma bela mulher, despreocupada e bastante esbanjadora, não mais velha que a rainha. Seu marido está longe e ele sente que ela também poderia correr bem devagar, se ele lhe desse o sinal. Mas, por outro lado, é uma condessa. E ele, um humilde plebeu. E comprometido a pegar a estrada no raiar do dia.

Eles cavalgam para o Norte, rumo a Catarina, sem estandarte ou alarde, um grupo compacto de homens armados. É um dia claro e de frio cortante. A terra marrom de relva rasteira aparece entre camadas de gelo duro, e garças levantam voo de lagos congelados. Nuvens se acumulam e se transformam no horizonte, um cinzento tom de ardósia e um cor-de-rosa levemente enganador; guiando-os desde o início da tarde está uma lua de prata tão débil quanto uma moeda cortada. Christophe cavalga a seu lado, e à medida que se afastam do conforto urbano, ele vai ficando mais tagarela e irritado. "*On dit* que o rei escolheu um lugar difícil para Catarina se instalar. Ele espera que o mofo penetre nos seus ossos e que ela morra."

"Ele não pensou uma coisa dessas. Kimbolton é uma casa antiga, mas muito boa. Ela tem todo o conforto. Sua casa custa ao rei quatro mil libras por ano. Uma soma nada medíocre."

Ele deixa Christophe ponderando sobre este trecho: uma soma nada medíocre. Por fim, o menino diz: "Os espanhóis são *merde* de qualquer maneira".

"Vigie a estrada e impeça que Jenny enfie as patas nos buracos. Uma gota de lama e você voltará para casa numa mula."

"*Hi-han*", relincha Christophe, alto o suficiente para fazer os homens de armas se virarem em suas selas. "Mula francesa", explica ele.

Debiloide francês, alguém diz, com suficiente simpatia. Cavalgando sob árvores escuras ao fim daquele primeiro dia de viagem, eles cantam; isso anima o coração cansado e afugenta os espíritos à espreita na beira da estrada; nunca subestime a superstição do inglês médio. Ao fim deste ano, as melodias favoritas são variações da canção que o próprio rei escreveu, "Diversão em boa companhia/ que amo e hei de amar até morrer". As variações são apenas levemente obscenas, ou ele se sentiria obrigado a censurá-las.

Chegam à hospedaria, e o estalajadeiro é um fiapo de homem, nervoso e inquieto, que faz o melhor que pode para descobrir quem é seu grande hóspede, mas mesmo suas mais esforçadas tentativas são inúteis. Sua esposa é uma jovem forte e descontente, com furiosos olhos azuis e uma voz estridente. Ele trouxe seu próprio cozinheiro de viagem. "Por que isso, meu senhor?", ela indaga. "Acha que tentaríamos envenená-lo?" Ele a ouve batendo os pés pela cozinha, decretando o que pode e o que não pode ser feito com suas panelas.

Ela chega ao quarto dele mais tarde e pergunta, quer alguma coisa? Ele diz não, mas ela volta: como, nada mesmo? Você poderia baixar a voz, ele responde. Talvez, a essa distância de Londres, o representante real em assuntos da Igreja possa relaxar sua cautela? "Fique, então", ele lhe diz. Ela pode ser barulhenta, mas é uma escolha mais segura que Lady Worcester.

Ele acorda antes do amanhecer, tão de repente que não sabe onde está. Ouve a voz de uma mulher no andar de baixo, e por um momento pensa que está de volta à taberna Pegasus, com sua irmã Kat fazendo um estardalhaço, e que esta é a manhã em que fugirá do pai: em que toda a sua vida futura se estende diante dele. Mas ali, no quarto escuro, sem nenhuma vela acesa, ele começa a mexer com cuidado cada membro: nenhum hematoma; não tem cortes no corpo; lembra-se de onde está e o que é, aproxima-se do calor deixado pelo corpo da mulher e cochila, um braço jogado sobre o travesseiro.

Logo ele ouve sua anfitriã cantando nas escadas. Doze virgens saíram numa manhã de maio, ao que parece. E nenhuma delas voltou. Ela pegou o dinheiro que ele lhe deixou. No rosto da mulher, quando o cumprimenta, nenhum sinal da transação da noite; mas ela sai e fala com ele, em voz baixa, quando eles se preparam para montar. Christophe, dando-se ares de lorde, paga a conta ao estalajadeiro. O dia está mais agradável e eles avançam com rapidez e sem contratempos. Certas imagens serão tudo que restará de sua viagem pelo interior da Inglaterra. As bagas de azevinho rubras em seus arbustos. O voo assustado de uma galinhola, por pouco escapando de seus cascos. A sensação de se aventurar num lugar aquático, onde solo e pântano têm a mesma cor e nada é sólido sob seus pés.

Kimbolton é uma movimentada cidade comercial, mas no crepúsculo as ruas estão vazias. Eles não viajaram muito rápido, é inútil desgastar os cavalos numa tarefa importante, mas não urgente; Catarina viverá ou morrerá em seu próprio tempo. Além disso, faz-lhe bem estar fora da cidade e viajar pelo campo.

Espremidos em becos de Londres, manobrando o cavalo ou a mula por entre suas docas e cumeeiras, a triste tela do céu urbano trespassada por telhados quebrados, esquecemos o que é a Inglaterra: quão vastos são seus campos, quão amplo seu céu, quão miserável e ignorante sua população. No caminho, eles passam por uma cruz que mostra sinais de escavações recentes em sua base. Um dos homens de armas observa: "Dizem que os monges estão enterrando seus tesouros. Escondendo-os do nosso amo".

"De fato estão", comenta ele. "Mas não sob cruzes. Não são tão tolos."

Na rua principal, eles puxam as rédeas ao chegarem à igreja. "Para quê?", pergunta Christophe.

"Preciso de uma bênção", responde ele.

"Precisa se confessar, senhor", diz um dos homens. Sorrisos são trocados. É um comentário inofensivo, ninguém pensa mal dele: só lamentam que suas próprias camas estivessem frias. Ele notou isto: que os homens que não o conhecem não gostam dele, mas, quando o conhecem, apenas alguns não o apreciam. Poderíamos ter parado num monastério, um dos guardas havia reclamado; mas não há garotas num monastério, suponho. Ele havia se virado sobre a sela: "Você realmente acha isso?". Risadas cúmplices dos homens.

No frígido interior da igreja, os homens de sua escolta fecham os braços em torno do corpo; batem os pés e resmungam, "Brr", como maus atores. "Vou assobiar para chamar um padre", diz Christophe.

"Nem pense nisso." Mas ele sorri; consegue imaginar a si mesmo, jovem, fazendo exatamente a mesma coisa.

Mas não há necessidade de assobiar. Algum zelador desconfiado se aproxima com uma lamparina. Sem dúvida um mensageiro está correndo em direção à casa principal com a notícia: cuidado, preparem-se, os lordes estão aqui. É decoroso para Catarina ter algum aviso, ele sente, mas não muito. "Imagine", diz Christophe, "se entrássemos e a pegássemos depilando os bigodes? Coisa que as mulheres da idade dela fazem."

Para Christophe, a rainha deposta é uma velha, uma anciã. Ele pensa, Catarina deve ter minha idade, não muito mais. Mas a vida é mais dura para as mulheres, em especial mulheres que, como Catarina, foram abençoadas com muitas crianças e as viram morrer.

Em silêncio, o padre chega bem próximo dele, um sujeito acanhado que quer mostrar os tesouros da igreja. "O senhor deve ser...", ele repassa uma lista mentalmente. "William Lord?"

"Ah. Não." Esse é outro William. Uma longa explicação se segue. Ele a interrompe: "O que importa é que seu bispo saiba quem o senhor é". Atrás dele há uma imagem de santo Edmundo, o homem dos quinhentos dedos; os pés do santo estão graciosamente arrebitados, como se ele dançasse. "Erga as luzes", ordena ele. "Aquilo é uma sereia?"

"Sim, meu senhor." Uma sombra de tensão cruza o rosto do padre. "Devemos retirá-la? Está proibida?"

Ele sorri. "Só achei que ela está um tanto longe do mar."

"Está fedendo a peixe", berra Christophe, com uma risada.

"Perdoe o menino. Não é nenhum poeta."

Um sorriso débil do sacerdote. Numa tela de carvalho, santa Ana segura um livro para a instrução de sua pequena filha, a Virgem Maria; são Miguel Arcanjo investe com uma cimitarra contra um demônio enlaçado em seus pés. "Veio ver a rainha, senhor? Quero dizer", o sacerdote se corrige, "Lady Catarina?"

Esse sacerdote não tem a menor ideia, pensa ele. Eu poderia ser qualquer emissário. Poderia ser Charles Brandon, duque de Suffolk. Poderia ser Thomas Howard, duque de Norfolk. Ambos testaram em Catarina seus parcos poderes persuasivos e seus melhores truques de brutamontes.

Ele não diz seu nome, mas deixa uma oferenda. A mão do sacerdote envolve as moedas como se para aquecê-las. "Pode perdoar meu deslize, senhor? Quanto ao título da dama. Juro que não fiz por mal. Para um velho campesino como eu, é difícil acompanhar as mudanças. No momento em que compreendemos uma notícia de Londres, já vem outra dizendo o contrário."

"É difícil para todos nós", ele responde, dando de ombros. "O senhor reza pela rainha Ana todos os domingos?"

"Claro, senhor."

"E o que seus paroquianos dizem disso?"

O padre parece constrangido. "Bem, senhor, eles são gente simples. Eu não prestaria atenção no que dizem. Embora sejam todos muito leais", acrescenta rapidamente. "Muito leais."

"Sem dúvida. Poderia me fazer um favor e se lembrar de incluir Tom Wolsey nas suas orações este domingo?"

O falecido cardeal? Ele vê o velho examinando suas ideias. Este não pode ser Thomas Howard ou Charles Brandon: pois, se você dissesse o nome de Wolsey na frente deles, dificilmente resistiriam ao impulso de cuspir no seu pé.

Quando saem da igreja, a última luz está desaparecendo no céu, e um floco de neve perdido vaga rumo ao sul. Eles tornam a montar; foi um longo dia; ele sente as roupas lhe pesarem nas costas. Não acredita que os mortos precisem de nossas orações nem que possam usá-las. Mas quem conhece a Bíblia como ele sabe que nosso Deus é um Deus caprichoso, e não há nenhum mal em cobrir as apostas. Quando a galinhola saltou com sua plumagem vermelho-terrosa, seu coração dera um pulo. Enquanto cavalgavam, ele se deu conta, cada pulsação era como uma batida de asas pesadas; quando a ave encontrou o esconderijo das árvores, o traçado de suas plumas desapareceu no negror.

Eles chegam na hora da penumbra: um chamado das muralhas, e então um grito de resposta de Christophe: "Thomas Cremuel, secretário do rei e arquivista-mor".

"Como saberemos quem realmente são?", retruca uma sentinela. "Mostre suas cores."

"Diga-lhe para trazer uma luz e me deixar entrar", ele diz, "ou vou mostrar minha bota no seu traseiro."

Ele tem que dizer essas coisas quando está no Norte; é o que se espera dele, o conselheiro plebeu do rei.

Para que passem, a ponte levadiça tem de ser baixada: um rangido muito antigo, um estalido e o chocalho de trancas e correntes. Em Kimbolton, eles trancam as portas cedo: bom. "Lembrem-se", ele instrui à sua comitiva, "não cometam o erro do padre. Quando falarem com os criados de Catarina, ela é a princesa viúva de Gales."

"O quê?", exclama Christophe.

"Ela não é a esposa do rei. Nunca foi esposa do rei. É a esposa do falecido irmão do rei, Artur, príncipe de Gales."

"Falecido significa morto", Christophe diz. "Eu sei disso."

"Ela não é rainha nem ex-rainha, pois seu suposto segundo casamento não foi lícito."

"Isto é, não permissível", diz Christophe. "Ela cometeu o erro de conjugar com os dois irmãos, Artur primeiro e depois Henrique."

"E o que devemos pensar de uma mulher assim?", ele indaga, sorrindo.

As tochas se atiçam e, tomando forma na obscuridade, aparece Sir Edmund Bedingfield: guardião de Catarina. "Acho que poderia ter nos alertado, Cromwell!"

"Grace, não desejaria um alerta vindo de mim, não é mesmo?" Ele beija Lady Bedingfield. "Não trouxe meu jantar. Mas há uma carroça de mulas no meu rastro, chegará aqui amanhã. Tenho caça para a mesa dos senhores e algumas amêndoas para a rainha, além de um vinho doce que Chapuys afirma ser apreciado por ela."

"Qualquer coisa que estimule o apetite dela me satisfaz." Grace Bedingfield conduz o grupo ao grande salão. À luz do fogo, ela se detém e se volta para ele: "O médico suspeita que ela tenha um tumor na barriga. Mas talvez demore para se desenvolver. Quando achávamos que ela já havia sofrido o bastante, pobre senhora".

Ele entrega suas luvas e o casaco de montaria a Christophe. "Deseja vê-la imediatamente?", pergunta Bedingfield. "Não estávamos esperando sua chegada, mas ela talvez estivesse. É difícil para nós, porque o povo da cidade está do lado dela e os rumores entram aqui com os criados, não se pode impedir; acho que eles fazem vigília e sinalizam de fora do canal. Acho que ela sabe quase tudo que acontece, quem passa na estrada."

Duas damas, espanholas pelo vestuário e bem avançadas em idade, colam-se a uma parede de gesso e o encaram com ressentimento. Ele lhes faz uma mesura, e uma comenta na própria língua que aquele é o homem que vendeu a alma do rei da Inglaterra. Na parede atrás delas, ele vê as figuras desbotadas de uma cena do paraíso: Adão e Eva, de mãos dadas, passeando entre animais tão recém-criados que eles ainda não sabem seus nomes. Um pequeno elefante com um olhar de soslaio espreita timidamente entre a folhagem. Ele nunca viu um elefante, mas até onde sabe eles são bem mais altos que um cavalo de batalha; talvez este ainda não tenha tido tempo de crescer. Ramos pesados de frutas pendem sobre a cabeça do animal.

"Bem, você conhece o protocolo", diz Bedingfield. "Ela vive naquele quarto e tem suas damas — aquelas ali —, para cozinhar sobre o fogareiro. Bata e entre, e, se chamá-la de Lady Catarina, ela o chutará para fora, e, se chamá-la de vossa alteza, ela permitirá que fique. Então eu não a chamo de nada. Você, é como eu a chamo. Como se ela fosse a mocinha que esfrega os degraus."

Catarina está sentada junto ao fogo, encolhida sob um manto de excelentes peles de arminho. Se ela morrer, o rei vai querer isso de volta, ele pensa. Ela ergue os olhos e estende a mão para o beijo dele: ela o faz a contragosto, embora isso se deva mais ao frio, ele pensa, do que à relutância em recebê-lo. Está amarelada, e há um odor enfermiço na sala — o leve cheiro de peles de animais, um fedor vegetal de água usada para cozinhar alimentos e não jogada fora, e o azedo de uma tigela que uma garota leva embora ao se retirar: contendo, ele suspeita, o que antes havia no estômago da viúva. Se ela sente náuseas durante a noite, talvez sonhe com os jardins do palácio de Alhambra, onde cresceu: os pavimentos de mármore, a água cristalina borbotando em fontes, o arrastar da cauda de um pavão branco e o cheiro de limões. Eu poderia ter trazido um limão para ela no meu alforje, pensa ele.

Como se lesse seus pensamentos, ela fala com ele em castelhano. "Mestre Cromwell, abandonemos esse fatigante fingimento de que o senhor não fala minha língua."

Ele concorda. "Foi difícil, em tempos passados, manter a compostura enquanto suas damas falavam de mim. 'Jesus, como ele é feio, não? Você acha que ele tem o corpo peludo como Satanás?'"

"Minhas damas disseram isso?" Catarina parece achar graça no comentário. A mão dela se afasta e some sob as roupas. "Há muito que elas se foram, aquelas meninas animadas. Só as velhas permanecem, e um punhado de traidores licenciados."

"Madame, essas pessoas à sua volta a estimam."

"Elas contam tudo que eu faço. Todas as minhas palavras. Até ouvem minhas preces. Bem, senhor." Ela levanta o rosto para a luz. "O que acha da minha aparência? O que dirá de mim quando o rei lhe perguntar? Há muitos meses que não me vejo num espelho." Ela acaricia seu gorro de pele, puxa a touca sobre as orelhas; ri. "O rei costumava me chamar de anjo. De flor. Quando meu primeiro filho nasceu, foi no auge do inverno. Toda a Inglaterra estava debaixo de neve. Não há flores para colher, pensei. Mas Henrique me deu seis dúzias de rosas feitas da mais pura seda branca. 'Brancas como sua mão, meu amor', ele disse, e beijou-me as pontas dos dedos." Um volume sob o arminho indica onde há um punho cerrado agora. "Eu as guardo num baú, as rosas. Pelo menos elas não murcham. Ao longo dos anos, fui presenteando-as a quem houvesse me prestado algum serviço." Ela faz uma pausa; seus lábios se movem, uma invocação silenciosa: orações pela alma dos mortos. "Diga-me, como está a filha de Bolena? Dizem que ela reza um bocado, ao seu Deus reformado."

"Ela tem de fato uma reputação de religiosidade. Assim como tem a aprovação dos eruditos e bispos."

"Eles a estão usando. Assim como ela os está usando. Se fossem verdadeiros homens de Deus, eles haveriam de repeli-la com horror, como repeliriam um infiel. Mas imagino que ela esteja orando por um filho. Ela perdeu a última criança, segundo me disseram. Oh, eu sei como é. Lamento por ela do fundo do coração."

"Ela e o rei têm esperanças de outro filho em breve."

"O quê? Uma esperança em particular, ou uma esperança em geral?"

Ele faz uma pausa; nada de definitivo foi dito; Gregory pode estar errado. "Pensei que ela lhe confiasse tais informações", diz Catarina com acidez. Ela observa seu rosto: existe ali alguma fissura, alguma *froideur*? "Dizem que Henrique busca outras mulheres." Os dedos de Catarina acariciam a pele que a aquece: distraidamente, desenhando círculos, afagando o pelo. "Foi tão rápido. Eles estão casados há tão pouco tempo. Imagino que ela veja as mulheres à sua volta e diga a si mesma, sempre questionando, é você, madame? Ou você? Sempre me surpreendeu que as pessoas indignas de confiança costumem elas mesmas confiar em demasia. La Ana crê que tem amigos. Mas, se ela não der um filho ao rei em breve, esses amigos se voltarão contra ela."

Ele assente. "Talvez a senhora tenha razão. Quem se voltará primeiro?"

"Por que eu deveria alertá-la?", retruca Catarina, secamente. "Dizem que, quando contrariada, ela pragueja como uma plebeia comum. Não me surpreende. Uma rainha, e ela chama a si mesma de rainha, tem que viver e sofrer sob o olhar do mundo. Nenhuma mulher está acima dela à exceção da Rainha do Céu, portanto ela não pode esperar qualquer companheirismo em momentos atribulados. Se ela sofre, sofre só, e precisa de uma graça especial para suportar o sofrimento. Ao que parece, a filha de Bolena não recebeu essa graça. Por que será?, eu me pergunto."

Ela se cala; seus lábios se abrem e sua carne se retrai, como se recuasse das roupas. A senhora sente dor, ele começa a dizer, mas ela acena para silenciá-lo, não é nada, nada. "Os cavalheiros em torno do rei, que hoje juram dar a vida pelo sorriso dela, logo oferecerão sua devoção a outra. Eles costumavam me oferecer a mesma devoção. Porque eu era a esposa do rei; não tinha nada a ver com minha pessoa. Mas La Ana interpreta isso como um louvor aos seus encantos. E não é apenas dos homens que ela deve ter medo. Sua cunhada, Jane Rochford, bem, ali está uma jovem observadora... quando ela me servia, muitas vezes me levava segredos, segredos de amor, segredos que eu talvez preferisse não saber, e duvido que seus olhos e ouvidos estejam menos afiados hoje em dia." Seus dedos ainda trabalham, agora massageando um ponto próximo ao esterno. "O senhor se pergunta, como Catarina, que está banida, pode conhecer os meandros da corte? Isso é para sua reflexão."

Não preciso refletir muito, pensa ele. A fonte é a esposa de Nicholas Carew, uma amiga sua em especial. E Gertrude Courtenay, esposa do marquês de Exeter; eu a peguei tramando no ano passado, deveria tê-la encarcerado. Talvez até a pequena Jane Seymour; embora, desde Wolf Hall, Jane tenha sua própria carreira a atender. "Sei que a senhora tem suas fontes", responde ele. "Mas deveria confiar nelas? Essas pessoas agem no seu nome, mas não no seu verdadeiro interesse. Ou no da sua filha."

"Deixará que a princesa me visite? Se acha que ela precisa de conselhos para acalmá-la, quem melhor que eu?"

"Se dependesse de mim, madame..."

"Que mal pode fazer ao rei?"

"Ponha-se no lugar dele. Acredito que seu embaixador Chapuys tenha escrito a Lady Maria, dizendo que pode tirá-la do país."

"Jamais! Chapuys não poderia cogitar isso. Eu mesma o garanto, juro pela minha própria vida."

"O rei pensa que Maria pode vir a corromper seus guardas e, se lhe for permitido fazer uma viagem para ver a senhora, que ela poderia fugir e embarcar para os territórios do seu primo, o imperador."

Quase lhe traz um sorriso aos lábios, pensar naquela princesinha franzina e assustada tomando uma atitude tão desesperada e criminosa. Catarina também sorri; um sorriso torcido, malicioso. "E depois? Henrique teme que minha filha volte a galope, com um marido estrangeiro ao lado, para expulsá-lo do seu reino? Pode assegurar-lhe, ela não tem essa intenção. Eu mesma respondo por ela, novamente juro pela minha própria vida."

"Está jurando por muita gente, madame. Garantindo isso, respondendo por aquilo. Só pode morrer uma vez."

"Quisera eu que o fim da minha vida fizesse bem a Henrique. Quando minha morte chegar, seja da maneira que for, espero enfrentá-la de tal forma que lhe dê o exemplo para quando chegar sua própria hora."

"Entendo. Pensa muito na morte do rei, madame?"

"Penso no que será dele depois da morte."

"Se quer fazer bem à alma de vossa majestade, por que o obstrui continuamente? É improvável que assim faça dele um homem melhor. A senhora nunca pensa que, se tivesse se curvado à vontade do rei anos atrás, entrando para um convento e permitindo que ele se casasse de novo, ele jamais teria rompido com Roma? Não teria havido necessidade. Suficientes dúvidas foram lançadas sobre seu casamento para que pudesse se retirar com uma bênção. Teria sido honrada por todos. Mas agora os títulos a que se agarra estão vazios. Henrique era um bom filho de Roma. A senhora o levou a esse extremo. Foi a senhora quem dividiu a cristandade, não ele. E eu espero que saiba disso, e que pense sobre isso no silêncio da noite."

Há uma pausa, enquanto Catarina vira as grandes páginas de seu livro de fúria, até encontrar a palavra perfeita. "O que disse, Cromwell, é... abjeto."

Provavelmente ela tem razão, pensa ele. Mas vou continuar a atormentá-la, a revelá-la para si mesma, a destituí-la de qualquer ilusão, e o farei pelo bem de sua filha: Maria é o futuro, a única filha crescida do rei, a única perspectiva da Inglaterra se Deus levar Henrique e o trono de repente ficar vazio. "Então, não me dará uma daquelas rosas de seda", diz ele. "Achei que talvez desse."

Um olhar prolongado. "Pelo menos, como inimigo, o senhor se põe à plena vista. Quem dera meus amigos se apresentassem de forma tão conspícua. Os ingleses são uma nação de hipócritas."

"Ingratos", concorda ele. "Mentirosos natos. Sei por experiência própria. Prefiro os italianos. Os florentinos, tão modestos. Os venezianos, transparentes em todas as transações que fazem. E sua raça, os espanhóis. Um povo muito honesto. Costumavam dizer do seu pai, o rei Fernando: seu coração é tão aberto que acabará por arruiná-lo."

"O senhor se diverte", diz ela, "à custa de uma moribunda."

"A senhora quer créditos demais por morrer. Por um lado, oferece garantias; por outro, quer privilégios."

"Uma condição como a minha geralmente atrai compaixão."

"Estou tentando ser bondoso, mas a senhora não vê. No fim, madame, poderia deixar sua vontade de lado e, pelo bem da sua filha, reconciliar-se com o rei? Se deixar este mundo em desacordo com ele, a culpa será transferida para ela. E Lady Maria é jovem e tem sua vida para viver."

"Ele não culpará Maria. Eu conheço o rei. Ele não é um homem tão perverso."

Ele fica em silêncio. Catarina ainda ama o marido, pensa ele: em alguma dobra ou fenda de seu velho coração curtido, ela ainda espera ouvir seu passo, sua voz. E, tendo ao alcance da mão o presente que ele lhe deu, como pode esquecer que Henrique um dia a amou? Afinal, aquelas rosas de seda devem ter exigido semanas de trabalho, ele provavelmente as encomendou muito antes de saber que a criança era um menino. "Nós o chamamos de Príncipe do Ano-Novo", dizia Wolsey. "Ele viveu cinquenta e dois dias, e eu contei cada um deles." Inglaterra no inverno: o manto de neve a deslizar, cobrindo os campos e os telhados dos palácios, sufocando lajotas e cumeeiras, escorrendo em silêncio pelo vidro das janelas; emplumando as trilhas esburacadas, fazendo pesar os galhos de carvalho e teixo, trancando os peixes sob o gelo e congelando as aves nos ramos. Ele imagina o berço, com cortinas em carmim, brasões exibindo as armas da Inglaterra: as amas-secas abrigadas em suas muitas roupas, um braseiro aceso e o ar perfumado com os aromas de canela e zimbro típicos do Ano-Novo. As rosas levadas à triunfante cabeceira da rainha — como? Numa cesta dourada? Num estojo comprido como um caixão, um sepulcro incrustado de conchas polidas? Ou terão sido jogadas sobre a colcha de seda com bordados de romãs? Passam-se dois meses felizes. A criança cresce. O mundo inteiro entende que os Tudor têm um herdeiro. E então, no quinquagésimo segundo dia, um silêncio por trás de uma cortina: um hausto de ar, ou nem mesmo isso. As mulheres da câmara agarram o corpo do príncipe, gritando de espanto e medo; benzendo-se inutilmente, elas se encolhem junto ao berço para orar.

"Verei o que posso fazer", diz ele. "Sobre sua filha. Sobre uma visita." Quão arriscado pode ser levar uma mocinha de um lado a outro do país? "Eu de fato acho que o rei permitiria, se a senhora aconselhasse Lady Maria a se conformar em todos os aspectos à vontade dele e a reconhecê-lo, como agora não o faz, como chefe da Igreja."

"Quanto a esse assunto, a princesa Maria deve consultar sua própria consciência." Ela ergue o braço, a palma da mão voltada para ele. "Vejo que tem pena de mim, Cromwell. Não deveria. Estou preparada para a morte há muito tempo.

Creio que o Deus Todo-Poderoso me recompensará pelos meus esforços em servi-lo. E verei meus filhinhos de novo, aqueles que se foram antes de mim."

Meu coração bem que poderia se partir de tanta pena por ela, pensa ele: se não fosse um coração à prova de rachaduras. Ela quer uma morte de mártir no cadafalso. Em vez disso, morrerá entre os pântanos, sozinha: sufocada no próprio vômito, queira ou não. Ele diz: "E quanto a Lady Maria, ela também está preparada para morrer?".

"A princesa Maria medita sobre a paixão de Cristo desde o berçário. Ela estará pronta quando Ele a chamar."

"Você é uma mãe que age contra a natureza", diz ele. "Quem, pai ou mãe, ousaria arriscar a morte do seu rebento?"

Mas ele se lembra de Walter Cromwell. Walter pulava em mim com suas grandes botas: em mim, seu único filho. Ele se recompõe para um último esforço. "Eu lhe dei o exemplo, madame, de uma ocasião em que sua teimosia em se indispor com o rei e seu conselho serviu apenas para lhe trazer consequências que a senhora abomina por completo. Ou seja, talvez esteja errada, não vê? Eu lhe peço que considere que talvez tenha se equivocado mais de uma vez. Pelo amor do nosso Deus, aconselhe Maria a obedecer ao rei."

"A princesa Maria", corrige ela, enfadada. Catarina não parece ter fôlego para mais protestos. Ele a observa por um momento e se prepara para se retirar. Mas ela então ergue os olhos. "Estava me perguntando, mestre, em que idioma se confessa? Ou não se confessa?"

"Deus conhece nosso coração, madame. Não há necessidade de uma velha fórmula, ou de um intermediário." Também não há necessidade de idiomas, pensa ele: Deus está acima de traduções.

Atravessando a porta com pressa, ele quase cai nos braços do guardião de Catarina: "Meus aposentos estão prontos?".

"Mas seu jantar..."

"Mande-me uma tigela de caldo. Estou exaurido pela conversa. Tudo que quero é minha cama."

"Com algo em cima?", indaga Bedingfield, com malícia.

Então sua escolta o dedurou. "Só um travesseiro, Edmund."

Grace Bedingfield está desapontada por ele se recolher tão cedo. Pensou que receberia todas as notícias da corte; ela se ressente de estar presa aqui com as espanholas mudas e um longo inverno pela frente. Ele deve repetir as instruções do rei: vigilância máxima contra o mundo exterior. "Eu não me importo se as cartas de Chapuys passarem, assim ela se manterá ocupada decifrando o código. Catarina não é importante para o imperador agora, é Maria quem importa a ele. Mas nada de visitantes, exceto sob o selo do rei ou o meu. Embora..." Ele se interrompe; imagina o dia, se Catarina ainda estiver viva na próxima primavera, em que o exército do imperador estiver subindo ao Norte e for necessário mandar alguém buscar Catarina e fazê-la refém; seria um triste espetáculo se Edmund se recusasse a entregá-la. "Veja." Ele mostra seu anel de turquesa. "Está vendo isto? Foi o falecido cardeal quem me deu, e é sabido que eu o uso."

"É aquele, o mágico?" Grace Bedingfield pega sua mão. "O que derrete paredes de pedra, que faz princesas caírem de amor por você?"

"Esse mesmo. Se algum mensageiro lhes trouxer esse anel, deixem-no entrar."

Quando ele fecha os olhos naquela noite, uma abóbada se eleva acima, o teto esculpido da igreja de Kimbolton. Um homem toca sinos de mão. Um cisne, um cordeiro, um aleijado de bengala, dois corações apaixonados entrelaçados. E uma romãzeira. O emblema de Catarina. Talvez isso tenha que sumir. Ele boceja. Transformá-lo em maçãs, isso deve resolver. Estou cansado demais para esforços desnecessários. Ele se lembra da mulher na estalagem e sente-se culpado. Puxa um travesseiro para junto do corpo: só um travesseiro, Edmund.

Quando a mulher do estalajadeiro veio lhe falar, no momento em que eles estavam montando em seus cavalos, ela disse: "Mande-me um presente. Mande-me um presente de Londres, algo que não se encontre aqui". Terá que ser algo que ela possa usar no corpo, caso contrário desaparecerá com algum viajante de mão leve. Ele recordará esse compromisso, mas é muito provável que, no momento em que volte a Londres, já tenha esquecido como ela era. Ele a viu à luz da vela, e depois a chama se apagou. Quando a viu à luz do dia, ela parecia outra mulher. Talvez fosse.

Ao adormecer, ele sonha com o fruto do Jardim do Éden, oferecido na mão rechonchuda de Eva. Acorda por um momento: se a fruta está madura, quando aqueles ramos floresceram? Em que possível mês, em que possível primavera? Os estudiosos já devem ter abordado essa questão. Uma dúzia de gerações intrigadas. Cabeças tonsuradas em concentração. Dedos calosos revirando pergaminhos. É o tipo de pergunta idiota para a qual os monges são feitos. Perguntarei a Cranmer, pensa ele: meu arcebispo. Por que Henrique não pede conselhos a Cranmer, se quer se livrar de Ana? Foi Cranmer quem o divorciou de Catarina; ele nunca diria que o rei deve voltar para a cama insossa da antiga rainha.

Mas não, Henrique não pode levar suas dúvidas àquela paróquia. Cranmer ama Ana, ele a considera o padrão de mulher cristã, a esperança dos bons leitores da Bíblia por toda a Europa.

Ele adormece de novo e sonha com as flores feitas antes do amanhecer do mundo. São feitas de seda branca. Não há arbusto ou ramo do qual arrancá-las. Elas nascem da terra nua e incriada.

***

Quando vem lhe apresentar o relatório, ele observa atentamente a rainha Ana; ela parece à vontade, contente, e, ao se aproximar, o secretário-mor escuta um alegre murmúrio doméstico entre ela e Henrique, sinal de que a harmonia impera entre os dois. Estão ocupados conversando, as cabeças unidas. O rei está com seus instrumentos de desenho à mão: os compassos e os lápis, as réguas, as tintas e os apontadores. A mesa está coberta de planos desenrolados e moldes e bastões de artesão.

Ele lhes faz reverência e vai direto ao ponto: "Ela não está bem, e acredito que seria uma gentileza deixar que receba a visita do embaixador Chapuys".

Ana pula da cadeira. "O quê? Para que eles possam conspirar de forma mais conveniente?"

"Os médicos sugerem, majestade, que ela logo estará no túmulo, uma condição que a torna incapaz de lhe causar qualquer desgosto."

"Ela sairia da tumba, batendo asas na sua mortalha, se encontrasse uma chance de me prejudicar."

Henrique estende a mão. "Querida, Chapuys nunca reconheceu você. Mas quando Catarina se for, e não puder mais criar problemas para nós, eu o farei dobrar o joelho."

"Mesmo assim; não acho que ele deveria sair de Londres. Ele encoraja Catarina na sua perversidade, e ela incentiva a filha." Ana lança um olhar para ele. "Cremuel, você concorda, não? Maria deveria ser trazida à corte e obrigada a se ajoelhar diante do seu pai e prestar o juramento, e ainda de joelhos deve pedir perdão pela sua obstinação traidora e reconhecer que minha filha, e não ela, é a herdeira da Inglaterra."

Ele aponta para os planos. "Não está construindo alguma coisa, senhor?"

Henrique parece uma criança apanhada com os dedos no pote de açúcar. Empurra um dos bastões na direção dele. Os desenhos, ainda novos para o olho inglês, são aqueles com os quais ele se acostumou na Itália: urnas e vasos alongados, com mantos, asas e cabeças sem olhos de imperadores e deuses. Hoje em dia as flores e árvores nativas, seus caules sinuosos e botões, são desprezados em prol de guirlandas e armas, louros da vitória, a cabeça do machado do lictor, a ponta da lança. Ele vê que a simplicidade não serve à posição de Ana; há mais de sete anos Henrique vem adaptando seu gosto ao dela. O rei antes gostava de licores dos frutos do verão inglês, mas agora os vinhos que ele prefere são pesados, perfumados, provocam sono; seu corpo está robusto, tanto que às vezes ele parece bloquear a luz. "Estamos construindo a partir das fundações?", ele indaga. "Ou apenas uma camada de ornamentação? Ambas custam dinheiro."

"Que descortês você é", diz Ana. "O rei está lhe enviando carvalhos para sua própria construção em Hackney. E alguns para mestre Sadler, para sua nova casa."

Com uma mesura de cabeça, ele sinaliza seu agradecimento. Mas a mente do rei está no Norte, na mulher que ainda afirma ser sua esposa. "Que utilidade tem a vida de Catarina para ela mesma, agora?", Henrique pergunta. "Tenho certeza de que ela está cansada de disputas. Deus sabe que estou farto disso. Ela faria melhor em se juntar aos santos e mártires."

"Estão esperando por ela há mais tempo do que deveriam." Ana ri: alto demais.

"Eu imagino aquela dama morrendo", diz o rei. "Ela fará discursos e me perdoará. Ela sempre me perdoa. É ela quem precisa de perdão. Pelo seu ventre infecto. Por envenenar meus filhos antes de nascerem."

Ele, Cromwell, desliza o olhar na direção de Ana. Certamente, se ela tem alguma coisa a dizer, esse é o momento, não? Mas ela desvia o rosto, inclina-se e pega no colo seu cão Purkoy. Esconde o rosto em seu pelo, e o cachorrinho, despertado do sono, choraminga e se revira em suas mãos e vê o secretário-mor fazendo uma mesura para sair.

Do lado de fora, esperando por ele, a esposa de George Bolena: sua mão puxando-o de lado para uma confidência, seu sussurro. Se alguém diz a Lady Rochford, "Está chovendo", ela fará daquilo uma conspiração; quando passar a notícia adiante, fará que soe indecente de alguma forma, e improvável, mas infelizmente verdadeira.

"E então?", ele questiona. "Ela está?"

"Ah. Ela ainda não disse nada? Claro, uma mulher sábia nunca diz nada até sentir a barriga." Ele a encara: olhos de pedra. "Sim", diz ela finalmente, lançando um breve olhar nervoso para trás. "Ela já se equivocou antes. Mas sim."

"O rei sabe?"

"O senhor deveria contar a ele, Cromwell. Seja o homem com a boa notícia. Quem sabe, ele poderia nomeá-lo cavaleiro ali mesmo."

Ele está pensando, tragam-me Rafe Sadler, tragam-me Thomas Wriothesley, mandem uma carta a Edward Seymour, assobiem para meu sobrinho Richard e cancelem o jantar com Chapuys, mas guardem nossos pratos: vamos convidar Sir Thomas Bolena.

"Suponho que era de esperar", diz Jane Rochford. "Ela passou grande parte do verão com o rei, não foi? Uma semana aqui, uma semana lá. E quando não estava com ela, ele lhe escrevia cartas de amor e as enviava pelas mãos de Harry Norris."

"Minha dama, eu devo deixá-la, tenho compromissos."

"Certamente. Mas é claro. E o senhor geralmente é tão bom ouvinte. Sempre presta atenção no que digo. E eu digo que neste verão ele lhe escreveu cartas de amor e as enviou pelas mãos de Harry Norris."

Ele caminha rápido demais para dar maior atenção à última frase; mas, como admitirá mais tarde, o detalhe se fixará e aderirá a certas frases suas, ainda não formadas. Apenas frases. Elípticas. Condicionais. Como tudo é condicional agora. Ana florescendo enquanto Catarina morre. Ele as imagina, seus rostos determinados e as saias amontoadas, duas meninas numa trilha lamacenta, brincando de gangorra com uma tábua equilibrada numa pedra.

Thomas Seymour diz sem rodeios: "Essa é a chance de Jane, agora. Ele não hesitará mais, desejará uma nova companheira de cama. Ele não tocará na rainha até que ela dê à luz. Não poderá. Há muito a perder".

Ele pensa, talvez o rei secreto da Inglaterra já tenha dedos, um rosto. Mas já pensei isso antes, ele recorda a si mesmo. Em sua coroação, quando Ana exibia o ventre com tanto orgulho; e no fim era apenas uma menina.

"Eu ainda não estou convencido", diz o velho Sir John, o adúltero. "Não vejo por que ele desejaria Jane. Se fosse minha filha Bess, aí sim. O rei dançava com ela. Ele gostava muito dela."

"Bess é casada", responde Edward.

Tom Seymour ri. "Mais adequada ainda para o propósito dele."

Edward fica furioso. "Não fale de Bess. Ela não o aceitaria. Bess está fora de questão."

"No fim das contas, talvez seja bom", diz Sir John, hesitante. "Pois até agora Jane nunca teve qualquer utilidade para nós."

"Verdade", responde Edward. "Jane tem tanta utilidade quanto um pudim. Agora deixemos que ela ganhe seu sustento. O rei precisará de companhia. Mas não a empurremos para ele. Que seja como Cromwell aconselhou. Henrique a viu. Formou sua intenção. Agora ela deve evitá-lo. Não, ela deve repeli-lo."

"Oh, bancar a difícil", diz o velho Seymour. "Há quem goste disso..."

"Há quem goste de fazer as coisas de forma casta, de forma correta?", devolve Edward. "O senhor jamais gostou. Cale-se, seu velho devasso. O rei fingiu esquecer seus crimes, mas ninguém de fato esquece. As pessoas apontam para o senhor: lá está o bode velho que roubou a noiva do filho."

"Sim, fique quieto, pai", diz Tom. "Estamos conversando com Cromwell."

Ele diz: "De uma coisa tenho medo: a irmã de vocês estima sua antiga ama, Catarina. Isso é de pleno conhecimento da atual rainha, que não poupa nenhuma oportunidade de ser ríspida. Se ela notar que o rei está olhando para Jane, temo que sua irmã seja ainda mais perseguida. Ana não é mulher de ficar assistindo enquanto o marido faz de outra mulher uma... uma companheira. Mesmo que acreditasse ser um arranjo temporário".

"Jane não dará atenção às provocações", diz Edward. "O que Ana pode fazer afinal, dar-lhe um beliscão ou um tapa? Jane saberá se portar com paciência."

"Ela o manipulará em troca de alguma grande recompensa", diz o velho Seymour.

Tom Seymour comenta: "Ele fez de Ana uma marquesa antes de possuí-la".

O rosto de Edward parece sombrio, como se ele estivesse encomendando uma execução. "Você sabe o que ele fez dela. Primeiro marquesa. Depois rainha."

O Parlamento é postergado, mas os advogados de Londres, agitando suas túnicas pretas como corvos, entram em seu recesso de inverno. A feliz notícia vaza e se infiltra pela corte. Ana solta seus corpetes. Apostas são feitas. Penas rabiscam. Cartas são dobradas. Selos, pressionados sobre cera. Cavalos são montados. Navios zarpam. As famílias antigas da Inglaterra se ajoelham e perguntam a Deus por que Ele favorece os Tudor. O rei Francisco fecha a cara. O imperador Carlos respira fundo. O rei Henrique dança.

A conversa em Elvetham, aquela confabulação na madrugada: é como se nunca tivesse acontecido. As dúvidas do rei quanto a seu casamento, ao que parece, desapareceram.

Ainda que, nos desolados jardins do inverno, ele tenha sido visto caminhando com Jane.

A família de Jane a cerca; eles mandam chamá-lo. "O que ele disse, irmã?", interroga Edward Seymour. "Conte-me tudo, tudo que ele disse."

Jane responde: "Ele me perguntou se eu seria sua bem-amada".

Eles trocam olhares. Há uma diferença entre uma amada e uma bem-amada: Jane sabe disso? A primeira implica concubinato. A segunda, algo menos imediato: uma troca de presentes, uma admiração casta e langorosa, uma corte prolongada… embora não possa ser tão prolongada, claro, ou Ana já terá dado à luz e Jane terá perdido sua chance. As mulheres não sabem prever quando o herdeiro verá a luz, e os médicos de Ana tampouco.

"Escute, Jane", diz Edward a ela, "agora não é a hora de ser tímida. Você tem que nos dar detalhes."

"Ele me perguntou se eu o olharia com bons olhos."

"Bons olhos quando?"

"Por exemplo, se ele me escrevesse um poema. Elogiando minha beleza. Então eu respondi que sim. Que lhe agradeceria por isso. Que não riria, nem por trás da mão. E que não faria nenhuma objeção a qualquer afirmação que ele viesse a fazer em verso. Mesmo que fosse exagerada. Porque nos poemas é costume exagerar."

Ele, Cromwell, a parabeniza. "Cobriu todos os ângulos possíveis, srta. Seymour. Teria sido uma boa advogada."

"Quer dizer, se eu tivesse nascido homem?" Ela franze a testa. "Mas, ainda assim, seria improvável, secretário-mor. Os Seymour não são trabalhadores."

Edward Seymour diz: "Bem-amada. Escrever versos para você. Muito bem. Ótimo até aqui. Mas se ele tentar qualquer coisa com sua pessoa, você deve gritar".

"E se ninguém vier em meu socorro?", pergunta Jane.

Ele põe a mão no braço de Edward. Quer impedir que a cena avance ainda mais. "Escute, Jane. Não grite. Ore. Ore em voz alta, é o que quero dizer. Orar em silêncio não dará resultado. Faça uma prece que mencione a Santa Virgem. Algo que apele à religiosidade e ao senso de honra de sua majestade."

"Entendo", responde Jane. "Tem um livro de orações consigo, secretário-mor? Irmãos? Sem problema. Eu buscarei o meu. Tenho certeza de que encontrarei algo adequado."

No início de dezembro, ele recebe dos médicos de Catarina a notícia de que ela está comendo melhor, mas não rezando menos. A morte se deslocou, talvez, da cabeceira para o pé da cama. Suas dores recentes diminuíram e ela está lúcida; ocupa o tempo em resolver seu legado. Catarina deixa à filha Maria um colar de ouro que trouxe da Espanha e suas peles. Ela pede que quinhentas missas sejam rezadas por sua alma e que uma peregrinação seja feita a Walsingham.

Os detalhes de seus arranjos chegam a Whitehall. "Essas peles...", comenta Henrique. "Você chegou a vê-las, Cromwell? Têm algum valor? Se têm, quero que sejam enviadas para mim."

Gangorra.

As mulheres em torno de Ana comentam, nem parece que ela está *enceinte*. Em outubro, ela parecia bastante bem, mas agora parece estar perdendo corpo, em vez de ganhar. Jane Rochford diz a ele: "Quase poderíamos pensar que ela tem vergonha da sua condição. E sua majestade já não se mostra atencioso com ela, como fazia antes, quando sua barriga estava grande. Antes ele agia como se nada fosse bom o suficiente para ela. Atendia aos seus caprichos e cuidava dela como uma dama de companhia. Certa vez entrei e encontrei os pés dela no colo do rei, e ele os esfregava como um cavalariço cuidando de alguma égua de casco torcido".

"Não se melhora um casco torcido esfregando-o", comenta ele, sério. "É preciso apará-lo e ajustar uma ferradura especial."

Lady Rochford o encara. "Andou conversando com Jane Seymour?"

"Por quê?"

"Esqueça", ela responde.

Ele viu o rosto de Ana enquanto ela observa o rei, enquanto ela observa o rei observando Jane. Espera-se uma fúria cega e uma ação correspondente: costuras retalhadas a tesouradas, vidros quebrados. Em vez disso, o rosto de Ana se retesa; ela mantém a manga do vestido, cravejada de pedras, junto ao corpo, onde a criança cresce. "Não posso me deixar perturbar", diz Ana. "Isso poderia fazer mal ao príncipe." Ela puxa as saias de lado quando Jane passa. Recolhe-se em si mesma, retraindo os ombros estreitos; parece fria como um órfão deixado na porta de alguém.

Gangorra.

Pelo país corre o rumor de que o secretário-mor trouxe uma mulher de sua viagem recente a Hertfordshire, ou Bedfordshire, e que a instalou em sua casa em Stepney, ou em Austin Friars, ou em King's Place em Hackney, casa que ele agora está reformando para a amante, em grande estilo. A mulher trabalhava numa estalagem, e seu marido foi capturado e preso por um novo crime inventado por Thomas Cromwell. O pobre corno será condenado e enforcado no próximo tribunal; contudo, segundo alguns relatos, ele já foi encontrado morto em sua cela, espancado e envenenado, com a garganta cortada.

3.
Anjos

Stepney e Greenwich, Natal de 1535 — Ano-Novo de 1536

Manhã de Natal: ele sai em disparada em busca de qualquer que seja o problema seguinte. Um enorme sapo bloqueia seu caminho. "Você é Matthew?"

Da boca do anfíbio, uma risada juvenil. "Simon. Feliz Natal, senhor, como vai?"

Ele suspira. "Muito trabalho. Já enviou mensagens para seus pais?"

Os meninos cantores vão para casa no verão. No Natal, eles se ocupam em cantar. "O senhor está indo ver o rei?", coaxa Simon. "Aposto que as peças da corte não são tão boas quanto as nossas. Estamos encenando *Robin Hood*, e o rei Artur aparece na trama. Eu faço o sapo de Merlim. Mestre Richard Cromwell faz o papa e tem um chapéu para receber esmolas. Ele grita: 'Mumpsimus sumpsimus, hocus pocus'. Nós lhe damos pedras como esmolas. Ele nos ameaça dizendo que vamos para o inferno."

Ele afaga a fantasia enrugada de Simon. O sapo sai do caminho com um salto retumbante.

Desde seu regresso de Kimbolton, Londres se fechou à sua volta: final de outono, as noites esmaecidas e melancólicas da cidade, sua escuridão precoce. Os arranjos lentos e pesados da corte o engolfaram, aprisionaram-no em frente à mesa, e nessa prisão ele teve de passar longos dias que se prolongavam em longas noites à luz de velas; às vezes ele daria um braço para ver o sol. Está comprando terras nas partes mais exuberantes da Inglaterra, mas não tem tempo para visitá-las; assim, essas propriedades, esses antiquíssimos casarões com jardins murados, esses cursos d'água com pequenos ancoradouros, essas lagoas com peixes dourados subindo na direção do anzol; essas vinhas, esses jardins, essas pérgulas e esses passeios, todas essas coisas permanecem, para ele, planas, sem dimensão, abstrações de papel, conjuntos de números numa folha de registros de contas: não são margens de rios mordiscadas por ovelhas, nem prados onde vacas afundam até os joelhos na grama, nem clareiras ou bosques onde uma corça branca se alarma, uma pata erguida; são domínios de pergaminho, aluguéis e propriedades delimitados por cláusulas de tinta, não por antigos arvoredos ou muros de pedra. Seus acres são acres imaginários, fontes de renda, fontes de insatisfação na madrugada, quando ele acorda e sua mente explora a geografia desses locais: nessas noites insones antes de auroras lúgubres ou congeladas, ele não pensa na liberdade que suas propriedades proporcionam, mas na intrusão truculenta dos outros, suas licenças e seus direitos de passagem, suas cercas e seus pontos de vista, que lhes permitem se impingir em suas fronteiras e interferir na posse tranquila de seu futuro. Deus sabe que ele não é nenhum menino do campo: apesar do lugar onde cresceu, nas ruas perto do cais, a charneca de Putney estava sempre às suas costas, um lugar para onde podia fugir, quando queria que ninguém o achasse. Passou longos dias lá, correndo com seus conterrâneos, meninos tão brutos quanto ele: todos fugindo dos pais, de seus cintos e punhos, e da educação com a qual eram ameaçados se ficassem parados. Mas Londres o arrastou para seu ventre urbano; muito antes de navegar pelo Tâmisa na barca de secretário-mor, ele já conhecia as correntes e a maré, e sabia o quanto podia ganhar, casualmente, nas feiras dos barqueiros, descarregando barcos e carregando caixotes em carrinhos de mão morro acima, até as belas casas que ladeavam a Strand, as casas de lordes e bispos: casas dos homens com quem ele agora se senta, diariamente, na bancada do conselho.

A corte de inverno perambula, seu circuito habitual: Greenwich e Eltham, as casas da infância de Henrique; Whitehall e Hampton Court, outrora casas do cardeal. É comum nesses dias que o rei, onde quer que a corte se estabeleça, jante sozinho em seus aposentos privados. Nas antecâmaras de Vigília ou de Guarda — qualquer que seja o nome do salão que precede os apartamentos reais, nos palácios em que nos encontramos — há uma mesa solene, onde o lorde camareiro, chefe da comitiva pessoal do rei, recebe a nobreza. Tio Norfolk senta-se a essa mesa quando está na corte; o mesmo vale para Charles Brandon, duque de Suffolk, e o pai da rainha, o conde de Wiltshire. Existe uma mesa, um pouco menor em prestígio, mas servida com a devida honra, para os funcionários como ele e para os velhos amigos do rei que por acaso não sejam seus pares. Nicholas Carew, cavalariço real, senta-se ali; e William Fitzwilliam, tesoureiro real, que obviamente conhece Henrique desde que ele era um menino. William Paulet, chefe da controladoria, preside à cabeceira dessa mesa: e ele se pergunta, até que alguém lhe explica, o porquê do hábito de levantar as taças (e as sobrancelhas) num brinde a alguém que não está ali. Até que Paulet explica, meio constrangido: "Nós brindamos ao homem que se sentava aqui antes de mim. O antigo chefe da controladoria. Sir Henry Guildford, bendita seja sua memória. Você o conheceu, Cromwell, claro."

De fato: quem não conheceu Guildford, o experiente diplomata, o mais sutil dentre os cortesãos? Da mesma idade do rei, ele foi o braço direito de

Henrique desde sua subida ao trono, quando era ainda um príncipe de dezenove anos, inexperiente, bem-intencionado e otimista. Dois espíritos luminosos, sequiosos por glória e diversão, o amo e o servo envelheceram juntos. Todos juravam que Guildford sobreviveria a um terremoto; mas ele não sobreviveu a Ana Bolena. Sua parcialidade era clara: ele estimava a rainha Catarina e assim o declarava. (E se não a amasse, dizia ele, só o senso de propriedade e minha consciência cristã já me obrigariam a apoiar sua causa.) O rei o perdoou devido à longa amizade; apenas, suplicara ele, não mencionemos isso, deixemos nosso desacordo de lado. Não mencione Ana Bolena. Faça com que seja possível permanecermos amigos.

Mas o silêncio não foi o bastante para Ana. O dia que eu for rainha, disse a Guildford, será o dia que você perderá seu emprego.

Madame, replicou Sir Henry Guildford: o dia que se tornar rainha será o dia de minha renúncia.

E foi o que ele fez. Henrique disse: Ora, vamos, homem! Não deixe que uma mulher o enxote do seu cargo! Trata-se apenas de ciúme e despeito femininos, ignore.

Mas eu temo por mim, disse Guildford. Pela minha família e pelo meu nome.

Não me abandone, disse o rei.

A culpa é da sua nova esposa, respondeu Henry Guildford.

E assim ele deixou a corte. E foi para o campo, onde tinha sua casa. "E morreu", diz William Fitzwilliam, "poucos meses depois. De desgosto, dizem."

Um suspiro corre pela mesa. É assim que se acabam os homens; depois de uma vida de trabalho, o tédio rural se estendendo à sua frente: uma procissão de dias, domingo a domingo, todos sem forma. O que existe, sem Henrique? Sem a luz de seu sorriso? É como um perpétuo novembro, uma vida no escuro.

"Por isso nós o lembramos", conclui Nicholas Carew. "Nosso velho amigo. E fazemos um brinde, Paulet aqui não se importa, ao homem que ainda seria chefe da controladoria se os tempos não estivessem tão fora de prumo."

Ele tem um jeito sombrio de fazer um brinde, Nicholas Carew. A leveza é desconhecida por alguém tão digno. Ele, Cromwell, passou uma semana sentado à mesa até que Nicholas se dignasse a lhe cravar um olhar frio e empurrar o cordeiro em sua direção. Mas desde então suas relações se abrandaram; afinal, ele, Cromwell, é um homem fácil de se lidar. Ele vê que existe uma camaradagem entre homens como esses, homens que foram derrotados pelos Bolena: uma camaradagem desafiadora, como a que existe entre os sectários da Europa que estão sempre esperando pelo fim do mundo, mas acreditam que, depois da Terra ser consumida pelo fogo, hão de ocupar o trono da glória: um pouco tostados, torrados nas beiradas e enegrecidos em certas partes, mas ainda, graças a Deus, vivos para a eternidade, e sentados à sua mão direita.

Ele conheceu Henry Guildford em pessoa, como Paulet recordou. Deve fazer quase cinco anos agora que ele foi generosamente recebido por Guildford no castelo de Leeds, em Kent. Apenas porque Guildford queria algo, claro: um favor, do meu lorde cardeal. Mas, ainda assim, ele aprendeu com as conversas à mesa de Guildford, com a maneira como ele gerenciava sua casa, com sua prudência e sua sagacidade discreta. Mais recentemente, ele aprendeu, pelo exemplo de Guildford, como Ana Bolena podia destruir uma carreira; e quão longe eles estão de perdoá-la, seus companheiros de mesa. Homens como Carew, ele sabe, tendem a culpá-lo, Cromwell, pela ascensão de Ana no mundo; ele facilitou o processo, quebrou o antigo casamento e abriu as portas para o novo. Não espera que aqueles homens simpatizem com ele, que o aceitem como companheiro; só quer que não cuspam em seu jantar. Mas a rigidez de Carew amolece um pouco à medida que ele vai se juntando às conversas; às vezes, o cavalariço real vira para ele sua cabeça comprida, um tanto equina até; às vezes lhe dá uma lenta piscadela cavalar e diz, "Pois bem, secretário-mor, como vai você hoje?".

E, enquanto ele procura uma resposta que Nicholas compreenderá, William Fitzwilliam troca um olhar com ele e sorri.

Durante dezembro, um deslizamento, uma avalanche de papéis rolou por sua mesa. Muitas vezes ele termina o dia dolorido e frustrado, porque enviou a Henrique mensagens urgentes e vitais e os cavalheiros da câmara privada decidiram que seria mais fácil para eles se adiassem o assunto até que o rei estivesse com humor apropriado. Apesar da boa notícia que recebeu da rainha, Henrique anda impaciente, caprichoso. A qualquer momento ele pode exigir a mais estranha informação, ou fazer perguntas sem resposta. Qual é o preço de mercado da lã de Berkshire? Você fala turco? Por que não? Quem fala turco? Quem foi o fundador do mosteiro de Hexham?

Sete xelins o saco, e subindo, majestade. Não. Porque nunca fui àquelas partes. Encontrarei um homem se houver algum a ser encontrado. São Valfredo, senhor. Ele fecha os olhos. "Acredito que os escoceses o saquearam, e ele foi reconstruído nos tempos do primeiro Henrique."

"Por que Lutero pensa", pergunta o rei, "que eu deveria me sujeitar à sua Igreja? Não é ele que deveria pensar em se sujeitar a mim?"

Pouco antes do Dia de Santa Lúcia, Ana o chama, afastando-o dos assuntos da Universidade de Cambridge. Mas Lady Rochford está lá para detê-lo por um momento, pondo a mão em seu braço, antes que ele alcance a rainha:

"Ela está uma tristeza. Não consegue parar de soluçar. Não está sabendo? Seu cachorrinho morreu. Não tivemos coragem de contar a ela. Tivemos que pedir ao próprio rei para fazê-lo".

Purkoy? Seu preferido? Jane Rochford o conduz para dentro, observa Ana de soslaio. Pobre dama: seus olhos mal se abrem de tão inchados. "O senhor sabia", sussurra Lady Rochford, "que, quando ela abortou seu último filho, não derramou uma única lágrima?"

As mulheres passam ao largo de Ana, mantendo distância como se ela fosse farpada. Ele se lembra do que Gregory disse: Ana está pele e osso. Ninguém poderia confortá-la; até se lhe estendessem a mão, ela consideraria uma presunção ou uma ameaça. Catarina tem razão. Uma rainha está sempre só, seja ao perder o marido, o cão ou o filho.

Ana vira a cabeça. "Cremuel." Ela ordena que suas damas se retirem: um gesto veemente, uma criança espantando corvos. Sem pressa, como ousados corvos de alguma espécie nova e sedosa, as damas recolhem suas saias, erguem-se com languidez; suas vozes, como vozes surgidas no próprio ar, demoram-se em seu rastro: seus mexericos interrompidos, suas gargalhadas cúmplices. Lady Rochford é a última a bater as asas, arrastando suas plumas, relutando em ceder terreno.

Agora não há ninguém no aposento exceto ele, Ana e sua anã, que cantarola baixinho no canto, movendo os dedos diante do rosto.

"Sinto muito", diz ele, os olhos baixos. Ele sabe bem que não deve dizer, a senhora pode arranjar outro cachorro.

"Eles o encontraram", Ana estende bruscamente a mão, "lá fora. Lá embaixo, no pátio. A janela lá em cima estava aberta. Ele quebrou o pescoço."

Ela não diz, ele deve ter caído. Porque está claro que não é o que ela pensa. "Você se lembra, você estava aqui, se lembra do dia em que meu primo Francis Bryan o trouxe de Calais? Francis entrou e no mesmo segundo eu peguei Purkoy dos braços dele. Era uma criatura que não fazia mal a ninguém. Que monstro encontraria motivos no seu coração para pegá-lo e matá-lo?"

Ele deseja acalmá-la; Ana parece tão arrasada, tão ferida, que é como se sua própria pessoa tivesse sofrido o ataque. "Provavelmente saltou ao parapeito sem que ninguém visse e acabou escorregando. Esses cãezinhos, nós esperamos que eles caiam de pé como os gatos, mas não é o que acontece. Eu tive uma cadelinha que pulou dos braços do meu filho porque viu um rato, e nisso quebrou a perna. Fácil assim."

"E o que aconteceu com ela?"

Ele responde com delicadeza: "Não pudemos curá-la". Ele ergue os olhos para a anã, que sorri sozinha no canto, balançando os punhos com movimentos bruscos. Por que Ana mantém essa coisa? Ela deveria ser enviada para um hospício. A rainha enxuga o rosto; esquecendo seus bons modos franceses, ela usa os nós dos dedos, como uma garotinha. "Quais são as notícias de Kimbolton?" Ela encontra um lenço e assoa o nariz. "Dizem que Catarina pode viver mais seis meses."

Ele não sabe o que dizer. Será que Ana quer que ele mande um homem a Kimbolton para atirar Catarina pela janela?

"O embaixador francês reclama que foi duas vezes a sua casa e que você não quis vê-lo."

"Eu estava ocupado." Ele dá de ombros.

"Com...?"

"Estava jogando boules no jardim. Sim, duas vezes. Pratico constantemente, porque se perco um jogo, passo o dia todo furioso e saio em busca de papistas para chutar."

Fosse outro dia, Ana teria rido. Hoje não. "Pessoalmente, pouco me importo com esse embaixador. Ele não me presta seus respeitos, como o anterior fazia. No entanto, você deve ter cuidado com ele. Deve fazer-lhe todas as honras, porque o rei Francisco é a única coisa que mantém o papa longe da nossa garganta."

Farnese como um lobo. Rosnando e derramando saliva misturada a sangue. Ele não sabe se Ana está em condições de ouvir opiniões, mas ele tentará: "Não é por amor a nós que Francisco nos ajuda".

"Eu sei que não é por amor." Ela revira o lenço molhado, procurando uma parte ainda seca. "Pelo menos não a mim. Não sou tão tola."

"Ele apenas não quer que o imperador Carlos nos esmague e se torne dono do mundo. E ele não gosta da bula de excomunhão. Não acha justo que o bispo de Roma ou qualquer sacerdote se reserve o direito de privar um rei do seu próprio país. Mas eu gostaria que o rei francês compreendesse seu próprio interesse. É uma pena que não haja um homem hábil para lhe apresentar as vantagens de fazer como nosso lorde soberano fez e tomar a liderança da sua própria Igreja."

"Mas não existem dois Cremuels." Ela consegue abrir um sorriso amargo.

Ele espera. Será que ela sabe como os franceses agora a veem? Já não acreditam mais que ela possa influenciar Henrique. Acham que ela é uma força gasta. E, embora toda a Inglaterra tenha feito um juramento de apoiar a descendência de Ana, ninguém no exterior acredita que a pequena Elizabeth venha um dia a governar o país, caso a rainha não consiga dar um filho a Henrique. Como o embaixador francês lhe disse (da última vez que ele o deixou entrar): se a escolha for entre duas mulheres, por que não preferir a mais velha? Ainda que o sangue de Maria seja espanhol, pelo menos é da realeza. E pelo menos ela já consegue andar em linha reta e tem controle dos próprios intestinos.

Abandonando seu canto, a criatura, a anã, vem até Ana se arrastando sobre o traseiro; ela puxa a saia de sua ama. "Vá embora, Maria", diz Ana. E ri da expressão dele. "Não soube que eu rebatizei minha boba? A filha do rei é quase uma anã, não? Ainda mais atarracada que a mãe. Os franceses ficariam chocados se a vissem, acho que uma só olhada nela mudaria suas intenções. Oh, eu sei, Cremuel, eu sei o que eles estão tentando fazer pelas minhas costas. Empurraram meu irmão para lá e para cá a fim de negociar, mas nunca tiveram intenção de arranjar um casamento para Elizabeth." Ah, ele pensa, ela finalmente entendeu. "Estão tentando um casamento entre o delfim e a bastarda espanhola. Todo esse tempo eles sorriram para mim e estavam tramando pelas minhas costas. Você sabia disso e não me contou."

"Majestade", murmura ele, "eu tentei."

"É como se eu não existisse. Como se minha filha nunca tivesse nascido. Como se Catarina ainda fosse rainha." Sua voz se torna mais severa. "Eu não vou tolerar isso."

Então o que vai fazer? Ela logo lhe diz: "Eu pensei numa maneira. Com Maria". Ele espera. "Eu poderia visitá-la", diz Ana. "E não iria só. Com alguns cavalheiros jovens e galantes."

"Coisa que não lhe falta."

"Ou por que você não a visita, Cremuel? Há alguns belos rapazes no seu séquito. Sabia que a infeliz nunca recebeu um elogio na vida?"

"Recebeu do pai, creio eu."

"Quando uma menina faz dezoito anos, seu pai já não conta mais. Ela anseia por outras companhias. Acredite em mim, eu sei, porque um dia fui tão tola quanto qualquer menina. Uma menina dessa idade, ela quer alguém que lhe escreva versos. Alguém que vire os olhos para ela e suspire quando ela entrar na sala. Admita, isso é o que ainda não tentamos. Lisonjeá-la, seduzi-la."

"Quer que eu a comprometa?"

"Nós dois podemos conseguir isso. Faça você mesmo até, eu não me importo, alguém me disse que ela gosta de você. E eu adoraria ver Cremuel fingindo estar apaixonado."

"Só um tolo chegaria perto de Maria. Acho que o rei mandaria matá-lo."

"Não estou sugerindo que alguém a leve para a cama. Deus me livre, eu não obrigaria nenhum amigo meu a passar por isso. Basta que ela passe vergonha, e que seja em público, para que perca sua reputação."

"Não", ele responde.

"O quê?"

"Não é esse o meu objetivo e não recorro a tais métodos."

Ana enrubesce. A ira salpica seu pescoço. Ela fará qualquer coisa, pensa ele. Ana não tem limites. "Você se arrependerá", diz ela, "da forma como fala comigo. Acha que se elevou bastante e que não precisa mais de mim." Sua voz treme. "Sei que anda falando com os Seymour. Pensa que é segredo, mas nada é segredo para mim. Fiquei chocada quando soube, confesso, eu não achava que você empenharia seu dinheiro numa aposta tão fraca. O que Jane Seymour tem além da virgindade, e que valor tem a virgindade na manhã seguinte? Antes do evento, ela é a rainha do coração dele, e depois é apenas mais uma meretriz que não conseguiu manter as pernas fechadas. Jane não tem beleza nem inteligência. Não segurará Henrique por uma semana. Será despachada de volta a Wolf Hall e esquecida."

"Talvez", diz ele. Há uma chance de que Ana tenha razão; ele não descartaria a hipótese. "Majestade, as coisas um dia já foram mais felizes entre nós. A senhora costumava ouvir meus conselhos. Deixe-me aconselhá-la agora. Esqueça seus planos e esquemas. Abandone esse fardo. Mantenha-se calma até que a criança nasça. Não arrisque a saúde do bebê agitando sua mente. A senhora mesma disse, preocupações e disputas podem marcar uma criança mesmo antes que ela veja a luz do dia. Dobre sua mente aos desejos do rei. Quanto a Jane, ela é tediosa e insossa, não? Finja que não a vê. Desvie o rosto diante daquilo que não lhe cabe ver."

Ana se inclina à frente, as mãos apertando os joelhos. "Eu lhe dou um conselho, Cremuel. Entre em acordo comigo antes que meu filho nasça. Mesmo que seja uma menina, eu terei outra criança. Henrique nunca me abandonará. Ele esperou bastante tempo por mim. Eu fiz a espera valer a pena. E, se ele me der as costas, também dará as costas para a grande e maravilhosa obra feita neste reino desde que me tornei rainha; eu falo dos esforços em favor do Evangelho. Henrique nunca se reconciliará com Roma. Jamais dobrará seu joelho. Desde minha coroação, há uma nova Inglaterra. Que não pode subsistir sem mim."

Não é verdade, majestade, pensa ele. Se necessário for, eu posso separá-la da história. Ele diz: "Espero que não estejamos em desacordo. Eu lhe dou conselhos sinceros, de amigo para amiga. A senhora sabe que sou, ou fui, pai de uma família. Sempre aconselhei minha mulher a manter a calma em momentos como esse. Se houver algo que eu possa fazer pela senhora, diga-me e farei." Ele ergue o olhar para ela. Seus olhos brilham. "Mas não me ameace, boa senhora. Sinto-me desconfortável."

Ana retruca: "Seu conforto não é problema meu. Você deve estudar suas vantagens, secretário-mor. Os homens que são elevados também podem ser diminuídos".

"Concordo inteiramente."

Ele faz uma mesura para se retirar. Tem pena dela; Ana está lutando com as armas das mulheres, que são tudo que ela tem. Na antessala de sua câmara de recepções, Lady Rochford está sozinha. "Ainda chorosa?", pergunta ela.

"Acho que se recompôs."

"Está perdendo a beleza, não acha? Ela passou muito tempo ao sol este verão? Está começando a criar rugas."

"Eu não olho para ela, minha dama. Bem, não mais do que um súdito deveria."

"Oh, não olha?" Ela acha graça. "Então eu lhe conto. A cada dia, ela aparenta mais ter sua própria idade, e às vezes até parece mais velha. Rostos não são acidentais. São a tela na qual se escrevem nossos pecados."

"Jesus! Então o que fiz?"

Ela ri. "Secretário-mor, isso é o que todos gostaríamos de saber. No entanto, talvez nem sempre seja verdade. Ouvi dizer que Maria Bolena, lá no interior, está florescendo como o mês de maio. Bela e viçosa, dizem. Como é possível? Uma mulher de má fama como Maria, que passou por tantas mãos que não há um só garoto de estábulo que não tenha dormido com ela. Mas ponha uma junto da outra, e é Ana que parece… como expressá-lo? Gasta."

Tagarelando, as outras damas entram em bando na sala. "Vocês a deixaram sozinha?", indaga Mary Shelton: como se Ana não pudesse ficar só. Ela recolhe suas saias e dispara de volta à câmara interna.

Ele se despede de Lady Rochford. Mas algo rasteja entre seus pés, impedindo seu movimento. É a anã, de quatro. Ela rosna e ameaça mordê-lo. Ele se contém para não chutá-la para longe.

Ele repassa seu dia. E se pergunta como deve ser para Lady Rochford estar casada com um homem que a humilha, um homem que prefere passar seu tempo com as putas e que nem sequer faz segredo quanto a isso? Ele não tem meios de responder à pergunta, admite; absolutamente nenhum ponto de entrada aos sentimentos dela. Sabe que não gosta da mão dela em seu braço. A infelicidade parece brotar e vazar de seus poros. Ela ri, mas seus olhos nunca riem; saltam de um rosto a outro, absorvendo tudo.

No dia que Purkoy veio de Calais para a corte, ele segurou Francis Bryan pela manga: "Onde posso conseguir um?". Ah, para sua amante, perguntou aquele diabo de um olho só: caçando mexericos. Não, respondeu ele, sorrindo, para mim mesmo.

Logo Calais estava em alvoroço. Cartas voando sobre o mar Estreito. O secretário-mor gostaria de um belo cachorrinho. Encontrem um para ele, e encontrem rápido, antes que outra pessoa fique com o crédito. Lady Lisle, esposa do governador, pensou em entregar seu próprio cão. Meia dúzia de spaniels apareceram, trazidos por mãos diferentes. Todos malhados e alegres, com cauda emplumada e delicadas patinhas em miniatura. Nenhum deles era como Purkoy, com as orelhas eretas, seu ar de interrogação. *Pourquoi?*

Boa pergunta.

Advento: primeiro o jejum e depois o banquete. Nas despensas, passas, amêndoas, noz-moscada, macis, cravo, alcaçuz, figos e gengibre. Os enviados do rei da Inglaterra estão na Germânia, em negociações com a Liga de Schmalkalden, a confederação de príncipes protestantes. O imperador está em Nápoles. Barba-Ruiva está em Constantinopla. O criado Anthony está no grande salão em Stepney, empoleirado numa escada e vestindo uma túnica bordada com desenhos da lua e das estrelas. "Tudo bem, Tom?", grita ele.

A estrela de Natal balança acima de sua cabeça. Ele, Cromwell, tem os olhos erguidos para suas pontas prateadas: afiadas como lâminas.

Faz apenas um mês que Anthony foi admitido como criado na casa, mas agora é difícil pensar nele como um mendigo no portão. Quando ele voltou de sua visita a Catarina, encontrou a habitual multidão de londrinos à entrada de sua casa em Austin Friars. Podem não conhecê-lo no Norte do país, mas aqui o conhecem. Eles vêm para ver seus criados, seus cavalos e os arreios, seus estandartes tremulando; mas hoje ele entra com uma guarda anônima, um bando de homens cansados vindos de lugar algum. "Onde esteve, lorde Cromwell?", berra um homem: como se ele devesse uma explicação aos londrinos. Às vezes ele enxerga a si mesmo, com o olho da mente, vestido com trapos surrupiados, um soldado de um exército derrotado: um garoto faminto, um estranho, um pedinte em sua própria porta.

Seu grupo está prestes a cruzar o portão quando ele diz, espere; um rosto pálido oscila a seu lado; um homenzinho se esgueirou em meio à turba e agarrou seu estribo. Ele está chorando, e é tão evidentemente inofensivo que ninguém sequer levanta a mão para ele; apenas ele, Cromwell, sente um arrepio no pescoço: é assim que você acaba caindo numa armadilha, enquanto sua atenção está desviada por algum incidente ensaiado, enquanto o assassino vem por trás, com a faca. Mas os homens de armas são uma muralha às suas costas, e aquele infeliz curvado treme tanto que, se sacasse uma lâmina, seria capaz de cortar os próprios joelhos. Ele se inclina para baixo. "Eu o conheço? Já o vi aqui antes."

Lágrimas escorrem pelo rosto do homem. Ele não tem nenhum dente visível, situação que deixaria qualquer um perturbado. "Deus o abençoe, milorde. Que ele o estime e aumente sua riqueza."

"Ah, ele tem feito isso." Ele está cansado de dizer às pessoas que não é lorde.

"Dê-me um teto", implora o homem. "Estou em farrapos, como pode ver. Durmo com os cães, se for o que puder me oferecer."

"Talvez os cães não gostem da ideia."

Um membro de sua escolta se aproxima: "Devo escorraçá-lo com umas chicotadas, senhor?".

Ao ouvir isso, o homem recomeça a gemer. "Ah, já basta", diz ele, como se falasse com uma criança. O lamento redobra, as lágrimas saltam como se o homem tivesse uma bomba por trás do nariz. Será que ele perdeu os dentes de tanto chorar? Isso é possível?

"Sou um homem sem senhor", soluça a pobre criatura. "Meu querido amo foi morto numa explosão."

"Deus tenha misericórdia, que tipo de explosão?" Sua atenção foi atiçada: as pessoas estão gastando pólvora assim à toa? Podemos precisar dela se o imperador vier.

O homem balança o corpo, os braços apertados sobre o peito; as pernas parecem prestes a ceder. Ele, Cromwell, estende o braço e o ergue por seu colete frouxo; não quer o homem rolando no chão e assustando os cavalos. "Levante-se. Diga seu nome."

Um soluço engasgado: "Anthony".

"O que sabe fazer, além de chorar?"

"Se me permite, eu já fui muito estimado antes… ai de mim!" Ele se descontrola completamente, soluçando e se sacudindo.

"Antes da explosão", diz ele, paciente. "Bem, o que é que você fazia? Regava o pomar? Lavava as privadas?"

"Ai de mim", lamenta o homem. "Nada disso. Nada assim tão útil." Seu peito se agita. "Senhor, eu era um bobo da corte."

Ele solta seu colete, encara o homem e começa a rir. Um riso abafado e incrédulo corre de homem para homem através da multidão. Sua escolta se dobra sobre as selas, numa risadinha sacudida.

O homenzinho parece se livrar de sua mão num salto, recupera o equilíbrio e ergue os olhos para ele. Suas faces estão bastante secas e um sorriso sorrateiro substituiu as rugas de desespero. "Então", indaga ele, "posso entrar?"

Agora, à medida que o Natal se aproxima, Anthony mantém a casa boquiaberta com histórias dos horrores que se abateram sobre pessoas que ele conhece, sempre em torno da época da Natividade: hospedarias assaltadas, estábulos pegando fogo, gado vagando pelas montanhas. Ele faz vozes diferentes para homens e mulheres, faz cães falarem com impertinência a seus donos, sabe imitar o embaixador Chapuys e qualquer outra pessoa, basta lhe dizer um nome. "Você me imita?", pergunta ele.

"O senhor não me dá oportunidades", Anthony responde. "Um homem pode desejar um amo que fala arrastando as palavras, ou que vive se benzendo e gritando Jesus-Maria-José, ou sorrindo, ou fechando a cara, ou que tenha um tique nervoso. Mas o senhor não cantarola, nem mexe os pés, nem torce os polegares."

"Meu pai tinha um temperamento selvagem. Aprendi quando criança a ser quieto e discreto. Se ele reparasse em mim, me batia."

"Quanto ao que tem aí dentro", Anthony o olha nos olhos, bate o dedo na testa, "quanto ao que tem aí dentro, quem sabe? Eu poderia imitar uma ventana. Uma tábua tem mais expressão. Uma bica d'água."

"Eu lhe darei um bom personagem, se você quiser um novo amo."

"Ainda conseguirei fazer o senhor. Quando eu aprender a imitar um batente de porta. Uma pedra parada. Uma estátua. Há estátuas que movem os olhos. No Norte do país."

"Tenho algumas sob custódia. Nas caixas-fortes."

"Pode me dar a chave? Quero ver se elas ainda mexem os olhos quando estão no escuro sem seus carcereiros."

"Você é um papista, Anthony?"

"Talvez seja. Gosto de milagres. Fui um peregrino no meu tempo. Mas o punho de Cromwell está mais próximo que a mão de Deus."

Na véspera de Natal, Anthony canta "Diversão em boa companhia", interpretando o rei e usando uma tigela como coroa. Ele cresce diante de nossos olhos, seus membros magros ganham carne. O rei tem uma voz tola, aguda demais para um homem grande. É algo que fingimos não perceber. Mas agora ele ri de Anthony, encobrindo a boca com a mão. Quando foi que Anthony viu o rei? Ele parece conhecer cada gesto de Henrique. Eu não ficaria surpreso, pensa ele, se Anthony tiver rodeado a corte durante todos esses anos, ganhando um *per diem* sem que ninguém perguntasse o que ele fazia ou como entrou na folha de pagamento. Se ele consegue imitar um rei, decerto também consegue facilmente imitar um sujeito útil, com lugares para ir e negócios a tratar.

Chega o dia de Natal. Os sinos badalam na igreja de Dunstan. Flocos de neve flutuam no vento. Os cãezinhos usam fitas. Mestre Wriothesley é o primeiro a chegar; ele foi um grande ator quando esteve em Cambridge, e nos últimos anos ficou encarregado das peças da casa. "Dê-me um papel pequeno", ele lhe implora. "Posso ser uma árvore? Assim não preciso decorar fala nenhuma. As árvores têm a habilidade do improviso."

"Nas Índias", diz Gregory, "as árvores podem perambular. Erguem-se das suas raízes e, se o vento sopra, podem procurar um local mais protegido."

"Quem lhe disse isso?"

"Temo que tenha sido eu", diz Me-Chame-Risley. "Mas ele ficou tão contente de ouvir que certamente não fez mal algum."

A bela mulher de Wriothesley está vestida como Lady Marian, o cabelo solto e caindo até a cintura. Wriothesley saltita de saias, às quais sua filhinha se agarra.

"Eu vim vestido de virgem", diz ele. "São tão raras hoje em dia que se enviam unicórnios para procurá-las."

"Vá se trocar", diz ele. "Não estou gostando disso." Ele ergue o véu do mestre Wriothesley. "Você não está muito convincente, com essa barba."

Me-Chame faz uma mesura. "Mas eu preciso de um disfarce, senhor."

"Temos uma fantasia de minhoca sobrando", diz Anthony. "Ou o senhor pode ser uma rosa gigante, daquelas listradas."

"Santa Wilgefortis era virgem e fez crescer uma barba", opina Gregory. "A barba era para repelir seus pretendentes e assim proteger sua castidade. As mulheres rezam para ela quando querem se livrar do marido."

Me-Chame vai se trocar. Minhoca ou flor? "O senhor pode ser a minhoca que vive no botão", sugere Anthony.

Rafe e seu sobrinho Richard entram; ele vê que os dois trocam um olhar. Ele ergue a filha de Wriothesley nos braços, pergunta pelo irmãozinho bebê e elogia sua touca. "Pequena senhorita, esqueci seu nome."

"Eu me chamo Elizabeth", responde a criança.

Richard Cromwell comenta: "Não é como todas se chamam hoje em dia?".

Eu vou ganhar Me-Chame, pensa ele. Vou ganhá-lo completamente de Stephen Gardiner, e ele verá onde estão seus melhores interesses, e será leal apenas a mim e a seu rei.

Quando Richard Riche chega com a esposa, ele elogia as mangas novas do vestido dela, de cetim cor de cobre. "Robert Packington me cobrou seis xelins", diz ela, num tom indignado. "E quatro pence para forrá-las."

"E Riche pagou?" Ele está rindo. "Você não deve pagar a Packington. Só vai encorajá-lo."

Quando o próprio Packington chega, está com o rosto sério; logo fica claro que ele tem algo a dizer, e não é apenas "Como vai?". Seu amigo Humphrey Monmouth, um dos paladinos da Guilda dos Tecelões, está a seu lado. "William Tyndale ainda está na prisão e provavelmente será morto, segundo ouvi", Packington hesita, mas é evidente que ele precisa falar. "Penso no sofrimento dele, enquanto desfrutamos do nosso banquete. O que você fará por ele, Thomas Cromwell?"

Packington é um homem do Evangelho, um reformista, um de seus amigos mais antigos. Como amigo, ele lhe explica suas dificuldades: ele próprio não pode negociar com as autoridades dos Países Baixos, precisa da permissão de Henrique. E Henrique não a concederá, assim como Tyndale nunca daria ao rei uma boa opinião sobre o assunto de seu divórcio. Como Martinho Lutero, Tyndale acredita que o casamento de Henrique com Catarina é válido e nenhuma consideração política mudará sua opinião. Imagina-se que ele cederia, para agradar ao rei da Inglaterra, para fazer dele um amigo; mas Tyndale é um homem obstinado, franco e teimoso como uma mula.

"Então nosso irmão deve ser queimado? É isso que está dizendo? Um feliz Natal para você, secretário-mor." Ele dá meia-volta. "Dizem que o dinheiro o segue hoje em dia como um cão ao seu dono."

Ele pousa a mão no braço dele: "Rob...". Depois a retira, dizendo com sinceridade: "Eles não estão errados".

Ele sabe o que seu amigo pensa. O secretário-mor é tão poderoso que pode dirigir a consciência do rei; e, se assim é, por que não o faz, a não ser que esteja ocupado demais forrando os próprios bolsos? Ele tem vontade de pedir, me deem um dia de descanso, em nome de Cristo.

Monmouth diz: "Você se esqueceu de nossos irmãos queimados por Thomas More? E daqueles que ele perseguiu até a morte? Aqueles devastados por meses de prisão?".

"Ele não derrubou você, Humphrey. Você viveu para ver sua queda."

"Mas o braço dele se estende para fora do túmulo", diz Packington. "More tinha homens em toda parte, cercando Tyndale por todos os lados. Foram os agentes dele que o traíram. Se você não pode influenciar o rei, será que a rainha pode?"

"A rainha é quem precisa de ajuda. E, se vocês querem ajudá-la, digam às suas esposas que controlem suas línguas venenosas."

Ele se afasta. Os filhos de Rafe — ou melhor, os enteados dele — o estão chamando para que veja suas fantasias. Mas a conversa, interrompida, deixa em sua boca um gosto amargo que persiste por toda a festa. Anthony o persegue com piadas, mas ele vira seus olhos para a criança vestida como um anjo: é a enteada de Rafe, filha mais velha de sua esposa, Helen. Ela está usando as asas de pavão que ele mandou fazer há muito tempo para Grace.

Há muito tempo? Não faz nem dez anos, nem perto disso. Os olhos das penas brilham; o dia está escuro, mas fileiras de velas despertam cintilações nos fios de ouro, no explosivo escarlate dos azevinhos presos à parede, nas pontas da estrela de prata. Nesta mesma noite, enquanto flocos de neve descem lentamente à terra, Gregory lhe pergunta: "Onde os mortos vivem agora? Temos purgatório ou não? Dizem que ainda existe, mas ninguém sabe onde. Dizem que não adianta mais rezar pelas almas que sofrem. Não podemos libertá-las com preces, como podíamos antes".

Quando sua família morreu, ele fez tudo como era costume naqueles tempos: oferendas, missas. "Eu não sei", responde ele. "O rei se recusa a permitir pregações sobre o purgatório, é controverso demais. Você pode conversar com o arcebispo Cranmer." Uma contração de sua boca. "Ele lhe contará as últimas teorias em voga."

"É muito difícil para mim não poder orar pela minha mãe. Ou, se me deixam rezar, dizem que estou desperdiçando meu fôlego, porque ninguém me ouve."

Imagine o silêncio agora, naquele lugar que é lugar nenhum, aquela antessala para Deus, onde cada hora tem dez mil anos de duração. Antes, imaginávamos as almas presas numa grande rede, uma teia trançada por Deus, mantidas seguras até sua libertação em seu esplendor. Mas, se a teia é cortada e a rede rompida, será que elas se derramam no espaço gélido, a cada ano caindo mais profundamente no silêncio — até que delas já não reste absolutamente nenhum vestígio?

Ele leva a criança a um espelho para que ela possa ver suas asas. Ela dá passos hesitantes, está pasma consigo mesma. Espelhados, os olhos de pavão falam com ele. Não se esqueça de nós. Sempre que o ano vira, nós estamos aqui: à distância de um sussurro, um toque, um resfolegar de plumas.

Quatro dias depois, Eustache Chapuys, o embaixador da Espanha e do Sacro Império Romano, chega a Stepney. Os habitantes da casa lhe oferecem uma calorosa recepção, aproximando-se e desejando-lhe boa estada em latim e francês. Chapuys é saboiano, fala algo de espanhol, mas quase nada de inglês, embora esteja começando a entender mais do que fala.

Em Londres, os agregados de Cromwell e Chapuys têm confraternizado regularmente, desde uma noite ventosa de outono em que a residência do embaixador pegou fogo, e seus lamuriosos criados, pretos de fuligem e carregando tudo o que puderam salvar do incêndio, vieram bater às portas da casa em Austin Friars. O embaixador perdeu sua mobília e seu guarda-roupa; era impossível evitar o riso ao vê-lo, envolto numa cortina chamuscada apenas com uma camisa por baixo. Sua comitiva passou a noite em enxergas no chão do salão, e o cunhado John Williamson teve de desocupar seu quarto para que o inesperado dignitário o ocupasse. No dia seguinte, o embaixador sofreu o constrangimento de se apresentar em roupas emprestadas, grandes demais para ele; era isso ou vestir a libré de Cromwell, um espetáculo do qual a carreira de um embaixador jamais se recuperaria. Ele pôs alfaiates para trabalhar imediatamente. "Não sei onde vamos encontrar uma cópia daquela violenta seda cor de fogo que é da sua preferência. Mas mandarei um recado a Veneza." No dia seguinte, ele e Chapuys caminharam pelo terreno juntos, sob as vigas enegrecidas. O embaixador gemeu baixo ao revirar com um ramo o lodo preto em que haviam se convertido seus documentos oficiais. "Você acha", indagou ele, erguendo os olhos, "que foram os Bolena que fizeram isso?"

O embaixador nunca reconheceu Ana Bolena, nunca foi apresentado a ela; ele deve abdicar desse prazer, decretou Henrique, até que esteja pronto para beijar-lhe a mão e chamá-la de rainha. Sua lealdade é para com a outra rainha, a exilada em Kimbolton; mas Henrique costuma dizer: Cromwell, em algum momento encontraremos um modo de pôr Chapuys frente a frente com a verdade. Eu gostaria de ver o que ele faria, diz o rei, se fosse posto no caminho de Ana e não pudesse evitá-la.

Hoje o embaixador está usando um chapéu chamativo. Mais do tipo que George Bolena usa do que o chapéu de um conselheiro circunspecto. "O que acha, Cremuel?" Ele inclina o chapéu para o lado.

"Muito apropriado. Preciso de um desses."

"Permita-me presentear-lhe..." Chapuys o remove da cabeça com um floreio, mas depois reconsidera a ideia. "Não, não caberia na sua cabeça grande. Mandarei fazer um para você." Ele toma o braço do outro. "*Mon cher*, sua família e amigos são adoráveis como sempre. Mas podemos falar a sós?"

Numa sala privada, o embaixador ataca: "Estão dizendo que o rei ordenará que os padres se casem."

Ele é pego de surpresa; mas não pretende ser arrancado de seu bom humor. "Há algum mérito nisso, o de evitar a hipocrisia. Mas eu posso ser claro com você, não vai acontecer. O rei nem cogitaria a hipótese." Ele olha Chapuys atentamente; terá ele ouvido que Cranmer, arcebispo da Cantuária, mantém uma esposa secreta? Certamente que não. Se soubesse, Chapuys o denunciaria e o arruinaria. Eles odeiam Thomas Cranmer, esses assim chamados católicos, quase tanto quanto odeiam Thomas Cromwell. Ele indica a melhor cadeira para o embaixador. "Não deseja sentar-se e tomar uma taça de clarete?"

Mas Chapuys não deixará que ele o distraia. "Ouvi dizer que você jogará todos os monges e freiras na rua."

"De quem ouviu isso?"

"Da boca dos próprios súditos do rei."

"Ouça-me, monsieur. Quando meus comissários saem em missão, não ouço nada dos monges além de petições para serem libertos. E as freiras também, elas não suportam sua servidão, vão até meus homens chorando e pedindo liberdade. Pretendo criar uma pensão para os monges, ou encontrar cargos em que possam ser úteis. Se forem estudantes, poderão receber estipêndios. Se padres ordenados, as paróquias terão utilidade para eles. E o dinheiro em que os monges estão sentados, eu gostaria de ver parte dele indo para os párocos. Não sei como é no seu país, mas alguns padres recebem soldos de cerca de quatro ou cinco xelins anuais. Quem assumirá a cura de almas por uma soma que nem sequer paga sua lenha? E, quando eu der ao clero uma renda com a qual eles possam viver, quero fazer de cada padre um mentor para um estudante pobre, para que o ajude a passar pela universidade. Em uma geração, os padres serão eruditos e poderão ensinar os mais jovens, por sua vez. Informe isso ao seu amo. Diga a ele que quero que a boa religião se expanda, e não que murche."

Mas Chapuys desvia o rosto. Está puxando nervosamente a manga da camisa, e suas palavras saem atabalhoadas. "Não conto mentiras ao meu amo. Conto-lhe o que vejo. Eu vejo uma população inquieta, Cremuel, vejo descontentamento, vejo miséria; vejo fome, antes da primavera. Você está comprando milho de Flandres. Seja grato ao imperador por permitir que seus territórios alimentem o seu. Esse comércio poderia ser interrompido, você sabe."

"O que ele ganharia em impor fome aos meus conterrâneos?"

"Ele ganharia o seguinte: assim os ingleses veriam como são malevolamente governados e quão réprobos são os procedimentos do rei. O que seus enviados estão fazendo com os príncipes germânicos? Falam, falam, falam, mês após mês. Sei que eles esperam concluir algum tratado com os luteranos e importar suas práticas."

"O rei não mudará a forma da missa. Ele é claro quanto a esse ponto."

"No entanto", Chapuys crava um dedo no ar, "o herege Melanchthon lhe dedicou um livro! Não se pode esconder um livro, pode? Negue o quanto quiser, mas Henrique acabará abolindo metade dos sacramentos e formando uma causa comum com esses hereges, com o propósito de perturbar meu amo, que é imperador e soberano de todos eles. Henrique começa por ridicularizar o papa e terminará abraçando o diabo."

"Você parece conhecê-lo melhor que eu. Henrique, quero dizer. Não o diabo."

Ele está surpreso com o rumo que a conversa tomou. Apenas dez dias atrás ele desfrutou de um agradável jantar com o embaixador, que lhe assegurou que a única preocupação do imperador era com a tranquilidade do reino. Naquela ocasião, não houve conversas sobre embargos, e ninguém falou sobre esfaimar a Inglaterra. "Eustache", pergunta ele, "o que aconteceu?"

Chapuys senta-se abruptamente e desaba à frente com os cotovelos nos joelhos. Seu chapéu afunda ainda mais, até que ele o remove completamente e o deposita na mesa; não sem um breve olhar de tristeza. "Thomas, tive notícias de Kimbolton. Dizem que a rainha não consegue manter a comida no estômago, não consegue sequer tomar água. Em seis noites, não dormiu nem duas horas seguidas." Chapuys esfrega os punhos nos olhos. "Temo que ela não viva mais que um ou dois dias. Não quero que ela morra sozinha, sem ninguém que a ama. Temo que o rei não me deixe ir vê-la. Você deixará?"

A tristeza do homem o comove; vem do coração, está além de suas atribuições como enviado. "Vamos a Greenwich pedir permissão ao rei", responde ele. "Hoje mesmo. Vamos agora. Ponha de volta seu chapéu."

Na barca, ele diz: "Isso é um vento de degelo." Chapuys não parece apreciar o vento. Ele se encolhe, envolto em camadas de pele de ovelha.

"O rei pretendia duelar numa justa hoje", ele diz.

Chapuys funga. "Na neve?"

"Ele pode mandar alguém limpar o campo."

"Sem dúvida os monges explorados."

Ele é obrigado a rir da tenacidade do embaixador. "Temos que rezar para que o jogo tenha corrido bem, assim Henrique estará de bom humor. Ele acaba de visitar a pequena princesa em Eltham. Você precisa perguntar pela saúde dela. E deve levar um presente de Ano-Novo para a criança, tinha pensado nisso?"

O embaixador lhe prega um olhar furioso. Tudo que ele daria a Elizabeth seria um cascudo na cabeça.

"Fico feliz por não estarmos presos pelo gelo. Às vezes passamos semanas sem poder navegar pelo rio. Já viu quando as águas estão congeladas?" Nenhuma resposta. "Catarina é forte, você sabe. Se não houver mais neve e o rei permitir, talvez você possa viajar amanhã. Ela já esteve doente antes e recuperou suas forças. Irá encontrá-la sentada na cama lhe perguntando por que apareceu lá."

"Por que está tagarelando?", retruca Chapuys, sombrio. "Não é do seu feitio."

Realmente, por quê? Se Catarina morrer, será ótimo para a Inglaterra. Carlos pode ser seu sobrinho querido, mas ele não seguirá numa batalha por uma mulher morta. A ameaça de guerra desaparecerá. Será uma nova era. Contudo, ele espera que ela não sofra. Não haveria sentido nesse sofrimento.

Eles descem no atracadouro do rei. Chapuys diz: "Seus invernos são tão longos. Quisera eu ser ainda um jovem na Itália".

A neve está acumulada no cais, os campos ainda cobertos. O embaixador recebeu sua formação em Turim. Lá você não se depara com esse tipo de vento, uivando em volta das torres como uma alma atormentada. "Você está esquecendo os pântanos e o ar fétido, não?", ele comenta. "Eu sou como você, só me lembro do sol." Ele põe a mão no cotovelo do embaixador para guiá-lo à terra seca. Chapuys mantém uma das mãos firme no chapéu, cujas franjas estão úmidas e lacrimosas; o próprio embaixador parece a ponto de chorar.

Harry Norris é o cavalheiro que os recebe. "Ah, o 'gentil Norris'", sussurra Chapuys. "Podia ser pior."

Norris é, como sempre, um modelo de cortesia. "Disputamos algumas partidas", diz ele, em resposta a uma pergunta sobre a justa. "Sua majestade levou a melhor. Os senhores o encontrarão alegre. Agora estamos nos vestindo para o baile de máscaras."

Ele nunca vê Norris sem se lembrar de Wolsey deixando a própria mansão aos tropeções diante da chegada dos homens do rei, fugindo para uma casa fria e vazia em Esher: o cardeal de joelhos na lama, balbuciando agradecimentos porque o rei enviara, pelas mãos de Norris, um sinal de boa vontade. Wolsey estava ajoelhado para agradecer a Deus, mas era como se estivesse se ajoelhando para Norris. Agora não importa o quanto Norris se esforce por agradá-lo; ele jamais conseguirá apagar aquela cena de sua mente.

Dentro do palácio, um calor abrasador, pés apressados; músicos afinam seus instrumentos, criados de cima cuspindo ordens nos criados de baixo. Quando o rei surge para cumprimentá-los, é com o embaixador francês ao lado. Chapuys fica surpreso. Uma saudação efusiva é *de rigueur*; beijo-beijo. Com que suavidade, com que facilidade Chapuys volta a seu personagem; com um belo floreio cortês, ele faz sua reverência ao monarca. Um diplomata assim tão experiente conseguiria dobrar os joelhos mesmo que tivessem as juntas rígidas; Chapuys o faz pensar num professor de dança, e não é a primeira vez. O notável chapéu, ele segura ao lado do corpo.

"Feliz Natal, embaixador", diz o rei. E acrescenta esperançoso: "Os franceses já me mandaram grandes presentes".

"E os presentes do imperador estarão com vossa majestade no Ano-Novo", alardeia Chapuys. "Verá que são ainda mais magníficos."

O embaixador francês o encara. "Feliz Natal, Cremuel. Não jogará boules hoje?"

"Hoje estou ao seu dispor, monsieur."

"Devo me retirar", diz o francês. Ele parece sardônico; o rei já uniu seu braço ao de Chapuys. "Majestade, posso assegurar nessa despedida que meu amo, o rei Francisco, tem o coração atado ao seu?" Ele desliza o olhar para Chapuys. "Com a amizade da França, o senhor pode ter certeza de que reinará sem importunações e já não precisará mais temer Roma."

"Sem importunações?", repete ele: ele, Cromwell. "Bem, embaixador, é muita generosidade sua."

O francês passa por ele, roçando-o levemente e fazendo um breve cumprimento de cabeça, depois se afasta. Chapuys se retesa ao sentir o brocado francês em sua própria pessoa; afasta o chapéu, como se para salvá-lo de qualquer contaminação.

"Devo segurá-lo para o senhor?", sussurra Norris.

Mas Chapuys fixou sua atenção no rei. "Catarina, a rainha...", ele começa.

"A princesa viúva de Gales", devolve Henrique com severidade. "Sim, ouvi dizer que aquela velha parou de comer novamente. Foi por isso que veio me ver, embaixador?"

Harry Norris sussurra: "Preciso me vestir como um mouro. Pode me dar licença, secretário-mor?".

"Com prazer, nesse caso", responde ele. Norris desaparece. Ele é obrigado a passar os dez minutos seguintes de pé, ouvindo o rei mentir fluentemente. Os franceses, diz ele, fizeram-lhe grandes promessas, e Henrique acredita em todas elas. O duque de Milão está morto, tanto Carlos quanto Francisco reivindicam o ducado, e a menos que consigam resolver essa questão, haverá guerra. Claro, ele sempre será um amigo do imperador, mas os franceses lhe prometeram cidades, prometeram castelos, até mesmo um porto, portanto, comprometido com o bem comum, ele deve pensar seriamente sobre uma aliança formal. No entanto, ele sabe que o imperador tem o poder de fazer ofertas tão boas quanto essa, se não melhores...

"Não pretendo ser dissimulado com você", diz Henrique a Chapuys. "Como inglês, sou sempre direto nas minhas negociações. Um inglês nunca mente nem engana, nem mesmo para seu próprio lucro."

"Ao que parece", Chapuys diz bruscamente, "vossa majestade é inocente demais para este mundo. Se acaso desconhece os interesses do seu próprio país, eu devo fazê-lo recordar. Os franceses não lhe darão território, não importa o que digam. Devo relembrar que os franceses foram de fato péssimos inimigos para a Inglaterra nesses últimos meses, enquanto o senhor não conseguia alimentar seu povo? Se não fosse pelos carregamentos de grãos que meu amo permite, seus súditos seriam pilhas de cadáveres daqui até a fronteira escocesa."

Um certo exagero aí. Sorte que Henrique está com humor festivo. Ele gosta de comemorações, passatempos, uma hora praticando a justa, um iminente baile de máscaras; e gosta mais ainda da ideia de que sua antiga esposa esteja moribunda, expelindo seus últimos suspiros.

"Venha, Chapuys", diz ele. "Conversemos privadamente nos meus aposentos." Ele puxa o embaixador consigo e, acima da cabeça do outro, dá uma piscadela.

Mas Chapuys se detém bruscamente. O rei também é obrigado a parar. "Majestade, podemos falar sobre isso depois. Minha missão agora não admite atrasos. Peço permissão para cavalgar para onde está a... onde está Catarina. E eu lhe imploro que permita que sua filha vá vê-la. Talvez seja a última vez."

"Oh, eu não poderia deslocar Lady Maria para lá e para cá sem a opinião do meu conselho. E não vejo nenhuma esperança de convocá-lo hoje. As estradas, sabe? Quanto a você, como pretende viajar? Tem asas?" O rei ri. Ele segura outra vez o embaixador e o arrasta dali. Uma porta se fecha. Ele, Cromwell, fita intensamente a porta. Que outras mentiras serão ditas por trás dela? Chapuys terá de negociar os ossos de sua mãe para corresponder às grandes ofertas que Henrique afirma ter recebido dos franceses.

Ele pensa, o que o cardeal faria? Wolsey costumava dizer: "Não me venha dizer que 'ninguém sabe o que se passa atrás de portas fechadas'. Descubra".

Pois bem. Ele pensará em alguma razão para se enfiar lá dentro. Mas aqui está Norris bloqueando seu caminho. Está jocoso e sorridente, mas ainda vigilante, em sua fantasia moura, o rosto pintado de preto. Brincadeira preferida de Natal: vamos encher o saco de Cromwell. Ele está prestes a girar Norris pelos ombros de seda quando um pequeno dragão passa arrastando os pés. "Quem é esse dragão?", ele pergunta.

Norris bufa com desdém. "Francis Weston." Ele empurra a peruca de lã para trás e revela sua testa nobre. "O dito dragão está indo dar um pulinho nos aposentos da rainha para pedir doces."

Ele sorri. "Você soa amargo, Harry Norris."

Por que não estaria? Ele serviu seu tempo à porta da rainha. No umbral da porta.

Norris continua: "Ela brincará com ele e afagará sua pancinha. Ela gosta de bichinhos de estimação."

"Você descobriu quem matou Purkoy?"

"Não diga isso", implora o mouro. "Foi um acidente."

William Brereton se aproxima por trás, obrigando-o a se virar. "Onde está aquele dragão maldito dos infernos?", indaga ele. "Supostamente tenho de encontrá-lo."

Brereton está vestido como um caçador à moda antiga, usando a pele de uma de suas vítimas. "Isso é pele de leopardo de verdade, William? Onde a pegou, em Chester?" Ele apalpa a pele, com ar de conhecedor. Brereton parece estar nu por baixo. "Isso é apropriado?", pergunta.

Brereton rosna: "Esta é a estação da licenciosidade. Se você fosse obrigado a imitar um antigo caçador, usaria uma casaca?".

"Contanto que a rainha não seja agraciada com a visão dos seus *attributi*."

O mouro solta uma risadinha. "Não seria nada que ela já não tenha visto."

Ele ergue uma sobrancelha. "E ela viu mesmo?"

Para um mouro, Norris cora muito facilmente. "Você sabe o que eu quis dizer. Não de William. Do rei."

Ele ergue a mão. "Por favor, que fique claro que não fui eu quem trouxe esse assunto à tona. Aliás, o dragão foi naquela direção."

Ele se lembra do ano passado, Brereton se exibindo por Whitehall, assobiando como um menino de estábulo; interrompendo-se para comentar com ele: "Ouvi dizer que, quando não gosta dos documentos que você leva a ele, o rei lhe dá um belo tapa no meio da nuca".

Eu é que vou estapear você, pensa ele. Algo nesse homem faz com que ele se sinta um garoto novamente, um bandidinho carrancudo e arruaceiro lutando às margens do rio em Putney. Ele já tinha ouvido antes esse boato que circulava para rebaixá-lo. Qualquer um que conheça Henrique sabe que isso é impossível. Ele é o primeiro cavalheiro da Europa, sua cortesia é isenta de falhas. Se quiser que alguém seja estapeado, Henrique emprega um súdito para fazê-lo; ele não macularia a própria mão. É verdade que às vezes eles discordam. Mas, se Henrique um dia o tocasse, ele se retiraria da função. Há príncipes na Europa que o desejam. Fazem-lhe ofertas; ele poderia ter castelos.

Agora ele vê Brereton se dirigindo à suíte da rainha, o arco pendurado sobre o ombro peludo. Ele se vira para falar com Norris, mas sua voz é abafada por um barulho metálico, como um choque de lanças da guarda, e gritos de "Abram alas para o lorde duque de Suffolk".

A parte superior do corpo do duque ainda está armada; talvez ele estivesse lá fora, praticando a justa sozinho. Seu grande rosto está afogueado, sua barba — mais impressionante a cada ano — se espalha sobre a couraça. O corajoso mouro se adianta para dizer, "Sua majestade está em conferência com...", mas Brandon o empurra de lado, como se estivesse numa cruzada.

Ele, Cromwell, segue nos calcanhares do duque. Se tivesse uma rede, iria atirá-la sobre ele. Brandon bate o punho uma vez na porta do rei e depois a escancara.

"Deixe o que está fazendo, majestade. Precisa ouvir isso, por Deus. Está livre da velha. Ela está no seu leito de morte. Logo, será viúvo. Depois poderá se livrar da outra e se unir à França pelo casamento, por Deus, e pôr as mãos na Normandia como dote..." Ele percebe a presença de Chapuys. "Oh. Embaixador. Bem, pode se retirar agora. Não há motivo de ficar para as sobras. Vá para casa e faça seu próprio Natal, não o queremos aqui."

Henrique empalideceu. "Pense no que está dizendo!" Ele se aproxima de Brandon como se fosse derrubá-lo; coisa que ele faria se tivesse um machado. "Minha esposa espera uma criança. Sou legalmente casado."

"Oh." Charles infla as bochechas. "Sim, quanto a isso, sim. Mas eu pensei que tivesse dito..."

Ele, Cromwell, se atira na direção do duque. Pelo amor da irmã de Satanás, de onde Charles tirou essa ideia? Unir-se à França? Deve ser um plano do rei, já que Brandon nunca tem planos próprios. Ao que parece, Henrique está aplicando duas políticas externas: uma da qual ele está a par e outra que lhe é desconhecida. Ele agarra Brandon. O duque é uma cabeça mais alto. Ele não acha que será capaz de empurrar aquela meia tonelada de idiotice, ainda mais com os enchimentos e meia armadura. Mas pelo visto ele pode, e rápido, rápido, e tenta tirá-lo do alcance dos ouvidos do embaixador, cujo rosto exibe perplexidade. É só quando ele já arrastou Brandon para o outro lado da câmara de recepções que consegue parar e inquirir: "Suffolk, de onde tirou isso?".

"Ah, nós, da nobreza, sabemos mais que você. O rei exibe suas verdadeiras intenções bem claramente para nós. Você acha que conhece todos os segredos de Henrique, mas está enganado, Cromwell."

"O senhor ouviu o que ele disse. Ana está esperando um filho. Está louco se acha que Henrique a mandará embora agora."

"Ele é louco se acha que o filho é dele."

"O quê?" Ele se afasta de Brandon como se sua armadura estivesse em brasa. "Se sabe de algo que ateste contra a honra da rainha, é obrigado como súdito a falar abertamente."

Brandon arranca o braço da mão do outro. "Já falei abertamente antes e veja onde fui parar. Contei-lhe sobre Ana e Wyatt e ele me escorraçou da corte e me chutou de volta para o campo."

"Meta Wyatt nessa história, e eu o chutarei para a China."

O rosto do duque fica congestionado de raiva. Como eles chegaram a esse ponto? Apenas algumas semanas atrás, Brandon lhe pediu que fosse padrinho do filho que teve com sua nova pequena esposa. Mas agora o duque rosna: "Volte para seu ábaco, Cromwell. Você só serve para arranjar dinheiro. Com os assuntos das nações, você não consegue lidar, é um homem comum sem nenhuma posição, o próprio rei diz isso, você não está apto para falar com príncipes".

A mão de Brandon em seu peito, empurrando-o para trás: mais uma vez, o duque avança na direção do rei. É Chapuys, congelado em dignidade e tristeza, que impõe alguma ordem, postando-se entre o rei e a massa trêmula e agitada do duque. "Peço licença para me retirar, majestade. Como sempre, eu o descubro um príncipe dos mais graciosos. Se eu chegar a tempo, como confio que chegarei, meu amo ficará confortado em receber notícias dos momentos finais da sua tia pela mão do seu próprio enviado."

"Eu não poderia fazer menos que isso", responde Henrique, agora mais calmo. "Vá com Deus."

"Eu parto à primeira luz", conclui Chapuys; rapidamente eles se retiram, por entre os dançarinos e os cavalinhos de pau, passando por um tritão em seu banco de areia, contornando um castelo que vem chacoalhando na direção deles, pedras pintadas sobre engrenagens lubrificadas.

Lá fora, no cais, Chapuys se vira para ele. Na mente do embaixador, engrenagens lubrificadas devem estar girando; já deve estar codificando em despachos o que ouviu falar sobre a mulher a quem chama de concubina. Eles não podem fingir, um para o outro, que Chapuys não ouviu nada; quando Brandon grita, árvores caem na Germânia. Não seria surpreendente se o embaixador estivesse se rejubilando em triunfo: não com a ideia de um casamento francês, certamente, mas com a ideia do eclipse de Ana.

Mas Chapuys contém seu semblante; ele está muito pálido, muito sério. "Cremuel", comenta ele, "notei os comentários do duque. Sobre sua pessoa. Sobre sua posição." Ele pigarreia. "Bem, não que faça muita diferença, mas eu mesmo sou um homem de origens humildes. Embora talvez não tão baixas…"

Ele conhece a história de Chapuys. Sua família é de advogados rasteiros, a duas gerações de distância do chão.

"E mais uma vez, não que faça muita diferença, mas acredito que você seja apto para o papel. Eu o apoiaria em qualquer assembleia debaixo do céu. Você é um homem eloquente e instruído. Se eu quisesse um advogado para defender minha vida, eu lhe daria a tarefa."

"Assim você me lisonjeia, Eustache."

"Volte para Henrique. Convença-o a permitir que a princesa veja a mãe. Uma mulher moribunda, que política poderia ferir, que interesse?…" Um soluço seco, irritado, brota da garganta do pobre homem. Num rápido momento ele se recupera. Chapuys descobre a cabeça e fita o chapéu, como se não conseguisse se lembrar onde o adquiriu. "Eu não acho que deveria usar este chapéu", diz ele. "É mais adequado para o Natal, não acha? E detestaria perdê-lo, é bastante singular."

"Dê cá. Vou enviá-lo para sua casa, assim poderá usá-lo no seu regresso." Quando sair do luto, pensa ele. "Escute… Não posso lhe dar muitas esperanças quanto a Maria."

"Pois você é um inglês, que nunca mente nem engana." Chapuys dá uma gargalhada. "Jesus-Maria-José!"

"O rei não permitirá nenhum encontro que possa reforçar o espírito de desobediência de Maria."

"Mesmo a mãe dela estando à beira da morte?"

"Principalmente nesse momento. Não queremos juramentos, promessas no leito de morte. Você entende isso?"

Ele fala com seu barqueiro: ficarei aqui para ver como saem as coisas com o dragão, se ele comerá o caçador ou o quê. Leve o embaixador a Londres, ele precisa se preparar para uma viagem.

"Mas como você voltará?", pergunta Chapuys.

"Rastejando, se fosse pela vontade de Brandon." Ele põe a mão no ombro do homenzinho e diz em voz baixa: "Isso abre caminho, sabe? Para uma aliança com seu amo. Que será muito boa para a Inglaterra e para nosso comércio, e é o que tanto você quanto eu queremos. Catarina é um empecilho entre nós".

"E quanto ao casamento francês?"

"Não haverá casamento francês. É um conto de fadas. Vá. Dentro de uma hora estará escuro. Espero que descanse esta noite."

O poente já toma todo o Tâmisa; há recessos crepusculares nas curvas das ondas e uma sombra azulada se derrama ao longo das margens. Ele diz a um dos remadores, você acha que as estradas do Norte estarão abertas? Deus me perdoe, senhor, responde o homem: eu só conheço o rio, e mesmo assim nunca passei de Enfield.

Quando ele chega de volta a Stepney, a luz das tochas se derrama da casa, e os meninos cantores, num estado de grande entusiasmo, estão trinando no jardim; os cães latem, vultos negros saltitam na neve, e uma dezena de montes brancos e fantasmagóricos assoma sobre os arbustos congelados. Um deles, mais alto que o resto, veste uma mitra; ele tem o toco de uma cenoura pintada de azul como nariz, e um toco menor como pênis. Gregory corre em sua direção, num frenesi de empolgação: "Veja, senhor, fizemos o papa de neve".

"Primeiro fizemos o papa." O rosto rubro ao lado dele pertence a Dick Purser, o rapaz que cuida dos cães de guarda. "Fizemos o papa, senhor, e como ele parecia inofensivo sozinho, fizemos um grupo de cardeais. Gostou?"

Seus garotos da cozinha enxameiam à sua volta, enregelados e ensopados. Toda a casa está do lado de fora, ou ao menos todos os abaixo dos trinta anos. Eles acenderam uma fogueira — bem longe dos bonecos de neve — e parecem estar dançando ao redor do fogo, liderados por seu garoto Christophe.

Gregory recupera o fôlego. "Só fizemos isso para dar mais destaque à supremacia do rei. Não acho que seja errado, porque podemos tocar uma trombeta e depois derrubá-los aos chutes, e o primo Richard disse que podíamos, ele próprio modelou a cabeça do papa, e mestre Wriothesley, que veio aqui procurar pelo senhor, foi quem enfiou o pequeno membro do papa, e ficou rindo."

"Que crianças vocês são!", diz ele. "Gostei muito deles. Teremos a fanfarra amanhã, quando houver mais luz, que tal?"

"E podemos disparar um canhão?"

"Onde eu arranjaria um canhão?"

"Fale com o rei, senhor." Gregory está rindo; ele sabe que um canhão já seria ir longe demais.

O olho afiado de Dick Purser recaiu no chapéu do embaixador. "Pode nos emprestar isso? A tiara do papa não ficou boa, porque não sabíamos como é."

Ele gira o chapéu na mão. "Tem razão, isso é mais o tipo de coisa que Farnese usa. Mas não. Esse chapéu é uma incumbência sagrada. Devo satisfações ao imperador como guardião desse chapéu. Agora, deixem-me ir", conclui ele, rindo, "preciso escrever cartas, teremos grandes mudanças em breve."

"Stephen Vaughan está aqui", diz Gregory.

"Está? Ah. Ótimo. Tenho uma tarefa para ele."

Ele marcha rumo a casa, a luz das tochas lambendo seus calcanhares.

"Pobre mestre Vaughan", diz Gregory. "Acho que ele veio para o jantar."

"Stephen!" Um abraço apressado. "Não há tempo", diz ele. "Catarina está morrendo."

"O quê?", diz seu amigo. "Não ouvi nada disso na Antuérpia."

Vaughan vive em trânsito, e está prestes a se pôr em trânsito novamente. Ele é funcionário de Cromwell, é criado do rei, os olhos e ouvidos do rei do outro lado do mar Estreito; nada acontece com os comerciantes flamengos ou as guildas de Calais que Stephen não saiba e não comunique. "Sou obrigado a dizer, secretário-mor: você mantém uma casa bastante desordenada. Dá no mesmo jantar no meio do mato."

"Você está no meio do mato", retruca ele. "Mais ou menos. Ou estará em breve. Deve pegar a estrada."

"Mas acabei de sair do navio!"

É assim que Stephen manifesta sua amizade: queixas constantes, críticas e resmungos. Ele se vira e dá ordens: deem comida a Vaughan, deem água a Vaughan, ponham Vaughan na cama, tenham um bom cavalo pronto para partir ao amanhecer. "Não se desespere, pode dormir toda a noite antes de partir. Depois você deverá escoltar Chapuys até Kimbolton. Você fala as línguas, Stephen! Nada deve escapar, seja dito em francês, espanhol ou latim; eu preciso saber cada palavra."

"Ah. Entendo." Stephen se recompõe.

"Porque acho que, se Catarina morrer, Maria ficará desesperada para tomar um navio para os domínios do imperador. Ele é seu primo, afinal, e embora ela não devesse confiar nele, tampouco pode ser convencida disso. E nós realmente não podemos acorrentá-la a uma parede."

"Mande-a para o Norte. Para algum lugar onde não haja porto a menos de dois dias de viagem."

"Se Chapuys achasse uma saída para ela, Maria voaria com o vento e se lançaria ao mar numa peneira."

"Thomas." Vaughan, um homem sério, põe a mão sobre ele. "O que é toda essa agitação? Não é do seu feitio. Está com medo de que uma mocinha lhe passe a perna?"

Ele gostaria de contar a Vaughan o que ocorreu, mas como transmitir a textura do evento? A suavidade das mentiras de Henrique, o peso sólido de Brandon quando ele o empurrou, arrastou, forçou-o para longe do rei; a umidade crua do vento em seu rosto, o gosto de sangue na boca. Será sempre assim, pensa ele. Continuará sendo sempre assim. Advento, Quaresma, Pentecostes. "Escute", ele suspira, "preciso ir; preciso escrever a Stephen Gardiner na França. Se esse é o fim de Catarina, é necessário que ele saiba por mim."

"Nunca mais nos prostrar aos pés franceses pela nossa salvação", diz Stephen. Aquilo é um sorriso? Um sorriso de lobo. Stephen é comerciante, e valoriza o comércio dos Países Baixos. Quando as relações com o imperador afundam, a Inglaterra fica sem dinheiro. Quando o imperador está ao nosso lado, ficamos ricos. "Podemos resolver todas as contendas", diz Stephen. "Catarina foi a causa de tudo. Seu sobrinho ficará tão aliviado quanto nós. Ele nunca quis invadir nossas terras. E agora, com os problemas em Milão, ele tem o suficiente com o que se preocupar. Que se engalfinhe com os franceses, se precisar. Nosso rei estará livre. A mão livre para agir como bem quiser."

Isso é o que me preocupa, pensa ele. Essa mão livre. Ele pede licença, mas Vaughan o detém. "Thomas. Você vai acabar se destruindo se continuar nesse ritmo. Alguma vez se deu conta de que talvez metade dos seus anos tenha sido consumida?"

"Metade? Stephen, tenho cinquenta anos."

"Eu esqueci." Uma risadinha. "Cinquenta, já? Não acho que você tenha mudado muito desde que o conheci."

"Isso é uma ilusão", diz ele. "Mas eu prometo descansar um pouco, quando você descansar."

Está quente em seu gabinete. Ele fecha os caixilhos, isolando-se do clarão branco do exterior. Senta-se para escrever a Gardiner, elogiando-o. O rei está muito satisfeito com sua embaixada na França. Enviará fundos.

Ele baixa a pena. O que será que deu em Charles Brandon? Ele sabe que há boatos de que o filho de Ana não é de Henrique. Houve até mesmo boatos de que ela nem sequer está grávida, que está apenas fingindo; e é verdade que ela parece muito incerta em determinar quando a criança nascerá. Mas ele pensava que esses rumores estivessem soprando da França para a Inglaterra; e o que eles poderiam saber na corte francesa? Desdenhou-os como pura malícia, vazia de fundamento. É o que Ana atrai; é seu infortúnio, ou um deles.

Sob sua mão há uma carta de Calais, de lorde Lisle. Ele sente-se exausto só de pensar no que leu. Lisle lhe conta tudo sobre seu dia de Natal, desde o momento em que acordou na madrugada gelada. Em algum ponto das festividades, lorde Lisle recebeu um insulto: o prefeito de Calais o deixou esperando. Então Lisle, por sua vez, fez o prefeito esperar... e agora ambas as partes escrevem para ele: secretário-mor, o que é mais importante, governador ou prefeito? Diga que sou eu, diga que sou eu!

Lorde Artur Lisle é o homem mais agradável do mundo; exceto, óbvio, quando o prefeito atravessa seu caminho. Mas está em dívida com o rei e há sete anos não paga um centavo. Talvez ele devesse fazer algo a respeito; o tesoureiro da câmara do rei lhe enviou uma mensagem sobre o caso. E por falar nisso... Harry Norris, devido a sua posição no serviço imediato do rei, por algum costume cuja origem e utilidade ele nunca conseguiu decifrar, está encarregado dos fundos secretos que o rei guardou em suas residências principais, para uso em alguma emergência; não está claro o que liberaria esses fundos, ou de onde vêm, ou quanto há armazenado, ou quem teria acesso ao dinheiro caso Norris fosse... caso Norris não estivesse em serviço quando surgisse a necessidade. Ou se Norris por acaso sofresse algum acidente. Mais uma vez ele baixa a pena. Começa a imaginar acidentes. Pousa a cabeça nas mãos, leva as pontas dos dedos aos olhos cansados. Ele vê Norris despencando de seu cavalo. Vê Norris caído na lama. Ele diz a si mesmo, "Volte para seu ábaco, Cromwell".

Seus presentes de Ano-Novo já começaram a chegar. Um partidário irlandês lhe enviou cobertores brancos irlandeses e um frasco de *aqua vitae*. Sua vontade era de se enrolar nos cobertores, emborcar o frasco, rolar no chão e dormir.

A Irlanda está tranquila neste Natal, numa paz que não se via há quarenta anos. Esse feito é fruto principalmente dos enforcamentos que ele ordenou. Não muitos: apenas as pessoas certas. É uma arte, uma arte necessária; os líderes irlandeses andavam implorando ao imperador que usasse o país como ponto de desembarque, para invadir a Inglaterra.

Ele suspira. Lisle, prefeito, insultos, Lisle. Calais, Dublin, fundos secretos. Ele quer que Chapuys chegue a Kimbolton em tempo. Mas não quer que Catarina melhore. Não se deve desejar, ele sabe, a morte de nenhuma criatura humana. A morte é o príncipe das pessoas, não somos nós quem a governamos; quando pensamos que está ocupada em outras cercanias, ela derruba nossa porta, entra e limpa as botas em nós.

Ele folheia seus papéis. Mais crônicas de monges que passam a noite inteira na taberna e voltam cambaleando para o claustro ao amanhecer; priores encontrados no matagal com prostitutas; mais orações, mais súplicas; histórias de clérigos negligentes que não batizam crianças nem enterram os mortos.

Ele os põe de lado. Basta. Um desconhecido lhe escreve — um velho, a julgar pela caligrafia — para dizer que a conversão dos maometanos é iminente. Mas que tipo de igreja podemos oferecer a eles? A menos que haja uma mudança avassaladora em breve, diz a carta, os pagãos estarão em trevas maiores que antes. E o senhor é vigário-geral, mestre Cromwell, é o vice-regente do rei: o que fará sobre isso?

Ele se pergunta, será que os turcos sobrecarregam seu povo tanto quanto Henrique me sobrecarrega? Se eu tivesse nascido infiel, poderia ter sido pirata. Poderia ter navegado pelo mar do Meio.

Quando abre o papel seguinte, ele quase ri; alguma mão pôs diante dele uma robusta concessão de terras, do rei para Charles Brandon. São pastos e florestas, campinas e bosques, e as mansões que salpicam toda a região: Harry Percy, o conde de Northumberland, entregou essas terras à Coroa como parte do pagamento de suas imensas dívidas. Harry Percy, pensa ele: eu disse que o derrubaria pelo papel que ele teve na destruição de Wolsey. E, por Deus, nem precisei suar a camisa; com seu modo de vida, ele destruiu a si mesmo. Só resta agora tomar seu condado, como jurei que faria.

A porta se abre discretamente; é Rafe Sadler. Ele ergue os olhos, surpreso. "Você deveria estar com sua gente."

"Ouvi dizer que esteve na corte, senhor. Pensei que talvez houvesse cartas para escrever."

"Leia essas aqui, mas não esta noite." Ele reúne os papéis das concessões. "Brandon talvez não receba todos esses presentes neste Ano-Novo." Ele conta a Rafe o que aconteceu: a explosão de Suffolk, o rosto pasmo de Chapuys. Não conta o que Suffolk disse, que ele não era apto a tratar dos assuntos de homens superiores; balança a cabeça e diz: "Charles Brandon, hoje eu estava olhando para ele... Sabe que costumavam enaltecê-lo como um sujeito bonito? A própria irmã do rei se apaixonou por ele. Mas, agora, aquele grande pedregulho achatado que é seu rosto... tem a mesma graça que uma frigideira engordurada".

Rafe puxa um banco baixo e senta-se, pensativo, os braços apoiados na mesa, a cabeça sustentada neles. Os dois estão acostumados com a companhia silenciosa um do outro. Ele traz uma vela para perto e observa de cenho franzido mais alguns papéis, faz marcas nas margens. O rosto do rei surge à sua frente: não Henrique como estava hoje, mas Henrique como estava em Wolf Hall, chegando do jardim, a expressão de fascinação, gotas de chuva em sua casaca: e o círculo pálido do rosto de Jane Seymour a seu lado.

Depois de algum tempo, ele se volta para Rafe: "Tudo bem aí embaixo, rapazinho?".

Rafe responde: "Esta casa está sempre cheirando a maçãs".

É verdade; Great Place está situada entre pomares, e o verão parece demorar-se nos sótãos onde as frutas são armazenadas. Em Austin Friars, os jardins são novos, com mudas ainda presas a estacas. Mas esta é uma casa antiga; foi outrora uma casa de campo, mas Sir Henry Colet, pai do sábio diácono da catedral de São Paulo, a tornou uma residência para uso próprio. Quando Sir Henry morreu, sua esposa, Lady Christian, terminou seus dias aqui, e depois, de acordo com as orientações deixadas no testamento de Sir Henry, a casa foi transferida para a guilda dos Comerciantes de Tecidos. Ele a detém numa sublocação de cinquenta anos, que deve seguir até o fim de sua vida e passar a Gregory. Os filhos de Gregory podem crescer envoltos no aroma de pães assando ao forno, de mel e maçãs cortadas, de passas e cravo. Ele diz: "Rafe. Preciso arranjar uma esposa para Gregory".

"Farei um memorando", diz Rafe, e ri.

Há um ano, Rafe não conseguia rir. Thomas, seu primeiro filho, viveu apenas um ou dois dias depois de ser batizado. Rafe reagiu como um cristão, mas o acontecimento o tornou ainda mais circunspecto do que já era. Helen tinha filhos com seu primeiro marido, mas nunca perdera uma criança; ela não aceitou bem. Agora, contudo, depois de um parto longo e difícil que deixou Helen apavorada, há outro bebê no berço, e eles também o chamaram Thomas. Que o nome lhe traga melhor sorte que a seu irmão; embora tenha vindo ao mundo com relutância, o menino parece forte, e Rafe foi relaxando e se acostumando à paternidade.

"Senhor", diz Rafe, "eu estava querendo lhe perguntar. Este é seu novo chapéu?"

"Não", ele responde, circunspecto. "É o chapéu do embaixador da Espanha e do Império. Gostaria de experimentar?"

Uma comoção na porta. É Christophe. Ele não pode entrar à maneira comum; trata as portas como suas inimigas. Seu rosto ainda está preto da fogueira. "Uma mulher está aqui para vê-lo, senhor. Muito urgente. Ela não aceita ser mandada embora."

"Que tipo de mulher?"

"Muito velha. Mas não tão velha que a chutaríamos escada abaixo. Não numa noite fria como esta."

"Oh, pelo amor de Deus", diz ele. "Vá lavar o rosto, Christophe." Ele se vira para Rafe. "Uma mulher desconhecida. Estou sujo de tinta?"

"Está ótimo."

Em seu grande salão, esperando por ele à luz dos candeeiros, uma dama que ergue o véu e fala com ele em castelhano: Maria, Lady Willoughby, outrora Maria de Salinas. Ele está perplexo: como é possível, pergunta ele, que ela tenha vindo sozinha da sua casa em Londres, à noite, na neve?

Ela o interrompe: "Eu venho procurá-lo num momento de desespero. Não posso chegar ao rei. Não há tempo a perder. Preciso de uma permissão. O senhor tem que me dar um papel. Caso contrário, quando eu chegar a Kimbolton não me deixarão entrar".

Mas ele passa a conversa para o inglês; em qualquer trato com os amigos de Catarina, ele quer testemunhas. "Minha senhora, não tem como viajar neste tempo."

"Veja." Ela procura uma carta. "Leia isso, é do médico da rainha, de próprio punho. Minha ama sente dor, e está apavorada e sozinha."

Ele pega o papel. Há cerca de vinte e cinco anos, quando a comitiva de Catarina chegou pela primeira vez à Inglaterra, Thomas More descreveu os recém-chegados como pigmeus corcundas, refugiados do inferno. Ele não pôde opinar; nessa época ainda estava fora da Inglaterra e longe da corte, mas isso soa como um dos exageros poéticos de More. Essa dama chegou um pouco depois; era a favorita de Catarina; separaram-se apenas quando a dama se casou com um inglês. Ela era bonita então, e continua bela agora, enviuvada; ela sabe disso e está disposta a usá-lo em seu favor, mesmo estando prostrada pela infelicidade e azul de frio. Maria tira o manto com um rodopio e o entrega a Rafe Sadler, como se ele estivesse ali para esse fim. Ela atravessa a sala e lhe toma as mãos. "Por Deus, Thomas Cromwell, deixe-me ir. O senhor não me recusará isso."

Ele olha para Rafe. O rapaz é tão imune à paixão espanhola quanto seria a um cachorro molhado rascando a porta. "Deve compreender, Lady Willoughby", diz Rafe friamente, "que isso é um assunto de família, nem sequer um assunto de conselho. Pode implorar o quanto quiser ao secretário-mor, mas cabe ao rei dizer quem visita a viúva."

"Escute, minha senhora", diz ele. "O clima está horrível. Mesmo que degele esta noite, estará pior no Norte. Não posso garantir sua segurança, mesmo que lhe dê uma escolta. Poderia cair do seu cavalo."

"Eu irei a pé!", brada ela. "Como pretende me deter, secretário-mor? Vai me acorrentar? Mandará que seu camponês de rosto preto me amarre e me tranque num armário até que a rainha esteja morta?"

"Está sendo ridícula, madame", comenta Rafe. Ele parece sentir certa necessidade de intervir e protegê-lo, a Cromwell, das artimanhas das mulheres. "É como diz o secretário. A senhora não pode cavalgar com esse tempo. Já não é mais jovem."

Entre dentes, ela profere uma oração, ou maldição. "Obrigada pelo galante lembrete, mestre Sadler, sem seu conselho eu poderia acreditar que ainda tenho dezesseis anos. Ah, está vendo? Sou uma inglesa agora! Sei como dizer o oposto do que penso." Uma sombra de maquinação lhe atravessa o rosto. "O cardeal teria permitido minha visita."

"Então é uma pena que ele não esteja aqui para nos dizer isso." Mas ele pega a capa das mãos de Rafe e a põe de volta nos ombros da mulher. "Vá, então. Vejo que está determinada. Chapuys está viajando até lá com uma permissão, por isso talvez..."

"Jurei estar na estrada ao amanhecer. Deus me dê as costas se eu não estiver. Ultrapassarei Chapuys, ele não está tão impelido quanto eu."

"Mesmo que chegue até lá... é um terreno duro e as estradas mal são dignas desse nome. Talvez a senhora chegue ao castelo e leve um tombo. Na frente das muralhas, por exemplo."

"O quê?", indaga ela. "Oh, entendo."

"Bedingfield tem ordens a obedecer. Mas ele não deixaria uma dama em apuros numa nevasca."

Ela o beija. "Thomas Cromwell. Deus e o imperador o recompensarão."

Ele assente. "Eu confio em Deus."

Ela se retira às pressas. Eles ouvem sua voz se erguendo para perguntar: "O que são esses estranhos montes de neve?".

"Espero que não respondam", ele comenta com Rafe. "Ela é uma papista."

"Ninguém jamais me beija dessa forma", Christophe reclama.

"Talvez se você tivesse lavado a cara", ele responde. Ele olha atentamente para Rafe. "Você não teria deixado que ela fosse."

"Não teria", Rafe repete rigidamente. "A artimanha não me teria ocorrido. E mesmo que tivesse... não, não permitiria, eu temeria desagradar ao rei."

"É por isso que você vai prosperar e viver até longa idade." Ele dá de ombros. "Ela viajará. Chapuys viajará. E Stephen Vaughan vigiará os dois. Você vem amanhã de manhã? Traga Helen e suas filhas. Não o bebê, está muito frio. Pelo que Gregory diz, vamos fazer uma fanfarra e depois pisotear a corte papal até acabar com todos eles."

"Ela adorou as asas", diz Rafe. "Nossa menininha. Quer saber se pode usá-las o ano todo."

"Não vejo por que não. Até que Gregory tenha uma filha crescidinha o suficiente."

Eles se abraçam. "Tente dormir, senhor."

Ele sabe que as palavras de Brandon ficarão atormentando sua mente quando deitar a cabeça no travesseiro. "Com os assuntos das nações, você não consegue lidar, não está apto a falar com príncipes." Inútil jurar vingança contra o duque Frigideira Engordurada. Ele arruinará a si mesmo, e agora talvez o faça de uma vez por todas, gritando por toda Greenwich que

Henrique é corno. Nem mesmo um favorito de longa data pode se safar dessa, não é mesmo?

Além disso, Brandon tem razão. Um duque pode representar seu amo na corte de um rei estrangeiro. Ou um cardeal; mesmo quando vem de nascimento baixo, como Wolsey, seu cargo na Igreja o eleva. Um bispo como Gardiner; pode ser um homem de proveniência duvidosa, mas, por seu cargo, ele é Stephen Winchester, encarregado da mais rica sé da Inglaterra. Mas Cremuel continua a ser um joão-ninguém. O rei lhe dá títulos que ninguém no exterior consegue entender, e tarefas que ninguém na Inglaterra consegue realizar. Ele multiplica cargos, acumula deveres: o simples mestre Cromwell sai de casa pela manhã, o simples mestre Cromwell chega à noite. Henrique lhe ofereceu o cargo de lorde chanceler; não, não perturbe lorde Audley, disse-lhe ele. Audley faz um bom trabalho; Audley, na verdade, faz o que mandam. Mas talvez ele devesse ter concordado? Ele suspira diante da ideia de usar o colar do ofício. Ninguém pode ser lorde chanceler e ao mesmo tempo secretário-mor, não? E ele não abdicará desse cargo. Não importa se lhe confere um status menor. Não importa se os franceses não compreendem. Que julguem pelos resultados. Brandon pode fazer uma balbúrdia, sem reprovação, perto da pessoa real; pode dar tapinhas nas costas do rei e chamá-lo de Harry; pode rir com o rei sobre antigas piadas e façanhas nas paliçadas da justa. Mas os dias da cavalaria estão acabados. Em breve, a liça ficará cheia de musgo. Agora têm início os dias do agiota, os dias do mercenário, quando banqueiros sentam-se com banqueiros e os reis são os garotos que lhes servem à mesa.

Por fim, ele abre o caixilho para dar boa-noite ao papa. Ouve as gotas caírem de uma calha acima, ouve um chiado profundo quando a neve desliza pelas telhas sobre sua cabeça e cai como um lençol branco que por um segundo oblitera sua visão. Seus olhos seguem o percurso do gelo; com uma pequena lufada semelhante a fumaça branca, a neve caída se mescla à lama pisada no chão. Ele estava certo quanto ao vento do rio. Ele fecha o caixilho. O degelo começou. O grande corruptor de almas, com seu conclave, é deixado a derreter no escuro.

No Ano-Novo, ele visita Rafe em sua nova casa em Hackney, três andares de tijolo e vidro junto à igreja de Santo Agostinho. Quando o visitou pela primeira vez, no final do verão, havia reparado em todas as coisas prontas para a vida feliz de Rafe: potes de manjericão no peitoril das janelas da cozinha, hortas semeadas e as abelhas em suas colmeias, as pombas em seus pombais e as treliças em seus lugares para serem escaladas pelas rosas; as paredes de carvalho claro brilhando à espera de tinta.

Agora a casa está habitada, ocupada, com cenas dos Evangelhos reluzindo na parede: Cristo como pescador de homens, um servo assustado provando do bom vinho em Canaã. Numa sala superior, que se alcança pelos degraus íngremes da sala de visitas, Helen lê o Evangelho de Tyndale enquanto suas criadas costuram: "... pela graça sois salvos". São Paulo não tolera que uma mulher ensine, mas isso não é exatamente ensinar. Helen deixou para trás a pobreza de sua vida pregressa. O marido que a espancava está morto ou partiu para tão longe que é dado como morto. Ela pode se tornar esposa de Sadler, um homem em ascensão no serviço de Henrique; pode se tornar uma anfitriã serena, uma mulher instruída. Mas não pode abandonar sua história. Um dia o rei perguntará, "Sadler, por que não traz sua esposa à corte, por acaso ela é feia demais para vir?".

Ele interromperá: "Não, senhor, muito bonita". Mas Rafe acrescentará, "Helen nasceu humilde e não conhece a etiqueta da corte".

"Por que se casou com ela, então?", Henrique indagará. E depois seu rosto ficará mais brando: Ah, entendo, por amor.

Agora Helen toma suas mãos e deseja a continuidade de sua boa fortuna. "Rezo a Deus todos os dias pelo senhor, pois o senhor foi a origem da minha felicidade quando me levou para sua casa. Rogo que Ele lhe dê saúde e sorte e o ouvido atento do rei."

Ele a beija e a abraça como se ela fosse sua filha. Seu afilhado está gritando na sala ao lado.

Na Noite de Reis, a última lua de marzipã é comida. A estrela é retirada, sob a supervisão de Anthony. Suas pontas agudas são encaixadas na capa e ela é cuidadosamente levada para o depósito. As asas de pavão entram suspirando em sua mortalha de linho e são penduradas no gancho atrás da porta.

Chegam relatos de Vaughan, dizendo que a velha rainha está melhor. Chapuys está tão tranquilo quanto à saúde dela que já se pôs na estrada de volta para Londres. Ele a encontrou acabada, tão fraca que mal conseguia sentar-se. Mas agora está comendo de novo, tirando conforto da companhia de sua amiga Maria de Salinas; os carcereiros foram forçados a admitir tal dama, tendo ela sofrido um acidente logo em frente às muralhas.

Contudo, mais tarde, ele, Cromwell, ouvirá como, na noite de 6 de janeiro — praticamente no mesmo momento, pensa ele, em que desmontávamos nossa decoração de Natal —, Catarina começou a ficar inquieta. Ela se sentiu enfraquecida e durante a noite disse a seu capelão que gostaria de tomar a comunhão: perguntando ansiosa, que horas são agora? Ainda não são quatro horas, respondeu-lhe o capelão, mas em caso de urgência, a hora canônica pode ser adiantada. Catarina esperou, os lábios se movendo, uma medalha de santo enfiada na palma da mão.

Então ela diz: vou morrer hoje. Ela estudou a morte, muitas vezes a viu se aproximar, e não teme sua chegada. Ela dita seus desejos quanto aos arranjos de seu enterro, mas não tem esperança de que esses desejos sejam observados. Pede que seus criados recebam o pagamento devido, que suas dívidas sejam liquidadas.

Às dez da manhã um padre a unge, tocando o santo óleo em suas pálpebras e lábios, mãos e pés. Essas pálpebras agora serão seladas e não tornarão a se abrir, ela não enxergará nem verá. Esses lábios terminaram suas preces. Essas mãos não assinarão mais nenhum documento. Esses pés terminaram sua jornada. Ao meio-dia sua respiração é estertorosa, ela alcança o fim com sofrimento. Às duas da tarde, com o quarto iluminado pela luz reflexa dos campos nevados, ela abandona a vida. Quando solta o último suspiro, as formas sombrias de seus guardiões se aproximam. Relutam em perturbar o capelão idoso e as velhas mulheres que se movem junto ao leito. Antes que terminem de lavá-la, Bedingfield já pôs seu cavaleiro mais rápido na estrada.

Dia 8 de janeiro: a notícia chega à corte. Escorre para fora da câmara real e invade as escadarias, subindo até as salas onde as damas da rainha estão se vestindo, depois atravessa os cubículos onde os meninos da cozinha cochilam aglomerados, e cruza trilhas e passagens entre as adegas e as câmaras frias nas quais estão estocados os peixes, subindo novamente aos jardins, rumo às galerias, e saltando às câmaras atapetadas onde Ana Bolena cai de joelhos e diz: "Finalmente, meu Deus, já não era sem tempo!". Os músicos afinam os instrumentos para as celebrações.

A rainha Ana veste amarelo, a cor que vestia quando apareceu pela primeira vez na corte, dançando num baile de máscaras: o ano, 1521. Todos se lembram, ou dizem se lembrar: a segunda filha de Bolena com seus ousados olhos escuros, sua rapidez, sua graça. A moda do amarelo começara entre os ricos da Basileia; durante alguns meses, qualquer negociante podia fazer fortuna se arranjasse um tecido da cor certa. E então de repente o amarelo estava por todo lado, em mangas e meias e até em faixas de cabelo para quem não podia pagar por mais que uma tira de pano. Na época da estreia de Ana, a cor já estava em queda no exterior; nos domínios do imperador, se você entrasse num bordel, decerto avistaria alguma mulher içando as tetas gordas e apertando um corpete amarelo.

Ana sabe disso? Hoje seu vestido é cinco vezes mais caro que aquele que ela usou quando o pai era sua única fonte de dinheiro. É um traje decorado com pérolas, de forma que ela se move num turbilhão de luz rósea. Ele pergunta a Lady Rochford, seria esta uma nova cor, ou uma antiga que voltou? Pretende usá-la, cara dama?

Ela responde, pessoalmente, não acho que caia bem em qualquer pele. E Ana deveria se ater ao preto.

Nessa feliz ocasião, Henrique quer exibir a princesa. Seria de imaginar que uma criança tão pequena — ela tem agora quase dois anos e meio — ficasse olhando em volta à procura de sua ama-seca, mas Elizabeth ri quando é passada de mão em mão pelos cavalheiros, esfregando suas barbas e batendo em seus chapéus. O pai a faz quicar em seus braços. "Ela está ansiosa para ver o irmãozinho, não é, docinho?"

Há uma inquietação entre os cortesãos; toda a Europa sabe da condição de Ana, mas é a primeira vez que isso é mencionado em público. "E eu sofro da mesma impaciência", continua o rei. "Tem sido uma espera consideravelmente longa."

O rosto de Elizabeth está perdendo seu formato redondo de bebê. Vida longa à princesa Cara de Fuinha. Os cortesãos mais velhos dizem que podem ver o pai do rei na menina, e seu irmão, o príncipe Artur. Mas ela tem os olhos da mãe, agitados e salientes, preenchendo as órbitas. Ele acha que Ana tem belos olhos, embora mais bonitos quando brilham com interesse, como um gato quando vislumbra a cauda de alguma criaturinha.

O rei toma de volta sua querida e brinca com ela. "Voando, voando!", diz Henrique, jogando a filha para cima, depois pegando-a na queda e estalando um beijo em sua cabeça.

Lady Rochford diz: "Henrique tem um coração terno, não? Claro, ele adora qualquer criança. Já o vi beijando o bebê de um estranho quase da mesma maneira".

Ao primeiro sinal de cansaço da criança, ela é levada embora, firmemente envolta em peles. Os olhos de Ana a seguem. Henrique diz, como se recordando as boas maneiras: "Temos que aceitar que o país ficará em luto pela viúva".

Ana diz: "Eles não a conheciam. Como podem chorar? O que ela era para eles? Uma estrangeira".

"Creio que seja apropriado", diz o rei, relutante. "Pois ela já deteve o título de rainha."

"Equivocadamente", completa Ana. Ela é incansável.

Os músicos começam. O rei arrasta Mary Shelton para a dança. Mary está rindo. Ela desapareceu na última meia hora e agora tem as faces rosadas, os olhos brilhantes; não há dúvidas quanto ao que andou fazendo. Ele pensa, se o velho bispo Fisher visse essa folia, pensaria que o Anticristo chegou. E ele fica surpreso ao se apanhar, mesmo que por um instante, vendo o mundo pelos olhos do bispo Fisher.

Depois de sua execução, a cabeça de Fisher continuou em tal estado de preservação na ponte de Londres que começaram a falar de um milagre. Por fim, ele mandou o guarda da ponte remover a cabeça e atirá-la no Tâmisa num saco com pesos.

Em Kimbolton, o corpo de Catarina foi entregue aos embalsamadores. Ele imagina um sussurro no escuro, um suspiro, enquanto a nação se prepara para orar. "Ela me mandou uma carta", diz Henrique, puxando-a das dobras de sua casaca amarela. "Eu não a quero. Tome, Cromwell, leve isso embora."

Ao dobrá-la, ele se permite uma espiadela: "*E por fim faço este juramento, de que meus olhos a ti desejam acima de todas as coisas*".

Depois da dança, Ana o convoca em particular. Está sombria, seca, alerta: todo um ar de quem vai tratar de assuntos sérios.

"Quero que meus pensamentos sejam transmitidos a Lady Maria, a filha do rei." Ele nota o termo respeitoso. Não é "a princesa Maria". Mas tampouco é "a bastarda espanhola". "Agora que sua mãe se foi e já não pode mais influenciá-la", prossegue Ana, "talvez possamos esperar que ela deixe de insistir nos seus erros. Não tenho necessidade de me conciliar com ela, Deus sabe. Mas creio que, se eu puder pôr um fim no mal-estar entre o rei e Maria, ele me agradeceria por isso."

"Ele estaria em dívida com a senhora, majestade. E seria um ato de compaixão."

"Quero ser uma mãe para ela." Ana cora; realmente soa improvável. "Não espero que ela me chame de 'senhora minha mãe', mas espero que ela me chame de vossa alteza. Se ela se conformar ao seu pai, ficarei feliz em recebê-la na corte. Ela terá um lugar de honra, não muito abaixo do meu. Não espero uma profunda reverência da sua parte, mas a forma comum de cortesia que as pessoas da realeza usam entre si, com seus familiares, os mais jovens para com os mais velhos. Pode garantir a ela que não vou obrigá-la a carregar meu manto. Ela não terá que se sentar à mesa com a irmã, a princesa Elizabeth, para que não surja nenhuma questão quanto à sua posição mais baixa. Acredito que seja uma oferta justa." Ele espera. "Se ela me prestar o respeito que me é devido, não passarei à frente dela em ocasiões cotidianas, mas caminharemos de mãos dadas."

Para alguém como Ana, tão sensível a suas dignidades de rainha, são concessões sem precedentes. Mas ele imagina a expressão de Maria quando o assunto lhe for apresentado. Para seu alívio, ele não estará lá para presenciar o momento.

Ele profere um respeitoso boa-noite, mas Ana o chama de volta. Diz, em voz baixa: "Cremuel, essa é minha oferta, não irei mais longe. Estou decidida a cumpri-la, e depois não poderão me culpar. Mas não creio que ela aceitará, e assim nós duas teremos a lamentar, pois seremos condenadas a lutar até nosso corpo exalar os últimos suspiros. Ela é minha morte, e eu sou a dela. Então lhe diga, diga que me certificarei de que ela não esteja viva para rir de mim depois que eu me for".

Ele vai à casa de Chapuys para lhe prestar suas condolências. O embaixador está coberto de preto. Um vento gelado corta seus aposentos e parece soprar direto do rio. O ânimo do embaixador é de autocensura. "Como gostaria de não tê-la deixado! Mas ela parecia melhor. Ela sentou-se naquela manhã, e pentearam seus cabelos. Eu a vi comendo um pouco de pão, um bocado ou outro, e pensei que fosse um avanço. Parti esperançoso, e em questão de horas ela estava morrendo."

"Você não deve se culpar. Seu amo saberá que fez tudo que podia. Afinal, foi enviado à Inglaterra para observar o rei, não pode se ausentar de Londres por muito tempo no inverno."

Ele pensa, eu estive lá desde que começaram os julgamentos de Catarina: uma centena de eruditos, mil advogados, dez mil horas de debate. Quase no mesmo instante que a primeira palavra contra o casamento foi pronunciada, pois o cardeal me manteve informado; tarde da noite, com uma taça de vinho, ele falava sobre a grande questão do rei e sobre como achava que tudo se resolveria.

Mal, disse ele.

"Ah, esse fogo", diz Chapuys. "Vocês chamam isso de fogo? Chamam isso de clima?" Um rolo de fumaça flutua em direção a eles, vindo da lareira. "Fumaça e cheiro, nada de calor!"

"Arranje uma fornalha. Eu tenho fornalhas."

"Ah, sim", geme o embaixador, "mas daí os criados a enchem de lixo e a fornalha explode. Ou as chaminés caem aos pedaços e é preciso mandar buscar alguém lá do outro lado do mar para consertá-las. Sei tudo sobre fornalhas." Ele esfrega as mãos azuladas. "Avisei ao capelão dela, sabe? Quando ela estiver no leito de morte, eu disse, pergunte-lhe se era virgem ou não quando o príncipe Artur a deixou. Todo mundo acreditará na declaração de uma mulher à beira da morte. Mas ele é um velho. Em sua tristeza e perturbação, esqueceu. Então agora nunca teremos certeza."

Essa é uma grande admissão, pensa ele: de que a verdade poderia ser diferente do que Catarina nos contou todos esses anos. "Mas, sabe de uma coisa", continua Chapuys, "antes que eu partisse, ela me contou algo preocupante. Disse: 'Talvez seja tudo culpa minha. Porque me indispus contra o rei, quando poderia ter me retirado honrosamente e deixado que ele se casasse outra vez'. Eu respondi, madame — porque fiquei perplexo —, madame, mas que ideia é essa, a senhora tem o direito ao seu lado, o grande peso da opinião, tanto leiga quanto clerical… 'Ah, mas', ela me disse, 'para os advogados, havia dúvida no caso. E, se eu errei, então levei Henrique, que não tolera oposição, a agir de acordo com sua pior natureza, e assim tenho parte da culpa pelo seu pecado'. Eu disse a ela, minha boa senhora, só a mais dura autoridade diria isso; que o rei carregue seus próprios pecados, que responda por eles. Mas ela balançou a cabeça." Chapuys balança a própria; está angustiado, perplexo. "Todas essas mortes, o bom bispo Fisher, Thomas More, os santos monges da Cartuxa… 'Eu parto desta vida', disse ela, 'arrastando seus cadáveres.'"

Ele está em silêncio. Chapuys atravessa a sala até sua mesa e abre uma pequena caixa embutida. "Sabe o que é isso?"

Ele pega a flor de seda, com cuidado, para que não se desfaça em pó entre seus dedos. "Sim. O presente dado por Henrique. O presente que ela ganhou quando o Príncipe do Ano-Novo nasceu."

"Isso mostra o rei sob uma boa luz. Jamais o imaginaria tão carinhoso. Tenho certeza de que não me ocorreria fazê-lo."

"Você é um solteirão melancólico, Eustache."

"E você, um viúvo melancólico. O que deu à sua esposa quando o adorável Gregory nasceu?"

"Ah, acho que foi… um prato de ouro. Um cálice de ouro. Algo para pôr na prateleira." Ele devolve a flor de seda. "Mulheres da cidade desejam presentes que possam pesar."

"Catarina me deu essa rosa quando nos despedimos", prossegue Chapuys. "Ela disse, é tudo que tenho para legar. E disse, escolha uma flor do cofre e vá. Eu beijei sua mão e peguei a estrada." Chapuys suspira. Deixa a flor sobre a mesa e desliza as mãos frias para dentro das mangas. "Disseram-me que a concubina está consultando adivinhos para lhe dizer o sexo do seu filho, embora ela tenha feito o mesmo antes e todos tenham lhe dito que era um menino. Bem, a morte da rainha alterou a posição da concubina. Mas talvez não da maneira como ela gostaria."

Ele deixa passar esse comentário. Ele espera. Chapuys diz: "Fui informado de que Henrique desfilou sua pequena bastarda pela corte quando soube da notícia".

Elizabeth é uma criança voluntariosa, ele explica ao embaixador. Mas nos lembremos de que, quando não era nem um ano mais velho que sua filha agora, o pequeno Henrique cavalgou por Londres, empoleirado na sela de um cavalo de batalha, a um metro e oitenta do chão e segurando um bastão com seus rechonchudos punhos infantis. Não desdenhe dela, diz ele a Chapuys, só porque ela é jovem. Os Tudor são guerreiros desde o berço.

"Ah, bem, sim." Chapuys espana uma partícula de cinza de sua manga. "Supondo que ela seja uma Tudor. Coisa de que alguns duvidam bastante. E o cabelo não prova nada, Cremuel. Considerando que eu poderia sair na rua e pescar meia dúzia de ruivos sem usar rede."

"Então", diz ele, rindo, "o senhor acha que o filho de Ana poderia ter sido concebido por qualquer transeunte?"

O embaixador hesita. Ele não gosta de admitir que tem ouvido rumores franceses. "Bom", ele funga, "mesmo que seja filha de Henrique, ela ainda é uma bastarda."

"Preciso ir." Ele se levanta. "Oh. Eu deveria ter trazido seu chapéu de Natal."

"Pode mantê-lo sob custódia." Chapuys se encolhe. "Estarei de luto por algum tempo. Mas não o use, Thomas. Vai esticá-lo e deixá-lo deformado."

Me-Chame-Risley vem direto do rei, trazendo notícias dos preparativos para o funeral.

"Eu disse a ele, majestade, o senhor trará o corpo para a catedral de São Paulo? Ele respondeu, ela pode ter seu descanso eterno em Peterborough, que é um lugar antigo e honrado, e custará menos. Fiquei pasmo. Eu insisti, disse a ele, essas coisas são feitas segundo os precedentes. A irmã de sua majestade, Maria, esposa do duque de Suffolk, foi levada com honras de Estado para jazer na catedral de São Paulo. E o senhor não chama Catarina de irmã? E ele respondeu: ah, mas minha irmã Maria era uma mulher da realeza, outrora casada com o rei da França." Wriothesley franze o cenho. "E Catarina não é da realeza, ele alega, embora seus pais fossem soberanos. O rei disse, ela terá tudo a que tem direito como princesa viúva de Gales. E disse, onde está a mortalha de Estado que foi disposta sobre o ataúde quando Artur morreu? Deve estar em algum lugar do guarda-roupa real. Pode ser reutilizada."

"Faz sentido", ele comenta. "As plumas do príncipe de Gales. Não haveria tempo para tecer uma nova. A menos que mantivéssemos a defunta flutuando acima do chão."

"Parece que ela pediu quinhentas missas pela sua alma", prossegue Wriothesley. "Mas eu não estava ansioso por dizê-lo a Henrique, porque, de um dia para o outro, nunca se sabe em que ele acredita. Enfim, as trombetas soaram. E ele marchou para a missa. E a rainha com ele. E ela estava sorrindo. E ele usava uma corrente de ouro nova."

O tom de Wriothesley sugere que ele está curioso: apenas isso. Não transpira nenhum julgamento em relação a Henrique.

"Bem", diz ele, "se você está morto, Peterborough é um lugar tão bom quanto qualquer outro."

Richard Riche está em Kimbolton fazendo um inventário e teve um desentendimento com Henrique quanto aos bens de Catarina; não que Riche ame a antiga rainha, mas ama a lei. Henrique quer suas pratarias e suas peles, mas Riche diz, majestade, se o senhor nunca foi casado com ela, ela era uma *feme sole* e não uma *feme covert*; se o senhor não era seu marido, não tem direito de pôr as mãos naquilo que era da sua propriedade.

Ele acha graça. "Henrique ficará com as peles", diz ele. "Riche encontrará uma forma de contornar a lei para nosso soberano, acredite em mim. Sabe o que ela deveria ter feito? Deveria tê-las empacotado e dado a Chapuys. Eis aí um homem friorento."

Chega uma mensagem, de Lady Maria para a rainha Ana, em resposta à gentil oferta de ser uma mãe para ela. Maria diz que perdeu a melhor mãe do mundo e não tem necessidade de uma substituta. Quanto a uma comunhão com a concubina de seu pai, ela não se degradaria. Não daria as mãos a alguém que afagou o diabo.

Ele comenta: "Talvez o momento tenha sido inoportuno. Talvez ela tenha ouvido falar do baile. E do vestido amarelo".

Maria diz que obedecerá ao pai, até onde sua honra e consciência permitirem. Mas é tudo o que fará. Não dará nenhuma declaração nem prestará nenhum juramento que a obrigue a reconhecer que sua mãe não foi casada com seu pai ou a aceitar um filho de Ana Bolena como herdeiro da Inglaterra.

Ana diz: "Como ela ousa? Como ela pode pensar que está em condições de negociar? Se meu filho for um menino, eu sei o que acontecerá com ela. É melhor que Maria faça as pazes com o pai agora, em vez de vir implorando por misericórdia quando for tarde demais".

"É um bom conselho", ele comenta. "Duvido que ela aceite."

"Então não posso fazer mais nada."

"Eu honestamente acho que não pode mesmo."

E ele não vê o que mais pode fazer por Ana Bolena. Ela está coroada, está proclamada, seu nome está escrito nos estatutos, nos arquivos: mas se o povo não a aceita como rainha...

O funeral de Catarina está marcado para 29 de janeiro. As primeiras contas estão chegando, relativas aos trajes de luto e às velas. O rei continua exultante. Mandou que se organizassem festejos e apresentações na corte. Deve haver um torneio na terceira semana do mês, e Gregory é um dos competidores. O rapaz já está ansioso pela preparação. Ele vive chamando seu armeiro, depois o manda embora e em seguida o chama de novo; vive mudando de ideia quanto ao cavalo. "Pai, espero não ser sorteado para lutar contra o rei", diz ele. "Não que eu tenha medo. Mas será difícil tentar lembrar que é o rei, e também tentar esquecer que meu adversário é o rei, e fazer o máximo para tocá-lo com a lança, mas, por favor, Deus, que não passe de um toque. Imagine se eu tiver o azar de desmontá-lo? Já imaginou se ele cai, ainda mais sendo eu um iniciante?"

"Eu não me preocuparia se fosse você", responde ele. "Antes que você aprendesse a andar, Henrique já disputava a justa."

"Essa é a grande dificuldade, senhor. Ele não é mais tão rápido quanto era. É o que dizem os cavalheiros. Norris diz que uma pessoa não pode combater se não sente medo, e Henrique está convencido de que é o melhor, portanto não teme nenhum adversário. E é preciso temer, diz Norris. O medo nos mantém alertas."

"Da próxima vez", diz ele, "dê um jeito, já no início, de ser sorteado para o grupo do rei. Assim você evita o problema."

"E como se faz isso?"

Ó santo Deus. Como se faz qualquer coisa, Gregory? "Eu darei uma palavrinha", responde ele, paciente.

"Não, não faça isso." Gregory fica contrariado. "Como isso se refletiria na minha honra? Se o senhor estivesse lá, arranjando tudo para mim? Isso é algo que devo fazer por mim mesmo. Sei que o senhor sabe tudo, pai. Mas nunca esteve na liça."

Ele assente. Como quiser. Seu filho se retira, a armadura badalando. Seu terno filho.

O novo ano começa e Jane Seymour continua cumprindo seus deveres para com a rainha; expressões ilegíveis pairam em seu rosto, como se ela se movesse dentro de uma nuvem. Mary Shelton diz a ele: "A rainha diz que, se Jane se entregar a Henrique, o rei se cansará dela em um dia, e se ela não se entregar, ele se cansará de qualquer maneira. Então Jane será enviada de volta a Wolf Hall e sua família a trancará num convento porque ela já não terá mais utilidade para eles. E Jane não diz nada". Shelton ri, mas não com antipatia. "E nem a própria Jane acha que as coisas seriam muito diferentes. Pois ela já vive agora num convento ambulante e está presa pelos seus próprios votos. Ela diz: 'O secretário-mor acha que eu seria pecaminosa demais se deixasse o rei segurar minha mão, embora ele implore, Jane, dê cá sua mãozinha. E como o secretário está abaixo apenas do rei em assuntos eclesiásticos e é um homem muito religioso, eu dou ouvidos ao que ele diz'."

Um dia, Henrique agarra Jane quando ela está passando e a senta em seu joelho. É um gesto brincalhão, de garoto, impetuoso, sem malícia; é o que o rei diz depois, desculpando-se todo sem jeito. Jane não sorri nem fala. Fica sentada calmamente até ser liberada, como se o rei fosse apenas um banco.

Christophe vem falar com ele, sussurrando: "Senhor, estão dizendo nas ruas que Catarina foi assassinada. Estão dizendo que o rei a trancou num quarto e a fez passar fome até morrer. Dizem que ele lhe enviou amêndoas, que ela comeu e foi envenenada. Dizem que o senhor enviou dois assassinos com punhais e que eles lhe arrancaram o coração e que, quando o examinaram, seu nome estava gravado ali em grandes letras pretas".

"O quê? No coração dela? 'Thomas Cromwell'?"

Christophe hesita. "*Alors…* Talvez só as iniciais."

Parte 2

I.
O Livro Negro

Londres, janeiro-abril de 1536

Quando ouve o grito de "Fogo!", ele se vira na cama e volta a mergulhar nas águas do sonho. Supõe que a conflagração seja um sonho; é o tipo de coisa com que costuma sonhar.

Até que acorda com Christophe gritando em seu ouvido: "Levante-se! A rainha está pegando fogo".

Ele salta da cama. O frio o açoita. Christophe grita: "Rápido, rápido! Ela está totalmente incinerada!".

Momentos depois, quando chega ao andar da rainha, ele sente no ar o pesado cheiro de tecido queimado. Ana está cercada de mulheres que tagarelam sem parar, mas se encontra ilesa, sentada numa cadeira, envolta em seda preta, com um cálice de vinho aquecido nas mãos. A taça treme, um pouco do líquido transborda; Henrique tem os olhos úmidos, abraça a rainha e a seu herdeiro dentro dela. "Se ao menos eu estivesse com você, querida. Se ao menos tivesse passado a noite no seu quarto. Eu poderia tê-la afastado do perigo num instante."

E o rei segue falando. Agradeçamos ao Senhor Deus que olha por nós. Agradeçamos ao Deus que protege a Inglaterra. Se ao menos eu. Com um cobertor, uma colcha, apagando o fogo. Eu, num instante, abafando as chamas.

Ana toma um gole do vinho. "Já acabou. Não estou machucada. Por favor, senhor meu marido. Basta. Deixe-me beber isso."

Numa fração de segundo, ele vê como Henrique a irrita; sua solicitude, sua devoção, seu apego. E, nas profundezas de uma noite de janeiro, Ana não consegue disfarçar a irritação. Ela parece cinzenta, o sono interrompido. Vira-se para ele, Cromwell, e fala, em francês: "Há uma profecia de que uma rainha da Inglaterra será queimada. Não imaginei que seria na sua própria cama. Foi uma vela que esqueceram acesa. Ou é o que supomos".

"Quem esqueceu?"

Ana estremece. Desvia o olhar.

"É melhor emitirmos uma ordem", diz ele ao rei, "de que sempre haja água à mão e uma mulher em cada turno para assegurar que todas as velas estejam apagadas nas proximidades da rainha. Não sei por que isso já não é costume."

Todas essas coisas estão escritas no Livro Negro, que vem dos tempos do rei Eduardo. Todos os mecanismos diários do palácio são ordenados por esse livro: ele ordena tudo, na verdade, à exceção da câmara privada do rei, cujo funcionamento não é transparente.

"Se ao menos eu estivesse com ela", diz Henrique. "Mas, você vê, sendo nossas esperanças o que são no momento…"

O rei da Inglaterra não pode se dar ao luxo de manter relações carnais com a mulher que carrega seu filho no ventre. O risco de aborto é muito grande. E ele busca companhia em outras partes também. Esta noite, é possível notar como o corpo de Ana endurece ao se esquivar das mãos do marido, mas, à luz do dia, a posição se inverte. Ele já viu como Ana tenta puxar o rei para conversas. A brusquidão dele, demasiado frequente. Seu rosto virado. Como se para negar a necessidade que tem dela. E ainda assim seus olhos a seguem…

Ele se irrita; são coisas de mulher. E o fato de que o corpo da rainha, coberto apenas por uma camisola de damasco, parece estreito demais para uma mulher que dará à luz na primavera; isso também é coisa de mulher. O rei diz: "O fogo não chegou muito perto dela. O que queimou foi a ponta do arrás. É Absalão enforcado na árvore. É uma tapeçaria muito boa, e eu gostaria que você…"

"Vou mandar vir alguém de Bruxelas", ele responde.

O fogo não tocou o filho do rei Davi. Ele está pendurado no galho, enforcado por seu longo cabelo: os olhos estão saltados e sua boca se abre num grito.

Ainda faltam horas até o amanhecer. Os quartos do palácio parecem calados, como se esperassem por uma explicação. Guardas patrulham durante as horas negras; onde eles estavam? Não deveria haver alguma mulher com a rainha, dormindo num estrado ao pé de sua cama? Ele diz a Lady Rochford: "Eu sei que a rainha tem inimigos, mas como eles foram autorizados a chegar tão perto dela?".

Jane Rochford está na defensiva; ela acha que ele tenta culpá-la. "Escute, secretário-mor. Posso ser direta com o senhor?"

"Gostaria que fosse."

"Primeiro, isso é um assunto doméstico. Não faz parte das suas atribuições. Em segundo lugar, ela não esteve em perigo. Terceiro, não sei quem acendeu a vela. Quarto, se soubesse, não lhe diria."

Ele espera.

"Quinto: tampouco outra pessoa lhe dirá."

Ele espera.

"Se, como pode acontecer, alguém visita a rainha depois que as velas são apagadas, então é um evento sobre o qual devemos lançar um véu."

"Alguém." Ele digere a informação. "Alguém com um propósito incendiário, ou com outro propósito?"

"Para propósitos habituais de alcovas", diz ela. "Não que eu esteja dizendo que tal pessoa exista. Eu não teria conhecimento algum disso. A rainha sabe como guardar seus segredos."

"Jane", diz ele, "se em algum momento você quiser aliviar sua consciência, não procure um padre, procure a mim. O padre lhe dará uma penitência; eu lhe darei uma recompensa."

Qual é a natureza da fronteira entre verdade e mentira? É uma fronteira permeável e turva, porque é densa de tantos rumores, confabulações, mal-entendidos e histórias distorcidas. A verdade pode bater aos portões, pode uivar nas ruas; a menos que seja agradável, simpática e fácil de se apreciar, a verdade está condenada a choramingar na porta dos fundos.

Enquanto tomava as providências necessárias depois da morte de Catarina, ele foi compelido a explorar algumas lendas sobre a juventude da antiga rainha. Livros de contabilidade formam uma narrativa tão envolvente quanto qualquer história de monstros marinhos ou canibais. Catarina sempre disse que, entre a morte de Artur e seu casamento com o jovem príncipe Henrique, tinha sido miseravelmente negligenciada, vivido em abjeta pobreza: comendo peixe do dia anterior e assim por diante. Culpavam o velho rei por isso, mas, ao examinarmos os livros, percebemos que ele foi até bem generoso. Os criados e familiares de Catarina a enganavam. Suas pratarias e joias iam parar no mercado; nisso ela deve ter sido cúmplice, não? Ela era pródiga, descobriu ele, e generosa; régia, em outras palavras, sem a menor noção sobre como viver dentro de suas possibilidades.

Então você pensa em todas as outras coisas em que sempre acreditou, mesmo sem ter qualquer comprovação. Seu pai Walter havia gastado dinheiro para resolver os problemas dele, ou foi o que Gardiner disse: compensação pela facada que Thomas desferiu, para apaziguar a família ofendida. Ele pensa, e se Walter não me odiasse? E se ele apenas se exasperasse comigo, e me fizesse saber disso me chutando de um lado a outro da cervejaria? Talvez eu merecesse; será? Porque eu vivia provocando, "Primeiro, sou melhor de copo que você; segundo, sou melhor que você em tudo. Terceiro, sou o príncipe de Putney e posso derrubar qualquer um de Wimbledon, que venham de Mortlake, farei picadinho deles. Quarto, já sou um tanto mais alto que você, olhe para a porta onde fiz um risco, vá lá, vá lá, pai, vá lá e fique de pé contra a parede".

Ele escreve:

Os dentes de Anthony.
Pergunta: O que aconteceu com eles?

Testemunho de Anthony, em resposta a mim, Thomas Cromwell:
Ele os perdeu devido às surras que seu brutal pai lhe dava.

Para Richard Cromwell: Ele estava numa fortaleza sitiada pelo papa. Em algum lugar no exterior. Algum ano. Algum papa. A fortaleza foi minada e um explosivo, plantado. Teve o azar de estar no lugar errado, e a explosão arrancou todos os dentes da sua boca.

Para Thomas Wriothesley: Quando ele era marinheiro na Islândia, o capitão do navio trocou os dentes de Anthony por provisões, com um homem que esculpia peças de xadrez em dentes humanos. Anthony só compreendeu a natureza do negócio quando homens cobertos de peles chegaram para arrancá-los.

Para Richard Riche: Ele os perdeu numa disputa com um homem que impugnou os poderes do Parlamento.

Para Christophe: Alguém jogou um feitiço em Anthony e todos os seus dentes caíram. Segundo Christophe, "Quando criança, ouvi falar sobre diabolistas na Inglaterra. Há uma bruxa em cada rua. Praticamente".

Para Thurston: Ele tinha um inimigo que era cozinheiro. Esse inimigo pintou um monte de pedras para fazer parecerem avelãs e lhe ofereceu um punhado.

Para Gregory: Eles foram sugados para fora da sua cabeça por um grande verme que saiu do chão e engoliu sua esposa. Isso foi em Yorkshire, no ano passado.

Ele sublinha suas conclusões. E diz: "Gregory, o que devo fazer quanto ao grande verme?".

"Envie uma comissão contra o bicho, senhor", responde o rapaz. "Ele tem que ser morto. O bispo Rowland Lee investiria contra ele. Ou Fitz."

Ele lança um longo olhar a seu filho. "Você sabe que isso é um conto de Arthur Cobbler, não?"

Gregory lhe devolve o olhar longo. "Sim, eu sei." Sua voz soa arrependida. "Mas as pessoas ficam tão felizes quando acredito nessas histórias... Sobretudo mestre Wriothesley. Embora ultimamente ele ande muito sério. Ele costumava se divertir segurando minha cabeça sob uma bica d'água. Mas agora ele volta os olhos para o céu e diz, 'Sua majestade, o rei'. Embora antes ele o chamasse de Sua Horripilância. E imitasse como ele anda." Gregory planta os punhos nos quadris e marcha por toda a sala.

Ele ergue a mão para encobrir o sorriso.

Chega o dia do torneio. Ele está em Greenwich, mas se retira da plataforma dos espectadores. O rei o interrogou esta manhã, quando se sentaram lado a lado em seu camarote na missa matinal: "Quanto rende a área de lorde Ripon? Para o arcebispo de York?".

"Pouco mais de duzentas e sessenta libras, senhor."

"E Southwell?"

"Meras cento e cinquenta, senhor."

"Deveras? Pensei que fosse mais."

Henrique tem demonstrado um profundo interesse pelas finanças dos bispos. Alguns dizem, e quem é ele para contestar, que deveríamos dar aos bispos uma renda fixa e dirigir os lucros de suas dioceses para o tesouro real. Ele calculou que o dinheiro arrecadado poderia custear um exército permanente.

Mas esse não é o momento de apresentar a ideia a Henrique. O rei se ajoelha e começa a rezar para seja qual for o santo que protege os cavaleiros na liça.

"Majestade", diz ele, "se o senhor se bater contra meu filho Gregory, poderia abdicar de desmontá-lo? Se puder evitar?"

Mas o rei diz: "Eu não me importaria se o pequeno Gregory me desmontasse. Embora improvável, eu o aceitaria de bom grado. E não podemos evitar o que fazemos, não mesmo. Quando você sai a galope na direção de outro homem, não tem como se controlar". Ele faz uma pausa e diz, amável: "É um evento bastante raro, sabe, derrubar seu oponente. Não é o objetivo do torneio. Se você está preocupado com o desempenho dele, não há necessidade. Ele é muito capaz. Caso contrário, não seria um combatente. Não se pode quebrar uma lança num adversário tímido, ele deve correr a plena velocidade contra você. Além disso, ninguém se sai mal. Não é permitido. Você sabe como os arautos anunciam. Por exemplo, 'Gregory Cromwell bateu-se bem, Henry Norris bateu-se muito bem, mas nosso senhor soberano o rei bateu-se melhor que todos'."

"E é verdade, senhor?" Ele sorri para evitar que as palavras soem espinhosas.

"Eu sei que vocês conselheiros acham que eu deveria me recolher ao banco dos espectadores. E é o que farei, prometo; não me escapa o fato de que um homem da minha idade já passou do seu ápice. Mas veja, Crumb, é difícil desistir de algo em que você vem se aperfeiçoando desde menino. Certa vez houve alguns visitantes italianos, e eles nos aplaudiam, a Brandon e a mim, achando que Aquiles e Heitor tinham voltado à vida. Foi o que disseram."

Mas quem seria Heitor, e quem Aquiles? Um arrastou o outro na poeira do chão...

O rei diz: "Você cria seu garoto maravilhosamente bem, assim como ao seu sobrinho Richard. Nenhum nobre poderia fazer melhor. Eles são um mérito para sua casa".

Gregory tem se saído bem. Gregory tem se saído muito bem. Gregory tem se saído melhor que todos. "Eu não quero que meu filho seja Aquiles", diz ele, "só quero que ele não seja esmigalhado."

Há uma correspondência entre a folha de pontuação para as partidas de justa e o corpo humano: o papel tem divisões, marcações para a cabeça e o torso. Um toque na couraça é anotado, mas costelas quebradas não. Um toque no elmo é anotado, mas não um crânio rachado. É possível examinar as folhas de pontuação depois das disputas e ler ali o registro do dia, mas as marcas no papel não informam sobre a dor de um tornozelo quebrado ou os esforços de um homem sufocado para não vomitar dentro de seu elmo. Como os combatentes sempre dizem, você realmente precisa ver, você precisa estar lá.

Gregory ficou desapontado quando seu pai se retirou da plateia, alegando ter um compromisso prioritário com seus papéis. O Vaticano está oferecendo a Henrique três meses para voltar à obediência, ou a bula de excomunhão contra ele será impressa e distribuída por toda a Europa, e as mãos da cristandade se voltarão todas contra ele. A frota do imperador se dirige a Argel, com quarenta mil homens armados. O abade de Fountains está roubando sistematicamente a própria instituição, e mantém seis amantes, ainda que se suponha que ele precise de um descanso entre uma e outra. E a sessão parlamentar será aberta dentro de duas semanas.

Certa vez ele conheceu um velho cavaleiro em Veneza, um daqueles homens que fizeram carreira participando de torneios por toda a Europa. O homem descreveu sua vida para ele, contou-lhe como vivia cruzando fronteiras com seu bando de escudeiros e sua fila de cavalos, sempre em movimento, indo de um prêmio para o seguinte, até que a idade e o acúmulo de ferimentos o tiraram do jogo. Agora sozinho, ele tentava ganhar a vida ensinando jovens lordes, suportando zombarias e perdendo tempo; quando eu era moço, disse ele, ensinavam-se boas maneiras aos jovens, mas agora me vejo selando cavalos e polindo couraças para um inútil a quem eu não permitiria sequer que limpasse minhas botas nos velhos tempos; pois olhe para mim agora, reduzido a beber com... o que é você, um inglês?

O cavaleiro era português, mas arranhava o latim e uma espécie de germânico, intercalados de termos técnicos que são praticamente os mesmos em todas as línguas. Nos velhos tempos, cada torneio era um terreno de testes. Não havia nenhuma exibição de luxos inúteis. As mulheres, em vez de sorrir para os homens sob pavilhões dourados, eram guardadas para depois. Naqueles dias o placar era complexo e os juízes não tinham piedade diante da menor infração às regras, então podia acontecer de o cavaleiro quebrar todas as suas lanças mas perder nos pontos, ou esmagar seu adversário e sair não com uma bolsa de ouro, mas com uma multa ou uma mancha em seu histórico. Uma violação das regras o perseguiria pela Europa, portanto algumas infrações cometidas em, digamos, Lisboa alcançavam um homem em Ferrara; a reputação chegava antes do homem, e no fim, disse o cavaleiro, depois de uma má temporada, uma corrida de má sorte, a reputação era tudo que se tinha; por isso não abuse da sorte, disse ele, quando a estrela da fortuna brilhar, porque no minuto seguinte ela desaparece. Por falar nisso, não gaste dinheiro em horóscopos. Se você está prestes a ser derrubado, não precisa saber disso ao montar no cavalo.

Bastou beber um copo para que o velho cavaleiro começasse a falar como se todo mundo tivesse se dedicado ao mesmo ofício que ele. Você precisa dispor seus escudeiros, disse ele, em cada extremidade da barreira, para fazer seu cavalo abrir a curva quando tentar dar a volta, caso contrário você pode esmagar o pé, fácil de acontecer se não há guarda na ponta, e horrivelmente doloroso: já fez isso? Alguns idiotas espalham seus garotos pelo meio, onde o *atteint* ocorrerá; mas qual é a utilidade disso? Realmente, concordou ele, qual é a utilidade?, e ponderou sobre aquela delicada palavra, *atteint*, usada para designar o entrechoque brutal. Esses escudos armados de molas, prosseguiu o velho, já viu como se desmancham quando são atingidos? Truque de criança. Os juízes de antigamente não precisavam de um dispositivo como esse para saber quando um homem era atingido — não, eles usavam os olhos, tinham olhos naquele tempo. Escute, disse ele: há três maneiras de falhar na justa. O cavalo pode falhar. Os garotos podem falhar. Os nervos podem falhar.

Você tem que pôr seu elmo com firmeza para ter uma boa linha de visão. Você mantém o corpo rijo e, quando está prestes a golpear, então e só então vira a cabeça para ter uma visão completa do seu oponente e observar a ponta de ferro da sua lança apontada precisamente para o alvo. Alguns voltam a cabeça no último segundo antes do choque. É natural, mas esqueça o que é natural. Pratique até dobrar seu instinto. Dada a oportunidade, você sempre desviará. Seu corpo quer se preservar, e seu instinto tentará evitar arrebentar seu cavalo encouraçado e sua pessoa encouraçada contra outro homem sobre o cavalo que vem em total disparada lá do outro lado. Alguns homens não desviam;

em vez disso, fecham os olhos no momento do impacto. Esses homens são de dois tipos: os que sabem que fazem isso e não conseguem evitar, e os que não sabem que fazem. Ponha seus garotos para observá-lo enquanto você pratica. Não seja nenhum desses dois tipos de homens.

Então como posso melhorar, ele perguntou ao velho cavaleiro, como posso vencer? Estas foram as instruções que ele recebeu: você deve montar confortavelmente em sua sela, como se estivesse passeando para tomar um ar. Segure as rédeas sem muita força, mas mantenha seu cavalo sob controle. No *combat à plaisance*, com as bandeiras tremulando, as guirlandas, as espadas sem fio e as lanças de ponta amortecida, monte como se estivesse pronto para matar. No *combat à l'outrance*, mate como se fosse um esporte. Agora veja, disse o cavaleiro, e bateu na mesa, eis o que eu vi, mais vezes do que gostaria de contar: seu homem se prepara para o *atteint*, e naquele momento final a urgência do desejo o trai: ele enrijece os músculos, puxa o braço da lança para junto do corpo, a ponta se ergue e ele perde o alvo; se tiver que evitar uma falha, evite essa. Segure sua lança com certa frouxidão, pois assim, quando você retesar o corpo e puxar o braço, a ponta estará direcionada exatamente para o alvo. Mas se lembre disto acima de tudo: vença seus instintos. O amor pela glória deve derrotar sua vontade de sobreviver; de outra maneira, por que combater? Por que não ser um ferreiro, um cervejeiro, um comerciante de lã? Por que está na disputa, a não ser para vencer ou, se não vencer, morrer?

No dia seguinte, ele viu o cavaleiro de novo. Ele, Tommaso, voltava de uma noite de bebedeira com seu amigo Karl Heinz, e encontraram o velho deitado com a cabeça em terra firme, mas os pés na água; em Veneza, ao anoitecer, o contrário pode acontecer facilmente. Eles o puxaram para a margem e o viraram de frente. Eu conheço este homem, disse ele. Seu amigo perguntou, quem é seu amo? Ele não tem amo, respondeu Tommaso, mas pragueja em germânico, portanto vamos levá-lo à Casa Germânica, pois eu mesmo não estou na Casa Toscana, mas com um homem que dirige uma fundição. Karl Heinz perguntou, você está negociando armas?, e ele respondeu, não, toalhas de altar. Karl Heinz disse, é mais fácil cagar rubis que descobrir os segredos de um inglês.

Enquanto falavam, eles puseram o homem de pé, e Karl Heinz disse, cortaram a bolsa dele, veja. Não sei como não o mataram. Levaram-no de barco ao Fondaco, lugar onde ficam os mercadores germânicos, e que estava sendo reconstruído depois do incêndio. Podem deitá-lo no armazém entre os caixotes, disse ele. Encontrem algo para cobri-lo e lhe deem comida e bebida quando ele acordar. Vai sobreviver. É velho, mas forte. Tomem aqui algum dinheiro.

Um inglês cheio de manias, disse Karl Heinz. Ele respondeu, eu mesmo já fui ajudado por estranhos que eram anjos disfarçados.

Há um guarda no atracadouro, contratado não pelos comerciantes, mas pelo Estado, pois os venezianos desejam saber tudo o que se passa dentro das casas das nações. Mais moedas, então, são passadas, dessa vez ao guarda. Eles puxam o velho para fora do barco; ele está semiconsciente agora, agitando os braços e falando algo, talvez em português. Eles o arrastam para dentro, passando sob o pórtico, quando Karl Heinz diz: "Thomas, você viu nossas pinturas? Aqui", diz ele, "você, guarda, faça o favor de erguer sua tocha, ou temos que pagar por isso também?".

A luz bruxuleia contra a parede. Dos tijolos brota um fluxo de seda; seda vermelha, ou sangue acumulado. Ele vê uma curva branca, uma lua esbelta, um fio de foice; quando a luz banha a parede, ele vê o rosto de uma mulher, o contorno de seu rosto desenhado com ouro. É uma deusa. "Erga a tocha", diz ele. Nos cabelos agitados e revoltos da deusa há uma coroa dourada. Atrás dela estão os planetas e estrelas. "Quem você contratou para pintar isso?", pergunta ele.

Karl Heinz responde: "Giorgione está pintando para nós, seu amigo Ticiano está pintando a frente do Rialto, o Senado está pagando ambos os honorários. Mas Deus sabe que eles vão tirar nosso couro com as encomendas. Gostou dela?".

A luz toca a pele branca da deusa e então se afasta, vacilante, manchando-a de negro. O guarda baixa a tocha e diz, como é, está achando que vou passar a noite toda aqui à sua disposição nesse frio maldito? O que é um exagero para conseguir mais dinheiro, mas é verdade que a névoa se infiltra por entre as pontes e os passadiços e que um vento frio se levantou do mar.

Depois de se separar de Karl Heinz, Thomas caminha junto ao canal, e a própria lua é uma pedra branca nas águas; ele vê uma prostituta de luxo na rua, indo para o serviço noturno, cambaleando na pedraria em seus chapins, seus criados apoiando-a pelos cotovelos. Seu riso badala no ar, e a ponta franjada de um lenço amarelo tremula em seu pescoço, serpenteando livre na neblina. Ele a observa; ela não o nota. E então ela some. Em algum lugar uma porta se abre para ela e em algum lugar uma porta se fecha. Tal qual a mulher na parede, ela se apaga e se perde no escuro. A praça está vazia novamente; e ele é apenas uma silhueta negra contra os tijolos, um fragmento recortado na noite. Se eu um dia precisar desaparecer, diz ele, este é o lugar.

Mas isso foi há muito tempo e em outro país. Agora Rafe Sadler está aqui com uma mensagem: ele tem que voltar repentinamente a Greenwich, a esta manhã indigesta, a chuva apenas adiando sua aparição. Onde estará Karl Heinz hoje? Provavelmente morto. Desde a noite em que viu a deusa brotando da parede, ele decidiu encomendar uma para si, mas outros fins — ganhar dinheiro e elaborar uma legislação — tomaram seu tempo.

"Rafe?"

Rafe espera à porta e não responde. Ele ergue os olhos para o rosto do jovem. Sua mão larga a pena e a tinta se derrama no papel. Ele se levanta de imediato, envolvendo-se com o manto de pele como se para amortecer o que está por vir. Ele indaga, "Gregory?", e Rafe balança a cabeça em negativa.

Gregory está intacto. Ele não disputou.

O torneio foi interrompido.

É o rei, diz Rafe. É Henrique, ele morreu.

Ah, diz ele.

Ele seca a tinta com o pó do estojo de marfim. Sangue por todo lado, sem dúvida, diz.

Ele conserva à mão um presente que lhe foi dado uma vez, uma adaga turca feita de ferro, um padrão de girassóis gravado na bainha. Sempre pensou no objeto como um ornamento, uma curiosidade; até agora. Ele o esconde entre as vestes.

Ele se lembrará, mais tarde, de como foi difícil passar pela porta, dirigir seus passos à liça. Ele se sente fraco, o remoinho causado pela súbita fraqueza que o fez largar a pena quando pensou que Gregory estivesse ferido. Ele diz a si mesmo, não foi Gregory; mas seu corpo está atordoado, demorando a absorver a notícia, como se ele mesmo houvesse recebido um golpe mortal. E agora, decidir entre seguir adiante e tentar tomar o comando da situação ou aproveitar o momento, talvez o último, para sair de cena: uma grande fuga, antes que os portos sejam fechados, e ir para onde? Talvez para a Germânia? Existe algum principado, Estado, onde ele estaria a salvo do alcance do imperador ou do papa, ou do novo governante da Inglaterra, seja ele quem vier a ser?

Ele jamais recuou; ou uma vez, quem sabe, fugindo de Walter aos sete anos: mas Walter o perseguiu. Desde então: em frente, em frente, *en avant!* Assim, sua hesitação não é longa, mas depois ele não terá nenhuma lembrança de como chegou a uma tenda alta e dourada, bordada com as armas e os escudos da Inglaterra, e parou junto ao cadáver do rei Henrique VIII. Rafe diz, a competição ainda não havia começado, ele estava correndo na paliçada, a ponta da sua lança resvalou no centro do círculo. Então o cavalo tropeçou sob ele, homem e cavaleiro desabaram, o animal rolou com um nitrido, e Henrique debaixo dele. Agora o Gentil Norris está de joelhos junto ao falecido, rezando, lágrimas em cascata por suas faces. Há um borrão de luz sobre armaduras, elmos escondendo rostos, mandíbulas de ferro, bocas de rã, as fendas das viseiras. Alguém diz, o animal caiu como se tivesse a perna quebrada, não havia ninguém perto do rei, não há ninguém para culpar. Ele parece ouvir o horrendo barulho, o berro agudo de terror do cavalo, os gritos dos espectadores, o rilhar de armadura e cascos sobre aço quando um enorme animal se enrosca em outro, cavalo de batalha e rei desabando juntos, o metal se enterrando na carne, casco penetrando osso.

"Tragam um espelho", diz ele, "para pormos junto aos seus lábios. Tragam uma pena para vermos se ela se agita."

O rei foi arrancado de sua armadura, mas ainda está em seu negro gibão forrado, como se em luto por si mesmo. Não se vê sangue, então ele pergunta, onde ele foi ferido? Alguém diz, ele bateu a cabeça; mas nisso se resume todo o sentido que ele consegue colher do pranto e do tumulto que enchem a tenda. Plumas, espelhos, esses métodos já foram usados, é o que lhe dão a entender; as línguas badalam como sinos, os olhos são como pedras em suas cabeças, cada rosto estarrecido e petrificado se volta ao seguinte, juramentos e preces são proferidos, e eles se movem lentamente, lentamente; ninguém quer transportar o cadáver para dentro, é demasiada responsabilidade para um homem, será algo visto, comunicado. É um erro pensar que quando o rei morre seus conselheiros gritam, "Vida longa ao rei". Muitas vezes, o fato da morte é escondido por dias. E esse fato deve ser escondido... Henrique está branco, e ele vê a chocante fragilidade da carne humana extraída do aço. O rei está deitado de costas, toda a sua magnífica altura esticada num pedaço de tecido azul-marinho. Seus membros estão retos. Ele parece intacto. Ele toca seu rosto. Ainda quente. O destino não o desfigurou ou mutilou. Ele está imaculado, um presente para os deuses. Eles o estão levando de volta da mesma forma como foi enviado.

Ele abre a boca e grita. O que estão pensando, deixando o rei deitado aqui, intocado por mão cristã, como se já estivesse excomungado? Se fosse qualquer outro homem caído, eles estariam tentando despertar seus sentidos com pétalas de rosa e mirra. Estariam puxando seu cabelo e torcendo suas orelhas, queimando papel sob seu nariz, abrindo à força sua mandíbula para pingar água benta em sua boca, soprando uma corneta junto a sua cabeça. Tudo isso deveria ser feito e — ele olha para cima e vê Thomas Howard, o duque de Norfolk, correndo em sua direção como um demônio. Tio Norfolk: tio da rainha, o mais alto nobre da Inglaterra. "Por Deus, Cromwell!", rosna ele. E o que ele quer dizer está claro. Por Deus, você agora está nas minhas mãos; por Deus, suas entranhas presunçosas serão arrancadas: por Deus, antes que o dia acabe sua cabeça estará espetada numa lança.

Talvez. Mas, nos segundos seguintes, ele, Cromwell, parece crescer em tamanho e preencher todo o espaço em torno do homem caído. Ele vê a si mesmo como se observasse do topo da tenda acima: sua largura se expande, até mesmo sua altura. De modo que ele cubra uma porção maior da terra. De modo que ocupe mais espaço, respire mais ar, que fique plantado e sólido quando Norfolk dispara em sua direção, torcendo-se, tremendo. De modo que ele se torne uma fortaleza sobre uma rocha, sereno, e Thomas Howard apenas rebata de suas muralhas, trepidando, retraindo-se e ganindo sabe Deus o que sobre sabe Deus quem. "LORDE NORFOLK!", vocifera ele para o outro. "Lorde Norfolk, onde está a rainha?"

Norfolk ofega, ansioso. "No chão. Contei a ela. Eu mesmo. Era meu dever fazê-lo. Meu dever, sou seu tio. Ela teve um ataque. Caiu no chão. A anã tentava erguê-la. Chutei a criatura para longe. Ó Deus Todo-Poderoso!"

Agora quem governará para o filho ainda não nascido de Ana? Quando Henrique se propôs a ir à França, disse que deixaria Ana como regente, mas isso foi há mais de um ano, e no fim das contas ele nunca viajou, por isso não sabemos se é o que ele de fato teria feito; Ana lhe disse, Cremuel, se eu for regente, tome cuidado, terei sua obediência ou sua cabeça. Ana como regente teria feito picadinho de Catarina, de Maria: Catarina já está fora de seu alcance, mas Maria está lá para o abate. Tio Norfolk, inclinado sobre o cadáver para uma rápida oração, pôs-se novamente de pé num tranco. "Não, não, não", está dizendo Norfolk. "Mulher de barriga não. Uma coisa assim não pode governar. Ana não pode governar. Eu, eu, eu."

Gregory está abrindo caminho em meio à multidão. Teve o bom senso de buscar Fitzwilliam, o tesoureiro real. "A princesa Maria", diz ele a Fitz. "Como chegar a ela. Preciso buscá-la. Ou o reino está acabado."

Fitzwilliam é um dos velhos amigos de Henrique, um homem de sua idade: competente demais por natureza, graças a Deus, para entrar em pânico ou se pôr a tagarelar sem nexo.

"Os guardas dela são Bolena", responde Fitz. "Não sei se a entregarão."

Sim, e que tolo eu fui, pensa ele, por não ter me insinuado entre eles, por não tê-los corrompido e subornado previamente, para uma ocasião como essa; falei que enviaria meu anel para a libertação de Catarina, mas para a princesa não fiz nenhum arranjo desse tipo. Se Maria permanece nas mãos dos Bolena, ela está morta. Se cai nas mãos dos papistas, eles a entronarão, e eu estarei morto. Haverá guerra civil.

Os cortesãos estão agora invadindo a tenda, todos inventando como foi que Henrique morreu, todos exclamando, negando, lamentando; o barulho aumenta, e ele agarra o braço de Fitz: "Se essa notícia chegar ao Norte antes de nós, jamais veremos Maria com vida novamente". Seus guardiões não a enforcarão no topo da escada, não a esfaquearão, mas garantirão que ela sofra um acidente, um pescoço quebrado na estrada. Assim, se o filho no ventre de Ana for uma menina, Elizabeth é rainha, pois não temos outro herdeiro.

Fitzwilliam diz: "Espere, deixe-me pensar. Onde está Richmond?". O bastardo do rei, dezesseis anos. É um trunfo, um bem valioso, deve ser protegido. Richmond é genro de Norfolk. Norfolk deve saber onde ele está, Norfolk é quem está em melhor posição para pôr as mãos nele, negociar com ele, prendê-lo ou soltá-lo; mas ele, Cromwell, não teme um menino bastardo, e além disso o jovem simpatiza com ele; em todos os contatos que tiveram, ele o amaciou como a um purê.

Norfolk está agora zunindo de um lado a outro, uma vespa tresloucada, e como se ele fosse mesmo uma vespa, os espectadores afastam-se dele, desviam, curvam-se para trás. O duque zumbe para ele; ele, Cromwell, enxota o duque. Baixa os olhos para Henrique. Talvez seja ilusão, mas ele pensa ter visto um leve tremor da pálpebra. É o suficiente. Posta-se ao lado de Henrique, como uma escultura num túmulo: um grande anjo sepulcral, mudo e feio. Espera: e então vê aquele movimento novamente, acha que vê. Seu coração salta. Ele leva a mão ao peito do rei, batendo-a em sua roupa, como um comerciante fechando um negócio. Diz calmamente: "O rei está respirando".

Um rugido infernal. Algo entre um gemido, um viva e um uivo de pânico, um grito a Deus, uma réplica ao diabo.

Sob o gibão, dentro do acolchoado de crina de cavalo, uma fibrilação, um tremor de vida: com sua mão aberta e pesada sobre o peito real, ele sente que está ressuscitando Lázaro. É como se a palma de sua mão, magnetizada, injetasse a vida de volta em Henrique. A respiração do rei, embora curta, parece estável. Ele, Cromwell, viu o futuro; ele viu a Inglaterra sem Henrique; ele reza em voz alta, "Vida longa ao rei".

"Tragam os médicos", ele ordena. "Tragam Butts. Tragam qualquer homem com habilidade. Se ele morrer de novo, eles não serão responsabilizados. Dou minha palavra quanto a isso. Tragam-me Richard Cromwell, meu sobrinho. Tragam um banco para lorde Norfolk, ele sofreu um choque."

Ele se sente tentado a acrescentar, joguem um balde d'água no Gentil Norris: cujas preces, ele teve tempo de perceber, são de caráter marcadamente papista.

A tenda agora está tão lotada que parece ter sido erguida das estacas para ser carregada na cabeça dos homens. Ele dirige um último olhar a Henrique antes que sua forma imóvel desapareça sob os cuidados de médicos e padres. Ele ouve um aspirar longo, estertoroso; mas o mesmo já se ouviu de cadáveres.

"Respire!", grita Norfolk. "Deixem o rei respirar!"

E como se em obediência, o homem caído toma um fôlego profundo, tragado, áspero. E então pragueja. E depois tenta sentar-se.

E tudo está acabado.

Mas não completamente: não até que ele tenha estudado as expressões dos Bolena ao redor. Eles parecem entorpecidos, atordoados. Seus rostos estão contraídos no frio cortante. O grande momento deles passou, antes mesmo que percebessem que havia chegado. Como todos vieram até aqui tão rápido? Onde estavam antes?, pergunta ele a Fitz. Só então ele percebe que está escurecendo. O que pareceram dez minutos foram duas horas: duas horas desde que Rafe apareceu à porta e ele deixou cair a pena no papel.

Ele diz a Fitzwilliam: "Claro, isso nunca aconteceu. Ou, se aconteceu, foi um incidente sem importância".

Para Chapuys e os outros embaixadores, ele manterá sua versão original: o rei caiu, bateu a cabeça e ficou inconsciente por dez minutos. Não, em nenhum momento pensamos que ele tivesse morrido. Depois de dez minutos, ele sentou-se no leito. E agora está perfeitamente bem.

Do jeito como conto a história, diz ele a Fitzwilliam, parece até que a pancada na cabeça fez bem ao rei. Que na verdade foi tudo proposital. Que todo monarca precisa de uma pancada na cabeça de tempos em tempos.

Fitzwilliam acha graça. "Os pensamentos que cruzam a cabeça de um homem em tais horas dificilmente resistem ao escrutínio. Lembro-me de ter pensado, não deveríamos chamar o lorde chanceler? Mas não sei o que eu achava que ele poderia fazer."

"Meu pensamento", confessa ele, "foi: alguém vá buscar o arcebispo da Cantuária. Acho que meu raciocínio foi de que um rei não poderia morrer sem sua supervisão. Imagine tentar arrastar Cranmer pelo Tâmisa. Primeiro ele nos obrigaria a fazer uma leitura do Evangelho."

O que diz o Livro Negro? Nada que sirva a um caso como esse. Ninguém planejou o que fazer quando um rei é derrubado de uma hora para outra, num segundo altivo em sua sela e cavalgando com lança em riste, no instante seguinte prostrado no chão. Ninguém se atreve. Ninguém ousa pensar nisso. E onde o protocolo falha, aí é briga de faca. Ele se lembra de Fitzwilliam a seu lado; Gregory no meio da aglomeração; Rafe a seu lado e depois seu sobrinho Richard. Foi Richard quem ajudou a erguer o rei quando ele tentou se sentar, enquanto os médicos gritavam "Não, não, deite o rei!"? Henrique apertou as mãos no peito, como se tentasse espremer o próprio coração. Lutou para se erguer, produziu ruídos inarticulados — que pareciam palavras mas não eram, como se o Espírito Santo houvesse descido e o feito falar em línguas. Atravessado pelo pânico, ele pensou, e se ele jamais voltar a recuperar a razão? O que diz o Livro Negro se a mente do rei se torna inútil? Ele se lembra vagamente do rugir do cavalo caído, lutando para ficar de pé; mas não pode ter ouvido isso, o animal com certeza foi sacrificado, não?

Mais tarde, o próprio Henrique é quem estava rugindo. Naquela noite, o rei rasga as bandagens da cabeça. Os hematomas, o inchaço, são o veredito de Deus sobre aquele dia. Henrique está determinado a se mostrar para sua corte, a combater quaisquer rumores de que esteja mutilado ou morto. Ana se aproxima dele, apoiando-se em seu pai, o "monsenhor". O conde realmente a apoia, não está fingindo. Ela parece branca e frágil; e agora sua gravidez está aparente. "Meu amo", diz ela, "eu oro, toda a Inglaterra ora, para que nunca se bata na liça de novo."

Com um gesto, Henrique ordena que ela se aproxime. Continua chamando-a até que o rosto dela esteja próximo do seu. Sua voz é baixa e veemente: "Por que não aproveita e me castra também? Isso lhe seria conveniente, não seria, madame?".

Rostos se contorcem em choque. Os Bolena têm o bom senso de afastar Ana, afastá-la e levá-la embora, Mary Shelton e Jane Rochford abanando-a e consolando-a, todo o clã Howard e Bolena se fechando em torno dela. Entre as damas, Jane Seymour é a única que não se move. Ela se ergue e olha para Henrique e os olhos do rei voam direto para ela, e eis que um espaço se abre a seu redor e por um momento ela está sobre o vazio, como uma dançarina deixada para trás enquanto todos os outros prosseguem na coreografia.

Mais tarde, ele está com Henrique em sua câmara, o rei atirado numa poltrona de veludo. Henrique diz, quando eu era menino, estava andando com meu pai em uma galeria em Richmond certa noite de verão por volta das onze horas; estávamos de braços dados, conversando com entusiasmo, ou ao menos ele estava: e de repente houve um grande estrondo e um estilhaçar, e todo o edifício soltou um profundo gemido e o chão desapareceu sob nossos pés. Eu me lembrarei daquilo por toda a minha vida, de estarmos parados à beira do abismo, e o mundo tendo desaparecido debaixo de nós. Mas por um momento eu não compreendi o que tinha ouvido, se era a madeira se partindo ou nossos ossos. Nós dois, pela graça de Deus, continuávamos com os pés em terra firme, e contudo eu me vi despencando, caindo para o andar de baixo até atingir a terra e sentir seu cheiro, úmido como uma tumba. Bem... quando caí hoje, foi assim. Eu ouvia vozes. Muito distantes. Não conseguia distinguir as palavras. Senti-me flutuando no ar. Não vi Deus. Nem anjos.

"Espero que não tenha ficado decepcionado quando acordou. Apenas para se deparar com Thomas Cromwell."

"Você nunca foi tão bem-vindo", responde Henrique. "Sua própria mãe no dia que você nasceu não ficou mais contente em vê-lo do que eu hoje."

Os cavalheiros da câmara estão aqui, cumprindo suas tarefas habituais com pés suaves e silenciosos, salpicando os lençóis do rei com água benta. "Devagar", diz Henrique, irritado. "Querem que eu pegue um resfriado? Um afogamento não é mais eficaz que uma queda." Ele se vira e diz, em voz baixa: "Crumb, você sabe que isso nunca aconteceu?".

Ele assente. Quaisquer registros que já tenham sido feitos, ele está em processo de expurgar. Depois que o fizer, será sabido que em tal data o cavalo do rei tropeçou. Mas a mão de Deus o ergueu do chão e o pôs de volta em seu trono, rindo. Mais um item para incluir n'*O livro chamado Henrique*: derrube-o, ele bate no chão e fica de pé outra vez.

Mas a rainha tem razão numa coisa. Todos já viram os justadores da época do antigo rei mancando pela corte, os debilitados e perturbados sobreviventes das liças; homens que levaram pancadas na cabeça por vezes demais, homens que andam tortos, dobrados como uma cantoneira. E todas as suas habilidades não contam para nada quando chegar o dia de seu juízo. O cavalo pode falhar. Os garotos podem falhar. Os nervos podem falhar.

À noite, ele conversa com Richard Cromwell. "Foi um péssimo momento para mim. Quantos homens podem dizer, como eu posso, 'Meu único amigo é o rei da Inglaterra'? Eu tenho tudo, poderiam pensar. E, entretanto, leve Henrique embora e não tenho nada."

Richard percebe aquela verdade incontornável. Diz: "Sim". O que mais ele pode dizer?

Mais tarde, ele expressa o mesmo pensamento a Fitzwilliam, porém de forma cautelosa e modificada. Fitzwilliam o encara: pensativo, não sem compaixão. "Não sei, Crumb. Não é como se você não tivesse apoio, você sabe."

"Perdoe-me", diz ele, cético, "mas de que forma esse apoio se manifesta?"

"Quero dizer que você teria apoio, se precisasse, contra os Bolena."

"Por que precisaria? A rainha e eu somos perfeitos amigos."

"Não é o que você diz a Chapuys."

Ele inclina a cabeça. Interessante, descobrir as pessoas que conversam com Chapuys; interessante também aquilo que o embaixador escolhe passar adiante, de uma facção a outra.

"Você os ouviu?", diz Fitz. Seu tom é de repulsa. "Fora da tenda, quando pensávamos que o rei estivesse morto? Gritando 'Bolena, Bolena!'. Gritando o próprio nome. Como cucos."

Ele espera. Claro que ouviu; qual é a verdadeira questão aqui? Fitz é próximo do rei. Ele foi criado na corte com Henrique desde que ambos eram meninos, embora sua família pertença à baixa nobreza. Esteve na guerra. Foi atingido por um dardo de balestra. Esteve em embaixadas no exterior, conhece a França, conhece o enclave inglês em Calais e sua política. Pertence àquela ordem exclusiva, os cavaleiros da Jarreteira. Escreve boas cartas, na medida certa, nem abruptas nem prolixas, nem entremeadas de elogios nem negligentes em expressões de respeito. O cardeal gostava dele, e ele é afável com Thomas Cromwell quando almoçam, diariamente, na câmara da guarda. Ele é sempre afável: e talvez agora seja ainda mais.

"O que teria acontecido, Crumb, se o rei não tivesse voltado à vida? Nunca me esquecerei de Howard gritando, 'Eu, eu, eu!'."

"Não é um espetáculo que apagaremos fácil da mente. Quanto a...", ele hesita. "Bem, se o pior acontecesse, o corpo do rei morreria, mas o corpo político continuaria. Talvez fosse possível convocar um conselho dirigente, composto dos oficiais da lei e daqueles que atualmente ocupam as principais posições no conselho..."

"... dentre os quais, sua pessoa..."

"Minha pessoa, correto." Minha pessoa, dividida em vários postos, pensa ele: quem mais confiável, mais próximo, a ponto de ser não apenas secretário-mor, mas também oficial da lei, arquivista-mor? "Se o Parlamento se dispusesse, poderíamos reunir um corpo que governasse como regente até que a rainha desse à luz, e talvez com a permissão dela, durante a minoridade..."

"Mas você sabe que Ana não daria nenhuma permissão desse tipo", diz Fitz.

"Não, ela faria de tudo para governar sozinha. Mas teria que lutar com o tio Norfolk. Entre os dois, não sei quem eu apoiaria. A dama, acho."

"Deus ajude o reino", diz Fitzwilliam, "e todos os homens que nele habitam. Entre os dois, eu preferiria Thomas Howard. Pelo menos, se chegasse a isso, alguém poderia desafiá-lo a sair e lutar. Se a dama virasse regente, os Bolena caminhariam nas nossas costas. Seríamos seus tapetes vivos. Ela mandaria bordar 'AB' na nossa pele." Fitz esfrega o queixo. "Mas é o que ela fará de qualquer maneira. Se der um filho a Harry."

Ele está ciente de que Fitz o observa. "Falando em filhos", diz ele, "eu já lhe agradeci de forma apropriada? Diga-me se houver alguma coisa que eu possa fazer por você. Gregory cresceu muito sob sua orientação."

"O prazer é meu. Mande-o logo de volta para mim."

Mandarei, pensa ele, e com a concessão de uma ou duas pequenas abadias quando minhas novas leis estiverem aprovadas. Em sua mesa há uma enorme pilha de questões para a nova sessão do Parlamento. Antes que muitos anos se passem, ele gostaria que Gregory tivesse um assento a seu lado na Câmara dos Comuns. Ele precisa ver todos os aspectos de como o reino é governado. Um período no Parlamento é um exercício de frustração, é uma lição de paciência: depende da perspectiva que se adote. Eles debatem guerra, paz, contendas, disputas, murmúrios, rixas, riqueza, pobreza, verdade, falsidade, justiça, equidade, opressão, traição, assassinato e a edificação e manutenção do país; depois fazem como seus antecessores fizeram — isto é, como teriam feito — e param no mesmo ponto em que começaram.

***

Depois do acidente do rei, tudo continua igual, e, no entanto, tudo está diferente. Ele ainda é detestado pelos Bolena, pelos partidários de Maria, pelo duque de Norfolk, pelo duque de Suffolk e pelo ausente bispo de Winchester; para não mencionar o rei da França, o imperador e o bispo de Roma, também conhecido como o papa. Mas o duelo — cada um desses duelos — está mais afiado agora.

No dia do funeral de Catarina, ele se sente abatido. Quão estreitamente abraçamos nossos inimigos! Eles são nossos parentes, nosso outro eu. Enquanto ela sentava-se numa almofada de seda no palácio de Alhambra, uma menina de sete anos trabalhando em seu primeiro bordado, ele raspava raízes na cozinha do palácio de Lambeth sob o olhar de seu tio John, o cozinheiro.

Tantas vezes ele tomou partido de Catarina em conselho, como se fosse um dos advogados nomeados por ela. "Os senhores apresentam esse argumento", dizia ele, "mas a princesa viúva alegará…" E "Catarina refutará os senhores, da seguinte forma". Não porque ele apoie a causa dela, mas porque assim se ganha tempo; como seu adversário, ele adentra suas preocupações, julga seus estratagemas, apresenta cada ponto antes que ela o faça. Há muito que isso tem sido um enigma para Charles Brandon, que indaga: "De que lado está esse sujeito?".

Mas mesmo agora a causa de Catarina não é considerada encerrada, em Roma. Uma vez que os advogados do Vaticano iniciam um caso, eles não o encerram apenas porque uma das partes faleceu. Possivelmente, quando todos nós estivermos mortos, de alguma portinhola do Vaticano surgirá tremelicando um secretário-esqueleto, para consultar seus colegas esqueletos sobre algum ponto do direito canônico. Eles chocalharão seus dentes uns para os outros; seus olhos ausentes baixarão nas órbitas apenas para ver que seus pergaminhos se tornaram partículas de poeira na luz. Quem tirou a virgindade de Catarina, seu primeiro marido ou o segundo? Por toda a eternidade, nunca saberemos.

Ele diz a Rafe: "Quem pode entender a vida das mulheres?".

"Ou a morte delas", completa Rafe.

Ele ergue os olhos. "Até você! Não acha que ela foi envenenada, acha?"

"Dizem os boatos", responde Rafe num tom sério, "que o veneno penetrou no seu corpo por alguma cerveja forte de Gales. Uma bebida pela qual, ao que parece, ela tomou gosto nesses últimos meses."

Ele encara Rafe e bufa, com uma risada reprimida. A princesa viúva, bebericando cerveja galesa. "De uma caneca de couro", diz Rafe. "E imagine Catarina batendo a caneca na mesa. E rugindo: 'Encha de novo'."

Ele ouve a aproximação de pés correndo. O que será agora? Uma batida na porta e seu garoto galês aparece, sem fôlego. "Senhor, precisa ir até o rei agora mesmo. A gente de Fitzwilliam veio buscá-lo. Acho que alguém morreu."

"Como, outro alguém?" Ele pega seus papéis, joga-os num baú, vira a chave e a entrega a Rafe. De agora em diante ele não deixará nenhum segredo sem vigilância, nenhuma tinta fresca exposta ao ar. "Quem tenho que trazer dos mortos desta vez?"

Sabe como é quando um coche tomba na rua? Todo mundo que você conhece testemunhou o ocorrido. Viram a perna de um homem totalmente decepada. Viram uma mulher dar seu último suspiro. Viram os bens saqueados, ladrões roubando da traseira, enquanto o cocheiro jazia esmagado na frente. Ouviram um homem berrar sua última confissão, enquanto outro sussurrava seu último desejo e seu testamento. E, se todas as pessoas que dizem que estavam lá realmente estivessem lá, então todos os sedimentos acumulados de Londres teriam escorrido para aquele mesmo local, todos os ladrões teriam saído de suas prisões, todas as prostitutas teriam esvaziado suas camas, todos os advogados teriam trepado nos ombros dos açougueiros para ter uma visão melhor.

Mais tarde nesse mesmo dia, 29 de janeiro, ele estará a caminho de Greenwich, chocado, apreensivo com as notícias que os homens de Fitzwilliam lhe trouxeram. As pessoas lhe dirão: "Eu estava lá, eu estava lá quando Ana interrompeu a conversa, eu estava lá quando ela pousou o livro, a costura, o alaúde, eu estava lá quando ela interrompeu seu regozijo diante da ideia de que Catarina está descendo a uma cova. Eu vi seu rosto mudando. Eu vi suas damas se fechando em torno dela. Eu vi quando a arrastaram para sua câmara e trancaram a porta, e vi o rastro de sangue deixado no chão quando ela passou".

Não precisamos acreditar nisso. Não no rastro de sangue. As pessoas o viram em sua imaginação, talvez. Ele perguntará, a que horas começaram as dores da rainha? Mas ninguém parecerá capaz de lhe dizer, apesar de terem um profundo conhecimento do incidente. Eles se concentraram na trilha de sangue e deixaram de lado os fatos. Levará o dia todo até que a má notícia vaze da cabeceira da rainha. Às vezes as mulheres sangram, mas a criança segue firme na barriga e cresce. Não dessa vez. Catarina acabou de descer ao túmulo e ainda está inquieta. Estendeu o braço e sacudiu a criança na barriga de Ana até que ela viesse ao mundo, antes da hora, e não maior que um rato.

À noite, fora da suíte da rainha, a anã senta-se no chão, balançando-se e gemendo. Finge estar em trabalho de parto, alguém diz: mas é uma explicação desnecessária. "Vocês não podem tirá-la daqui?", ele pergunta às mulheres.

Jane Rochford diz: "Era um menino, secretário-mor. Ela o carregou por menos de quatro meses, segundo nossos cálculos".

Início de outubro, então. Estávamos ainda em viagem. "O senhor decerto mantém um registro do itinerário", murmura Lady Rochford. "Onde ela estava nessa época?"

"Isso importa?"

"Imagino que o senhor queira saber. Oh, eu sei que os planos foram alterados, alguns deles em cima da hora. Que às vezes ela estava com o rei, às vezes não, que às vezes Norris estava com ela, e às vezes outros cavalheiros. Mas o senhor tem razão, secretário. Não é o momento. Os médicos não podem dar certeza de quase nada. Não podemos dizer quando foi concebido. Ou quem estava aqui e quem estava lá."

"Talvez devêssemos deixar as coisas como estão", ele diz.

"Pois bem. Agora que ela perdeu outra chance, pobre dama... que mundo será?"

A anã se põe de pé. Observando-o, sustentando seu olhar, ela ergue as saias. Ele não é rápido o suficiente para desviar o olhar. Ela raspou a si mesma ou alguém fez isso, e suas partes estão peladas, como as partes de uma velha ou de uma criança pequena.

Mais tarde, diante do rei, segurando a mão de Mary Shelton, Jane Rochford não tem certeza de nada. "A criança parecia ser um menino", diz ela, "com cerca de quinze semanas de gestação."

"O que quer dizer com 'parecia'?", interroga o rei. "Não sabe dizer? Ora, saia daqui, mulher, você nunca deu à luz, o que sabe? Deveria ter havido matronas à cabeceira dela, o que você foi fazer lá? Vocês, os Bolena, não poderiam ter cedido o lugar a alguém mais útil? Precisam estar todos lá, sempre que um desastre acontece?"

A voz de Lady Rochford vacila, mas ela sustenta sua opinião. "Vossa majestade pode entrevistar os médicos."

"Já fiz isso."

"Estou apenas repetindo as palavras deles."

Mary Shelton explode em lágrimas. Henrique olha para ela e diz humildemente: "Srta. Shelton, perdão. Querida, eu não queria fazê-la chorar".

Henrique sente dor. Sua perna foi atada pelos cirurgiões, a perna que ele feriu na justa há mais de dez anos; é propensa a ulcerações, e parece que a recente queda abriu um canal na carne. Toda a bravata do rei desapareceu; é como nos dias em que ele sonhava com seu irmão Artur, nos dias em que era assombrado pelos mortos. É o segundo filho que ela perde, diz Henrique à noite, em particular: contudo, quem sabe, talvez tenha havido outros, as mulheres guardam essas coisas para si até que a barriga apareça, não sabemos quantos dos meus herdeiros definharam em sangue. O que Deus quer de mim agora? O que devo fazer para agradá-lo? Vejo que ele não me dará filhos homens.

Ele, Cromwell, espera à distância enquanto Thomas Cranmer, pálido e delicado, encarrega-se da infelicidade do rei. Interpretamos muito mal nosso criador, diz o arcebispo, se o culpamos por todos os acidentes de natureza decaída.

Pensei que ele cuidasse de cada pássaro que cai, diz o rei, truculento como uma criança. Então por que não se importa com a Inglaterra?

Cranmer argumenta. Ele mal escuta. Pensa nas mulheres em torno de Ana: astutas como serpentes, suaves como pombas. Uma determinada história já está tramada, sobre os acontecimentos do dia; tramada na câmara da rainha. Ana Bolena não é culpada por esse infortúnio. É a seu tio Thomas Howard, o duque de Norfolk, que devemos culpar. Quando o rei sofreu a queda, foi Norfolk quem apavorou a rainha, gritando que Henrique estava morto, e assim lhe provocando um choque tão grande que o coração do bebê ainda não nascido parou.

E mais: é culpa de Henrique. Pela maneira como ele vem se comportando, namoricando a filha do velho Seymour, deixando cartas no assento reservado à moça na capela e enviando a ela doces de sua mesa. Quando a rainha viu que ele amava outra, foi atingida até o âmago. A tristeza que a tomou fez com que suas vísceras se revoltassem e rejeitassem a frágil criança.

Que fique claro, diz Henrique friamente quando se posta ao pé do leito da rainha e ouve tal relato dos acontecimentos. Que isso fique claro, madame. Se alguma mulher tem culpa, é aquela que estou fitando. Falarei com você quando estiver melhor. E agora me despeço, pois estou indo a Whitehall me preparar para o Parlamento, e é melhor que você fique na cama até se recuperar. Quanto a mim, duvido que jamais me recupere.

E quando ele se afasta, Ana grita às suas costas — ou ao menos assim conta Lady Rochford: "Fique, fique, meu amo, logo lhe darei outro filho, e muito mais rápido agora que Catarina está morta...".

"Não vejo como isso aceleraria o trâmite." Henrique se retira claudicando. Depois, em seus próprios aposentos, os cavalheiros da câmara fazem os preparativos para a partida, movendo-se com cautela à sua volta, como se ele fosse feito de vidro. Henrique agora está arrependido de seu pronunciamento precipitado, porque, se a rainha ficar em Londres, então todas as mulheres devem ficar, e ele não poderá banquetear os olhos com seu docinho, Jane. Logo em seguida, chegam-lhe outros argumentos, talvez enviados por Ana na forma de um bilhete: o feto perdido, concebido quando Catarina ainda estava viva, é inferior à concepção que se seguirá, em alguma data desconhecida mas em breve. Pois, mesmo que a criança tivesse vivido e crescido, ainda haveria quem duvidasse de seu direito; ao passo que, agora que Henrique é um viúvo, ninguém

163

na cristandade pode contestar que seu casamento com Ana é lícito e que qualquer filho que eles gerem será o herdeiro da Inglaterra.

"Bem, o que acham dessa linha de raciocínio?", pergunta Henrique. Com a perna dura de tantas bandagens, ele se deixa afundar numa poltrona em seus aposentos privados. "Não, não conferenciem, quero uma resposta de cada um de vocês, um Thomas de cada vez." Ele faz uma careta, embora a intenção seja produzir um sorriso. "Sabem a confusão que vocês causam entre os franceses? Eles transformaram vocês dois num só conselheiro, e nos despachos o chamam de dr. Chramuel."

Eles trocam olhares, ele e Cranmer: o açougueiro e o anjo. Mas o rei não espera por seus conselhos, seja em conjunto ou em separado; ele segue falando, como um homem que enfia uma adaga em si mesmo para provar o quanto dói. "Se um rei não pode ter um filho, se não consegue fazer isso, não importa o que mais ele consiga fazer. As vitórias, os despojos da vitória, as leis justas que elabora, as notórias cortes que ele sustenta, tudo isso é como um nada."

É verdade. Para manter a estabilidade do reino: esse é o pacto que o rei faz com seu povo. Se ele não pode ter um filho seu, deve encontrar um herdeiro, nomeá-lo antes que seu país caia em dúvida e confusão de facções e conspirações. E quem Henrique pode nomear que não venha a ser alvo de zombaria? O rei diz: "Quando lembro o que fiz pela atual rainha, como a elevei da posição de mera filha de um cavalheiro… não consigo entender agora por que fiz isso". Ele olha para os dois como se perguntasse, você sabe, dr. Chramuel? "Tenho a impressão…", ele está tateando, perplexo, em busca das frases certas, "… tenho a impressão de que fui, de certa forma, conduzido desonestamente a esse casamento."

Ele, Cromwell, olha de soslaio para a outra metade de si mesmo, como se para um espelho: Cranmer parece perplexo. "Como, desonestamente?", o arcebispo pergunta.

"Tenho certeza de que eu não estava no meu juízo perfeito. Não como estou agora."

"Mas, senhor", pondera Cranmer. "Majestade. Perdoe-me, mas seu juízo não tem como estar perfeito. Vossa majestade sofreu uma grande perda."

Duas, na verdade, pensa ele: hoje seu filho nasceu morto e sua primeira esposa foi enterrada. Não admira que esteja vacilante.

"A mim me parece que fui seduzido", Henrique diz, "isto é, fui manipulado, talvez com amuletos, talvez com feitiços. As mulheres de fato usam essas coisas. E, se assim tiver sido, então o casamento seria nulo, não é?"

Cranmer estende as mãos, como um homem tentando empurrar a maré de volta. Ele vê sua rainha evaporando no ar: sua rainha, que tanto fez pela verdadeira religião. "Senhor, senhor… Majestade…"

"Ah, chega!", diz Henrique: como se Cranmer é que tivesse começado a discussão. "Cromwell, quando você era soldado, chegou a ouvir falar de algo que pudesse curar uma perna como a minha? Levei um novo golpe nela, e os cirurgiões dizem que os humores malignos precisam sair. Eles temem que a podridão tenha avançado até o osso. Mas não conte a ninguém. Eu não gostaria que o boato se espalhasse fora do reino. Pode enviar um pajem para buscar Thomas Vicary? Acho que ele precisa me fazer uma sangria. Preciso de algum alívio. Boa noite para vocês." Ele acrescenta, quase inaudível: "Pois imagino que até o dia de hoje irá acabar".

O dr. Chramuel sai. Numa antecâmara, um se vira para o outro. "Ele estará diferente amanhã", diz o arcebispo.

"Sim. Um homem pode dizer qualquer coisa quando está sofrendo."

"Não devemos levar a sério."

"Não."

São como dois homens atravessando gelo fino; um se apoiando no outro, ambos dando passos pequenos, tímidos. Como se isso fosse adiantar alguma coisa quando o gelo debaixo deles começar a rachar por todos os lados.

Cranmer diz, incerto: "A dor pela criança o confunde. Ele teria esperado tanto tempo por Ana, para depois se livrar dela assim tão rápido? Em breve serão melhores amigos".

"Além disso", diz ele, "Henrique não é homem de admitir que errou. Ele pode ter dúvidas quanto ao seu casamento. Mas se qualquer outra pessoa levantar esse tipo de questionamento, que Deus a ajude."

"Precisamos apaziguar essas dúvidas", diz Cranmer. "Nós dois temos que conseguir isso."

"Ele gostaria de ter o imperador como amigo. Agora que Catarina não está mais aqui para causar mal-estar entre eles. Assim, temos que encarar o fato de que a atual rainha é..." Ele hesita em dizer, supérflua; hesita em dizer, um obstáculo à paz.

"Ela está no caminho dele", diz Cranmer, sem rodeios. "Mas ele não a sacrificará, correto? Certamente que não. Não para agradar ao imperador Carlos ou a qualquer homem. Seria inútil exigirem isso. Seria inútil Roma pedir. Ele nunca voltará atrás."

"Não. Tenha um pouco de fé no nosso bom amo para manter a Igreja."

Cranmer ouve as palavras que ele não pronunciou: o rei não precisa de Ana para ajudá-lo a fazer isso.

Contudo, ele diz a Cranmer. É difícil se lembrar do rei antes de Ana; difícil imaginá-lo sem ela. Ana gira à volta dele. Ela lê por cima de seu ombro. Ela se infiltra em seus sonhos. Mesmo quando está deitada junto dele, isso não é perto o bastante para ela. "Eu lhe direi o que vamos fazer", prossegue ele, apertando o braço de Cranmer. "Vamos oferecer um jantar, que tal? E convidar o duque de Norfolk."

Cranmer se retrai. "Norfolk? Por que faríamos isso?"

"Por reconciliação", diz ele casualmente. "Temo ter, hum, talvez desprezado suas pretensões no dia do acidente do rei. Na tenda. Quando ele correu para dentro. Pretensões bem fundamentadas", acrescenta ele, reverente. "Pois ele não é nosso mais alto aristocrata? Não, tenho piedade do duque, do fundo do coração."

"O que você fez, Cromwell?" O arcebispo está lívido. "O que você fez naquela tenda? Pôs mãos violentas sobre ele, como ouvi dizer que fez recentemente com o duque de Suffolk?"

"Como assim, com Brandon? Eu só o levei para outro lugar."

"Quando ele não pretendia ser levado."

"Foi para o próprio bem dele. Se eu o deixasse na presença do rei, suas palavras o teriam encaminhado para a Torre. Ele estava difamando a rainha, entende?" E qualquer calúnia, qualquer dúvida, pensa ele, deve vir de Henrique, da sua própria boca, e não da minha ou de qualquer outro homem. "Por favor, por favor", diz ele, "vamos oferecer um jantar. Você precisa organizá-lo em Lambeth, Norfolk não virá até mim, ele pensará que pretendo despejar um sonífero no vinho dele e enfiá-lo a bordo de um navio para ser vendido como escravo. Ele gostará de ir visitá-lo. Fornecerei a carne de gamo. Teremos gelatinas no formato dos principais castelos do duque. Não será nenhum dispêndio para você. E nenhum trabalho para seus cozinheiros."

Cranmer ri. Finalmente, ele ri. Foi uma árdua campanha para arrancar dele ao menos um sorriso.

"Como quiser, Thomas. Façamos um jantar."

O arcebispo pousa as mãos nos braços dele, dá-lhe um beijo à direita e outro à esquerda. O beijo da paz. Ele não se sente aliviado, ou tranquilizado, quando volta a seus aposentos, cruzando o palácio estranhamente silencioso: nenhuma música em salas distantes, talvez o murmúrio de uma prece. Ele tenta imaginar a criança perdida, o bonequinho, seus membros brotando, seu rosto velho e sábio.

Poucos homens já viram tal coisa. Por certo que ele não viu. Na Itália, certa vez, ele segurou uma lanterna para um cirurgião que, num quarto fechado imerso em sombras, fatiava um morto para ver as engrenagens do corpo por dentro. Foi uma noite pavorosa, o fedor de entranhas e sangue obstruindo a garganta, e artistas se empurrando e negociando um lugar com boa visão, tentando enxotá-lo às cotoveladas: mas ele permaneceu firme, pois garantira que assim o faria, prometera segurar a luz. E assim ele esteve entre os eleitos daquela comitiva, os luminares, que viram o músculo ser separado do osso. Mas nunca chegou a ver o interior de uma mulher, muito menos um cadáver grávido; nenhum cirurgião, nem mesmo por dinheiro, faria um trabalho desses diante de uma plateia.

Ele pensa em Catarina, embalsamada e sepultada. Seu espírito liberto, partindo em busca de seu primeiro marido: vagando agora, chamando seu nome. Será que Artur ficará chocado ao vê-la, uma velha tão corpulenta, e ele ainda um garoto franzino?

O rei Artur, abençoada seja sua memória, não pôde ter um filho. E o que aconteceu depois de Artur? Não sabemos. Mas sabemos que sua glória desapareceu do mundo.

Ele pensa no lema escolhido por Ana, pintado com seu brasão de armas: "A mais afortunada".

Ele disse a Jane Rochford: "Como vai minha ama, a rainha?".

Rochford respondeu: "Sentada, se lamentando".

Mas o que ele queria saber era, ela perdeu muito sangue?

Catarina não era imaculada, mas agora seus pecados foram tirados dela. Estão todos amontoados em Ana: a sombra que flutua em seu encalço, a mulher vestida de escuridão. A antiga rainha habita a luminosa presença de Deus, com seus bebês mortos embalados a seus pés, mas Ana ainda habita o mundo pecaminoso abaixo, cozida em seu suor de parto, em seu lençol sujo. Mas suas mãos e pés estão frios e seu coração é como uma pedra.

Enfim, aqui está o duque de Norfolk, esperando que lhe deem de comer. Vestido com o que tem de melhor, ou pelo menos com algo suficientemente bom para o palácio de Lambeth, ele parece um pedaço de corda mastigado por um cão, ou um pedaço de tendão abandonado de lado numa tábua de cortar carne. Olhos brilhantes e ferozes sob sobrancelhas ingovernáveis. O cabelo como uma lixa de aço. Sua figura é magra e musculosa, e ele cheira a cavalo e couro e a oficina de um armeiro e, misteriosamente, a fornos ou talvez cinzas frias: seco como pó, pungente. Ele não teme nenhum homem vivo exceto Henrique Tudor, que num capricho pode lhe arrancar seu ducado, mas teme os mortos. Dizem que em todas as suas casas, ao fim do dia, é possível ouvi-lo batendo os postigos e passando as trancas, para que o falecido cardeal Wolsey não entre voando pela janela ou deslizando escada acima. Se Wolsey quisesse Norfolk, esperaria em silêncio sob o tampo da mesa, suspirando pelos nós da madeira; entraria por um buraco de fechadura ou se jogaria dentro de uma chaminé com a agitação suave de uma pomba coberta de fuligem.

Quando Ana Bolena surgiu no mundo, e sendo ela sobrinha da ilustre família de Norfolk, o duque pensou que seus problemas estivessem terminados. Porque ele tem problemas; o mais alto nobre tem seus rivais, aqueles que lhe desejam infortúnios e o difamam. Mas ele acreditava que, com Ana coroada no devido tempo, estaria sempre junto ao braço direito do rei. As coisas não aconteceram assim, e o duque se tornou descontente. O casamento não trouxe aos Howard as riquezas e as honras que ele esperava. Ana tomou as recompensas para si, e Thomas Cromwell usurpou-as. O duque pensa que Ana deveria ser guiada por seus parentes varões, mas ela não permite que a guiem; na verdade, ela já deixou claro que vê a si mesma, e não ao duque, como chefe da família agora. O que não é natural, do ponto de vista do duque: uma mulher não pode ser chefe de nada, a subordinação e a submissão são seu papel. Ainda que seja uma rainha e uma mulher rica, ainda assim ela deveria saber seu lugar, ou deveriam lhe ensinar. Howard às vezes reclama em público: não de Henrique, mas de Ana Bolena. E ele achou oportuno passar algum tempo em suas próprias terras, perturbando sua duquesa, que muitas vezes escreve a Thomas Cromwell com queixas acerca do tratamento que recebe do marido. Como se ele, Thomas Cromwell, pudesse transformar o duque num dos maiores amantes do mundo, ou mesmo num homem minimamente razoável.

Mas, quando a última gravidez de Ana se tornou pública, o duque veio à corte, ladeado por seus criados cheios de sorrisinhos, e logo seu peculiar filho fez o mesmo. Surrey é um jovem com uma excelente opinião de si mesmo: considera-se um homem bonito, talentoso e sortudo. Mas seu rosto é torto e ele não se ajuda ao cortar o cabelo no formato de uma tigela. Hans Holbein admite que o considera um desafio. Hoje Surrey está aqui em Lambeth, abrindo mão de uma noite no bordel. Seus olhos percorrem o salão; talvez ele pense que Cranmer esconde garotas nuas por trás das tapeçarias.

"Bem, e então", diz o duque, esfregando as mãos. "Quando você me visitará em Kenninghall, Thomas Cromwell? Temos boa caça, por Deus, temos algo em que atirar em todas as estações do ano. E podemos lhe arranjar alguém para aquecer a cama, uma plebeia do tipo que você gosta, arranjamos uma nova criada há pouco", o duque suga a saliva, "você deveria ver os peitinhos dela." Seus dedos nodosos beliscam o ar.

"Bem, se ela é sua", ele murmura, "eu não gostaria de privá-lo dela."

O duque atira um olhar a Cranmer. Talvez não seja apropriado falar sobre mulheres? Se bem que, por outro lado, Cranmer tampouco é um arcebispo apropriado, na opinião de Norfolk; é um secretário insignificante que Henrique encontrou nos pântanos certo ano e que prometeu fazer tudo que o rei pedisse em troca de uma mitra e duas boas refeições por dia.

"Por Deus, você parece doente, Cranmer", diz o duque, com prazer sombrio. "Parece incapaz de manter as carnes nos ossos. Eu tampouco consigo. Veja isso." O duque se afasta da mesa, acotovelando um pobre rapaz que está de prontidão com a ânfora de vinho. Ele se levanta e abre a toga, espichando para fora um tornozelo magro. "O que me dizem disso?"

É horrível, concorda ele. Decerto é a humilhação que está fazendo Thomas Howard definhar, não? Em público, sua sobrinha o interrompe e fala por cima dele. Ri de suas medalhinhas e das relíquias que ele usa, algumas muito sagradas. À mesa, ela se inclina para ele e diz, Venha, tio, coma uma migalha da minha mão, você está desaparecendo. "E estou mesmo", diz ele. "Não sei como consegue, Cromwell. Olhe para você, todo robusto na sua toga, um ogro o comeria assado."

"Ah, bem", diz ele, sorrindo, "é o risco que eu corro."

"Acho que você ingere algum pó que arranjou na Itália. É o que o mantém lustroso. Suponho que você não partilharia desse segredo, ou sim?"

"Coma sua gelatina, milorde", ele responde, paciente. "Se souber de algum pó, eu lhe trarei uma amostra. Meu único segredo é que durmo à noite. Estou em paz com meu criador. E, é claro", acrescenta, recostando-se à vontade, "não tenho inimigos."

"O quê?", exclama o duque. Suas sobrancelhas sobem até os cabelos. Ele se serve de um pouco mais das construções de gelatina de Thurston, do escarlate e do branco, da pedra aerada e do tijolo sanguíneo. Enquanto os gira na boca, ele opina sobre vários temas. Principalmente sobre Wiltshire, o pai da rainha. Que deveria ter criado Ana direito e com mais atenção à disciplina. Mas não, ele estava muito ocupado se gabando dela em francês, gabando-se do que ela se tornaria.

"Bem, ela de fato se tornou", diz o jovem Surrey. "Não é mesmo, senhor meu pai?"

"Eu acho que é ela quem está me fazendo definhar", diz o duque. "Ela sabe tudo sobre pós. Dizem que mantém envenenadores à sua disposição. Vocês sabem o que ela fez com o antigo bispo Fisher."

"O que ela fez?", pergunta o jovem Surrey.

"Você nunca sabe de nada, rapaz? O cozinheiro de Fisher foi pago para jogar um pó no caldo. Quase o matou."

"Não teria sido perda alguma", diz o rapaz. "Ele era um traidor."

"Sim", diz Norfolk, "mas na época sua traição ainda não tinha sido comprovada. Aqui não é a Itália, garoto. Temos tribunais de justiça. Bem, o velho sobreviveu, mas nunca mais se recuperou. Henrique mandou ferver vivo o cozinheiro."

"Mas ele nunca confessou", diz ele: ele, Cromwell. "Portanto, não podemos dizer com certeza que os Bolena fizeram isso."

Norfolk bufa. "Eles tinham motivo. Maria tem mais é que tomar cuidado."

"Concordo", ele diz. "Embora eu não creia que veneno seja o principal perigo para ela."

"O quê, então?", pergunta Surrey.

"Maus conselhos, milorde."

"Acha que ela deveria lhe dar ouvidos, Cromwell?" O jovem Surrey agora pousa a faca e começa a reclamar. Os nobres, lamenta ele, não são mais respeitados como eram nos dias em que a Inglaterra era grande. O atual rei mantém à sua volta uma coleção de homens de baixa extração, e nada de bom resultará disso. Cranmer se inclina à frente em sua cadeira, como se para interferir, mas Surrey lhe prega um olhar hostil que diz, é exatamente de você que estou falando, arcebispo.

Com um gesto de cabeça, ele ordena a um menino que preencha a taça do jovem. "Este não é o melhor público para tal discurso, senhor."

"Por que eu me importaria com isso?", retruca Surrey.

"Thomas Wyatt disse que o senhor está estudando para escrever versos. Eu gosto muito de poemas, pois passei minha juventude entre os italianos. Se quiser me dar o privilégio, eu gostaria de ler alguns."

"Não tenho dúvida de que gostaria", diz Surrey. "Mas eu os reservo aos meus amigos."

Quando ele chega em casa, seu filho sai para recebê-lo. "Soube o que a rainha está fazendo? Ela se ergueu do leito de parto, e estão falando coisas inacreditáveis sobre ela. Dizem que foi vista tostando avelãs no fogareiro da sua câmara, virando-as numa caçarola de folha de flandres, pronta para fazer doces envenenados para Lady Maria."

"Decerto era outra pessoa mexendo na caçarola", diz ele, sorrindo. "Um criado. Weston. Aquele garoto, Mark."

Gregory defende obstinadamente sua versão: "Foi ela mesma. Torrando. Então o rei entrou e achou estranho vê-la ocupada com aquilo, pois ele não sabia do que se tratava, e ele suspeita dela, sabe? O que está aprontando, perguntou ele, e a rainha Ana respondeu, oh, meu senhor, estou apenas fazendo doces para recompensar as mulheres pobres que ficam ao portão exclamando saudações para mim. Ao que o rei disse, verdade, minha amada? Então que Deus a abençoe. E assim ele foi totalmente enganado, veja o senhor".

"E onde isso aconteceu, Gregory? Pois veja bem, ela está em Greenwich, e o rei em Whitehall."

"Não importa", diz Gregory alegremente. "Na França as bruxas podem voar, com caçarolas, avelãs e tudo mais. E foi lá que ela aprendeu. Na verdade, todas as Bolena se tornaram bruxas para conjurar um menino para ela, pois o rei teme ser incapaz de lhe dar um filho."

Seu sorriso se torna doloroso. "Não espalhe isso pela casa."

Gregory diz efusivo: "Tarde demais, foi a casa que espalhou por mim".

Ele se recorda de Jane Rochford dizendo, talvez dois anos atrás: "A rainha já se gabou de que dará à filha de Catarina um desjejum do qual ela não se recuperará".

Alegre no desjejum, morto no jantar. Era o que costumavam dizer sobre a doença do suor, que matou sua esposa e suas filhas. E os falecimentos não naturais, quando ocorrem, em geral são mais rápidos que isso; abatem de um só golpe.

"Estou indo para meus aposentos", diz ele. "Tenho que preparar um documento. Não permita que me interrompam. Richard pode entrar, se quiser."

"E, quanto a mim, posso entrar? Por exemplo, se a casa estiver pegando fogo, o senhor gostaria de saber?"

"Não de você. Por que eu acreditaria em você?" Ele dá tapinhas no filho. Depois anda apressadamente até seu quarto privado e fecha a porta.

O encontro com Norfolk, aparentemente, não trouxe benefício algum. Mas esperem. Ele pega o documento. No topo, escreve:

THOMAS BOLENA

Este é o pai da dama. Ele o visualiza em sua mente. Um homem ereto, ainda ágil, orgulhoso de sua aparência, que dedica grande atenção a como se apresentar, assim como seu filho George: um homem que desafia a criatividade dos ourives de Londres e gira em seus dedos joias que diz terem sido presentes de governantes estrangeiros. Vem atuando como diplomata para Henrique há muitos anos, um ofício para o qual é apto devido a sua fria moderação. Não é homem talhado para a ação, Thomas Bolena, mas um homem que se posta de lado, sorrindo de leve e cofiando a barba; ele acha que assim se dá ares de enigmático, mas na verdade parece estar se masturbando.

De qualquer forma, ele soube como agir quando a oportunidade se apresentou, soube como propiciar a escalada de sua família, que subiu e subiu, chegando aos mais altos galhos da árvore. Faz frio lá no alto quando o vento sopra, o vento cortante de 1536.

Como sabemos, o título de conde de Wiltshire lhe parece insuficiente para indicar sua posição especial, de modo que ele inventou para si um título, monsenhor. E isso lhe dá prazer, ser assim referido. Ele faz saber que esse título deve ser universalmente adotado. Basta observarmos se os cortesãos satisfazem tal exigência para descobrirmos seu posicionamento na rede de alianças.

Ele escreve:

Monsenhor: Todos os Bolena. Suas mulheres. Seus capelães. Seus criados.
Todos os bajuladores Bolena na câmara privada, isto é:
Henry Norris
Francis Weston
William Brereton etc.

Mas o velho "Wiltshire", pronunciado com sotaque rápido:
O duque de Norfolk.
Sir Nicholas Carew (da câmara privada), que é primo de:
Edward Seymour, e casado com a irmã de:
Sir Francis Bryan, primo dos Bolena, mas primo também dos:
Seymour, e amigo do:
Tesoureiro real, William Fitzwilliam.

Ele examina a lista. E acrescenta os nomes de dois grandes nobres:
O marquês de Exeter, Henry Courtenay.
Henry Pole, lorde Montague.

Essas são as famílias tradicionais da Inglaterra; eles derivam seus direitos de antigas linhagens; indignam-se, mais que qualquer um de nós, com as pretensões dos Bolena.

Ele enrola o documento. Norfolk, Carew, Fitz. Francis Bryan. Os Courtenay, os Montague e sua laia. E Suffolk, que odeia Ana. É um conjunto de nomes. Não se pode tirar muito da lista. Essas pessoas não são necessariamente amigas umas das outras. São apenas amigas do antigo sistema, em maior ou menor grau, e inimigos dos Bolena.

Ele fecha os olhos. Espera, sentado, a respiração acalmar. Em sua mente, uma imagem aparece. Um salão alto. No qual ele encabeça uma mesa.

Os cavaletes da mesa são arrastados por lacaios.

O tampo é fixado no lugar.

Funcionários de libré desenrolam o tecido, puxando-o e alisando-o; assim como a toalha de mesa do rei, esta é abençoada: os criados murmuram uma fórmula latina enquanto dão um passo para trás a fim de ter uma visão geral e equiparar o comprimento das beiradas.

Certo, mesa preparada. Agora algum lugar para que os convidados se sentem.

Os criados arrastam pelo chão uma pesada cadeira, com o brasão dos Howard esculpido no espaldar. É para o duque de Norfolk, que senta seu traseiro ossudo.

"O que você tem", pergunta ele em tom queixoso, "para despertar meu apetite, Crumb?"

Agora tragam outra cadeira, ordena ele aos criados. Ponham-na à direita de lorde Norfolk.

Esta é para Henry Courtenay, o marquês de Exeter. Que diz: "Cromwell, minha esposa insistiu em vir!".

"Faz bem ao meu coração vê-la, Lady Gertrude", diz ele, curvando-se. "Tome seu lugar." Até este jantar, ele sempre tentou evitar essa mulher rude e intrometida. Mas agora ele veste sua máscara de polidez: "Qualquer amiga de Lady Maria é bem-vinda para jantar".

"Princesa Maria", retruca acidamente Gertrude Courtenay.

"Como queira, minha dama", ele suspira.

"Aí vem Henry Pole!", exclama Norfolk. "Será que ele roubará meu jantar?"

"Há comida para todos", responde ele. "Tragam mais uma cadeira, para lorde Montague. Uma cadeira à altura de um homem de sangue real."

"Nós chamamos de trono", diz Montague. "Por sinal, minha mãe está aqui."

Lady Margaret Pole, a condessa de Salisbury. A rainha da Inglaterra por direito, segundo alguns. O rei Henrique adotou uma atitude sábia em relação a ela e a toda a sua família. Ele os honrou, estimou, manteve-os por perto. Fez muitíssimo bem: eles ainda acham que os Tudor são usurpadores, embora a condessa goste da princesa Maria, de quem foi governanta na infância: e a estima mais por sua mãe real, Catarina, que por seu pai, a quem ela considera descendente de ladrões de gado de Gales.

Agora, na imaginação dele, a condessa vai claudicando até seu lugar. Ela olha ao redor. "Você tem um magnífico salão aqui, Cromwell", diz ela, irritada.

"As recompensas da maldade", diz seu filho Montague.

Ele faz uma nova mesura. A essa altura, engolirá qualquer insulto.

"Bem", diz Norfolk, "onde está meu primeiro prato?"

"Paciência, milorde", diz ele.

Ele toma seu lugar, um humilde banquinho de três pernas, lá no fim da mesa. Ergue os olhos para seus superiores. "Os pratos já virão. Mas, primeiro, vamos dar graças?"

Ele ergue os olhos para as vigas. No alto estão esculpidos e pintados os rostos dos mortos: More, Fisher, o cardeal, a rainha Catarina. Abaixo deles, a fina flor da Inglaterra viva. Oremos para que o telhado não desabe.

Um dia depois de ter assim exercitado sua imaginação, ele, Thomas Cromwell, sente a necessidade de esclarecer sua posição no mundo real; e de aumentar a lista de convidados. Sua fantasia não chegou até o banquete em si, então ele não sabe que pratos oferecer. Precisa ser algo bom, ou a nobreza se retirará num rompante, arrancando a toalha da mesa e chutando os criados.

Pois bem: ele agora fala com os Seymour, em particular mas com franqueza: "Enquanto o rei apoiar aquela que agora é rainha, eu também a apoiarei. Mas se ele rejeitá-la, devo reconsiderar".

"Então você não tem nenhum interesse próprio nisso?", pergunta Edward Seymour, com ceticismo.

"Eu represento os interesses do rei. É para isso que sirvo."

Edward sabe que não conseguirá ir além. "Mesmo assim…" diz ele. Ana em breve estará recuperada de seu infortúnio e Henrique poderá tê-la de volta na cama, mas está claro que a perspectiva não o fez perder o interesse em Jane. O jogo mudou, e Jane precisa ser reposicionada. O desafio faz os olhos de Seymour brilharem. Agora que Ana fracassou mais uma vez, é possível que Henrique deseje se casar de novo. Toda a corte está falando disso. E é o antigo sucesso de Ana Bolena que lhes permite imaginá-lo.

"Vocês, os Seymour, não devem elevar suas esperanças", diz ele. "Henrique se desentende com Ana e depois se entende de novo, e daí não poupa esforços por ela. É assim que eles sempre foram."

Tom Seymour diz: "Por que alguém preferiria uma galinha velha e dura a uma franguinha ainda cheia de carne? Qual é a utilidade da primeira?".

"Sopa", responde ele: mas não tão alto que Tom possa ouvir.

Os Seymour estão de luto, mas não pela viúva Catarina. Anthony Oughtred, o governador de Jersey, está morto, e a irmã de Jane, Elizabeth, ficou viúva.

Tom Seymour diz: "Se o rei tomar Jane como amante, ou o que seja, teremos que planejar um bom casamento para Bess".

Edward responde: "Atenha-se ao assunto em questão, irmão".

A jovem e efusiva viúva chega à corte para ajudar a família em sua campanha. Ele achava que a chamavam de Lizzie, àquela jovem, mas parece que o apelido era usado apenas pelo marido, enquanto a família a chama de Bess. Ele fica satisfeito, embora não saiba por quê. É irracional de sua parte pensar que outras mulheres não podem ter o nome de sua esposa. Bess não é nenhuma grande beleza, e é menos alva que sua irmã, mas tem uma vivacidade confiante que aprisiona o olhar. "Seja gentil com Jane, secretário-mor", diz Bess. "Ela não é orgulhosa, ao contrário do que algumas pessoas pensam. Ficam se perguntando por que ela não lhes dirige a palavra, mas é só porque ela não consegue pensar em algo para dizer."

"Mas ela falará comigo."

"Ela ouvirá."

"Uma bela qualidade em mulheres."

"Uma bela qualidade em qualquer um. Não acha? Contudo, Jane, mais que todas as mulheres, espera que os homens lhe digam o que deve fazer."

"Para então obedecer?"

"Não necessariamente." Ela ri. As pontas dos seus dedos deslizam pelas costas da mão dele. "Venha. Ela está pronta para recebê-lo."

Aquecida pelo sol que é o desejo do rei da Inglaterra, qual donzela não brilharia? Não Jane. Parece vestir um negro ainda mais negro que o resto de sua família, e informa espontaneamente que tem orado pela alma de Catarina: não que a falecida precise, pois com certeza, se alguma mulher já foi direto para o céu...

"Jane", diz Edward Seymour, "vou avisá-la agora e quero que você ouça com atenção e considere o que digo. Quando estiver na presença do rei, deve agir como se a falecida Catarina jamais tivesse existido. Se ele ouvir o nome dela da sua boca, deixará de procurá-la no mesmo instante."

"Escute", diz Tom Seymour, "Cromwell aqui quer saber, você é verdadeira e totalmente virgem?"

Ele está tão embaraçado que poderia enrubescer no lugar de Jane. "Se não for, srta. Jane", diz ele, "isso pode ser administrado. Mas você deve nos dizer agora."

O olhar pálido, alheio. "O quê?"

Tom Seymour: "Jane, até você é capaz de entender essa pergunta".

"É verdade que ninguém jamais a pediu em casamento? Nenhum contrato ou entendimento?" Ele se sente desesperado. "Você nunca gostou de ninguém, Jane?"

"Eu gostava de William Dormer. Mas ele se casou com Mary Sidney." Ela olha para cima: um lampejo daqueles olhos azul-gelo. "Ouvi dizer que eles são muito infelizes."

"Os Dormer acharam que não éramos bons o bastante", diz Tom. "Mas veja agora."

Ele prossegue: "É algo a seu favor, srta. Jane, que não tenha formado nenhum laço até que sua família estivesse pronta para casá-la. Pois as jovens muitas vezes o fazem, e depois tudo acaba mal". Ele sente que deveria esclarecer a questão. "Os homens lhe dirão que a paixão que sentem por você é tão forte que os está deixando doentes. Dirão que já não comem nem dormem. Dizem que vão morrer, a menos que se entregue a eles. Depois, no momento em que você se rende, eles se levantam e vão embora e perdem todo o interesse. Na semana seguinte, passam por você como se não a conhecessem."

"Já fez isso, secretário-mor?", pergunta Jane.

Ele hesita.

"E então?", insiste Tom Seymour. "Gostaríamos de saber."

"Eu provavelmente tenha feito, sim. Quando era jovem. Conto-lhe isso porque seus irmãos talvez não consigam admitir. Não é algo bonito para um homem ter que se confessar à própria irmã."

"Então, como vê", adianta-se Edward, "você não deve ceder ao rei."

Jane diz: "E por que eu iria querer fazer isso?".

"Porque as palavras melífluas do rei...", começa Edward.

"As palavras o quê?"

O enviado do imperador agora só vive trancafiado e não sai para encontrar Thomas Cromwell. Ele se recusou a ir a Peterborough para o funeral de Catarina porque ela não seria enterrada como uma rainha, e agora diz que tem de observar seu período de luto. Finalmente, um encontro é planejado: o embaixador por acaso estará voltando da missa na igreja de Austin Friars, enquanto Thomas Cromwell, que agora reside na Rolls House, em Chancery Lane, resolveu passar por ali para inspecionar suas obras, extensões para sua casa próxima à igreja. "Embaixador!", exclama ele: como se fosse uma grande surpresa.

Os tijolos prontos para ser usados hoje foram cozidos no verão passado, quando o rei ainda estava em sua viagem através dos condados do Oeste; a argila utilizada para produzi-los foi extraída no inverno anterior, e o gelo rachava os moldes dos tijolos ao mesmo tempo que ele, Cromwell, tentava rachar a figura de Thomas More. Enquanto esperava Chapuys aparecer, ele reclamava com o capataz do oleiro das infiltrações, coisa que definitivamente não deseja em sua casa. Agora, ele se apodera de Chapuys e o afasta do barulho e do pó de serragem. Eustache está fervendo de perguntas; dá para senti-las, saltando e se agitando nos músculos de seu braço, borbulhando na trama de suas roupas. "Essa menina Sêmor..."

É um dia sem luz, parado, o ar gelado. "Hoje seria um bom dia para pescar perca", comenta ele.

O embaixador se esforça para dominar seu desalento. "Certamente seus criados... se você precisa do peixe..."

"Ah, Eustache, vejo que você não entende o esporte. Não tenha medo, eu lhe ensinarei. O que pode ser melhor para a saúde que estar ao relento do amanhecer ao anoitecer, horas e horas numa margem lamacenta, com as árvores pingando acima, vendo sua própria respiração se vaporizando no ar, sozinho ou com um bom companheiro?"

Várias ideias colidem umas com as outras na cabeça do embaixador. Por um lado, horas e horas com Cromwell: durante as quais ele pode acabar baixando a guarda, dizer algo. Por outro lado, que utilidade terei para meu amo imperial se meus joelhos ficarem totalmente entrevados e eu tiver que ser carregado à corte numa liteira? "Não podemos pescar no verão?", pergunta ele, sem muita esperança.

"Eu não poderia arriscar sua pessoa. Uma perca de verão o arrastaria para a água." Ele desiste. "A dama de quem fala se chama Seymour. Pronuncia-se 'Si-mor'. Embora alguns velhos pronunciem Sêmor."

"Eu não faço nenhum progresso nesta língua", reclama o embaixador. "Cada um diz seu nome do jeito que quer, com diferentes pronúncias em diferentes dias. O que ouvi é que a família é antiga e a moça em si não é tão jovem."

"Jane serviu à princesa viúva. Ela gostava de Catarina. Na verdade, lamentou o que aconteceu à antiga rainha. Jane está preocupada com Lady Maria, e dizem que lhe enviou mensagens para encorajá-la. Se o rei continuar favorecendo Jane, ela poderá fazer algum bem a Maria."

"Hum." O embaixador parece cético. "Ouvi dizerem isso, e também que ela é de caráter muito manso e devoto. Mas temo que haja um escorpião escondido sob o mel. Eu gostaria de ver a srta. Sêmor, você pode providenciar isso? Não conhecê-la. Apenas vê-la."

"Fico surpreso com tamanho interesse da sua parte. Eu esperava que estivesse mais interessado em saber qual princesa francesa Henrique desposará, caso ele venha a dissolver seus votos atuais."

Agora o embaixador se retesa à beira do abismo do terror. Melhor o diabo que já se conhece? Ana Bolena é melhor que uma nova ameaça, um novo tratado, uma nova aliança entre França e Inglaterra?

"Mas não pode ser!", explode ele. "Cremuel, você me disse que isso era um conto de fadas! Você, que diz ser um bom amigo do meu amo, não vai se opor a um casamento francês?"

"Calma, embaixador, calma. Eu nunca afirmei que poderia governar Henrique. Além do mais, ele talvez decida continuar no seu casamento atual, ou, caso resolva anulá-lo, talvez queira viver no celibato."

"Você está rindo!", acusa o embaixador. "Cremuel! Você está encobrindo o riso."

E está mesmo. Os trabalhadores da construção contornam a dupla, abrem espaço, rudes pedreiros de Londres com ferramentas presas nos cintos. Penitente, ele diz: "Não alimente esperanças. Quando o rei e sua mulher se reconciliam, todos que se manifestaram contra ela nesse intervalo pagam por isso".

"Quer dizer que ficaria do lado dela? Você a apoiaria?" Todo o corpo do embaixador está rijo, como se ele realmente tivesse passado o dia inteiro na margem do rio. "Entendo que ela é sua correligionária, mas..."

"O quê?" Ele arregala os olhos. "Minha correligionária? Tal como meu senhor, o rei, eu sou um filho fiel da sagrada Igreja católica. Só não estamos em comunhão com o papa no momento."

"Deixe-me apresentar a questão de outra forma", insiste Chapuys. Aperta os olhos para o céu cinzento de Londres, como se procurasse ajuda do alto. "Digamos que seus laços com ela sejam materiais, e não espirituais. Eu entendo que tenha dado preferência a ela. Estou consciente disso."

"Não me julgue de forma equivocada. Não devo nada a Ana. Eu honro o rei, mais ninguém."

"Você às vezes a chamava de sua querida amiga. Eu me lembro de certas ocasiões."

"Às vezes eu o chamei de querido amigo. Mas você não é, é?"

Chapuys digere a observação. "Não há nada que eu deseje mais", diz ele, "do que ver a paz entre nossas nações. Nada pode assinalar com mais veemência o sucesso de um embaixador do que uma reaproximação entre os dois países depois de anos de tribulações. E agora temos a oportunidade."

"Agora que Catarina se foi."

Chapuys não contesta isso. Apenas fecha o manto mais firmemente em torno de si. "O rei não extraiu nada de bom da concubina, e agora tampouco o fará. Nenhum poder da Europa reconhece seu casamento. Nem mesmo os hereges a reconhecem, embora ela tenha feito de tudo para se aproximar deles. Que vantagem pode haver, para vocês, em manter as coisas como estão: o rei infeliz, o Parlamento apavorado, a nobreza em disputa, o país inteiro revoltado com as pretensões dessa mulher?"

Lentas gotas de chuva começaram a cair: pesadas, geladas. Irritado, Chapuys novamente ergue os olhos, como se Deus o estivesse minando justo nesse momento crucial. Tomando o braço do embaixador mais uma vez, ele o reboca pelo terreno irregular até um abrigo. Os pedreiros tinham erguido um pálio, e ele os manda embora, dizendo: "Deem-nos um minuto, rapazes, por favor?". Chapuys se encolhe junto ao braseiro e assume um tom confidencial. "Ouvi dizer que o rei tem falado em feitiçaria", ele murmura. "Henrique alega que foi seduzido por certos encantamentos e práticas perversas. Vejo que ele não confiou esse segredo a você. Mas tem falado com seu confessor. Se é assim, se ele contraiu essa união num estado de transe, então talvez descubra que simplesmente não está casado e que é livre para tomar uma nova esposa."

Ele espia por sobre o ombro do embaixador. Escute, diz ele, vai ser o seguinte: em um ano, esses espaços úmidos e congelados serão aposentos habitados. Sua mão esboça a linha dos andares superiores avançados, os aposentos envidraçados.

Inventários para esse projeto: cal e areia, madeiras de carvalho e cimentos especiais, pás e enxadas, cestos e cordas, travas, porcas e parafusos, tubos de chumbo; azulejos amarelos e azulejos azuis, trancas de janela, trincos, fechaduras e dobradiças, puxadores de ferro em forma de rosa para as portas; douração, pintura, duas libras de incenso de olíbano para perfumar os novos quartos; seis pence por dia por trabalhador e o custo das velas para o trabalho à noite.

"Meu amigo", diz Chapuys, "Ana está desesperada, e isso a torna perigosa. Ataque primeiro, antes que ela o ataque. Lembre-se de como ela derrubou Wolsey."

O passado jaz à sua volta como uma casa incendiada. Ele construiu e construiu incessantemente, mas tem levado anos para limpar os destroços.

Na Rolls House, ele encontra seu filho, que está fazendo as malas para partir rumo à próxima fase de sua educação. "Gregory, você se lembra do que falou sobre santa Wilgefortis? Disse que as mulheres rezam para ela quando querem se livrar de maridos inúteis. Bem, existe algum santo ao qual os homens podem rezar se quiserem se livrar da esposa?"

"Acho que não." Gregory está chocado. "As mulheres oram porque não têm outros meios. Um homem pode consultar um clérigo para encontrar uma forma de provar que o casamento não é lícito. Ou pode mandar a mulher embora e lhe dar dinheiro para ficar numa casa separada. Como faz o duque de Norfolk."

Ele assente. "Obrigado pela ajuda, Gregory."

Ana Bolena vem a Whitehall para celebrar a Festa de São Matias com o rei. Numa única estação, ela se transformou. Está magra, desnutrida, com a mesma aparência que tinha em seus dias de espera, aqueles anos inúteis de negociações até que ele, Thomas Cromwell, surgisse e desatasse o nó. Sua vivacidade esfuziante desbotou, tornando-se austera e contida, quase lembrando o ar de uma freira. Mas ela não tem a compostura de uma freira. Seus dedos brincam com as joias em sua cintura, puxam as mangas do vestido, tocam vezes e mais vezes as pedras em seu pescoço.

Lady Rochford diz: "Ela pensava que, quando fosse rainha, seria reconfortante recordar os dias da sua coroação, cada hora daquele momento. Mas ela diz que esqueceu. Quando tenta se lembrar, é como se tivesse acontecido a outra pessoa, como se ela jamais tivesse estado lá. Ela não me contou isso, claro. Contou ao irmão, George".

Dos aposentos da rainha vem um despacho: uma profetisa disse que ela não terá um filho de Henrique enquanto sua filha Maria estiver viva.

É preciso admirá-la, diz ele ao sobrinho. Ela está na ofensiva. É como uma serpente, nunca se sabe quando ela atacará. Ele sempre considerou Ana uma grande estrategista. Nunca acreditou nela como uma mulher passional, impulsiva. Tudo que ela faz é calculado, assim como tudo que ele faz. Ele observa, como tem feito há muitos anos, a cuidadosa movimentação de seus olhos cintilantes. E se pergunta o que a faria entrar em pânico.

O rei canta: ˙

Meu maior desejo, minha palma pode alcançar,
Minha vontade está sempre à mão;
Eu, não tardo em suplicar,
A ela, seu poder de direção.

É isso o que ele pensa. Ele pode implorar e implorar, mas não surte nenhum efeito sobre Jane.

Mas os assuntos da nação devem seguir adiante, e desta maneira: um projeto de lei para ser apresentado aos membros galeses do Parlamento e fazer do inglês a língua de seus tribunais, e reduzir o poder dos lordes dos charcos galeses. Um projeto para dissolver os pequenos monastérios, aqueles que rendem menos de duzentas libras por ano. Um projeto para instituir um tribunal de espólios, um novo órgão que trataria do fluxo de renda proveniente desses monastérios: Richard Riche será o chanceler desse órgão.

Em março, o Parlamento veta sua pobre nova lei. Era demais para que os Comuns digerissem, essa ideia de que os ricos pudessem ter algum dever para com os pobres; de que se alguém enriquece — como fazem os cavalheiros da Inglaterra — com o comércio de lã, deve ter alguma responsabilidade com os homens expulsos da terra, os trabalhadores sem trabalho, os agricultores sem campo. A Inglaterra precisa de estradas, fortes, portos, pontes. Os homens precisam de trabalho. É uma vergonha vê-los implorando por pão quando o trabalho honesto poderia manter o reino seguro. Não podemos unir os dois, mãos e tarefas?

Mas o Parlamento não consegue ver de que maneira criar empregos é trabalho do Estado. Não estariam essas questões nas mãos de Deus, e a pobreza e o abandono não seriam parte de sua ordem eterna? Para tudo há um tempo: um tempo para passar fome e um tempo para roubar. Se a chuva cai por seis meses contínuos e o grão apodrece nos campos, nisso deve haver providência divina; pois Deus conhece seu ofício. É um ultraje para os ricos e empreendedores sugerir que eles paguem um imposto de renda apenas para dar o pão na boca dos vagabundos. E se o secretário Cromwell argumenta que a fome provoca criminalidade: bem, não há suficientes carrascos para enforcá-los?

O próprio rei vai aos Comuns para argumentar a favor da lei. Ele quer ser Henrique, o Bem-Amado, um pai para seu povo, um pastor para seu rebanho. Mas os Comuns estão sentados com expressão impassível em seus bancos, e o encaram fixamente até que ele vai embora. O fracasso da medida é total. "Acabou se tornando um projeto para chicotear mendigos", diz Richard Riche. "É mais contra os pobres que a favor deles."

"Talvez possamos tornar a apresentar a proposta", diz Henrique. "Num ano melhor. Não desanime, secretário-mor."

Bem: haverá anos melhores, não? Ele seguirá tentando; vai fazê-la passar quando eles estiverem distraídos, avançar a medida na Câmara dos Lordes e enfrentar a oposição... Há várias maneiras diferentes de se lidar com o Parlamento, mas há momentos em que ele gostaria de poder chutar os membros de volta para seus condados, pois avançaria mais rápido sem eles. Ele comenta: "Se eu fosse rei, não aceitaria isso com tanta calma. Eu os faria tremer das pernas".

Richard Riche atualmente ocupa a presidência do Parlamento; ele diz, nervoso: "Não incite o rei, senhor. Sabe o que More costumava dizer. 'Se o leão conhecesse a própria força, seria difícil dominá-lo'".

"Obrigado. Isso me consola tremendamente, Sir Bolsinha, uma citação direto do túmulo daquele hipócrita sanguinário. Ele tem algo mais a dizer sobre a situação? Porque, se for o caso, vou recuperar a cabeça dele das mãos da sua filha e chutá-la de um lado a outro de Whitehall até calar sua boca para sempre." Ele cai na risada. "Os Comuns. Que Deus os apodreça. Suas cabeças são vazias. Só pensam no próprio bolso."

Contudo, se seus pares no Parlamento estão preocupados com os próprios rendimentos, ele está exultante com o seu. Embora os mosteiros menos importantes devam ser dissolvidos, todos podem pedir isenção, e esses requerimentos vêm parar nas mãos dele, acompanhados por uma taxa ou uma pensão. O rei não irá dispor todas as suas novas terras no próprio nome, vai arrendá-las; assim, ele recebe propostas incessantes por este ou aquele lugar, por mansões, fazendas, pastagens; e cada candidato lhe oferece uma coisinha, um pagamento único ou uma anuidade, uma anuidade que, com o tempo, passará para Gregory. É assim que sempre foram realizados os negócios, favores, dulcificantes, uma transferência de fundos em boa hora para garantir atenções ou uma promessa de rendimentos divididos: só que agora há negócios, transações, ofertas demais, que, em nome da polidez, ele não poderia recusar. Nenhum homem na Inglaterra trabalha mais que ele. Digam o que quiserem sobre Thomas Cromwell, ele oferece um bom retorno pelo que toma para si. E está sempre disposto a emprestar: William Fitzwilliam, Sir Nicholas Carew, e aquele velho réprobo e caolho, Francis Bryan.

Ele chama Sir Francis para uma visita e o embebeda. Ele, Cromwell, pode confiar em si mesmo; quando era jovem, aprendeu a beber com os germânicos. Faz mais de um ano que Francis Bryan brigou com George Bolena: por que motivo, Francis nem lembra, mas a rixa permanece, e antes que suas pernas desabem sob o corpo, ele consegue encenar as partes mais notórias da briga, erguendo-se e agitando os braços. De sua prima Ana, Francis diz: "É bom saber em que pé a gente está com uma mulher. Ela é uma prostituta ou uma dama? Ana quer ser tratada como a Virgem Maria, mas também quer que você ponha o dinheiro na mesa, faça o que tem que fazer e suma de vista".

Sir Francis é intermitentemente pio, como os pecadores contumazes tendem a ser. A Quaresma está próxima. "Está na hora de entrar no seu frenesi anual de penitências, não?"

Francis ergue o tapa-olho de sua órbita cega e coça a cicatriz; isso coça, explica ele. "Wyatt a possuiu", diz Francis, "é claro."

Ele, Thomas Cromwell, espera.

Mas então Francis pousa a cabeça na mesa e começa a roncar.

"O Vigário do Inferno", diz ele, pensativo, e chama os rapazes. "Levem Sir Francis para sua gente, na sua casa. Mas ponham nele uma boa manta, talvez necessitemos do seu testemunho nos dias futuros."

Ele se pergunta quanto exatamente seria preciso deixar na mesa para Ana. Ela custou a Henrique sua honra, sua paz de espírito. Para ele, Cromwell, ela é apenas mais uma profissional do comércio. Ele admira a maneira como ela pôs seus bens à venda. Ele, pessoalmente, não quer comprá-los; mas há bastante clientela.

Agora Edward Seymour é promovido à câmara privada do rei, um claro sinal de favorecimento. E o rei lhe diz: "Acho que eu deveria ter o jovem Rafe Sadler no meu séquito. Ele é um cavalheiro nato e um jovem agradável para se ter por perto, e acho que isso ajudaria você, Cromwell, não é? Só que ele não deve jamais enfiar papéis debaixo do meu nariz".

A esposa de Rafe, Helen, se desfaz em lágrimas quando ouve a notícia. "Ele ficará longe de mim, na corte", diz ela, "por semanas inteiras."

Ele senta-se com ela na sala de estar do Brick Place, consolando-a da melhor maneira que pode. "Essa é a melhor coisa que já aconteceu a Rafe, eu sei", diz ela. "Sou uma tola em chorar por isso. Mas não suporto me separar dele, nem ele de mim. Quando ele chega tarde, mando homens para ir buscá-lo na estrada. Eu gostaria que pudéssemos estar sob o mesmo teto todas as noites da nossa vida."

"Ele é um homem de sorte. E não me refiro apenas à sorte de conquistar o favor do rei. Vocês dois são afortunados. Por se amarem tanto."

Henrique costumava cantar uma canção, em seus dias de Catarina:

Nenhum homem hei de ferir,
nenhum erro cometerei,
encontro verdadeiro amor onde me casei.

Rafe diz: "É preciso ter nervos firmes para estar sempre com Henrique".

"Você tem nervos firmes, Rafe."

Ele poderia dar conselhos a Rafe. Trechos de *O livro chamado Henrique*. Quando criança, e também quando jovem, sempre elogiado pela doçura de sua natureza e sua aparência dourada, Henrique acreditava que o mundo inteiro fosse seu amigo e que todos só queriam que ele estivesse feliz. Assim, qualquer dor, qualquer atraso, frustração ou golpe de má sorte lhe parece uma anomalia, um ultraje. Tentará honestamente transformar em diversão qualquer atividade que julgue cansativa ou desagradável, e se não conseguir encontrar na tarefa algum fio de prazer, ele a evitará; isso lhe parece razoável e natural. Ele tem seus conselheiros, cuja função é fritar o cérebro em seu lugar, e se fica de mau humor, provavelmente é por culpa deles; não deveriam detê-lo ou provocá-lo. Henrique não quer pessoas que digam, "Não, mas...". Ele quer pessoas que digam, "Sim, e...". Não gosta de homens pessimistas e céticos, que entortam o canto da boca e calculam o preço dos brilhantes projetos dele com um rabisco nas margens do papel. Faça as contas em sua cabeça, onde ninguém pode vê-las. Não espere consistência da parte dele. Henrique se orgulha de compreender seus conselheiros, suas opiniões e seus desejos secretos, mas está convencido de que nenhum deles jamais o entenderá. Suspeita de qualquer plano que não seja concebido por ele, ou que pareça não ser. Você pode argumentar com ele, mas precisa escolher cuidadosamente o momento e a forma de fazê-lo. É melhor ceder em todos os pontos possíveis até o ponto de contenda, e posar como alguém que precisa de orientação e instrução, em vez de manter uma opinião fixa desde o início e levá-lo a pensar que você acredita saber mais que ele. Seja sinuoso na argumentação e lhe permita escapatórias: não o encurrale, não o encoste contra a parede. Lembre-se de que seu estado de espírito depende de outras pessoas, então considere quem esteve com ele desde que você o viu pela última vez. Lembre-se de que ele não quer apenas conselhos sobre seu poder, ele quer mais: ele quer ouvir que está certo. Ele nunca se engana. Só que outras pessoas cometem enganos em seu nome ou o enganam com informações falsas. Henrique quer ouvir que se comporta bem, tanto aos olhos de Deus quanto dos homens. "Cromwell", diz ele, "sabe o que deveríamos tentar? Cromwell, não seria bom para minha honra se eu...? Cromwell, meus inimigos não ficariam confusos se...?" E são todas ideias que você apresentou a ele na semana passada. Não importa. Você não quer o crédito. Você só quer ação.

Mas não há necessidade dessas aulas. Rafe foi treinado para isso por toda a sua vida. Um fiapo de menino, ele não é atleta, jamais poderia se bater na liça ou participar de um torneio, uma leve brisa o arrancaria da sela. Mas, para a tarefa em questão, ele tem o peso necessário. Sabe observar. Sabe ouvir. Sabe como enviar uma mensagem encriptada ou uma mensagem tão secreta que pareça não haver nenhuma mensagem; uma informação tão sólida que seu significado pareça uma pegada na terra, contudo numa forma tão frágil que pareça transmitida por anjos. Rafe conhece seu amo; Henrique é seu amo. Mas Cromwell é seu pai e seu amigo.

Você pode ser alegre com o rei, pode contar-lhe uma piada. Mas, como Thomas More costumava dizer, é como brincar com um leão domesticado. Você afaga sua juba e puxa suas orelhas, mas o tempo todo está pensando, as garras, as garras, as garras.

Na nova Igreja de Henrique, a Quaresma é mais dura e fria do que jamais foi sob o poder do papa. Dias sem alegria nem carne irritam os nervos de um homem. Quando Henrique fala a respeito de Jane, ele pisca, as lágrimas surgem em seus olhos. "As mãozinhas dela, Crumb. São patinhas, como as de uma criança. Ela não tem maldade. E nunca fala. E, quando fala, tenho que inclinar a cabeça para ouvir o que diz. E durante uma frase e outra posso ouvir meu coração. Suas pequenas peças de bordado, seus retalhos de seda, suas luvas azul-prateadas que ela cortou do tecido que algum admirador lhe deu um dia, algum pobre rapaz arrebatado de amor por ela... e, ainda assim, ela nunca sucumbiu. As pequeninas mangas do seu vestido, seu colar de pérolas minúsculas... Ela não tem nada... e não espera nada..." Uma lágrima finalmente foge do olho de Henrique, serpenteia por sua face e desaparece no ruivo-acinzentado de sua barba.

Observe como ele fala de Jane: tão humilde, tão tímida. Até o arcebispo Cranmer deve reconhecer o retrato, o retrato reverso da atual rainha. Nem todas as riquezas do Novo Mundo poderiam saciá-la; ao passo que Jane fica grata com um sorriso.

Vou escrever uma carta a Jane, diz Henrique. Vou lhe enviar algumas moedas, pois ela precisará de dinheiro para si agora que foi removida da câmara da rainha.

Papel e penas são trazidos à sua mão. Ele senta-se, suspira e se dedica ao caso. A caligrafia do rei é quadrada, a forma que ele aprendeu com a mãe quando criança. Ele nunca adquiriu agilidade na escrita; quanto mais esforço deposita na tarefa, mais as letras parecem se voltar contra si mesmas. Ele se apieda do rei: "Majestade, gostaria de ditar a carta, e eu escrevo no seu lugar?".

Não seria a primeira vez que ele redigiria uma carta de amor por Henrique. Olhando-o por cima da cabeça baixa de seu soberano, Cranmer ergue a cabeça e encontra seus olhos: cheios de acusação.

"Dê uma olhada", diz Henrique. Ele não a oferece a Cranmer. "Ela entenderá que eu a desejo, não?"

Ele lê, tentando se pôr no lugar de uma donzela. Ergue os olhos. "Sua intenção está expressa com demasiada delicadeza, senhor. E ela é muito inocente."

Henrique toma a carta de volta e acrescenta algumas frases de reforço.

É fim de março. A srta. Seymour, acometida de pânico, deseja uma entrevista com o secretário-mor, que é marcada por Sir Nicholas Carew, embora o próprio Sir Nicholas esteja ausente do encontro, pois ainda não se julga pronto para se comprometer com negociações. A irmã viúva de Jane a acompanha. Bess dirige a ele um breve olhar inquisitivo; em seguida, baixa seus olhos brilhantes.

"Eis minha dificuldade", começa Jane. Ela olha para ele em desespero; ele pensa, talvez fosse apenas isso o que ela pretendia dizer: eis minha dificuldade.

Ela continua: "Não é possível… Sua graça, sua majestade, não é possível nem por um momento esquecer quem ele é, mesmo que ele exija isso de você. Quanto mais ele diz, 'Jane, sou seu humilde pretendente', menos humilde você sabe que ele é. E a cada momento você pensa, e se ele parar de falar e eu tiver que dizer alguma coisa? Sinto como se estivesse pisando numa almofada de agulhas, com as pontas viradas para cima. Fico pensando, vou me acostumar, da próxima vez me sairei melhor, mas, quando ele entra, 'Jane, Jane…', sou como um gato escaldado. Contudo, já viu um gato escaldado, secretário-mor? Eu não. Mas penso, se, depois desse tempo tão curto, já sinto tanto medo dele…"

"Ele quer que as pessoas tenham medo." As palavras trazem consigo sua própria verdade. Mas Jane está concentrada demais em seus dilemas para ouvir o que ele disse.

"… se já sinto medo dele agora, como será vê-lo todos os dias?" Ela faz uma pausa. "Oh. Imagino que saiba. O senhor o vê, secretário, quase todos os dias. Mas mesmo assim. Não é a mesma coisa, suponho."

"Não, não é o mesmo", ele comenta.

Ele vê Bess erguer os olhos para a irmã com piedade. "Mas, mestre Cromwell", diz Bess, "não é possível que sejam sempre projetos do Parlamento e despachos a embaixadores e rendimentos e Gales e monges e piratas e tramoias de traidores e Bíblias e juramentos e guardas e arrendamentos e o preço da lã e se deveríamos ou não orar pelos mortos. Às vezes deve haver outros assuntos."

Ele fica impressionado com o resumo que Bess acaba de fazer de sua situação. É como se ela tivesse entendido sua vida. Ele é tomado por um impulso de lhe apertar a mão e pedi-la em casamento; mesmo que não se entendessem na cama, ela parece ter um dom de síntese que escapa à maioria de seus funcionários.

"E então?", Jane pergunta. "Há outros? Outros assuntos?"

Ele não consegue se lembrar. Aperta o chapéu macio entre as mãos. "Cavalos", diz ele. "Henrique gosta de aprender sobre ofícios e profissões, coisas simples. Na minha juventude, aprendi a ferrar cavalos, ele gosta de conversar sobre isso, a ferradura certa para o trabalho, para que ele possa confundir seus próprios ferreiros com seu conhecimento. O arcebispo também, ele é capaz de montar qualquer cavalo que lhe venha à mão, é um homem tímido, mas os cavalos gostam dele, porque ele aprendeu a manejá-los quando jovem. Quando está cansado de Deus e dos homens, falamos desses assuntos com o rei."

"E?", insiste Bess. "Vocês passam muitas horas juntos."

"Cães, às vezes. Cães de caça; suas qualidades, reprodução. Fortalezas. Como construí-las. Artilharia. O alcance. Fundições de canhão. Deus do céu." Ele passa a mão pelo cabelo. "Às vezes dizemos, vamos tirar um dia para fazer um passeio juntos, cavalguemos até Kent, à fundição, para ver os ferreiros de lá, estudar suas operações e lhes propor novas formas de fundir canhões. Mas nunca o fazemos. Há sempre algo no nosso caminho."

Ele se sente irremediavelmente triste. Como se tivesse mergulhado em luto. E ao mesmo tempo sente que, se alguém atirasse uma cama de plumas para dentro do salão (o que é improvável), ele jogaria Bess sobre a cama e a agarraria ali mesmo.

"Bem, é isso", diz Jane, em tom resignado. "Eu não saberia fazer um canhão nem que fosse para salvar minha vida. Lamento ter tomado seu tempo, secretário-mor. É melhor que o senhor volte a Gales."

Ele sabe o que ela quer dizer.

No dia seguinte, a carta de amor do rei é levada a Jane, junto com uma pesada bolsa. A cena se desenrola diante de testemunhas. "Devo devolver essa bolsa de moedas", diz Jane. (Mas só diz depois de pesá-la e acariciá-la em sua mãozinha.) "Se o rei quiser me oferecer um presente em dinheiro, devo pedir que o envie novamente quando eu houver realizado um contrato de casamento honroso."

Ao receber a carta do rei, ela declara que é melhor não abri-la. Pois conhece bem o coração dele, seu coração galhardo e ardente. Quanto a ela, sua única posse é sua honra feminina, sua virgindade. Portanto — não, é sério —, melhor nem quebrar o selo.

Assim, antes de devolvê-la ao mensageiro, ela segura a carta com as duas mãos: e planta, sobre o selo, um beijo casto.

"Ela beijou a carta!", exulta Tom Seymour. "Que gênio se apossou dela? Primeiro o selo. Depois", ele ri, "será o cetro!"

Num arroubo de alegria, ele derruba o chapéu de seu irmão Edward. Há vinte anos ou mais que ele faz essa brincadeira, e Edward nunca achou graça. Mas ao menos dessa vez consegue arrancar dele um sorriso.

Quando o rei recebe a carta de volta de Jane, ouve com atenção o que o mensageiro tem a lhe dizer e seu rosto se ilumina. "Vejo que errei em enviá-la. Nosso Cromwell aqui me falou da inocência e da virtude dela, e com razão, pelo visto. De agora em diante não farei nada que possa ofender sua honra. Na verdade, só falarei com ela na presença dos seus parentes."

Se a mulher de Edward Seymour viesse para a corte, eles poderiam fazer uma festa em família, na qual o rei poderia jantar com Jane sem cometer qualquer afronta ao pudor dela. Talvez Edward deva ter uma suíte no palácio, quem sabe? Aqueles meus aposentos em Greenwich, recorda ele a Henrique, que se comunicam diretamente com os seus: e se eu os esvaziasse para deixar que os Seymour os ocupem? Henrique lhe dirige um sorriso franco.

Ele vem estudando os irmãos Seymour atentamente desde a visita a Wolf Hall. Ele terá de trabalhar com os dois; as mulheres de Henrique chegam arrastando famílias, ele não encontra suas noivas escondidas debaixo de uma folha na floresta. Edward é grave, sério, mas disposto a revelar seus pensamentos. Tom é fechado, é o que ele pensa; fechado e astuto, o cérebro trabalhando sem trégua sob aquele espetáculo de cordialidade. Mas talvez não seja o melhor dos cérebros. Tom Seymour não me causará problemas, pensa ele, e Edward, posso levar comigo. Sua mente já está se adiantando até o momento futuro em que o rei indicar sua vontade. Gregory e o embaixador do imperador sugeriram o caminho a seguir. "Se ele conseguiu anular vinte anos com sua verdadeira esposa", disse-lhe Chapuys, "tenho certeza de que não está além da sua sagacidade encontrar algum fundamento para libertá-lo da sua concubina. Antes de mais nada, ninguém jamais acreditou que esse casamento fosse legítimo, exceto aqueles que são pagos para lhe dizer que sim."

Contudo, ele tem dúvidas quanto ao "ninguém" do embaixador. Ninguém na corte do imperador, talvez: mas toda a Inglaterra prestou juramento ao matrimônio. Não é coisa simples, diz ele a seu sobrinho Richard, desfazê-lo legalmente, mesmo que o rei o ordene. Vamos esperar um pouco, não procuremos ninguém, deixemos que venham até nós.

Ele pede que um documento seja elaborado, enumerando todas as concessões aos Bolena desde 1524. "Seria bom ter algo assim ao alcance da minha mão, caso o rei peça."

Ele não pretende tirar nada dos Bolena. Pelo contrário, aumentemos suas posses. Despejemos honras sobre eles. Gargalhemos das suas piadas.

Entretanto, é preciso ter cuidado ao escolher do que se vai rir. Sexton, o bufão do rei, fez uma brincadeira sobre Ana, chamando-a de lasciva. Achou que tivesse tal liberdade, mas Henrique cruzou o salão, claudicando, para esbofeteá-lo e bater com sua cabeça na parede, e o baniu da corte. Dizem que Nicholas Carew deu refúgio ao homem, por piedade.

Anthony se ressente por Sexton. Um bobo não gosta de ouvir sobre a queda de outro; especialmente, diz Anthony, quando seu único defeito é a clarividência. Oh, replica ele, você anda ouvindo os falatórios na cozinha. Mas o bufão diz: "Henrique chutou a verdade para fora junto com Sexton. Mas hoje em dia ela sabe se infiltrar por sob a porta trancada e entrar pela chaminé. Um dia ele se renderá e a convidará a descansar junto à lareira".

William Fitzwilliam vem à Rolls House e senta-se com ele. "E, então, como vai a rainha, Crumb? Ainda sua melhor amiga, mesmo quando você janta com os Seymour?"

Ele sorri.

Fitzwilliam se ergue de um salto, escancara a porta já aberta para ver se não há alguém à espreita, depois se senta de novo e recomeça. "Vamos olhar para trás. Esse noivado Bolena, esse casamento Bolena. Como o rei figurou aos olhos de homens adultos? Como alguém que considera apenas seus próprios prazeres. Isto é, como uma criança. Ser tão passional, tão escravizado por uma mulher, que afinal de contas é feita do mesmo que as outras mulheres... Alguns disseram que foi algo pouco viril."

"Mesmo? Bem, estou chocado. Não podemos dizer de Henrique que ele não seja homem."

"Um homem" — e Fitzwilliam destaca a palavra —, "um homem deve saber governar suas paixões. Henrique mostra muita força de vontade, mas pouca sabedoria. Isso o prejudica. Ela o prejudica. E ele continuará sendo prejudicado."

Pelo visto ele não a citará pelo nome, Ana Bolena, La Ana, a concubina. Então, se ela prejudica o rei, removê-la de sua posição seria o ato de um bom inglês? A possibilidade paira entre eles, aproximada, mas ainda inexplorada. É traição, claro, falar contra a atual rainha e seus herdeiros; uma traição da qual só o rei é isento, pois ele não violaria seu próprio interesse. Ele lembra Fitzwilliam disso, e acrescenta: mesmo que Henrique fale contra ela, não seja levado a fazer o mesmo.

"Mas o que procuramos numa rainha?", pergunta Fitzwilliam. "Ela deve ter todas as virtudes de uma mulher comum, mas deve tê-las num alto grau. Deve ser mais pudica, mais humilde, mais discreta e mais obediente até do que as outras: de modo que dê o exemplo. Há quem se pergunte, Ana Bolena tem alguma dessas qualidades?"

Ele encara o tesoureiro real: prossiga.

"Creio que posso falar francamente com você, Cromwell", diz Fitz: e (depois de verificar a porta mais uma vez) é o que faz. "Uma rainha deve ser terna e piedosa. Deve guiar o rei à misericórdia, e não levá-lo à severidade."

"Tem algum caso específico em mente?"

Fitz serviu na casa de Wolsey quando jovem. Ninguém sabe que parte Ana teve na queda do cardeal; sua mão estava escondida na manga. Wolsey sabia que não podia esperar piedade alguma dela, e de fato não recebeu nenhuma. Mas Fitz parece deixar o cardeal de lado. Ele diz: "Eu não defendo Thomas More. Ele não era o perito em assuntos de Estado que pensava ser. Achou que pudesse influenciar o rei, achou que pudesse controlá-lo, achou que Henrique ainda fosse um doce principezinho que ele podia levar pela mão. Mas Henrique é um rei, e imporá sua vontade".

"Sim, mas?"

"Mas eu gostaria que tivesse acabado de outra maneira para More. Um erudito, um homem que foi lorde chanceler, arrastá-lo para a chuva e cortar sua cabeça..."

"Sabe que às vezes esqueço que ele se foi? Chega alguma notícia e penso, o que More dirá sobre isso?"

Fitz ergue os olhos. "Você não fala com ele, fala?"

Ele ri. "Não o procuro em busca de conselhos." Embora, claro, eu consulte o cardeal: na privacidade das minhas poucas horas de sono.

Fitz diz: "Thomas More arruinou suas próprias chances com Ana quando se recusou a vê-la ser coroada. Ela o teria levado à morte um ano antes de quando acabou acontecendo, se tivesse conseguido provar a traição dele".

"Mas More era um advogado astuto. Entre outras coisas."

"A princesa Maria... Lady Maria, quero dizer... ela não é uma advogada. É uma menina sem amigos."

"Oh, eu consideraria seu primo, o imperador, um amigo de Maria. E um amigo muito bom de se ter."

Fitz parece irritado. "O imperador é um grande ídolo, instalado em outro país. A cada dia ela precisa de um defensor mais próximo. Lady Maria precisa de alguém que faça avançar seus interesses. Você precisa parar com isso, Crumb: parar de rodear o assunto."

"Maria só precisa continuar respirando", diz ele. "Não é sempre que sou acusado de rodeios."

Fitzwilliam se levanta. "Pois bem. Um conselho a quem tiver ouvidos."

A sensação é de que há algo errado com a Inglaterra e que deve ser corrigido. Não são as leis que estão erradas, ou os costumes. É algo mais profundo.

Fitzwilliam deixa a sala, depois volta a entrar. Então diz, abruptamente: "Se a próxima é a filha do velho Seymour, haverá alguma inveja entre aqueles que pensam que sua própria casa nobre é que deveria ter preferência... mas, no fim das contas, os Seymour são uma família antiga, e ele não terá esse problema com ela. Isto é, homens correndo atrás dela como cães atrás de uma... bem... Basta olhar para ela, para a caçula de Seymour, para saber que ninguém nunca levantou suas saias".

Dessa vez ele realmente se vai; mas dirigindo a Cromwell uma espécie de debochada saudação, um floreio na direção de seu chapéu.

Sir Nicholas Carew vem vê-lo. Até os fios da barba estão eriçados com seu ar de conspiração. Ele quase espera que o cavalheiro lhe dê uma piscadela ao se sentar.

Quando o assunto surge, Carew se mostra surpreendentemente breve. "Queremos a concubina deposta. Sabemos que vocês também querem isso."

"Nós?"

Carew o fita de baixo para cima, sob as sobrancelhas desgrenhadas; como um homem que disparou sua única flecha, ele agora precisa correr pelo terreno, buscando amigos ou inimigos ou apenas um lugar para se esconder durante a noite. Lentamente, ele esclarece: "Garanto que meus aliados nesse assunto incluem boa parte da antiga nobreza desta nação, aqueles de linhagem honrosa, e...". Ele vê a expressão de Cromwell e se apressa. "Falo daqueles muito próximos ao trono, aqueles da linhagem do antigo rei Eduardo. Lorde Exeter, a família Courtenay. Também lorde Montague e seu irmão Geoffrey Pole. Lady Margaret Pole, que, como você sabe, foi governanta da princesa Maria."

Ele revira os olhos. "Lady Maria."

"Como preferir. Nós a chamamos de princesa."

Ele assente. "Não deixemos de discutir sobre ela por causa disso."

"Aqueles que citei", diz Carew, "são as principais pessoas em cujo nome falo, mas, como você bem sabe, a maior parte da Inglaterra exultaria se o rei se livrasse dela."

"Acho que a maior parte da Inglaterra não sabe e tampouco se importa." Carew quis dizer, é claro, a maior parte da *minha* Inglaterra, a Inglaterra de sangue antigo. Para Sir Nicholas, não existe nenhum outro país.

Ele diz: "Imagino que a esposa de Exeter, Gertrude, esteja empenhada nesse assunto".

"Ela tem mantido", Carew se inclina à frente para transmitir algo muito secreto, "contato com Maria."

"Eu sei." Ele suspira.

"Você lê as cartas delas?"

"Eu leio as cartas de todo mundo." Incluindo as suas. "Mas, escute, isso está me cheirando a intriga contra o próprio rei, não?"

"De maneira alguma. A honra de sua majestade é o cerne de tudo isso."

Ele assente. Entendido. "E então? O que querem de mim?"

"Queremos que se junte a nós. Ficaremos satisfeitos em ter a filha de Seymour como rainha. A moça é minha parenta, e conhecida por defender a verdadeira religião. Acreditamos que ela fará Henrique se alinhar novamente com Roma."

"Uma causa próxima ao meu coração", murmura ele.

Sir Nicholas se inclina para a frente. "Essa é nossa dificuldade, Cromwell. Você é um luterano."

Ele leva a mão à casaca: perto do coração. "Não, senhor; sou um banqueiro. Lutero condena ao inferno aqueles que emprestam a juros. Por acaso parece provável que eu fique do lado dele?"

Sir Nicholas ri abertamente. "Eu não sabia. Onde estaríamos sem Cromwell para nos emprestar dinheiro?"

Ele pergunta: "O que acontecerá com Ana Bolena?".

"Não sei. Convento?"

Então o acordo está feito e selado: ele, Cromwell, deve ajudar as antigas famílias, os verdadeiros fiéis; e depois, sob o novo regime, eles levarão seus serviços em consideração: seu zelo nesse assunto poderá fazê-los esquecer as blasfêmias dos últimos três anos, que de outra forma implicariam um merecido castigo.

"Só uma coisa, Cromwell." Carew se levanta. "Não me deixe esperando da próxima vez. Não é apropriado que um homem da sua estampa mantenha um homem da minha estampa marchando de lá para cá numa antessala."

"Ah, então era o senhor que estava fazendo aquele barulho?" Embora Carew use as sapatilhas de cetim acolchoadas típicas de um cortesão, ele sempre se imagina em armadura de desfile: não do tipo com que se luta, mas do tipo que se compra na Itália para impressionar os amigos. Marchar de lá para cá seria um negócio barulhento, nesse caso: um retinir de metal, um clangor sem fim. Ele ergue os olhos. "Não era minha intenção desrespeitá-lo, Sir Nicholas. A partir de agora, seguimos em velocidade total. Considere-me junto ao seu braço direito, preparado para a batalha."

Esse é o tipo de linguagem de impacto que Carew entende.

Agora Fitzwilliam está conversando com Carew. Carew está conversando com sua esposa, que é irmã de Francis Bryan. Sua esposa está falando, ou escrevendo pelo menos, a Maria, para que ela saiba que suas perspectivas estão melhorando a cada momento, que La Ana talvez seja deposta. Pelo menos, é uma forma de manter Maria quieta por enquanto. Ele não quer que ela ouça os rumores de que Ana vai iniciar novamente as hostilidades. Talvez entre em pânico e tente fugir; dizem que Maria tem vários planos absurdos, como drogar as mulheres Bolena à sua volta e fugir à noite galopando em fúria. Ele alertou Chapuys, embora não nestas palavras, claro, de que, se Maria fugir, Henrique provavelmente o considerará responsável e perderá qualquer consideração pela proteção de seu status diplomático. No mínimo, será chutado como Sexton, o bobo da corte. Na pior das hipóteses, talvez jamais veja sua amada terra natal de novo.

Francis Bryan mantém os Seymour em Wolf Hall a par dos eventos da corte. Fitzwilliam e Carew falam com o marquês de Exeter e Gertrude, sua esposa. Gertrude conversa, durante um jantar, com o embaixador imperial e com a família Pole, que são tão papistas quanto se é possível ser, que nos últimos quatro anos têm andado na corda bamba da traição. Ninguém está falando com o embaixador francês. Mas todos estão falando com ele, Thomas Cromwell.

Em suma, esta é a pergunta sobre a qual seus novos amigos têm ponderado: se Henrique conseguiu aposentar uma esposa mesmo sendo ela uma filha da Espanha, não poderia dar uma pensão à filha de Bolena e exilá-la em alguma casa de campo, depois de encontrar alguns defeitos nos documentos do casamento? A deposição de Catarina após vinte anos de união ofendeu toda a Europa. O casamento com Ana não é reconhecido em lugar algum além deste reino, e não resistiu nem três anos; ele poderia anulá-lo, alegar ter sido uma loucura. Afinal, ele tem sua própria Igreja para fazê-lo, seu próprio arcebispo.

Mentalmente, ele ensaia um pedido. "Sir Nicholas? Sir William? Desejam ir a minha humilde casa para jantar?"

Não pretende convidá-los de fato. A notícia logo chegaria aos ouvidos da rainha. Um olhar codificado é o suficiente, um aceno e uma piscadela. Contudo, em sua imaginação ele põe a mesa mais uma vez.

Norfolk na cabeceira. Montague e sua santa mãe. Courtenay e sua esposa detestável. Seguindo silenciosamente nos calcanhares deles, nosso amigo monsieur Chapuys. "Ah, maldição", reclama Norfolk, "agora teremos que falar francês?"

"Eu traduzirei", ele oferece. Mas quem está entrando com um estardalhaço? É o duque Frigideira. "Bem-vindo, meu lorde Suffolk", diz ele. "Sente-se. Cuidado para não derrubar migalhas nessa sua grande barba."

"Se ao menos houvesse alguma migalha...", Norfolk está com fome.

Margaret Pole o empala com um olhar glacial. "Você pôs a mesa. Você distribuiu lugares a todos. Você não nos deu nenhum guardanapo."

"Queira me perdoar." Ele chama um criado. "A senhora não iria querer sujar as mãos."

Margaret Pole sacode o guardanapo para abri-lo. No tecido está impressa a face de Catarina morta.

Um berro vem lá de fora, da direção dos fornos. Francis Bryan entra aos trancos, já tendo entornado uma garrafa inteira. *"Diversão em boa companhia..."* Atira-se na cadeira, com estrondo.

Agora ele, Cromwell, acena para seus criados. Mais cadeiras são trazidas. "Façam-nas caber na mesa", diz ele.

Entram Carew e Fitzwilliam. Eles tomam seus lugares sem um único sorriso ou cumprimento. Chegam prontos para o banquete, facas à mão.

Ele passa os olhos por seus convidados. Estão todos preparados. Uma prece em latim; o inglês seria sua escolha, mas ele quer agradar aos convivas. Que se benzem ostensivamente, ao estilo papista. Que o encaram, em expectativa.

Ele grita para os criados. As portas se escancaram. Homens suados dispõem os pratos na mesa. Parece que a carne é fresca, nem sequer foi abatida ainda.

É apenas uma pequena violação da etiqueta. Os convivas têm de esperar sentados, salivando.

Os Bolena são postos à mesa, à sua frente, para serem destrinchados.

Agora que Rafe está servindo na câmara privada, ele tem maior familiaridade com o músico, Mark Smeaton, que foi promovido, passando a figurar entre os atendentes. Quando Mark se apresentou pela primeira vez à porta do cardeal, estava enfiado em botas remendadas e em um gibão de lona que pertencera a um homem maior que ele. O cardeal o vestiu com lã, mas, desde que se juntou à família real, Mark anda de damasco, empoleirado sobre um belo capão com sela de couro espanhol, as rédeas presas entre luvas bordadas de dourado. De onde está vindo esse dinheiro? Ana é de uma generosidade imprudente, explica Rafe. Corre o boato de que ela deu a Francis Weston uma quantia para ajudá-lo com seus credores.

Dá para entender, diz Rafe, pois agora que o rei já não admira tanto a rainha, ela está louca por ter jovens a seu redor que prestem atenção em cada palavra sua. Seus aposentos são como alamedas agitadas, com os cavalheiros da câmara privada constantemente aparecendo para realizar esta ou aquela tarefa e se demorando para se entreter com algum jogo ou ouvir uma canção; quando não há nenhuma mensagem a transmitir, eles a inventam.

Aqueles menos favorecidos pela rainha sempre se mostram ansiosos por falar com o recém-chegado Rafe e o atualizam sobre todos os mexericos. E certas coisas ele não precisa que lhe contem, pois consegue ver e ouvir por si mesmo. Sussurros e passinhos por trás das portas. Zombarias veladas contra o rei. Suas roupas, sua música. Insinuações de suas limitações na cama. De onde viriam essas sugestões, senão da rainha?

Alguns homens falam o tempo todo sobre seus cavalos. Esta é uma montaria estável, mas eu já tive uma mais rápida; é uma potranca muito boa que você tem aí, mas deveria ver este baio em que estou de olho. Com Henrique, são as damas: ele encontra algo para apreciar em quase toda mulher que cruza seu caminho, e arrisca um elogio mesmo que ela seja sem graça e esteja velha e passada. Com as jovens, ele é arrebatado de paixão duas vezes por dia: não são os mais belos olhos que já se viu? Seu pescoço o mais alvo, sua voz a mais doce, sua mão a mais bem modelada? Geralmente ele se limita a olhar sem tocar: o máximo que arrisca, corando de leve, é: "Não acha que ela deve ter biquinhos lindos?".

Um dia, Rafe ouve a voz de Weston tagarelando na sala ao lado, divertindo-se em imitar o rei: "Ela não tem a boceta mais molhada que você já meteu o dedo?". Risinhos, olhares cúmplices. E: "Shhh! O espião de Cromwell está por perto".

Harry Norris anda ausente da corte ultimamente, passando algum tempo em suas propriedades. Quando está em serviço, conta Rafe, ele tenta abafar os boatos, às vezes parece irritado com eles; mas às vezes se permite sorrir. Eles comentam sobre a rainha e especulam…

Continue, Rafe, diz ele.

Rafe não gosta de contar isso. Ele sente que ser um espião é algo baixo demais para sua pessoa. Pensa muito antes de falar. "A rainha precisa conceber outra criança rapidamente para agradar ao rei, mas como, perguntam-se eles. Já que não se pode confiar em Henrique para fazer o trabalho, qual dos cavalheiros deve lhe fazer esse favor?"

"E eles chegaram a alguma conclusão?"

Rafe esfrega o alto da cabeça, bagunçando o cabelo. Ele diz, sabe, na verdade eles não fariam isso. Nenhum deles. A rainha é sagrada. É um pecado grande demais, mesmo para homens lascivos como estes, e eles temem demais o rei, sem dúvida, embora caçoem dele. Além disso, ela não seria tola a esse ponto.

"Vou lhe perguntar outra vez, eles chegaram a alguma conclusão?"

"Acho que é cada um por si."

Ele ri. "*Sauve qui peut.*"

Ele espera que nada disso seja necessário. Se tiver de agir contra Ana, ele espera que seja de uma forma mais limpa. Isso tudo não passa de bobagem. Mas Rafe não pode esquecer o que já ouviu nem deixar de saber o que já sabe, simples assim.

Clima de março, clima de abril, tempestades geladas e brechas para o sol; ele encontra Chapuys, mas dessa vez não a céu aberto.

"Você parece pensativo, secretário-mor. Venha para perto do fogo."

Ele sacode as gotas de chuva do chapéu. "Há algo pesando na minha mente."

"Acho que você só marca esses encontros comigo para irritar o embaixador francês, sabia?"

"Ah, sim", ele suspira, "ele é muito invejoso. Na verdade, eu viria visitá-lo com mais frequência, mas os boatos sempre chegam à rainha. E ela arranja meios de usá-los contra mim de uma forma ou de outra."

"Gostaria que você tivesse uma ama mais afável." A pergunta implícita do embaixador: como anda essa história de arranjar uma nova ama? Chapuys já insinuou antes, não poderia haver um novo acordo entre nossos soberanos? Algo para proteger Maria, seus interesses, talvez trazê-la de volta à linha de sucessão, atrás dos eventuais filhos que Henrique possa vir a ter com uma nova esposa? Supondo, claro, que a atual rainha esteja fora de cena.

"Ah, Lady Maria." Ele agora adotou o hábito de levar a mão ao chapéu quando o nome dela é mencionado. Percebe que esse gesto comove o embaixador, percebe que Chapuys está imaginando formas de descrever isso num relatório. "O rei está aberto a negociações. Seria um prazer estabelecer um entendimento com o imperador. Foi o que ele disse."

"Agora você deve levá-lo a concretizar tal disposição."

"Eu tenho influência sobre o rei, mas não posso responder por ele, nenhum súdito pode. Essa é a minha dificuldade. Para ter sucesso com ele, é preciso prever seus desejos. Mas então, fica-se exposto se ele muda de ideia."

Seu mestre, Wolsey, aconselhou-o, faça com que ele diga o que quer, não suponha, pois, supondo, você pode destruir a si mesmo. Mas, desde os tempos de Wolsey, as ordens não expressas do rei podem ter se tornado mais difíceis de ignorar. Henrique preenche a sala com um descontentamento fervente, eleva os olhos para o céu quando tem de assinar um papel: como se esperasse por libertação.

"Tem medo de que ele se volte contra você", diz Chapuys.

"Isso acontecerá, imagino. Um dia."

Às vezes ele acorda no meio da noite e fica pensando nisso. Há cortesãos que se aposentaram de modo honrado. Ele pode citar alguns exemplos. Embora, é claro, os exemplos em contrário lhe surjam à mente com mais força nas madrugadas insones.

"Mas se esse dia chegar", indaga o embaixador, "o que você fará?"

"O que poderei fazer? Armar-me de paciência e deixar o resto para Deus." E torcer para que o fim seja rápido.

"Sua devoção lhe dá crédito", diz Chapuys. "Se a sorte lhe voltar as costas, precisará de amigos. O imperador..."

"O imperador não perderia nem um segundo considerando a ideia de me apoiar, Eustache. Ou a qualquer plebeu. Ninguém levantou um dedo para ajudar o cardeal."

"O pobre cardeal. Eu gostaria de tê-lo conhecido melhor."

"Pare de me bajular", retruca ele bruscamente. "Já basta."

Chapuys o perscruta com o olhar. O fogo se ergue. Vapores sobem das roupas dele. A chuva tamborila na janela. Ele estremece. "Você está doente?", pergunta Chapuys.

"Não, não tenho autorização para adoecer. Se eu caísse de cama, a rainha me levantaria à força e diria que estou fingindo. Se quer me animar, ponha aquele seu chapéu de Natal. Uma pena que teve de guardá-lo para o período de luto. Esperar até a Páscoa para vê-lo de novo seria tempo demais."

"Acho que você está fazendo piada, Thomas, à custa do meu chapéu. Ouvi dizer que enquanto ele esteve sob sua custódia, foi ridicularizado, não só pelos seus escrivães, mas também pelos seus cavalariços e tratadores de cães."

"Na verdade foi o contrário. Houve muitos pedidos para experimentá-lo. Espero que possamos vê-lo em todos os grandes feriados santos."

"Mais uma vez", replica Chapuys, "sua devoção lhe dá crédito."

Ele envia Gregory até seu amigo Richard Southwell, para aprender a arte de falar em público. É bom que ele saia de Londres, fuja da corte, onde a atmosfera é tensa. Por todo lado a seu redor há sinais de mal-estar, pequenos grupos de cortesãos que se dispersam ao notarem sua aproximação. Se é preciso pôr tudo em risco, e ele acha que é o que está fazendo, então Gregory não precisa passar pela dor e pela dúvida, hora após hora. Que Gregory ouça apenas a conclusão dos eventos; ele não precisa atravessá-los. Ele não tem tempo agora para explicar o mundo aos jovens e aos inocentes. Precisa observar os movimentos de cavalaria e artilharia em toda a Europa, e os navios nos mares, e os homens de comércio e de guerra: o influxo de ouro das Américas para o tesouro do imperador. Às vezes a paz parece guerra, não conseguimos distinguir uma da outra; às vezes estas ilhas parecem muito pequenas. As notícias que chegam da Europa dizem que o monte Etna entrou em erupção, causando inundações em toda a Sicília. Em Portugal há uma seca; em toda parte, inveja e discórdia, medo do futuro, medo da fome, ou a fome propriamente dita, medo de Deus e a dúvida quanto à forma de acalmá-lo, e em que idioma. As notícias, quando chegam até ele, vêm com uma quinzena de atraso: os correios estão lentos; as marés lhe são contrárias. Justo quando o trabalho de fortificar Dover está chegando ao fim, as muralhas de Calais começam a ruir; o gelo rachou a alvenaria e abriu uma fissura entre Watergate e Lanterngate.

No Domingo de Ramos, um sermão é rezado na capela do rei pelo esmoler de Ana, John Skip. Parece ser uma alegoria; e parece que a veemência das palavras se dirige contra ele, Thomas Cromwell. Ele sorri abertamente quando os ouvintes lhe relatam, frase por frase: tanto seus inimigos quanto seus simpatizantes. Mas ele não é homem de ser derrubado por um sermão ou de se sentir perseguido por figuras de linguagem.

Certa vez, quando menino, ele se enfureceu com o pai, Walter, e correu de encontro a ele com a intenção de lhe dar uma cabeçada na barriga. Mas foi pouco antes de os rebeldes córnicos inundarem o país, e como Putney sabia que estava no caminho do invasor, Walter vinha forjando armaduras para si e seus amigos. Assim, quando ele correu de cabeça contra o pai, houve um estrondo, que ele ouviu antes de sentir. Walter estava experimentando uma de suas criações. "Que lhe sirva de lição", disse o pai, fleumático.

Ele sempre se lembra daquilo, daquela barriga de ferro. E acredita que tem uma igual, só que sem a inconveniência e o peso do metal. "Cromwell tem muito estômago", dizem seus amigos; seus inimigos também. Com isso querem dizer que ele tem apetite, entusiasmo, voracidade: um naco sangrento de carne não o nausearia nem na primeira hora da manhã nem na última da noite, e se você acordá-lo de madrugada, ele também estará com fome.

Chega um inventário, da abadia de Tilney: vestes de cetim vermelho da Turquia e algodão branco, com animais bordados em ouro. Duas toalhas de altar de cetim branco de Bruges, com gotas semelhantes a manchas de sangue, feitas de veludo vermelho. E os utensílios de cozinha: pesos, pinças e garfos para o fogo, ganchos de carne.

O inverno se derrete em primavera. O Parlamento é dissolvido. Páscoa: cordeiro com molho de gengibre, uma abençoada ausência de peixes. Ele se lembra dos ovos que as crianças costumavam pintar, pondo um chapéu de cardeal sobre cada casquinha pintalgada. Ele se lembra de sua filha Anne, sua mãozinha quente em concha ao redor da casca do ovo para que a cor escorresse: "Veja! *Regardez!*". Ela estava aprendendo francês aquele ano. Depois, seu rosto espantado; sua língua curiosa surgindo para lamber a mancha na palma da mão.

O imperador está em Roma, e a notícia é de que ele teve uma reunião de sete horas com o papa; quanto desse tempo foi dedicado a conspirar contra a Inglaterra? Ou será que o imperador defendeu seu irmão monarca? Correm boatos de que haverá um acordo entre o imperador e os franceses: más notícias para a Inglaterra, se procederem. Hora de pressionar pelas negociações. Ele marca uma reunião entre Chapuys e Henrique.

Da Itália, chega-lhe uma carta, que começa assim, *"Molto magnifico signor..."*. Ele se lembra de Hércules, o dos muitos trabalhos.

Dois dias depois da Páscoa, o embaixador imperial é recebido na corte por George Bolena. À visão do cintilante George, cujos dentes brilham tanto quanto os botões de pérolas em sua roupa, o olho do embaixador rola como o olho de um cavalo assustado. Ele já foi recebido por George antes, mas não esperava por ele hoje: talvez um dos amigos de Bolena; talvez Carew. George o cumprimenta longamente em seu francês elegante e polido. Vossa graça fará o obséquio de assistir à missa com sua majestade e, em seguida, se deseja me agraciar, será meu prazer recebê-lo pessoalmente para almoçar.

Chapuys está olhando ao redor: Cremuel, socorro!

Ele está afastado, sorrindo, observando as manobras de George, pensando, sentirei sua falta nos dias em que tudo estiver acabado para ele: quando eu chutá-lo de volta para Kent para que fique por lá contando suas ovelhas e adquirindo um singelo interesse pela safra de grãos.

O próprio rei dirige um sorriso, uma palavra amável a Chapuys. Ele, Henrique, vai para sua galeria particular, no alto. Chapuys se posiciona entre os bajuladores de George. *"Judica me, Deus"*, entoa o padre. "Julgai-me, ó Deus, e separai minha causa da nação que não é santificada: livrai-me do homem injusto e enganoso."

Chapuys agora se vira e o apunhala com um olhar. Ele sorri. "Por que estás triste, ó alma minha?", indaga o padre: em latim, claro.

Quando o embaixador ruma ao altar, relutante, para receber a hóstia sagrada, os cavalheiros a seu redor, a postos como bailarinos experientes, hesitam meio passo e então seguem em seu encalço. Chapuys vacila; está rodeado pelos amigos de George. Ele lança um olhar para trás. Onde estou, o que devo fazer?

Nesse momento, e exatamente na linha de visão dele, a rainha Ana desce de seu camarote particular nas galerias: cabeça erguida lá no alto, veludo e zibelina, rubis no pescoço. Chapuys hesita. Não pode ir adiante, pois tem medo de cruzar o caminho dela. Tampouco pode retroceder, porque George e seus asseclas o encurralaram. Ana vira a cabeça. Um sorriso pontual: e ao inimigo ela faz uma reverência, uma inclinação graciosa de seu pescoço adornado. Chapuys estreita os olhos com força e se curva à concubina.

Depois de todos esses anos! Durante todo esse tempo, ele escolheu seu caminho cuidadosamente de modo a nunca, jamais, se postar face a face com ela, jamais ter de enfrentar essa dura escolha, essa condenável e odiosa polidez. Mas que opção tinha ele? Esse fato logo será incluído em relatórios. Chegará ao imperador. Torçamos e oremos para que Carlos entenda.

Tudo isso se revela no rosto do embaixador. Ele, Cremuel, ajoelha e recebe a comunhão. Deus se transforma em pasta em sua língua. Durante esse processo de transmutação, é reverente fechar os olhos; mas, nesta ocasião singular, Deus o perdoará por dar uma conferida no que acontece em volta. Ele vê George Bolena, rubro de prazer. Ele vê Chapuys, branco de humilhação. Ele vê Henrique deslumbrante em ouro, descendo ponderoso da galeria. O caminhar do rei é calculado, seu passo é lento; seu rosto está iluminado por um solene triunfo.

Apesar dos muitos esforços do perolado George, o embaixador se afasta quando eles saem da capela. Chapuys corre até ele e o agarra, sua mão se fechando em torno de seu braço como um cachorrinho que o mordesse. "Cremuel! Você sabia que isso estava planejado. Como pôde me envergonhar assim?"

"Foi com as melhores intenções, eu lhe garanto." Ele acrescenta, sombrio, pensativo: "Que utilidade você teria como diplomata, Eustache, se não entendesse o caráter dos príncipes? Eles não pensam como os outros homens. Para mentes plebeias como as nossas, Henrique parece perverso."

Então tudo fica claro para o embaixador. "Ahhh." Ele suspira demoradamente. Nesse exato momento, Chapuys entende por que Henrique o obrigou a fazer uma reverência pública a uma rainha que já não deseja. Henrique é tenaz em sua vontade, é obstinado. Agora ele realizou seu objetivo: seu segundo casamento foi reconhecido. Ou seja, agora, se ele quiser, pode abandoná-lo.

Chapuys aperta as roupas contra o corpo, como se sentisse o vento do futuro, e sussurra: "É realmente necessário que eu vá jantar com o irmão dela?".

"Oh, sim. Você verá que ele é um anfitrião encantador. Afinal", ele levanta a mão para esconder o sorriso, "ele não acabou de desfrutar de um triunfo? Ele e toda a sua família?"

Chapuys se aproxima. "Estou chocado em vê-la. Nunca a vi tão de perto. Parece uma velha esquálida. Aquela era a srta. Seymour, com as mangas azul--prateadas? Ela é bastante sem graça. O que Henrique viu nela?"

"Ele a acha burra. Isso o acalma."

"É evidente que ele está apaixonado. Deve haver algo nela que não é óbvio aos olhos de qualquer um." O embaixador dá uma risadinha. "Sem dúvida, deve ter um *enigme* muito belo."

"Ninguém sabe", diz ele, sem expressão. "Ela é virgem."

"Depois de tanto tempo na corte? Decerto Henrique está iludido."

"Embaixador, guarde isso para mais tarde. Seu anfitrião está aqui."

Chapuys cruza as mãos sobre o coração. Ele dirige a George, lorde Rochford, uma ampla mesura. Lorde Rochford faz o mesmo. De braços dados, eles seguem conversando. É como se lorde Rochford estivesse recitando versos em louvor à primavera.

"Hmm", comenta lorde Audley. "Que espetáculo." A fraca luz do sol reluz no colar de ofício do lorde chanceler. "Vamos lá, meu rapaz, vamos mordiscar alguma coisa." Audley ri. "Pobre embaixador. Parece que está sendo levado por mercadores de escravos para a costa da Barbária. Não sabe em que país acordará amanhã."

Nem eu, pensa ele. Ah, Audley e sua jovialidade. Ele fecha os olhos. Ele tem a sensação, o pressentimento, de que o melhor deste dia já passou, embora sejam apenas dez da manhã. "Crumb?", chama o lorde chanceler.

É pouco depois do almoço que tudo começa a ruir, e da pior maneira possível. Ele deixou Henrique e o embaixador junto a um vão de janela para que se acariciassem mutuamente com palavras, para que ronronassem em torno de uma aliança, para que fizessem propostas indecentes um ao outro. A primeira coisa que ele nota é que o rei muda de cor. De rosado e branco a vermelho-tijolo. Em seguida ele ouve a voz de Henrique, aguda e cortante: "Acho que está sendo um tanto presunçoso, Chapuys. Você diz que eu reconheço o direito de seu amo governar em Milão: mas talvez o rei da França tenha tanto direito quanto ele, ou mais. Não suponha conhecer minha política, embaixador".

Chapuys dá um salto para trás. Ele se lembra da pergunta de Jane Seymour: Secretário-mor, o senhor já viu um gato escaldado?

O embaixador fala: algo em voz baixa e suplicante. Henrique dispara em resposta: "Quer dizer que aquilo que pensei ser uma cortesia, de um príncipe cristão a outro, é na verdade uma posição de barganha? Você concorda em se curvar à minha esposa a rainha, mas depois vem me mandar a conta?".

Ele, Cromwell, vê Chapuys erguendo uma mão apaziguadora. O embaixador está tentando deter os estragos, minimizá-los, mas Henrique o corta, falando para toda a câmara ouvir, para toda a assembleia boquiaberta e para aqueles espiando dos fundos. "Seu amo não recorda o que fiz por ele, nas suas primeiras tribulações? Quando seus súditos espanhóis se insurgiram? Mantive os mares abertos para ele. Eu lhe emprestei dinheiro. E o que ganho em retorno?"

Uma pausa. Chapuys tem de lançar às pressas a mente ao passado, a anos em que ele ainda nem ocupava o posto. "Dinheiro?", sugere ele, debilmente.

"Nada além de promessas não cumpridas. Lembre-se, por favor, de como eu o auxiliei contra os franceses. Ele me prometeu territórios; e quando me dei conta, ele estava fazendo um tratado com Francisco. Por que eu deveria confiar em uma palavra do que ele diz?"

Chapuys se empertiga: o máximo possível para um homem baixo. "Galinho de briga", comenta Audley em seu ouvido.

Mas ele, Cromwell, não se deixará distrair. Seus olhos estão pregados no rei. Ele ouve Chapuys dizendo: "Majestade. Esse não é o tipo de pergunta que se faça, de um príncipe a respeito de outro".

"Não é?!", rosna Henrique. "Em tempos passados, eu jamais seria obrigado a perguntar isso; jamais. Considero todo irmão príncipe alguém honrado, tal como eu próprio o sou. Mas devo lhe sugerir, monsieur, que às vezes nossas afáveis e naturais suposições devem dar lugar à amarga experiência. Eu lhe pergunto, seu amo me toma por tolo?" A voz de Henrique dá uma guinada para cima; ele se dobra, e com os dedos dá tapinhas nos joelhos, como se chamasse para seu colo uma criança ou um cãozinho. "Henrique!", guincha o rei. "Venha para o Carlos! Venha para o seu bom amo!" Ele se apruma, quase cuspindo de raiva. "O imperador me trata como uma criança. Primeiro me açoita, depois me afaga, depois é açoite novamente! Diga-lhe que não sou uma criança. Diga-lhe que sou um imperador no meu próprio reino, e um homem, e um pai. Diga-lhe que mantenha distância dos meus assuntos de família. Já tolerei sua interferência por tempo demais. Primeiro ele quer me dizer com quem posso me casar. Depois quer me mostrar como lidar com minha filha. Diga-lhe, eu lidarei com Maria como bem quiser, como um pai tem que lidar com um filho desobediente. E não importa quem seja sua mãe."

A mão do rei — fechada em punho, Deus do céu — toca brutalmente o ombro do embaixador. E assim, tendo aberto seu caminho, Henrique marcha para fora. Uma performance imperial. Exceto por sua perna, que se arrasta. Ele grita por cima do ombro: "Exijo um profundo pedido de desculpas, em público".

Ele, Cromwell, solta a respiração. O embaixador atravessa a sala emitindo chiados e balbucios. Perplexo, Chapuys agarra o braço dele. "Cremuel, não sei pelo que tenho que pedir desculpas. Eu venho aqui de boa-fé, sou manipulado de forma a ficar frente a frente com aquela criatura, sou forçado a trocar elogios com o irmão dela durante todo um almoço e agora sou atacado por Henrique. Ele quer meu amo, ele precisa do meu amo, está apenas jogando o velho jogo, tentando se vender a um preço mais caro, blefando ao dizer que poderia enviar tropas ao rei Francisco para combater na Itália; onde estão essas tropas? Eu não as vejo, eu tenho olhos, não estou vendo o exército dele."

"Calma, calma", contemporiza Audley. "Faremos o pedido de desculpas, monsieur. Deixe que ele esfrie a cabeça. Não tema. Adie seus despachos para seu bom amo, não escreva hoje à noite. Vamos seguir com as negociações."

Por sobre o ombro de Audley, ele vê Edward Seymour deslizando por entre a multidão. "Ah, embaixador", diz ele, com uma aprazível confiança que na verdade não sente. "Essa é uma oportunidade para que você conheça..."

Edward salta à frente: *"Mon cher ami...".*

Olhares sombrios por parte dos Bolena. Edward aproveita a brecha, armado de um francês confiante. Puxa Chapuys de lado: já não era sem tempo. Uma agitação na porta. O rei voltou e irrompe no meio dos cavalheiros.

"Cromwell!" Henrique se posta à sua frente. Ele respira com dificuldade. "Faça com que ele compreenda. Não cabe ao imperador me impor condições. Cabe ao imperador pedir desculpas, por me ameaçar com a guerra." Seu rosto se congestiona. "Cromwell, eu compreendo exatamente o que você fez. Você foi longe demais nesse assunto. O que prometeu a ele? Seja o que for, você não tem autoridade! Você pôs minha honra em risco. Mas o que eu poderia esperar, não? Como um homem como você poderia entender a honra dos príncipes? Você disse, 'Oh, eu tenho certeza quanto a Henrique, tenho o rei na palma da minha mão'. Não negue, Cromwell, posso ouvi-lo dizendo isso. Você pretende me adestrar, não? Como um dos seus garotos que vivem em Austin Friars? Quer que eu toque meu gorro quando você desce pela manhã e diga: 'Como vai, senhor?'. Quer que eu caminhe por Whitehall meio passo atrás de você. Que leve suas pastas, seu tinteiro e seu selo. E por que não uma coroa, hein, levada no seu rastro numa bolsa de couro?" Henrique está convulsionado pela raiva. "Eu realmente acho, Cromwell, que você pensa ser rei, e que sou eu o filho do ferreiro!"

Ele jamais dirá, mais tarde, que seu coração não se revirou no peito. Ele não é de se gabar de uma frieza que nenhum homem razoável possuiria. Henrique poderia, a qualquer momento, gesticular para seus guardas; e assim ele se veria com uma lâmina fria entre as costelas, e seu tempo estaria acabado.

Mas ele recua; sabe que seu rosto não revela nada, nem arrependimento, nem remorso, nem medo. Ele pensa, você nunca poderia ser o filho do ferreiro. Walter não o aceitaria na sua forja. Ter músculos não é tudo. Entre as chamas, é preciso ter cabeça fria, quando as faíscas estão saltando até o teto; é preciso ver quando elas caem sobre você e apagar o fogo com um golpe da mão dura: um homem que entra em pânico não tem utilidade numa oficina cheia de metal incandescente. E agora, com o rosto suado do monarca colado no seu nariz, ele se lembra de algo que seu pai lhe disse: se você queimar a mão, Tom, erga os braços e cruze os pulsos na frente do corpo e fique assim até alcançar um pouco de água ou unguento: não sei como isso funciona, mas confunde a dor, e, se você fizer uma oração ao mesmo tempo, talvez não saia tão mal do incidente.

Ele ergue as palmas das mãos. Cruza os punhos. Para trás, Henrique. Como se confundido pelo gesto — como se quase aliviado por ser detido —, o rei cessa de berrar: e recua um passo, virando o rosto e assim libertando-o, a Cromwell, daquele olhar injetado, da proximidade indecente das escleróticas azuladas que saltam das órbitas de Henrique. Ele diz, em voz baixa: "Deus o proteja, majestade. Agora poderia me dar licença?".

E assim, não importando se Henrique dará licença ou não, ele se retira. Vai para a sala ao lado. Você já ouviu a expressão "ter o sangue fervendo nas veias"? Ele sente o sangue fervendo. Cruza os punhos. Senta num baú e pede uma bebida. Quando o servem, ele pega a taça fria de estanho com a mão direita, passando as pontas dos dedos pelas curvas: o vinho é um clarete forte. Ele derrama uma gota; apara-a com o indicador e toca com a língua para que desapareça. Não sabe dizer se o truque diminuiu a dor, como Walter disse que aconteceria. Mas está feliz por seu pai estar a seu lado. Alguém precisa estar.

Ele ergue os olhos. O rosto de Chapuys acima dele: sorrindo, uma máscara de malícia. "Meu caro amigo. Achei que fosse o fim da linha para você. Pensei que você perderia a cabeça e o esmurraria, sabe?"

Ele levanta a cabeça e sorri. "Nunca perco a cabeça. Só faço o que pretendo fazer."

"Embora talvez você não diga o que realmente quer dizer."

Ele pensa, o embaixador sofreu cruelmente, apenas por fazer seu trabalho. Além disso, eu feri seus sentimentos, fui irônico ao falar de seu chapéu. Amanhã lhe encomendarei um presente, um cavalo, um cavalo de alguma magnificência, um cavalo para seu próprio uso. Antes que o animal parta dos meus estábulos, eu mesmo levantarei seu casco e verificarei a ferradura.

O conselho do rei se reúne no dia seguinte. Wiltshire, ou o monsenhor, está presente: os Bolena são gatos sinuosos, refestelados em seus assentos e cofiando os bigodes. O duque de Norfolk parece exasperado, inquieto; ele se posta em seu caminho na entrada — no caminho dele, de Cromwell. "Tudo bem, rapaz?"

Algum dia um arquivista-mor já foi abordado dessa maneira pelo conde marechal da Inglaterra? Na câmara do conselho, Norfolk move os bancos para lá e para cá, ocupa aquele que lhe convém, fazendo o assento ranger. "É isso que ele faz, sabe?" Norfolk abre um sorriso; ele tem um vislumbre de suas presas. "Quando você está ganhando equilíbrio, firmando o passo, é então que ele puxa o tapete de seus pés."

Ele assente, sorrindo com paciência. Henrique entra, sentando-se à cabeceira da mesa como um grande bebê mal-humorado. Não troca olhares com ninguém.

Agora: ele espera que os colegas conheçam seus respectivos deveres. Já disse a eles inúmeras vezes. Bajulem Henrique. Agradem Henrique. Implorem que faça o que vocês sabem que ele precisa fazer de qualquer jeito. Para que Henrique sinta que tem alguma escolha. Para que tenha uma boa opinião de si mesmo, como se não estivesse pesando os próprios interesses e sim os de vocês.

Majestade, dizem os conselheiros. Por obséquio. Considere favoravelmente, pelo bem do reino e do coletivo, as aberturas servis demonstradas pelo imperador. Suas lamúrias e súplicas.

Isso toma quinze minutos. Por fim, Henrique diz, certo, se é pelo bem do povo, eu receberei Chapuys, continuaremos as negociações. Devo engolir, suponho, todos os insultos pessoais que sofri.

Norfolk se inclina para a frente. "Pense nisso como uma beberagem medicinal, Henrique. Amarga. Mas, pelo bem da Inglaterra, não cuspa."

Uma vez levantado o assunto medicinal, o casamento de Lady Maria é discutido. Ela não se cansa de se queixar, onde quer que o rei a aloje, dos maus ares, de comida insuficiente, de consideração insuficiente para com sua privacidade, de intensas dores nos membros, de dores de cabeça e de espírito pesado. Os médicos sugerem que o matrimônio faria bem a sua saúde. Se os humores vitais de uma jovem estão sufocados, se ela se torna pálida e magra, seu apetite diminui, ela começa a definhar; o casamento se torna uma ocupação, ela esquece seus males menores; seu útero permanece ancorado e preparado para o uso, e não mostra a tendência de passear por seu corpo como se nada melhor tivesse para fazer. Na falta de um homem, Lady Maria precisa de extenuantes exercícios a cavalo; difícil, para alguém sob prisão domiciliar.

Henrique por fim pigarreia e fala: "O imperador, não é segredo algum, discutiu com seus próprios conselheiros sobre Maria. Ele gostaria que ela se casasse fora deste reino, com um dos seus parentes, dentro dos seus próprios domínios". Ele comprime os lábios. "De forma alguma suportarei que ela deixe o país; ou mesmo que vá a qualquer lugar, enquanto seu comportamento para comigo não for o que deve ser."

Ele, Cromwell, diz: "A morte da mãe ainda é algo recente para Maria. Não tenho dúvida de que ela tomará consciência do seu dever ao longo das próximas semanas".

"Como é agradável finalmente ouvir sua voz, Cromwell", diz o monsenhor, com um sorriso de deboche. "Você geralmente é o primeiro a falar, e também o último, além de aproveitar toda oportunidade que surge no meio, de modo que nós, conselheiros mais modestos, somos obrigados a nos manifestar *sotto voce*, ou mesmo nunca, e passar bilhetes uns aos outros. Permita-nos indagar se essa sua nova reticência está relacionada, de alguma maneira, aos acontecimentos de ontem, quando sua majestade, se me recordo corretamente, aplicou um freio à sua ambição?"

"Obrigado por tal contribuição", diz o lorde chanceler, seco, "lorde Wiltshire."

O rei diz: "Meus senhores, o assunto em questão é minha filha. Lamento ter que relembrá-los. Embora eu não tenha nem a mais remota certeza de que isso deva ser discutido em conselho".

"Eu pessoalmente", diz Norfolk, "iria até o Norte e obrigaria Maria a prestar o juramento, espalmaria sua mão no Evangelho e ali a seguraria, e se ela não fizesse o juramento ao rei e à filha da minha sobrinha, eu bateria sua cabeça na parede até esmagá-la como a um purê de maçã."

"Ora, obrigado novamente", diz Audley, "lorde Norfolk."

"Enfim", prossegue o rei, melancólico. "Não temos tantos descendentes a ponto de nos dar ao luxo de perder uma para outro reino. Eu preferiria não me separar dela. Um dia ela será uma boa filha para mim."

Os Bolena se recostam, sorrindo, enquanto ouvem o rei dizer que não busca um grande casamento estrangeiro para Maria, que ela não tem nenhuma importância, que é uma bastarda a quem se presta consideração apenas por caridade. Estão bastante satisfeitos com o triunfo que lhes foi oferecido ontem pelo embaixador imperial; e ostentam sua superioridade ao não se gabarem disso.

Assim que a reunião termina, ele, Cromwell, é assediado pelos conselheiros: com exceção dos Bolena, que se afastam na outra direção. A reunião correu bem; ele obteve tudo que queria; Henrique está novamente no caminho para um tratado com o imperador: por que então ele se sente tão inquieto, sufocado? Ele afasta os outros à base de cotoveladas, embora de forma gentil. Precisa de ar. Henrique passa por ele, para, dá meia-volta, diz: "Secretário-mor. Poderia caminhar comigo?".

Eles caminham. Em silêncio. Cabe ao príncipe, e não ao ministro, introduzir um tópico.

Ele pode esperar.

Henrique diz: "Sabe, eu gostaria de ir até a fundição algum dia, como já falamos, para conversar com os forjadores".

Ele espera.

"Recebi vários desenhos, desenhos matemáticos, e conselhos sobre como nosso material bélico pode ser melhorado, mas, para ser sincero, não consigo tirar tanto proveito do material quanto você conseguiria."

Mais humilde, pensa ele. Só um pouco mais.

Henrique diz: "Você já esteve na floresta e conheceu carvoeiros. Lembro que me disse certa vez que são homens muito pobres".

Ele espera. Henrique continua: "É preciso conhecer o processo desde o início, imagino, quer estejamos fazendo armaduras, quer munição. Não adianta demandar quantidades de um metal que tem determinadas propriedades, uma determinada têmpera, a menos que se saiba como ele é feito e as dificuldades que o artesão pode encontrar. Bem, jamais deixei que meu orgulho me impedisse de sentar e conversar com o fabricante de manoplas, que arma minha mão direita. Temos que estudar, penso eu, cada pino, cada rebite."

E? Sim?

Ele deixa que o rei prossiga gaguejando.

"E, bem. Bem, é isso. Você é minha mão direita, senhor."

Ele assente. Senhor. Que comovente.

Henrique diz: "Então, Kent, a fundição: podemos ir? Devo escolher uma semana? Dois, três dias devem ser o bastante".

Ele sorri. "Não este verão, senhor. Terá outros compromissos. Além disso, os forjadores são como todos nós. Precisam de descanso. Precisam de um tempo para deitar ao sol. Precisam colher maçãs."

Henrique o encara, manso, suplicante, com o rabo de seu olho azul: dê-me um verão feliz. Ele diz: "Não posso viver como tenho vivido, Cromwell".

Henrique está aqui para receber instruções. Traga-me Jane: Jane, tão bondosa, que suspira pelo palato como manteiga doce. Livre-me do amargor, do fel.

"Talvez eu deva ir para casa", responde ele. "Se vossa majestade permitir. Tenho muito o que fazer se for colocar esse assunto em marcha, e me sinto…" Seu inglês o abandona. Acontece às vezes. "*Un peu…*" Mas seu francês também o abandona.

"Mas você não está doente, está? Voltará em breve?"

"Devo fazer uma consulta com os especialistas em direito canônico. Pode levar alguns dias, o senhor sabe como eles são. Não tardará mais do que eu puder evitar. Falarei com o arcebispo."

"E talvez com Harry Percy", diz Henrique. "Você sabe como ela… o noivado, ou o que quer que seja a relação entre eles… Bem, acho que eles foram praticamente casados, não? E se não funcionar…" Ele coça a barba. "Você sabe que eu estive, antes de estar com a rainha, eu estive, por vezes, em companhia da irmã dela, sua irmã Maria, que…"

"Ah, sim, senhor. Eu me lembro de Maria Bolena."

"… e será visto que, tendo me associado a uma mulher tão próxima de Ana em termos de parentesco, meu casamento com ela não poderia ser válido… No entanto, você só usará isso se for preciso, não quero um…"

Ele assente. Você não quer entrar para a história como um mentiroso. Em público, você me fez afirmar diante de seus cortesãos que jamais tivera nada com Maria Bolena, e o tempo todo você estava ali sentado e assentindo. Você removeu todos os obstáculos: Maria Bolena, Harry Percy, você os varreu para o lado. Mas agora nossas necessidades mudaram, e assim os fatos mudaram atrás de nós.

"Pois bem, boa sorte", diz Henrique. "Seja bastante sigiloso. Confio na sua discrição e habilidade."

Quão necessário, porém quão triste, é ouvir Henrique se desculpando. Ele desenvolveu um perverso respeito por Norfolk, com seu resmungo de "Tudo bem, rapaz?".

Numa antecâmara, mestre Wriothesley espera por ele. "E, então, tem instruções, senhor?"

"Bem, tenho algumas pistas a seguir."

"E sabe quando essas pistas poderão tomar forma?"

Ele sorri. Me-Chame prossegue: "Ouvi dizer que o rei declarou em conselho que tem a intenção de casar Lady Maria com um súdito".

Certamente não foi isso que a assembleia concluiu, foi? Num instante, volta a se sentir como ele mesmo; ouve a si mesmo rindo e respondendo: "Oh, pelo amor de Deus, Me-Chame. Quem lhe disse isso? Às vezes acho que pouparia tempo e trabalho se todas as partes interessadas viessem ao conselho, incluindo os embaixadores estrangeiros. As decisões acabam vazando de qualquer jeito, e para poupá-los de repetições e interpretações distorcidas, seria melhor que fossem todas ouvidas logo em primeira mão".

"Eu entendi errado, então?", pergunta Wriothesley. "Porque pensei que casar Maria com um súdito, com algum homem de origem baixa, achei que esse fosse um plano arquitetado pela atual rainha."

Ele dá de ombros. O jovem lhe devolve um olhar vítreo. Levará alguns anos até que ele entenda por quê.

Edward Seymour solicita um encontro com ele. Em sua mente não há dúvida de que os Seymour virão à sua mesa, mesmo que tenham de se sentar no chão e catar as migalhas.

Edward está tenso, apressado, nervoso. "Secretário-mor, se formos pensar a longo prazo…"

"Nesse assunto, um dia já é longo prazo. Tire sua menina disso, deixe que Carew a leve para sua casa em Surrey."

"Não pense que eu desejo saber seus segredos", diz Edward, escolhendo as palavras. "Não pense que quero me meter em assuntos que não são da minha alçada. Mas, pelo bem da minha irmã, eu gostaria de ter alguma indicação de…"

"Ah, entendo, quer saber se ela deve encomendar o enxoval de casamento?"
Edward lhe lança um olhar suplicante. Ele prossegue calmamente: "Vamos
buscar uma anulação. Só não sei ainda com que fundamento".

"Mas eles vão resistir", diz Edward. "Se caírem, os Bolena nos levarão junto.
Ouvi falar de serpentes que, mesmo morrendo, exalam veneno através da pele."

"Já pegou numa cobra?", pergunta ele. "Eu sim; uma vez, na Itália." Ele mostra as palmas das mãos. "Não tenho nenhuma marca."

"Temos que ser muito sigilosos, então. Ana não pode saber."

"Bem", diz ele sarcasticamente, "acho que não podemos guardar esse segredo dela para sempre."

Mas ela saberá cedo demais se os novos amigos dele não pararem de detê-lo em antecâmaras, bloqueando seu caminho e se curvando em mesuras para ele; se não pararem de cochichar e de erguer as sobrancelhas e de darem cutucões uns nos outros.

Ele diz a Edward, preciso ir para casa e fechar a porta e ponderar a sós. A rainha está tramando algo, não sei o quê, algo diabólico, algo obscuro, talvez tão obscuro que nem ela mesma saiba o que é e por enquanto ainda esteja apenas sonhando com isso; mas preciso ser rápido, preciso sonhar no lugar dela, trazer o sonho à realidade.

De acordo com Lady Rochford, Ana reclama que, desde o parto, Henrique vive vigiando-a; e não da maneira como costumava fazer.

Há muito tempo ele vem percebendo que Harry Norris observa a rainha; e de certa proeminência, empoleirado acima como aqueles falcões esculpidos sobre as portas, ele via a si mesmo observando Harry Norris.

Por ora, Ana parece alheia às asas que pairam sobre sua cabeça, ao olho que avalia seu caminho quando ela hesita e desvia. Ela tagarela sobre a filha, Elizabeth, erguendo nos dedos uma pequeníssima touca, uma bela touca com fitas, recém-chegada da bordadeira.

Henrique olha para ela inexpressivamente, como se dissesse, por que está me mostrando isso, o que isso significa para mim?

Ana acaricia o pedaço de seda. Ele sente uma pontada de piedade, um instante de remorso. Estuda a guarnição de seda fina que forma a barra das mangas da rainha. Aquela guarnição foi feita por alguma mulher com as habilidades de sua falecida esposa. Ele observa a rainha muito de perto, sente que a conhece como uma mãe conhece sua criança, ou uma criança conhece a mãe. Ele sabe de cor cada ponto de seu corpete. Ele nota o sobe e desce de cada respiração. O que há no seu coração, madame? Essa é a última porta a ser aberta. Agora ele está no limiar dessa porta e tem a chave na mão, e quase teme inseri-la na fechadura. Mas e se a chave não entrar e ele se atrapalhar, sob os olhos de Henrique, e ouvindo a língua do rei soltar um estalo de impaciência, tão certamente quanto seu mestre Wolsey ouviu em outros tempos?

Pois bem. Houve uma ocasião — em Bruges, não? — em que ele derrubou uma porta. Não era hábito seu, derrubar portas, mas ele tinha um cliente que queria resultados e os queria imediatamente. Fechaduras podem ser arrombadas, mas isso é para quem tem tempo de sobra. Quem tem um ombro e uma bota não precisa de habilidade nem de tempo. Ele pensa, eu não tinha nem trinta anos na época. Era jovem. Distraidamente, ele leva a mão direita ao ombro esquerdo, ao antebraço, afagando-os como se recordasse os machucados. Ele se imagina entrando em Ana, não como amante, mas como advogado, e com seus papéis, seus documentos enroscados dentro do punho; ele se imagina penetrando o coração da rainha. E nas câmaras desse coração, ele ouve o estalido de suas próprias botas.

Em casa, ele tira do baú o livro de horas que pertenceu a sua esposa. Um presente de seu primeiro marido, Tom Williams, que era um sujeito até que bem decente, mas não um homem de substância como ele. Sempre que ele pensa em Tom Williams agora, é como uma lacuna em branco, um serviçal sem rosto vestido com a libré de Cromwell, segurando seu casaco ou talvez seu cavalo. Agora que ele pode manipular, a seu bel-prazer, os melhores textos da biblioteca do rei, o livro de orações lhe parece pobre; onde está a folha de ouro? No entanto, a essência de Elizabeth está nesse livro, sua pobre esposa com sua touca branca, seu jeito franco, seu sorriso de lado e seus ocupados dedos de artesã. Certa vez ele viu Liz fazendo uma trança de seda. Uma extremidade era presa por um prego à parede, e em cada dedo de suas mãos erguidas ela dava voltas nos fios, os dedos se movendo tão rápido que ele não conseguia ver como a coisa funcionava. "Devagar", disse ele, "para que eu possa ver como você faz." Mas ela riu e disse: "Não posso ir mais devagar. Se eu parasse para pensar como faço, não conseguiria de jeito nenhum".

2.
Senhor dos fantasmas

Londres, abril-maio de 1536

"Venha sentar-se comigo um pouco."

"Por quê?" Lady Worcester está desconfiada.

"Porque tenho tortas."

Ela sorri. "Estou faminta."

"Tenho até um mordomo para servi-las."

Ela dá uma espiada em Christophe. "Esse menino é um mordomo?"

"Christophe, Lady Worcester necessita de uma almofada."

A almofada é fofa, cheia de penas, e bordada com um desenho de falcões e flores. Ela a toma nas mãos, afaga-a distraidamente, depois a ajeita atrás de si e se recosta. "Ah, assim está melhor", ela sorri. Grávida, Lady Worcester repousa a mão na barriga, como uma madona numa pintura. Nessa pequena sala, cuja janela se abre para o ar brando da primavera, ele está realizando uma sessão de inquérito. Não se preocupa com quem chega para vê-lo, quem é visto saindo ou entrando. Quem não gostaria de passar um tempo com um homem que tem tortas a oferecer? E o secretário-mor é sempre agradável e prestativo. "Christophe, providencie um guardanapo para a senhora e depois vá sentar-se ao sol por dez minutos. Feche a porta ao sair."

Lady Worcester — Elizabeth — vê a porta se fechando; ela então se inclina para a frente e sussurra: "Secretário-mor, estou com um grande problema".

"E isso", ele aponta para a figura dela, "não deve ser nada fácil. A rainha inveja sua condição?"

"Bem, ela me mantém por perto, e sem necessidade. Todo dia me pergunta como estou. Eu não poderia ter uma ama mais gentil." Mas seu rosto demonstra dúvida. "Em certos aspectos, seria melhor se eu fosse para casa, no campo. Do jeito que estou, forçada a encarar a corte, sou apontada por todos."

"Acha então que foi a própria rainha quem começou os rumores contra você?"

"Quem mais pode ter sido?"

Na corte, corre o boato de que o bebê que Lady Worcester espera não é filho do conde. Talvez o criador do boato o tenha espalhado por maldade ou rancor; talvez fosse uma espécie de piada: talvez fosse fruto do tédio. O polido irmão da dama, o cortesão Anthony Browne, invadiu os aposentos dela para tirar satisfação. "Eu disse a ele", conta ela, "não me atormente. Por que eu?" Na mão de Lady Worcester, a torta de queijo estremece em seu invólucro de massa, como que partilhando da indignação da dama.

Ele franze a testa. "Permita-me retroceder um passo. Sua família a culpa porque as pessoas estão falando a seu respeito, ou porque há verdade no que dizem?"

Lady Worcester toca os lábios com o guardanapo. "Acha que vou confessar apenas em troca de uma torta?"

"Vou esclarecer as coisas. Eu desejo ajudá-la, se me for possível. Seu marido tem razão de estar com raiva?"

"Ah, homens. Estão sempre com raiva. Têm tanta raiva que às vezes nem sabem por quê."

"Então poderia ser do conde?"

"Se for um menino forte, ouso dizer que ele o legitimará." As tortas a distraem: "Aquela branca é de creme de amêndoas?".

O irmão de Lady Worcester, Anthony Browne, é meio-irmão de Fitzwilliam. (São todos parentes uns dos outros, essa gente. Felizmente, o cardeal lhe deixou um mapa esquemático das famílias, que ele atualiza sempre que há um casamento.) Fitzwilliam, Browne e o conde ofendido andam confabulando pelos cantos. E Fitzwilliam lhe perguntou, você consegue descobrir, Crumb, o que diabos está acontecendo entre as damas de companhia da rainha? Pois sei que eu não consigo.

"E ainda há as dívidas", prossegue ele. "Você está numa posição lamentável. Tomou empréstimos de todo mundo. O que comprou? Sei que há belos jovens ao redor do rei, jovens inteligentes também, sempre amorosos e prontos para escrever uma carta a uma dama. Você paga para ser bajulada?"

"Não. Para ser elogiada."

"Pois deveria ganhar elogios de graça."

"São palavras muito galantes." Ela lambe os dedos. "Mas o senhor é um homem do mundo, secretário-mor, e sabe muito bem que, se escrevesse um poema a uma mulher, mandaria a conta junto."

Ele ri. "Verdade. Eu sei como meu tempo é precioso. Mas não pensei que seus admiradores fossem tão mesquinhos."

"Mas eles têm muito a fazer, aqueles meninos!" Ela escolhe uma violeta açucarada e a mordisca. "Não sei por que se diz que são jovens ociosos. Eles vivem ocupados dia e noite, fazendo suas carreiras. Não chegariam ao ponto de mandar a conta. Mas às vezes precisamos comprar uma joia para o gorro deles. Ou alguns botões dourados para suas mangas. Ou pagar seu alfaiate, talvez."

Ele pensa em Mark Smeaton, em sua elegância. "Será que a rainha paga dessa forma?"

"Nós chamamos de mecenato. Não chamamos de pagamento."

"Eu aceito sua correção." Meu Deus, pensa ele, então um homem poderia usar uma prostituta e chamar o negócio de "mecenato". Lady Worcester deixou cair algumas passas sobre a mesa, e ele sente ganas de pegá-las e dar-lhe na boca; provavelmente ela não se importaria. "Então, na sua condição de mecenas, a rainha de vez em quando... de vez em quando patrocina seus protegidos em privado?"

"Em privado? Como eu haveria de saber?"

Ele assente. É um jogo de tênis, pensa ele. Essa devolução foi boa demais para mim. "O que ela veste, quando realiza seu mecenato?"

"Eu pessoalmente não a vi nua."

"Então, quanto a esses bajuladores, você acredita que ela não vai até o fim com eles?"

"Não diante dos meus olhos ou ao alcance dos meus ouvidos."

"E a portas fechadas?"

"As portas estão sempre fechadas. É algo comum."

"Se eu lhe pedisse que prestasse testemunho, repetiria isso sob juramento?"

Com um peteleco, ela lança longe uma nódoa de creme. "Que as portas muitas vezes estão fechadas? Eu poderia chegar até aí."

"E quanto cobraria por isso?" Ele está sorrindo; seus olhos repousam no rosto dela.

"Tenho um pouco de medo do meu marido. Porque peguei dinheiro emprestado. Ele não sabe, então por favor... guarde segredo."

"Mande seus credores até mim. E no futuro, se precisar de um elogio, venha fazer um saque no banco Cromwell. Cuidamos bem dos nossos clientes e nossas condições são generosas. Somos conhecidos por isso."

Lady Worcester baixa o guardanapo; pega uma última pétala de prímula da última torta de queijo. Vira-se para a porta. Um pensamento lhe ocorre. Sua mão ajeita as saias. "O rei quer uma razão para deixá-la de lado, não? As portas fechadas serão suficientes? Eu não desejaria mal a ela."

Lady Worcester compreende a situação, ao menos em parte. A mulher de César deve estar acima de qualquer suspeita. Uma suspeita arruinaria a rainha, uma migalha ou lasca de verdade a arruinaria ainda mais rápido; não precisamos de um lençol com um rastro de visgo deixado por Francis Weston ou algum outro sonetista. "Deixá-la de lado", repete ele. "Sim, possivelmente. A menos que se prove que os rumores sejam apenas mal-entendidos. Como tenho certeza de que são no seu caso. Tenho certeza de que seu marido ficará contente quando a criança nascer."

A expressão dela se tranquiliza. "Então, falará com ele? Mas não sobre a dívida? E falará com meu irmão? E com William Fitzwilliam? Pode convencê-los a me deixarem em paz, por favor? Eu não fiz nada que outras mulheres não tenham feito também."

"A srta. Shelton?", ele indaga.

"Não seria surpresa."

"A srta. Seymour."

"Isso sim seria surpresa."

"Lady Rochford?"

Ela hesita. "Jane Rochford não gosta do esporte."

"Como assim, lorde Rochford é inapto?"

"Inapto." Ela parece saborear a palavra. "Nunca a ouvi descrevendo a situação dessa maneira." Ela sorri. "Mas já a ouvi descrevendo de outras formas."

Christophe está de volta. Ela se retira, passando por ele com passos leves, uma mulher a quem tiraram um fardo dos ombros. "Oh, veja só", diz Christophe. "Ela pegou todas as pétalas de cima da torta e deixou o miolo."

Christophe senta-se para encher a pança com os restos. Ele anseia por mel, açúcar. É impossível não identificar nele um menino que cresceu com fome. Estamos chegando à época doce do ano, quando o ar é ameno e as folhas claras, e as tortas de limão são temperadas com lavanda: cremes de ovos, meio moles, postos em infusão com um ramo de manjericão; flores de sambuco cozidas em fervura lenta, em calda de açúcar, e derramadas sobre morangos cortados ao meio.

Dia de São Jorge. Por toda a Inglaterra, dragões de pano e papel se agitam numa barulhenta procissão pelas ruas, seguidos pelo matador de dragões em sua armadura de lata, batendo uma velha espada enferrujada em seu escudo. Virgens trançam guirlandas de folhas, e flores da primavera são levadas para a igreja. No salão em Austin Friars, Anthony pendurou nas vigas do teto um animal de escamas verdes que revira um olho e enrosca a língua; parece uma fera lasciva, e lhe lembra algo, mas ele não consegue identificar o quê.

Esse é o dia em que os cavaleiros da Jarreteira fazem sua assembleia, quando elegem um novo cavaleiro se algum membro faleceu. A Jarreteira é a ordem de cavalaria mais ilustre na cristandade: o rei da França é um de seus membros, assim como o da Escócia. E também o monsenhor, pai da rainha, e o bastardo do rei, Harry Fitzroy. Este ano, o encontro ocorre em Greenwich. Por consenso implícito, os membros estrangeiros não participarão, mas a assembleia ainda assim acaba servindo para reunir os novos aliados dele: William Fitzwilliam, Henry Courtenay (marquês de Exeter), lorde Norfolk e Charles Brandon, que parece tê-lo perdoado, a Thomas Cromwell, por enxotá-lo da câmara de recepções do rei, e que agora o procura e diz: "Cromwell, nós tivemos nossas diferenças. Mas eu sempre disse a Harry Tudor, preste atenção em Cromwell, que ele não caia como caiu seu ingrato mestre, porque Wolsey lhe ensinou seus truques e ele pode lhe ser útil nesse sentido".

"Sempre disse isso, milorde? Eu lhe devo muito por essas palavras."

"Sim, e bem, podemos ver as consequências, pois agora você é um homem rico, não?" Ele ri. "E também Henrique está rico."

"E sempre me alegro em depositar minha gratidão onde ela é devida. Permita-me perguntar, em quem votará na assembleia da Jarreteira?"

Brandon lhe dirige uma piscadela forçada. "Confie em mim."

Há uma vaga, devido à morte de lorde Bergavenny; e dois homens têm esperanças de ocupá-la. Ana tem propagandeado os méritos de seu irmão George. O outro candidato é Nicholas Carew; e depois que as opiniões são ouvidas e os votos contados, o nome lido em voz alta pelo rei é o de Sir Nicholas. O séquito de George se apressa em minimizar os danos, em fazer parecer que não esperavam coisa alguma: que já havia uma promessa anterior, que há três anos o próprio rei Francisco pediu a Henrique que a primeira vaga que surgisse fosse ocupada por Carew. Se a rainha está descontente, não o demonstra, e o rei e George Bolena têm um projeto a discutir. No dia seguinte ao $1^{\underline{o}}$ de maio, uma comitiva real deve viajar a Dover para inspecionar a nova obra no porto, e George também irá, na qualidade de guardião dos Cinque Ports: um cargo que, na opinião dele, Cromwell, Bolena ocupa mal. Ele próprio pretende viajar com o rei; ele bem poderia ir a Calais, passar um ou dois dias no local, e pôr as coisas em ordem por lá; então ele faz correr o boato de sua chegada, o que servirá para manter a guarnição em alerta.

Harry Percy desceu de suas terras para a reunião da Jarreteira e agora está em sua casa em Stoke Newington. Talvez isso seja útil, diz ele a seu sobrinho Richard, eu poderia enviar alguém para vê-lo e sondar se ele está disposto a retirar o que disse sobre o acordo pré-nupcial. Eu mesmo irei, se necessário. Mas precisamos avançar esta semana passo a passo. Richard Sampson está esperando por ele, o decano da capela real, doutor em direito canônico (Cambridge, Paris, Perúgia, Siena): procurador do rei em seu primeiro divórcio.

"Mas que bela confusão." É tudo que o decano diz, baixando suas pastas de maneira meticulosa. Há uma carroça de mula do lado de fora, rangendo sob o peso de mais pastas, bem embrulhadas para protegê-las do mau tempo: os documentos percorrem todo o caminho desde a primeira insatisfação expressa pelo rei quanto a sua primeira rainha. Uma época em que, diz ele ao decano, éramos todos jovens. Sampson ri; é uma risada clerical, como o rangido de um baú de batinas. "Mal me lembro de ter sido jovem, mas creio que éramos. E alguns de nós éramos despreocupados."

Eles tentarão a anulação, verão se Henrique pode ser libertado. "Ouvi dizer que Harry Percy se esvai em lágrimas ao som do seu nome, mestre Cromwell", diz Sampson.

"Exageram muito. O conde e eu tivemos inúmeros colóquios civilizados nos últimos meses."

Ele segue virando as páginas do primeiro divórcio, e encontrando a caligrafia do cardeal, alterando, sugerindo, desenhando setas na margem.

"A menos", diz ele, "que a rainha Ana decida se tornar monja. Assim o casamento seria dissolvido por si só."

"Estou seguro de que ela seria uma excelente abadessa", responde Sampson com polidez. "Já sondou meu lorde arcebispo?"

Cranmer está longe. Ele vem adiando o assunto. "Tenho que mostrar ao arcebispo", diz ele ao decano, "que nossa causa, isto é, a causa da Bíblia inglesa, prosseguirá melhor sem ela. Nós queremos que a palavra viva de Deus soe nos ouvidos do rei como música, não como os choramingos ingratos de Ana."

Ele diz "nós", incluindo o decano por cortesia. Em seu coração, ele não tem certeza alguma de que Sampson seja devotado à reforma, mas o que lhe importa é a concordância exterior, e o decano é sempre cooperativo.

"Aquele pequeno tema da feitiçaria." Sampson limpa a garganta. "O rei não quer que investiguemos a sério, quer? Se pudesse ser provado que algum meio sobrenatural foi usado para induzi-lo ao casamento, então é claro que seu consentimento não teria sido espontâneo, e o contrato não teria efeito; mas certamente, quando ele diz que foi seduzido por encantos, por feitiços, ele fala, por assim dizer, em figuras de linguagem, não? Como um poeta talvez fale dos encantos feéricos de alguma dama, seus truques, suas seduções…? Ah, por Deus", reclama o decano debilmente. "Não me olhe dessa maneira, Thomas Cromwell. É um assunto em que acho melhor não me meter. Prefiro que voltemos a Harry Percy e, juntos, façamos com que retome a razão. Até prefiro levantar o assunto de Maria Bolena, cujo nome, por sinal, eu esperava jamais ouvir novamente."

Ele dá de ombros. Às vezes pensa em Maria; em como teria sido se ele tivesse aceitado as ofertas dela. Naquela noite em Calais, ele esteve tão perto que pôde sentir o hálito dela, doces e especiarias, vinho… Mas é claro que, naquela noite em Calais, qualquer homem com a ferramenta funcionando teria servido para Maria. Delicadamente, o decano interrompe seus pensamentos: "Permita-me fazer uma sugestão: vá falar com o pai da rainha. Fale com Wiltshire. Ele é um homem razoável, servimos em Bilbao há alguns anos, em missão diplomática, e sempre o achei razoável. Faça com que ele convença a filha a se retirar de cena tranquilamente. Que nos poupe a todos vinte anos de sofrimento".

***

Rumo ao "monsenhor", então: ele leva Wriothesley para tomar notas do encontro. O pai de Ana traz seu próprio fólio, ao passo que o irmão dela, George, traz apenas sua adorável pessoa. Ele é sempre um espetáculo para os olhos: George gosta de roupas com tranças e borlas, todas pespontadas, listradas e bem talhadas. Hoje ele veste veludo branco sobre seda vermelha, o escarlate borbotando de cada corte no tecido. Ele se recorda de um quadro que viu certa vez nos Países Baixos, de um santo sendo esfolado vivo. A pele das pernas do homem estava cuidadosamente dobrada sobre os tornozelos, como botas macias, e seu rosto tinha uma expressão de permanente serenidade.

Ele põe seus papéis sobre a mesa. "Não vou desperdiçar palavras. Os senhores compreendem a situação. Chegaram à atenção do rei alguns assuntos que, caso fossem conhecidos antes, teriam impedido esse pretenso casamento com Lady Ana."

George responde: "Eu falei com o conde de Northumberland. Ele mantém seu juramento. Não houve acordo pré-nupcial".

"Então isso é lamentável", ele diz. "Não sei o que devo fazer. Talvez o senhor possa me ajudar, lorde Rochford, com algumas sugestões."

"Nós vamos ajudá-lo a ser mandado para a Torre", retruca George.

"Tome nota disso", ele diz a Wriothesley. "Lorde Wiltshire, permita-me recordar-lhe algumas circunstâncias de que seu filho aqui talvez não esteja a par? Quanto a esse assunto envolvendo sua filha e Harry Percy, o falecido cardeal o convocou em reunião para alertá-lo de que não poderia haver casamento entre eles devido à baixa linhagem da sua família e à elevada posição de Percy. E o senhor respondeu que não era responsável pelo que Ana fazia, que não podia controlar seus próprios filhos."

A expressão no rosto de Thomas Bolena se transforma, à medida que uma antiga recordação toma forma e se esclarece. "Então era você, Cromwell. Anotando tudo nas sombras."

"Nunca neguei isso, senhor. Pois bem, naquela ocasião o senhor não obteve muita compaixão por parte do cardeal. Sendo um pai de família, eu pessoalmente entendo como essas coisas acontecem. Na época, o senhor afirmava que sua filha e Harry Percy tinham chegado mais longe do que deveriam. E com isso queria dizer, como o cardeal gostava de colocar, um celeiro e uma noite quente. O senhor indicou que a ligação dos dois tinha sido consumada e que era um verdadeiro casamento."

Bolena sorri. "Mas depois o rei tornou manifestos seus sentimentos pela minha filha."

"E o senhor repensou sua posição. Como qualquer um faria. Eu agora lhe peço que repense uma vez mais. Seria melhor para sua filha se ela de fato tivesse se casado com Harry Percy. Assim o casamento dela com o rei poderia ser invalidado. E o rei estaria livre para escolher outra dama."

Uma década de engrandecimento pessoal, desde que sua filha levantou as saias para o rei, tornou Bolena rico, bem estabelecido e confiante. Sua era está chegando ao fim, e ele, Cromwell, vê que Bolena decide não resistir. Mulheres envelhecem, homens gostam de variedade: é uma velha história, à qual nem uma rainha ungida pode escapar, tampouco escrever um final diferente para si mesma. "Bem, e quanto a Ana?", pergunta o pai. Nenhuma ternura em especial vem agregada à pergunta.

Ele sugere, como fez Carew: "Convento?".

"Espero fazermos um acordo generoso", diz Bolena. "Para a família, quero dizer."

"Espere", interrompe George. "Senhor meu pai, não faça acordo algum com esse homem. Nenhuma negociação."

Wiltshire fala friamente com o filho: "Senhor. Acalme-se. As coisas são como são. E se ela permanecesse, Cromwell, de posse das suas propriedades como marquesa? E se nós, sua família, continuássemos de posse imperturbada das nossas?"

"Acredito que o rei preferiria que ela se retirasse da sociedade. Tenho certeza de que podemos encontrar alguma santa casa bem administrada onde suas crenças e pontos de vista sejam confortáveis."

"Estou enojado", declara George. Vira-se para longe do pai.

Ele diz: "Registre o nojo de lorde Rochford".

A pena de Wriothesley se põe em movimento.

"Mas e nossas terras?", prossegue Wiltshire. "Nossos cargos oficiais? Eu certamente poderia continuar a servir ao rei como seu lorde do selo privado. E meu filho, suas dignidades e títulos..."

"Cromwell quer me ver longe." George se põe subitamente de pé. "Essa é a pura verdade. Ele nunca deixou de interferir no que faço em defesa do reino, ele escreve para Dover, escreve para Sandwich, seus homens estão por toda parte, minhas cartas são redirecionadas para ele, minhas ordens revogadas por ele..."

"Ora, sente-se", exclama Wriothesley. Depois ri: tanto da sua própria insolência fatigada quanto da expressão de George. "Ou é claro, fique de pé, senhor, se desejar."

Agora Rochford não sabe o que fazer. Só lhe resta, para reafirmar que está de pé, bater o pé no chão; e pegar seu chapéu; e dizer: "Tenho pena de você, secretário-mor. Se conseguir arrancar minha irmã do trono, seus novos amigos farão picadinho de você quando ela se for, e se não conseguir, e ela e o rei se reconciliarem, então eu farei picadinho de você. Assim, para onde quer que se vire, Cromwell, dessa vez você foi longe demais".

Ele responde tranquilamente: "Eu só marquei este encontro, lorde Rochford, porque o senhor, mais que todos os homens, tem influência sobre sua irmã. Ofereço-lhe segurança, em troca da sua bondosa ajuda".

O velho Bolena fecha os olhos. "Eu vou falar com ela. Vou falar com Ana."

"E fale com seu filho aqui, porque eu não falarei mais com ele."

Wiltshire diz: "Espanta-me, George, ver que você não enxerga o rumo que isso está tomando".

"O quê?", indaga George. "Como, o quê?" Ele continua tagarelando enquanto o pai o arrasta para fora. À porta, o velho Bolena faz uma polida mesura de cabeça. "Secretário-mor. Mestre Wriothesley."

Eles os observam sair: pai e filho. "Foi interessante", diz Wriothesley. "E que rumo isso está tomando, senhor?"

Ele remexe seus papéis.

"Eu me lembro", prossegue Wriothesley, "de certa brincadeira na corte, depois da queda do cardeal. Lembro-me de Sexton, o bufão, em túnicas vermelhas, vestido como o cardeal, e de que quatro demônios o arrastaram para o inferno, e cada um o puxava por um braço ou perna. E estavam mascarados. E eu me perguntei, será que George estava..."

"Pata dianteira direita."

"Ah", faz Me-Chame.

"Eu passei nos bastidores, atrás da tela no salão. Vi quando eles despiram os trajes peludos e lorde Rochford sacou a máscara. Por que você não me seguiu? Poderia ter visto por si mesmo."

Wriothesley sorri. "Eu não queria ir aos bastidores. Temia que o senhor me confundisse com os atores e assim eu ficasse para sempre manchado na sua avaliação."

Ele se lembra: uma noite de terrível mau cheiro, quando a fina flor da cavalaria se converteu numa matilha de cães de caça, ganindo por sangue, toda a corte rindo e arreganhando os dentes enquanto a figura do cardeal era arrastada e chutada pelo chão. Depois uma voz se ergueu no salão: "Que vergonha!". Ele pergunta a Wriothesley: "Não foi você quem gritou?".

Me-Chame não mente: "Não. Creio que tenha sido Thomas Wyatt".

"Acho que foi. Pensei sobre isso todos esses anos. Ouça, Me-Chame, tenho que ir ver o rei. Tomamos uma taça de vinho primeiro?"

Mestre Wriothesley se põe de pé. Vai em busca de um criado, um menino. A luz se reflete na curva de uma jarra de estanho. O vinho gascão se derrama numa taça.

"Dei a Francis Bryan uma licença de importação para isso", diz ele. "Esse vinho deve ser de três meses atrás. O homem não tem paladar, tem? Eu não sabia que ele os venderia de volta às adegas do rei."

Ele vai até Henrique, apartando guardas, atendentes, cavalheiros; mal é anunciado, de modo que Henrique ergue os olhos, alarmado, de seu livro de música. "Thomas Bolena já sabe que caminho seguir. Sua única preocupação é em manter seu bom nome para com vossa majestade. Mas não consigo obter cooperação alguma do filho."

"Por que não?"

Porque ele é um idiota? "Acho que ele acredita que vossa majestade possa mudar de ideia."

Henrique se encrespa. "Ele deveria me conhecer. George era um menininho de dez anos quando chegou à corte, deveria me conhecer. Eu não mudo de ideia."

É verdade, de certa forma. Como um caranguejo, o rei avança de lado até seu destino, mas depois acaba cravando suas pinças. Jane Seymour é quem levará o beliscão. "Vou lhe dizer o que penso de Rochford", prossegue Henrique. "Ele tem, o quê?, trinta e dois anos agora, mas ainda é chamado de filho de Wiltshire, ainda é chamado de irmão da rainha, ele não sente que tem vida própria, e não tem herdeiro para lhe dar continuidade, nem sequer uma filha. Eu fiz o que pude por ele. Enviei-o muitas vezes ao exterior para me representar. E isso não vai mais acontecer, suponho, porque, quando ele já não for meu cunhado, ninguém tomará conhecimento dele. No entanto, ele não será um homem pobre. Talvez eu continue a favorecê-lo. Embora não possa fazê-lo se ele for obstrutivo. Portanto, ele deve ser alertado. Devo eu mesmo falar com ele?"

Henrique parece irritado. Não deveria ter que lidar com isso. Cromwell é quem tem que resolver o assunto para ele. Retirar os Bolena, receber os Seymour. O trabalho de Henrique é o trabalho de um rei: rezar pelo sucesso de seus empreendimentos e escrever canções para Jane.

"Esperemos um dia ou dois, senhor, e eu tratarei com ele sem a presença do pai. Acho que, quando está junto a lorde Wiltshire, ele sente a necessidade de se pavonear e fazer pose."

"Sim, eu não costumo me enganar", diz Henrique. "Vaidade, é tudo vaidade. Agora escute." O rei canta:

A margarida deleitável,
A violeta suave e azul.
Não sou variável...

"Perceba que é uma antiga canção que estou tentando retrabalhar. O que rima com azul, além de 'sul'?"

De que mais você precisa, pensa ele. E pede licença. As galerias estão iluminadas por tochas, das quais figuras se derretem. Nesta noite de sexta de abril, a atmosfera na corte lhe lembra os banhos públicos de Roma. O ar é denso e as silhuetas de outros homens passam deslizando na água por você — talvez conhecidos seus, mas você não os reconhece sem as roupas. Sua pele está quente, depois fica fria, depois quente outra vez. As lajotas são escorregadias sob seus pés. De cada lado, portas deixadas entreabertas, apenas alguns dedos, e fora de sua linha de visão, mas muito perto, perversidades ocorrem, conjugações antinaturais de corpos, homens e mulheres e homens e homens. Você se sente nauseado, pelo calor pegajoso e pelo que sabe da natureza humana, e se pergunta por que veio até esse lugar. Mas lhe disseram que um homem deve ir a uma casa de banhos ao menos uma vez na vida, ou não acreditará quando os outros lhe disserem o que se passa ali dentro.

"A verdade", diz Mary Shelton, "é que eu teria tentado vê-lo, secretário-mor, mesmo que não tivesse sido chamada." Sua mão treme; ela toma um gole de vinho, fita o cálice intensamente como se num ritual de adivinhação, e depois ergue os olhos eloquentes. "Rezo para jamais passar outro dia como este. Nan Cobham deseja vê-lo. Marjorie Horsman. Todas as mulheres do aposento real."

"Você tem algo a me dizer? Ou só quer chorar sobre minha papelada e borrar a tinta?"

Ela baixa o copo e lhe dá as mãos. Ele fica comovido com o gesto, é como uma criança mostrando que tem as mãos limpas. "Vamos tentar desemaranhar isso?", pede ele gentilmente.

Nos aposentos da rainha, o dia inteiro é de gritaria, portas batendo, pés apressados: conversas sussurradas a meio-tom. "Eu queria ir embora da corte", diz Shelton. "Queria viver em outro lugar." Ela retira as mãos das dele. "Eu deveria estar casada. É querer demais, estar casada e ter alguns filhos, enquanto ainda sou jovem?"

"Ora, não lamente por si mesma. Pensei que você fosse se casar com Harry Norris."

"Também pensei."

"Sei que houve alguma briga entre vocês, mas isso já não faz um ano?"

"Creio que Lady Rochford lhe contou. O senhor não deveria dar ouvidos a ela, sabe? Ela inventa coisas. Mas sim, é verdade, eu briguei com Harry, ou ele brigou comigo, e foi por causa do jovem Weston, que vem toda hora aos aposentos da rainha; Harry pensou que Weston estava jogando seu charme para mim. E eu também pensei. Mas não encorajei Weston, juro."

Ele ri. "Mas, Mary, você encoraja os homens. É o que você faz, não consegue evitar."

"Então Harry Norris disse, vou chutar esse cachorro nas costelas, com tanta força que ele nunca vai esquecer. Embora Harry não seja do tipo que anda por aí chutando cães. E minha prima, a rainha, disse, nada de chutes na minha câmara, faça o favor. Então Harry disse, com sua licença real, eu vou levá-lo lá fora e chutá-lo, e..." Mary não consegue evitar o riso, apesar de ser um riso trêmulo, infeliz. "... e Francis ali o tempo todo, embora os dois falassem dele como se estivesse em outro lugar. Então Francis disse, bem, quero ver você me chutar, pois na sua idade avançada, Norris, você vai é acabar tropeçando e caindo..."

"Senhorita", pede ele, "não tem como resumir essa história?"

"Eles seguiram assim por uma hora ou mais, provocando-se e disputando e implorando pelo favor dela. E minha ama rainha nunca se cansava, ela os incitava. Então Weston, ele disse, não se incomode, Gentil Norris, pois não venho aqui pela srta. Shelton, eu venho por outra dama, e você sabe quem é. E Ana perguntou, pois então me conte, não posso adivinhar. É Lady Worcester? É Lady Rochford? Vamos, conte-nos, Francis. Diga-nos quem você ama. E ele respondeu, majestade, é a senhora."

"E o que a rainha disse?"

"Oh, ela o desafiou. Ela respondeu, você não deveria dizer isso, pois meu irmão George virá e o chutará também, pela honra da rainha da Inglaterra. E ela estava rindo. Mas então Harry Norris brigou comigo, por causa de Weston. E Weston brigou com ele, por causa da rainha. E ambos brigaram com William Brereton."

"Brereton? O que ele tem a ver com a história?"

"Bem, ele apareceu por acaso." Ela franze a testa. "Acho que foi nessa hora. Ou foi em algum outro momento que ele por acaso apareceu. E a rainha disse, pronto, eis aqui o homem certo para mim, Will é daqueles que sabem disparar uma flecha direto no alvo. Mas ela estava atormentando todos eles. Não dá para entendê-la. Num momento ela está lendo para nós o Evangelho do mestre Tyndale. No momento seguinte...", Mary Shelton dá de ombros, "... ela abre a boca e lá vem o rabo do tinhoso."

Então, segundo o relato de Shelton, passa-se um ano. Harry Norris e a srta. Shelton voltam a se falar e logo fazem as pazes e Harry acaba se esgueirando à cama dela outra vez. Tudo volta a ser como antes. Até hoje: 29 de abril. "Hoje de manhã, começou com Mark", explica Mary Shelton. "Sabe como ele fica rondando? Ele está sempre ali na entrada da câmara de recepção da rainha. E quando Ana passa, não fala com ele; em vez disso, ri e puxa a manga do seu casaco ou lhe cutuca o cotovelo, e certa vez ela lhe arrancou a pena do gorro."

"Nunca ouvi falar disso como uma brincadeira de amor", ele comenta. "É algo que se faz na França?"

"E hoje de manhã ela disse, oh, vejam esse cachorrinho, e o despenteou e puxou suas orelhas. E ele arregalando aqueles olhos tolos. Depois ela disse, por que está tão triste, Mark, não é seu trabalho ficar triste, você está aqui para nos divertir. E ele ameaçou se ajoelhar, dizendo: 'Senhora...', mas ela o deteve. Ela disse, oh, pelo amor de Maria, fique de pé, eu já lhe faço um imenso favor simplesmente notando sua presença, o que mais espera, acha que eu deveria falar com você como se fosse um cavalheiro? Não posso, Mark, porque você é uma pessoa inferior. Ele disse, não, não, senhora, não espero uma palavra, um olhar basta para mim. Então ela aguardou. Pois esperava que ele elogiasse o poder do seu olhar. Que dissesse que seus olhos são ímãs, e assim por diante. Mas ele não disse isso, apenas começou a chorar e 'Adeus', ele disse, e foi embora. Simplesmente virou as costas para ela. E ela riu. E assim nós entramos no seu quarto."

"Não tenha pressa", diz ele.

"Ana disse, será que ele pensa que sou alguma mercadoria do Jardim de Paris? Que é um... sabe..."

"Eu sei o que é o Jardim de Paris."

Ela cora. "Claro que sabe. E Lady Rochford disse à rainha, não seria nada mau se Mark fosse atirado de uma janela, como seu cão, Purkoy. E aí a rainha começou a chorar. E esbofeteou Lady Rochford. E Lady Rochford respondeu, faça isso de novo e eu a estapeio de volta, você não é rainha coisa nenhuma, é a mera filha de um cavaleiro, o secretário Cromwell já a tem na palma da mão, seu tempo acabou, madame."

Ele diz: "Lady Rochford está se precipitando".

"Aí Harry Norris entrou."

"Eu já estava me perguntando por onde ele andava."

"Norris perguntou, que barulho é esse? Ana respondeu, faça-me um favor, leve embora a mulher do meu irmão e a afogue, assim ele poderá ter uma esposa nova que lhe faça algum bem. E Harry Norris ficou pasmo. Ana disse a ele, você não jurou que faria qualquer coisa que eu lhe pedisse? Que caminharia descalço até a China por mim? E Harry, bem, o senhor sabe que Harry é debochado, ele disse, acho que foi até Walsingham que me dispus a ir descalço. Sim, ela respondeu, e lá purgar seus pecados, porque seu desejo é pilhar um homem morto: se algum infortúnio sucedesse ao rei, você tentaria me possuir."

Ele quer anotar o que Shelton conta, mas não ousa nem se mexer para que ela não pare de falar.

"Então a rainha se virou para mim e disse, srta. Shelton, percebe agora por que ele não se casa com você? Está apaixonado por mim. É o que ele afirma, e vem afirmando esse tempo todo. Mas ele não dá provas do seu amor, ele se recusa a enfiar Lady Rochford num saco e atirá-la no rio, coisa que tanto desejo. Nesse ponto Lady Rochford saiu correndo dali."

"Acho que entendo por quê."

Mary ergue os olhos. "Sei que o senhor está rindo de nós. Mas foi horrível. Para mim, foi. Porque pensei que fosse uma brincadeira entre eles dizer que Harry Norris a amava, e ali eu vi que não era. Juro que ele empalideceu e disse a Ana, sua intenção é alardear todos os seus segredos, ou só alguns? E então saiu e nem sequer se curvou para ela, e Ana correu atrás dele. E eu não sei o que ela disse, porque estávamos todos imóveis como estátuas."

Alardear seus segredos. Todos ou só alguns. "Quem ouviu isso?"

Ela balança a cabeça, lamentosa. "Uma dúzia de pessoas, talvez. Era impossível não ouvir."

Em seguida, ao que parece, a rainha entrou em pânico. "Ela olhou para todos nós, enfileirados à sua volta, e quis mandar buscar Norris de volta, disse que um padre tinha que ser chamado, disse que Harry tinha que prestar juramento afirmando saber que ela é uma esposa boa, casta, fiel. Que ele tinha que retirar tudo que dissera, e que ela também retiraria, e eles poriam as mãos sobre a Bíblia no seu quarto e assim todos saberiam que tudo o que fora dito era conversa leviana, uma bobagem. Agora ela está apavorada, temendo que Lady Rochford vá contar tudo ao rei."

"Eu sei que Jane Rochford gosta de dar más notícias. Mas não assim tão más." Não a um marido. Não a notícia de que sua esposa e seu querido amigo discutiram a morte dele, prevendo como se consolariam mutuamente depois.

É traição. Possivelmente. Conjecturar sobre a morte do rei. Está previsto na lei: quão curto é o passo entre sonhar e desejar e planejar. Nós chamamos isso de "imaginar" sua morte: o pensamento é o pai da ação, e a ação nasce crua, feia, prematura. Mary Shelton não sabe o que testemunhou. Pensa que foi uma briga entre amantes. Que é apenas um incidente em sua longa carreira de amor e infortúnios de amor. "Duvido", diz ela, desalentada, "que Harry Norris se case comigo agora, ou mesmo que se dê ao trabalho de fingir que se casará comigo. Se o senhor me perguntasse na semana passada se a rainha cedeu aos avanços dele, eu teria dito que não, mas vendo-os agora, é claro que certas palavras foram trocadas entre eles, certos olhares, e como posso saber que tipo de coisa aconteceu? Penso que... Eu não sei o que pensar."

"Eu me casarei com você, Mary", diz ele.

Ela ri, apesar de tudo. "Secretário-mor, o senhor não se casará, vive dizendo que se casará com esta ou aquela dama, mas sabemos que está se guardando para um grande partido."

"Ah, bem. De volta, então, ao Jardim de Paris." Ele dá de ombros, sorri; mas sente a necessidade de ser rápido com ela, de acelerar as coisas. "Agora preste atenção, você precisa ser discreta e manter silêncio. O que você precisa fazer agora, você e as outras damas, é se proteger."

Mary está confusa. "Isso não vai acabar mal, vai? Se o rei descobrir o que aconteceu, ele não vai ficar furioso, vai? Talvez suponha que foi apenas brincadeira... Que não foi dito por mal... São apenas suspeitas, talvez eu tenha me precipitado no meu julgamento, não há como saber se algo aconteceu entre eles, eu não poderia afirmá-lo sob juramento." Ele pensa, mas você vai afirmar; por bem ou por mal, vai afirmar. "Entenda, Ana é minha prima." A voz da moça vacila. "Ela sempre fez de tudo por mim..."

Até empurrou você para a cama do rei, pensa ele, quando estava grávida: para conservar Henrique entre as mulheres da família.

"O que acontecerá com ela?" Os olhos de Mary estão sérios. "Ele vai deixá-la? Correm boatos, mas Ana não acredita no que ouve."

"Ela deveria expandir um pouco sua credulidade."

"Ela diz, sempre consigo fazê-lo voltar para mim, eu sei como. E o senhor sabe que ela sempre conseguiu. Mas, seja lá o que aconteceu com Harry Norris, não continuarei a acompanhá-la, porque sei que ela o tomaria de mim sem qualquer escrúpulo, se é que já não o tomou. E damas como nós não podem viver em tais termos. E Lady Rochford também não pode continuar. E Jane Seymour foi afastada, por... bem, não vou dizer por quê. E Lady Worcester deve voltar para casa no verão, a fim de se preparar para o parto."

Ele vê os olhos da jovem se mexendo, calculando, contando. Para ela, um problema assoma: o problema de recrutar damas para a câmara privada de Ana. "Mas imagino que a Inglaterra tenha damas suficientes", prossegue Shelton. "Seria bom que ela começasse de novo. Sim, um recomeço. Lady Lisle, em Calais, deseja enviar suas filhas. Quero dizer, as filhas do seu primeiro marido. São meninas bonitas, e acho que se sairão muito bem depois de treinadas."

É como se Ana Bolena os tivesse enfeitiçado, a homens e mulheres, de modo que eles não conseguem ver o que está acontecendo ao redor e não compreendem o significado das próprias palavras. Vivem há tanto tempo mergulhados na estupidez. "Pois então escreva para Honor Lisle", diz Mary, com plena confiança. "Ela estará em dívida eterna com o senhor se conseguir trazer suas meninas para a corte."

"E você? O que vai fazer?"

"Vou pensar", responde ela. Mary nunca fica cabisbaixa por muito tempo. É por isso que os homens gostam dela. Haverá outros momentos, outros homens, outras condutas. Ela fica de pé num salto. Planta-lhe um beijo na bochecha.

É noite de sábado.

Domingo: "O senhor deveria ter estado aqui esta manhã", diz Lady Rochford com deleite. "Foi um espetáculo digno de se testemunhar. O rei e Ana juntos na grande janela, e todo mundo podia vê-los do pátio abaixo. O rei soube a respeito da briga que ela teve com Norris ontem. Bem, toda a Inglaterra soube. Dava para ver que o rei estava fora de si, o rosto roxo. Ela ficou parada com as mãos apertadas sobre o peito..." Rochford a imita para ele, apertando as próprias mãos. "Sabe, como a rainha Ester naquela grande tapeçaria do rei?"

Ele pode imaginar com facilidade, aquela cena ricamente texturizada, os cortesãos tecidos em torno de sua angustiada rainha. Como se despreocupada, uma criada carrega um alaúde, talvez a caminho dos aposentos de Ester; outras bisbilhotam de lado, os rostos macios das mulheres se erguem, os homens com a cabeça inclinada. Ele procurou em vão entre esses cortesãos, com suas joias e seus chapéus ornamentados, pelo próprio rosto. Talvez esteja em outro lugar, tramando: um novelo interrompido, uma ponta inacabada, um intratável nó de fios. "Como Ester", responde ele. "Sim."

"Ana deve ter mandado buscarem a pequena princesa", diz Lady Rochford, "porque logo uma ama-seca surgiu com a menina, e Ana a agarrou e a ergueu, como se dissesse: 'Esposo, como pode duvidar de que esta é sua filha?'"

"Você está supondo que foi isso o que ele perguntou. Não pode ter escutado a pergunta." Sua voz é fria; ele ouve a si mesmo, e sua frieza o surpreende.

"Não de onde eu estava. Mas duvido que fosse de bom agouro para ela."

"Você não foi até ela, para confortá-la? Sendo ela sua ama?"

"Não. Eu vim procurar o senhor." Ela se contém, o tom subitamente sério. "Nós, as damas dela, queremos depor e nos salvar. Estamos com medo de que ela não esteja sendo honesta e que sejamos responsabilizadas por cumplicidade."

"No verão", diz ele, "não no verão passado, mas no retrasado, você me disse que acreditava que a rainha estivesse desesperada para ter um filho, e temia que o rei não pudesse lhe dar um. Disse também que ele não conseguia satisfazer a rainha. Repetiria isso agora?"

"Estou surpresa que o senhor não tenha um registro da nossa conversa."

"Foi uma longa conversa e, com todo respeito, madame, mais cheia de insinuações que de detalhes. Eu quero saber o que você afirmaria, se estivesse sob juramento perante um tribunal."

"Quem será julgado?"

"Isso é o que eu desejo determinar. Com sua gentil ajuda."

Ele ouve as frases que fluem da própria boca. Com sua gentil ajuda. Com todo o respeito. Salvar sua majestade.

"O senhor sabe o que veio à tona sobre Norris e Weston", diz ela. "Que eles declararam seu amor por Ana. E não são os únicos."

"Não acha que isso é apenas uma forma de cortesia?"

"Por cortesia, ninguém precisa se esgueirar no escuro. Entrar e sair de barcas. Passar às escondidas por portões à luz de tochas. Subornar sentinelas. Vem acontecendo há mais de dois anos. Não dá para saber quem foi visto, onde e quando. Só alguém muito esperto para pegar algum deles." Ela faz uma pausa, para ter certeza de que tem sua atenção. "Digamos que a corte esteja em Greenwich. Você vê certo cavalheiro, daqueles que atendem ao rei. E acha que ele terminou seu turno de serviço e imagina que ele foi para o campo; mas depois, ocupada com seus próprios deveres para com a rainha, você avista o cavalheiro passando ali perto e pensa, o que ele está fazendo aqui? Norris, é você? Muitas vezes pensei que algum deles estivesse em Westminster, e depois o via em Richmond. Ou ele deveria estar em Greenwich, e lá aparecia ele em Hampton Court."

"Se eles substituem um ao outro nas suas funções, não é problema."

"Mas eu não quis dizer isso. Não se trata de quando são vistos, secretário-mor. São os lugares. É na galeria da rainha, é na sua antecâmara, no seu pórtico, e às vezes na escada que dá para seu jardim, ou num pequeno portão deixado aberto por algum descuido." Ela se inclina para a frente, e as pontas dos seus dedos roçam a mão dele, pousada sobre seus papéis. "Quero dizer que eles vêm e vão à noite. E se alguém pergunta o que fazem lá, eles respondem que levam uma mensagem particular do rei, não podendo dizer a quem."

Ele assente. Os cavalheiros da câmara privada transmitem mensagens não escritas, é uma de suas tarefas. Eles vêm e vão entre o rei e seus pares, às vezes entre o rei e embaixadores estrangeiros, e sem dúvida entre o rei e sua esposa. Não aceitam ser questionados nem responsabilizados por nada.

Lady Rochford se recosta. Ela diz em voz baixa: "Antes do casamento, Ana costumava praticar com Henrique à moda francesa. Sabe o que quero dizer".

"Não faço ideia do que quer dizer. Alguma vez já foi à França?"

"Não. Pensei que o senhor tivesse ido."

"Como soldado. Entre os militares, a *ars amatoria* não é refinada."

Ela considera a informação. Certa dureza se infiltra em sua voz: "O senhor quer me constranger e me impedir de dizer o que devo dizer, mas não sou uma mocinha virgem, não vejo razão para não falar. Ela induziu Henrique a pôr sua semente em lugar diferente do que deveria. Então agora ele a repreende, por tê-lo incitado a fazer isso".

"Oportunidades perdidas. Eu entendo." A semente desperdiçada, mergulhada em algum recesso do corpo dela ou por sua garganta abaixo. Quando ele poderia ter optado pela honesta maneira inglesa.

"Ele diz que é um procedimento sujo. Mas Deus o ajude, Henrique nem imagina o que é sujeira. Meu marido George está sempre com Ana. Mas eu já lhe contei isso antes."

"Eles sãos irmãos, creio que seja algo natural."

"Natural? É assim que chama?"

"Madame, eu sei que, se dependesse da sua vontade, ser um irmão amoroso e um marido frio seriam crimes. Mas não há nenhuma lei que diga isso, e nenhum precedente para aliviá-la." Ele hesita. "Não pense que não tem minha compaixão."

Pois o que uma mulher como Jane Rochford pode fazer quando as circunstâncias estão contra ela? Uma viúva bem provida pode marcar presença no mundo. A esposa de um comerciante pode, com zelo e prudência, tomar os negócios em suas mãos e arrebatar uma pilha de ouro. Uma trabalhadora maltratada pelo marido pode convocar amigas robustas, que ficarão do lado de fora de sua casa batendo panelas a noite toda, até que o bronco barbado saia de camisão para enxotá-las, e elas então levantarão sua camisa e farão troça de seu membro. Mas uma jovem esposa da nobreza não tem meios de ajudar a si própria. Ela tem tanto poder quanto um asno; pode apenas torcer por um amo que economize no chicote. "Sabe", diz ele, "seu pai, lorde Morley, é um estudioso que tenho em grande estima. Nunca se aconselhou com ele?"

"De que adiantaria?", desdenha ela. "Quando me casei, ele disse que estava fazendo o melhor por mim. É o que os pais dizem. Entregou-me aos Bolena com menos preocupação do que sentiria ao vender um filhote de galgo. Se você crê que haverá um canil quente e um prato com restos de carne, o que mais precisa saber? Ninguém pergunta ao cachorro o que ele quer."

"Então você nunca pensou que talvez pudesse ser liberada do seu casamento?"

"Não, mestre Cromwell. Meu pai pensou em tudo minuciosamente. Tão minuciosamente quanto seria de esperar, tratando-se de um amigo seu. Nenhuma promessa anterior à união, nenhum pré-contrato, nem sombra de um. Nem o senhor e Cranmer juntos conseguiriam uma anulação para nós. No dia do casamento, nós nos sentamos para jantar com nossos amigos e George me disse, só estou fazendo isso porque meu pai mandou. Coisa boa de se ouvir, o senhor há de concordar, sendo você uma moça de vinte anos que acalenta a esperança do amor. E eu o desafiei, disse o mesmo a ele: eu disse, se meu pai não tivesse me obrigado, eu estaria longe de você. Então a luz do dia caiu e nós fomos para a cama. Ele estendeu a mão, expôs meu seio e disse, já vi vários destes, e muitos eram melhores. Ele disse, deite-se, abra o corpo, vamos cumprir nosso dever e fazer do meu pai um avô e, se tivermos um filho, podemos viver separados. Eu disse a ele, então faça se acha que é capaz, rogue a Deus para que sua semente funcione esta noite, e depois pode levar sua ferramenta embora e eu não precisarei vê-la de novo." Uma pequena risada. "Mas eu sou estéril, veja o senhor. Ou ao menos devo crer que sou. Pode ser que a semente do meu marido seja ruim ou fraca. Deus sabe que ele a depositou em lugares duvidosos. Ah, ele é do Evangelho, George, que são Mateus o guie e são Lucas o proteja. Não há homem mais devoto que George; a única falha que ele encontra em Deus é ter feito as pessoas com poucos orifícios. Se George encontrasse uma mulher com uma cona embaixo do braço, ele gritaria 'Glória a Deus' e a instalaria numa casa e a visitaria todos os dias, até que a novidade se gastasse. Nada é proibido para George, como vê. Ele se meteria com uma cadela terrier se ela abanasse o rabo e fizesse au-au para ele."

Por uma vez ele fica sem palavras. Ele sabe que nunca mais vai tirar da mente a imagem de George num agarramento peludo com uma cachorrinha caçadora de ratos.

Ela diz: "Temo que ele tenha me transmitido uma doença e que tenha sido por isso que eu jamais concebi uma criança. Acho que há algo me destruindo por dentro. Acho que talvez eu venha a morrer disso".

Certa vez ela lhe pediu, se eu morrer de repente, mande que abram meu cadáver para examiná-lo por dentro. Naquela época, ela achava que lorde Rochford poderia envená-la; hoje ela tem certeza de que ele o fez. Ele murmura, senhora, é um grande peso que tem suportado. Ele ergue os olhos. "Mas não é essa a questão aqui. Se George sabe algo sobre a rainha de que o rei deveria ser informado, eu posso obrigá-lo a testemunhar, mas não posso ter certeza de que ele falará. Dificilmente conseguirei comprometer o irmão contra a irmã."

Ela responde: "Não estou falando de ele atuar como testemunha. Estou lhe dizendo que ele passa muito tempo na câmara da rainha. A sós com ela. E a portas fechadas".

"Conversando?"

"Eu me aproximei da porta e não ouvi vozes."

"Talvez eles se unam para orações silenciosas."

"Eu vi os dois se beijando."

"Um irmão pode beijar sua irmã."

"Não pode, não daquela maneira."

Ele toma de sua pena. "Lady Rochford, não posso escrever 'Ele a beijou daquela maneira'."

"A língua dele dentro da boca dela. E a dela na boca dele."

"Quer que eu registre isso?"

"Se acha que não se lembrará..."

Ele pensa, se isso surgir num tribunal, haverá tumulto na cidade, se for mencionado no Parlamento os bispos se flagelarão nos seus assentos. Ele espera, a pena a postos. "Por que ela faria isso, tamanho crime contra a natureza?"

"Tanto melhor para governar. O senhor entende, não entende? Ela teve sorte com Elizabeth, a criança é parecida com ela. Mas imagine se nasce um menino e ele tem o rosto comprido de Weston? Ou se for parecido com Will Brereton, que o rei dirá disso? Mas ninguém poderá chamá-lo de bastardo se ele parecer um Bolena."

Brereton também. Ele toma nota. Ele se lembra de que Brereton certa vez brincou dizendo que podia estar em dois lugares ao mesmo tempo: uma piada fria, uma piada hostil, e agora, pensa ele, agora finalmente acho graça. Lady Rochford pergunta: "Por que está sorrindo?".

"Ouvi dizer que houve, nos aposentos da rainha, conversas entre seus amantes sobre a morte do rei. George já tomou parte nisso?"

"Henrique morreria se soubesse como riem dele. Como seu membro é discutido."

"Quero que a senhora pense bem", ele insiste. "Tenha certeza do que está fazendo. Se fornecer provas contra seu marido, num tribunal ou para o conselho, talvez se torne uma mulher solitária nos anos que virão."

A expressão dela diz, por acaso estou rodeada de amigos agora? "Eu não carregarei a culpa. O senhor é que carregará, secretário-mor. Sou considerada uma mulher sem grande sagacidade ou perspicácia. E o senhor é o que é, um homem de recursos que não poupa ninguém. Eles acreditarão que arrancou a verdade de mim, não importando se foi contra minha vontade ou não."

Ele vê que não há muito mais a ser dito. "Para sustentar essa moção, será necessário que você contenha seu prazer e finja angústia. Quando George for preso, deve fazer uma petição de misericórdia para ele."

"Eu posso fazer isso." Jane Rochford põe a ponta da língua para fora, como se o momento fosse açucarado e ela o saboreasse. "Não corro perigo, pois o rei não notará nada, posso garantir."

"Ouça meu conselho. Não fale com ninguém."

"Ouça meu conselho. Fale com Mark Smeaton."

Ele diz a ela: "Estou indo para minha casa em Stepney. Convidei Mark para o jantar".

"Por que não o recebe aqui?"

"Já houve perturbação suficiente, não acha?"

"Perturbação? Ah, entendo", ela diz.

Ele a observa sair. A porta nem se fecha e Rafe e Me-Chame-Risley já estão na sala com ele. Pálidos e preparados, ambos firmes: daí ele concluiu que os dois não estavam escutando. "O rei deseja que os inquéritos comecem", diz Wriothesley. "A máxima discrição, mas com toda a rapidez possível. Ele já não pode mais ignorar os boatos, depois do incidente. A discussão. Ele não se dirigiu a Norris."

"Não", acrescenta Rafe. "Eles pensam, os cavalheiros da câmara privada, que o pior já passou. A rainha se acalmou, pelo que dizem os relatos. Amanhã as justas devem acontecer como de costume."

"Estou pensando aqui", diz ele, "você iria até Richard Sampson, Rafe, para lhe dizer que, *entre nous*, os assuntos estão fora da nossa alçada? Talvez não seja necessário entrar com um processo de anulação, afinal. Ou, no mínimo, acho que a rainha estará disposta a concordar com qualquer coisa que o rei exija dela. Ana já não está mais em posição de negociar. Acho que temos Henry Norris na mira do arco. Weston. Ah, e Brereton também."

Rafe Sadler ergue as sobrancelhas. "Eu pensei que a rainha mal o conhecesse."

"Parece que ele tem o hábito de aparecer no momento errado."

"O senhor parece muito calmo", comenta Me-Chame.

"Sim. Aprenda com isso."

"O que Lady Rochford diz?"

Ele franze a testa. "Rafe, antes de ir até Sampson, sente-se ali, à cabeceira da mesa. Finja que é o conselho do rei, reunido em sessão privada."

"Todos eles, senhor?"

"Norfolk, Fitzwilliam e tudo o mais. Agora, Me-Chame. Você é uma dama da câmara da rainha. De pé. Podemos ter uma mesura? Obrigado. Pois bem, eu sou um pajem que lhe traz um banquinho. E uma almofada sobre o banquinho. Sente-se e dê um sorriso aos conselheiros."

"Como quiser", diz Rafe, incerto. Mas depois o espírito da coisa se apodera dele. Rafe estende o braço e faz cócegas sob o queixo de Me-Chame. "O que tem a nos dizer, delicada senhora? Súplicas, revelações: abra esses seus lábios de rubi."

"Esta bela senhora alega", diz ele — ele, Cromwell, com um floreio da mão —, "que a rainha é dada a comportamentos levianos. Que sua conduta faz despertar a suspeita de práticas malignas, de desprezo às leis de Deus, ainda que ninguém tenha testemunhado atos contrários aos estatutos."

Rafe limpa a garganta. "Há quem possa vir a indagar, senhora, por que não falou sobre isso antes?"

"Porque era traição falar contra a rainha." Mestre Wriothesley é um homem preparado, e as desculpas donzelescas se derramam dele com facilidade. "Não tínhamos escolha a não ser protegê-la. O que poderíamos fazer além de lhe mostrar o caminho da razão e convencê-la a abrir mão dos seus modos levianos? E, no entanto, não conseguimos. Era assombroso. Ela tem inveja de qualquer uma que tenha um admirador, quer roubá-lo para si. Não tem escrúpulo de ameaçar qualquer uma que ela acredita ter cometido um erro, não importando se é matrona ou donzela, e pode arruinar uma mulher dessa forma, vejam Elizabeth Worcester."

"Então agora a senhora já não pode se abster de falar a verdade?", indaga Rafe.

"Agora se desfaça em lágrimas, Wriothesley", instrui ele.

"É para já." Me-Chame enxuga os olhos.

"Que peça daria isso." Ele suspira. "Quem dera pudéssemos agora tirar nosso figurino e ir para casa."

Ele está se lembrando de Sion Madoc, um barqueiro, em Windsor: "Ela trepa com o irmão".

Thurston, seu cozinheiro: "Fazem fila esfregando seus membros".

Lembra que Thomas Wyatt lhe disse: "Esta é a tática de Ana, ela diz sim, sim, sim, depois diz não… O pior de tudo eram suas insinuações, ela quase se vangloriava de que dizia *não* a mim, mas *sim* a outros".

Ele indagou a Wyatt, quantos amantes você acha que ela teve? E Wyatt respondeu, "Uma dúzia? Ou nenhum? Ou uma centena?".

Ele na verdade a achava fria, uma mulher que levou sua virgindade ao mercado e a vendeu pelo melhor preço. Mas essa frieza… isso foi antes do casamento. Foi antes de Henrique se deitar sobre ela, e se levantar novamente, e deixá-la ali; depois que ele voltou a seus próprios aposentos, cambaleante, e ela deixada ali com os círculos de luz das velas tremeluzindo no teto, com os murmúrios de suas damas de companhia, a bacia de água quente e os panos: e a voz de Lady Rochford enquanto ela se limpa: "Cuidado, minha ama, não vá jogar o príncipe de Gales na bacia". Logo ela está sozinha no escuro, com o cheiro de suor masculino na roupa de cama e talvez uma criada inútil se mexendo e fungando num estrado: ela está sozinha com os pequenos sons do rio e do palácio. E ela fala, e ninguém responde, exceto a criada que resmunga durante o sono: ela reza, e ninguém responde; e ela rola para o lado, e desliza as mãos pelas coxas, e toca os próprios seios.

E daí se, um dia, ela disse sim, sim, sim, sim, sim? A quem quer que estivesse parado ali quando o fio de sua virtude se rompeu? Mesmo que fosse seu próprio irmão?

Ele diz a Rafe, a Me-Chame: "Ouvi uma história hoje que nunca pensei que fosse ouvir num país cristão".

Eles esperam, os jovens cavalheiros: seus olhos no rosto dele. Me-Chame pergunta: "Ainda sou uma dama, ou devo tomar meu lugar e pegar minha pena?".

Ele pensa, o que fazemos aqui na Inglaterra, mandamos nossos filhos para outras famílias quando são jovens, e por isso não é raro que um irmão e uma irmã se reencontrem quando adultos como se fosse a primeira vez que se vissem. Imagine então como deve ser: aquela pessoa fascinante, aquele estranho que você conhece, aquela cópia sua. Você se apaixona, só um pouco: por uma hora, uma tarde. E aí faz piada sobre isso; e o que resta é uma ternura residual. É um sentimento que civiliza homens e faz com que se comportem com as mulheres da família de maneira melhor do que fariam de outra forma. Contudo, ir mais longe que isso, isto é, invadir a carne proibida, saltar o grande abismo que existe entre uma ideia fugaz e a ação... Os padres nos dizem que da tentação para o pecado é uma mera escorregadela, e que nem um fio de cabelo cabe no espaço entre os dois. Mas é claro que isso não é verdade. Você beija o rosto da mulher, tudo bem; depois morde seu pescoço? Você diz, "querida irmã", e no minuto seguinte a vira de costas e joga suas saias para cima? Certamente que não. Há um aposento a ser cruzado e botões a serem abertos. Ninguém faz isso como um sonâmbulo. Ninguém fornica inadvertidamente. Ninguém deixa de ver a outra parte, quem ela é. Ela não esconde seu rosto.

No entanto, pode ser que Jane Rochford esteja mentindo. Ela tem motivos para isso.

"Não sou de ficar perplexo", diz ele, "sem saber como proceder, mas descobri que tenho que lidar com uma questão da qual mal ouso falar. Só consigo descrevê-la em parte, então não sei como elaborar uma acusação formal. Sinto-me como um daqueles apresentadores de feiras de aberrações."

Numa feira, os bêbados derramam seu dinheiro e depois desdenham do que você oferece. "Chama isso de aberração? Isso não é nada perto da minha sogra!"

E todos os camaradas do sujeito trocam tapinhas nas costas e gargalham.

Mas então você diz a eles, bem, vizinhos, só lhes mostrei isso para testar seu estômago. Deem uma moeda a mais e eu mostrarei o que tenho aqui nos fundos da tenda. É uma visão de fazer tremer os homens mais durões. E garanto que nunca se viu uma obra do diabo como esta.

E assim eles olham. E depois vomitam em suas botas. E então você conta o dinheiro. E o tranca em seu cofre.

Mark em Stepney. "Ele trouxe seu instrumento", diz Richard. "Seu alaúde."

"Diga-lhe para deixá-lo do lado de fora."

Se Mark antes era insolente, agora ele desconfia, hesita. No limiar da porta: "Eu pensei, senhor, que estava vindo entretê-lo".

"Não tenha dúvida disso."

"Achei que fosse haver muitos convivas, senhor."

"Você conhece meu sobrinho, mestre Richard Cromwell?"

"De qualquer forma, fico feliz de tocar para o senhor. Talvez queira que eu ouça seu coro infantil, não?"

"Hoje não. Nas atuais circunstâncias, talvez você se sinta tentado a elogiá-los excessivamente. Mas queira sentar-se e tomar uma taça de vinho conosco, sim?"

"Seria uma bondade sua se nos pusesse em contato com um rabequista", diz Richard. "Só temos um, e ele vive viajando a Farnham para ver a família."

"Pobre rapaz", diz ele em flamengo, "acho que ele sente saudades de casa."

Mark ergue os olhos. "Eu não sabia que o senhor falava minha língua."

"Eu sei que você não sabia. Ou não a teria usado para ser tão desrespeitoso comigo."

"Estou seguro, senhor, de que nunca falei nada por mal." Mark não se lembra do que disse ou deixou de dizer sobre seu anfitrião. Mas seu rosto mostra que ele se recorda do teor geral do que foi dito.

"Você previu que eu seria enforcado." Ele abre os braços. "No entanto, estou vivo e respirando. Mas estou em dificuldade, e embora não goste de mim, não tenho escolha a não ser recorrer a você. Por isso, apelo à sua caridade."

Mark senta-se, os lábios entreabertos, as costas rígidas e um pé apontando para a porta, mostrando que ele gostaria muito de estar bem longe dali.

"Veja bem." Ele cola a palma das mãos: como se Mark fosse um santo num pedestal. "Meu amo, o rei, e minha ama, a rainha, tiveram um desentendimento. Todo mundo sabe disso. Bem, meu mais sincero desejo é reconciliá-los. Para o conforto de todo o reino."

Há que se dar o crédito ao garoto: ele não é covarde. "Mas, secretário-mor, o boato na corte é de que o senhor está fazendo amizade com os inimigos da rainha."

"Para melhor conhecer suas práticas", diz ele.

"Quem me dera acreditar nisso."

Ele vê Richard se mexer em seu banco, impaciente.

"Têm sido dias amargos", ele prossegue. "Não me lembro de outra época de tanta tensão e infelicidade, não desde a queda do cardeal. Na verdade, eu não o culpo, Mark, se for difícil para você confiar em mim; há um sentimento tão ruim na corte que ninguém confia mais em ninguém. Mas eu o procurei porque você é próximo da rainha, e os outros cavalheiros não querem me ajudar. Tenho o poder de recompensá-lo, e garanto que você receberá tudo que merece se puder me proporcionar algum vislumbre de compreensão sobre os desejos da rainha. Eu preciso saber por que ela é tão infeliz e o que posso fazer para solucionar sua infelicidade. Pois é improvável que ela conceba um herdeiro enquanto sua mente estiver intranquila. E se ela pudesse fazer isso: ah, então todas as nossas lágrimas secariam."

Mark ergue os olhos. "Ora, não é de admirar que a rainha esteja infeliz. Ela está apaixonada."

"Por quem?"

"Por mim."

Ele, Cromwell, se inclina à frente, cotovelos na mesa: depois ergue a mão para encobrir o rosto.

"O senhor está perplexo", Mark sugere.

Isso é apenas parte do que ele sente. Eu pensei, diz ele a si mesmo, que isso seria difícil. Mas é como tirar doce de criança. Ele baixa a mão e sorri para o rapaz. "Não tão perplexo quanto talvez você imagine. Porque eu o observava, e via os gestos dela, seus olhares eloquentes, suas muitas indicações de favor. E se isso é o que se vê em público, imagine como será em particular! E é claro que não é surpresa nenhuma que uma mulher se sinta atraída por você. Você é um jovem muito bonito."

"Embora pensássemos que fosse sodomita", completa Richard.

"Eu não, senhor!" Mark fica cor-de-rosa. "Sou tão homem quanto qualquer um deles."

"Então a rainha recomendaria você?", ele pergunta, sorrindo. "Ela o experimentou e descobriu que você é do gosto dela?"

O olhar do garoto desliza para longe, como um pedaço de seda sobre vidro. "Não posso discutir esse assunto."

"Claro que não. Mas podemos tirar nossas próprias conclusões. Ela não é uma mulher inexperiente, acredito eu, não se interessaria por um desempenho que fosse menos que magistral."

"Nós, os homens pobres", diz Mark, "nascidos pobres, não somos de modo algum inferiores nesse aspecto."

"Verdade", ele comenta. "Embora os nobres escondam esse fato das damas, sempre que podem."

"Caso contrário", acrescenta Richard, "toda duquesa estaria se divertindo pelos bosques com um lenhador."

Ele não pode deixar de rir. "Só que existem pouquíssimas duquesas, e lenhadores demais. Deve haver alguma competição entre eles, imagina-se."

Mark o encara como se ele estivesse profanando um mistério sagrado. "Se quer dizer que ela tem outros amantes, eu nunca perguntei, não perguntaria, mas sei que eles sentem ciúmes de mim."

"Talvez ela os tenha experimentado e os achado decepcionantes", opina Richard. "E o Mark aqui levou o prêmio. Meus parabéns, Mark." E que franca simplicidade cromwelliana Richard exibe ao se inclinar para a frente e perguntar: "Com que frequência?".

"Não deve ser fácil encontrar uma oportunidade", ele sugere. "Mesmo que as damas dela sejam cúmplices."

"Elas não são minhas amigas", diz Mark. "Até negariam o que eu lhe contei. São amigas de Weston, Norris, aqueles lordes. Não sou nada aos seus olhos, elas bagunçam meu cabelo e me chamam de criado de servir mesa."

"A rainha é sua única amiga", diz ele. "Mas que amiga!" Ele faz uma pausa. "Em algum momento será necessário que você diga quem são os outros. Você nos deu dois nomes." Mark ergue os olhos, chocado com a mudança de tom. "Agora liste todos eles. E responda ao mestre Richard. Com que frequência?"

Agora o rapaz está congelado sob o olhar dele. Mas ao menos desfrutou de seu momento ao sol. Ao menos pode dizer que pegou o secretário-mor de surpresa: coisa que poucos homens ainda vivos podem afirmar.

Ele espera que Mark fale. "Bem, talvez você esteja certo em não falar. Melhor escrever, não? Devo dizer, Mark, meus funcionários ficarão tão perplexos quanto eu. Seus dedos vão tremer, e eles vão borrar a página. Assim como o conselho ficará perplexo quando souber dos seus feitos. Muitos lordes o invejarão. Não espere compaixão deles. 'Smeaton, qual é seu segredo?', eles vão perguntar. Você vai corar e dizer, ah, cavalheiros, não posso dizer. Mas você dirá tudo, Mark, pois eles o obrigarão. E você o fará, por vontade própria ou à força."

Ele desvia o olhar, enquanto o rosto de Mark se desmancha em pânico e seu corpo começa a tremer: cinco minutos de bravatas impensadas numa vida sem glórias e, como credores nervosos, os deuses já mandam sua conta. Mark estava vivendo numa história que ele próprio inventou, onde a bela princesa na torre ouve, pela janela do claustro, uma melodia de doçura sobrenatural. Ela olha para fora e vê, à luz da lua, o humilde músico com seu alaúde. Mas, a menos que o músico se revele um príncipe disfarçado, essa história não pode acabar bem. As portas se abrem e rostos comuns se amontoam para dentro, a superfície do sonho é despedaçada: você está em Stepney numa noite quente de início de primavera, o último canto dos pássaros submerge no silêncio do crepúsculo, em algum lugar uma tranca é puxada, um banco é arrastado pelo chão, um cão late sob a janela e Thomas Cromwell lhe diz: "Todos queremos jantar, vamos ao que interessa, aqui estão o papel e a tinta. Eis aqui o mestre Wriothesley, ele redigirá para nós".

"Não posso dar nomes", diz o rapaz.

"Quer dizer que a rainha não tem amantes, só você? Isso é o que ela lhe diz. Mas eu acho, Mark, que ela anda enganando você. Coisa que ela poderia fazer facilmente, você há de admitir, se ela engana o rei."

"Não." O pobre rapaz balança a cabeça. "Eu acho que ela é casta. Não sei como pude dizer o que disse."

"Nem eu. Ninguém machucou você, certo? Ninguém o coagiu ou enganou, não? Você falou livremente. Mestre Richard é minha testemunha."

"Eu retiro o que disse."

"Acho que não."

Há uma pausa, enquanto a sala se reposiciona, as figuras se dispõem na paisagem noturna. O secretário-mor diz: "Está frio, deveríamos acender um fogo".

É apenas um simples pedido doméstico e, no entanto, Mark acha que eles pretendem queimá-lo. Ele salta de seu banco e corre para a porta; talvez o primeiro fragmento de juízo que ele demonstra, mas Christophe está lá, largo e amável, para detê-lo. "Sente-se, menino bonito", diz Christophe.

A lenha já está no lugar. Um bom tempo é necessário para atiçar a centelha. Um estalido pequeno, bem-vindo, e o criado se retira, limpando as mãos no avental, e Mark observa a porta se fechando atrás do homem com uma expressão de desalento que pode ser inveja, porque ele agora preferiria ser um ajudante de cozinha ou mesmo um menino que esfrega penicos. "Ah, Mark", diz o secretário-mor, "a ambição é um pecado. É o que dizem. Embora eu nunca tenha entendido em que ela difere de usar nossos talentos, coisa que a Bíblia ordena que façamos. Portanto aqui está você, e aqui estou eu, e nós dois servimos ao cardeal em certa época. E se ele pudesse nos ver sentados aqui esta noite, acho que ele não ficaria nem um pouco surpreso, sabe? Bem, vamos ao que interessa. Quem você substituiu na cama da rainha, foi Norris? Ou vocês se revezam, como os criados da câmara da rainha?"

"Não sei. Retiro o que disse. Não posso lhe dar nenhum nome."

"É uma pena que você deva sofrer sozinho se há outros culpados. E, claro, eles são mais culpados que você, pois são cavalheiros a quem o rei recompensou e engrandeceu pessoalmente, e todos são homens educados e alguns já em idade madura: ao passo que você é simples e jovem, e tão digno de pena quanto de castigo, eu diria. Conte-nos agora sobre o adultério que a rainha cometeu com você, e o que sabe das relações dela com outros homens, e se sua confissão for rápida e completa, clara e detalhada, é possível que o rei tenha misericórdia."

Mark mal escuta. Suas pernas e braços estão tremendo e sua respiração é arfante, ele está começando a chorar e a tropeçar nas palavras. A simplicidade é a melhor opção agora, perguntas rápidas que exijam respostas fáceis. Richard lhe indaga: "Está vendo esta pessoa aqui?". Christophe aponta para si mesmo, caso Mark tenha dúvidas. "Acha que ele é um bom sujeito?", continua Richard. "Gostaria de passar dez minutos a sós com ele?"

"Cinco já bastariam", Christophe calcula.

Ele prossegue: "Como eu lhe expliquei, Mark, mestre Wriothesley escreverá o que dissermos. Mas ele não escreverá necessariamente o que fizermos. Entende? Essa parte ficará apenas entre nós".

Mark diz: "Minha Virgem Maria, me ajude".

Mestre Wriothesley diz: "Podemos levá-lo para a Torre, onde há um cavalete".

"Wriothesley, posso ter uma palavra com você em particular?" Ele convoca Me-Chame para fora da sala e, no limiar da porta, fala em voz baixa: "É melhor não especificar a natureza da dor. Como Juvenal diz, o maior algoz da mente é a própria mente. Além disso, você não deve fazer ameaças vazias. Não vou prendê-lo no cavalete de tortura. Não quero que ele apareça para o julgamento numa cadeira. E se eu precisar arrebentar um pobre-diabo como esse no cavalete... o que virá depois? Pisotear ratinhos?".

"Fui reprovado", diz mestre Wriothesley.

Ele põe a mão no braço dele. "Deixe para lá. Você está indo muito bem."

Esse tipo de ação põe em teste até os mais experientes. Ele se lembra daquele dia na forja quando um ferro quente estorricou sua pele. Não havia chance de resistir à dor. Sua boca se escancarou e um grito se lançou de sua garganta e foi parar na parede. Seu pai correu até ele e disse: "Cruze as mãos", e o ajudou com água e unguento, mas depois Walter disse: "Todos nós já passamos por isso. É assim que se aprende. Assim você aprende a fazer as coisas da maneira que seu pai ensinou, e não por algum método tolo que inventou há meia hora".

Ele pensa nisso; voltando para a sala, pergunta a Mark: "Sabia que é possível aprender com a dor?".

Contudo, explica ele, isso só ocorre sob circunstâncias propícias. Para aprender, você precisa ter um futuro: e se alguém escolheu essa dor para você e pretende infligi-la durante o tempo que quiser, cessando apenas quando você já estiver morto? Você pode extrair sentido do seu suplício, talvez. Pode oferecê-lo às almas atormentadas no purgatório, se acredita no purgatório. Talvez isso funcione com os santos, cujas almas são luminosas de tão brancas. Mas não para Mark Smeaton, que está em pecado mortal, um adúltero confesso. Ele explica: "Ninguém quer sua dor, Mark. Ela não serve para ninguém, não desperta interesse algum. Nem mesmo no próprio Deus, e em mim certamente que não. Seus gritos não têm nenhuma utilidade para mim. Eu quero palavras que façam sentido. Palavras que eu possa transcrever. Você já as pronunciou, e será bastante fácil repeti-las. Portanto, o que fará agora é escolha sua. É sua responsabilidade. Você fez o suficiente, por sua própria conta, para condenar a si mesmo. Não nos transforme a todos em pecadores".

Talvez seja necessário, mesmo agora, imprimir na imaginação do rapaz as etapas do caminho à sua frente: a caminhada desde o quarto de confinamento até o local do suplício: a espera, enquanto a corda é desenrolada ou o ferro impoluto é posto para aquecer. Nesse percurso, cada pensamento que ocupa a mente é expulso e substituído por um terror cego. Seu corpo se esvazia e é preenchido de pavor. Os pés tropeçam, a respiração é difícil. Olhos e ouvidos funcionam, mas a cabeça não consegue apreender o que é visto e ouvido. O tempo se falsifica, os momentos se transformam em dias. Os rostos de seus torturadores assomam como gigantes ou se tornam impossivelmente distantes, pequenos, pontos ao longe. Palavras são ditas: tragam-no, ponham-no sentado, chegou a hora. São palavras associadas a outros significados mais comuns, mas se você sobreviver a isso, terão para sempre um só significado, e o significado será dor. O ferro chia ao ser erguido da chama. A corda se dobra como uma serpente, enrosca-se e espera. Para você, é tarde demais. Você não falará agora, porque sua língua inchou e encheu sua boca e a linguagem devorou a si mesma. Mais tarde você falará, quando for levado para longe dos aparelhos e deitado na palha. Eu suportei, você dirá. Eu atravessei. E a piedade e o amor-próprio abrirão seu coração, de modo que ao primeiro gesto de bondade — digamos, um cobertor ou um gole de vinho — seu coração transbordará, sua língua vai disparar. As palavras fluirão sem parar. Você não foi trazido a essa sala para pensar, mas para sentir. E, no final, você sentiu muito por si mesmo.

Mas Mark será poupado disso; pois agora ele ergue os olhos: "Secretário-mor, pode me dizer mais uma vez como deve ser minha confissão? Clara e… o que mais mesmo? Havia quatro coisas, mas já esqueci". Ele ficou preso num arbusto de palavras, e quanto mais luta, mais fundo os espinhos lhe rasgam a carne. Se for preciso, uma tradução pode ser providenciada para ele, embora seu inglês sempre tenha parecido bom o bastante. "Mas o senhor me entende, entende que não posso lhe dizer o que não sei?"

"Não pode? Então você terá que ser meu hóspede esta noite. Christophe pode providenciar isso, eu acho. Pela manhã, Mark, você se surpreenderá com os próprios poderes. Sua mente estará clara e sua memória, perfeita. Você verá que não é do seu interesse proteger os cavalheiros que partilham do seu pecado. Porque se a posição fosse invertida, acredite em mim, eles não pensariam duas vezes antes de delatá-lo."

Ele observa Christophe levando Mark embora pela mão, como se conduzisse um simplório. Despacha Richard e Me-Chame para irem jantar. Pretendia acompanhá-los, mas descobriu que não quer comer nada, ou só um prato que comia quando menino, uma simples salada de beldroega, com folhas colhidas pela manhã e conservadas num pano úmido. Ele comia isso, na época, por falta de coisa melhor, e não lhe matava a fome. Agora é o suficiente. Quando o cardeal caiu, ele arranjou trabalho para muitos dos criados pobres de Wolsey, acolhendo alguns em sua própria casa; se Mark tivesse sido menos insolente, talvez também pudesse ter sido acolhido. E assim Mark não teria se tornado um ser arruinado, como é agora. Suas afetações teriam sido motivo de uma afetuosa troça, até que ele se tornasse mais viril. Suas habilidades teriam sido emprestadas a outras casas, e ele teria aprendido a se valorizar e a cobrar devidamente por seu tempo. Aprenderia a ganhar dinheiro e seria posto no caminho de um bom casamento: em vez de perder seus melhores anos fungando e rascando a porta dos aposentos da esposa de um rei, apenas para que ela lhe cutucasse o cotovelo e arrancasse a pena de seu chapéu.

À meia-noite, depois que toda a casa se recolhe, chega uma mensagem do rei, para dizer que ele cancelou a visita dessa semana a Dover. As justas, no entanto, seguirão como agendadas. Norris está na lista de combatentes, assim como George Bolena. Estão em equipes opostas, um nos desafiantes, outro nos defensores: talvez eles acabem ferindo um ao outro.

Ele não dorme. Seus pensamentos estão em disparada. Ele pensa, nunca passei uma noite insone por amor, embora os poetas me digam que esse é o procedimento adequado. Agora fico acordado devido ao oposto. Se bem que ele não odeia Ana, ela apenas lhe é indiferente. Ele nem sequer odeia Francis Weston, não mais do que alguém odeia um mosquito que lhe está picando a pele; você só se pergunta por que ele existe. Ele se compadece de Mark, mas, por outro lado, pensa, nós o vemos como um menino: quando eu tinha a idade dele, já havia atravessado o mar e as fronteiras da Europa. Já tinha sido atirado aos berros numa vala e me arrastado para fora dela, e posto o pé na estrada: não uma, mas duas vezes, uma fugindo do meu pai e outra dos espanhóis no campo de batalha. Quando eu tinha a idade que Mark tem agora, ou a de Francis Weston, já havia me destacado nas casas de Portinari, de Frescobaldi, e muito antes de alcançar a idade de George Bolena, eu já tinha negociado em nome de tais casas nas bolsas da Europa; já derrubara portas na Antuérpia; já havia voltado para a Inglaterra, um homem mudado. Tinha aperfeiçoado minha linguagem, para meu júbilo, de forma inesperada, passei a falar meu idioma nativo com mais fluência do que quando fora embora; passei a trabalhar com o cardeal e na mesma época desposei uma mulher e provei meu valor nos tribunais de justiça; eu entrava nos julgamentos e sorria para os juízes e falava, e minha oratória superava minha experiência, e os juízes ficavam tão contentes por eu sorrir para eles em vez de esbofeteá-los que quase sempre concluíam o caso segundo minha vontade. As coisas que acreditamos serem os desastres na nossa vida não são realmente desastres. Quase tudo pode ser revertido: a partir de cada vala se abre um caminho, desde que você consiga enxergá-lo.

Ele se lembra de processos em que havia anos não pensava. Se o veredicto foi bom. Se ele teria dado o mesmo veredicto se fosse contra si mesmo.

Ele se pergunta se conseguirá dormir, e com que sonhará. É apenas em seus sonhos que ele tem privacidade. Thomas More costumava dizer, um homem deve construir para si um retiro, um eremitério, dentro da própria casa. Mas este era More: capaz de bater a porta na cara de todo mundo. Na verdade você não pode separar as duas coisas, sua figura pública e seu eu privado. More achava que era possível, mas no final ele mandou arrastar homens a quem chamava de hereges para sua casa em Chelsea, para que pudesse atormentá-los mais convenientemente no seio de sua família. Você pode insistir nessa separação, se quiser; vá para seu gabinete e diga: "Deixem-me em paz para ler". Mas fora daquela sala você ouve o respirar áspero e os pés rápidos, à medida que o descontentamento cresce, um burburinho de expectativa: ele é um homem público, ele pertence a nós, quando sairá de lá? Você não pode silenciar isto, o arrastar dos pés do corpo político.

Ele se vira na cama e faz uma prece. Nas profundezas da noite, ele ouve gritos. Soa mais como uma criança lamentando um pesadelo que teve do que um homem uivando de dor, e ele pensa, sonolento, uma mulher deveria se ocupar disso, não? Depois ele pensa, deve ser Mark. O que estão fazendo com ele? Falei para não fazerem nada ainda.

Mas ele não se mexe. Não acredita que seus homens agiriam contra suas ordens. Será que estão todos dormindo em Greenwich? O arsenal é muito próximo do palácio e as horas que precedem um torneio muitas vezes ficam agitadas pelo bater dos martelos. As pancadas, a modelagem, a soldadura, o polimento no torno, essas operações estão completas; restam apenas alguns rebites de última hora, uma lubrificação e certa flexibilização, ajustes finais para agradar os ansiosos combatentes.

Ele se pergunta, por que dei a Mark aquele espaço para se vangloriar, para se prejudicar? Eu poderia ter condensado o processo; poderia ter dito a ele o que eu queria, e o ameaçado. Mas eu o encorajei; fiz de modo que ele fosse cúmplice. Se Mark disse a verdade sobre Ana, ele é culpado. Se mentiu sobre Ana, dificilmente é inocente. Eu estava preparado, se necessário, para pressioná-lo. Na França, a tortura é comum, tão necessária quanto o sal para a carne; na Itália, é um esporte para a *piazza*. Na Inglaterra, a lei não a admite. Mas pode ser usada, sob o assentimento do rei: com um mandado. É verdade que existe um cavalete de estiramento na Torre. Ninguém resiste a esse mecanismo. Ninguém. Seu modo de funcionamento é tão evidente que, na maioria dos casos, basta uma olhadela no instrumento para que o suspeito confesse.

Ele pensa, vou dizer isso a Mark. Fará com que ele se sinta melhor consigo mesmo.

Ele puxa as cobertas sobre si. No momento seguinte, Christophe entra em seu aposento para acordá-lo. Seus olhos parecem evitar a luz. Ele senta-se. "Santo Cristo. Não dormi a noite toda. Por que Mark estava gritando?"

O menino ri. "Nós o trancamos com os enfeites de Natal. Eu mesmo tive a ideia. Lembra quando vi a estrela de Natal na capa pela primeira vez? Eu disse, senhor, o que é aquela máquina cheia de pontas? Pensei que fosse um engenho de tortura. Bem, o quarto do Natal é escuro. Ele caiu contra a estrela, e ela o espetou. Depois, as asas de pavão saíram do pano e roçaram seu rosto como dedos. E Mark pensou que houvesse um fantasma trancado com ele no escuro."

Ele diz: "Vocês terão que ficar sem mim por uma hora".

"Por Deus, não está doente, está?"

"Não, só exaurido pela insônia."

"Puxe as cobertas sobre a cabeça e se deite como um morto", Christophe aconselha. "Eu voltarei em uma hora, com pão e cerveja."

Quando Mark sai do quarto, aos tropeções, está cinza de choque. Há penas grudadas em suas roupas, não de pavão, mas a penugem das asas de serafins paroquiais, salpicadas com o dourado das vestes dos três Reis Magos. Os nomes saem de sua boca com tanta fluência que ele precisa fazê-lo parar; as pernas do garoto ameaçam ceder, e Richard tem de segurá-lo. Ele nunca teve esse problema antes, o problema de ter assustado alguém em demasia. Ouve-se "Norris" em algum ponto da confusão de frases, e "Weston" também aparece: e depois Mark cita cortesãos tão rápido que seus nomes se confundem e fogem, ele ouve Brereton e diz, "Registrem isso", ele jura que ouve Carew, e também Fitzwilliam, e o esmoler de Ana e o arcebispo da Cantuária; ele próprio também está lá, naturalmente, e em algum ponto o garoto alega que Ana já cometeu adultério com seu próprio marido. "Thomas Wyatt...", pia Mark.

"Não, Wyatt não."

Christophe se inclina para a frente e dá um cascudo na lateral da cabeça do rapaz. Mark se cala. Olha em volta, aturdido, procurando a origem da dor. Logo recomeça a confessar e confessar. Já passou por toda a câmara privada, de cavalheiros a criados, e começa a dar nomes desconhecidos, provavelmente cozinheiros e auxiliares de cozinha que ele encontrou em sua vida pregressa e menos elevada.

"Ponha-o de volta com o fantasma", diz ele, e Mark dá um grito e depois fica em silêncio. "Quantas vezes já se deitou com a rainha?"

Mark responde: "Mil".

Christophe lhe dá um tapinha.

"Três ou quatro vezes."

"Obrigado."

Mark pergunta: "O que vai acontecer comigo?".

"Isso cabe ao tribunal que o julgará."

"O que vai acontecer com a rainha?"

"Isso cabe ao rei."

"Não será nada de bom", comenta Wriothesley: e ri.

Ele se vira. "Me-Chame. Acordou cedo hoje?"

"Não consegui dormir. Posso ter uma palavra com o senhor?"

Então hoje as posições se invertem, é Me-Chame-Risley quem o puxa de lado, a testa franzida. "Wyatt terá que ser incluído, senhor. Está levando a sério demais a incumbência que o pai dele impôs ao senhor. Se chegarmos às vias de fato, não poderá protegê-lo. A corte vem falando há anos sobre o que ele talvez tenha feito com Ana. Wyatt é o primeiro suspeito."

Ele assente. Não é fácil explicar a um jovem como Wriothesley por que ele valoriza Wyatt. Ele deseja responder: porque, por melhores que vocês sejam, ele não é como você ou Richard Riche. Ele não fala apenas para ouvir a própria voz, nem entra em discussões apenas para vencê-las. Ele não é como George Bolena: não escreve versos para seis mulheres na esperança de agarrar alguma num canto escuro onde ele possa lhe enfiar o pau. Ele escreve para advertir e censurar, não para confessar sua necessidade, mas para ocultá-la. Wyatt compreende a honra, mas não se vangloria nesse sentido. É um perfeito cortesão, mas sabe que isso não tem grande valor. Estudou o mundo sem desprezá-lo. Compreende o mundo sem rejeitá-lo. Não tem ilusões, mas tem esperanças. Não avança pela vida como um sonâmbulo. Seus olhos estão abertos, e seus ouvidos são voltados para sons que os outros não ouvem.

Mas ele decide dar uma explicação que Wriothesley possa entender. "Não é Wyatt quem atravanca meu caminho para o rei. Não é Wyatt quem me põe para fora da câmara privada quando preciso da assinatura do rei. Não é ele quem vive despejando no ouvido de Henrique calúnias contra mim que são como veneno."

Wriothesley o encara, especulativo. "Entendo. Não se trata tanto de quem é culpado, mas de qual culpa é útil para o senhor." Ele sorri. "Eu o admiro, senhor. É hábil nessas questões e sem falsa contrição."

Ele não sabe bem se deseja a admiração de Wriothesley. Não por esses motivos. Ele diz: "Pode ser que esses cavalheiros que foram citados desarmem as suspeitas. Ou, se a suspeita permanecer, eles poderão, usando de algum apelo, deter a mão do rei. Me-Chame, nós não somos padres. Não queremos aquele tipo de confissão. Somos advogados. Queremos a verdade pouco a pouco, e só as partes que podemos usar".

Wriothesley concorda. "Mas ainda assim eu digo, inclua Thomas Wyatt. Se não prendê-lo, seus novos amigos o farão. E eu andei pensando, senhor, perdoe minha insistência, mas o que acontecerá depois com seus novos amigos? Se os Bolena caírem, e parece que eles cairão, os amigos da princesa Maria levarão o crédito. Não vão lhe agradecer pelo papel desempenhado pelo senhor. Talvez falem manso com o senhor agora, mas nunca o perdoarão por Fisher e More. Eles o expulsarão do cargo, e talvez o destruam por completo. Carew, os Courtenay, essa gente, eles terão o reino nas mãos."

"Não. O rei terá o reino nas mãos."

"Mas eles vão persuadi-lo e seduzi-lo. Falo dos filhos de Margaret Pole, as antigas casas nobres; eles consideram natural terem o comando, e pretendem obtê-lo. Eles vão desfazer tudo de bom que o senhor fez nos últimos cinco anos. E dizem também que a irmã de Edward Seymour, se Henrique se casar com ela, que ela o reconciliará com Roma."

Ele sorri. "Bem, Me-Chame, em quem você apostaria num embate, em Thomas Cromwell ou na srta. Seymour?"

Mas é claro que Me-Chame tem razão. Seus novos aliados o consideram barato. Veem o próprio triunfo como algo natural, e por uma mera promessa de perdão, ele deve segui-los e trabalhar para eles e se arrepender de tudo que fez. Ele diz: "Não tenho a pretensão de prever o futuro, mas sei de uma ou duas coisas que essa gente ignora".

Nunca se pode saber ao certo o que Wriothesley anda relatando a Gardiner. Com sorte serão assuntos que façam Gardiner coçar a cabeça em assombro e tremer em alarme. Ele diz: "O que você ouve da França? Entendo que muito tem se falado sobre o livro que Winchester escreveu, justificando a supremacia do rei. Os franceses acreditam que ele o escreveu sob coação. Será que ele permite que as pessoas pensem isso?".

"Tenho certeza de que...", começa Wriothesley.

Ele o interrompe: "Não importa. Estou vendo que gosto da imagem que isso cria na minha cabeça, Gardiner choramingando que foi esmagado".

Ele pensa, vejamos se isso voltará para mim. Na opinião de Cromwell, Me--Chame costuma esquecer, durante períodos de algumas semanas, que serve ao bispo. Ele é um jovem irritadiço, tenso, e os berros de Gardiner lhe fazem mal; Cromwell é um amo agradável e fácil de se lidar no dia a dia. Ele disse a Rafe, eu gosto bastante de Me-Chame, sabe? Estou interessado em investir

243

na sua carreira. Gosto de observá-lo. Se um dia eu romper com ele, Gardiner enviará outro espião, que talvez seja pior.

"Pois bem", diz ele, voltando a se unir ao grupo, "é melhor levarmos o pobre Mark para a Torre." O garoto caiu de joelhos e está implorando para não ser enviado de volta para o Natal. "Dê um descanso ao rapaz", diz ele a Richard, "num lugar livre de fantasmas. Ofereça-lhe comida. Quando ele recuperar a coerência, tome sua declaração formal, e que ele a repita diante de várias testemunhas antes de sair daqui. Se ele se mostrar difícil, deixe-o com Christophe e mestre Wriothesley, isso é tarefa deles." Os Cromwell não se esgotam em trabalhos braçais; se foi assim um dia, esse dia ficou para trás. Ele prossegue: "Se quando sair daqui, Mark tentar negar o que disse, eles saberão o que fazer na Torre. Uma vez que tenha a confissão dele garantida e todos os nomes de que necessite, vá até o rei em Greenwich. Ele estará à sua espera. Não confie a mensagem a ninguém. Deposite você mesmo a palavra no ouvido dele".

Richard põe Mark Smeaton de pé, manejando-o como se pegasse um boneco: e sem maior má vontade do que alguém demonstraria para com uma marionete. À mente dele vem, de súbito, um vislumbre do velho bispo Fisher cambaleando até o cadafalso, esquelético e obstinado.

Já são nove da manhã. O orvalho do 1º de maio já evaporou da grama. Por toda a Inglaterra, ramos verdes são trazidos da floresta. Ele tem fome. Poderia comer um naco de carne de carneiro: com funcho, se chegou algum de Kent. Ele precisa se sentar para que o barbeiro faça seu trabalho. Ainda não aperfeiçoou a arte de ditar cartas enquanto é barbeado. Talvez eu deixe crescer a barba, pensa. Pouparia tempo. Só que Hans insistiria em cometer outro retrato contra mim.

A essa hora, em Greenwich, devem estar cobrindo de areia a liça para as justas. Christophe pergunta: "O rei disputará hoje? Será que ele vai lutar contra lorde Norris e matá-lo?".

Não, pensa ele, o rei vai deixar essa tarefa para mim. Passando direto pelas oficinas, as despensas e os molhes, refúgio natural de homens como ele, os pajens disporão almofadas de seda para as damas nas torres que dão vista para o terreiro da justa. Lona, corda e alcatrão dão lugar a damasco e linho fino. O óleo, o fedor e o barulho, o cheiro do rio dão lugar ao perfume de água de rosas e ao murmúrio das damas vestindo a rainha para o dia que se estenderá. Elas limpam os restos da pequena refeição da rainha, as migalhas de pão branco, as fatias de frutas em conserva. Trazem as anáguas, saiotes e mangas, e ela escolhe. Ela é atada e comprimida e amarrada, é polida e empoada e cravejada de pedras preciosas.

Há três ou quatro anos, para justificar seu primeiro divórcio, o rei lançou um livro chamado *Um espelho da verdade*. Partes da obra, dizem, foram escritas de próprio punho.

Agora Ana Bolena pede seu espelho. Ela se vê: a pele ictérica, o pescoço fino, as clavículas como lâminas gêmeas.

Primeiro de maio de 1536: este, certamente, é o último dia da cavalaria. O que acontecer depois disso — e tais torneios continuarão — não será mais que um desfile morto de estandartes, uma disputa de cadáveres. O rei deixará o campo. O dia acabará, destruído, estalado como uma tíbia, cuspido fora como um punhado de dentes quebrados. George Bolena, irmão da rainha, entrará no pavilhão de seda para se desarmar, deixando de lado os favores e prêmios, os pedaços de fita que as damas lhe deram para carregar. Quando sacar o elmo, ele o entregará a seu escudeiro, e verá o mundo com olhos velados, falcões em relevo, leopardos agachados, garras, unhas, dentes: sentirá a cabeça em seus ombros trepidando como gelatina.

Whitehall: naquela noite, sabendo que Norris está sob custódia, ele vai até o rei. Uma breve palavra trocada com Rafe numa antessala: como ele está?

"Bem", responde Rafe, "seria de esperar que ele estivesse marchando de um lado a outro como Edgar, o Pacífico, à procura de alguém em quem enfiar uma lança." Eles trocam um sorriso, lembrando-se da mesa de jantar em Wolf Hall. "Mas ele está calmo. Surpreendentemente calmo. Como se soubesse, há muito tempo. Como se tivesse sentido. E, por sua vontade expressa, está sozinho."

Sozinho: mas com quem ele estaria? Inútil esperar que o Gentil Norris estivesse sussurrando em seu ouvido. Norris era o guardião da bolsa pessoal do rei; agora é de imaginar que o dinheiro do rei tenha sumido e esteja rolando pelas estradas. As harpas dos anjos são arrebentadas, e a discórdia é geral; os cordões da bolsa estão cortados e os laços de seda do vestuário se romperam para derramar carne.

Quando ele surge à entrada, Henrique volta os olhos em sua direção. "Crumb", diz o rei num tom grave. "Venha e sente-se." O rei despacha, com um gesto, as atenções do camareiro que espera junto à porta. Ele tem uma garrafa de vinho e enche sua copa. "Seu sobrinho deve ter lhe contado o que aconteceu no terreiro da justa." Henrique diz em voz baixa: "É um bom menino, Richard, não é?". Seu olhar é distante, como se ele quisesse fugir do assunto. "Eu estava entre os espectadores de hoje, não entrei em cena. Ela, obviamente, estava como sempre: à vontade entre suas damas, seu semblante muito altivo, mas depois sorrindo e parando para conversar com este ou aquele cavalheiro." Ele ri, um som seco, incrédulo. "Ah, sim, ela realmente conversa."

Depois começaram os embates, os arautos chamando cada cavaleiro. Henry Norris não deu muita sorte. Seu cavalo, assustado com algo, vacilou e baixou as orelhas, escoiceou e tentou derrubar seu cavaleiro. (O cavalo pode falhar. Os garotos podem falhar. Os nervos podem falhar.) O rei mandou uma mensagem a Norris lá embaixo, aconselhando-o a se retirar; um substituto seria enviado a ele, algum animal da própria tropa de cavalos de combate do rei, sempre aparados e equipados para o caso de o soberano sentir a vontade súbita de entrar em campo.

"Foi uma cortesia habitual", explica Henrique; e se mexe desconfortável na poltrona, como alguém intimado a se justificar. Ele assente: claro, senhor. Se Norris realmente voltou aos torneios, ele não sabe ao certo. Foi em plena tarde que Richard Cromwell abriu caminho através da multidão até a galeria e se ajoelhou diante do rei; e, com uma palavra, aproximou-se para sussurrar em seu ouvido. "Ele explicou como o músico Mark foi preso", prossegue o rei. "Ele confessou tudo, disse seu sobrinho. Como assim, confessou livremente?, eu lhe perguntei. Seu sobrinho respondeu, nada foi feito contra Mark. Nem um fio do seu cabelo foi tocado."

Ele pensa, mas talvez eu tenha que queimar as asas de pavão.

"E então...", diz o rei. Por um momento ele se detém, como o cavalo de Norris: e cai em silêncio.

Ele não concluirá. Mas ele, Cromwell, já sabe o que ocorreu. Ao ouvir a notícia de Richard, o rei se ergueu de seu lugar. Seus criados o rodearam. Ele sinalizou a um pajem: "Encontre Henry Norris e lhe diga que partirei para Whitehall, agora. Quero a companhia dele".

Não deu nenhuma explicação. Não perdeu tempo. Não falou com a rainha. Mas cruzou milhas e milhas com Norris ao seu lado: Norris perplexo, Norris atônito, Norris quase caindo da sela de pavor. "Eu o interroguei sobre o assunto", conta Henrique. "Sobre a confissão do garoto Mark. Ele só sabia alegar inocência." Mais uma vez aquela risadinha seca, desdenhosa. "Mas depois o tesoureiro o questionou. Norris admite, diz que a amou. Mas quando Fitz afirmou que ele é um adúltero, que ele desejou minha morte para poder se casar com ela, ele respondeu que não, não e não. Você o interrogará, Cromwell, mas quando o fizer, repita o que eu lhe disse quando cavalgávamos. Não pode haver misericórdia. Talvez haja misericórdia apenas se ele confessar e acusar os outros."

"Temos os nomes que Mark Smeaton forneceu."

"Eu não confio nele", diz Henrique, com desprezo. "Como poderia pôr a vida de tantos homens, que considerei meus amigos, nas mãos de um tocador de rabeca? Aguardo alguma corroboração da sua história. Vejamos o que a dama dirá quando for levada."

"As confissões deles serão o suficiente, majestade, com certeza. O senhor sabe quem são os suspeitos. Permita que eu ponha todos sob custódia."

Mas os pensamentos de Henrique já se desviaram.

"Cromwell, o que significa isso, quando uma mulher começa a se virar de um lado e de outro na cama? Oferecendo-se, de todas as maneiras? O que se passa na cabeça dela para fazer uma coisa dessas?"

Há apenas uma resposta. Experiência, senhor. Dos desejos dos homens e dos próprios. Ele não precisa dizer isso.

"Só existe uma forma apropriada para gerar filhos", prossegue Henrique. "O homem se deita sobre ela. A Santa Igreja sanciona essa maneira, nos dias permitidos. Alguns clérigos dizem que, embora seja grave um irmão copular com a irmã, é ainda mais grave que uma mulher monte num homem, ou que um homem tome uma mulher como se ela fosse uma cadela. Por essas práticas, e também por outras que não citarei, Sodoma foi destruída. Temo que qualquer homem ou mulher cristã que seja escravo desses vícios incorrerá em julgamento: o que você diria? Onde uma mulher que não foi criada num prostíbulo poderia adquirir conhecimento de tais coisas?"

"As mulheres conversam entre si", ele responde. "Como os homens."

"Mas uma matrona sóbria, religiosa, cujo único dever é ter um filho?"

"Suponho que ela talvez queira alimentar o interesse do seu bom esposo, senhor. Para que ele não se aventure no Jardim de Paris ou em algum outro lugar de má reputação. Se, digamos, estão casados há muito tempo."

"Mas três anos? Isso é muito?"

"Não, senhor."

"Não faz nem três." Por um momento o rei esquece que não estamos falando dele, mas de um hipotético inglês temente a Deus, um homem dos bosques ou da lavoura. "Onde ela teria a ideia?", ele persiste. "Como saberia que o homem iria gostar?"

Ele engole de volta a resposta óbvia: talvez ela tenha conversado com a irmã, que esteve na sua cama primeiro. Mas agora o rei já partiu de Whitehall e voltou para o interior, para o camponês de dedos nodosos e sua esposa de avental e touca: o homem que se benze e pede licença ao papa antes de apagar a vela entre os dedos e se voltar solenemente à esposa, ela com os joelhos apontados para o teto e ele subindo e descendo o traseiro. Depois, esse casal de Deus, eles se ajoelham junto à cama: unidos em oração.

Mas um dia, enquanto o camponês se dedica à labuta, o pequeno aprendiz de lenhador entra sorrateiramente e põe sua ferramenta para fora: agora, Joan, diz ele, agora, Jenny, empine o traseiro e se deite na mesa e eu lhe ensinarei algo que sua mãe nunca ensinou. E então ela treme; e então ele ensina;

e quando o honesto camponês volta a casa e a monta naquela noite, a cada estocada e gemido ela pensa numa nova maneira de fazer as coisas, uma maneira mais doce, uma maneira mais suja, uma maneira que faz seus olhos se arregalarem de surpresa e o nome de outro homem irromper de sua boca. Doce Robin, diz ela. Doce Adam. E quando o marido recorda que seu nome na verdade é Henrique, isso não o faz coçar a careca?

Anoitece agora, do lado de fora das janelas do rei; seu reino se esfria, seu conselheiro também. Eles precisam de luzes e fogo. Ele abre a porta e subitamente a sala está cheia de gente: em torno da pessoa do rei, os atendentes correm e rodopiam como andorinhas ao crepúsculo. Henrique mal os nota. Ele pergunta: "Cromwell, acha que os rumores não chegaram até mim? Quando qualquer mulher de taberneiro já os ouviu? Sou um homem simples, vê? Ana me disse que era virgem e eu escolhi acreditar nela. Ela mentiu para mim por sete anos, alegando ser uma donzela pura e casta. Se ela pôde manter tamanha mentira, o que mais é capaz de fazer? Pode prendê-la amanhã. E ao irmão. Alguns dos atos alegados contra ela não são passíveis de ser discutidos entre pessoas decentes, para que não sejam encorajadas por esse exemplo a cometer pecados que, caso contrário, elas nem sonhariam que existem. Peço a você e a todos os meus conselheiros que sejam reservados e discretos".

"É fácil", responde ele, "ser enganado quanto à história de uma mulher."

Pois suponhamos que Joan, suponhamos que Jenny teve outra vida antes de sua vida na cabana? Você achava que ela havia crescido numa clareira do outro lado do bosque. Agora descobre, por fontes confiáveis, que ela chegou à maturidade numa cidade portuária e que dançava nua sobre a mesa para os marinheiros.

Ele mais tarde se perguntará, Ana entendeu o que estava por vir? Seria de imaginar que, em Greenwich, ela estaria orando ou escrevendo cartas para seus amigos. Em vez disso, se os relatos são verdadeiros, ela passeou cegamente pelas horas de sua última manhã, fazendo o que sempre costumava fazer: foi às quadras de tênis, onde fez algumas apostas. No fim da manhã, um mensageiro se aproximou para solicitar seu comparecimento perante o conselho do rei, reunido na ausência de sua majestade: na ausência, também, do secretário-mor, que está ocupado em algum outro lugar. Os conselheiros informaram que ela seria acusada de adultério com Henry Norris e Mark Smeaton: e com outro cavalheiro, seu nome por enquanto não mencionado. Que ela iria para a Torre, onde aguardaria o processo. A reação de Ana, contaria Fitzwilliam a ele mais tarde, foi de incredulidade e altivez. Vocês não podem levar uma rainha a julgamento, disse ela. Quem tem competência para julgá-la? Mas depois, quando informada de que Mark e Henry Norris haviam confessado, ela irrompeu em lágrimas.

Da câmara do conselho, ela é escoltada a seus aposentos, para a refeição. Às duas da tarde, ele está rumando para lá, com o lorde chanceler Audley e Fitzwilliam a seu lado. O afável rosto do tesoureiro está vincado pela tensão. "Não fiquei satisfeito esta manhã no conselho, vendo como ela foi informada de modo tão abrupto de que Harry Norris confessou. Ele me confessou que a amava, não confessou nenhum ato."

"E o que você fez, Fitz? Você se pronunciou?"

"Não", responde Audley. "Ele ficou se remexendo e fitando o vazio. Não foi, tesoureiro real?"

"Cromwell!" É Norfolk quem vem rugindo, abrindo caminho aos solavancos em meio à multidão de cortesãos. "Ora, Cromwell! Ouvi dizer que o cantor entoou a música do secretário-mor. O que você fez com ele? Quisera eu ter estado lá. Isso dará uma bela balada para a oficina do tipógrafo. Henrique dedilhando o alaúde, enquanto o alaudista dedilha a fenda da sua esposa."

"Se souber de alguma prensa desse gênero", responde ele, "avise-me e eu mandarei fechá-la."

Norfolk diz: "Mas me escute, Cromwell. Não é minha intenção que aquele saco de ossos seja a ruína da minha nobre casa. Se ela se conduziu com leviandade, isso não deve recair sobre os Howard, apenas sobre os Bolena. E eu não preciso que vocês acabem com Wiltshire. Só quero que tirem aquele título idiota dele. *Monsenhor*, ora por favor". O duque arreganha os dentes de alegria. "Quero vê-lo diminuído, depois de tanto orgulho nos últimos anos. Você há de lembrar que eu jamais promovi esse casamento. Não, Cromwell, isso foi você quem fez. Sempre alertei Henrique Tudor quanto ao caráter dela. Talvez isso o ensine a me ouvir no futuro."

"Milorde", ele diz, "trouxe o mandado?"

Norfolk apresenta o pergaminho com um floreio. Quando eles entram nos aposentos de Ana, os cavalheiros que a atendem estão enrolando a toalha da grande mesa, e ela ainda está sentada sob seu baldaquino de Estado. Ela veste veludo carmesim e vira — o saco de ossos — o perfeito oval marfim que é seu rosto. Difícil pensar que ela comeu algo; há um silêncio alarmado na sala, a tensão visível em cada rosto. Eles devem esperar, os conselheiros, até que a toalha seja enrolada, até que os guardanapos sejam dobrados e que as corretas reverências sejam feitas.

"Então você veio, tio", diz ela. Um fiapo de voz. Um a um, ela os cumprimenta: "Lorde chanceler. Tesoureiro real". Outros conselheiros vão se aglomerando atrás deles. Muitas pessoas, ao que parece, sonharam com este momento; elas sonharam que Ana lhes suplicaria de joelhos. "Lorde Oxford", continua ela. "E William Sandys. Como vai, Sir William?" É como se ela achasse tranquilizador pronunciar o nome de todos. "E você, Cremuel." Ela se inclina para a frente. "Sabe, fui eu que criei você."

"E ele a criou, senhora", devolve Norfolk. "E pode ter certeza de que ele se arrepende."

"Mas eu me arrependi primeiro", responde Ana. Ela ri. "E me arrependo mais."

"Pronta para ir?", pergunta Norfolk.

"Não sei como estar pronta", diz ela simplesmente.

"Apenas venha conosco", diz ele: ele, Cromwell. E estende a mão.

"Eu preferiria não ir para a Torre." A mesma voz miúda, destituída de tudo, exceto de polidez. "Eu gostaria de ver o rei. Não posso ser levada a Whitehall?"

Ela sabe a resposta. Henrique nunca diz adeus. Tempos atrás, num dia de verão com ar quente e parado, ele partiu de Windsor deixando Catarina para trás; nunca tornou a vê-la.

Ana diz: "Certamente, caros senhores, não me levarão assim como estou? Não tenho nenhum apetrecho, nenhuma roupa para trocar, e preciso das minhas damas comigo".

"Suas roupas lhe serão levadas", explica ele. "E mulheres para servi-la."

"Eu gostaria de ter minhas próprias damas da câmara privada."

Olhares são trocados. Ana parece não saber que aquelas mesmas mulheres ofereceram provas contra ela, que se aglomeram em torno do secretário-mor aonde quer que ele vá, ansiosas por contar tudo que ele quiser, desesperadas por se proteger.

"Bem, se não posso ter aquelas da minha escolha... Algumas pessoas da minha criadagem, pelo menos. Para que eu possa me manter em estado apropriado."

Fitz limpa a garganta.

"Senhora, sua criadagem será dissolvida."

Ana se retrai. "Cremuel encontrará lugar para eles", responde ela suavemente. "Ele é bom com os criados."

Norfolk cutuca o lorde chanceler. "Porque cresceu com eles, hã?" Audley desvia o rosto: ele é sempre homem de Cromwell.

"Acho que não irei com nenhum de vocês", diz Ana. "Irei com William Paulet, se ele puder me escoltar, porque no conselho esta manhã todos vocês me desrespeitaram, mas Paulet foi um verdadeiro cavalheiro."

"Por Deus." Norfolk ri. "Vai com Paulet, é? Eu vou enfiá-la embaixo do braço e arrastá-la para a barca com sua bunda no ar. É isso que quer?"

A um só tempo, os conselheiros se voltam para ele e o fulminam com o olhar. "Senhora", diz Audley, "tenha certeza de que será tratada como convém à sua posição."

Ana se põe de pé. Recolhe suas saias vermelhas, erguendo-as, meticulosa, como se não fosse tocar agora o chão comum. "Onde está o senhor meu irmão?"

Foi visto pela última vez em Whitehall, ela é informada: o que é verdade, embora a essa altura os guardas talvez já o tenham levado. "E meu pai, o monsenhor? Isso é o que não entendo", diz ela. "Por que o monsenhor não está aqui comigo? Por que ele não se senta com os senhores e resolve isso?"

"Sem dúvida que haverá uma resolução em breve." O lorde chanceler quase ronrona de prazer. "Será fornecido todo o necessário para mantê-la confortável. Já está tudo providenciado."

"Mas para quanto tempo?"

Ninguém responde. Fora da câmara, quem a aguarda é William Kingston, o condestável da Torre. Kingston é um homem enorme, de porte equivalente ao do próprio rei; ele se comporta com nobreza, mas seu cargo e sua aparência já infligiram terror ao coração dos mais fortes homens. Ele se lembra de Wolsey, quando Kingston viajou até o Norte para prendê-lo: as pernas do cardeal cederam sob seu corpo e ele precisou sentar-se num baú para se recuperar. Deveríamos ter deixado Kingston em casa, sussurra ele a Audley, e levado a rainha nós mesmos. Audley murmura: "Poderíamos ter feito isso, com certeza; mas, secretário-mor, não acha que você mesmo já é bastante assustador?".

Aquilo o espanta, a frivolidade do lorde chanceler, enquanto saem para o ar livre. No atracadouro do rei, as cabeças dos animais de pedra nadam na água, e o mesmo fazem as próprias silhuetas deles, suas formas de cavalheiros, suas figuras rompidas por ondulações, e a rainha virada do avesso, bruxuleando como o reflexo de uma chama numa taça: ao redor, a dança do sol na tarde branda e um enxame de pássaros. Ele conduz Ana à barcaça, uma vez que Audley parece relutante em tocá-la e ela se esquiva de Norfolk; e, como se pescasse os pensamentos de sua mente, ela sussurra: "Cremuel, você nunca me perdoou por Wolsey". Fitzwilliam lhe dirige um olhar de relance, murmura algo que ele não escuta. Fitz era um dos favoritos do cardeal, e talvez eles estejam pensando a mesma coisa: agora Ana Bolena sabe o que é ser expulsa de sua casa e posta numa barca sobre o rio, vendo toda a sua vida se afastar mais e mais a cada mergulho dos remos.

Norfolk ocupa um lugar diante da sobrinha, remexendo-se e estalando a língua com desprezo. "Está vendo? Está vendo agora, senhora? Vê o que acontece com quem rejeita a própria família?"

"Não acho que 'rejeitar' seja a palavra", Audley comenta. "Ela fez justamente o contrário."

Ele crava um olhar furioso em Audley. Ele pediu discrição quanto às acusações contra o irmão dela, George. Não quer que Ana comece a se desesperar e que derrube alguém da barca. Ele se recolhe em si mesmo. Observa a água. Uma comitiva de alabardeiros é sua escolta, e ele admira cada belo fio de machado, o brilho afiado que incide sobre as lâminas. Do ponto de vista da armaria, são surpreendentemente baratas de se produzir, as alabardas. Mas, como armas de guerra, seu tempo provavelmente já passou. Ele pensa na Itália, no campo de batalha, na longa investida dos piques. Há uma casa de pólvora na Torre; ele gosta de entrar lá e conversar com os foguistas. Mas talvez seja melhor deixar isso para outro dia.

Ana diz: "Onde está Charles Brandon? Tenho certeza de que ele vai lamentar não estar vendo isso".

"Está com o rei, suponho", diz Audley. Depois se vira para ele e sussurra: "Envenenando a mente real contra seu amigo Wyatt. Nesse ponto você terá um trabalho dobrado, secretário-mor".

Seus olhos estão pousados na margem distante. "Wyatt é um homem bom demais para perdermos."

O lorde chanceler funga. "Versos não vão salvá-lo. Na verdade, vão condená-lo. Nós sabemos que Wyatt os escreve em forma de charada. Mas creio que o rei talvez sinta que agora elas foram decifradas."

Ele acha que não. Há códigos tão sutis que mudam todo o seu significado em meia linha, ou numa sílaba, ou numa pausa, uma cesura. Ele se orgulha, e voltará a se orgulhar, de não fazer a Wyatt perguntas que o obrigariam a mentir, embora ele possa dissimular. Ana deveria ter dissimulado, Lady Rochford lhe explicou: em sua primeira noite com o rei, ela deveria ter atuado como uma virgem, deitada rígida e chorando. "Mas, Lady Rochford", ele objetou, "diante de tal medo, qualquer homem pode titubear. O rei não é um estuprador."

Oh, certo, respondeu Lady Rochford. Ela deveria ao menos tê-lo lisonjeado. Deveria ter agido como uma mulher que está recebendo uma grata surpresa.

Ele não gostou daquela conversa; sentia no tom de Jane Rochford a peculiar crueldade das mulheres. Elas lutam com as pobres armas que Deus lhes concedeu — malícia, astúcia, habilidade em enganar —, e é provável que, em conversas entre si, ousem adentrar terrenos proibidos onde nenhum homem se atreveria a pôr os pés. O corpo do rei é sem fronteiras, fluido, como seu reino: é uma ilha edificando a si mesma ou se desfazendo, sua substância lavada em águas doces e salgadas; tem suas margens de alagamento, suas extensões pantanosas, suas costas reconquistadas; tem suas marés, emissões e efusões, brejos que entram e saem da conversa das mulheres inglesas, e charcos escuros onde só padres deveriam chafurdar, lampiões na mão.

No rio, a brisa é fria; o verão ainda está semanas à frente. Ana observa a água. Ela ergue os olhos e diz: "Onde está o arcebispo? Cranmer me defenderá, assim como todos os meus bispos, eles devem sua promoção a mim. Tragam Cranmer e ele vai jurar que sou uma boa mulher".

Norfolk se inclina para a frente e fala bem diante de seu nariz: "Um bispo cuspiria em você, sobrinha".

"Eu sou a rainha, e se me fizerem mal, uma maldição se abaterá sobre vocês. Nenhuma chuva cairá até que eu seja libertada."

Um leve gemido de Fitzwilliam. O lorde chanceler diz: "Senhora, foi essa conversa tola sobre maldições e feitiços que a trouxe até aqui".

"Oh, mesmo? Pensei que tivessem dito que eu era uma esposa desleal, está falando agora que também sou feiticeira?"

Fitzwilliam responde: "Não levantamos o assunto de maldições".

"Vocês não podem fazer nada contra mim. Eu prestarei juramento de que sou fiel, e o rei me ouvirá. Vocês não têm nenhuma testemunha. Nem sequer sabem do que me acusar."

"Acusá-la?", retruca Norfolk. "Por que acusá-la?, eu me pergunto. Seríamos poupados de problemas se a atirássemos na água e a afogássemos."

Ana se retrai. Encolhendo-se do tio o máximo possível, ela parece ter o tamanho de uma criança.

Quando a barcaça atraca no molhe do rei, ele vê o auxiliar de Kingston, Edmund Walsingham, de olho no rio; em conversa com ele, Richard Riche. "Bolsinha, o que está fazendo aqui?"

"Pensei que poderia necessitar de mim, senhor."

A rainha salta para terra firme, apoiando-se no braço de Kingston. Walsingham faz uma mesura para ela. Parece agitado; olha em volta, sem saber a que conselheiro se dirigir. "Devemos disparar o canhão?"

"É o costume", responde Norfolk, "não é? Quando uma pessoa importante é trazida para cá, por ordem do rei. E ela é uma pessoa importante, suponho."

"Sim, mas uma rainha...", diz o homem.

"Dispare o canhão", exige Norfolk. "Os londrinos devem saber."

"Acho que eles já sabem", ele diz. "Não viu como corriam ao longo das margens?"

Ana ergue os olhos, esquadrinha os muros de pedra acima de sua cabeça, as janelas estreitas em fenda e as grades. Não há rostos humanos, apenas o bater das asas de um corvo acima dela, e a voz da ave, soando assustadoramente humana. "Harry Norris está aqui?", pergunta ela. "Ele não limpou meu nome?"

"Temo que não", diz Kingston. "Nem o próprio."

Algo acontece então com Ana, que mais tarde ele não entenderá muito bem. Ela parece se dissolver e escorregar das mãos deles, das de Kingston e das suas, parece liquefazer-se e escapar deles, e quando volta a tomar a forma de mulher, está de quatro nas pedras, a cabeça atirada para trás, gritando de sofrimento.

Fitzwilliam, o lorde chanceler e até o tio recuam um passo; Kingston franze o cenho, seu auxiliar balança a cabeça, Richard Riche parece chocado. Ele, Cromwell, a segura — já que ninguém mais o fará — e a levanta. Ela não pesa nada, e quando ele a ergue, seu lamento se quebra, como se sua respiração parasse. Silenciosa, ela se equilibra contra o ombro dele, se apoia em seu corpo: entregue, cúmplice, pronta para a próxima coisa que farão juntos, isto é, matá-la.

Quando eles voltam para a barca real, Norfolk ladra: "Secretário-mor? Preciso ver o rei".

"Uma pena", diz ele, como se genuinamente lamentasse: uma pena, não será possível. "Sua majestade pediu paz e reclusão. Em tais circunstâncias, o senhor certamente faria o mesmo."

"Tais circunstâncias?", ecoa Norfolk. O duque fica emudecido pelo menos por um minuto, à medida que eles lentamente se afastam do canal central do Tâmisa: e fecha a cara, sem dúvida pensando em sua esposa negligenciada e nas chances de que ela o engane. Melhor bufar de desdém, decide o duque. "Eu lhe digo uma coisa, secretário-mor, sei que você é amigo da minha duquesa, então o que me diz? Cranmer pode nos anular, e então você poderá pedir a mão dela. Como é, não vai querer? Ela vem com a própria roupa de cama e uma mula de montaria, e não come muito. Eu darei mais quarenta xelins por ano e fechamos o acordo."

"Milorde, contenha-se", diz Audley ferozmente. Ele é levado ao último recurso de reprovação: "Lembre-se dos seus ancestrais".

"É mais do que Cromwell pode fazer." O duque ri. "Agora me escute, Crumb. Se eu digo que preciso ver o Tudor, nenhum filho de ferreiro me dirá que não."

"Ele pode acabar soldando o senhor", diz Richard Riche. Ninguém notou quando Riche subiu a bordo. "Ele pode tomar para si a tarefa de martelar e remodelar sua cabeça. O secretário tem habilidades que o senhor jamais imaginou."

Uma espécie de vertigem se apoderou deles, uma reação à visão horrível que deixaram no cais. "Ele pode moldá-lo numa forma completamente diferente", acrescenta Audley. "O senhor acorda duque e ao meio-dia virou cavalariço."

"Ele pode derretê-lo", diz Fitzwilliam. "O senhor começa como duque e termina uma poça de chumbo."

"O senhor pode viver seus últimos dias como um tripé", continua Riche. "Ou uma dobradiça."

Ele pensa, você precisa rir, Thomas Howard, precisa rir ou explodir em chamas: qual vai ser? Se entrar em combustão, pelo menos podemos jogar água em você. Com um espasmo, uma trepidação, o duque lhes dá as costas para se recompor. "Diga a Henrique...", diz Norfolk, "diga-lhe que eu a renego. Diga que não a chamo mais de sobrinha."

Ele, Cromwell, responde: "Terá sua chance de mostrar lealdade. Se houver um julgamento, o senhor presidirá o tribunal".

"Ao menos achamos que esse é o procedimento", opina Riche. "Nenhuma rainha jamais foi julgada antes. O que diz o lorde chanceler?"

"Não digo nada." Audley ergue as mãos. "Você, Wriothesley e o secretário-mor já arranjaram tudo entre si, como costumam fazer. Só uma coisa: Cromwell, você não deixará que o conde de Wiltshire esteja entre os juízes, certo?"

Ele sorri. "O pai dela? Não. Eu não faria isso."

"Como vamos acusar lorde Rochford?", pergunta Fitzwilliam. "Se é que ele deve ser acusado?"

Norfolk diz: "Serão três no julgamento? Norris, Rochford e o violinista?".

"Ah, não, senhor", ele responde calmamente.

"Há outros? Santo Deus!"

"Quantos amantes ela teve?", pergunta Audley, com uma avidez mal disfarçada.

Riche diz: "Lorde chanceler, viu o rei? Eu o vi. Ele está pálido e debilitado pela pressão. Só isso já configura traição, se seu régio corpo sofrer algum dano. Na verdade, acho que podemos dizer que já houve danos".

Se cães pudessem farejar traição, Riche seria um príncipe entre os cães farejadores.

Ele diz: "Minha mente está aberta quanto à forma como esses cavalheiros devem ser acusados, se por acobertarem uma traição ou por traição em si. Se eles se dizem apenas testemunhas de crimes de outros, devem dizer quem são os outros, devem nos contar, sincera e abertamente, o que sabem; mas, se ocultarem nomes, somos forçados a suspeitar que eles mesmos estejam entre os culpados".

O estrondo do canhão os pega desprevenidos, fazendo estremecer a água; você sente o solavanco por dentro, nos ossos.

Naquela noite, chega até ele uma mensagem de Kingston, na Torre. Anote tudo que ela disser e tudo que fizer, ele ordenou ao condestável, e Kingston — um homem obediente, cortês e prudente, embora às vezes obtuso — é alguém em quem se pode confiar para cumprir essa ordem. Enquanto os conselheiros se afastavam em direção à barca, Ana perguntou: "Mestre Kingston, eu irei para um calabouço?". Não, alteza, ele lhe assegurou, a senhora terá os aposentos onde dormiu antes de sua coroação.

Ao ouvir isso, relata Kingston, ela desabou em violenta choradeira. "Não sou digna. Que Jesus tenha misericórdia de mim." Então ela se ajoelhou nas pedras e rezou e chorou, diz o condestável: e depois, muito estranhamente, ou assim lhe pareceu, começou a rir.

Sem dizer uma palavra, ele passa a carta a Wriothesley. Que ergue os olhos do papel e, quando fala, é num murmúrio: "O que ela fez, secretário-mor? Talvez algo que ainda nem imaginamos".

Ele encara Wriothesley, exasperado. "Não vai começar com aquela história de bruxaria, vai?"

"Não. Mas… Se ela diz que é indigna, está dizendo que é culpada. Ou assim me parece. Mas não sei culpada de quê."

"O que foi que eu disse? Quanto ao tipo de verdade que queremos? Por acaso eu disse toda a verdade?"

"O senhor disse, somente a verdade que possamos usar."

"Reitero a ideia. Mas sabe, Me-Chame, eu não deveria ter que reiterar. Você absorve rápido as coisas. Uma vez deveria ter sido o bastante."

É uma noite quente e ele se senta junto a uma janela aberta, com seu sobrinho Richard como companhia. Richard sabe quando ficar em silêncio e quando falar; é de família, ele imagina. Rafe Sadler é a única outra companhia que ele teria apreciado, mas Rafe está com o rei.

Richard ergue os olhos. "Recebi uma carta de Gregory."

"Ah, sim?"

"O senhor conhece as cartas de Gregory."

"O sol está brilhando. Tivemos boa caça e grande júbilo. Eu estou bem, como vai o senhor? E agora me despeço por falta de tempo."

Richard assente. "Ele não muda, o Gregory. Ou melhor, muda sim, acho. Ele quer vir para cá e estar com o senhor nessa hora. Ele deveria estar com o senhor, é o que ele pensa."

"Eu estava tentando poupá-lo."

"Eu sei. Mas talvez devesse permitir que ele venha. Não pode conservá-lo como uma criança para sempre."

Ele pondera. Se seu filho deve se acostumar ao serviço do rei, talvez ele precise saber o que está envolvido nisso. "Pode me deixar a sós", diz ele a Richard. "Escreverei a Gregory."

Richard faz uma pausa para trancar lá fora o ar da noite. Tendo saído do cômodo, sua voz se prolonga no corredor, dando ordens gentis: tragam o casaco de pele do meu tio, ele talvez precise, e levem também mais velas. Ele às vezes se surpreende quando vê que alguém se preocupa com ele, que se preocupa a ponto de pensar em seu conforto físico: exceto por seus criados, que são pagos para isso. Ele imagina como estará a rainha em meio a seus novos serviçais na Torre: Lady Kingston foi incluída entre suas atendentes, e embora ele tenha disposto mulheres da família Bolena a sua volta, talvez não sejam aquelas que Ana teria escolhido. São mulheres experientes, que saberão para que lado está correndo a maré. Elas prestarão bastante atenção nos choros e risos, e a quaisquer palavras como "Não sou digna".

Ele acredita que entende Ana, tanto quanto Wriothesley não entende. Quando Ana disse que não era boa o suficiente para os aposentos de rainha, ela não pretendia admitir a culpa, mas dizer esta verdade: não sou digna disso, e não sou digna porque fracassei. Uma única coisa ela se propôs a fazer nesta vida: conquistar Henrique e conservá-lo. Ela o perdeu para Jane Seymour, e nenhum tribunal a julgará mais severamente do que ela julga a si mesma. Desde que Henrique partiu a galope ontem, deixando-a para trás, ela tem sido uma impostora, como uma criança ou um bobo da corte, vestida com o figurino de uma rainha e agora obrigada a viver em aposentos de rainha. Ela sabe que o adultério é um pecado e que a traição é um crime, mas o pior é estar do lado perdedor.

Richard enfia a cabeça pela porta outra vez e pergunta: "Sua carta, devo escrevê-la pelo senhor? Para poupar seus olhos?".

Ele diz: "Ana está morta para si mesma. Não teremos mais problemas com ela".

Ele pediu ao rei que não saísse de sua câmara privada, que admitisse o menor número possível de pessoas. Instruiu rigorosamente os guardas a mandarem embora peticionários, fossem homens ou mulheres. Ele não quer o julgamento do rei contaminado, como bem poderia ocorrer, pela última pessoa com quem tiver falado; não quer Henrique sendo persuadido ou seduzido ou desviado da rota. Henrique parece disposto a obedecê-lo. Nos últimos anos, o rei vem mostrando uma inclinação a se retirar das vistas públicas: antes, porque queria estar com sua concubina Ana, e depois porque queria estar sem ela. Atrás de sua câmara privada, ele tem seus aposentos secretos; e às vezes, depois que é ajeitado em sua grande cama e a cama é abençoada, depois que as velas foram apagadas, ele afasta a colcha de damasco e desliza do colchão e das almofadas para uma câmara secreta, onde deita sorrateiramente em outra cama, esta não oficial, e dorme como um homem natural, nu e sozinho.

De forma que é no silêncio abafado desses aposentos secretos, cobertos por tapeçarias retratando a Queda do Homem, que o rei lhe diz: "Cranmer enviou uma carta de Lambeth. Leia para mim, Cromwell. Já mandei lerem uma vez, mas queira ler novamente".

Ele pega o papel. É possível sentir Cranmer se retraindo de medo enquanto escreve, torcendo para que a tinta escorra e borre as palavras. A rainha Ana o favoreceu; Ana deu-lhe ouvidos e promoveu a causa do Evangelho; Ana também o usou, mas Cranmer jamais conseguirá ver isso. *"Estou em tal perplexidade",* escreveu ele, *"que minha mente se encontra em puro assombro; pois nunca tive de mulher alguma opinião melhor do que tive dela."*

Henrique o interrompe: "Veja você que todos fomos enganados".

"... o que me leva a pensar", lê ele, *"que ela não poderia ser culpada. No entanto, creio que vossa alteza não teria ido tão longe caso não fosse ela indubitavelmente culpada."*

"Espere até ele saber de tudo", diz Henrique. "Nunca deve ter ouvido algo semelhante. Pelo menos espero que não. Não creio que já tenha ocorrido no mundo inteiro alguma coisa desse tipo."

"Pois creio que vossa graça sabe melhor que ninguém que, afora vossa graça, fui ligado a ela acima de todas as criaturas vivas..."

Henrique interrompe de novo: "Mas você verá que adiante ele dirá que, se ela é culpada, deve ser punida sem misericórdia e transformada num exemplo. Considerando-se que ela não era nada antes que eu a elevasse. E diz também que ninguém que ama o Evangelho vai defendê-la, na verdade vão odiá-la".

Cranmer acrescenta: *"Por isso confio que vossa graça não concederá à verdade do Evangelho favorecimento menor do que concedeu outrora, uma vez que o favorecimento de vossa graça para com o Evangelho não foi incitado pela afeição por ela, mas pelo zelo à verdade".*

Ele, Cromwell, baixa a carta. Parece ser basicamente isso. Ela não pode ser culpada. Contudo, deve ser culpada. Nós, seus irmãos, a repudiamos.

Ele diz: "Senhor, se necessita de Cranmer, mande buscá-lo. Poderiam confortar-se um ao outro, e talvez, juntos, tentar entender tudo isso. Direi aos seus homens que deixem entrar o arcebispo. O senhor parece necessitar de ar fresco. Desça para o jardim privado. Vossa majestade não será perturbado".

"Mas eu não vi Jane", protesta Henrique. "Quero olhar para ela. Podemos trazê-la aqui?"

"Ainda não, senhor. Espere até que esse assunto esteja mais avançado. Há rumores nas ruas e multidões que desejam vê-la, e baladas zombando dela."

"Baladas?" Henrique está chocado. "Descubra os autores. Devem ser punidos com severidade. Não, você tem razão, não devemos trazer Jane aqui até que o ar esteja puro. Então vá você até ela, Cromwell. Quero que leve certo presente." Dentre seus papéis, Henrique saca um livrinho decorado com joias: do tipo que uma mulher leva na cintura, preso a uma corrente de ouro. "Pertenceu à minha esposa", diz o rei. Depois ele se dá conta e desvia o olhar, envergonhado. "Quero dizer, pertenceu a Catarina."

Ele não quer perder tempo indo até a casa de Carew em Surrey, mas, ao que parece, precisará ir. É uma casa de boas proporções, erguida há cerca de trinta anos, com um grande salão particularmente esplêndido e muito copiado por cavalheiros ao construírem suas próprias casas.

Ele já esteve aqui antes, com o cardeal. Ao que parece, desde então Carew trouxe italianos para replanejar os jardins. Os jardineiros tiram seus chapéus de palha para ele. Os passeios estão entrando em sua glória de início de verão. Pássaros piam num aviário. A grama é mantida tão curta quanto uma peça de veludo. Ninfas o observam com olhos de pedra.

Agora que as coisas estão se inclinando para um certo lado, e para um certo lado apenas, os Seymour começaram a ensinar a Jane como ser uma rainha. "Isso que você faz com as portas", diz Edward Seymour. Jane apenas o olha. "Esse seu jeito de segurar a porta, de deixá-la parada enquanto você dá a volta nela."

"Você me disse para ser discreta." Jane baixa os olhos, para mostrar ao irmão o que discrição significa.

"Vamos lá. Saia da sala", pede Edward. "Depois volte a entrar. Como uma rainha, Jane."

Jane sai discretamente. A porta range atrás dela. No hiato, os homens se entreolham. A porta se abre. Há uma longa pausa; uma pausa régia, talvez. O vão da porta segue vazio. Depois Jane surge, esgueirando-se pelo canto. "Assim está melhor?"

"Sabe o que eu acho?", ele diz. "Acho que a partir de agora Jane não vai mais abrir porta nenhuma para entrar, então não importa."

"Eu acredito", opina Edward, "que essa modéstia poderia diminuir. Olhe para mim, Jane. Quero ver sua expressão."

"Mas o que o faz pensar", murmura Jane, "que quero ver a sua?"

Na galeria, toda a família está reunida. Os dois irmãos, o prudente Edward e o precipitado Tom. O valoroso Sir John, esse bode velho. Lady Margery, notável beldade em sua juventude, sobre quem John Skelton um dia escreveu uma linha: "benigna, cortês e mansa", assim ele a chamou. A mansidão não está evidente hoje: ela parece sombriamente triunfante, como uma mulher que arrancou um sucesso da vida, mesmo tendo levado quase sessenta anos para isso.

Bess Seymour, a irmã viúva, aparece. Ela traz nas mãos um pacote envolto em linho. "Secretário-mor", cumprimenta ela, com uma reverência. Depois se dirige ao irmão: "Aqui está, Tom, segure isso. Sente-se, irmã".

Jane senta-se num banquinho. Mais parece que vão lhe entregar uma lousa e ensinar a Jane o abecedário. "Muito bem", prossegue Bess. "Basta disto aqui." Por um momento ela parece estar atacando a irmã: puxa vigorosamente o toucado em meia-lua até arrancá-lo, vira o véu e despeja o bolo de panos nas mãos já prontas de sua mãe.

Jane, em sua touca branca, parece nua e sofrida, o rosto tão pequeno e pálido quanto o de um doente. "Tiremos essa touca também, e comecemos do zero", ordena Bess. Ela se atrapalha com a tira de pano atada sob o queixo da irmã. "O que você fez com isso, Jane? Parece até que andou chupando essa coisa." Lady Margery saca tesouras de bordado. Com um picote, Jane é liberta. Bess rapidamente arranca a touca, e os cabelos pálidos de Jane, uma fina fita de luz, se derramam sobre seu ombro. Sir John pigarreia e desvia o olhar, o velho hipócrita: como se tivesse visto alguma coisa que ultrapassa o âmbito masculino. O cabelo tem um momento de liberdade antes de ser puxado para trás por Lady Margery, que então o enrola na mão sem o menor afeto, como se fosse um novelo de lã; Jane contrai o rosto enquanto seu cabelo é puxado para cima da nuca, enrolado e amontoado sob uma touca nova, mais rígida. "Agora prendemos com grampos", diz Bess. Ela trabalha, absorta. "É mais elegante, se você conseguir aguentar."

"Eu mesma nunca gostei de fitas", diz Lady Margery.

"Obrigada, Tom", agradece Bess, e pega o pacote. Ela desfaz o embrulho. "Touca mais justa", decreta ela. A mãe aperta como lhe é indicado, enfia os grampos. No instante seguinte, uma caixa feita de tecido é assentada na cabeça de Jane. Seus olhos se reviram, como se pedindo ajuda, e ela profere um balido baixo quando a estrutura de arame morde seu couro cabeludo. "Bem, estou surpresa", diz Lady Margery. "Sua cabeça é maior do que eu pensava, Jane." Bess se esforça para dobrar o arame. Jane segue muda. "Assim está bem", diz Lady Margery. "Vai ceder um pouco. Puxe para baixo. Vire as abas para cima. Na altura do queixo, Bess. É como a antiga rainha gostava." Ela recua um passo para avaliar a filha, agora aprisionada num antiquado toucado triangular, do tipo que não era visto desde o surgimento de Ana. Lady Margery suga os lábios em avaliação e estuda a filha. "Está torto", declara.

"É Jane que está torta, eu acho", opina Tom Seymour. "Sente-se direito, irmã."

Jane põe as mãos na cabeça, cautelosamente, como se a construção estivesse quente. "Não mexa", ordena a mãe. "Você já usou um desses antes. Vai se acostumar."

De algum lugar, Bess faz surgir um belo véu negro. "Fique parada." Ela começa a fixá-lo na parte de trás da caixa, o rosto absorto. Ai, isso é o meu pescoço, reclama Jane, e Tom Seymour dá uma risada cruel; alguma piada interna dele, imprópria demais para compartilhar, mas não para adivinhar. "Sinto muito em fazê-lo esperar, secretário-mor", diz Bess, "mas ela tem que dar um jeito nisso. Não podemos deixar que ela lembre o rei de... o senhor sabe quem."

Só tomem cuidado, pensa ele, desconfortável: faz apenas quatro meses que Catarina morreu, talvez o rei não queira que o lembrem dela tampouco.

"Temos várias outras estruturas à disposição", diz Bess à irmã, "então, se você realmente não conseguir equilibrar isso, podemos tirar a coisa toda e tentar de novo."

Jane está de olhos fechados. "Tenho certeza de que esta servirá."

"Como encontraram essas coisas tão rápido?", pergunta ele.

"Estavam guardadas", explica Lady Margery. "Em baús. Por mulheres como eu, que sabiam que seriam necessárias novamente. Não veremos as modas francesas agora, não por muitos anos, por Deus."

O velho Sir John conta: "O rei mandou joias para ela".

"Coisas que La Ana não usava", diz Tom Seymour. "Mas todas virão para Jane em breve."

Bess comenta: "Imagino que Ana não precisará de nada disso no convento".

Jane ergue os olhos; e agora ela o faz: agora ela encontra os olhos de seus irmãos e desvia os seus novamente. É sempre uma surpresa ouvir sua voz, tão suave e tão inexperiente, seu tom tão em desacordo com o que ela tem a dizer: "Não vejo como isso pode funcionar, o convento. Primeiro Ana diria que está esperando o filho do rei. Então ele seria obrigado a esperar, e em vão, pois é sempre em vão. Depois ela pensaria em novas formas de protelação. E nesse meio-tempo nenhum de nós estaria seguro".

Tom acrescenta: "Ela conhece segredos de Henrique, ouso dizer. E os venderia aos seus amigos franceses".

"Não que eles sejam mesmo amigos dela", comenta Edward. "Não mais."

"Mas ela tentaria", diz Jane.

Ele os observa, cerrando fileiras: uma boa e velha família inglesa. Ele pergunta a Jane: "Você faria tudo que pudesse para arruinar Ana Bolena?". Seu tom não implica censura; ele está apenas interessado.

Jane pondera: mas apenas por um momento. "Ninguém precisa tramar a ruína dela. Ninguém é culpado por isso. Ela arruinou a si mesma. Ninguém pode fazer o que Ana Bolena fez e viver até a velhice."

Ele precisa estudar Jane agora, a expressão em seu rosto voltado para baixo. Quando Henrique cortejava Ana, ela encarava o mundo diretamente, o queixo erguido, os olhos rasos como piscinas de escuridão contra a luz de sua pele. Mas um só olhar de espreita é o bastante para Jane, e ela logo lança os olhos novamente para baixo. Sua expressão é comedida, meditativa. Ele já viu esse tipo antes. Há quarenta anos que ele vem observando pinturas. Quando era menino, antes de fugir da Inglaterra, uma pintura para ele era uma vulva aberta rabiscada com carvão num muro, ou um santo de olhos inexpressivos que alguém observava enquanto bocejava na missa de domingo. Mas em Florença os mestres pintavam virgens de pele de prata, recatadas, relutantes, cujo destino se movia em seu interior, um lento reconhecimento impresso em seu sangue; seus olhos eram voltados para dentro, para imagens de dor e glória. Será que Jane viu aquelas pinturas? Quem sabe os mestres não tiravam inspiração da vida, estudando o rosto de uma mulher prometida, uma mulher sendo conduzida por sua família às portas da igreja? Touca francesa, toucado em triângulo, nada disso é suficiente. Se Jane pudesse velar seu rosto por completo, ela o faria, e assim esconderia seus cálculos do mundo.

"Pois bem", diz ele, constrangido por atrair a atenção de volta para si. "A razão da minha visita é que o rei me enviou com um presente."

Está envolto em seda. Jane ergue os olhos enquanto revira o embrulho nas mãos. "Uma vez o senhor me deu um presente, mestre Cromwell. E, naqueles dias, ninguém mais o fazia. Pode ter certeza de que eu me lembrarei disso, quando estiver em meu poder fazer-lhe bem."

Sir Nicholas Carew acaba de fazer sua entrada no recinto, a tempo de ouvir a frase de Jane e franzir o cenho. Carew não costuma entrar em salas à maneira dos homens comuns, mas avança como uma máquina de cerco ou uma formidável catapulta: e agora, ao parar diante de Cromwell, parece querer bombardeá-lo. "Ouvi falar das tais baladas", diz ele. "Não pode suprimi-las?"

"Não é nada pessoal. Apenas libelos requentados da época em que Catarina era rainha e Ana era a pretendente."

"Os dois casos não são semelhantes de forma alguma. De um lado, uma dama virtuosa, do outro…" As palavras faltam a Carew; e de fato, com a condição judicial de Ana incerta, as acusações ainda não enquadradas, é difícil descrevê-la. Se é uma traidora, ela está, até o veredicto do tribunal, tecnicamente morta; embora na Torre, segundo Kingston, ela coma com suficiente vontade, e ria, como Tom Seymour, de piadas secretas.

"O rei está reescrevendo antigas canções", ele diz. "Reformulando as referências. A dama morena é retirada e entra a dama loura. Jane sabe como essas coisas se passam. Ela acompanhou a antiga rainha. Se uma pequena donzela como Jane já não tem ilusões, talvez deva se desfazer das suas também, Sir Nicholas. Está velho demais para isso."

Jane permanece sentada imóvel com seu presente nas mãos, ainda embrulhado. "Pode abrir, Jane", diz sua irmã, gentilmente. "Seja o que for, é seu agora."

"Eu estava ouvindo o secretário-mor", explica Jane. "Pode-se aprender muito com ele."

"Lições que dificilmente servirão para você", comenta Edward Seymour.

"Não sei. Dez anos sob o treinamento do secretário-mor e talvez eu aprenda a me defender."

"Seu feliz destino", diz Edward, "é ser uma rainha, não uma secretária."

"Então você dá graças a Deus por eu ter nascido mulher?"

"Agradecemos a Deus de joelhos todos os dias", decreta Tom Seymour, com desajeitada galanteria. É algo novo para ele, sua humilde irmã exigindo elogios, e sua reação é lenta. Dirige ao irmão Edward um olhar e um dar de ombros: desculpe, é o melhor que posso fazer.

Jane desembrulha seu presente. Ela passa a corrente entre os dedos; é tão fina quanto um fio de seu próprio cabelo. Ela deposita o minúsculo livro na palma da mão e o vira. No esmalte preto e dourado da capa, duas iniciais estão gravadas em rubis, e entrelaçadas: "H" e "A".

"Não se preocupe, as pedras podem ser substituídas", diz ele rapidamente. Jane lhe devolve o objeto. Ficou com uma expressão abatida; ela ainda não sabe quão avarento pode ser o rei da Inglaterra, esse príncipe tão magnífico. Henrique deveria ter me avisado, pensa ele. Sob a inicial de Ana ainda se pode distinguir o "C". Ele passa o presente a Nicholas Carew. "Deseja vê-lo?"

O cavaleiro abre o livro, atrapalhando-se com o pequeno fecho. "Ah", diz ele. "Uma oração em latim. Ou é um verso da Bíblia?"

"Posso?" Ele o pega de volta. "Este é o Livro dos Provérbios. 'Mulher virtuosa, quem a achará? Seu valor muito excede ao dos rubis.'" Evidentemente não excede, ele pensa: três presentes, três esposas e só uma conta no joalheiro. Ele diz a Jane, sorrindo: "Conhece essa mulher que é mencionada aqui? Sua roupa é de seda e púrpura, diz o autor. Eu poderia lhe dizer muito mais sobre ela, de versículos que não cabem nesta página".

Edward Seymour comenta: "Você deveria ter sido bispo, Cromwell".

"Edward", ele responde, "eu deveria ter sido papa."

Ele está prestes a se retirar, quando Carew ergue um dedo peremptório. Ó Senhor Jesus, murmura ele para si mesmo, agora estou encrencado por não ter sido humilde o suficiente. Carew o arrasta de lado. Mas não é para repreendê-lo. "A princesa Maria", murmura Carew, "tem muitas esperanças de ser chamada para junto do seu pai. Que melhor remédio e conforto num momento como esse, para o rei, do que ter a filha do seu verdadeiro casamento na sua casa?"

"Maria ficará melhor onde está. Os assuntos discutidos aqui, no conselho e na rua, não são para os ouvidos de uma menina."

Carew fecha o cenho. "Talvez você tenha certa razão. Mas ela aguarda mensagens do rei. Presentes."

Presentes, ele pensa; isso pode ser providenciado.

"Há damas e cavalheiros na corte", prossegue Carew, "que desejam subir ao Norte para prestar seus respeitos, e se a princesa não puder ser conduzida para cá, certamente os termos do seu confinamento devem ser amenizados, não? Duvido muito que seja apropriado que haja mulheres Bolena em torno dela agora. Talvez sua antiga governanta, a condessa de Salisbury..."

Margaret Pole? Aquele encarquilhado machado de batalha papista? Mas esse não é o momento para apresentar verdades difíceis a Sir Nicholas; isso pode esperar. "O rei vai deliberar", proclama ele confortavelmente. "É um assunto íntimo de família. Ele saberá o que é melhor para sua filha."

À noite, quando as velas estão acesas, Henrique derrama lágrimas fáceis por Maria. Mas à luz do dia ele a vê como ela é: desobediente, obstinada, ainda inflexível. Quando tudo isso estiver arrumado, diz o rei, voltarei minha atenção aos meus deveres como pai. Fico triste porque Lady Maria e eu nos afastamos. Depois de Ana, a reconciliação será possível. Mas, acrescenta ele, haverá certas condições. As quais, anote minhas palavras, minha filha Maria terá que aceitar.

"Só mais uma coisa", diz Carew. "Você precisa incluir Wyatt nisso."

Em vez disso, ele manda buscarem Francis Bryan. Francis entra sorrindo: considera-se um homem intocável. Seu tapa-olho é decorado com uma pequena esmeralda cintilante, o que provoca um efeito sinistro: um olho verde e o outro...

Ele observa o outro olho. Diz: "Sir Francis, de que cor são seus olhos? Quero dizer, seu olho?".

"É vermelho, geralmente", responde Bryan. "Mas eu tento não beber durante a Quaresma. Ou o Advento. Ou às sextas-feiras." Ele soa lúgubre. "Por que estou aqui? Você sabe que estou do seu lado, não sabe?"

"Só o convidei para jantar."

"Você convidou Mark Smeaton para jantar. E veja onde ele está agora."

"Não sou eu quem duvida do senhor", ele explica, com um pesado suspiro digno de um bom ator. (Como ele adora conversar com Sir Francis.) "Não sou eu, mas o mundo em geral, que pergunta onde está sua lealdade. O senhor é, naturalmente, parente da rainha."

"Também sou parente de Jane." Bryan ainda está à vontade, e o demonstra se recostando na cadeira, os pés estendidos sob a mesa. "Eu realmente não achei que precisaria ser interrogado."

"Estou falando com todos que são próximos da família da rainha. E o senhor certamente é próximo, esteve com eles desde o início; o senhor não foi a Roma, a fim de conseguir o divórcio do rei, de pressionar em nome da causa Bolena entre os melhores deles? Mas o que tem a temer? O senhor é um antigo cortesão, sabe de tudo. Se usado sabiamente, e compartilhado sabiamente, o conhecimento pode lhe servir de proteção."

Ele espera. Bryan se aprumou na cadeira.

"E o senhor quer agradar ao rei", prossegue ele. "Tudo que peço é a certeza, se o senhor for convocado, de que confirmará tudo que eu solicitar."

Ele poderia jurar que Francis transpira vinho gascão, vazando de seus poros aquela substância bolorenta e vagabunda que ele vem comprando barato e vendendo caro às próprias adegas do rei.

"Ouça, Crumb", diz Bryan. "O que eu sei é que Norris sempre se imaginava copulando com ela."

"E o irmão, o que imaginava?"

Bryan dá de ombros. "Ela foi enviada à França e os dois só se conheceram quando adultos. Já vi essas coisas acontecerem, você não?"

"Não, não posso dizer que já tenha visto. Nunca apelávamos para o incesto, na minha terra; Deus sabe que tínhamos uma boa gama de crimes e pecados, mas havia áreas que nossa fantasia não alcançava."

"Você viu isso na Itália, posso apostar. Só que às vezes as pessoas veem e não se atrevem a mencionar."

"Eu ouso mencionar qualquer coisa", replica ele com calma. "Como o senhor verá. Minha imaginação pode estar um pouco atrasada quanto às revelações de cada dia, mas tenho me esforçado muito para me atualizar."

"Agora que ela não é rainha...", diz Bryan, "porque ela não é mais, é?... agora posso chamá-la do que ela é, uma cadela no cio, e onde teria melhor oportunidade que com a própria família?"

Ele diz: "Então, segundo esse raciocínio, o senhor acha que ela chega a esse ponto com tio Norfolk? Poderia até ser com o senhor, Sir Francis, já que ela tem gosto por parentes. O senhor é um homem galante".

"Ó Cristo", exclama Bryan. "Cromwell, você não faria isso."

"São apenas suposições. Mas, já que estamos juntos nessa questão, ou ao menos parecemos estar, o senhor poderia me fazer um favor? Ir até Great Hallingbury e preparar meu amigo lorde Morley para o que está por vir. Não é o tipo de notícia que se pode transmitir por carta, não quando esse amigo já é um senhor de idade."

"Você acha que é melhor face a face?" Uma risada incrédula. "Meu senhor, devo dizer que venho em pessoa para poupá-lo de um choque: sua filha Jane em breve será viúva, porque o marido será decapitado por incesto."

"Não, deixemos a questão do incesto para os padres. É por traição que ele morrerá. E não sabemos se o rei escolherá a decapitação."

"Não creio que eu consiga fazer isso."

"Mas eu creio. Tenho muita fé no senhor. Pense nisso como uma missão diplomática. O senhor já cumpriu missões dessa ordem. Não sei como, mas cumpriu."

"Sóbrio", responde Francis Bryan. "Mas precisarei de uma bebida para esta. E sabe, eu tenho pavor de lorde Morley. Ele vive puxando algum antigo manuscrito de algum lugar e dizendo, 'Olhe aqui, Francis!', e dando gargalhadas das piadas escritas. E você conhece meu latim, é de deixar qualquer garoto bem-educado com vergonha."

"Não me venha com histórias. Sele seu cavalo. Mas, antes de partir para Essex, faça-me ainda outro favor. Vá ver seu amigo Nicholas Carew. Diga-lhe que estou de acordo com suas demandas e que falarei com Wyatt. Mas avise a ele, diga-lhe para não me pressionar, porque eu não serei pressionado. Lembre Carew de que pode haver mais prisões, ainda não sou capaz de dizer de quem. Ou melhor, se sou capaz, não estou disposto. Entenda, e faça com que seus amigos entendam, que preciso ter a mão livre para manobrar. Não sou o criado de mesa deles."

"Estou liberado?"

"Livre como o vento", ele responde, suavemente. "Mas e quanto ao jantar?"

"Pode ficar com meu prato", responde Francis.

Embora a câmara do rei esteja escura, Henrique diz: "Precisamos olhar dentro do espelho da verdade. Acho que tenho culpa por não admitir aquilo de que suspeitava".

Henrique olha para Cranmer como se dissesse, é sua vez agora: eu admito minha culpa, então me dê absolvição. O arcebispo parece perturbado; ele não sabe o que Henrique dirá em seguida, ou se pode confiar em si mesmo para responder. Cambridge jamais o treinou para uma noite como essa. "O senhor não foi negligente", diz ele ao rei, e dirige um olhar interrogativo, como uma agulha comprida, para ele, Cromwell. "Nesses assuntos, certamente a acusação não deve vir antes da prova."

"Você deve ter em mente", ele diz a Cranmer, pois ele está brando, acessível e cheio de frases, "deve ter em mente que não só eu, mas todo o restante do conselho investigou os cavalheiros que agora são acusados. E o conselho o convocou, apresentou-lhe o assunto e você não fez objeção. Como você mesmo disse, não teríamos ido tão longe no assunto sem graves considerações."

"Quando olho para trás", proclama Henrique, "tantas peças passam a se encaixar... Fui enganado e traído. Tantos amigos perdidos, amigos e bons criados, perdidos, alienados, exilados da corte. E pior... eu penso em Wolsey. A mulher a quem chamei de esposa tramou contra ele com toda a sua engenhosidade, com todas as armas da astúcia e do rancor."

Qual esposa seria esta? Tanto Catarina quanto Ana agiram contra o cardeal. "Não sei por que fui tão ultrajado", prossegue Henrique. "Mas Agostinho não chamou o casamento de 'vestuário mortal e servil'?"

"Crisóstomo", Cranmer murmura.

"Não vamos nos ater a isso", diz ele, Cromwell, apressadamente. "Se este casamento for dissolvido, majestade, o Parlamento pedirá que se case de novo."

"Creio que sim. Como pode um homem cumprir seu dever, para com seu reino e para com Deus? Nós pecamos até no próprio ato da geração. Precisamos ter filhos, sobretudo os reis, e ainda assim somos advertidos contra a luxúria mesmo no casamento, e algumas autoridades dizem, não é verdade?, que amar sua esposa imoderadamente é uma espécie de adultério."

"Jerônimo", sussurra Cranmer: como se estivesse prestes a renegar o santo. "Mas há muitos outros ensinamentos que são mais reconfortantes, e que louvam o estado matrimonial."

"Rosas tiradas dos espinhos", diz ele. "A Igreja não oferece muito conforto ao homem casado, embora Paulo diga que devemos amar nossa esposa. É difícil, majestade, não pensar que o casamento é inerentemente pecaminoso, já que os celibatários passaram muitos séculos dizendo que são melhores que nós. Mas não são melhores. A repetição de falsos ensinamentos não os torna verdadeiros. Concorda, Cranmer?"

Por favor, mate-me agora, diz o rosto do arcebispo. Contra todas as leis do rei e da Igreja, Cranmer é um homem casado; casou-se na Germânia, quando estava entre os reformistas; ele sustenta Frau Grete em segredo, mantendo-a escondida em suas casas de campo. Será que Henrique sabe? Deve saber. Henrique comentará? Não, porque está mais preocupado com a própria aflição. "Agora não consigo compreender por que a desejei um dia", diz o rei. "É por isso que acho que ela me enfeitiçou com amuletos e encantamentos. Ela diz que me ama. Catarina alegava que me amava. Elas dizem 'amor', mas querem dizer o oposto. Acredito que Ana tentou me minar em cada oportunidade. Ela sempre foi antinatural. Vejam como sempre espezinhou seu tio, lorde Norfolk. Vejam como desprezava o pai. Ela se atrevia a censurar minha conduta e me assoberbava com conselhos relativos a questões que estavam muito além da sua compreensão, além de me atirar palavras que nenhum pobre homem ouviria de bom grado da esposa."

Cranmer diz: "Ela era ousada, é verdade. Sabia que era um defeito e gostaria de poder se refrear".

"Agora ela será refreada, por Deus." O tom de Henrique é feroz; mas no momento seguinte ele já o modula, adquirindo o tom lamentoso de uma vítima. Ele abre o estojo de nogueira onde estão seus aparatos de escrita. "Estão vendo este pequeno livro?" Não é realmente um livro, ou ao menos ainda não, apenas uma coleção de folhas soltas, unidas por um laço; não há página de título, só uma folha enegrecida pela própria caligrafia trabalhada de Henrique.

"É um livro em construção. Eu o escrevi. É uma peça. Uma tragédia. Minha própria história." E o estende.

Ele responde: "Guarde-o, senhor, até que tenhamos mais tempo livre para lhe fazer justiça na sua leitura".

"Mas você deve conhecer", insiste o rei. "A natureza dela. Quão mal se comportou para comigo, quando eu lhe dei tudo. Todos os homens devem saber e ser advertidos da índole das mulheres. Elas têm apetites ilimitados. Acredito que ela tenha cometido adultério com uma centena de homens."

Henrique parece, por um momento, uma criatura sendo caçada: cercado pelos desejos das mulheres, que o arrastam e o fazem em pedaços. "Mas o irmão?", pergunta Cranmer. Ele se vira. Não quer olhar para o rei. "Será isso provável?"

"Duvido que ela seria capaz de resistir a ele", responde Henrique. "Por que poupar? Por que não beber do cálice até a última das suas imundas gotas? E enquanto se fartava nos seus próprios desejos, ela matava os meus. Quando eu me aproximava dela, apenas para cumprir meu dever, ela me atirava um olhar que assustaria qualquer homem. Agora sei por que fazia isso. Queria estar fresca para seus amantes."

O rei senta-se. Começa a falar, a divagar. Ana o conduziu pela mão, nesses mais de dez anos. Levou-o para a floresta, e, na extremidade do arvoredo, onde a vasta luz do dia se fragmenta e se filtra pelo verde, ele abandonou seu bom senso, sua inocência. Ela o exauria o dia inteiro, até que ele estivesse trêmulo e exausto, mas ele não podia parar nem para recuperar o fôlego, não podia regressar, havia perdido o caminho de volta. O dia inteiro ele corria atrás dela, até a luz se esvair, e então ele a seguia sob a luz de tochas; até que por fim ela se virou contra ele, apagou as tochas e o deixou sozinho no escuro.

A porta se abre suavemente: ele ergue os olhos, e é Rafe; em outros tempos teria sido Weston, talvez. "Majestade, o duque de Richmond está aqui para lhe dar boa-noite. Ele pode entrar?"

Henrique se detém. "Fitzroy. Claro."

O bastardo de Henrique é agora um principezinho de dezesseis anos, embora sua pele fina e seu olhar franco façam com que ele pareça mais jovem. Ele tem o cabelo de um dourado rubro, típico da linhagem do rei Eduardo IV; tem um quê do príncipe Artur também, o falecido irmão mais velho de Henrique. Mostra-se hesitante ao encarar o touro que é seu pai, aproximando-se com cautela, para o caso de ser indesejado. Mas Henrique se ergue e abraça o menino, o rosto molhado de lágrimas. "Meu pequeno filho", diz ele ao rapaz que em breve chegará a um metro e oitenta. "Meu único filho." O rei agora está chorando tanto que tem de enxugar o rosto na manga. "Ela teria envenenado você", geme ele. "Graças a Deus, pela astúcia do secretário-mor, a trama foi desvendada a tempo."

"Obrigado, secretário-mor", diz formalmente o menino. "Por desvendar a trama."

"Ela teria envenenado você e sua irmã Maria, a ambos, e transformaria aquela pequena pústula que engendrou na herdeira da Inglaterra. Ou meu trono teria passado para o que quer que ela parisse em seguida, Deus me livre, se a criança sobrevivesse. Mas duvido que um filho dela conseguisse viver. Ela era perversa demais. Deus a abandonou. Ore pelo seu pai, ore para que Deus não me abandone. Eu pequei, devo ter pecado. O casamento era ilícito."

"O quê? Este era?", indaga o menino. "Este também?"

"Ilícito e amaldiçoado." Henrique balança o menino para a frente e para trás, agarrando-o ferozmente, os punhos cerrados às costas dele: da forma que, talvez, uma ursa aperta seus filhotes. "O casamento estava fora da lei de Deus. Nada poderia legitimá-lo. Nenhuma das duas foi minha esposa, nem essa nem a outra, que graças a Deus está no túmulo agora e assim não tenho que ouvi-la fungando e orando e pedindo e se intrometendo nos meus assuntos. Não me diga que houve dispensas, eu não quero ouvir, nenhum papa pode dispensar um fiel da lei dos céus. Como ela pôde até mesmo se aproximar de mim, Ana Bolena? Por que cheguei a olhar para ela um dia? Por que ela cegou meus olhos? Há tantas mulheres no mundo, tantas mulheres viçosas, jovens e virtuosas, tantas mulheres boas e gentis. Por que fui amaldiçoado com mulheres que destroem os filhos no próprio ventre?"

O rei solta o menino, tão bruscamente que ele cambaleia.

Henrique funga. "Vá agora, filho. Para sua cama sem culpa. E você, secretário-mor, para sua... volte para sua gente." O rei enxuga o rosto com um lenço. "Estou cansado demais para me confessar esta noite, lorde arcebispo. Pode ir para casa também. Mas o senhor voltará e me absolverá."

Parece uma ideia reconfortante. Cranmer hesita: mas ele não é homem de pressionar para saber segredos. Quando saem da câmara, Henrique pega seu pequeno livro; absorto, ele vira as páginas e se acomoda para ler a própria história.

Fora da câmara do rei, ele dá sinal aos cavalheiros que estão à espera: "Entrem e vejam se ele deseja alguma coisa". Lentos, relutantes, os criados íntimos se aproximam de Henrique em seu covil: sem a certeza de serem bem-vindos, sem certeza de nada. Diversão em boa companhia: mas onde está a companhia agora? Encolhendo-se contra a parede.

Ele se despede de Cranmer, abraçando-o, sussurrando: "Tudo acabará bem". O jovem Richmond toca seu braço: "Secretário-mor, há algo que eu preciso lhe dizer".

Ele está cansado. Ao alvorecer, já estava acordado, escrevendo cartas para diversas partes da Europa. "É urgente, meu amo?"

"Não. Mas é importante."

Imagine ter um amo que sabe a diferença. "Vá em frente, meu amo, sou todo ouvidos."

"Quero lhe dizer que estive com uma mulher."

"Espero que ela tenha sido tudo que vossa alteza desejou."

O garoto ri, incerto. "Na verdade, não. Era uma prostituta. Meu irmão Surrey arranjou as coisas para mim." O filho de Norfolk, ele quer dizer. À luz de um candeeiro, o rosto do menino cintila, do ouro ao negro, do negro a um ouro com hachuras pretas, como se ele tivesse sido mergulhado num caldo de sombras. "Mas, sendo assim, sou agora um homem, e acho que Norfolk deveria me deixar viver com minha esposa."

Richmond já está casado, com a filha de Norfolk, a pequena Mary Howard. Por razões de interesse próprio, Norfolk manteve os jovens separados; se Ana desse um filho a Henrique em casamento, o menino bastardo seria inútil para o rei, e nesse caso, nos cálculos de Norfolk, se a filha ainda fosse virgem ele talvez pudesse utilizá-la melhor, casando-a novamente.

Mas tudo isso é desnecessário agora. "Falarei com o duque em seu nome", diz ele. "Acho que ele agora estará disposto a cumprir os desejos de vossa alteza."

Richmond cora: prazer, vergonha? O menino não é bobo e conhece sua situação, que em poucos dias melhorou além de qualquer medida. Ele, Cromwell, pode ouvir a voz de Norfolk, clara como se o duque estivesse discursando no conselho do rei: a filha de Catarina já foi tornada bastarda, a filha de Ana a seguirá, portanto todos os três filhos de Henrique são ilegítimos. Se assim é, por que não preferir o varão às fêmeas?

"Secretário-mor", diz o menino, "os criados da minha casa estão dizendo que Elizabeth não é sequer filha da rainha. Dizem que ela foi introduzida às escondidas no quarto de Ana numa cesta, e o filho morto da rainha, levado para fora."

"Por que ela faria isso?" Ele sempre tem curiosidade de ouvir o raciocínio dos criados domésticos.

"Porque, para ser rainha, ela fez um pacto com o diabo. Mas o diabo sempre engana as pessoas. Ele lhe permitiu ser rainha, mas não permitiria que ela desse à luz um filho vivo."

"Mas seria de imaginar que o diabo aguçasse a inteligência dela. Se era para trazer um bebê num cesto, decerto ela teria escolhido um menino, não?"

Richmond força um sorriso infeliz. "Talvez ela tenha pegado o único bebê que conseguiu. Afinal, as pessoas não largam bebês pela rua."

Na verdade, largam sim. Ele está trabalhando num projeto de lei para o novo Parlamento que auxiliaria os meninos órfãos de Londres. Sua ideia é: cuidemos dos meninos órfãos, e eles cuidarão das meninas.

"Às vezes", diz o rapaz, "eu penso no cardeal. O senhor pensa nele?" Richmond senta-se num baú; e ele, Cromwell, senta-se a seu lado. "Quando eu era criança, bem pequeno, e também bem tolo, como são as crianças, eu pensava que o cardeal fosse meu pai."

"O cardeal era seu padrinho."

"Sim, mas eu pensava... Porque ele era muito carinhoso comigo. Ele me visitava e me pegava no colo, e embora me desse grandes presentes chapeados em ouro, ele também me deu uma bola de seda e um boneco, pois, como o senhor sabe, os meninos também gostam de bonecos..." — sua cabeça pende para o lado — "... quando são pequenos, e estou falando de quando eu ainda vivia de camisolas. Eu sabia que havia algum segredo a meu respeito e pensava que fosse isto: que eu era filho de um padre. Quando o rei veio, ele era um estranho para mim. Ele me presenteou com uma espada."

"Então você adivinhou que ele era seu pai?"

"Não", diz o menino. Ele abre as mãos, para mostrar sua natureza indefesa, a natureza que ele tinha quando era uma criança pequena. "Não. Foi preciso que me explicassem. Não conte a ele, por favor. Ele não entenderia."

De todos os choques que o rei recebeu, este poderia ser o maior, saber que seu filho não o reconhecia. "Ele tem muitos outros filhos?", pergunta Richmond. Ele fala, agora, com a autoridade de um homem do mundo. "Imagino que tenha."

"Até onde sei, ele não tem nenhum filho que poderia prejudicar seu direito. Diziam que o filho de Maria Bolena era dele, mas ela era casada na época, e o menino recebeu o nome do seu marido."

"Mas creio que ele se casará com a srta. Seymour agora, quando este casamento for...", o menino tropeça nas palavras, "... quando acontecer o que quer que esteja para acontecer. E ela terá um filho, talvez, porque os Seymour são uma raça fértil."

"Se isso ocorrer", diz ele suavemente, "vossa alteza deve estar preparado, deve ser o primeiro a felicitar o rei. E deve estar preparado para se pôr a serviço deste pequeno príncipe por toda a vida. Mas tratando de um assunto mais imediato, se me permite aconselhá-lo... caso sua vida com sua esposa seja novamente adiada, o melhor é encontrar uma jovem bondosa e limpa e fazer um acordo com ela. Depois, quando se separar dela, pague-lhe alguma pequena pensão para que ela não fale do senhor."

"É isso o que o senhor faz, secretário-mor?" A pergunta é ingênua, mas por um momento ele se pergunta se o menino não o estará espionando para alguém.

"É um assunto que deve ser evitado entre cavalheiros", ele responde. "E siga o exemplo de seu pai, o rei, que, ao falar de mulheres, nunca é grosseiro." Violento talvez, pensa ele: mas nunca grosseiro. "Seja prudente e não se relacione com prostitutas. Para não pegar uma doença, como aconteceu ao rei francês. Além disso, se sua jovem mulher lhe der um filho, cuide da sua guarda e criação, pois saberá que não é de outro homem."

"Mas não se pode ter certeza..." Richmond se interrompe. As realidades do mundo estão desabando rápido sobre o jovem. "Se o rei pode ser enganado, certamente qualquer homem pode ser enganado. Se mulheres casadas são desleais, qualquer cavalheiro poderia estar criando o filho de outro homem."

Ele sorri. "Mas outro cavalheiro estaria criando o seu."

Ele deseja começar, quando houver tempo para elaborar o projeto, alguma forma de registro, de documentação para se ter um controle dos batismos, de modo que possa contar quantos são os súditos do rei e saber quem são; ou pelo menos saber quem as mães dizem que são: nome de família e paternidade são duas coisas diferentes, mas é preciso começar em algum ponto. Ele examina o rosto dos londrinos enquanto cavalga pela cidade e pensa nas ruas de outras cidades onde viveu ou por onde passou, e fica se perguntando certas coisas. Eu poderia ter mais filhos, pensa. Ele tem sido contido em sua conduta de vida até onde é razoável que um homem seja, mas o cardeal costumava inventar escândalos sobre ele e suas muitas concubinas. Sempre que algum jovem criminoso era arrastado para a forca, o cardeal dizia: "Veja, Thomas, esse deve ser um dos seus".

O garoto boceja. "Estou tão cansado", diz ele. "E nem fui caçar hoje. Então não sei por que estou assim."

Os criados de Richmond se mantêm por perto: com o emblema de um leão rampante em perfil, a farda azul e amarela perdendo a cor à medida que a luz se esvai. Como amas-secas resgatando uma criança de uma poça de lama, eles querem arrastar o jovem duque para longe do que quer que Cromwell esteja tramando. Há um clima de medo, e foi ele quem o criou. Ninguém sabe por quanto tempo as prisões continuarão e quem mais será levado. Ele sente que nem ele próprio sabe, e é ele quem está no comando de tudo. George Bolena está sob custódia na Torre. Weston e Brereton foram autorizados a passar uma última noite no mundo, uma graça de algumas horas para organizarem seus assuntos pessoais; amanhã, a essa hora, a chave já terá sido girada em suas celas: eles poderiam fugir, mas para onde? Nenhum dos homens, à exceção de Mark, foi devidamente interrogado: isto é, interrogado por ele. Mas a disputa pelos espólios já começou. Não fazia nem um dia que Norris estava preso e a primeira carta já chegava, buscando uma parcela de seus cargos e privilégios, de um homem que alegava ter catorze filhos. Catorze bocas famintas: para não mencionar as necessidades do próprio homem, e os dentes vorazes da senhora sua esposa.

No dia seguinte, cedo, ele diz a William Fitzwilliam: "Vamos comigo à Torre para falar com Norris".

Fitz diz: "Não, vá sozinho. Não posso uma segunda vez. Faz toda uma vida que conheço Norris. Já quase não sobrevivi à primeira vez".

O Gentil Norris: limpador-mor do traseiro real, tecedor de fios de seda, aranha das aranhas, âmago negro dessa teia gotejante de favores cortesãos: que homem vivo e amável ele é, já com mais de quarenta anos, porém usando sua idade como se fosse uma roupa leve. Norris é um homem permanentemente equânime, uma ilustração viva da arte da *sprezzatura*. Ninguém jamais o viu irritado. Tem o ar de um homem que, mais do que propriamente alcançar o sucesso, se resignou a ele. É igualmente cortês com uma criada da estrebaria e com um duque; ao menos quando diante de uma plateia. Um mestre na estacada dos torneios, ele quebra uma lança com um ar de quem pede desculpas, e quando conta as moedas do reino, lava as mãos depois, em água de nascente perfumada com pétalas de rosas.

Mesmo assim, Harry enriqueceu, como aliás invariavelmente enriquecem aqueles que cercam o rei, por mais que se esforcem em ser modestos; quando Harry nos arranca alguma gratificação, é como se ele, nosso obediente servo, estivesse varrendo de nossas vistas algo desagradável. E quando ele se oferece para algum cargo lucrativo, é como se o fizesse por um senso de dever, para poupar homens mais sensíveis do esforço.

Mas veja o Gentil Norris agora! Como é triste ver um homem forte chorar. É isso o que ele diz ao se sentar, indagando em seguida sobre como Norris tem sido tratado, se está recebendo a comida de sua preferência e se tem dormido bem. Seus modos são benignos e tranquilos. "No Natal passado, Sir Norris, você personificou um mouro, e William Brereton apareceu seminu sob o disfarce de um caçador ou um homem selvagem da floresta, indo em direção ao aposento da rainha."

"Pelo amor de Deus, Cromwell." Norris funga. "Isso só pode ser brincadeira. Você está me perguntando com toda a seriedade sobre o que fizemos quando estávamos fantasiados para um baile?"

"Eu o aconselhei, a William Brereton, a não se expor. Você replicou dizendo que a rainha já tinha visto aquilo muitas vezes."

Norris enrubesce: como enrubesceu na data em questão. "Você me interpreta mal, de propósito. Sabe que eu quis dizer que ela é uma mulher casada e, portanto, o... o equipamento de um homem não é visão estranha para ela."

"Você sabe o que quis dizer. Eu só sei o que você disse. Tem que admitir que uma observação dessas não pareceria inocente aos ouvidos do rei. Na mesma ocasião, quando estávamos de pé conversando, vimos Francis Weston, fantasiado. E você comentou que ele estava indo até a rainha."

"Pelo menos ele não estava nu", Norris retruca. "Era uma fantasia de dragão, não era?"

"Ele não estava nu quando o vimos, concordo. Mas o que você disse em seguida? Falou-me da atração da rainha por ele. Você estava com ciúmes, Sir Harry. E não negou. Diga-me o que sabe contra Weston. Será mais fácil para você depois."

Norris se recompôs e agora assoa o nariz. "Tudo o que está alegando são algumas palavras soltas e passíveis de muitas interpretações. Se está procurando provas de adultério, Cromwell, terá que fazer melhor que isso."

"Ah, não sei não. Pela natureza do ato, raramente há testemunhas. Mas nós levamos em consideração circunstâncias e oportunidades e desejos expressos, levamos em consideração as altas probabilidades, e também as confissões."

"Você não terá nenhuma confissão de mim nem de Brereton."

"Será?"

"Você não submeterá cavalheiros a tortura, o rei não permitiria."

"Não é preciso que haja procedimentos formais." Ele se põe de pé, espalma a mão na mesa. "Eu poderia enfiar os polegares nos seus olhos, e você cantaria 'Verde cresce o azevinho' se eu mandasse." Ele senta-se, retoma o tom leve de antes. "Ponha-se no meu lugar. De qualquer maneira dirão que eu o torturei. Dirão que torturei Mark, já estão espalhando boatos desse tipo. Embora nem o mais fino fio de cabelo dele tenha sido tocado, eu juro. Tenho a confissão livre de Mark. Ele me deu nomes. Alguns me surpreenderam. Mas contive minha surpresa."

"Você está mentindo." Norris desvia os olhos. "Está tentando nos induzir à traição, um contra o outro."

"O rei sabe o que pensar. Ele não pede testemunhas oculares. Ele conhece a sua traição e a da rainha."

"Pergunte a si mesmo", diz Norris, "quão provável é que eu tenha abandonado minha honra de tal maneira, a ponto de trair o rei, que foi tão bom para mim, e de pôr em perigo tão terrível uma dama que reverencio? Minha família serve ao rei da Inglaterra desde tempos imemoráveis. Meu bisavô serviu ao rei Henrique VI, aquele santo homem, que Deus o tenha. Meu avô serviu ao rei Eduardo, e teria servido ao filho se ele tivesse vivido para reinar, e depois que ele foi expulso do reino pelo escorpião Ricardo Plantageneta, serviu a Henrique Tudor no exílio, e ainda servia quando ele foi coroado. Estive junto de

Henrique desde que era um menino. Eu o amo como a um irmão. Você tem irmãos, Cromwell?"

"Nenhum vivo." Ele encara Norris, exasperado. Harry parece pensar que, com eloquência, com sinceridade, com franqueza, pode modificar o que está acontecendo. Toda a corte o viu babando pela rainha. Acha mesmo que pode se esbaldar fazendo compras com os olhos, sem dúvida enfiando os dedos na mercadoria, e no fim de tudo não receber a conta?

Ele se levanta, afasta-se, dá meia-volta, balança a cabeça: suspira. "Ah, pelo amor de Deus, Harry Norris. Terei que desenhar? O rei precisa se livrar de Ana. Ela não pode lhe dar um filho e ele não a ama mais. Ele ama outra dama, e não pode tê-la a menos que Ana seja removida do caminho. Pronto, agora está simples o bastante para seus gostos simples? Ana não vai se retirar tranquilamente, ela me avisou quanto a isso certa vez; ela disse, se Henrique algum dia me rejeitar, haverá guerra. Então, se ela não vai embora por conta própria, terá que ser empurrada de lá, e eu terei que empurrá-la, quem mais? Reconhece a situação? Que tal voltarmos no tempo? Num caso semelhante, meu antigo amo Wolsey não pôde satisfazer o rei, e o que aconteceu depois? Ele foi derrubado e levado à morte. Bom, eu quero aprender a partir do que sucedeu a ele, e quero que o rei seja satisfeito em todos os aspectos. Ele agora é um corno infeliz, mas esquecerá isso quando estiver noivo outra vez, o que não vai demorar muito."

"Suponho que os Seymour já tenham o banquete de casamento pronto."

Ele sorri. "E Tom Seymour já está aprontando o cabelo. E, no dia do casamento, o rei estará feliz, eu estarei feliz, toda a Inglaterra estará feliz, exceto Norris, pois temo que ele estará morto. Não vejo outra saída, a menos que você confesse e se atire aos pés do rei implorando misericórdia. Ele prometeu misericórdia. E ele cumpre suas promessas. Quase sempre."

"Eu cavalguei com ele na volta de Greenwich", diz Norris, "depois do torneio, toda aquela longa cavalgada. A cada passo do cavalo ele me interrogava, o que você fez, confesse. Vou lhe contar o que disse a ele, que sou um homem inocente. E o que é pior", e agora Norris está perdendo a compostura, está irado, "o que é pior é que você e ele, ambos, sabem disso. Diga-me, por que eu? Por que não Wyatt? Todos desconfiam da relação dele com Ana, e ele já negou diretamente algum dia? Wyatt a conheceu antes. Ele a conheceu em Kent. Os dois se conhecem desde a mais remota juventude dela."

"E o que tem isso? Ele a conheceu quando ela era uma simples dama de companhia. E se ele de fato se envolveu com ela? Pode ser vergonhoso, mas não é traição. Não é como se envolver com a esposa do rei, com a rainha da Inglaterra."

"Eu não me envergonho de nenhuma ligação que tive com Ana."

"Você se envergonha dos seus pensamentos libidinosos a respeito dela, talvez? Foi o que disse a Fitzwilliam."

"Eu disse?", replica Norris num tom desolado. "Foi isso que Fitz entendeu do que eu disse a ele? Que me envergonho? E se for o caso, Cromwell, mesmo que eu me envergonhe... você não pode transformar meus pensamentos em crime."

Ele abre as mãos. "Se pensamentos são intenções, e se intenções são malignas... se você não a teve de forma ilegal, e diz que não, por acaso pretendia tê-la legalmente, depois da morte do rei? Já faz quase seis anos que sua esposa morreu, por que não se casou de novo?"

"Por que você não se casou?"

Ele assente. "Boa pergunta. Também me pergunto isso. Mas não me prometi a uma jovem para depois quebrar minha promessa, como fez. Mary Shelton perdeu sua honra para o senhor..."

Norris ri. "Para mim? Para o rei, isso sim."

"Mas o rei não estava em posição de se casar com ela, e o senhor estava, e ela tinha sua palavra, e ainda assim a deixou esperando. Pensou que o rei fosse morrer, e assim poderia se casar com Ana? Ou esperava que ela desonrasse seus votos de casamento com o rei ainda em vida, e que se tornasse sua concubina? Ou um ou outro."

"Se eu escolher uma das duas respostas, você me condenará. Você me condenará se eu não disser absolutamente nada, tomando meu silêncio por assentimento."

"Francis Weston pensa que você é culpado."

"Que Francis pensa alguma coisa é novidade para mim. Por que ele diria...?" Ele não termina a frase. "Mas como, ele está aqui? Na Torre?"

"Está sob custódia."

Norris balança a cabeça. "Ele é um menino. Como você tem coragem de fazer isso com a família dele? Admito que ele é um menino inconsequente, teimoso, todos sabem que não é um favorito meu, que ele e eu já nos estranhamos..."

"Ah, rivais no amor." Ele leva a mão ao coração.

"De maneira alguma." Ah, Harry está irritado agora: enrubesceu fortemente, está tremendo de raiva e medo.

"E o que acha do irmão dela, George? Talvez tenha sido uma surpresa encontrar rivalidade por aqueles lados. Quer dizer, espero que você tenha ficado surpreso. Ainda que a moral de vocês, cavalheiros, seja para mim algo assombroso."

"Não vai me pegar nessa armadilha. Qualquer homem que você cite, eu não direi nada contra ele e nada a favor. Não tenho opinião sobre George Bolena."

"Como, não tem opinião sobre o incesto? Se encara o assunto com tanta tranquilidade e sem objeções, sou forçado a especular que talvez haja verdade nisso."

"E se eu dissesse, acho que deve haver culpa nesse caso, você diria: 'Meu Deus, Norris! Incesto! Como pode acreditar em tal abominação? É uma manobra para desviar minha atenção da sua própria culpa?'"

Ele fita Norris com admiração. "Vê-se bem que me conhece há vinte anos, Harry."

"Ah, eu estudei você", responde Norris. "Assim como antes estudei seu mestre Wolsey."

"Foi prudente da sua parte, estudar o cardeal. Um grande servidor do Estado."

"E, no fim das contas, um grande traidor."

"Deixe-me refrescar sua memória. Não peço que se lembre dos muitos favores que recebeu do cardeal. Só lhe peço que recorde uma apresentação, certo interlúdio encenado na corte. Era uma peça em que o falecido cardeal era atacado por demônios e arrastado para o inferno."

Ele vê os olhos de Norris se movendo, à medida que a cena surge diante dele: a luz do fogo, o calor, os espectadores bradando. Ele próprio e Bolena segurando as mãos da vítima, Brereton e Weston o pegando pelos pés. Os quatro sacudindo, derrubando e chutando a figura escarlate. Quatro homens que, em nome de uma brincadeira, transformaram o cardeal numa besta; que lhe arrancaram a inteligência, a bondade e a graça, e fizeram dele um animal, um animal que uivava e rastejava nas tábuas e arranhava com as patas.

Não era o cardeal de verdade, claro. Era o bufão Sexton, num manto escarlate. Mas o público uivava como se fosse real, gritava e brandia os punhos, praguejava e tripudiava. Por trás de uma tela, os quatro demônios tiraram suas máscaras e seus coletes peludos, xingando e rindo. Viram Thomas Cromwell recostado contra os painéis, em silêncio, envolto numa túnica preta de luto.

Agora, Norris está boquiaberto diante dele: "E é por isso? Era uma peça. Uma apresentação, como você mesmo disse. O cardeal estava morto, não poderia saber. E enquanto ele esteve vivo, não fui bom para ele na sua tribulação? Quando ele foi exilado da corte, não cavalguei atrás dele, e não o procurei em Putney Heath com um presente da própria mão do rei?".

Ele concorda. "Admito que outras pessoas se comportaram de maneira pior. Mas veja bem, nenhum de vocês se portou como um cristão. Não: vocês agiram como selvagens, caindo com avidez sobre as propriedades e posses do cardeal."

Ele vê que não precisa continuar. A indignação no rosto de Norris é substituída por um olhar de puro terror. Pelo menos, pensa ele, o sujeito tem perspicácia suficiente para enxergar do que se trata: não uma rixa de um ano ou dois, mas um grosso excerto do livro da dor, guardado desde a queda do cardeal. Ele diz: "A vida nos dá o troco, Norris. Não acha? Mas", acrescenta gentilmente, "nem tudo tem a ver com o cardeal. Não quero que você pense que não tenho motivos próprios".

Norris ergue o rosto. "O que Mark Smeaton lhe fez?"

"Mark?" Ele ri. "Não gosto do jeito como ele me olha."

Será que Norris entenderá se ele soletrar? Ele precisa de culpados. E ele encontrou homens culpados. Embora talvez não sejam culpados dessas acusações.

Um silêncio recai. Sentado, ele espera, com os olhos no homem condenado à morte. Ele já está pensando no que fará com os cargos de Norris, com suas subvenções da Coroa. Ele tentará favorecer os humildes, como o homem com catorze filhos, que quer o trabalho de cuidar de um parque de Windsor e um posto na administração do castelo. Os cargos de Norris no País de Gales podem ser repassados ao jovem Richmond, o que na verdade trará os postos de volta ao rei, para sua própria supervisão. E Rafe poderia ficar com a propriedade de Norris em Greenwich, onde poderia abrigar Helen e as crianças quando precisasse estar na corte. E Edward Seymour já mencionou que aprecia a casa de Norris em Kew.

Harry Norris diz: "Suponho que você não vá simplesmente nos executar. Haverá um processo, um julgamento? Correto? Espero que seja breve. Imagino que será. O cardeal costumava dizer, Cromwell faz em uma semana o que outro homem levaria um ano para fazer, não vale a pena impedi-lo ou se opor a ele. Se você estender o braço para tentar agarrá-lo, ele não estará lá, já terá cavalgado vinte milhas enquanto você ainda enfia as botas". Ele ergue os olhos. "Se pretende me matar em público e montar um espetáculo com isso, seja breve. Ou posso morrer de tristeza sozinho nesta sala."

Ele balança a cabeça. "Você viverá." Ele já pensou o mesmo de si uma vez, que morreria de tristeza: por sua esposa, suas filhas, suas irmãs, por seu mestre e pai, o cardeal. Mas o pulso, obstinado, mantém seu ritmo. Você acha que não conseguirá continuar respirando, mas sua caixa torácica tem outras ideias, subindo e descendo, emitindo suspiros. Você deve superar, mesmo sem querer; e para que possa fazê-lo, Deus arranca seu coração de carne e lhe dá um coração de pedra.

Norris toca as costelas. "A dor é aqui. Eu senti ontem à noite. Fiquei sentado na cama, ofegante. Não me atrevo a me deitar de novo."

"Quando foi arruinado, o cardeal disse o mesmo. A dor era como uma pedra de amolar, disse ele. Uma pedra de amolar, e a faca era passada por ela. E foi amolada e amolada, até que ele morreu."

Ele se levanta, pega seus papéis: com uma inclinação da cabeça, ele se despede. Henry Norris: pata dianteira esquerda.

William Brereton. Cavalheiro de Cheshire. Serve no País de Gales ao jovem duque de Richmond, e serve muito mal. Um homem turbulento, arrogante, duro, de uma linhagem turbulenta.

"Vamos voltar um pouco", ele começa, "vamos voltar ao tempo do cardeal, porque lembro que alguém da sua casa matou um homem durante uma partida de boules."

"É um jogo que pode ficar muito acalorado", responde Brereton. "Você sabe disso por experiência própria. Você joga, pelo que eu soube."

"E o cardeal pensou, é hora de um acerto de contas; e sua família foi multada porque impediu a investigação. Eu me pergunto, alguma coisa mudou desde então? Você acha que pode fazer qualquer coisa porque é criado do duque de Richmond e porque Norfolk o protege…"

"O próprio rei me protege."

Ele ergue as sobrancelhas. "É mesmo? Então deveria reclamar com ele. Porque você está mal instalado, não está? Infelizmente para você, o rei não está aqui, então terá que se contentar comigo e com minha boa memória. Mas não precisamos voltar tanto no tempo em busca de exemplos. Veja, por exemplo, o caso do cavalheiro de Flintshire, John ap Eyton. Esse é tão recente que você ainda não esqueceu."

"Então é por isso que estou aqui", comenta Brereton.

"Não só por isso, mas, por ora, deixemos de lado seu adultério com a rainha e nos concentremos em Eyton. Os fatos do caso lhe são conhecidos, não acho que você tenha esquecido. Houve uma discussão, agressões físicas foram trocadas, um homem do seu séquito acabou morto, mas Eyton foi julgado na devida forma perante um júri de Londres e foi absolvido. Bem, não tendo respeito algum pelas leis ou pela justiça, você jurou vingança. Mandou sequestrarem o galês. Seus criados o enforcaram de imediato, e tudo isso… não me interrompa, homem… tudo isso com sua permissão e sob suas ordens. Isso é só um exemplo. Você pensa que é apenas um homem e que ele não importa, mas, veja bem, importa sim. Acha que, como se passou um ano ou mais, ninguém se lembra disso, mas eu me lembro. Você acredita que a lei deve ser como gostaria que fosse, e é segundo esse princípio que você se comporta nas suas propriedades nos pântanos de Gales, onde a justiça do rei e o nome do rei são tratados com desprezo todos os dias. O local é um reduto de ladrões."

"Está dizendo que sou um ladrão?"

"Digo que você coopera com eles. Mas seus estratagemas acabam aqui."

"Você é juiz, júri e carrasco, é isso?"

"É um tratamento mais justo do que Eyton recebeu."

E Brereton diz: "Quanto a isso, concordo".

Que queda, esta. Apenas alguns dias atrás ele estava enviando petições ao secretário-mor por despojos, quando as terras da abadia de Cheshire fossem postas em concessão. Agora, sem dúvida as palavras correm por sua cabeça, as palavras que ele usou com o secretário-mor quando se queixou de suas maneiras altivas: eu devo instruí-lo na realidade das coisas, disse Brereton friamente. Não somos criaturas de algum conclave de advogados de Gray's Inn. No meu próprio país, minha família defende a lei, e a lei é aquilo que nos interessa defender.

Agora ele, o secretário-mor, pergunta: "Você acha que Weston esteve envolvido com a rainha?".

"Talvez." Brereton não parece dar a mínima, seja lá o que aconteça. "Eu mal o conheço. Ele é jovem, tolo e bonito, não é mesmo?, e as mulheres apreciam essas coisas. E Ana pode ser uma rainha, mas é apenas uma mulher, quem sabe o que ela pode ser persuadida a fazer?"

"Você acha que as mulheres são mais tolas que os homens?"

"Em geral, sim. E mais fracas. Em matéria de amor."

"Tomarei nota da sua opinião."

"E quanto a Wyatt, Cromwell? Onde ele entra nisso?"

"Você não está em posição de me fazer perguntas."

William Brereton; pata traseira esquerda.

George Bolena já passou bastante dos trinta anos, mas ainda tem o viço que admiramos nos jovens, o brilho e o olhar claro. É difícil associar sua pessoa agradável ao tipo de apetite bestial de que sua mulher o acusa, e por um momento ele encara George e se pergunta se ele pode ser culpado de algum crime a não ser de certo orgulho e arrogância. Com os encantos de sua mente e de sua pessoa, ele poderia ter subido flutuando e pairado acima da corte e de suas sórdidas maquinações, um homem de refinamento que se move em sua própria esfera: encomendando traduções dos poetas antigos e providenciando para que fossem publicadas em edições requintadas. Poderia ficar lá montando lindos cavalos brancos que fizessem curvetas e se inclinassem diante das damas. Infelizmente, porém, ele gostava de brigar e de se gabar, era afeito a intrigas e esnobismos. Quando o encontramos agora, em sua pequena sala circular na Torre Martin, observamos George marchando de cá para lá, faminto por um conflito, e nos perguntamos, será que ele sabe por que está aqui? Ou é uma surpresa ainda por vir?

"Talvez o senhor não tenha assim tanta culpa", diz ele enquanto toma seu lugar: ele, Thomas Cromwell. "Junte-se a mim nesta mesa", ordena ele. "Ouvimos falar de prisioneiros que abrem um sulco na pedra de tanto andar de lá para cá, mas não acredito que isso realmente possa acontecer. Levaria trezentos anos talvez."

Bolena diz: "Você está me acusando de alguma espécie de conspiração, encobrimento, de esconder a má conduta da minha irmã, mas essa acusação não vai vingar, porque não houve má conduta".

"Não, milorde, não é essa a acusação."

"Então qual é?"

"Não é disso que o senhor é acusado. Sir Francis Bryan, que é um homem de grandes capacidades imaginativas…"

"Bryan!" Bolena parece horrorizado. "Mas você sabe que ele é um inimigo meu." Suas palavras se atropelam. "O que ele disse, como você pode dar crédito a qualquer coisa que ele diz?"

"Sir Francis me explicou tudo. E eu começo a enxergar como é possível que um homem mal conheça sua irmã, que só a conheça quando ela já é uma mulher adulta. Ela se parece com ele e no entanto é diferente. Ela é familiar, mas ainda assim desperta seu interesse. Um dia, o abraço fraterno dele se prolonga um pouco mais que o habitual. A situação progride a partir daí. Talvez nenhuma das partes sinta que está fazendo nada de errado, até que uma fronteira é cruzada. Mas eu mesmo sou muito carente de imaginação para conceber que fronteira poderia ser essa." Ele faz uma pausa. "Começou antes de ela se casar, ou depois?"

Bolena começa a tremer. É o choque; ele mal consegue falar. "Eu me recuso a responder a isso."

"Milorde, estou acostumado a lidar com aqueles que se recusam a responder."

"Está me ameaçando com o cavalete?"

"Ora, vamos, eu não prendi nem Thomas More no cavalete, prendi? Eu me sentei numa sala com ele. Uma sala aqui na Torre, tal como a que o senhor ocupa. Ouvi os murmúrios que preenchiam o silêncio dele. Pode-se construir muita coisa com base no silêncio. E assim será."

George diz: "Henrique matou os conselheiros do pai dele. Matou o duque de Buckingham. Destruiu o cardeal e o atormentou até a morte, e cortou a cabeça de um dos maiores eruditos da Europa. Agora ele planeja matar a própria esposa e a família dela, e também Norris, que era um dos seus amigos mais próximos. O que o faz pensar que será diferente com você, que você é diferente desses homens?".

Ele responde: "É pouco apropriado que alguém da sua família evoque o nome do cardeal. Ou de Thomas More, aliás. A senhora sua irmã ardia por vingança. Ela me dizia, como é, Thomas More ainda não morreu?".

"Quem começou essa calúnia contra mim? Não foi Francis Bryan, decerto. Foi minha esposa? Sim. Eu deveria ter imaginado."

"O senhor supõe. Eu não confirmo. Deve ter a consciência pesada em relação à sua esposa, se acha que ela tem tantos motivos para odiá-lo."

"E você vai acreditar em algo tão monstruoso?", suplica George. "Pela palavra de uma mulher?"

"Há outras mulheres que foram objeto da sua galanteria. Eu não as trarei diante de um tribunal se puder evitar, é o que posso fazer para protegê-las. O senhor sempre considerou as mulheres descartáveis, e não pode reclamar se, no final, elas pensarem o mesmo a seu respeito."

"Então serei levado a julgamento por galanteria? Sim, elas têm inveja de mim, vocês todos têm inveja, pois faço algum sucesso com as mulheres."

"Ainda chama isso de sucesso? Pense outra vez."

"Nunca soube que era um crime. Passar algum tempo com uma amante que está comigo por vontade própria."

"É melhor não dizer isso em sua defesa. Se uma das suas amantes é sua irmã... o tribunal vai considerar isso algo, digamos, atrevido e ousado. Carente de seriedade. O que pode salvá-lo agora, quero dizer, o que talvez preserve sua vida, seria uma declaração completa de tudo que sabe sobre as relações da sua irmã com outros homens. Há quem sugira que certas ligações poderiam ofuscar a sua, por mais antinatural que seja."

"Você, como um homem cristão, me pede isso? Que forneça provas para matarem minha irmã?"

Ele abre as mãos. "Não estou pedindo nada. Apenas apontei o que alguns veriam como o caminho a seguir. Não sei se o rei estará propenso à misericórdia. Talvez ele lhe permita viver no exterior, ou lhe conceda misericórdia na hora de escolher a forma da sua morte. Ou não. A pena para um traidor, como sabe, é pavorosa e pública; ele morre em grande dor e humilhação. Vejo que sabe, pois já testemunhou isso."

Bolena se dobra para dentro de si: ele se encolhe, abraçando o próprio corpo, como se para proteger as entranhas da faca do carrasco, e desaba bruscamente num banquinho; ele pensa, você deveria ter feito isso antes, eu falei para se sentar, está vendo como o obriguei a se sentar sem nem tocar em você? Ele diz baixinho: "O senhor professa o Evangelho, e afirma estar salvo. Mas suas ações não sugerem que esteja de fato salvo, milorde".

"Pode tirar seus dedos da minha alma", diz George. "Essas questões eu discuto com meus capelães."

"Sim, foi o que me disseram. Acho que o senhor tem certeza demais do próprio perdão, acreditando que tem anos pela frente para pecar e que, ainda que Deus veja tudo, Ele tem que ser paciente, como um serviçal: e no fim o senhor irá notá-lo e responderá ao seu chamado, se Deus ao menos esperar até sua velhice. É assim que pensa?"

"Falarei com meu confessor sobre isso."

"Eu sou seu confessor agora. O senhor disse, ao alcance do ouvido de outros, que o rei era impotente?"

George lhe abre um sorriso de menosprezo. "Ele consegue cumprir seu dever quando o tempo está bom."

"Ao dizer isso, o senhor pôs em dúvida a paternidade da princesa Elizabeth. Decerto compreende que isso é traição, uma vez que ela é a herdeira da Inglaterra."

"*Faute de mieux*, até onde lhe compete."

"O rei agora acredita que não poderia ter um filho desse casamento, já que não era uma união lícita. Ele acredita que houve impedimentos ocultos e que sua irmã não foi franca sobre seu passado. Ele pretende contrair um novo matrimônio, que será limpo."

"Estou admirado por você se explicar", diz George. "Nunca o vi fazer isso antes."

"Eu o faço por uma razão: para que o senhor possa compreender sua situação e não crie nenhuma falsa esperança. Esses capelães que mencionou, vou enviá-los à sua presença. Serão boa companhia para o senhor agora."

"Deus concede filhos a qualquer mendigo", diz George. "Ele os concede tanto à união ilícita quanto à abençoada, tanto à meretriz quanto à rainha. Será que o rei é realmente assim tão simplório?"

"O rei é dotado de uma santa simplicidade", ele responde. "Henrique é um soberano ungido e, portanto, muito próximo a Deus."

Bolena lhe examina a expressão, em busca de hilaridade ou desprezo: mas ele sabe que seu rosto não diz nada, sabe que pode contar com seu rosto para isso. É possível estudar, em retrospecto, a carreira de Bolena e dizer: "Aqui ele errou, e também ali". Era muito orgulhoso, muito singular, indisposto a refrear seus caprichos ou a se fazer útil. Ele precisa aprender a se adaptar aos novos ventos, como seu pai; mas o tempo que lhe resta para aprender alguma coisa está se esgotando muito rápido. Há um momento para defendermos nossa dignidade, mas há um momento em que devemos abandoná-la em prol de nossa autopreservação. Há um momento para sorrir por trás das cartas que tiramos, e há um momento para atirarmos a bolsa na mesa e dizermos: "Thomas Cromwell, você venceu".

George Bolena, pata dianteira direita.

No momento em que chega a Francis Weston (pata traseira direita), ele já foi abordado pela família do jovem e grande quantidade de dinheiro já lhe foi oferecida. Educadamente, ele recusou; se estivesse no lugar dos Weston, ele faria a mesmíssima coisa, embora seja difícil imaginar que Gregory ou qualquer membro de sua família pudesse vir a ser tão tolo quanto esse rapaz.

A família Weston vai mais longe: recorre ao rei em pessoa. Farão uma doação, farão uma benevolência, farão uma grande e incondicional doação ao tesouro do rei. Ele debate com Fitzwilliam: "Não posso aconselhar sua majestade. É possível que acusações menores sejam apresentadas. Depende do quanto sua majestade acredite que sua honra foi manchada".

Mas o rei não está disposto a ser tolerante. Fitzwilliam diz, sombrio: "Se eu fosse a gente de Weston, pagaria o dinheiro de qualquer maneira. Para garantir o favorecimento real. Posteriormente".

Essa é a mesma abordagem que ele decide adotar em relação à família Bolena (aqueles que sobreviverem) e aos Howard. Ele sacudirá os carvalhos ancestrais, e moedas de ouro cairão a cada estação.

Mesmo antes que ele chegue à sala onde Weston está preso, o jovem já sabe o que esperar; sabe quem são os outros que foram presos; sabe ou tem uma boa ideia das acusações; os carcereiros devem ter deixado escapar, porque ele, Cromwell, cortou a comunicação entre os quatro prisioneiros. Um carcereiro falastrão às vezes é útil; pois pode induzir um prisioneiro à cooperação, à aceitação, ao desespero. Weston deve adivinhar que a iniciativa de sua família falhou. Basta olhar para Cromwell e você já sabe: se suborno não adiantou, nada mais adiantará. É inútil protestar ou negar ou contradizer. O aviltamento talvez dê certo, vale a pena tentar. "Eu o provocava, senhor", começa Francis. "Eu o rebaixava. Lamento por ter feito isso um dia. É um servo do rei, e eu deveria ter respeitado isso."

"Bem, é um belo pedido de desculpas", diz ele. "Embora você devesse pedir perdão ao rei e a Jesus Cristo."

Francis diz: "Sabe que faz pouco que estou casado".

"E sua esposa abandonada em casa, no campo. Por razões óbvias."

"Posso escrever a ela? Eu tenho um filho. Ele não tem nem um ano ainda." Uma pausa. "Gostaria que orassem pela minha alma depois da minha morte."

Ele imagina que Deus deve tomar as próprias decisões, mas Weston acredita que o criador pode ser pressionado, persuadido e talvez um pouco subornado. Como se acompanhasse seu pensamento, Weston diz: "Estou em dívida, secretário-mor. Da ordem das mil libras. Lamento por isso agora".

"Ninguém espera que um jovem cavalheiro galante como você seja sovina." Seu tom é gentil, e Weston ergue os olhos. "Claro, essas dívidas são mais do que poderia normalmente pagar e, mesmo se considerarmos os bens que você terá quando seu pai morrer, são um fardo pesado. Assim, sua extravagância dá motivos para que as pessoas pensem, que expectativas tinha o jovem Weston?"

Por um momento o jovem o olha com uma expressão idiota, rebelde, como se não entendesse por que tal coisa seria usada contra ele: o que suas dívidas têm a ver com a questão? Não está conseguindo ver aonde ele pretende chegar com isso. Mas, de repente, vê. Ele, Cromwell, estende a mão para agarrá-lo pelas roupas, para impedi-lo de desabar para a frente com o choque. "Um júri compreenderá facilmente esse detalhe. Sabemos que a rainha lhe dava dinheiro. Como você poderia manter a vida que levava? É fácil de se ver. Mil libras não são nada para quem esperava se casar com ela, uma vez que tivesse orquestrado a morte do rei."

Quando está seguro de que Weston consegue se manter sentado, ele abre a mão e o solta. Mecanicamente, o rapaz ergue as mãos e arruma as roupas, endireitando a pequena dobra produzida em seu colarinho.

"Cuidaremos da sua esposa", diz ele. "Não se inquiete quanto a isso. O rei nunca estende sua animosidade às viúvas. Ela receberá um tratamento melhor, ouso dizer, do que jamais recebeu do marido."

Weston ergue os olhos. "Não posso desprezar seu raciocínio. Vejo como isso pesará quando for dado como evidência. Fui um idiota, e você se manteve por perto e viu tudo. Sei como destruí a mim mesmo. Tampouco posso censurar sua conduta, porque eu o teria prejudicado, se pudesse. E sei que não vivi uma boa... não vivi... veja bem, eu achava que teria uns vinte anos ou mais para viver como vivia, e depois, quando estivesse velho, com quarenta e cinco ou cinquenta anos, faria doações a hospitais e a uma capela, e Deus veria que eu estava arrependido."

Ele assente. "Bem, Francis... não sabemos nossa hora, não é mesmo?"

"Mas, secretário-mor, você sabe que, apesar de qualquer erro que eu tenha cometido, não sou culpado nesse assunto da rainha. Vejo no seu rosto que sabe disso, e todo o povo saberá também quando eu for conduzido à morte, e o rei saberá e pensará nisso nas suas horas íntimas. Eu serei lembrado, portanto. Como os inocentes são lembrados."

Seria cruel perturbar essa crença; ele espera que sua morte lhe conceda maior fama que sua vida lhe deu. Todos os anos que se estendiam à sua frente, e nenhuma razão para acreditar que ele pretendia fazer melhor uso deles do que fez nos primeiros vinte e cinco; ele mesmo afirma que não. Criado sob a asa de seu soberano, um cortesão desde a infância, de uma família de cortesãos: nunca houve um momento de dúvida quanto a seu lugar no mundo, nunca um momento de ansiedade, nunca um momento de gratidão pelo grande privilégio de ter nascido Francis Weston, nascido no gozo da fortuna, nascido para servir a um grande rei e a uma grande nação: ele não deixará nada além de uma dívida, e um nome manchado, e um filho: e todo mundo pode ter um filho, diz ele a si mesmo; até que ele se lembra por que estamos aqui e de que se trata tudo isso. Ele diz: "Sua mulher escreveu ao rei em seu nome. Pedindo misericórdia. Você tem muitos amigos".

"Grande ajuda, a deles."

"Acho que você não percebe que, a essa altura, muitos homens se descobririam sozinhos. Isso deveria animá-lo. Não deve se amargurar, Sir Francis. A fortuna é volúvel, todo jovem aventureiro sabe disso. Resigne-se. Veja Norris, por exemplo. Nenhuma amargura."

"Talvez", deixa escapar o jovem, "talvez Norris pense que não tem motivo para se entristecer. Talvez seus arrependimentos sejam honestos, e necessários. Talvez ele mereça morrer, tanto quanto eu não mereço."

"Ele terá o que merece, você acha, por ter se metido com a rainha."

"Ele está sempre na companhia dela. E não é para discutir o Evangelho."

Weston está, talvez, à beira de uma denúncia. Norris chegou a começar uma admissão a William Fitzwilliam, mas a engoliu de volta. Talvez os fatos surjam agora, será? Ele espera: vê a cabeça do rapaz afundando nas mãos; depois, impulsionado por algo, sem saber o quê, ele se levanta, diz: "Francis, com licença". E sai da sala.

Lá fora, Wriothesley está esperando, com cavalheiros de sua casa. Estão recostados contra a parede, rindo de alguma piada. Eles se sobressaltam ao vê-lo, parecem em expectativa. "Acabou?", indaga Wriothesley. "Ele confessou?"

Ele balança a cabeça em negativa. "Cada um faz um relato positivo de si mesmo, mas não absolve os outros. Além disso, todos dizem, 'Sou inocente', mas não dizem 'Ela é inocente'. Não podem dizê-lo. Talvez ela até seja, mas nenhum deles afirmará isso."

É exatamente como Wyatt lhe disse certa vez: "O pior de tudo", disse-lhe ele, "eram suas insinuações; ela quase se vangloriava de que dizia *não* a mim, mas *sim* a outros".

"Bem, o senhor não tem nenhuma confissão", diz Wriothesley. "Quer que a consigamos?"

Ele lança a Me-Chame um olhar que o obriga a recuar, até pisar no pé de Richard Riche. "Então, Wriothesley, acha que eu sou muito mole para os jovens?"

Riche esfrega o pé. "Deveríamos elaborar modelos de acusações?"

"Quanto mais, melhor. Perdoem-me, preciso de um momento..."

Riche supõe que ele tenha ido urinar. Ele não sabe o que o obrigou a interromper a sessão com Weston e sair da sala. Talvez tenha sido quando o rapaz disse "quarenta e cinco ou cinquenta". Como se, passando da meia-idade, houvesse uma segunda infância, uma nova fase de inocência. Ele se sentiu tocado, talvez, pela simplicidade da ideia. Ou talvez só precisasse de um pouco de ar. Digamos que você esteja numa câmara, as janelas cerradas, e está consciente da proximidade de outros corpos, da luz em declínio. Na sala, você dispõe as peças e começa a jogar, move seu pelotão pelo tabuleiro: corpos simbólicos, duros como marfim, negros como ébano, empurrados adiante em seus caminhos através das casas. Então você diz, não posso mais suportar isso, preciso respirar: corre da sala e entra num jardim onde os culpados estão enforcados nas árvores, não mais de marfim, não mais de ébano, mas de carne; e suas línguas desesperadas e lamentosas proclamam sua culpa enquanto morrem. Nesse assunto, a causa foi precedida pelo efeito. O que você sonhava já se realizou por si. Você busca uma espada, mas o sangue já está derramado. Os cordeiros abateram e devoraram a si mesmos. Trouxeram facas para a mesa, estriparam-se e limparam os próprios ossos.

Maio está florescendo até nas ruas da cidade. Ele leva flores para as damas na Torre. Christophe tem de carregar os buquês. O menino está ganhando corpo e parece um touro coberto de guirlandas para o sacrifício. Ele se pergunta o que será que faziam antigamente, os pagãos e os judeus do Antigo Testamento, com seus sacrifícios; não é possível que desperdiçassem carne fresca, deviam dar aos pobres, não?

Ana está alojada no conjunto de salas que foram redecoradas para sua coroação. Ele próprio supervisionou o trabalho, viu quando deusas de olhos escuros, suaves e brilhantes brotaram nas paredes. Elas se banham de sol em bosques iluminados, sob ciprestes; uma corça branca espreita através da folhagem, enquanto os caçadores correm em outra direção, os cães saltitando à frente, entoando sua música canina.

Lady Kingston se ergue para cumprimentá-lo, e ele diz: "Sente-se, prezada senhora…". Onde está Ana? Não está aqui na sua câmara de recepção.

"Ela está orando", explica uma das tias Bolena. "Então a deixamos em paz."

"Ela já está lá faz um tempo", diz a outra tia. "Tem certeza de que não há um homem com ela?"

As tias dão risadinhas; ele não se une a elas; Lady Kingston lhes dirige um olhar severo.

A rainha emerge do pequeno oratório; ela ouviu a voz dele. A luz do sol atinge seu rosto. É verdade o que Lady Rochford diz, ela começou a ficar enrugada. Se não soubéssemos que esta foi uma mulher que teve o coração de um rei na palma da mão, poderíamos tomá-la por uma pessoa extremamente comum. Ele supõe que sempre haverá uma leveza forçada nela, um pudor treinado. Ela será uma daquelas mulheres que, aos cinquenta, acham que ainda estão no jogo: uma daquelas velhas e cansativas especialistas em insinuações, mulheres que sorriem como criadas e põem a mão em seu braço, que trocam olhares de soslaio com outras mulheres quando um bom partido como Tom Seymour passa por elas.

Mas, claro, ela nunca chegará aos cinquenta. Ele se pergunta se esta é a última vez que a verá, antes do tribunal. Ana senta-se, na sombra, no meio das

287

mulheres. A Torre sempre parece úmida devido à proximidade do rio, e até esses novos aposentos parecem pegajosos. Ele pergunta se ela gostaria que lhe fossem trazidas peles, e ela responde: "Sim. Arminho. E não quero essas mulheres. Quero damas que eu mesma tenha escolhido, não você".

"Lady Kingston a atende porque..."

"Porque ela é sua espiã."

"... porque ela é sua anfitriã."

"Sou hóspede dela, então? Uma hóspede é livre para partir."

"Pensei que gostaria de ter a sra. Orchard", diz ele, "uma vez que ela foi sua ama-seca. E não pensei que fosse se opor às suas tias."

"Elas têm rancores contra mim, ambas têm. Tudo que vejo e ouço são risadinhas e olhares de desdém."

"Meu Pai do céu! Estava esperando aplausos?"

Este é o problema dos Bolena: eles odeiam seus próprios parentes.

"Você não falará dessa forma comigo", retruca Ana, "quando eu for liberada."

"Peço desculpas. Falei sem pensar."

"Não sei o que o rei pretende me mantendo aqui. Creio que esteja fazendo isso para me testar. É algum estratagema que ele criou, não?"

Ela na verdade não acredita no que diz, portanto ele não responde.

"Eu gostaria de ver meu irmão", diz Ana.

Uma tia, Lady Shelton, ergue os olhos de seu bordado.

"É uma exigência tola, nas presentes circunstâncias."

"Onde está meu pai?", indaga Ana. "Não entendo por que ele não vem em meu auxílio."

"Ele tem sorte de estar em liberdade", responde Lady Shelton. "Não espere ajuda da parte dele. Thomas Bolena sempre cuidou de si primeiro, e eu bem sei, pois sou irmã dele."

Ana a ignora. "E meus bispos, onde estão? Eu os nutri, protegi, promovi a causa da religião, então por que eles não defendem meu nome diante do rei?"

A outra tia Bolena ri. "Você espera que bispos intervenham, que inventem desculpas para seu adultério?"

É evidente que, neste tribunal, Ana já foi julgada. Ele diz: "Ajude o rei. A menos que ele seja misericordioso, sua causa está perdida, a senhora não pode fazer nada por si mesma. Mas pode fazer algo pela sua filha, Elizabeth. Quanto mais humildemente se comportar, quanto mais arrependida se mostrar, quanto mais pacientemente suportar o processo, menos rancor sua majestade terá quando ouvir menção ao seu nome de agora em diante."

"Ah, o processo", diz Ana, com um lampejo de sua antiga mordacidade. "E como será esse processo?"

"As confissões dos cavalheiros estão sendo compiladas neste momento."

"As o quê?", indaga Ana.

"Isso mesmo que você ouviu", diz Lady Shelton. "Eles não mentirão por você."

"Talvez haja outras prisões, outras acusações, mas se falar agora, se for franca conosco, pode encurtar a dor para todos os envolvidos. Os cavalheiros irão a julgamento em conjunto. Quanto à senhora e ao senhor seu irmão, uma vez que são nobres, serão julgados pelos seus pares."

"Eles não têm testemunhas. Podem fazer qualquer acusação, e eu posso refutá-las."

"Isso é verdade", admite ele. "Embora não seja verdade quanto às testemunhas. Quando a senhora estava em liberdade, suas damas de companhia se sentiam intimidadas, obrigadas a mentir por sua causa, mas agora elas se sentem seguras para falar a verdade."

"Disso eu tenho certeza." Ana sustenta o olhar dele; seu tom é de desprezo. "Da mesma maneira que Seymour está segura. Mande um recado a ela por mim: Deus vê seus truques."

Ele se ergue para sair. Ana o deixa nervoso, aquela angústia selvagem que ela está contendo, mantendo sob controle, mas por um fio. Não parece haver razão para prolongar o assunto, contudo ele diz: "Se o rei der início a um processo para anular seu casamento, talvez eu volte, para tomar declarações da sua parte".

"O quê?", exclama ela. "Isso também? É necessário? Assassinato não será o suficiente?"

Ele se curva e se vira para sair. "Não!" Ela o segura. Está de pé para impedi--lo de ir, tocando seu braço timidamente, como se desejasse não a própria libertação, mas a boa opinião dele. "Você não acredita nessas histórias contra mim, acredita? Eu sei que, no fundo, você não acredita. Cremuel?"

É um momento que se prolonga. Ele se sente à beira de algo indesejável: informação supérflua, inútil. Ele se vira, hesita e estende a mão, cauteloso...

Mas depois ela ergue as mãos e as aperta junto ao seio, no gesto que Lady Rochford imitou para ele. Ah, rainha Ester, pensa ele. Ana não é inocente; ela só pode imitar a inocência. Ele deixa a mão cair junto ao corpo. Dá meia-volta. Ele se convence de que ela é uma mulher sem remorso. Acredita que seria capaz de cometer qualquer pecado ou crime. Acredita que ela é mesmo filha de seu pai, que nunca, nunca desde a infância, tomou nenhuma atitude, fosse ela encorajada ou coagida, que viesse a prejudicar os próprios interesses. Mas, com um gesto, ela se prejudicou agora.

Ana viu que o rosto dele mudou. Ela recua um passo, põe as mãos em torno do pescoço: como um estrangulador, ela aperta a própria carne. "Eu tenho um pescoço fino", diz ela. "Vai levar só um instante."

***

Kingston corre ao seu encontro; quer falar com ele. "Ela faz isso o tempo todo. As mãos em volta do pescoço. E rindo." Seu honesto rosto de condestável está consternado. "Não vejo de que maneira esta seria uma ocasião para risos. Sem mencionar os dizeres tolos, que minha esposa tem relatado. Ela diz, não vai parar de chover até que eu seja libertada. Ou não começará a chover. Ou algo assim."

Ele lança um olhar para a janela e vê apenas uma chuva rápida de verão. Em questão de instantes o sol secará a umidade das pedras. "Minha mulher diz a ela", prossegue Kingston, "que pare com essa conversa tola. Ela me perguntou, mestre Kingston, eu terei justiça? Eu respondi, senhora, o mais pobre súdito do rei tem justiça. Mas ela só ri", diz Kingston. "E manda vir seu jantar. E come com grande apetite. E declama versos. Minha esposa não consegue identificá-los. A rainha diz que são versos de Wyatt. E ela diz, Ah, Wyatt, Thomas Wyatt, quando hei de vê-lo aqui comigo?"

Em Whitehall, ele ouve a voz de Wyatt e caminha na direção do som, os criados correndo em seu encalço; ele tem mais atendentes que nunca, sendo alguns deles gente que ele nunca viu antes. Charles Brandon, duque de Suffolk, Charles Brandon grande como uma casa: está bloqueando o caminho de Wyatt e eles estão gritando um com o outro. "O que estão fazendo?", exclama ele, e Wyatt faz uma pausa para dizer por sobre o ombro: "As pazes".

Ele ri. Brandon se afasta marchando, sorrindo por trás de sua enorme barba. Wyatt explica: "Eu implorei a ele, ponha de lado sua tão antiga inimizade por mim ou acabará me matando, é isso o que deseja?". Ele olha na direção do duque, enojado. "Creio que seja. Essa é a chance dele. Brandon procurou Henrique há muito tempo, inventando que tinha suspeitas da minha relação com Ana."

"Sim, mas, se você recorda, Henrique chutou Brandon de volta aos campos do Leste."

"Henrique dará ouvidos a Brandon agora. Não vai ser difícil acreditar nele."

Ele toma Wyatt pelo braço. Se ele pode arrastar Charles Brandon, pode arrastar qualquer um. "Não quero discussões em lugares públicos. Mandei chamá-lo para vir a minha casa, seu tolo, não para bater boca às vistas de todos e fazer as pessoas dizerem, Como assim, olhem Wyatt, ele ainda está solto?"

Wyatt põe a mão sobre a dele. Respira fundo, tentando se acalmar. "Meu pai me disse, vá ao rei, e fique com ele dia e noite."

"Isso não será possível. O rei não está recebendo ninguém. Você deve vir comigo à Rolls House, mas se bem que..."

"Se eu for à sua casa, as pessoas dirão que fui preso."

Ele baixa a voz: "Nenhum amigo meu sofrerá".

"São amizades estranhas e repentinas as que você fez este mês. Amigos papistas, gente de Lady Maria, Chapuys. Você tem uma causa em comum com eles agora, mas e depois? E se eles o abandonarem antes que os abandone?"

"Ah", responde ele tranquilamente, "então você teme que toda a casa Cromwell caia? Confie em mim, certo? Bem, você nem tem escolha, não é mesmo?"

Da casa de Cromwell para a Torre: Richard Cromwell como escolta, e toda a coisa acontece de forma tão leve, em tamanho espírito de amizade, que um observador externo pensaria que estão saindo para um dia de caça. "Peça ao condestável que faça todas as honras ao mestre Wyatt", diz ele a Richard. E a Wyatt: "É o único lugar onde você ficará seguro. Estando na Torre, ninguém poderá interrogá-lo sem minha permissão".

Wyatt diz: "Se eu entrar, não sairei mais. Eles querem meu sacrifício, seus novos amigos".

"Eles não vão querer pagar o preço", responde ele facilmente. "Você me conhece, Wyatt. Eu sei quanto todo mundo tem, sei o que podem pagar. E não só em dinheiro. Tenho seus inimigos já pesados e avaliados. Sei o quanto podem pagar e diante do que vão hesitar e, acredite, se me desafiarem nesse assunto, a dor que sofrerão os levará à bancarrota de lágrimas."

Quando Wyatt e Richard se vão, ele diz a Me-Chame-Risley, fechando o cenho: "Wyatt certa vez disse que eu era o homem mais inteligente da Inglaterra".

"Não era exagero dele", comenta Me-Chame. "Eu aprendo muito todos os dias, só de estar perto."

"Não, é ele. Wyatt. Ele nos deixa a todos para trás. Ele escreve de próprio punho e em seguida nega a si mesmo. Rabisca um verso em algum pedaço de papel e o passa discretamente a você, quando você está na ceia ou rezando na capela. Depois ele desliza um papel para alguma outra pessoa, e é o mesmo verso, só com uma palavra diferente. Então aquela pessoa lhe diz, você viu o que Wyatt escreveu? Você responde que sim, mas vocês estão falando de coisas diferentes. Em outro momento, você o encurrala e diz, Wyatt, você realmente fez o que descreve neste verso? Ele sorri e diz, é a história de algum cavalheiro imaginário, ninguém que conhecemos; ou dirá, não foi minha história o que eu escrevi, é a sua, embora você não saiba disso. Ele dirá, essa mulher que descrevo aqui, a morena, na verdade ela é uma mulher de cabelo claro, está disfarçada. Ele declarará, você deve acreditar em tudo e em nada do que lê. Você aponta para a página e o pressiona: e quanto a esta linha, é verdade? Ele diz, é verdade de poeta. Além disso, ele afirma, não sou livre para escrever como gosto. Não é o rei, mas a métrica o que me constrange. E eu gostaria de ser mais simples, diz ele, se pudesse: mas tenho que seguir a rima."

"Alguém deveria levar os versos dele para o tipógrafo", diz Wriothesley. "Isso daria um jeito neles."

"Ele não aceitaria. São comunicações particulares."

"Se eu fosse Wyatt", diz Me-Chame, "faria o necessário para que ninguém me interpretasse mal: teria ficado longe da mulher de César."

"Esse é o mais sábio caminho a se tomar." Ele sorri. "Mas não é para ele. É para pessoas como você e eu."

Quando Wyatt escreve, suas linhas criam plumas e, exibindo a própria plumagem, mergulham nas profundezas de seu próprio significado ou planam sobre sua superfície. Os versos de Wyatt nos dizem que as regras do poder e as regras da guerra são as mesmas, a arte é enganar; e você enganará e por sua vez será enganado, quer seja um embaixador ou um pretendente. Bem, se o tema escolhido por um homem é o engano, você está enganado se acha que compreende o que ele diz. Você estende sua mão, mas o verdadeiro significado voa para longe. Um estatuto é escrito com o objetivo de aprisionar o significado; um poema, o de escapar dele. Uma pena, se afiada, pode se agitar e farfalhar como as asas dos anjos. Anjos são mensageiros. São criaturas com mente e vontade próprias. Não sabemos de fato se sua plumagem é como a plumagem dos falcões, corvos, pavões. Eles quase não visitam os homens hoje em dia. Contudo, ele conheceu um homem em Roma, um fornalheiro que trabalhava nas cozinhas papais, e que dera de cara com um anjo num corredor úmido e congelado, uma despensa do Vaticano, escondida, onde cardeais nunca pisam; e as pessoas pagavam bebidas para que ele contasse o caso. Ele dizia que a substância do anjo era pesada e lisa como mármore, sua expressão distante e impiedosa; suas asas, esculpidas em vidro.

Quando as acusações lhe chegam à mão, ele vê de imediato que, embora a caligrafia seja de um escrivão, o rei andou trabalhando. Ele pode ouvir a voz de Henrique em cada linha: seu ultraje, ciúme, medo. Não é o suficiente dizer que ela incitou Norris ao adultério em outubro de 1533, ou Brereton, em novembro do mesmo ano; Henrique precisa imaginar "as conversas chulas e os beijos, os toques, os presentes". Não é suficiente citar a conduta dela com Francis Weston, em maio de 1534, ou alegar que ela se deitou com Mark Smeaton, um homem de posição baixa, em abril do ano passado; é necessário falar do ardente ressentimento de tais homens uns em relação aos outros, do ciúme furioso que a rainha sentia por qualquer outra mulher para quem eles olhassem. Não é suficiente dizer que ela pecou com o próprio irmão: é preciso imaginar os beijos, os presentes, as joias trocadas entre eles, e imaginá-los enquanto ela "o seduzia com a língua na referida boca de George, e a referida língua de

George na dela". É mais como uma conversa com Lady Rochford, ou qualquer outra mulher afeita a escândalos, do que um documento que se leve ao tribunal; mas mesmo assim tem seus méritos, cria uma história e insere, na cabeça dos ouvintes, determinadas imagens que não se apagarão com facilidade. Ele diz: "Vocês devem acrescentar o seguinte a cada ponto e a cada crime: 'e vários dias antes e depois'. Ou alguma frase semelhante, deixando claro que as ofensas são numerosas, talvez mais numerosas até do que os próprios infratores recordem. Pois, dessa forma", explica ele, "se houver negação específica de uma data, um lugar, não será o suficiente para invalidar o documento inteiro".

E veja o que Ana disse! Segundo esse documento, ela confessou que "jamais amaria o rei de coração".

Jamais amou. Não ama agora. E jamais poderia.

Ele fecha o cenho diante dos documentos e depois os entrega para que sejam examinados. Objeções são levantadas. Wyatt deve ser adicionado? Não, de maneira alguma. Se Wyatt vier a ser julgado, pensa ele, se o rei for tão longe, então Wyatt será afastado desse bando contaminado, e começaremos de novo com uma folha em branco; neste julgamento, com estes acusados, não há outro caminho além de um, sem saída, nenhuma outra direção exceto o cadafalso.

E se houver discrepâncias, visíveis para aqueles que tomam nota sobre os lugares onde a corte se instalou nesse ou naquele dia? Ele comenta, Brereton me disse certa vez que podia estar em dois lugares ao mesmo tempo. Se pensarmos bem, o mesmo serve para Weston. Os amantes de Ana são cavalheiros fantasmas, voando pela noite com intenção adúltera. Eles vêm e vão à noite, sem impedimentos. Saltitam por sobre o rio como mosquitos, fulguram contra a escuridão, seus gibões bordados com diamantes. A lua os espia sob seu capuz ósseo, e a água do Tâmisa os reflete, e eles cintilam como peixes, como pérolas.

Seus novos aliados, as famílias Courtenay e Pole, dizem não estar nada surpresos com as acusações contra Ana. A mulher é uma herege, e o mesmo vale para o irmão. Hereges, é bem sabido, são naturalmente sem limites, sem contrições, não temem nem a lei da terra nem a lei de Deus. Basta verem o que querem que já o arrebatam. E aqueles que (estupidamente) toleraram hereges, por preguiça ou pena, agora enfim descobrem qual é sua verdadeira natureza.

Henrique Tudor aprenderá duras lições com isso, dizem as antigas famílias. Talvez Roma estenda a mão para ele em vista de sua tribulação? Talvez, se ele se arrastar de joelhos, então depois que Ana morrer talvez o papa o perdoe e o aceite de volta, quem sabe?

E eu?, ele pergunta. Ah, bem, você, Cromwell... seus novos amos o encaram com variadas expressões de espanto ou repulsa. "Eu serei seu filho pródigo", diz ele, sorrindo. "Serei a ovelha perdida."

Em Whitehall, grupos de homens murmuram, arrebanhados em pequenos círculos, os cotovelos apontando para trás enquanto as mãos acariciam os punhais na cintura. E, entre os advogados, uma agitação de togas, conferências pelos cantos.

Rafe lhe pergunta, a liberdade do rei não poderia ser obtida, senhor, com mais economia de meios? Menos derramamento de sangue?

Escute, responde ele: uma vez esgotado o processo de negociações e concessões, uma vez que você se focou na destruição de um inimigo, essa destruição deve ser rápida e perfeita. Antes mesmo de olhar em sua direção, você precisa ter o nome dele num mandado, os portos fechados, a esposa e os amigos comprados, o herdeiro dele sob sua proteção, o dinheiro dele transferido para seu cofre e o cachorro dele correndo ao ouvir seu assovio. Antes que ele acorde pela manhã, você deve ter o machado na mão.

Quando ele, Cromwell, chega para ver Thomas Wyatt na prisão, o condestável Kingston está ansioso para assegurar que sua ordem foi cumprida, que Wyatt foi tratado com toda a honra.

"E a rainha, como está?"

"Agitada", responde Kingston. Ele parece inquieto. "Estou acostumado a todos os tipos de prisioneiros, mas nunca tive um como ela. Num momento ela diz, sei que devo morrer. No momento seguinte, o contrário total disso. Ela acha que o rei virá na sua barca para levá-la embora. Acha que foi tudo um erro, um mal-entendido. Acha que o rei da França intervirá em seu favor." O condestável balança a cabeça.

Ele encontra Thomas Wyatt jogando dados contra si mesmo: o tipo de perda de tempo que o velho Sir Henry Wyatt repreende.

"Quem está ganhando?", pergunta ele.

Wyatt ergue os olhos. "Aquele idiota mentiroso, meu pior eu, está jogando com aquele idiota santarrão, meu melhor eu. Você pode adivinhar quem ganha. Mesmo assim, sempre há a possibilidade de que acabe diferente."

"Você está confortável?"

"De corpo ou espírito?"

"Eu só respondo por corpos."

"Nada o faz vacilar", diz Wyatt, com uma admiração relutante, próxima do medo. Mas ele, Cromwell, pensa, eu já vacilei, só que ninguém sabe disso, nenhum relatório foi mandado ao exterior a respeito do incidente. Wyatt não me viu saindo do interrogatório de Weston. Wyatt não me viu quando Ana pôs a mão no meu braço e me perguntou em que eu acreditava do fundo do coração.

Ele pousa os olhos no prisioneiro, senta-se. Diz em voz amena: "Acho que venho treinando isso todos estes anos. Fui meu próprio aprendiz". Toda a sua carreira tem sido uma educação em hipocrisia. Olhos que outrora apenas o evitavam agora o acolhem com falsa afeição. Mãos que gostariam de arrancar seu chapéu agora se estendem para tomar sua mão, às vezes num aperto esmagador. Ele fez seus inimigos se virarem para encará-lo, para se unir a ele: como numa dança. Pretende desvirá-los agora, para que vejam a longa e fria paisagem de seus anos: seus, deles; para que sintam o vento, o vento dos espaços abertos, que penetra até os ossos: para que se deitem em ruínas e acordem no frio. Ele diz a Wyatt: "Qualquer informação que você me dê, eu anotarei, mas tem minha palavra de que vou destruir os registros assim que o feito se consumar".

"Feito?" Wyatt está questionando sua escolha de palavras.

"O rei foi informado de que sua esposa o traiu com vários homens, um deles o próprio irmão, outro, um dos seus amigos mais próximos, outro, um criado que ela diz que mal conhece. O espelho da verdade se partiu, ele diz. Portanto, sim, seria um feito juntar os cacos."

"Mas você diz que ele foi informado: como ele foi informado? Ninguém admite nada, exceto Mark. E se ele estiver mentindo?"

"Quando um homem admite culpa, temos que acreditar nele. Não podemos nos dispor a provar para ele mesmo que está errado. Caso contrário, os tribunais nunca funcionariam."

"Mas quais são as provas?", persiste Wyatt.

Ele sorri. "A verdade bate à porta de Henrique, vestindo capa e capuz. Ele a manda entrar porque já tem uma ideia bastante perspicaz do que há por baixo das suas roupas, não é uma estranha que chega. Thomas, acho que ele sempre soube. Ele sabe que, se Ana não foi desleal com ele em corpo, foi em palavras, e se não em ações, então em sonhos. Henrique acha que ela nunca o estimou ou amou, enquanto ele lhe deu o mundo. Ele acha que nunca a agradava ou satisfazia e que, quando se deitava com Ana, ela imaginava outro homem."

"Isso é comum", diz Wyatt. "Não é normal? É assim que funciona o casamento. Eu nunca soube que isso fosse uma ofensa aos olhos da lei. Deus nos ajude. Metade da Inglaterra acabará na prisão."

"Você entende que algumas acusações são escritas num indiciamento. Mas há também outras acusações, aquelas que não registramos por escrito."

"Se o sentimento é um crime, então eu admito…"

"Não admita nada. Norris admitiu. Ele admitiu que a amava. Se o que querem de você é uma admissão, nunca é do seu interesse dá-la."

"O que Henrique quer? Estou honestamente perplexo. Não consigo ver como sair disso."

"Ele muda de ideia de um dia para o outro. Ele gostaria de refazer o passado. Gostaria de nunca ter visto Ana. Gostaria de tê-la visto, mas de tê-la visto por dentro. Na maior parte do tempo, ele quer vê-la morta."

"Querer não é o mesmo que fazer."

"É sim, se você é Henrique."

"De acordo com meu entendimento da lei, o adultério de uma rainha não é traição."

"Não, mas o homem que a viola, este sim comete traição."

"E você acha que eles usaram de força?", indaga Wyatt secamente.

"Não, esse é apenas o termo jurídico. É uma fachada que nos permite pensar melhor de uma rainha desgraçada. Mas, quanto a Ana, ela é uma traidora também, ela disse isso da própria boca. Planejar a morte do rei, isso é traição."

"Mas, novamente", insiste Wyatt, "perdoe meu pobre entendimento, eu pensei que Ana houvesse dito 'Se ele morrer', ou algo semelhante. Então me deixe criar uma hipótese para você. Se eu digo 'Todos os homens hão de morrer', isso é prever a morte do rei?"

"Seria melhor não criar hipóteses", ele diz, jocoso. "Thomas More estava criando hipóteses quando tropeçou em traição. Agora me deixe chegar ao ponto que me interessa com você. Talvez eu precise de provas da sua parte contra a rainha. Vou aceitá-las por escrito, não preciso que sejam proclamadas aos quatro ventos em audiência pública. Certa vez você me contou, quando visitou minha casa, como Ana se conduz com os homens: ela diz, *'Sim, sim, sim, sim, não'.*" Wyatt assente; ele reconhece as palavras; parece lamentar tê-las dito. "Agora você talvez tenha que transpor uma palavra desse testemunho. *Sim, sim, sim, não, sim.*"

Wyatt não responde. O silêncio se estende, instala-se em torno deles: um silêncio sonolento, enquanto em outros lugares as folhas se desfraldam, o mês de maio floresce nas árvores, a água tamborila nas fontes, os jovens riem em jardins. Por fim, Wyatt fala, com dificuldade: "Não era um testemunho".

"O que era então?", ele se inclina à frente. "Você sabe que não sou um homem com quem se possam ter conversas inconsequentes. Não posso me dividir em dois, sendo um amigo seu e o outro, servo do rei. Então você precisa me dizer: vai escrever seus pensamentos e, se solicitado, dar sua palavra?" Ele se recosta. "E se você puder me garantir isso, eu escreverei ao seu pai para, por minha vez, tranquilizá-lo. Para informá-lo de que você sairá vivo disso." Ele faz uma pausa. "Posso escrever?"

Wyatt assente com a cabeça. O menor gesto possível, um cumprimento ao futuro.

"Ótimo. Depois, para compensá-lo por essa detenção, por tê-lo perturbado, providenciarei para que você receba uma soma em dinheiro."

"Eu não quero." Wyatt vira o rosto, deliberadamente: como uma criança.

"Acredite em mim, você quer. Ainda está arrastando as dívidas do tempo que passou na Itália. Seus credores sempre me procuram."

"Eu não sou seu irmão. Você não é meu protetor."

Ele olha ao redor. "Eu sou, se você pensar bem."

Wyatt diz: "Ouvi dizer que Henrique quer uma anulação também. Matá-la e se divorciar dela, tudo num só dia. É como ela é, vê? Tudo é governado por extremos. Ela não aceitou ser amante dele, tinha que ser a rainha da Inglaterra; e assim houve a ruptura da fé e a criação de leis, o país todo em tumulto. Se ele teve tantos problemas para tê-la para si, imagine o que lhe custará se livrar dela. Mesmo depois que Ana estiver morta, é melhor ele conferir se a tampa do caixão está bem pregada".

Ele indaga, curioso: "Não lhe resta nenhuma ternura por Ana?".

"Ela a esgotou", responde Wyatt com brevidade. "Ou talvez eu jamais tenha tido nenhuma, não sei o que se passa na minha mente, você sabe disso. Ouso dizer que os homens sentiram muitas coisas por Ana, mas nenhum, exceto Henrique, sentiu ternura. Agora ele acha que foi feito de tolo."

Ele se levanta. "Escreverei algumas palavras tranquilizadoras ao seu pai. Vou explicar que você deve ficar aqui por algum tempo, é mais seguro. Mas primeiro eu preciso… achávamos que Henrique tinha deixado a anulação de lado, mas agora, como você disse, ele ressuscitou o assunto, então eu tenho que…"

Wyatt completa, como se saboreando o desconforto do outro: "Terá que ir falar com Harry Percy, não é?".

Faz quase quatro anos desde que, com Me-Chame-Risley em seus calcanhares, ele confrontou Harry Percy numa taberna de quinta categoria chamada Mark and the Lion e o fez compreender certas verdades sobre a vida: a maior de todas, que, independentemente do que Harry achava, ele não estava casado com Ana Bolena. Naquele dia, ele bateu a mão na mesa e disse ao jovem que, além disso, se ele não se retirasse do caminho do rei, seria destruído: que ele, Thomas Cromwell, deixaria seus credores livres para destruí-lo, e lhe arrancaria o condado e as terras. Bateu na mesa e disse que, além disso, se Harry não esquecesse Ana Bolena e qualquer demanda que fazia em relação a isso, o tio dela, o duque de Norfolk, descobriria seu esconderijo e lhe arrancaria os colhões a dentadas.

Desde então, ele fez muitos negócios com o conde, que agora é um jovem doente e quebrado, pesadamente endividado, com o controle sobre seus assuntos lhe escapando a cada dia. Na verdade, o veredicto está quase consumado, o veredicto que ele invocou: exceto que o conde ainda tem seus colhões, até onde se sabe. Depois daquela conversa que eles tiveram na taberna Mark and the Lion, o conde, que vinha bebendo fazia alguns dias, obrigou seus criados a passarem uma esponja em suas roupas, para limpar os resíduos de vômito: cheirando a azedo, grosseiramente barbeado, tremendo e verde de náusea, ele se apresentou diante do conselho do rei e obedeceu a ele, Thomas Cromwell, reescrevendo a história de sua paixão: renegando qualquer direito sobre Ana Bolena; afirmando que nenhum contrato de casamento jamais existira entre eles; que, por sua honra como nobre, ele nunca se deitara com ela, e que ela era completamente livre para as mãos, o coração e o leito nupcial do rei. E em garantia de tal depoimento, prestou juramento sobre a Bíblia, enquanto o velho Warham, que foi arcebispo antes de Thomas Cranmer, segurava o livro: e, em compensação por tal depoimento, recebeu o Santíssimo Sacramento, com os olhos de Henrique lhe queimando as costas.

Agora ele, Cromwell, cavalga ao encontro do conde em sua casa de campo em Stoke Newington, que fica a norte e leste da cidade, na estrada de Cambridge. Os criados de Percy recolhem seus cavalos, mas, em vez de entrar de imediato, ele se detém diante da casa para ter uma visão do telhado e das chaminés. "Seria um bom investimento gastar umas cinquenta libras nessa casa antes do inverno", diz ele a Thomas Wriothesley. "Isso, sem contar os pedreiros." Se ele tivesse uma escada, poderia subir e ver o estado da chumbagem. Mas talvez isso não fosse consonante com sua posição. O secretário-mor pode fazer o que quiser, mas o arquivista-mor tem de pensar em seu cargo ancestral e no que é apropriado a esse cargo. Mas e quanto ao representante real em assuntos espirituais, será que ele pode subir em telhados? Quem sabe? O cargo é muito novo e ainda não foi testado. Ele sorri. Certamente seria uma afronta à dignidade do mestre Wriothesley se fosse convocado a segurar a escada. "Estou pensando no investimento que fiz", diz ele a Wriothesley. "Eu e o rei."

O conde lhe deve somas consideráveis, mas deve ao rei dez mil libras. Depois que Harry Percy estiver morto, seu condado será engolido pela Coroa: assim, ele também examina o conde, para avaliar em que condições anda sua saúde. Percy está amarelado, as faces encovadas, parece mais velho do que de fato é: cerca de trinta e quatro, trinta e cinco anos; e esse cheiro azedo que paira no ar o leva de volta a Kimbolton, à antiga rainha trancada em seus aposentos: o quarto com o ar rançoso e abafado como o de uma prisão, e a bacia de vômito que passou por ele nas mãos de uma das damas da rainha. Ele indaga, sem muita esperança: "O senhor não ficou doente por causa da minha visita, espero?".

O conde o examina, das profundezas de seu olho afundado. "Não. Dizem que é meu fígado. Não, no geral, Cromwell, você sempre agiu de forma bastante razoável comigo, devo dizer. Considerando…"

"Considerando a ameaça que lhe fiz." Ele balança a cabeça, triste. "Oh, milorde. Hoje me apresento aqui como um pobre peticionário. O senhor nunca adivinhará minha tarefa."

"Acho que adivinho sim."

"Vim informar-lhe, milorde, que está casado com Ana Bolena."

"Não."

"Vim informar-lhe que, por volta do ano de 1523, fez um contrato secreto de casamento com ela e que, portanto, o suposto casamento com o rei é nulo."

"Não." De algum lugar, o conde encontra uma centelha de seu espírito ancestral, aquele fogo fronteiriço que arde nas partes do Norte do reino e queima todo escocês que surge em seu caminho. "Você me fez jurar, Cromwell. Você veio a mim quando eu estava bebendo no Mark and the Lion e me ameaçou. Fui arrastado perante o conselho e obrigado a jurar sobre a Bíblia que não tinha contrato com Ana. Fui obrigado a acompanhar o rei e receber a comunhão. Você viu, ouviu tudo. Como posso retirar meu juramento agora? Está dizendo que cometi perjúrio?"

O conde está de pé. Ele permanece sentado. Ele não pretende ser descortês; e pensa que, caso se levante, pode acabar pregando um tapa no conde, e até onde se lembra, ele nunca agrediu um homem doente.

"Perjúrio não", explica ele amigavelmente. "Eu lhe digo que, naquela ocasião, sua memória falhou."

"Eu me casei com Ana mas esqueci?"

Ele se recosta na cadeira e considera seu adversário. "Sempre foi um beberrão, milorde, razão pela qual, creio eu, foi reduzido à sua presente condição. No dia em questão eu o encontrei, como o senhor diz, numa taberna. Quem me garante que, ao se apresentar perante o conselho, não estava ainda bêbado? E, portanto, se confundiu quanto ao que estava jurando?"

"Eu estava sóbrio."

"Sua cabeça doía. O senhor estava enjoado. Estava temendo vomitar nos veneráveis sapatos do arcebispo Warham. O medo o perturbou tanto que não conseguiu pensar em mais nada. Não prestou a devida atenção nas perguntas que lhe foram feitas. Não foi sua culpa."

"Mas", contesta o conde, "eu prestei atenção."

"Qualquer conselheiro entenderia sua situação. Todos já estivemos ébrios, uma vez ou outra."

"Afirmo, pela minha alma, que eu estava atento."

"Então considere outra possibilidade. Talvez tenha havido alguma negligência por parte de quem tomou seu juramento. Alguma irregularidade. O velho arcebispo, ele próprio se sentia mal naquele dia. Lembro como as mãos dele tremiam enquanto seguravam o livro sagrado."

"Ele estava entrevado. É comum nessa idade. Mas ele foi competente."

"Se houve algum defeito no procedimento, sua consciência não deve incomodá-lo se quiser agora repudiar seu juramento. Quem sabe, veja bem, talvez nem fosse mesmo uma Bíblia."

"Estava encadernado como uma Bíblia", retruca o conde.

"Eu tenho um livro contábil que muitos confundem com uma Bíblia."

"Principalmente você."

Ele sorri. O conde não está inteiramente lerdo de raciocínio, ainda não.

"E quanto à hóstia sagrada?", indaga Percy. "Eu tomei o sacramento para selar meu juramento, e aquele não era o próprio corpo de Deus?"

Ele faz silêncio. Eu poderia dar um argumento a esse respeito, pensa ele, mas não lhe darei abertura para me chamar de herege.

"Não vou fazer isso", diz Percy. "E não vejo por que deveria. Tudo que ouço é que Henrique pretende matá-la. Não é o bastante que ela esteja morta? Depois que ela estiver morta, que importa com quem ela esteve casada?"

"Importa, num aspecto. Ele suspeita da criança que Ana teve. Mas não quer continuar fazendo investigações para descobrir quem é o pai."

"Elizabeth? Eu já vi aquilo", comenta Percy. "É dele. Isso posso lhe dizer."

"Mas se ela fosse… mesmo que fosse, ele agora pensa em tirá-la da sucessão, por isso, se ele nunca foi casado com a mãe dela… bem, o assunto se resolveria de um só golpe. O caminho estaria aberto para os filhos da sua próxima esposa."

O conde concorda. "Estou entendendo."

"Então, se quer ajudar Ana, essa é sua última chance."

"Como isso vai ajudá-la, ter seu casamento anulado e sua filha tornada bastarda?"

"Pode salvar a vida dela. Se for o suficiente para fazer a ira de Henrique esfriar."

"Você vai fazer de tudo para que não esfrie. Vai empilhar a lenha e soprar o fole, não vai?"

Ele dá de ombros. "Para mim, tanto faz. Eu não odeio a rainha, deixo isso para os outros. Então, se já teve alguma consideração por ela…"

"Eu não posso mais ajudá-la. Só posso ajudar a mim mesmo. Deus sabe a verdade. Você fez de mim um mentiroso quando me apresentei diante de Deus. Agora quer me tornar um tolo diante dos homens. Precisa encontrar outra maneira, secretário-mor."

"Farei isso", diz ele tranquilamente. E se levanta. "Sinto muito que o senhor perca a chance de agradar ao rei." Na porta, ele se vira para trás. "Está teimoso porque está fraco."

Harry Percy ergue os olhos para ele. "Estou pior que fraco, Cromwell. Estou morrendo."

"Vai durar até o julgamento, não vai? Eu o instalarei na bancada dos nobres. Se o senhor não é marido de Ana, está livre para ser juiz dela. O tribunal tem necessidade de homens sábios e experientes como o senhor."

Harry Percy grita atrás dele, mas ele deixa o salão a passos largos e dá aos cavalheiros do lado de fora um cumprimento de cabeça. "Bem", comenta Wriothesley, "eu tinha certeza de que o senhor o traria à razão."

"A razão se foi."

"O senhor parece triste."

"Pareço, Me-Chame? Não vejo por que estaria."

"Ainda podemos libertar o rei. Meu lorde arcebispo descobrirá uma forma. Mesmo que tenhamos que meter Maria Bolena no assunto e dizer que o casamento foi ilegal por motivos de afinidade."

"Nossa dificuldade, no caso de Maria Bolena, é que o rei estava informado dos fatos. Talvez ele não soubesse que Ana estava casada em segredo. Mas sempre soube que ela era irmã de Maria."

"O senhor já fez algo assim?", pergunta Wriothesley, pensativo. "Duas irmãs?"

"É esse o tipo de pergunta que o ocupa neste momento?"

"Somos levados a imaginar. Como seria. Dizem que Maria Bolena foi uma grande prostituta enquanto esteve na corte francesa. Será que o rei Francisco teve as duas?"

Ele fita Wriothesley com um novo respeito. "Aí está um ângulo que eu talvez possa explorar. Pois bem… como você foi um bom menino e não esbofeteou nem xingou Harry Percy, apenas esperou pacientemente do lado de fora como deveria, vou lhe contar uma coisa que você gostará de saber. Certa vez, quando se encontrava num hiato entre patronos, Maria Bolena pediu que eu me casasse com ela."

Wriothesley deixa cair o queixo. Ele o segue proferindo sílabas quebradas. Quê? Quando? Por quê? Só quando já estão a cavalo é que ele fala com clareza: "Deus me fulmine. O senhor seria cunhado do rei!".

"Mas não por muito tempo", responde ele.

O dia está belo e fresco. Eles pegam boa velocidade na volta para Londres. Fosse um outro dia, em companhia de outra pessoa, ele teria apreciado a viagem.

Mas em companhia de quem, ele se pergunta enquanto desmonta em Whitehall. Bess Seymour? "Mestre Wriothesley", pergunta ele, "consegue ler minha mente?"

"Não", responde Me-Chame. Ele parece perplexo e de alguma forma ofendido.

"Acha que algum bispo conseguiria ler minha mente?"

"Não, senhor."

Ele assente. "Tanto melhor."

***

O embaixador imperial chega para vê-lo, usando seu chapéu de Natal. "Especialmente para você, Thomas", diz ele, "porque sei que meu chapéu o alegra." Ele senta-se, faz um gesto para que o criado traga vinho. O criado é Christophe. "Usa esse rufião para todos os propósitos?", pergunta Chapuys. "Não foi ele quem torturou o menino Mark?"

"Em primeiro lugar, Mark não é um menino, é apenas imaturo. Em segundo lugar, ninguém o torturou. Ao menos", diz ele, "não que eu visse ou ouvisse, não sob meu comando ou sugestão, tampouco com minha permissão, expressa ou implícita."

"Vejo que está se preparando para o tribunal", comenta Chapuys. "Uma corda cheia de nós, não foi? Apertada em torno da testa? E então você ameaçou lhe fazer saltar os olhos?"

Ele se irrita. "Talvez isso seja o que fazem lá de onde você vem. Nunca ouvi falar de tal prática."

"Foi o cavalete, então?"

"Poderá vê-lo durante o julgamento. Decida por si mesmo se ele está machucado. Já vi homens que passaram pelo cavalete. Não aqui. No exterior, já vi. Eles têm que ser transportados numa cadeira. Mark está tão ágil quanto nos seus dias de dançarino."

"Se é o que diz." Chapuys parece satisfeito por tê-lo provocado. "E como está sua rainha herética agora?"

"Corajosa como uma leoa. Sinto lhe dizer."

"E orgulhosa, mas farão com que se torne humilde. Ela não é nenhuma leoa, não passa de um desses gatos de Londres que cantam pelos telhados."

Ele se lembra de um gato preto que tinha. Marlinspike. Depois de alguns anos brigando e revirando o lixo, ele sumiu, como os gatos fazem, para recomeçar sua carreira em outro lugar. Chapuys diz: "Como sabe, diversas damas e cavalheiros da corte foram galopando visitar a princesa Maria, para assegurá-la dos seus serviços nos tempos que se aproximam. Achei que você poderia ir também".

Ora essa, pensa ele, já estou totalmente ocupado, mais que totalmente; não é um empreendimento pequeno, derrubar uma rainha da Inglaterra. Ele diz: "Estou certo de que a princesa perdoará minha ausência neste momento. É pelo bem dela".

"Agora você não tem problemas em chamá-la de 'princesa'", observa Chapuys. "Ela será reintegrada, claro, à posição de herdeira de Henrique." Ele aguarda que Chapuys continue. "Ela espera, todos os seus leais seguidores esperam, o próprio imperador espera…"

"A esperança é uma grande virtude. Mas", acrescenta ele, "espero que a alerte de que não deve receber qualquer pessoa sem a permissão do rei. Ou a minha."

"Maria não pode impedi-los de recorrer a ela. Todo o seu antigo séquito. Eles estão se reunindo. Será um novo mundo, Thomas."

"O rei estará ansioso, está ansioso, por uma reconciliação com ela. Ele é um bom pai."

"É uma pena que ele não tenha tido mais oportunidades de demonstrar isso."

"Eustache…" Ele faz uma pausa; ordena, com um gesto, que Christophe saia. "Sei que nunca se casou, mas não tem filhos? Não fique tão alarmado. Estou curioso sobre sua vida. Temos que conhecer melhor um ao outro."

O embaixador se eriça com a mudança de assunto. "Eu não me meto com mulheres. Não como você."

"Eu não daria as costas a um filho. Ninguém jamais veio até mim com tal alegação, mas, se acontecesse, eu reconheceria a criança."

"As damas não desejam prolongar a relação…", sugere Chapuys.

Isso o faz rir. "Talvez você tenha razão. Venha, meu bom amigo, vamos ao nosso jantar."

"Estou ansioso por muitas outras noites de alegre convívio", diz o embaixador, radiante. "Assim que a concubina estiver morta, e a Inglaterra se encontrar em paz."

Os homens na Torre, embora lamentem seu provável destino, não se queixam tão agudamente quanto o rei. De dia, ele anda por aí como uma ilustração do Livro de Jó. À noite percorre o rio, acompanhado de músicos, para visitar Jane.

Apesar de todas as belezas da casa de Nicholas Carew, a residência fica a oito milhas do Tâmisa e, portanto, não é nada conveniente para viagens noturnas, mesmo nessas noites leves de início de verão; o rei quer ficar com Jane até o cair da escuridão. Assim, a futura rainha veio para Londres e foi hospedada por seus apoiadores e amigos. Multidões avançam de um ponto a outro, buscando um vislumbre dela, esticando o pescoço, arregalando os olhos, os curiosos bloqueando portões e içando uns aos outros para cima dos muros.

Os irmãos de Jane distribuem generosidade aos londrinos, na esperança de ganhar vozes a favor dela. Fizeram correr a informação de que ela é uma dama inglesa, uma das nossas; ao contrário de Ana Bolena, que muitos acreditam ser francesa. Mas as multidões estão confusas, até rancorosas: o rei não deveria se casar com uma grande princesa, como Catarina, de uma terra distante?

Bess Seymour diz a ele: "Jane está juntando dinheiro num baú trancado, caso o rei mude de ideia".

"É o que todos deveríamos fazer. Um baú trancado é uma ótima coisa para se ter."

"Ela guarda a chave entre os seios", completa Bess.

"Provavelmente ninguém a apanhará ali."

Bess lhe dirige um olhar divertido, com o rabo do olho.

A essa altura, a notícia da prisão de Ana começa a reverberar pela Europa, e, embora Bess não saiba disso, pedidos de casamento chegam a Henrique a cada hora. O imperador sugere que o rei talvez goste de sua sobrinha, a infanta de Portugal, que viria com quatrocentos mil ducados; e o príncipe português dom Luís poderia se casar com a princesa Maria. Ou, se o rei não quiser a infanta, o que ele diria da duquesa viúva de Milão, uma viúva bastante bela e jovem, que também lhe traria uma boa soma?

São dias de augúrios e portentos para aqueles que valorizam tais coisas e sabem como interpretá-las. As histórias malignas estão saltando dos livros e encenando a si mesmas. Uma rainha está trancada numa torre, acusada de incesto. A nação, a própria natureza, foi perturbada. Fantasmas são vislumbrados em portas, parados junto a janelas, contra paredes, na esperança de entreouvir os segredos dos vivos. Um sino badala sozinho, sem que nenhuma mão humana o tenha tocado. Há uma erupção de falas onde ninguém está presente, e um assobio no ar, como o som de um ferro quente mergulhado em água. Cidadãos serenos são levados a gritar na igreja. Uma mulher atravessa a multidão à porta dele, agarrando o bridão do seu cavalo. Antes que os guardas a arrastem para longe, ela grita: "Deus nos guarde, Cromwell, que homem é o rei! Quantas mulheres ele pretende ter?".

Jane Seymour adquire, ao menos uma vez na vida, um toque de cor nas faces; ou talvez seja reflexo de seu vestido, o suave cor-de-rosa de uma geleia de marmelo.

Declarações, indiciamentos, leis se fazem circular, trocadas entre juízes, promotores, o procurador-geral, o gabinete do lorde chanceler; cada etapa do processo é clara, lógica e projetada para criar cadáveres dentro do devido processo legal. George Rochford será julgado à parte, como nobre; os plebeus serão julgados primeiro. A ordem é enviada à Torre: "Tragam os corpos". Isto é, conduzam os acusados, de nomes Weston, Brereton, Smeaton e Norris, a Westminster Hall, para o julgamento. Kingston os busca na barca; é 12 de maio, uma sexta-feira. Eles são conduzidos por guardas armados através de uma multidão fulminante, que grita suas apostas. Muitos apostadores experientes acreditam que Weston vá escapar; é a campanha de sua família em ação. Mas, para os outros, há empate quanto a suas chances de viver ou morrer. Em Mark Smeaton, que admitiu tudo, ninguém aposta dinheiro algum; a questão é se ele será enforcado, decapitado, submergido em água fervente ou queimado, ou sujeito a alguma nova penalidade que o rei venha a criar.

Essa gente não entende a lei, diz ele a Riche, observando, de uma janela alta, as cenas que se desenrolam lá embaixo. Existe apenas uma sentença para alta traição: para um homem, ser enforcado, cortado vivo e eviscerado, e para uma mulher, ser queimada. O rei pode trocar a sentença para a decapitação; só envenenadores são fervidos vivos. O tribunal pode dar apenas essa sentença em tal caso, que será transmitida da corte às multidões, e mal compreendida, e então aqueles que tiverem ganhado irão trincar os dentes e os que tiverem perdido exigirão seu dinheiro, e haverá brigas e roupas rasgadas e cabeças quebradas e sangue no chão enquanto os acusados ainda estarão presos na sala do tribunal, a dias de sua morte.

Eles só ouvirão as acusações no tribunal e, como é o costume em julgamentos por traição, não terão representação legal. Mas terão uma chance de falar e de representar a si mesmos, e poderão chamar testemunhas: isso se alguém se levantar por eles. Nos últimos anos houve homens julgados por traição que saíram livres, mas estes homens daqui sabem que não vão escapar. Eles têm de pensar em sua família, que deixarão para trás; querem que o rei seja bom para com sua gente, e só isso já deve calar qualquer protesto, evitar qualquer alegação estridente de inocência. É preciso deixar que o tribunal trabalhe desimpedido. Fica entendido, mais ou menos entendido, que, em troca da cooperação deles, o rei lhes concederá a misericórdia da morte pelo machado, que não aumentará sua vergonha; embora haja rumores entre os jurados de que Smeaton será enforcado, porque, sendo homem de origens baixas, ele não tem honra para proteger.

Norfolk é quem preside. Quando os presos são trazidos, os três cavalheiros se afastam de Mark; querem lhe mostrar seu desprezo, mostrar o quanto são melhores que ele. Mas isso os deixa próximos uns dos outros, mais do que desejam; eles não se olham, ele percebe, afastam-se o quanto podem, então parecem retrair-se uns dos outros, debater-se dentro de suas casacas e mangas. Só Mark se declarará culpado. Estava sendo mantido a ferros, para impedir que tentasse destruir a si mesmo: certamente um ato de compaixão, pois teria sido um fiasco. Assim, Mark chega intacto ao tribunal, como prometido, sem marcas de lesões, mas incapaz de evitar as lágrimas. Ele pede misericórdia. Os outros acusados são sucintos, mas respeitosos para com o tribunal: três heróis da liça que veem, abatendo-se sobre eles, o oponente invencível, o rei da Inglaterra em pessoa. Há desafios que eles seriam capazes de vencer, mas as acusações, com suas datas e seus detalhes, passam rápido demais. Eles poderiam marcar um ponto, se insistissem; mas isso só atrasaria o inevitável, e eles sabem disso. Quando eles entram, os guardas têm as alabardas invertidas; mas quando saem, condenados, o fio do machado se volta para eles. Os prisioneiros atravessam o tumulto, homens mortos: arrastados através das fileiras de alabardeiros até o rio, voltando para seu lar temporário, sua antessala, para escrever suas últimas cartas e fazer preparativos espirituais. Todos expressaram arrependimento, embora nenhum além de Mark dissesse pelo quê.

Uma tarde fria: e assim que a multidão se dispersa e o tribunal se dissolve, ele se descobre sentado junto a uma janela aberta com os funcionários que empacotam os documentos, e os observa enquanto cumprem a tarefa, e depois diz, vou para casa agora. Estou indo para minha casa na cidade, para Austin Friars, enviem os documentos para Chancery Lane. Ele é o soberano dos espaços e dos silêncios, das lacunas e das rasuras, do que é perdido ou mal interpretado ou simplesmente mal traduzido, à medida que as notícias deslizam do inglês para o francês e, talvez via latim, para o idioma dos castelhanos e dos italianos, e através de Flandres para os territórios orientais do imperador, atravessando as fronteiras dos principados germânicos rumo à Boêmia e à Hungria e aos reinos nevados que ficam ainda mais longe, e viajam nos navios dos mercadores para a Grécia e o Levante; para a Índia, onde ninguém nunca ouviu falar de Ana Bolena, muito menos de seus amantes e seu irmão; ao longo das rotas da seda, rumam para a China, onde nunca ouviram falar de Henrique, o oitavo com esse nome, nem de nenhum outro Henrique, e até a existência da Inglaterra é para eles um mito obscuro, um lugar onde os homens têm a boca na barriga e as mulheres podem voar, ou gatos governam a nação e homens se agacham diante de tocas de rato para apanhar seu jantar. No salão de Austin Friars, ele se detém por um momento diante da grande imagem de Salomão e a rainha de Sabá; a tapeçaria antes pertencia ao cardeal, mas o rei a tomou e depois, quando Wolsey já estava morto e ele, Cromwell, se elevara em sua posição, deu-lhe de presente, como se envergonhado, como se devolvesse sorrateiramente ao verdadeiro dono algo que nunca deveriam ter tirado dele. Mais de uma vez, o rei o viu observando o rosto da rainha de Sabá com uma espécie de saudade, não porque ele deseje uma rainha, mas porque ela o leva de volta a seu passado, a uma mulher com quem ela por acaso se parece: Anselma, uma viúva da Antuérpia com quem ele poderia ter se casado, ele pensa frequentemente, se não tivesse tomado a decisão súbita de partir de volta para a Inglaterra e de lidar com seu próprio povo. Naqueles dias, ele fazia as coisas de repente: não sem cálculo, não sem cuidado, mas, uma vez que sua mente estava decidida, ele era rápido em se mover. E ele ainda é o mesmo homem. Como seus adversários descobrirão.

"Gregory?" Seu filho ainda está trajando o casaco de montaria, empoeirado da estrada. Ele o abraça. "Deixe-me ver você. Por que veio aqui?"

"O senhor não disse que eu não deveria vir", explica Gregory. "Não me proibiu. Além disso, estou aprendendo a arte de falar em público. Quer me ouvir fazendo um discurso?"

"Sim. Mas não agora. Você não deve viajar pelo campo com apenas um homem ou dois. Algumas pessoas podem tentar machucá-lo, porque sabem que você é meu filho."

"Como sabem?", pergunta Gregory. "Como elas saberiam disso?" Portas se abrem, ouvem-se pés pelas escadas, rostos inquisitivos se aglomeram no salão; as notícias do julgamento o precederam. Sim, confirma ele, são todos culpados, todos condenados, se vão ou não para Tyburn, não sei, mas apelarei ao rei para que ele lhes conceda um fim mais rápido; sim, a Mark também, porque quando ele esteve sob meu teto eu lhe ofereci misericórdia, e esse é o máximo de misericórdia que posso dar.

"Ouvimos dizer que todos estão em dívida, senhor", diz seu secretário Thomas Avery, que faz a contabilidade.

"Ouvimos dizer que uma ameaçadora multidão se aglomerou, senhor", diz um de seus guardas.

O cozinheiro Thurston surge da cozinha, todo enfarinhado: "Thurston ouviu dizer que havia gente vendendo tortas", diz o bufão Anthony. "E eu o que ouvi, senhor? Ouvi dizer que sua nova comédia foi muito bem recebida. E que todos riram, exceto os condenados."

Gregory diz: "Mas ainda pode haver adiamentos da sentença?".

"Indubitavelmente." Ele não tem vontade de acrescentar nada. Alguém lhe deu um copo de cerveja; ele limpa a boca.

"Lembro quando estávamos em Wolf Hall", diz Gregory, "e Weston falou com o senhor de forma tão insolente, e então Rafe e eu, nós o pegamos na nossa rede mágica e o atiramos da janela. Mas não desejávamos realmente matá-lo."

"O rei está saciando sua fúria, e muitos belos cavalheiros serão arruinados." Ele fala para que todos os seus seguidores ouçam. "Quando seus conhecidos lhes disserem, e eles dirão, que fui eu quem condenou esses homens, digam-lhes que foi o rei e um tribunal de justiça, e que todas as formalidades foram cumpridas, e que ninguém foi ferido corporalmente na busca da verdade, qualquer que seja o boato que corra na cidade. E vocês não vão acreditar, por favor, se pessoas mal informadas disserem que esses homens estão morrendo porque eu tenho uma rixa com eles. Isso vai além de rixas. E eu não poderia salvá-los nem se quisesse."

"Mas Sir Wyatt não vai morrer?", pergunta Thomas Avery. Há um murmúrio; Wyatt é muito benquisto nesta casa, por suas maneiras generosas e sua cortesia.

"Tenho que ir para meu escritório agora. Tenho que ler as cartas do exterior. Thomas Wyatt... bem, digamos que eu o aconselhei. Acho que logo o veremos aqui entre nós, mas tenham em mente que nada é certo, a vontade do rei... Não. Já basta."

Ele se cala, Gregory o segue. "Eles são realmente culpados?", pergunta ele quando se veem sozinhos. "Por que tantos homens? Não teria sido melhor para a honra do rei se ele culpasse apenas um?"

Ele responde secamente: "Isso o distinguiria em demasia, o cavalheiro em questão".

"Ah, quer dizer que as pessoas comentariam, Harry Norris tem um pau maior que o do rei, e sabe o que fazer com ele?"

"Que jeito com as palavras que você tem, realmente. O rei está inclinado a atravessar tudo isso com paciência, e enquanto outro homem se esforçaria por ser sigiloso, ele sabe que não pode ser, porque ele é um homem público. Ele acredita, ou ao menos deseja mostrar, que a rainha não fez distinções na escolha dos seus amantes, que ela é impulsiva, que sua natureza é má e ela não pode controlá-la. E agora que se descobriu que tantos homens pecaram com ela, esvai-se qualquer defesa possível, entende? É por isso que eles foram julgados primeiro. Se eles são culpados, então ela também tem que ser."

Gregory assente. Ele parece entender, mas talvez não passe de aparência. Quando Gregory pergunta "Eles são culpados?", ele quer dizer, "Eles fizeram mesmo aquilo?". Mas quando ele diz "Eles são culpados?", ele quer dizer, "O tribunal os julgou culpados?". O mundo do advogado é um todo em si mesmo, do qual o ser humano é excluído. Foi um triunfo, de certa forma, desemaranhar aquela confusão de coxas e línguas, pegar aquela massa de carne sôfrega e aplainá-la sobre o papel branco: assim como o corpo, depois do clímax, recai sobre o linho branco. Ele já viu belos indiciamentos, sem uma palavra desperdiçada sequer. Mas aquele não foi um deles: as frases colidiam e se esbarravam, se empurravam e transbordavam, feias em conteúdo e forma. O projeto contra Ana teve gestação profana e parto prematuro, uma massa de tecidos que nasceu sem ossos; foi preciso dar-lhe forma com lambidas, assim como a ursa lambe seu filhote. Você o alimentou, mas não sabia o que estava nutrindo: quem imaginaria Mark confessando, ou Ana agindo em todos os aspectos como uma mulher culpada, oprimida sob o peso dos seus pecados? É como os homens disseram hoje no tribunal: somos culpados de todos os tipos de acusações, todos pecamos, todos estamos empesteados de crimes que, mesmo à luz da Igreja e do Evangelho, talvez não saibamos quais são. Chegou um comunicado do Vaticano, o lugar dos especialistas em pecado, de que qualquer oferta de amizade, qualquer gesto de reconciliação por parte do rei Henrique seria bem-visto neste momento difícil; pois, enquanto muitos outros se espantam, em Roma ninguém está surpreso com o rumo que os eventos tomaram.

Em Roma, é claro, seria banal: adultério, incesto, eles apenas dão de ombros. Quando ele estava no Vaticano, nos tempos do cardeal Bainbridge, logo viu que ninguém na corte papal entendia o que estava acontecendo, nunca; e o papa menos ainda. A intriga alimenta a si mesma; conspirações não têm nem mãe nem pai, e mesmo assim crescem bem nutridas: a única coisa que se sabe é que ninguém sabe de nada.

Contudo, pensa ele, em Roma existe pouca dissimulação no processo da lei. Nas prisões, quando um agressor é esquecido e morre de fome, ou quando é espancado até a morte por seus carcereiros, eles só enfiam o corpo dentro de um saco e o rolam até o rio e o chutam para dentro d'água, e dali ele acaba se misturando à correnteza geral do Tibre.

Ele ergue os olhos. Gregory permanece sentado em silêncio, respeitando seus pensamentos. Mas agora ele pergunta: "Quando eles vão morrer?".

"Não pode ser amanhã, eles precisam de tempo para resolver seus assuntos. E a rainha será julgada na Torre na segunda-feira, então tem que ser depois disso, Kingston não pode... O júri será público, veja bem, a Torre estará lotada de gente..." Ele imagina um horrível empurra-empurra, os condenados tendo de lutar para chegar ao cadafalso, abrindo caminho duramente por entre as hordas desejosas de ver uma rainha em julgamento.

"Mas o senhor estará lá para assistir?", insiste Gregory. "Quando ocorrerá de fato? Eu poderia ajudá-los uma última vez, lhes oferecer meu respeito e minhas orações, mas não posso fazê-lo a menos que o senhor esteja lá. Sou capaz de desmaiar."

Ele assente. É bom ser realista nessas questões. Em sua juventude, ele ouviu lutadores de rua se gabando da força de seu estômago, mas depois desmaiando diante de um dedo cortado; em todo caso, estar numa execução não é como estar numa briga: há medo, e o medo é contagioso, ao passo que numa briga não há tempo para medo, e as pernas só começam a tremer quando tudo já está acabado. "Se eu não estiver lá, Richard estará. É uma intenção gentil, e, embora vá lhe causar dor, sinto que é uma forma de demonstrar respeito." Ele não consegue prever o que vai acontecer durante a próxima semana. "Depende... a anulação precisa passar, então depende da rainha, de como ela nos ajudará, se dará seu consentimento." Ele pensa em voz alta: "Pode ser que eu esteja em Lambeth com Cranmer. E, por favor, querido filho, não me pergunte por que tem de haver uma anulação. Saiba apenas que é o desejo do rei".

Ele descobre que simplesmente não consegue pensar nos homens condenados. Em vez disso, surge em sua mente a imagem de More no cadafalso, entrevisto através do véu da chuva: seu corpo, já morto, saltando para trás, num movimento fluido, depois do impacto do machado. Quando caiu, o cardeal não teve perseguidor mais implacável que Thomas More. No entanto, pensa ele, eu não o odiava. Usei de todas as minhas habilidades na tentativa de persuadi-lo a se reconciliar com o rei. E eu achava que o convenceria, eu realmente achava que sim, pois ele era apegado ao mundo, apegado à própria pessoa, e tinha muito por que viver. No final, More foi seu próprio assassino. Ele escreveu e escreveu e falou e falou, e depois, de um só golpe repentino, derrubou a si mesmo. Se alguma vez houve um homem que praticamente decapitou a si mesmo, esse homem foi Thomas More.

A rainha veste escarlate e negro e, em vez de um capuz, usa um vistoso gorro, com plumas pretas e brancas por toda a borda. Lembre-se dessas plumas, diz ele a si mesmo; essa será a última vez, ou quase isso. Como ela estava, perguntarão as mulheres. Ele poderá responder que ela parecia pálida, mas destemida. Como será para Ana, entrar naquela grande câmara e se postar diante dos nobres da Inglaterra, todos homens e nenhum a desejando? Ana está contaminada agora, é carne morta, e em vez de cobiçá-la — seios, cabelo, olhos —, os olhares se desviam. Só tio Norfolk a encara, ferozmente: como se a cabeça que ele vê não fosse a cabeça da Medusa.

No centro do grande salão da Torre foi construída uma plataforma com bancos para os juízes e nobres, e há alguns bancos também nas arcadas laterais, mas a maior parte dos espectadores está de pé, empurrando uns aos outros e tentando avançar até que os guardas dizem "Ninguém mais entra" e bloqueiam as portas com traves. Mesmo assim eles continuam a empurrar, e o ruído aumenta à medida que aqueles que conseguiram entrar ocupam o fosso do tribunal, todos se acotovelando, até que Norfolk, com o bastão branco do cargo na mão, pede silêncio, e, pela expressão furiosa em seu rosto, até a pessoa mais ignorante na turba sabe que ele fala a sério.

Lá está o lorde chanceler, sentado junto ao duque para provê-lo dos melhores conselhos legais no reino. Lá está o conde de Worcester, cuja esposa, por assim dizer, foi quem começou tudo isso; e o conde dirige a ele um olhar odioso, ele não sabe por quê. Lá está Charles Brandon, duque de Suffolk, que odiou Ana desde que pôs os olhos nela, e demonstrou isso claramente diante do rei. Lá estão o conde de Arundel, o conde de Oxford, o conde de Rutland, o conde de Westmorland: e entre tais homens ele se move com suavidade, o simples Thomas Cromwell, um cumprimento aqui e uma palavra ali, distribuindo segurança: o caso movido pela Coroa está correndo em ordem, nenhum transtorno é esperado nem será tolerado, esta noite estaremos todos em casa para jantar e dormir com segurança em nossas camas. Lorde Sandys, lorde Audley, lorde Clinton e muitos lordes mais, cada um deles assinalado numa lista à medida que tomam seu lugar: lorde Morley, sogro de George Bolena, que o toma pela mão e diz, por favor, Thomas Cromwell, se você me estima, não deixe que esse assunto sórdido resvale na minha pobre filhinha Jane.

Você não a tratou como sua pobre filhinha, pensa ele, quando a casou e a despachou sem lhe perguntar nada; mas isso é comum, não se pode culpá-lo como pai, pois, como o rei certa vez disse com tristeza, só os homens e as mulheres muito pobres é que são livres para escolher a quem amam. Ele corresponde ao aperto de mão de lorde Morley e lhe deseja coragem, e o incita a tomar seu assento, pois a prisioneira está entre nós e o tribunal preparado.

Ele se curva aos embaixadores estrangeiros; mas onde está Chapuys? Chega a mensagem de que Chapuys está sofrendo de uma febre quartã: ele envia em resposta, fico triste em saber, que ele mande pedir na minha casa qualquer coisa que possa lhe trazer conforto. Digamos que a febre eclodiu hoje, dia um: sua maré diminuirá amanhã, até quarta-feira ele estará de pé, embora trêmulo; mas na noite de quinta cairá outra vez, e a febre irá sacudi-lo em suas garras.

O procurador-geral lê a acusação, e isso leva algum tempo: crimes perante a lei, crimes perante Deus. Ao se pôr de pé para a promotoria, ele está pensando, o rei espera um veredicto até o meio da tarde; e lançando os olhos ao outro lado do salão, ele vê Francis Bryan, ainda em seu casaco de viagem, pronto para partir pelo rio com uma mensagem aos Seymour. Fique firme, Francis, pensa ele, isso pode levar algum tempo, talvez as coisas esquentem por aqui.

A essência do caso é material para uma ou duas horas de exposição, mas quando há noventa e cinco nomes a ser verificados, dos juízes e nobres, então o arrastar de pés e os pigarros, os narizes assoados, o ajuste de togas e faixas na cintura — todos esses rituais distrativos de que alguns homens necessitam antes de falar em público —, com tudo isso, é claro que o dia se prolongará; a rainha é uma presença imóvel, ouvindo atentamente em sua cadeira enquanto a lista de seus crimes é lida em voz alta, o catálogo vertiginoso de horas, datas, lugares, de homens, de seus membros, de suas línguas: entrando na boca, saindo da boca, em diversos recessos do corpo, em Hampton Court e no palácio de Richmond, em Greenwich e Westminster, em Middlesex e Kent; e em seguida vêm as palavras chulas e as provocações, as discussões enciumadas e as intenções doentias, a declaração, pela rainha, de que, quando seu esposo estivesse morto, ela escolheria um deles para marido, mas ainda não podia dizer qual. "A senhora disse isso?" Ela balança a cabeça em negativa. "Deve responder em voz alta."

Uma voz gelada e diminuta: "Não".

É tudo o que ela dirá, não, não e não: e uma vez ela responde "Sim", quando lhe perguntam se ela deu dinheiro a Weston, e ela hesita e admite; e há um clamor da multidão, e Norfolk interrompe o processo e ameaça mandar prender a todos se não ficarem em silêncio. Em qualquer país bem-ordenado, disse Suffolk ontem, o julgamento de uma nobre seria conduzido sob uma privacidade decente; ele revirou os olhos em desdém e respondeu, mas, milorde, aqui é a Inglaterra.

Norfolk conseguiu o silêncio, uma calma crepitante, pontuada por tosses e sussurros; o duque está pronto para que a acusação recomece, e diz: "Muito bem, prossiga, hã... você". Não pela primeira vez, Norfolk se confunde por ter que falar com um plebeu que não é um cavalariço ou um cocheiro, mas um ministro do rei: o lorde chanceler se inclina à frente e sussurra, talvez recordando o duque de que o promotor é o senhor arquivista-mor. "Prossiga, vossa senhoria", diz o duque, mais polido. "Por favor, prossiga."

Ela nega traição, este é o ponto principal: ela nunca levanta a voz, mas não se rebaixa a engrandecer as acusações, nem a justificá-las, nem a exauri-las, nem a mitigá-las. E não há ninguém para fazê-lo por ela. Ele se lembra do que o velho pai de Wyatt certa vez lhe contou, de que uma leoa à morte pode mutilar você, rasgá-lo com sua garra e assim marcá-lo para toda a vida. Mas ele não sente ameaça alguma, tensão alguma, absolutamente nada. Ele é um bom orador, conhecido por sua eloquência, seu estilo e sua audibilidade, mas hoje ele não tem interesse em saber se é ouvido ou não, não além dos juízes e dos acusados, pois tudo o que o povo escutar será mal interpretado: por isso sua voz parece diminuir para um murmúrio sonolento que ecoa na sala, a voz de um padre do interior arrastando suas orações, não mais alta que uma mosca zumbindo num canto, batendo contra o vidro; com o rabo do olho ele vê o procurador-geral reprimindo um bocejo, e pensa, fiz o que achei que nunca conseguiria fazer, peguei adultério, incesto, conspiração e traição e os transformei em rotina. Não precisamos de nenhuma falsa comoção. Afinal, isso é um tribunal, não o circo romano.

A votação se arrasta: é um empreendimento demorado; a corte implora por brevidade, nada de discursos, por favor, uma palavra será suficiente: noventa e cinco votam pela culpa, e não há um único votante a sustentar inocência. Quando Norfolk começa a ler a sentença, o rugido se ergue de novo, e é possível sentir a pressão das pessoas do lado de fora tentando entrar, de forma que o salão parece balançar lentamente, como um barco em suas amarras. "Com o próprio tio!", berra alguém, e o duque bate o punho na mesa e proclama que derramará sangue. Isso produz algum silêncio; a quietude lhe permite concluir: "... teu julgamento é este: serás queimada aqui, no interior da Torre, ou terás tua cabeça cortada, pois a vontade do rei ainda está por ser conhecida...".

Ouve-se um ganido de um dos juízes. O homem se inclina à frente, murmurando furiosamente; Norfolk parece irado; os advogados se amontoam, os nobres esticam o pescoço para descobrir qual é o motivo da delonga. Ele se aproxima. Norfolk diz: "Esses sujeitos estão me dizendo que não fiz direito, que não posso dizer fogueira ou decapitação, que tenho que dizer uma coisa só, e segundo eles deve ser a fogueira; é assim que uma mulher traidora é supliciada".

"Lorde Norfolk recebeu tais instruções do rei." Ele pretende esmagar a oposição, e consegue. "A forma de declarar está de acordo com a vontade do rei, e, além disso, não venham me dizer o que pode e o que não pode ser feito, nunca julgamos uma rainha antes."

"Estamos inventando à medida que avançamos", acrescenta o lorde chanceler, amigavelmente.

"Termine o que estava declarando", diz ele a Norfolk, e recua.

"Acho que já terminei", responde Norfolk, coçando o nariz. "... cabeça cortada, pois a vontade do rei ainda está por ser conhecida quanto a isso."

O duque baixa a voz e conclui em tom de conversa casual; e assim a rainha termina por nunca ouvir o final da própria sentença. Contudo, ela capta a essência do que foi decidido. Ele a vê se erguendo de sua cadeira, ainda imperturbável, e pensa, ela não acredita; por que ela não acredita? Ele dirige o olhar ao local onde Francis Bryan estava parado, mas o mensageiro já se foi.

É hora de seguir com o julgamento de Rochford; eles precisam retirar Ana antes que seu irmão entre. A solenidade da ocasião se dissipou. Os membros mais idosos da corte têm de sair para urinar, e os jovens, para estender as pernas e mexericar um pouco, e coletar as últimas opiniões para avaliar as probabilidades de absolvição para George. As apostas estão a favor dele, embora seu rosto, quando Rochford é trazido, mostre que ele não tem ilusões. Para aqueles que insistem que George será absolvido, ele, Cromwell, disse: "Se lorde Rochford conseguir satisfazer o tribunal, ele será libertado. Vejamos como será sua defesa".

Ele só tem um medo real: que Rochford não seja vulnerável à mesma pressão que os outros homens, porque ele não está deixando para trás ninguém a quem ama. Sua esposa o traiu, seu pai o desertou e seu tio presidirá o tribunal que fará seu julgamento. Ele acredita que George falará com eloquência e espírito, e acerta em sua previsão. Quando as acusações são lidas para o réu, George pede que sejam apontadas uma a uma, cláusula por cláusula: "Pois o que é seu tempo mundano, cavalheiros, perante a garantia de eternidade de Deus?". Abrem-se sorrisos: admiração por sua urbanidade. Bolena se dirige a ele, Cromwell, diretamente: "Leia para mim, uma por uma. As horas, os lugares. Vou refutá-lo".

Mas a disputa não é de igual para igual. Ele tem seus papéis e, se for preciso, pode largá-los na mesa e apresentar o caso mesmo sem tal recurso; ele conta com sua memória bem treinada, com seu habitual autocontrole, seu tom de orador que não exerce pressão alguma sobre a garganta, a urbanidade de suas maneiras que não exercem pressão alguma sobre as emoções; e se George pensa que ele vacilará lendo os detalhes de carícias administradas e recebidas, então George não conhece o lugar de onde ele vem: os tempos, os costumes que formaram o secretário-mor. Em breve, lorde Rochford começará a soar como um garoto magoado, choroso; ele está lutando por sua vida e, portanto, está em desigualdade com um homem que parece tão indiferente ao resultado; que o júri o absolva se quiser: haverá outro julgamento, ou um processo mais informal, ao fim do qual George será um cadáver destroçado. Ele acha, também, que em breve o jovem Bolena perderá a compostura, que exibirá seu desprezo por Henrique, e assim tudo estará acabado para ele. Ele entrega um documento a Rochford: "Há certas palavras escritas aqui que se acredita terem sido ditas pela rainha, dirigidas ao senhor, e as quais o senhor, por sua vez, disse a outras pessoas. Não precisa ler em voz alta. Apenas diga ao tribunal: reconhece estas palavras?".

George sorri com desdém. Saboreando o momento, ele ri: ele respira fundo; ele lê as palavras em voz alta. "O rei não é capaz de copular com uma mulher, ele não tem nem habilidade nem vigor."

George leu porque achou que o público fosse gostar. E eles de fato gostam, ainda que as risadas sejam repletas de choque, de incredulidade. Mas por parte de seus juízes — e o que importa são eles — há um audível rumor de desaprovação. George ergue os olhos. Joga as mãos para o alto. "Estas não são palavras minhas. Eu não as proferi."

Mas ele agora as proferiu. Num momento de bravata, para obter o aplauso da multidão, ele impugnou a sucessão, invalidou os herdeiros do rei: mesmo tendo sido advertido a não fazê-lo. Ele, Cromwell, acena com a cabeça. "Foi-nos relatado que o senhor espalhou rumores de que a princesa Elizabeth não seria filha do rei. Ao que parece, a informação procede, pois o senhor continua a sugerir isso até mesmo neste tribunal."

George fica em silêncio.

Ele dá de ombros e se vira. É duro para George não poder sequer mencionar as acusações contra si sem se tornar culpado delas. Como promotor, ele teria preferido que aquele aspecto não houvesse sido mencionado, a dificuldade do rei; no entanto, não é maior vergonha para Henrique que comentem isso em tribunal se já o dizem nas ruas, e em tabernas onde se canta a balada do Rei Pauzinho Curto e sua esposa, a bruxa. Em tais circunstâncias, o homem quase sempre põe a culpa na mulher. Algo que ela fez, algo que ela disse, o olhar terrível que ela lhe dirigiu quando ele vacilou, a expressão desdenhosa no rosto dela. Henrique tem medo de Ana, pensa ele. Mas será potente com sua nova esposa.

Ele se recompõe, reúne seus papéis; os juízes desejam confabular. O caso contra George é na verdade bastante frágil, mas se as acusações forem retiradas, Henrique encontrará outro motivo para processá-lo e será duro com sua família, e não apenas com os Bolena, com os Howard também: por essa razão, pensa ele, tio Norfolk não o deixará escapar. E ninguém afirmou serem as acusações inverossímeis, nem neste julgamento nem nos anteriores. A história toda agora se tornou algo em que é possível acreditar, que esses homens conspirariam contra o rei e copulariam com a rainha: Weston porque é imprudente, Brereton porque é um veterano no pecado, Mark porque é ambicioso, Henry Norris porque é íntimo, é próximo, porque confundiu sua própria pessoa com a pessoa do rei; e quanto a George Bolena, ele parece culpado não apesar de ser irmão da rainha, mas justamente por ser irmão dela. Os Bolena, todos sabem, fazem o que for preciso para governar; se Ana alçou-se ao trono, passando por sobre os cadáveres dos que foram derrubados, não seria capaz também de pôr nele um bastardo Bolena?

Ele fita Norfolk, que lhe dirige um aceno de cabeça. Então não há dúvida quanto ao veredicto nem quanto à sentença. A única surpresa é Harry Percy. O conde se ergue de seu lugar. Está ali parado, de pé, a boca ligeiramente aberta, e um silêncio desce sobre a sala, não o sussurrante e farfalhante arremedo de silêncio que o tribunal por enquanto tolerou, mas uma quietude completa, expectante. Ele se lembra de Gregory: quer me ouvir fazendo um discurso? O conde então se dobra para a frente, emite um gemido e, com um estrondo, cai ao chão. Imediatamente, seu corpo inerte é cercado por guardas e um grande rugido se eleva: "Harry Percy está morto!".

Improvável, pensa ele. Vão reanimá-lo. Estamos no meio da tarde, de um dia quente e abafado, e, por si só, as provas e as declarações escritas apresentadas aos juízes seriam suficientes para derrubar um homem saudável. Há uma capa de tecido azul sobre as novas tábuas da plataforma onde os juízes estão sentados, e ele vê os guardas a arrancarem do chão e improvisarem um manto para carregar o conde; e uma lembrança o arrebata, Itália, calor, sangue, ele erguendo e rolando e depositando um moribundo sobre um amontoado de panos de selaria, os próprios panos já usurpados dos mortos, transportando-o para a sombra do muro de — do quê? Uma igreja, uma fazenda? — apenas para que ele morresse alguns minutos depois, praguejando, tentando enfiar as entranhas de volta pelo ferimento do qual se derramavam, como se o sujeito quisesse deixar este mundo de maneira limpa e arrumada.

Ele sente náuseas, senta-se junto ao procurador-geral. Os guardas levam o conde para fora, a cabeça pendendo para o lado, os olhos fechados, os pés balançando. O homem a seu lado diz: "Eis aí mais um homem que a rainha arruinou. Creio que levará anos até que venhamos a saber de todos".

É verdade. O julgamento é um arranjo provisório, um ajuste para fazer a troca: sai Ana, entra Jane. Seus efeitos ainda não foram testados, suas ressonâncias ainda não foram sentidas; mas ele já espera um tremor no coração do corpo político, um engulho no estômago da nação. Ele se ergue e se aproxima de Norfolk para exortá-lo a retomar o julgamento. George Bolena — suspenso como está entre o julgamento e a condenação — parece prestes a desabar no chão também, e faz algum tempo que começou a chorar. "Providenciem para lorde Rochford uma cadeira", ordena ele. "Tragam-lhe algo de beber." Ele é um traidor, mas ainda é um conde; pode ouvir sentado sua sentença de morte.

No dia seguinte, 16 de maio, ele está na Torre com Kingston, nos próprios aposentos do condestável. Kingston está inquieto porque não sabe que tipo de cadafalso preparar para a rainha: ela está sob uma sentença dúbia, à espera de uma decisão do rei. Cranmer se encontra com ela em seus aposentos, em visita para ouvir sua confissão, e talvez lhe sugira delicadamente que sua cooperação agora poderá poupá-la da dor. Que o rei ainda tem misericórdia em si.

Um guarda na porta, dirigindo-se ao condestável: "Chegou um visitante. Não para o senhor. Para mestre Cromwell. É um cavalheiro estrangeiro".

É Jean de Dinteville, que esteve aqui em missão diplomática por volta da época em que Ana foi coroada. Jean aparece à porta com uma pose: "Fui informado de que o encontraria aqui, e como o tempo é curto...".

"Meu caro amigo." Eles se abraçam. "Eu nem sabia que você estava em Londres."

"Acabo de sair do barco."

"Sim, nota-se."

"Não sou um marinheiro." O embaixador dá de ombros; ou ao menos suas enormes ombreiras se mexem, depois baixam novamente; nesta manhã agradável, ele está embrulhado em camadas desconcertantes de roupa, mais como um homem se vestiria para enfrentar novembro. "Pois então: pareceu-me melhor vir aqui encontrá-lo antes que volte a jogar boules, que, acredito eu, é o que geralmente faz quando deveria estar recebendo nossos representantes. Fui enviado para lhe falar sobre o jovem Weston."

Deus do céu, pensa ele, Sir Richard Weston conseguiu subornar o rei da França?

"Em cima da hora. Weston está condenado a morrer amanhã. O que tem ele?"

"O que nos inquieta", diz o embaixador, "é a galanteria sendo punida. Certamente o jovem não é culpado de nada além de um ou dois poemas, não? De alguns elogios e brincadeiras? Talvez o rei possa poupar sua vida. Entendemos que, por um ano ou dois, ele seria aconselhado a se manter longe da corte... em viagem, talvez?"

"Ele tem esposa e filho pequeno, monsieur. Não que a lembrança deles tenha impedido seu comportamento alguma vez."

"Tanto pior, se o rei mandar matá-lo. Henrique não estima sua reputação como um príncipe misericordioso?"

"Ah, sim. Ele fala muito sobre isso. Monsieur, meu conselho é, esqueçam Weston. Por mais que meu amo reverencie e respeite o seu, ele não aceitará de bom grado que o rei Francisco venha interferir em algo que é, afinal, um assunto de família, algo cujas consequências ele sente na sua própria pessoa."

Dinteville acha graça. "Realmente podemos chamar de assunto de família."

"Percebi que vocês não pedem misericórdia para lorde Rochford. Ele foi embaixador, seria de se imaginar que o rei da França se importasse mais com ele."

"Ah, bem", responde o embaixador. "George Bolena. Compreendemos que está ocorrendo uma mudança de regime, e sabemos o que isso acarreta. Toda a corte francesa tem esperanças, claro, de que o monsenhor não seja arruinado."

"Wiltshire? Ele tem servido bem aos franceses, vejo que sentiriam sua falta. Mas ele não está em perigo no momento. Claro, não esperem que sua influência permaneça como antes. Uma mudança de regime, como você mesmo apontou."

"Permite-me dizer...", o embaixador faz uma pausa para saborear o vinho, para mordiscar uma bolacha trazida pelos criados de Kingston, "... que nós na França achamos toda essa história incompreensível? Se Henrique quer se livrar da sua concubina, ele com certeza poderia fazê-lo discretamente, não?"

Os franceses não compreendem tribunais ou parlamentos. Para eles, as melhores ações são as ações ocultas. "E se ele precisa exibir sua vergonha para o mundo, um ou dois adultérios não seriam o bastante? No entanto, Cremuel", o embaixador o percorre com os olhos, "podemos falar de homem para homem, não podemos? A grande questão é, Henrique consegue cumprir seu papel de homem? Porque, pelo que ouvimos, ele se prepara e em seguida sua esposa lhe dirige um certo olhar. E suas esperanças murcham. Isso nos soa como feitiçaria, pois é comum que bruxas tornem os homens impotentes. Mas", acrescenta ele, com uma expressão de cético desprezo, "não consigo imaginar um francês sendo afligido dessa maneira."

"Você precisa entender que, embora Henrique seja um homem em todos os aspectos, ele é um cavalheiro, e não um cachorro arfando na sarjeta com... Bem, não direi nada do tipo de mulher que é da preferência do rei de vocês.

Esses últimos meses", ele respira fundo, "em particular essas últimas semanas, têm sido um período de grande provação e sofrimento para meu amo. Ele agora busca a felicidade. Não tenha dúvida de que seu novo casamento trará segurança ao reino e promoverá o bem-estar da Inglaterra."

Ele está falando como se escrevesse; já transformando sua versão em despachos.

"Ah, sim", diz o embaixador, "aquela mocinha. Também não se ouvem grandes elogios à sua beleza ou inteligência. Ele não pretende se casar com ela de fato, pretende? Mais uma mulher sem importância? Quando o imperador lhe oferece uniões tão lucrativas... pelo menos é o que ouvimos. Nós compreendemos tudo, Cremuel. Como homem e mulher, o rei e a concubina podem ter suas disputas. Entretanto, há mais gente no mundo além dos dois, isso não é o Jardim do Éden. No fim das contas, é à nova política que ela não interessa. De certa forma, a antiga rainha protegia a concubina, e desde que ela morreu, Henrique vem tramando como se tornar um homem respeitável novamente. Assim, ele deve se casar com a primeira mulher honesta que vê e, para dizer a verdade, não importa realmente se ela é parente do imperador ou não, porque, com os Bolena fora de jogo, Cremuel está em alta, e ele garantirá que o conselho esteja lotado de imperialistas." Seus lábios se curvam; talvez seja um sorriso. "Cremuel, eu gostaria que me contasse quanto o imperador Carlos lhe paga. Não tenho a menor dúvida de que poderíamos cobrir o valor."

Ele ri. "Seu amo está sentado em espinhos. Ele sabe que os cofres do meu rei estão se enchendo de dinheiro. Teme que Henrique faça uma visita à França, e em armas."

"Vocês sabem o que devem ao rei Francisco." O embaixador está irritado. "Somente nossas negociações, as mais astutas e sutis negociações, impedem o papa de eliminar seu país da lista de nações cristãs. Temos sido, creio eu, amigos leais da Inglaterra, representando sua causa melhor do que vocês mesmos o fazem."

Ele assente. "É sempre um prazer ouvir os franceses elogiando a si mesmos. Gostaria de jantar comigo esta semana? Uma vez que isso esteja acabado? E depois que seu enjoo passar?"

O embaixador inclina a cabeça. O brasão em seu gorro cintila; é um crânio de prata. "Eu informarei ao meu amo que, infelizmente, tentei e falhei na questão de Weston."

"Diga que chegou tarde demais. A maré não estava a seu favor."

"Não, eu direi que Cremuel não estava a meu favor. A propósito, você sabe o que Henrique fez, não sabe?" Ele parece achar graça. "Semana passada, mandou buscar um carrasco francês. Não de uma das nossas cidades, mas o homem que corta cabeças em Calais. Parece que o rei não confia em nenhum inglês para decapitar sua esposa. Eu me admiro que ele mesmo não a arraste para fora da Torre e não a estrangule na rua."

Ele se vira para Kingston. O condestável é um homem idoso agora, e embora tenha estado na França há quinze anos, a serviço do rei, nunca mais praticou o idioma; o conselho do cardeal era, fale em inglês e grite bem alto.

"Ouviu isso?", indaga ele. "Henrique mandou buscar o carrasco de Calais."

"Santo Deus", exclama Kingston. "Mandou buscar antes do julgamento?"

"É o que diz o monsieur embaixador."

"Fico feliz em saber", responde Kingston, devagar e em voz alta. "Minha mente. Muito aliviada." Ele dá tapinhas na cabeça. "Pelo que sei, ele costuma usar uma…" E faz um movimento de quem corta o ar.

"Sim, uma espada", diz Dinteville, em inglês. "Podem confiar que verão um desempenho gracioso." Ele toca o chapéu. "*Au revoir*, secretário-mor."

Eles observam Dinteville se retirar. É uma performance em si; seus criados precisam rodeá-lo em mais mantos. Quando esteve aqui em sua última missão, ele passou o tempo todo sufocando sob mantas, tentando suar uma febre apanhada devido ao ar inglês, à umidade e ao frio penetrante.

"O pequeno Jeannot", diz ele, o olhar ainda no rastro do embaixador. "Ainda teme o verão inglês. E o rei Francisco, quando teve sua primeira audiência com Henrique, não conseguia parar de tremer de terror. Tivemos que segurá-lo para mantê-lo de pé, Norfolk e eu."

"Eu entendi mal", indaga o condestável, "ou ele disse que Weston era culpado de poemas?"

"Algo assim." Ana, ao que parece, era um livro deixado aberto numa mesa para que qualquer um escrevesse em suas páginas, onde apenas seu marido deveria rabiscar.

"Bem, uma coisa a menos para eu me preocupar", diz o condestável. "Já viu uma mulher queimada? É algo que eu nunca gostaria de ver, juro por Deus."

Quando Cranmer chega para vê-lo na noite de 16 de maio, o arcebispo parece doente, com sulcos escuros que lhe descem do nariz ao queixo. Essas marcas estavam ali há um mês? "Quero que tudo isso acabe", diz ele, "quero voltar para Kent."

"Deixou Grete lá?", pergunta ele educadamente.

Cranmer assente. Parece quase incapaz de dizer o nome da esposa. Ele se apavora a cada vez que o rei fala de casamento, e, claro, nos últimos tempos o rei praticamente não fala de outra coisa. "Ela teme que, com a próxima rainha, o rei volte a se unir a Roma e sejamos forçados a nos separar. Eu digo a ela, não, eu conheço a determinação do rei. Mas não sei dizer se ele mudará de opinião sobre o celibato, se permitirá que padres vivam abertamente com suas esposas... se eu achasse que não há esperança quanto a isso, creio que deveria deixá-la ir para casa, antes que não haja mais nada lá para ela. Sabe como é, em poucos anos as pessoas morrem, esquecem você, você esquece a própria língua, ou assim imagino."

"Há grandes esperanças", responde ele com firmeza. "E diga a ela que dentro de alguns meses, no novo Parlamento, eu já terei apagado todos os vestígios de Roma dos livros estatutários. E então, sabe como é", ele sorri, "uma vez que os bens estejam distribuídos... bem, uma vez que eles tenham sido direcionados para os bolsos dos ingleses, não serão revertidos para os bolsos do papa." Ele pergunta: "Como estava a rainha, ela lhe fez sua confissão?".

"Não. Ainda não é o momento. Ela confessará. No momento final. Se esse momento chegar."

Ele fica feliz por Cranmer. O que seria pior neste momento? Ouvir uma mulher culpada admitindo tudo, ou ouvir uma mulher inocente suplicando? E ter que manter o silêncio, em ambos os casos? Talvez Ana espere até que não haja esperança de clemência, preservando seus segredos até lá. Ele entende isso. Ele faria o mesmo.

"Contei a ela sobre os arranjos feitos", diz Cranmer, "para a audiência de anulação. Falei que será em Lambeth, que será amanhã. Ela perguntou, o rei estará lá? Eu disse não, senhora, ele envia seus procuradores. Ela comentou, ele está ocupado com Seymour, e depois se repreendeu, dizendo, eu não deveria falar contra Henrique, certo? Eu respondi, seria imprudente. Ela me perguntou, posso ir a Lambeth, para interceder em meu nome? Eu respondi, não, não há necessidade, também foram nomeados procuradores para a senhora. Ana pareceu ficar abatida. Mas depois ela falou, diga-me o que o rei quer que eu assine. Seja o que for que o rei deseje, eu aceitarei. Talvez ele me permita ir para a França, para um convento. Será que ele quer que eu diga que fui casada com Harry Percy? Eu respondi a ela, senhora, o conde nega isso. E ela riu."

Ele parece ter suas dúvidas. Mesmo a divulgação total, mesmo uma admissão de culpa completa e detalhada, nem isso a ajudaria, não agora, mas poderia ter ajudado antes do julgamento. O rei não quer pensar nos amantes dela, passados ou presentes. Ele os varreu de sua mente. E a ela também. Ana não acreditaria se lhe contassem a que ponto Henrique a esqueceu. Ele disse ontem, "Espero que esses braços meus logo recebam Jane".

Cranmer comenta: "Ela não consegue acreditar que o rei a abandonou. Não faz nem um mês que ele obrigou o embaixador imperial a se curvar para ela".

"Acho que ele fez isso por si mesmo. Não por ela."

"Não sei", diz Cranmer. "Eu pensava que ele a amasse. Achava que não houvesse nenhum estranhamento entre eles, pensei assim até o último minuto. Sou forçado a acreditar que não sei de nada. Não sobre homens. Nem sobre mulheres. Nem sobre minha fé, tampouco sobre a fé dos outros. Ela me perguntou, 'Eu irei para o céu? Porque fiz muitas boas ações na minha vida?'"

Ela fez a mesma pergunta a Kingston. Talvez esteja perguntando a todo mundo.

"Ela fala de obras." Cranmer balança a cabeça como se lamentasse. "Não diz nada sobre fé. E eu esperava que ela compreendesse, como agora eu compreendo, que somos salvos não pelas nossas obras, mas somente pelo sacrifício de Cristo e seus méritos, não pelos nossos."

"Bem, eu não acho que o senhor deva concluir que ela foi uma papista todo esse tempo. O que ela ganharia com isso?"

"Sinto muito pelo senhor", diz Cranmer. "Que lhe tenha cabido a responsabilidade de desvelar tudo isso."

"Eu não sabia o que encontraria, quando comecei. Só por isso consegui fazê-lo, porque foi uma surpresa a cada passo." Ele pensa em Mark se vangloriando, nos cavalheiros diante do tribunal se torcendo para guardar distância e evitando os olhos uns dos outros; ele aprendeu coisas sobre a natureza humana que nem mesmo ele jamais imaginou antes. "Gardiner, lá na França, está exigindo saber os detalhes, mas sinto que não quero escrever as particularidades, são abomináveis demais."

"Encubra essa parte com um véu", concorda Cranmer. Embora o próprio rei não se retraia diante dos detalhes, ao que parece. Cranmer conta: "Henrique leva consigo para todo lado o livro que escreveu. Ele o mostrou na outra noite, na casa do bispo de Carlisle, sabia que Francis Bryan arrendou aquela propriedade? No meio da recepção de Bryan, o rei puxou o texto que escrevera e começou a ler em voz alta, e o mostrou a todos os convivas. A tristeza o deixou desequilibrado".

"Sem dúvida", responde ele. "De qualquer forma, Gardiner ficará contente. Eu lhe disse que ele será beneficiado quando os despojos forem distribuídos. Os cargos, quero dizer, além das pensões e dos pagamentos que agora são revertidos para o rei."

Mas Cranmer não está ouvindo. "Ela me perguntou, quando eu morrer, não serei a esposa do rei? Eu respondi, não, senhora, pois o rei terá anulado o casamento, e eu vim buscar seu consentimento para isso. Ela respondeu, eu consinto. Ela me perguntou, mas ainda serei a rainha? Eu acho que, segundo a lei, ela será. Eu não sabia o que responder. No entanto, ela aparentemente ficou satisfeita. Mas me pareceu demorar tanto. O tempo que fiquei com ela.

Num momento ela está rindo, depois está orando, e depois se desesperando... Ela me perguntou sobre Lady Worcester, sobre o filho que ela está carregando. Disse que achava que a criança não se mexia como deveria, já que a dama está agora no quinto mês ou algo assim, e ela acha que é porque Lady Worcester levou um susto, ou porque lamenta pela sua ama. Não foi agradável contar que essa mesma dama depôs contra ela."

"Procurarei saber", comenta ele. "Sobre a saúde da dama. Mas não perguntarei ao conde. Ele me olhou com raiva. Não sei por que motivo."

Uma série de expressões, todas insondáveis, se sucedem no rosto do arcebispo. "O senhor não sabe por quê? Então vejo que o rumor não é verdadeiro. Fico feliz por isso." Ele hesita. "Realmente não sabe? Dizem na corte que o filho de Lady Worcester é seu."

Ele fica pasmo. "Meu?"

"Dizem que o senhor passava horas com ela, a portas fechadas."

"E isso é prova de adultério? Bem, pelo visto seria. Estão me pagando na mesma moeda. Lorde Worcester acabará comigo."

"O senhor não parece ter medo."

"Eu tenho medo, mas não de lorde Worcester."

E sim dos tempos que virão. Ana subindo os degraus de mármore para o céu, suas boas obras como joias lhe pesando nos pulsos e no pescoço.

Cranmer diz: "Não sei por que motivo, mas ela acredita que ainda há esperança".

Todos esses dias, ele jamais fica sozinho. Seus aliados o vigiam. Fitzwilliam está a seu lado, ainda perturbado pelo que Norris quase lhe disse e que depois retirou: sempre falando sobre isso, queimando os miolos, tentando construir frases completas a partir de fragmentos. Nicholas Carew fica a maior parte do tempo com Jane, mas Edward Seymour se alterna entre sua irmã e a câmara privada do rei, onde a atmosfera é contida, vigilante, e Henrique, como o minotauro, respira invisível num labirinto de aposentos. Ele entende que seus novos amigos estão protegendo o investimento que fizeram. Eles o vigiam para detectar qualquer sinal de hesitação. Querem mantê-lo mergulhado no plano, tão profundamente quanto puderem, e querem as próprias mãos ocultas, para que, se mais tarde o rei expressar algum arrependimento ou questionar a pressa com que as coisas foram feitas, seja Thomas Cromwell a sofrer, e não eles.

Riche e mestre Wriothesley também aparecem a toda hora. Dizem: "Queremos auxiliá-lo, queremos aprender, queremos ver o que o senhor faz". Mas eles não conseguem ver. Quando ele era um rapaz, atravessando o mar Estreito para manter distância de seu pai, chegou sem dinheiro a Dover e começou a se apresentar na rua com o truque das três cartas. "Eis aqui a rainha. Olhe bem para ela. Agora... onde está?"

A rainha estava em sua manga. O dinheiro estava em seu bolso. Os jogadores gritavam, "Você será chicoteado!".

Ele leva os mandados para que Henrique assine. Kingston ainda não recebeu nenhuma informação em relação a como os homens devem morrer. Ele promete, farei o rei se concentrar no assunto. Diz: "Majestade, não há forca em Tower Hill, e não acho que seja uma boa ideia levá-los para Tyburn, as multidões podem sair do controle".

"Por quê?", indaga Henrique. "O povo de Londres não estima esses homens. Na verdade, essa gente nem os conhece."

"Não conhece, mas tendo alguma desculpa para estabelecer a desordem, e se o tempo estiver bom..."

O rei resmunga. Muito bem. O verdugo.

Mark também? "Afinal, eu lhe prometi misericórdia se ele confessasse, e sabemos que ele de fato confessou livremente."

O rei pergunta: "O francês veio?".

"Sim, Jean de Dinteville. Apresentou queixas oficiais."

"Não", diz Henrique.

Não esse francês. Ele está falando do carrasco de Calais. Ele indaga ao rei: "O senhor acha que foi na França, na época em que a rainha fazia parte da corte de lá, na sua juventude... acha que foi lá que ela foi corrompida pela primeira vez?".

Henrique fica em silêncio. Ele pensa, depois fala: "Ela sempre me falava, escute o que digo... vivia me falando das vantagens da França. Acho que você está certo. Eu andei pensando e não acredito que tenha sido Harry Percy quem tirou sua virgindade. Ele não mentiria, não é mesmo? Não arriscaria sua honra como nobre da Inglaterra. Não, acredito que foi na corte da França que ocorreu sua primeira perversão".

Portanto ele não sabe dizer se o carrasco de Calais, tão perito em sua arte, é uma espécie de misericórdia; ou se essa forma de morte, decidida para a rainha, simplesmente atende ao severo senso de adequação das coisas que é próprio de Henrique.

Mas ele pensa, se Henrique acusa algum francês de arruiná-la, algum estrangeiro desconhecido e talvez já morto, tanto melhor. "Então não foi Wyatt?", indaga ele.

"Não", responde Henrique, sombrio. "Não foi Wyatt."

Talvez Wyatt fique melhor onde está, pensa ele, por enquanto. Mais seguro assim. Mas uma mensagem pode ser enviada, dizendo que ele não será julgado. Ele diz: "Majestade, a rainha se queixa das suas atendentes. Ela gostaria de ter consigo as damas da sua própria câmara privada".

"A criadagem dela foi dissolvida. Fitzwilliam já cuidou disso."

"Nem todas as damas devem ter ido para casa." Estão flanando, ele bem sabe, nas casas das amigas, na expectativa de uma nova ama.

Henrique diz: "Lady Kingston deve ficar, mas você pode trocar as outras. Se ela conseguir encontrar alguma mulher disposta a servi-la".

É possível que Ana ainda não saiba que foi totalmente abandonada. Se Cranmer estiver certo, Ana imagina que seus antigos amigos estão lamentando por ela, quando na verdade estão suando frio e esperando que sua cabeça seja cortada de uma vez.

"Alguém fará essa caridade", responde ele.

Henrique agora baixa os olhos para os documentos à sua frente, como se não soubesse o que são. "As sentenças de morte. Para endossar", ele o recorda. Ele espera junto ao rei enquanto Henrique mergulha a pena e desenha sua assinatura em cada um dos mandados: letras quadradas, complexas, que pesam no papel; pela mão de um homem, no fim das contas.

Ele está em Lambeth, no tribunal convocado para ouvir o processo de divórcio, quando os amantes de Ana morrem: este é o último dia do processo, tem de ser. Seu sobrinho Richard está em Tower Hill, para representá-lo e depois lhe trazer a notícia de como as coisas se passaram. Rochford fez um discurso eloquente, aparentando autocontrole. Foi o primeiro a ser morto e precisou de três golpes do machado; depois disso, os outros não falaram muito. Todos se proclamaram pecadores, todos disseram que mereciam morrer, mas novamente não disseram pelo quê; Mark ficou por último, escorregou no sangue e clamou pela misericórdia de Deus e pelas orações do povo. O carrasco deve ter firmado o braço, já que, depois de seu primeiro fiasco, todos morreram de forma limpa.

No papel, tudo está terminado. Os registros dos julgamentos são seus, para levar à Rolls House, para guardar, destruir ou extraviar, mas os corpos dos homens mortos são um problema sujo, urgente. Os cadáveres devem ser postos numa carroça e levados para dentro das muralhas da Torre: ele pode imaginá-los, uma pilha de corpos entrelaçados sem cabeça, amontoados promiscuamente como se numa cama, ou como se, feito cadáveres na guerra, já tivessem sido sepultados e depois desenterrados. Dentro da fortaleza, eles são despojados de suas roupas, que são espólio do carrasco e de seus assistentes, e deixados apenas de camisa. Há um cemitério junto aos muros de St. Peter ad Vincula, e os plebeus serão enterrados lá; Rochford irá sozinho para debaixo do piso da capela. Mas agora que os mortos estão sem as insígnias de suas posições, há certa confusão. Um membro da comitiva de enterro disse, chamem a rainha, ela conhece o corpo de cada um deles; mas os outros, conta Richard, o repreenderam, gritaram que aquilo era uma vergonha. Ele explica, os carcereiros veem muitas coisas, perdem rapidamente o senso do que é decente ou não. "Eu vi Wyatt assistindo a tudo de uma janela gradeada na Torre do Sino", diz Richard. "Ele acenou para mim e eu queria lhe transmitir esperança, mas não sabia como sinalizar isso."

Ele será libertado, diz ele. Mas talvez não antes que Ana esteja morta.

As horas até que isso aconteça parecem se demorar. Richard o abraça, e comenta: "Se tivesse reinado por mais tempo, ela nos atiraria aos cães".

"Se tivéssemos deixado que ela reinasse por mais tempo, teríamos merecido."

Em Lambeth, os dois procuradores da rainha estiveram presentes: como substitutos do rei, o dr. Bedyll e o dr. Tregonwell, e Richard Sampson como seu advogado. E ele próprio, Thomas Cromwell: e o lorde chanceler, e outros conselheiros, incluindo o duque de Suffolk, cujos próprios assuntos conjugais são tão emaranhados que o duque acabou aprendendo um tanto de direito canônico, engolindo-o como uma criança toma um remédio; hoje Brandon ficou sentado fazendo caretas e se remexendo em sua cadeira, enquanto os padres e advogados peneiravam as circunstâncias. Eles conversaram sobre Harry Percy e concordaram que Percy não lhes é útil. "Não consigo entender como você não obteve a cooperação dele, Cromwell", diz o duque. Relutantemente, eles conversaram sobre Maria Bolena e concordaram que ela teria de fornecer o impedimento; embora, nesse caso, o rei fosse igualmente culpável, pois certamente sabia que não poderia se casar com Ana depois de ter dormido com sua irmã, não sabia? Creio que a questão não estava inteiramente óbvia, explica Cranmer suavemente. Havia parentesco, isso está claro, mas o rei teve uma dispensa do papa, que ele pensava ser válida na época. Ele não sabia que, em tão grave questão, o papa não pode dispensar; isso foi resolvido mais tarde.

É tudo muito insatisfatório. O duque diz de repente: "Bem, todos vocês sabem que ela é uma bruxa. E se ela o enfeitiçou para fazê-lo se casar...".

"Creio que não seja isso o que o rei quer dizer", diz ele: ele, Cromwell.

"Ah, é isso sim", diz o duque. "Achei que fosse para discutir isso que estávamos aqui. Se ela o enfeitiçou, o casamento não foi válido, assim é o meu entendimento." O duque se recosta, braços cruzados.

Os procuradores se entreolham. Sampson fita Cranmer. Ninguém fita o duque. Finalmente, Cranmer diz: "Não precisamos tornar público o motivo. Podemos emitir o decreto, mas manter os fundamentos em segredo".

Todos voltam a respirar. Ele diz: "Imagino que seja algum consolo não precisarmos ser ridicularizados em público".

O lorde chanceler comenta: "A verdade é tão rara e preciosa que às vezes tem que ser trancada a sete chaves".

O duque de Suffolk marcha rumo a sua barca, gritando que finalmente está livre dos Bolena.

O fim do primeiro casamento do rei foi um processo público, demorado e debatido por toda a Europa, não apenas nos conselhos de príncipes, mas também na praça do mercado. O fim do segundo, se a decência prevalecesse, deveria ser rápido, privado, silencioso e obscuro. No entanto, é necessário que seja testemunhado pela cidade e por homens de posição. A Torre é uma cidade. É um arsenal, um palácio, uma casa da moeda. Trabalhadores de todos os tipos, funcionários do Estado, muitos deles vêm e vão. Mas a Torre pode ser policiada, e os estrangeiros, evacuados. Ele destaca Kingston para fazer isso. Ana, ele lamenta em saber, confundiu o dia de sua morte, acordando às duas da manhã do dia 18 de maio para rezar. Mandou então chamar seu esmoler e pediu que Cranmer viesse ao amanhecer para que ela fosse purificada de seus pecados. Aparentemente, ninguém lhe disse que, no dia de uma execução, Kingston aparece sem falta, ao amanhecer, para avisar à pessoa condenada que ela deve se aprontar. Ela não está familiarizada com o protocolo, por que estaria? Kingston diz, tente encarar as coisas pelo meu ponto de vista: tenho que levar cinco pessoas à morte num dia, e depois me preparar para uma rainha da Inglaterra? Como ela poderia morrer hoje, se os funcionários de que se necessita não estão aqui? Os carpinteiros ainda estão fazendo seu cadafalso na Torre Verde, embora, felizmente, ela não possa ouvir as batidas no seu alojamento real.

Mesmo assim, o condestável se compadece do equívoco dela; ainda mais que seu erro se prolongou manhã adentro. A situação gera grande inquietude tanto a Kingston quanto a sua esposa. Kingston relata: em vez de se alegrar pela possibilidade de ver mais um amanhecer, Ana chorou e disse que preferia morrer naquele mesmo dia: desejava que seu sofrimento chegasse ao fim de uma vez. Ela já sabia do carrasco francês. "E eu lhe disse", conta Kingston, "que não haverá dor, que é muito sutil."

E, no entanto, segundo Kingston, mais uma vez ela fechou os dedos ao redor do pescoço. Ana tomou a Eucaristia, declarando sobre o corpo de Deus sua inocência.

Coisa que ela certamente não faria, indaga Kingston, se fosse culpada, não? Ela lamenta pelos homens que se foram.

Ela brinca, dizendo que será conhecida daqui por diante como Ana sem Cabeça, Anne sans Tête.

Ele diz ao filho: "Se vier comigo para testemunhar isso, será talvez a coisa mais difícil que já fez. Se conseguir passar pela execução com um semblante firme, isso será observado e lhe será muito vantajoso".

Gregory apenas o encara por um instante. Responde: "Uma mulher, não consigo".

"Eu estarei ao seu lado para lhe mostrar que você consegue. Você não precisa olhar. Quando a alma se vai, nós nos ajoelhamos, e baixamos os olhos e rezamos."

O cadafalso foi instalado num lugar aberto, onde outrora se realizavam torneios. Uma guarda de duzentos dragões se aproxima, entrando em formação para liderar a procissão. O fiasco das machadadas de ontem, a confusão sobre a data, os atrasos, as informações erradas: nada disso deve se repetir. Ele chega cedo, na hora em que estão espalhando a serragem, tendo deixado o filho nos aposentos de Kingston, junto com os outros que se reúnem: os xerifes, os magistrados, os oficiais e dignitários de Londres. Ele mesmo sobe os degraus do cadafalso, verificando se aguentam seu peso; um dos homens encarregados da serragem lhe diz, está firme, senhor, todos nós já corremos para cima e para baixo disso aí, mas suponho que deseje verificar por si mesmo. Quando ele ergue os olhos, o carrasco já está lá, conversando com Christophe. O homem está bem-vestido, pois um subsídio lhe foi concedido para adquirir vestes de cavalheiro, de modo que não se destaque facilmente dos outros oficiais; isso é feito para poupar a rainha do alarme, e se as roupas do carrasco forem inutilizadas, ao menos não será um prejuízo para seu próprio bolso. Ele vai até o carrasco. "Como fará isso?"

"Vou surpreendê-la, senhor." Passando a falar em inglês, o jovem indica os próprios pés. Calça sapatos macios, do tipo que se usa dentro de casa. "Ela nunca verá a espada. Deixei-a ali, na palha. Vou distraí-la. Ela não verá nada."

"Mas você me mostrará."

O homem dá de ombros. "Se quiser. O senhor é Cremuel? Disseram-me que é quem está no comando de tudo. Até brincaram comigo, dizendo, se você desmaiar por causa da feiura dela, tem alguém que poderá empunhar a espada no seu lugar, o nome dele é Cremuel e ele é capaz de cortar a cabeça da Hidra, coisa que não sei o que é. Mas disseram que é um lagarto ou uma serpente, e que, para cada cabeça que é cortada, duas nascem no lugar."

"Não neste caso", responde ele.

Uma vez que os Bolena estejam acabados, estarão de fato acabados.

A arma é pesada, é preciso segurá-la com as duas mãos. Tem quase um metro e meio: cinco centímetros de largura, arredondada na ponta, dois gumes. "É assim que se treina", diz o homem. Ele gira no lugar como um dançarino, os braços erguidos, os punhos juntos como se estivessem segurando a espada. "Todos os dias a pessoa tem que manejar a arma, ao menos para repassar os movimentos. Podemos ser chamados a qualquer momento. Não matamos muita gente em Calais, mas as outras cidades nos chamam."

"É um bom ofício", comenta Christophe. Ele quer manejar a espada, mas ele, Cromwell, ainda não quer largá-la.

O homem prossegue: "Disseram-me que posso falar francês com ela, ela me entenderá".

"Sim, faça isso."

"Mas ela terá que se ajoelhar, ela precisa ser informada disso. Não há bloco, como podem ver. Ela tem que se ajoelhar e ficar bem reta e não se mexer. Se ficar firme, estará acabado num segundo. Se não, ela será feita em pedaços."

Ele devolve a arma. "Eu posso responder por ela."

O homem diz: "Entre uma batida do coração e a outra, está feito. Ela não se dá conta de nada. Ela está na eternidade".

Eles se afastam. Christophe comenta: "Senhor, ele me disse, avise às mulheres que ela deve ter as saias enroladas em torno dos pés quando se ajoelhar, para que, caso caia mal, não mostre ao mundo o que tantos cavalheiros já viram".

Ele não reprova o rapaz por sua grosseria. Christophe é rude, mas tem razão. E quando chega o momento, como será visto, as mulheres já fazem isso de qualquer jeito. Devem ter debatido o tema entre si.

Francis Bryan aparece a seu lado, transpirando dentro de um gibão de couro. "E então, Francis?"

"Fui encarregado de ir galopando levar a notícia à srta. Jane e ao rei, assim que a cabeça dela for cortada."

"Por quê?", indaga ele friamente. "Eles acham que o carrasco pode falhar por algum motivo?"

São quase nove horas. "Comeu algo no desjejum?", indaga Francis.

"Sempre faço meu desjejum." Mas ele se pergunta se o rei terá comido alguma coisa. "Henrique mal falou de Ana", comenta Francis Bryan. "Só disse que não consegue entender como isso tudo aconteceu. Quando ele olha para trás, para os últimos dez anos, não consegue entender a si mesmo."

Eles ficam em silêncio. Francis diz: "Veja, estão chegando".

A procissão solene, passando pelo Portão de Coldharbour: primeiro os civis, membros do conselho local e demais funcionários de Estado, depois a guarda. No meio deles, a rainha com suas damas. Ela usa um vestido de damasco escuro e uma capa curta de arminho, o touca em triângulo; é a ocasião, conclui-se, para esconder o rosto tanto quanto possível, para proteger a expressão. Essa capa de arminho, ele já não a viu antes? Da última vez que vi essa capa, pensa ele, estava enrolada nos ombros de Catarina. Essas peles, portanto, são os últimos despojos de Ana. Há três anos, quando avançou para ser coroada, ela caminhou sobre um tecido azul que se estendia por toda a abadia — em gravidez tão avançada que os espectadores prenderam o fôlego por ela; e agora ela tem de arrastar os pés sobre o chão áspero, abrir caminho em seus pequeninos sapatos de dama, com seu corpo vazio e leve e com o mesmo número de mãos à sua volta, prontas para sustentá-la a qualquer tropeço e entregá-la em perfeitas condições à morte. Uma ou duas vezes a rainha vacila, e toda a procissão é obrigada a diminuir o passo; mas ela não tropeçou, está apenas se virando e olhando para trás. Cranmer havia dito: "Não sei por que razão, mas ela acha que ainda há esperança". As damas cobriram o rosto com véus, até mesmo Lady Kingston; não querem que sua vida futura seja associada ao trabalho que cumprem esta manhã, não querem que seus maridos ou futuros pretendentes olhem para elas e pensem em morte.

Gregory veio em silêncio para junto do pai. Seu filho está tremendo, ele o sente. Ele pousa a mão enluvada no braço do rapaz. O duque de Richmond o cumprimenta; está em posição de destaque, com seu sogro Norfolk. Surrey, filho do duque, sussurra algo para o pai, mas Norfolk olha fixo para a frente. Como a casa de Howard chegou a esse ponto?

Quando as mulheres despem a capa da rainha, ela é uma figura minúscula, um feixe de ossos. Não parece uma poderosa inimiga da Inglaterra, mas as aparências enganam. Se Ana pudesse ter arrastado Catarina para esse mesmo lugar, ela o teria feito. Se ela mantivesse sua influência, talvez a menina Maria acabasse aqui; e ele próprio, claro, tirando a casaca e esperando pelo grosseiro machado inglês. Ele diz ao filho: "Falta bem pouco, agora". Ana distribuiu esmolas em seu percurso, e a bolsa de veludo está vazia agora; ela desliza a mão para dentro e vira a bolsa do avesso, o gesto de uma prudente dona de casa, para garantir que nada seja desperdiçado.

Uma das mulheres estende a mão para tomar a bolsa. Ana a entrega sem olhar para a moça, e então se dirige à beira do cadafalso. Ela hesita, lança os olhos por cima das cabeças da multidão e começa a falar. A multidão avança para a frente como um só corpo, mas só consegue se aproximar um pouco, cada homem com a cabeça erguida, os olhos fixos. A voz da rainha é muito baixa, suas palavras mal se ouvem, seus sentimentos, os habituais nesse tipo de ocasião: "... rezem pelo rei, pois ele é um bom príncipe, gentil, amável e virtuoso...".

É preciso que se digam essas coisas, pois ainda há a esperança de que chegue o mensageiro do rei, mesmo agora...

Ana faz uma pausa... Mas não, ela terminou. Não lhe resta mais nada a dizer e não mais que alguns instantes neste mundo. Ela respira fundo. Seu rosto expressa perplexidade. *Amém*, diz ela, *amém*. Ela baixa a cabeça. Então parece se recompor, controlar o tremor que se apoderou de seu corpo inteiro, da cabeça aos pés.

Uma das mulheres veladas se aproxima dela e lhe dirige a palavra. O braço de Ana treme quando ela o ergue para retirar o capuz, que sai facilmente, sem confusão; com certeza não foi preso com grampos, pensa ele. Seu cabelo está recolhido numa rede de seda na nuca e ela os solta, reúne as mechas, levantando as mãos acima da cabeça, fazendo um coque; ela segura o cabelo com a mão e uma das mulheres lhe dá uma touca de linho. Ela a veste. A touca não parece capaz de segurar seu cabelo, mas segura; Ana deve ter ensaiado esse momento. Mas agora ela olha em volta, como se buscasse instruções. Ergue a touca um pouco e a ajeita de novo. Não sabe o que fazer. Ele percebe que ela não sabe se deve amarrar o cordão sob o queixo — se a touca ficará fixa sem amarrar, se ela tem tempo de dar um nó, e quantos segundos ela ainda tem no mundo. O carrasco avança e ele vê — ele está muito próximo — que os olhos de Ana se concentram nele. O francês dobra os joelhos para pedir perdão. É uma formalidade, e seus joelhos mal resvalam na palha. O homem indica a Ana que se ajoelhe, e enquanto ela faz isso, ele se afasta, como se não quisesse contato nem mesmo com suas roupas. À distância de um braço, ele entrega um pano dobrado a uma das mulheres e ergue a mão aos olhos para mostrar o que devem fazer. Ele torce para que tenha sido Lady Kingston quem pegou a venda; quem quer que seja, é uma mulher hábil, mas um pequeno som sai de Ana quando seu mundo escurece. Seus lábios se movem em oração. O francês pede, com um gesto, que as mulheres se afastem. Elas recuam; ajoelham-se, uma delas quase desaba no chão e é contida pelas outras; apesar dos véus, é possível ver as mãos delas, mãos nuas e indefesas enquanto cada uma aperta suas próprias saias, como se quisessem se tornar pequenas, como se quisessem se proteger. A rainha está sozinha agora, mais sozinha do que jamais esteve na vida. Ela diz, Cristo, tem misericórdia, Jesus, tem piedade, Cristo, recebe minha alma. Ela ergue um braço, mais uma vez seus dedos se dirigem à touca, e ele pensa, abaixe o braço, pelo amor de Deus, abaixe esse braço, e ele não deseja mais nada... O carrasco exclama bruscamente, "Tragam-me a espada". A cabeça cega gira de um lado a outro. O homem está atrás de Ana, ela está desorientada, não detecta onde ele está. Há um gemido, um som uníssono emitido por toda a multidão. Em seguida, silêncio e, nesse silêncio, um suspiro agudo ou um som que é como o assovio do vento pelo buraco da fechadura: o corpo dessangra, e sua minúscula presença se torna uma poça de gosma vermelha.

O duque de Suffolk ainda está de pé. Richmond também. O restante da multidão, que se ajoelhou, agora se põe de pé. O carrasco deu as costas para os espectadores e já entregou sua espada. O assistente se aproxima do cadáver, mas as quatro mulheres chegam primeiro, postando-se à frente do homem. "Não queremos que homens mexam nela", declara ferozmente uma das mulheres.

Ele ouve o jovem Surrey dizer: "Não, já mexeram o suficiente". Ele diz a Norfolk, milorde, controle seu filho e o retire deste lugar. Richmond, ele vê, parece nauseado, e ele percebe com aprovação que Gregory se dirige ao menino e se curva, tão amigável como um rapaz pode ser com outro, dizendo, milorde, é melhor se retirar agora, vamos. Ele não sabe por que Richmond não se ajoelhou. Talvez o jovem acredite nos rumores de que a rainha tentou envenená-lo, e não quis lhe prestar nem o último respeito. Quanto a Suffolk, é mais compreensível. Brandon é um homem duro e não deve qualquer gentileza a Ana. Ele viu batalhas. Entretanto, nunca um derramamento de sangue como este.

Ao que parece, Kingston não planejou nada para depois da morte, para o enterro. "Rogo a Deus", diz ele, Cromwell, a ninguém em particular, "que o condestável tenha se lembrado de erguer as bandeiras na capela", ao que alguém responde, acho que lembrou sim, senhor, as bandeiras foram hasteadas há dois dias, para que o irmão dela pudesse ser enterrado.

O condestável não beneficiou muito sua própria reputação nesses últimos dias, embora o rei o tenha deixado numa situação de incerteza, e como admitirá mais tarde, Kingston passou toda a manhã achando que um mensageiro podia chegar de repente de Whitehall para cancelar tudo: até mesmo quando a rainha já recebia ajuda para subir os degraus, até no momento em que ela tirou o capuz. Ele não pensou num caixão, mas um baú de olmo para flechas foi esvaziado às pressas e levado para a cena da carnificina. Ontem o baú estava destinado a ser enviado à Irlanda com sua carga, cada seta pronta para provocar um estrago separado e solitário. Agora é objeto de olhar público, um caixão de morte, grande o bastante para o corpo pequeno da rainha. O carrasco cruzou o cadafalso e ergueu a cabeça decepada; ele a embala em linho, como um recém-nascido. Então espera que alguém se aproxime para tomar o fardo. As mulheres erguem, sozinhas, os restos encharcados da rainha para o baú. Uma delas avança, recebe a cabeça e a deposita — não há outro espaço — aos pés do cadáver. Elas então se erguem, todas banhadas em sangue, e se retiram rigidamente, em fileira cerrada, como soldados.

***

À noite, ele está em casa, em Austin Friars. Já escreveu algumas cartas para a França, para Gardiner. Gardiner no exterior: uma fera agachada mordiscando as próprias garras, à espera do momento de atacar. Foi um triunfo mantê-lo afastado. Ele se pergunta por quanto tempo mais conseguirá fazer isso.

Ele gostaria que Rafe estivesse aqui, mas ou Rafe está com o rei ou voltou para Helen, em Stepney. Ele está acostumado a ver Rafe quase todos os dias e não consegue se habituar à nova ordem das coisas. Vive na expectativa de ouvir sua voz, ouvir Rafe e Richard, e também Gregory, quando o filho está em casa, empurrando-se pelos cantos e tentando se derrubar pela escada, escondendo-se atrás de portas para saltar uns sobre os outros, fazendo todos aqueles truques que mesmo os homens de vinte e cinco ou trinta anos fazem quando pensam que os mais velhos não estão por perto. Em vez de Rafe, mestre Wriothesley é quem está com ele, andando de lá para cá. Me-Chame parece achar que alguém deveria fazer um relato sobre os eventos do dia, como se para um cronista; ou, se não isso, que ele deveria narrar os próprios sentimentos. "Senhor, eu me encontro como que sobre um promontório, de costas para o mar, e, à frente, uma planície em chamas."

"É mesmo, Me-Chame? Então entre e fuja do vento", responde ele, "tome uma taça desse vinho que lorde Lisle me enviou da França. Geralmente o guardo para meu próprio consumo."

Me-Chame pega a taça. "Sinto cheiro de edifícios queimando. Torres derrubadas. Na verdade, não há nada além de cinzas. Destroços."

"Mas são destroços úteis, não?" Destroços podem ser remodelados em todo tipo de coisas: pergunte a qualquer morador do litoral.

"Não respondeu satisfatoriamente a um determinado ponto, senhor", prossegue Wriothesley. "Por que deixou Wyatt escapar sem julgamento? Fora o fato de ele ser seu amigo?"

"Vejo que você não vê muito valor na amizade." Ele observa como Wriothesley absorve essa resposta.

"Bem", prossegue Me-Chame, "Wyatt, segundo vejo, não lhe apresenta nenhuma ameaça, e jamais o menosprezou ou ofendeu. William Brereton era arrogante e ofendeu muita gente, ele estava no seu caminho. Harry Norris, o jovem Weston, bem, eles ocupavam certos espaços, e agora o senhor pode pôr seus próprios amigos na câmara privada, ao lado de Rafe. E Mark, aquele garoto chato com seu alaúde; dou o braço a torcer, o lugar parece melhor sem ele. E George Rochford derrubado, isso põe para correr o resto dos Bolena, o monsenhor terá que se mandar de volta para o campo e baixar a crista. O imperador ficará gratificado por tudo que se passou. Uma pena que a febre do embaixador o deixou incapacitado hoje. Ele teria gostado de assistir."

Não, não teria, pensa ele. Chapuys tem estômago fraco. Mas é preciso que nos ergamos de nosso leito de doente, se necessário, para vermos os resultados que tanto desejamos.

"Agora teremos paz na Inglaterra", proclama Wriothesley.

Uma frase passa por sua cabeça — foi Thomas More quem a pronunciou? "A paz do galinheiro quando a raposa vai para casa." Ele vê as carcaças espalhadas, algumas das aves mortas com um único golpe de mandíbula, o resto mordido e desmembrado enquanto a raposa rodopia e dá botes frenéticos e as galinhas se desesperam à sua volta; enquanto ela gira e lhes traz a morte: os restos depois para serem lavados, uma capa de plumas vermelhas colada no chão e nas paredes.

"Todos os jogadores removidos", prossegue Wriothesley. "Todos os quatro que levaram o cardeal para o inferno: e também o pobre tolo Mark, que fez uma balada sobre as façanhas deles."

"Todos os quatro", diz ele. "Todos os cinco."

"Um cavalheiro me perguntou, se é isso que Cromwell faz aos inimigos menores do cardeal, o que há de fazer com o próprio rei?"

Ele fica um tempo ali, de pé, contemplando o jardim que escurece no entardecer: trespassado, a pergunta como uma faca entre suas costelas. Há apenas um homem entre todos os súditos do rei a quem essa pergunta ocorreria, apenas um que se atreveria a formulá-la. Há apenas um homem que se atreveria a questionar a lealdade que ele mostra a seu rei, a lealdade que ele demonstra diariamente. "Então...", diz ele, por fim, "quer dizer que Stephen Gardiner chama a si mesmo de cavalheiro."

Talvez, preso nas pequenas vidraças que distorcem e nublam a imagem, Wriothesley veja um reflexo dúbio: confusão, medo, emoções que não marcam o semblante do secretário-mor com frequência. Porque se Gardiner pensa assim, quem mais pensa? Quem mais pensará assim nos meses e anos que se seguirão? "Wriothesley, você não espera que eu lhe dê justificativa para minhas ações, é claro. Uma vez que escolhemos um caminho, não devemos nos desculpar por ele. Deus sabe que não desejo nada além do bem para nosso amo, o rei. Sou destinado a obedecer e servir. E se me observar de perto, você verá que é o que faço."

Quando considera seguro permitir que Wriothesley veja seu rosto, ele se vira. Seu sorriso é implacável. Ele diz: "Beba à minha saúde".

3.
Espólios

Londres, verão de 1536

O rei pergunta: "O que aconteceu com as roupas dela? O capuz?".

Ele responde: "Ficaram para os funcionários da Torre. É prerrogativa deles".

"Compre-os de volta", ordena o rei. "Quero ter certeza de que sejam destruídos."

O rei prossegue: "Recolha todas as chaves que deem entrada à minha câmara privada. Aqui e em outros palácios. Todas as chaves para todos os quartos. Quero as fechaduras trocadas".

Há novos criados em toda parte, ou funcionários antigos em novos cargos. No lugar de Henry Norris, Sir Francis Bryan é nomeado chefe da câmara privada, e receberá uma pensão de cem libras. O jovem duque de Richmond é nomeado camareiro de Chester e Gales do Norte, e (substituindo George Bolena) guardião de Cinque Ports e condestável do castelo de Dover. Thomas Wyatt é liberado da Torre e também recebe cem libras. Edward Seymour é promovido a visconde Beauchamp. Richard Sampson é nomeado bispo de Chichester. A esposa de Francis Weston anuncia seu novo casamento.

Ele debateu com os irmãos Seymour sobre o lema que Jane deve adotar como rainha. Eles se decidem por "Destinada a Obedecer e Servir".

Apresentam o lema a Henrique, para testá-lo. Um sorriso, um aceno de cabeça: pleno contentamento. Os olhos azuis do rei estão serenos. Ao longo do outono deste ano, 1536, em janelas de vidro, em esculturas de pedra ou madeira, o brasão da fênix substituirá o falcão branco com sua coroa imperial; quanto aos leões heráldicos da morta, são substituídos pelas panteras de Jane Seymour, mudança que ocorre de forma econômica, pois os animais só precisam de cabeças e caudas diferentes.

O casamento é rápido e privado, na câmara da rainha em Whitehall. Descobre-se que Jane é prima distante do rei, mas todas as dispensas são concedidas de forma adequada.

Ele, Cromwell, está com o rei antes da cerimônia. Henrique está quieto, e mais melancólico neste dia do que qualquer noivo deveria estar. Não pensa em sua última rainha; há dez dias que ela morreu, e ele nunca fala dela. Mas ele diz: "Crumb, não sei se agora terei algum filho. Platão diz que a melhor prole de um homem nasce quando ele está entre os trinta e os trinta e nove anos. Eu já passei dessa idade. Desperdicei meus melhores anos. Não sei para onde foram".

O rei sente que foi roubado de seu destino. "Quando meu irmão Artur morreu, o astrólogo do meu pai previu que eu desfrutaria de um reinado próspero e que geraria muitos filhos."

Pelo menos você é próspero, pensa ele: e se continuar comigo, será mais rico do que jamais imaginou. Thomas Cromwell estava em algum ponto de seu mapa astral.

As dívidas da morta aparecem agora para ser quitadas. Ela deve cerca de mil libras, o que suas propriedades confiscadas podem cobrir: a seu peleiro e seu camiseiro, às fornecedoras de seda, a seu boticário, seu cortineiro, seu seleiro, seu tintureiro, seu ferrador e seu alfineteiro. A posição de sua filha é incerta, mas por enquanto a criança está bem provida, com franjas de ouro ao redor de sua cama e toucas de cetim branco e púrpura com barra dourada. À bordadeira da rainha são devidas cinquenta e cinco libras, e podemos ver onde o dinheiro foi empregado.

O pagamento para o carrasco francês chega a vinte e três libras, contudo é uma despesa que provavelmente não se repetirá.

Em Austin Friars, ele pega as chaves e entra no pequeno quarto onde se guardam os arranjos de Natal: onde prenderam Mark e onde ele berrou de pavor no meio da noite. As asas de pavão terão de ser destruídas. A filha de Rafe provavelmente não pedirá por elas outra vez; crianças não se lembram de nada entre um Natal e outro.

Quando as asas são sacudidas para fora de seu saco de linho, ele estica o tecido, ergue-o contra a luz e vê que o saco está rasgado. Agora entende como as penas se esgueiraram para fora e afagaram o rosto do homem morto. Ele vê que as asas estão esfiapadas, como se roídas, e os olhos brilhantes estão opacos. Em todo caso, são coisas espalhafatosas que não vale a pena manter no depósito.

Ele pensa em sua filha Grace. E pensa, será que minha esposa foi algum dia infiel? Quando eu estava em viagem, tratando dos assuntos do cardeal como tantas vezes estive, será que ela se envolveu com algum comerciante de seda que conheceu através do seu ofício, ou, como muitas mulheres fazem, será que dormiu com um padre? Ele duvida muito. No entanto, Liz era uma mulher de aparência comum, enquanto Grace era linda, de feições perfeitas. Hoje em dia elas se nublam em sua mente; é o que a morte faz a alguém, usurpa e usurpa, até que tudo que resta de suas memórias é um fraco rastro de cinzas derramadas.

Ele indaga a Johane, a irmã de sua mulher: "Você acha que Lizzie alguma vez se deitou com outro homem? Quero dizer, quando já estávamos casados?".

335

Johane fica chocada. "De onde você tirou essa ideia? Faça o favor de devolvê-la agora mesmo."

Ele tenta. Mas não consegue evitar o sentimento de que Grace escorregou para ainda mais longe dele. Ela morreu antes que algum artista pudesse desenhá-la ou pintá-la. Viveu e não deixou vestígios. Suas roupas e sua bola de pano e o bebê de madeira com seu camisolão já passaram para outras crianças há muito tempo. Mas sua filha mais velha, Anne, ele tem seu caderno de estudos. Às vezes ele o pega e o examina, o nome inscrito com a caligrafia ousada, Anne Cromwell, livro de Anne Cromwell; os peixes e os pássaros que ela desenhava nas margens, as sereias e os grifos. Ele guarda o caderno numa caixa de madeira forrada em couro vermelho por dentro e por fora. Na tampa, o couro desbotou para um cor-de-rosa pálido. Só ao abri-lo é que vemos o chocante escarlate original.

Essas noites suaves o encontram em sua mesa. Papel é uma coisa preciosa. Suas sobras e resíduos não são descartados, mas devolvidos, reutilizados. Por vezes, ele pega um antigo arquivo de cartas e encontra as anotações de chanceleres que há muito voltaram ao pó, de bispos-ministros agora frios sob as inscrições que descrevem seus méritos. Quando, numa dessas buscas casuais, se deparou pela primeira vez com a caligrafia de Wolsey, depois da morte do cardeal — um cálculo apressado, um esboço descartado —, seu coração se apertou e ele teve de largar a pena até que o espasmo da dor passasse. Acabou se habituando a tais encontros, mas esta noite, ao virar a folha e ver a caligrafia do cardeal, os caracteres lhe são estranhos, como se, por um truque, talvez um truque da luz, suas formas tivessem se alterado. A caligrafia poderia ser de um desconhecido, de um credor ou devedor com quem ele teve de lidar ainda no último trimestre e a quem não conhece bem; poderia ser de algum humilde secretário, copiando os ditames de seu amo.

Um momento se passa: um suave tremular da chama nutrida por cera de abelha, um toque no livro para aproximá-lo da luz, e as palavras assumem seus contornos familiares, de forma que ele vê a mão morta que as inscreveu ali. Durante as horas de luz ele só pensa no futuro, mas às vezes, tarde da noite, as lembranças vêm perturbá-lo. Entretanto. Sua próxima tarefa é de alguma forma reconciliar o rei e Lady Maria, salvar Henrique, impedindo-o de matar a própria filha; e, antes disso, impedir que os amigos de Maria o matem. Ele os ajudou a alcançar seu novo mundo, o mundo sem Ana Bolena, e agora pensarão que podem se livrar de Cromwell também. Eles comeram de seu banquete e agora vão querer enxotá-lo dali junto com os farelos e os ossos. Mas a mesa era sua: é ele quem marcha sobre ela, por entre as carnes destroçadas. Que tentem derrubá-lo. Vão encontrá-lo encouraçado, vão encontrá-lo entrincheirado, vão encontrá-lo aferrado ao futuro como uma craca. Ele tem leis a escrever, medidas a tomar; tem de servir ao bem da nação e a seu rei: ainda tem títulos e honrarias a obter, casas a construir, livros a ler, e, quem sabe, talvez filhos a gerar, e ainda tem de arranjar um casamento para Gregory. Seria alguma compensação pelas filhas perdidas, ter um neto. Ele se imagina sob uma luz inebriante, segurando uma criança pequena para que os mortos possam vê-la.

Ele pensa, por mais que me esforce, um dia partirei, e do jeito que anda o mundo, não deve demorar: por mais que eu seja um homem de firmeza e vigor, a fortuna é mutável; ou meus inimigos me derrubarão, ou meus amigos. Quando chegar a hora, talvez eu desapareça antes que a tinta seque. Deixarei para trás uma grande montanha de papéis, e os que vierem depois de mim — digamos que seja Rafe, digamos que seja Wriothesley, digamos que seja Riche — vão peneirar o que restar e comentar, aqui há um antigo acordo, um antigo esboço, uma velha carta dos tempos de Thomas Cromwell: vão virar a página e escrever por cima.

Verão, 1536: ele é elevado a barão Cromwell. Não pode se denominar lorde Cromwell de Putney. Se fizesse, seria capaz de cair no riso. Entretanto, ele pode se chamar barão Cromwell de Wimbledon. Perambulou por todos aqueles campos, quando menino.

A palavra "entretanto" é como um demônio enrodilhado sob sua cadeira. Ela induz a tinta a formar palavras que você ainda não viu e linhas que marcham pela página e transbordam das margens. Não existem desfechos. Se você acha que existem, está enganado quanto à sua natureza. São, todos eles, inícios. Eis aqui um.

Nota da autora

As circunstâncias que envolvem a queda de Ana Bolena são há séculos controversas. As provas são complexas e por vezes contraditórias; as fontes são muitas vezes duvidosas, contaminadas e muito posteriores ao fato. Não há transcrição oficial de seu julgamento, e só podemos reconstruir seus últimos dias em fragmentos, com a ajuda de contemporâneos que podem ser imprecisos, tendenciosos, desmemoriados, ausentes do local no momento do fato ou ocultos sob pseudônimos. Discursos eloquentes e prolongados, postos na boca de Ana em seu julgamento e no cadafalso, devem ser lidos com ceticismo, assim como o documento muitas vezes descrito como sua "última carta", que é quase certamente uma falsificação ou (para dizer de modo mais gentil) uma ficção. Mulher mercurial, esquiva mesmo durante seu tempo de vida, Ana continua se transformando séculos depois de sua morte, carregando as projeções daqueles que leem ou escrevem a seu respeito.

Neste livro, tento mostrar como aquelas poucas e cruciais semanas podem ter parecido aos olhos de Thomas Cromwell. Não reivindico autoridade para minha versão; estou fazendo ao leitor uma proposta, uma oferta. Alguns aspectos bem conhecidos da história não serão encontrados neste romance. Para limitar a multiplicação de personagens, abstive-me de mencionar uma dama falecida chamada Bridget Wingfield, que poderia ter tido (do além-túmulo) algo a ver com os boatos que começaram a circular contra Ana antes de sua queda. Omitir quaisquer fontes de rumor pode fazer com que Jane, Lady Rochford, pareça mais culpada do que talvez mereça; tendemos a interpretar Lady Rochford em retrospecto, uma vez que conhecemos o papel destrutivo que ela desempenhou na trajetória de Katherine Howard, quinta esposa de Henrique. Julia Fox fez uma leitura mais positiva do caráter de Jane em seu livro *Jane Boleyn* (2007).

Os conhecedores dos últimos dias de Ana notarão outras omissões, incluindo a de Richard Page, um cortesão que foi preso por volta da mesma época de Thomas Wyatt e que nunca foi acusado ou julgado. Como, afora isso, ele não desempenha nenhum papel nesta história, e como ninguém tem ideia da razão pela qual ele foi preso, pareceu-me melhor não sobrecarregar o leitor com mais um nome.

Estou em dívida para com o trabalho de Eric Ives, David Loades, Alison Weir, G. W. Bernard, Retha M. Warnicke e muitos outros historiadores que abordam a família Bolena e sua queda.

Evidentemente, este livro não é sobre Ana Bolena ou Henrique VIII, mas sobre a carreira de Thomas Cromwell, que ainda carece de mais atenção por parte dos biógrafos. Enquanto isso, o secretário-mor continua escorregadio, robusto e densamente inacessível, como uma bela ameixa numa torta de Natal; mas espero continuar meus esforços para desenterrá-lo.

Agradecimentos

Sou verdadeiramente grata aos historiadores de mente aberta que se dispuseram a ler *Wolf Hall*, a comentá-lo e a encorajar este projeto, e aos muitos leitores que me contataram para mostrar árvores genealógicas e fragmentos de lendas de família, com informações instigantes sobre locais perdidos e nomes quase esquecidos. Obrigada a Sir Bob Worcester por me mostrar o castelo de Allington, outrora pertencente à família Wyatt, e a Rupert Thistlethwayte, descendente de William Paulet, por me convidar a Cadhay, sua bela casa em Devon. E obrigada a todas as pessoas que me fizeram gentis convites, os quais espero retribuir no curso da composição de meu próximo romance.

Devo especial gratidão a meu marido, Gerald McEwen, obrigado a partilhar uma casa com tantas pessoas invisíveis, e que jamais falha em seu apoio e em sua gentileza prática.

Bring Up the Bodies © Tertius Enterprises Ltd., 2012

Todos os direitos desta edição reservados à Todavia.

Grafia atualizada segundo o Acordo Ortográfico da Língua Portuguesa de 1990, que entrou em vigor no Brasil em 2009.

capa
Elisa v. Randow
imagem de capa
Artista desconhecido. *Ana Bolena*
© National Portrait Gallery, Londres
composição
Manu Vasconcelos
preparação
José Francisco Botelho
Silvia Massimini Felix
revisão
Jane Pessoa
Tomoe Moroizumi

1ª reimpressão, 2021

Dados Internacionais de Catalogação na Publicação (CIP)
— —
Mantel, Hilary (1952-)
Tragam os corpos: Hilary Mantel
Título original: *Bring Up the Bodies*
Tradução: Heloísa Mourão
São Paulo: Todavia, 1ª ed., 2020
344 páginas

ISBN 978-65-5692-073-3

1. Literatura inglesa 2. Romance 3. Wolf Hall I. Mourão, Heloísa II. Título

CDD 823
— —
Índice para catálogo sistemático:
1. Literatura inglesa: Romance 823

todavia
Rua Luís Anhaia, 44
05433.020 São Paulo SP
T. 55 11. 3094 0500
www.todavialivros.com.br

fonte
Register*
papel
Pólen soft 80 g/m²
impressão
Geográfica